2019-2020
中国好小说

小说选刊/选编

[中篇卷]

中国书籍出版社
China Book Press

图书在版编目（CIP）数据

2019—2020 中国好小说. 中篇卷 / 小说选刊选编
. -- 北京：中国书籍出版社，2021.3
　ISBN 978-7-5068-8396-2

　Ⅰ. ① 2… Ⅱ. ①小… Ⅲ. ①中篇小说—小说集—中国—当代 Ⅳ. ① I247

中国版本图书馆 CIP 数据核字 (2021) 第 045880 号

2019-2020 中国好小说·中篇卷

小说选刊　选编

图书策划	武　斌
责任编辑	成晓春
责任印制	孙马飞　马　芝
出版发行	中国书籍出版社
地　　址	北京市丰台区三路居路 97 号（邮编：100073）
电　　话	（010）52257143（总编室）　（010）52257140（发行部）
电子邮箱	eo@chinabp.com.cn
经　　销	全国新华书店
印　　刷	三河市华东印刷有限公司
开　　本	710 毫米 ×1000 毫米　1/16
字　　数	456 千字
印　　张	29
版　　次	2021 年 6 月第 1 版　2021 年 6 月第 1 次印刷
书　　号	ISBN 978-7-5068-8396-2
定　　价	68.00 元

版权所有　翻印必究

目 录

杏的眼　□ 李佩甫 / 001

打　造　□ 池　莉 / 062

暗自颤抖　□ 杨少衡 / 142

朱　砂　□ 老　藤 / 196

开绷直立　□ 林那北 / 258

养子如虎　□ 葛水平 / 322

草青青，麦黄黄　□ 刘　汀 / 380

双　河　□ 班　宇 / 425

杏的眼

□ 李佩甫

1

在我们傅夏祁，有一棵老杏树。

这棵老杏树很有一些年头了，没有人知道它的树龄和历史。它不是一般的杏树，它的名字叫"十里香"。

在我们童年的记忆里，这是一棵会飞的树。有时候，在我们的梦中，它像云霞一样，在天上飞。

童年里，我们曾结伙偷杏。在我们结伙偷杏的小伙伴中……有一个人，后来成了我们的骄傲。

他的名字叫祁小元。

2

最初，没人把祁小元当作恩人。

那时候，他刚刚从部队复员回来，穿一身绿军装，走路直杠杠的，甩着两只手，好像胳膊不会打弯儿似的。关键是他不会蹲了。当我们蹲在地上的时候，他仍然像旗杆一样立着。一米七八的个头儿，使人不得不仰望他。自然，本地话也不会说了，撇一口京腔。有一段时间，私下里人们都叫他狗啃麦苗——装样（羊）。

"狗啃麦苗"也就罢了。当了几年兵，他竟然还吹嘘说他曾在"天安门"站过岗。人问他：啥门？他说：天安门。这就有些大了。是不是？"天安门"能是你站的地方么？！吹吧。

祁小元也不解释。扭过身去，直直地就走了。很骄傲的样子，这一点尤其让村人看不惯。

当然，祁小元是当兵回来后，才让人看不起的。后来，通过邻村跟他一块儿当兵的战友，他的底细慢慢就让人套出来了。是的，他的确在北京当过四年兵，也就是站岗放哨，没干过别的。据说，在北京当兵那四年，他专门买了一个小收音机，每天揣在裤兜里，以听新闻的名义，悄悄地练习说普通话。比如：你好。同志们好。红粉墙上画凤凰，凤凰画在红粉墙，红凤凰、粉凤凰之类……他想干什么呢？没人知道。据说，为了练好这口流利的普通话，他早上四点起床，站在故宫的院子里，大声念"啊呀呜""勃波莫否"，喉咙喊哑了，"啊"一嘴的血沫子。练到最后，很多人都把他当成了北京人。有人问他：你哪里人？他说：傅夏祁。人问：哪个旗？他仍然说：傅夏祁。北京人不敢再问了，怕自己没学问，到了也不知道他属于什么"旗"。

还据说，当兵期间，他是很努力的。原本想留在北京，如果能提干的

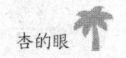

话，最好找一个北京姑娘。在北京当兵四年，他给排长洗了四年臭袜子。可最后也只是当了三个月的代理副排长，而后就复员了。这都是传闻。

所以，他刚刚复员回来的时候，就有了这样一个绰号，叫："狗啃麦苗"。

不过，一年零九个月后，就不一样了。

3

那时候，十里已是很远。

"十里香"就栽在夏家的院门外，它曾是全村人的饭场。

春天里，每当杏树开花的时候，我们的心就动了。我们结伙趴在场院的麦秸垛上，望着远处烟霞一样的杏花，齐声高喊：夏保兰，夏保兰，同桌祁小元！

不久，夏家院子里就会传出一声夏家奶奶的骂声：滚！

是呀，我们是看杏花的。那道劲老枝上开出的杏花，娇艳粉嫩，花瓣云霞般在阳光下亮着。在有风的日子里，花瓣飞起来，一瓣瓣在空中旋着，像雪，像船，像梦，粉色的。

它离我们很近。

它离我们很远。

4

在我们村，昂着头走路的人，是最让人看不起的。在这里，骄傲不只是骄傲，那是"狂悖"的意思，被称之为"傲造"。

我们的村子很大，是个多姓杂居的庄子。有七个相邻的自然村（也叫村民小组），户籍人口九百八十七户，三千六百口人。据说，这里最早只有三户人家：傅姓、夏姓和祁姓，是明朝洪武年间从山西洪洞县那边迁徙过来的。再早就无从考究了。所以村名就叫：傅夏祁。

在我们傅夏祁，被人称为"傲造"的，有两个年轻人。一个是祁小元，另一个就是夏保生了。夏保生跟祁小元曾经是中学同学。夏保生个头儿比祁小元略低一些。他学习成绩好，很早就戴上眼镜了，绰号"四眼"。在学校里每每参加考试，他都是前三名。家里人也时常夸他，夸得他平时走路一纵一纵的，就像跳坑似的。头扬得很高，是半个闲人不理的。且口气也大，原本是立志要去北京读大学的。据说，祁小元当兵临走前，两人曾搭手击掌，夸下海口：北京见！

那年高考，夏保生差三分没上线，一气之下，竟离家出走了。有一段时间，县城里的电线杆上，到处都贴着印有他照片的"寻人启事"。那时村里只有一部电话，在村部。于是常听见大喇叭里喊：夏保生他娘，有线索了！于是，全村人都会围过来，听那"线索"，结果却是"晃信儿"。骗人的。

后来，突然有一天，夏家人不再提这个名字了。也不去找了。有人问起来，夏家人很淡然地说：不找了。让他死去。死外边才好呢。这个"死"当然不是真的盼他死。这是气话，还有点恨铁不成钢的意味。在我们傅夏祁，家人能说出这样的话，可以意会的是，夏保生有消息了。

果然，有传言说，有人在安徽境内看见"四眼"了。夏天里，他光着脊梁，戴一破草帽，手里拿一把扇子，眼镜腿儿上贴一胶布，蹲在怀远的街头上卖西瓜呢。

接着，又有人说，真真儿地看见他了。"四眼"么，不是他是谁？在蚌埠的淮河边上，穿一大裤衩子，喂蚊子（给一老板淘沙）呢。

还有的说，那不是他。他在合肥。有人见他左手里拿一抹布，右手提一小水桶，给人擦车呢……

人们见了夏家人，说：有信儿了？

夏家人淡淡地说：有信儿了。

在我们傅夏祁，闲话传到一定的时候，也就不传了。不过，有很长一段时间，这两个年轻人都曾是村里人茶余饭后的笑料。

5

黎明时分，在太阳升起之前，微风中，粉粉的杏花像烟一样在天空中浮动，像是要飞走似的。

在蒙蒙的细雨中，它就落下来了。一瓣瓣、一脉脉带红丝的粉白……残残的，像是烟化了似的。

三月末，杏花败了。杏树上结出了一豆一豆的小果。先还是青的，一点点，一点点，在圆圆的杏叶里藏着。

而后就大了，一脉一脉圆，一天圆一圈。先是黄一肚儿线，接着是一润一润的亮黄。

那是我们仰望它的日子。

它就像是冥冥之中的"信儿"。

6

九个月后，祁小元通过他三舅的关系参加了一场考试，通过考试在县交通队当了一名协警。在人们眼里，协警不是正式的警察，连警服都是自己花钱买的，相当于临时工。只不过站在岗亭上，协助警察指挥指挥交通罢了。

可祁小元当协警跟别人当协警不一样。他先是被分配到七里店岗亭值班。七里店是离县城最远的一个岗亭，也是下了高速公路之后，进县城之前的第一道岗。七里店是个镇子，祁小元常年就站在镇街外边的十字路口值班。

这个地方离县城远不说，离镇街还有一里多地，且车多灰尘大。正式的警察，有点儿关系的，都不大愿意来。来了也是带个班什么的，大多时间溜号了。而祁小元只是个协警，让他去哪儿他就得去，没有讨价还价的余地，自然不敢溜号。按说，这么一个终日在阳光下吃灰的协警，本来是没人会注意到他的。可有人却注意到他了。

这年夏天，临近中午时分，天降暴雨。雨下得很大，很猛，白壮子。雨像箭头一样，直嗖嗖地从天上泼下来，满地的雨钉……也就是这时候，一辆黑色的奥迪轿车从高速公路的出口开过来。当车开到离七里店岗亭大约有几十米的样子，坐在车里的人发现了站在岗亭上的警察。警察在瓢泼大雨中立着，浑身精湿。再近一些，车上的人发现，这个站在雨中的、浑身往下淌水的警察，右手五指并拢，正在向路过的车辆行礼！更让人惊讶的是，随着车行的方向，他缓缓侧身，仍右手五指并拢，行注目礼。车开过去了，坐在车上的人是前往邻县视察工作的市委书记。

雨太大，车自然开得慢了些，市委书记关相如一下子就记住了雨中的这个人。

此后，关相如每一次路过，都会看到这个向过往车辆行礼的警察。人站得直直正正，礼行得庄严、标准。它会让人想起当兵的日子。

时光荏苒，冬天很快就到了。这年的大年二十九，下来检查灾情的市委书记关相如,又在这个路口的岗亭上看到了这个警察。

天寒地冻,接连下了几天雪,大地白茫茫的。这天是有风的,西北风溜溜的,像刀子一样。岗亭上的警察全身落满了雪,脸冻得像个紫茄子。可他依然在岗亭上站着,依然向路过的车辆行礼。当车开到岗亭前时,他则侧身四十五度,行注目礼……车将要通过十字路口了,关相如突然对司机说:停车。

车停下了。关相如披着大衣从车上走下来。他对站在岗亭上的祁小元说:小同志,冷吗?

祁小元两腿一绷,先行礼,而后说:报告,不冷。戴着手套呢。

关相如上前替他拂去帽檐上的雪,说:小同志,告诉我,你叫什么名字?

祁小元说:报告首长,我叫祁小元。

关相如问:哪个"qí"?

祁小元说:祁连山的祁,大小的小,一元钱的元。

关相如点了点头,"噢"了一声,说:辛苦了。

这时,躲在街边小商店抽烟的带班交警老胡跑了过来,一边跑一边喊:啥事?咋了?

关相如看都没看他,扭过身去,上车走了。

老胡见那人不理他,骂道:他谁呀?

祁小元说:不认识。

大年初七,在全市干部大会上,市委书记关相如在讲话中特别提到了"颍水县七里店岗亭的交通民警祁小元"。他说:我给你们讲一个故事,大年二十九,漫天大雪,一个警察在岗亭上立着。那不是繁华的城区,那是一个几乎没多少行人的小岗亭,他的帽檐上落满了雪,他的眉毛上结了冰,他的嘴唇冻紫了，几乎成了一个雪人。可他仍然坚守岗位，向每一台通过的车辆行礼……说着说着，书记激动了，眼里有了泪花。他说：同志们，那个地方，是下高速后的第一个岗亭，每一台途经我市的车辆都会看到他。他就是我们平原市的一张名片！多好的同志呀。我们应该向这样的同志致敬！

会后，颍水的县委书记问公安局局长：谁是祁小元？

公安局局长怔了怔，慌忙说：我还真不知道。

县委书记说：回去查查，查后报我。

公安局局长回到县里，忙把交警队的大队长找来，问：谁是祁小元？

队长摸了摸脖子，想了很长时间，说：噢，想起来了。七里店的一个协警。咋啦？

于是层层上报。三天后，县委书记去市里汇报工作，着重给市委书记汇报了祁小元的情况。最后又补充说：人不错。可惜是个协警，临时的。

市委书记关相如说：协警怎么了？你们不是老说警力不足吗？这样的人不用，用谁？

书记的话经过层层落实，一个月后，祁小元成了一名正式的交通警察。

7

五月，麦子黄梢的时候，是果子成熟的日子，也是我们结伙儿偷杏的日子。

"十里香"黄澄澄地在树枝上挂着。果是椭圆的，又大又酸又甜。我们闻着它的香气，馋得流下了涎水。我们想去偷，我们必须去偷。在我们这里，偷杏不是偷。夜里，我们在夏家的墙头上扒出一个个豁口，站在墙头上偷杏。可只要有一点动静，就被夏家奶奶发现了。她好像整夜不睡似的……在一些年份里，我们谁也没有吃过夏家的"十里香"。

我们想吃。我们有"内线"。

在我们结伙偷杏的日子里，夏保兰成了我们的"内线"。

上小学时，夏保兰跟祁小元是同桌。这是我们知道的。夏保兰对祁小元好，这也是我们知道的。

在"十里香"快要成熟的一些个夜晚，我们趴在夏家的院外学猫叫（这是我们的暗号）……而后，就有酸杏从夏家的院子里扔了出来，一个，两个，三个……不过，那是"落杏"。很酸。

我们知道，那是夏保兰偷偷扔出来的。我们也知道，那杏，是扔给祁小元的。

不过，后来，夏保兰小学毕业后，就不再上学了。再后来，她嫁给了一个瘸子。

8

其实，夏保生是偷偷回来过的。

不过，他没有回村，只是在县城里跟他妹夫见了个面。

夏保生的妹妹是夏保兰。夏保兰的男人是个瘸子，在县城里开摩的。此人叫王宽。王宽小时候得过小儿麻痹，落下了残疾，走路微跛，外号"王瘸子"。王宽虽然腿有点儿瘸，但人机灵，还有城市户口，那年月城市户口还是有吸引力的。保兰长得漂亮，人细高挑儿，俩眼忽灵灵的。两人在卖胡辣汤的铺子里见了个面，给了一万块钱的见面礼。当时保兰还提了个条件，对方也应下了。于是她偷偷地改了年龄，托人先把"证"领了。嫁个瘸子心里虽然稍稍有些委屈，但为了供哥上学，她认了。可是，阴差阳错的，哥差了三分，没考上大学。那一天，她哭了一夜，哭得很伤心。而后，她擦干眼泪，说：哥，我嫁了。就是这么一句话，让夏保生无地自容。第二天一早，他离家出走了。

夏保兰是在县城的街口上碰见哥哥夏保生的。夏保生蹲在街口，头上戴一破草帽。她从他身边走过去，以为是要饭的，差一点儿没认出来。夏保生低低地叫了一声：兰，保兰。夏保兰回身低头一看，是哥。哥已瘦得脱了形了。她抓住哥的手脖儿，捋开袖子一看，哥一身的红点子，密密麻麻的……她叫一声：哥。眼里的泪便流出来了。

夏保生说：哭啥？我又没死。而后，他说：你哥无耻。不争气。不要脸。拖累你了。

夏保兰一下子泪流满面：哥，你咋这样说？

夏保生说：你去把王宽叫出来。我有话跟他说。

夏保兰求道：这都到家门口了。上家吧。

夏保生说：不去了。净丢你的人。

夏保兰知道哥的脾气，就问：你吃饭了么？

夏保生深吸了一口气，说：吃，吃了。

夏保兰二话不说，硬拽着他进了路边卖水煎包的铺子，给他要了一碗胡辣汤，两盘水煎包。夏保生勾下头，吸吸溜溜地喝了一碗，而后说：我再喝一碗。喝了，又说：我再喝一碗……他竟然一连喝了四碗！而后，他对保兰说：你把王宽叫出来，我有话跟他说。

保兰说：哥，回家吧。娘的眼都哭……

夏保生说：等哥把脸拾起来，就回。

兄妹俩就这么在街头上匆匆见了一面，分手了。

此后，夏保兰问王宽：哥让你干啥？

王宽诺诺说：老难。怕办不了。

夏保兰说：办不了也得办。

王宽说：办。咱办。

夏保兰说：哥有信儿了。回头，把那些电杆上的"寻人启事"揭了吧。

王宽说：揭。我去揭。

王宽一连跑了三天，终归还是把事办了。

晚上，两人躺在被窝里，保兰问：哥让你办的啥事？

王宽说：哥要个"照"。

夏保兰说：花了多少钱？

王宽说：带上"人事儿"，五六千吧。

夏保兰说：哥是啥样的人，你知道吧？

王宽说：知道。

9

有一年，我们终于吃上了"十里香"。

在一个下暴雨的夜晚，在滚滚的雷声里，我们又一次爬上了夏家的杏树，连摘带拾，几乎偷光的夏家的麦黄杏。

我们是躲在场院的麦秸窝儿里分的赃……出来后我们一个个都捂着嘴，杏有酸有甜。酸的能倒了牙。甜的，真甜哪！

第二天，夏家奶奶搬出一个小板凳，一拧一拧地走到村街里（那时，她是村里唯一还活着的小脚女人），坐在村街中央昂声大骂。一骂骂了三天！

而后，我们九个孩子，被村长一根长绳捆在一起，游街示众。人多，捆的不算紧，我们笑着走在村街里……

此后，我们发现，树梢儿上还挂有两个最大的杏，杏长红了，是润红色的。个儿大，饱满，圆润。可惜的是，这两个最大的杏被鸟儿啄了。它高高地挂在那里，远远望去，像两个眼睛。

后来才知道，那两只长在树梢头儿上的杏，是夏家奶奶专门留给鸟的。每年都一样。

那叫"杏的眼"。

那两个长有"眼睛"的杏一直高挂在树的梢头儿上。

它从五月一直挂到七月，当高挂在树梢儿上的杏，一日日萎变成紫色的时候，它就成了一泡酸甜的汁液……我们都很想用嘴接住。

我们傻傻地望着它。

它也看着我们。

10

祁小元正式入警后，抽空回了一趟家。

我们傅夏祁是个东西狭长，片片落落，七星连缀的村落。勺头是小傅村，而后是大傅村。隔一个草帽吴，也叫小吴庄。接着是大夏、薛庄、小夏，最后是祁家店。从方位说，祁家店自然就是勺底了。从勺底往南有条河，叫祁河，是淮水的支流。

说是三姓，但有着几百年的参连和纠结。你家的姑娘嫁他家，他家的儿子赘你家，从老姑奶奶说起，就这么亲戚来亲戚去的，参连久了，无论谁进了村，见了三姓中的任何一个人，论起来，都是要称呼点什么的。所以，这里虽是多姓杂合，人口众多，却又是个藏不住秘密的村子。无论谁家发生点芝麻绿豆大的事儿，很快，全村人都知道了。

从县城回傅夏祁二十四里路，祁小元是借了一辆自行车骑车回来的。到了村头，祁小元原本是要一路骑过去的。可远远的，就有人跟他打招呼了。

有村人说：元儿，回来了？

祁小元应一声，说：回来了。而后，他不得不从车上下来，推着自行车走。

祁小元身上的警服是新的，特别是胸前新缀上的警牌在阳光下明晃晃的，刺人的眼。

一路走来，就不断地有人打招呼：哟，元儿回来了。

祁小元说：回来了。

再有人打招呼时，说：咱元儿回来了。

祁小元还是那句话：回来了。

天气很好。话还是那样的话。一个很家常的问候语。可多了一个"咱"，就亲近了许多。

让祁小元惊讶的是，前不久还没人搭理他呢。有次回村，人们看见他装着没看见，背过身还"咳"一声。啥意思？想吧。他也知道，人们背后都叫他："狗啃麦苗。"可这次回来，一路上人们都笑着跟他打招呼，话来话去的，还多了一个"咱"。

进门后，祁小元发现，祁婶喜洽洽地望着他，像不认识似的。他问：咋啦？祁婶说：不咋。他说：你笑啥呢？祁婶说：一早喜鹊就叫喳喳的。而后，她磨过身，从里屋端出一个小笸箩，小笸箩里装着五个黄澄澄的麦黄杏，说：元儿，稀罕物。新摘的。你尝尝。

祁小元问：夏家的？

祁婶说：夏家的。保生他娘送来的。保生他妹夫，保兰他男人不是在城里开摩的吗？他听说信儿了。

013

说到夏保兰时，祁小元看了祁婶一眼，这一眼，把她眼里的泪都看出来了。祁婶说：元儿，保兰……嫁了。

祁小元淡淡地说：我知道。而后问：啥信儿？

祁婶说：你入编了，是吧？啥是入编？我也不知道。总归是个好事吧。

祁小元"嗯"了一声，说：娘，东西给人家退回去吧。咱不吃人家的东西。

祁婶说：退不回去了。就送来八个杏。你妹小珍拿走了仨。咋退？接着，又解释说：你保生婶也说了，杏树才结果，就这八个熟了。你可别嫌少。话都说到这一步了，咋退？

祁小元知道，夏家的这棵号称"十里香"的杏树，杏结得又大又甜，宝贝着呢。平时夏家人都舍不得吃，摘下来都拿去卖钱了。在夏家，只有夏保生可以吃那些带虫眼儿的果，他是夏家的"重点保护"……怎么就舍得给祁家送来了？

祁小元说：那，咱给他钱。

祁婶说：可不敢。这不打人脸吗？

祁小元无话。只说：以后别要人家的东西。

祁婶说：行。我记住了。

吃过午饭，临走时，祁婶给他准备了一兜熟鸡蛋，装在挎包里，挂在车把上，说：不忙了，抽空再回来一趟吧。

祁小元说：什么事？

他这一"什么"，祁婶撇了撇嘴，说：一早上，院里就飞来两只喜鹊，喳喳地叫，可喜庆。不一会儿，你三姑奶就来了，还有傅家的老大媳妇，都是来给你说媒的……

祁小元一口回绝，说：你告诉她们，别操这心，我不在乡下找。

祁婶不吭声了。她在他的话里听出了几分骄傲。

祁小元走后的第二天，村里又传出话来，说祁小元之所以能入编，当上正式警察，是敬礼敬出来的。

传言说，祁小元是个有心计的精明人。他特意记住了本地区领导人的车号，凡有领导路过，他就敬礼……这样一来二去，惊动了省里的大领导，给他特批了一个编制。开始人们还不大相信，说不就是敬个礼吗？谁不会呢？怎么就能敬出个警察编制来。全县独一份呀！

再往下，传言逐渐得到了证实。村里夏保生的妹夫，在县城开摩的。残疾人开摩的不用交税，就有一怕，怕交警罚。王瘸子开摩的被老胡罚过几次，而后两人成了朋友。他说，这话是县交警队的老胡亲口告诉他的。那天他请老胡吃饭，老胡在酒桌上喝多了，还骂骂咧咧的：……这姓祁的贼呀。你不知道他有多贼气！他娘那狗娃蛋，凭啥呢？不就会敬个礼吗？你说他狗日的算个啥？狗屎不是，入编的指标竟让他给抢走了。我侄子当了七年协警，成天在大街上吃灰，张风喝冷的，给队长送过多少回礼，早就答应下了，到现在还没入上编呢……妹夫说：哥，胡哥，我咋不信呢，敬个礼就能入编？老胡说：他在岗亭上站着，瞅见领导的车就行礼。那可都是些大官，好这一口呗。妹夫说：路上天天跑车，他咋知道车里坐的是大领导？老胡说：你个锤子。这你就不懂了。我告诉你一个秘密：凡县级以上领导的车号，公安局都备着案呢。妹夫说：还有这事？老胡说：日他娘，不说了。说起来也怨我。上头给分队发了一张表格，我给扔抽屉里了。不知哪一天，被这姓祁的鳖儿给翻出来，偷偷背下来了。唉，老没面子呀。我当了十八年交警，七年的分队长，还不如一个生瓜蛋子……说着说着，老胡竟哭起来了。

村里人得到消息后，也只是私下里撇撇嘴，耳朵对耳朵传些闲话罢了。等再见到祁婶时，人们的目光就发生了一些变化。每当祁婶走到村口，就有人说：婶，人物！

祁婶不明白。说：咋啦？

村人纷纷从村口的代销点里跑出来，竖起大拇指，说：婶呀，咱家小元，人物啊！等着享福吧。

在傅夏祁，"人物"，是个有着多重含义的词。它可以有一百种注解。

11

每一年，杏花开的日子，就是我们开始做梦的日子。也是我们结伙准备偷杏的日子。

我们不是偷杏，我们偷的是快乐。我们偷的是梦境。每一个杏花开的日子，也是我们渴望做梦的日子。

晚霞中，"十里香"就像是一株火树，它像是烧起来了，接着天上的晚红，一粉一粉地飞。荡荡地飞。

梦中，我们骑着一朵朵圆圆的花瓣儿，飞到天空中，那是很远很远的地方，一个我们不知道的地方。

12

我们傅夏祁人是往东走的。

在平原上，这是个特例。

在平原，因为水系不同，人们行走的路线也不同。一般来说，平原人大多是往西走的。那是历朝历代记忆中的逃亡路线。因为历史上黄河连年泛滥，西高东低，一般平原上的人都是往西走，背水而上，这是一种生命记忆中的惯性。这叫"逃荒"。这条线凄苦、漫长，最远的可达新疆的乌鲁木齐。

而我们傅夏祁不然。

我们傅夏祁地处平原偏东南一隅，离淮河近一些。早年，淮河东行，水路可经安徽的蚌埠直通上海，出外求活路的打工一族多与行船人熟识。日后因各种原因，行走的路线惯性就是东南方向了。还有一路是往南走的，那是旱路记忆。那时候离村三十里有一条南北大路，早年赶大车运货的走的就是这条路。就此说，人的生存路径是有惯性的。这叫"活路"。最远的，就漂洋过海，跑南洋去了。凡是能走的，就再也不回来了。

改革开放后，我们傅夏祁人外出谋生走的仍是这两条路线。

近年来，在我们傅夏祁外出打工一族中，夏保生可以说是在外站住脚的第一人。夏保生人是很聪明的，且执拗。高中毕业，原本是傅夏祁最有可能考上大学的，可他差三分没考上，于是，一气之下离家出走了。

十八岁出门，往哪儿去呢？开始他自己也不清楚，只是听说本家有一位三姑奶嫁到了杭城。也只是听说，并没有具体的联络方式。于是他先是到了蚌埠，在蚌埠打了一些日子的零工，积攒了些路费后去了南京，他这一路是半流浪性质的，大约有一年多的时间，他过的是风餐露宿的日子。到了南京后，先是摆摊卖了几个月的水果，开始几日还行，不到一个月就被城管把水果摊给掀了。最困难的时候，他在一个桥洞下蹲了三天，身上爬满了蚊子……此后颠沛流离才到了杭城。在杭城，他凭着二十年前一个旧信封，几经打听，终于找到了三姑奶。

在我们傅夏祁，三姑奶是个符号，她是美丽的象征。每当村里人拿什么打比喻的时候，就说：跟他三姑奶一个样儿。我们都没有见过三姑奶，大约三姑奶长得非常漂亮吧。三姑奶不仅长得漂亮，而且是傅夏祁六十年代唯一考上大学的女子。但她一去不回，只是在"文革"中期，曾经往家写过一封信，期望上边外调的时候（她家富农成分），亲戚们能为她说几句好话。后来这封信就剩下个揉烂了的旧信封了。

夏保生就是通过旧信封上的地址，找到了三姑奶原来的单位，通过原单位，辗转打听到了三姑奶家。刚一见三姑奶的时候，夏保生吃了一惊。传说中三姑奶的美丽已经不复存在了。人似水桶一样，胖胖的。那神情就像是二十年前的旧信封，已是满面春秋。三姑奶对这个冒昧打扰的年轻人并不热情，说：你谁呀？我不认识你。于是，夏保生拿出了那个旧信封。三姑奶接过那个信封看了很久，而后问：你是广家的，还是灿家的孩子？夏保生说：广家的。三姑奶说：二哥他，好吗？夏保生说：我爷爷已经不在了。走时还念叨你呢。三姑奶沉默了一会儿，说：你是来借钱的么？夏保生摇了摇头，说：不是。三姑奶说：那你……夏保生说：我想找个活儿。三姑奶迟疑了一下，说：我已经退休了。等你姑爷回来再说吧。

姑爷回来后，倒显得很热情。姑爷是个官员。他从部队转业到地方后，在杭城的公交公司任职。姑爷问：会开车吗？夏保生脑子转了一圈，说：会。姑爷说：那好，我们这边出租车公司正搞改制呢，去开出租吧。姑爷又问：有住的地方吗？夏保生说：有。姑爷说：那好。下星期去公司找我吧。

其实夏保生并不会开车，没有驾照，也没有住的地方，可他就这么应承下来了。姑爷说让他下星期上班，这中间还有五天时间。于是夏保生连夜坐车赶回县里，先是找到了妹子保兰，通过保兰找到了妹夫王宽。他说：

宽，你得想法给弄个"照"。

说是妹夫，王宽实际年龄比他大五岁。那时王宽正黏着保兰，说啥也得答应。夏保生先是骑着王宽的摩的练了一天，而后又花了一百块钱，让司机带着开一辆破桑塔纳练了一天。时间紧，来不及参加考试了。王宽找交警队的老胡喝了顿酒，花三千元办了一张驾照。就这么着，凭着这本驾照，他在杭城扎下了。

头一天开车，他的眼是直的，手握着方向盘就像是端着机枪一样，浑身所有的神经都绷在两只手上，开着哭着，满脸都是泪……这一天他没挣一分钱，开着车转遍了杭城的大街小巷，一路上只默念两个字：小心！小心！小心！

这是饭碗呀。

13

"十里香"是夏家的。

后来，夏家为了阻止我们偷杏，在墙头上栽上了蒺藜，树上挂了铃铛。我们改用弹弓射。弓架是我们用树杈做的，皮筋是我们在车胎上剪的，泥蛋儿是我们用胶泥圆的……当杏还青的时候，我们就开始射了，我们在墙外偷偷射下的，全是青蛋儿。杏还没长熟，是酸涩的。

每当我们的弹弓射下一个青蛋儿，就会听见夏家奶奶的骂声：遭天谴的！

哄一下，我们就跑了。

于是，我们趴在麦秸垛上，齐声高喊：夏保兰，夏保兰，同桌祁小元！

14

祁小元正式入编一月后,按轮岗规定,奉命调到了县城南大街的中心岗亭。这里不仅是十字路口,还是全县最繁华的地方。离县政府仅三十米远。

县城的中心岗亭是有遮阳伞的。岗亭上罩着一个巨大的、由铝合金骨架支撑的五彩遮阳伞。路旁还有个供交警休息的椭圆形警亭间,里边安装了空调、电话等设施。在这里值班的交警再也不用淋雨了。

可祁小元毕竟是祁小元。祁小元在中心岗亭值班的第一天,就受到了路人的关注。他往中心岗亭上一站,就不仅仅是值班了,那几乎就是一种舞台上的表演。他在指挥交通的时候,站得笔挺不说,他的每一个动作,都像是用墨线绷出来的,十分标准。他的胳膊伸出来就是一条直线,那戴在手上的白手套在阳光下"唰唰"地亮着一道道弧形的白光;他的每一次转身,就像是在跳踢踏舞,脚跟会发出"嗒、嗒、嗒",带有节奏的韵律;他向路过的车辆行注目礼时,那个侧身四十五度的转身动作,加上五指并拢时的行礼姿态,一气呵成,显得十分的神圣、庄严、隆重;当他挺直胸脯,一只手平行向前推出(意思是:禁行),另一只手在背后有节奏地扫动(意思是:另一道可以通行)时,那动作简直帅呆了!

在我们县城里,人们还是第一次看到这么标准的交通指挥"礼仪",路人简直看傻了。三天后,十字路口陡然增加了许多行人。人们像赶会一样,一拨一拨聚在路口,伸着头看祁小元指挥交通。那岗亭像是他一个人的舞台。在这个不足三平方的舞台上,祁小元穿着新发的警用皮鞋,把一个人的演出发挥到了极致。他戴着的白手套就像天鹅翅膀一样,在空中划出一道道吸引人的亮线。他伸臂和收臂的姿势,他的每一次转身、侧身、回身,都像是正在演奏的进行曲。他的脚步在漆成红白两色的水泥台上,一拍一拍踢踏出富有节奏感的回声。还有，他行礼的时候，全身绷直，五指并拢，右手与帽檐齐，而后侧身四十五度，仿佛在向每一个路人致敬。瞬间，路人们都有了一种莫名的神圣感，继而，会感受到一个人应有的骄傲和尊严。

自从祁小元站上了中心岗亭，这个县城的十字路口，像戏台一样，成了人们赶庙会看热闹的地方。

是呀，看傻眼的不仅仅是路人，连一同值岗的交警都很惊讶地望着他。本来是一人轮岗两个小时的，带班长却面有怨色，说：你继续吧。继续。此后，这个岗亭就没人敢上了。到了轮班时间，其他的交警都在下边指挥交通。

其实，这时候，在交警大队，祁小元是很孤立的。他就像是羊群里跑一骆驼，很不招人待见。特别是老胡，见人就说：你看他傲造的，不就会行个礼嘛。

可老百姓都喜欢他。这件事很快传到了县府大院。连县委马书记路过时，都专门停下车来，看他指挥交通……而后，马书记走下车，来到岗亭前，跟他握了握手，说：小祁吧？好，很好。连关书记都夸你了，说你是咱县的名片。好好干！

然而，四个月不到，一百一十七天后，已当上中心岗亭带班长的祁小元，就再也不能指挥交通了。

祁小元被人撞伤了。

最初，那是一个很普通的交通肇事。那天午后，一个喝醉酒的家伙，摇摇晃晃地从县城西街的一家饭馆里出来，倒车时不小心撞倒了在饭馆门前看车收费的老头。于是有人高喊：停车，轧住人了！可这家伙扭头看了一眼，却在一片惊呼声中开车往南跑了。于是西街值班交警呼叫中心岗亭，要求拦截这辆车号为"3188"的丰田车。

这天,祁小元刚好在岗亭上值班。当那辆车冲过来时,祁小元先是面对肇事车辆打手势要他靠边停车。那醉汉看见路口有人拦车,却没停,径直往前开。这时,祁小元吹响了哨子,令他立即停车。谁知,这"3188"竟不管不顾地冲岗了。

令人想不到的事就发生在这一刻。当"3188"就要冲过岗亭时,只听"砰"的一声,祁小元居然飞身扑在了车上(也可能是他躲闪不及)。他两手抓住挡风玻璃前的雨刷,厉声喝道:停车!

"3188"完全乱了方寸,醉汉司机踩刹车却踩在了油门上,一脚下去,只听"轰"的一声,"3188"带着趴在车前身上的祁小元往前又冲出一百多米,重重撞在路边的水泥垃圾箱上。接着,只听"咚"的一声,祁小元从车上摔下来了。

当几名交警追过来,把那家伙从车里揪出来时,此人却喃喃地说:给我舅打、打电话。我舅是……下边的话还没说出来,他就被按倒了。例行检查时,竟然在他的车里发现了毒品,这事儿大了。

抓住了肇事者,又在车里发现了毒品,在岗交警立即报告指挥中心……当众人去扶祁小元时,却发现他被撞在马路牙子上,站不起来了。于是赶忙叫救护车。救护车一路鸣着笛,把他送进了医院。

让人想不到的是,一个交通肇事,竟演变成了一桩毒品案。且拦车过程被十字路口的路人用手机拍下来了。这是个好事的人。这人平时就喜欢看祁小元指挥交通,这天,他不仅拍下了祁小元飞身拦车的镜头,还把照片发给了市里的《平原早报》。

第二天,《平原早报》在二版重要位置刊登了题为《交警飞身拦毒车》的大幅照片,并配有记者的采访报道。

巧的是,那天《平原早报》头版刊登的是市委书记关相如在一次会议上的重要讲话。自己的"讲话"登出来了,关相如自然是要看一眼的。看了讲话内容后,关相如随手翻开了报纸的第二版,于是就看到了这篇《交警飞身拦毒车》的文章和照片。一般人看了也就看了,可关相如对这个行礼的交警印象很深。看到他受伤住院的消息后,决定去看望一下。

市委书记专程看望,县委书记自然也要作陪,同时跟来的还有市、县公安局的领导,媒体的记者……领导们送上鲜花和慰问品,再三嘱咐他好好养伤。这时候的祁小元在病床上躺着,腿上已打了石膏,高高地吊着,受伤的肋骨和胳膊也已做了医疗固定。祁小元想要行礼,关相如上前握住他的胳膊说:别动。你别动。好好养伤……往下就有了电视台的连续报道。接着,祁小元的事迹又上了省报。

有意思的是,随着这件事的发酵,连带本县一位财政局副局长跟着吃了瓜落儿。那是因为,当公安局局长给关书记汇报肇事经过时,笑话那醉汉被抓时还说"赶紧给我舅打电话……"关相如书记随口说了句:太不像话了。查查,谁是孩他舅?

就这样,查的结果,这位"孩他舅"——县财政局副局长被停职了。在颍水县,当祁小元成为全县新闻人物的同时,"孩他舅"也就成了家喻户晓、人人皆知的一句笑料。

被停职的县财政局副局长虽有一肚子的委屈,还是提着礼品到医院看望了祁小元。见了躺在病床上的祁小元,这位资历很老的副局长倒苦水说:小元同志呀,真对不起。我是他舅不假,可他吸毒的事,天地良心,我真不知道呀。车是我女儿借给他的,谁想他会去干这事呢?我干了一辈子,该退休的人了,到了落得里外不是人。你说我冤不冤?我是真冤哪。你看能不能给领导解释一下……

不管怎么说,祁小元算是因祸得福。这一年,他被评为勇擒歹徒的优秀民警，立了三等功，全市通报表彰。在住院期间，他还跟县医院的一个护士好上了。女护士吴月文，文文气气的，特别喜欢祁小元在岗亭指挥交通时的风度。她在上下班的路上看过祁小元指挥交通，本就对他有好感。就这么住着住着，三个月后，两人有了感情。

再往下，祁小元可以说是好事连连。伤基本好了。亲事定下了。不几日，任命也下来了，他被任命为县公安局车管所的副所长。虽然只是个股级，大小也是个官儿了。据说，为安排受伤的祁小元，县公安局领导曾有不同看法，最后报到了县委，由县委马书记一锤定音。

15

有一天夜里，当我们射下青蛋儿的时候，没有听到骂声。

夏家的院子里静悄悄的。我们觉得奇怪，有一种很不妙的感觉。

在这个夜晚，我们一共射下了七个青蛋儿。我们很警觉，那异常的安静，就像是陷阱，我们随时准备逃跑。

整整一个晚上，我们再没有听到骂声。后来，有哭声传出来，说是夏家奶奶走了。

在送夏家奶奶的那些日子里，我们不再偷杏。

那三天，夏家院门大开，村人们川流不息地前往祭拜。

院门外摆了两张方桌，方桌上摆有烟和茶水，还有一托盘的"十里香"。桌前坐着两班吹响儿的外乡人，有男有女，他们吹奏的是《百鸟朝凤》，还有《上花轿》。夏家奶奶走了，却说是"喜丧"。每一个头上勒着白布条的，都可以自由出入。

于是，我们来到了老杏树下。树已经很老了，树皮像黑铁一样，树枝干老枯皱，虬虬髯髯的，树根裸露着。让人诧异的是，它怎么能开出那么艳丽的杏花呢？

三天后，送葬的队伍把夏家奶奶送进了老坟地。那一天，村街里到处撒的都是中间打了方孔的纸钱，我们把纸钱踩在脚下，跟着送葬队伍走。

从此，村街里再也没有了那种昂扬的叫骂声。

我们很失落。

16

开出租说是挣钱，也不容易。

夏保生出车的第一天就被罚了。其实他很小心，却轧了黄线。那时候他还不知道什么是黄线，罚了两百，罚了钱就知道了。第二天很小心很小心，可还是被罚了。这次是左拐，他不认得马路边上的标示。标示上注明，这个地方是不能左拐的。又是两百。第三天，他是万分的小心，可他跑了一上午，憋着泡尿，眼看着就憋不住了，看见有厕所的地方，停下车就往厕所跑，结果车停的不是地方，又被罚了。出了厕所，见交警给前车玻璃上贴了一张条儿，看见条儿，夏保生气得掉了两行泪。于是车上放一大塑料瓶，着急的时候，就拉开裤子尿瓶里……直到十多天后，才慢慢适应了。

半年后，夏保生从杭城汇回了一笔钱，收款人并没有写他妹子夏保兰的名字。写的是王宽。汇款金额是一万二。接到汇款单，保兰对王宽说：知道我哥是啥样人了吧？

三年后，秋凉的一天，有三辆大卡车开进了村子。车上拉的是砖、瓦、水泥、木料。还呼啦啦跳下来一堆人，说话也都是南方口音……这时候人们才知道，夏家要翻盖房子了。

出面招呼这些工匠的是夏保兰和女婿王宽，但人们处处都能看到夏保生的影子，因为来的都是南方的工匠。这些工匠干活儿非常利索。他们在保兰的指挥下先是在院里的空地上搭起一个大帆布篷，而后把所有的东西都搬了出来。

于是扎根角，打地基……仅仅用了半月时间，就盖起了一座五间起底的三层楼房！这座楼房大红瓦起脊，大门大窗，还带外走廊。不仅层层都有卫生间，连整个外墙都贴上了白亮亮的瓷片，看上去神气极了。

上梁的时候，鞭炮声响过，村里人一拨一拨地围过来看。看后没有人发声，人们像是嘴上贴了封条，一下子震住了。有人背过身子，自言自语地说：我×，还有这样盖房的？

保兰站在院子里，瘸子王宽站在她的身后，给每一个匠人递烟，不时地说：歇会儿。歇会儿。

在我们傅夏祁，这是外出打工的人盖起的第一座楼房。这是房子吗？这是气势。这是宣告。人们看到的不是保兰，是夏保生。这就是说，夏保生回来了。他堂堂正正地回村来了。

人们说：人物啊！

17

村里人都认为"十里香"是一棵神树。

我们也都期望着"十里香"能给我们带来好运。

杏花开的日子里，我们曾一人捧一蓝边粗瓷大碗，坐在饭场上，渴望着杏花能飘进我们的碗里，那是福气。我们比碗，看谁的碗大。我们等啊等，可杏花却一片片飞走了。

那一年杏花像是长疯了似的，一树绯红……村里人都说，夏保生的成功，验证了"十里香"的神性。

后来，村人们就开始祭拜了。盼生儿子的，盼娶媳妇的，盼外出发财的……烧过纸钱后，还会在树上拴一红布条儿。

那是一个一个的念想。

18

祁小元结婚了。

他结婚办喜事没有告知村人，甚至还刻意地避开村人，悄悄地搞了个什么"旅行结婚"。开初祁婶不愿，说你这不是打脸吗？叫人笑话。祁小元却执意要这样做。据说两个人去了趟北京，跑到天安门广场照了张相……就算结婚了。

可我们傅夏祁是个讲古礼的村子。结婚是大事，礼数还是要讲的。于是，村人们听说信儿后，还是有了表示。那时村人们还都不富裕，傅夏祁三大姓，加上草帽吴、小薛庄的亲戚们，他们有的是三家联合，也有五家联合、七家联合、九家联合……共计送床单四十四张，毛毯二十八条，红缎子被面十二幅，带有红喜字的洗脸盆十八个。这些贺礼都用红纸包着，红纸礼单上写有送礼者的名字。

贺礼送到祁家，祁婶搓着两只手，一脸的尴尬。这礼收也不是，不收也不是。收吧，你一没告知，二没摆酒，凭什么收人家东西？不收吧，贺礼已送家来了。老天，咋办呢？

祁婶愁得一夜没睡。赶忙央人给祁小元捎信儿，让他赶快回来一趟。还给捎信儿的下狠话说：你就说我快死了，看他回来不回来。

那时村里人还没用上手机。捎信人把话带给了夏家妹夫，妹夫王宽骑着他的摩的就找祁小元去了。见了祁小元，王宽说：哥，赶紧，祁婶有急事。祁小元问：啥事？王宽说：捎信儿人说，赶紧的，慢了就……祁小元来不及要车，坐上他的摩的就回村了。

回到家，祁小元叫着：娘，娘……慌慌地进了门，就见祁婶好好地在床边上坐着。他怔了一下，说：娘，你没事吧？

祁婶一下掉泪了。祁婶说：不让你"驴"，你非去"驴"。这"驴"也"驴"了，酒席还得摆。你看咋办吧？

祁小元听了，气不打一处来，发火道：娘，不给你说过了嘛，咱不摆酒！婚都结过了，还花那冤枉钱干啥？我再说一遍，我们是"旅行结婚"，不是"驴"！

祁婶嘴一努，说：你看看，你看看吧……咋办？

祁小元扭身一看，村人送的贺礼一份一份地在柜子上摆着，贺礼上还都有礼单，都写着名字呢。他翻看了几份，很冲动地说：这还不好办。谁家的，给谁退回去。

祁婶说：冤家，咋退？有三家的，有五家的，有七八家联手送的……你退给谁？！再说了，一个村住着，你还让你娘出门不？还要脸不要了？

祁小元重又拿起礼单看了看，心乱如麻，说：那，你说？

祁婶说：叫我说，这酒，还得办。不是花钱的事，是脸气。咱收了人家的礼，若是连酒席都不办，以后咋活人呢？！

祁小元急了，说：娘啊，我结婚办事，主要是人家月文家出的钱。住的房是人家娘家的，家里东西大多也都是人家添置的。说句不好听的话，我这算入赘……娘，你算过账吗？咱村几千口子人，就说来一半，也得一百多桌。一百多桌呀？咱哪有那么多钱？！妹子正上高中，我还要给她积攒学费和生活费。将来她还要上大学呢……这样吧，我不怕丢人，这礼我去退。

祁婶说：你让我死呢？你要是退了礼，你娘还有脸在这村里住吗？

在我们傅夏祁，祁小元的价值最先是被本村女婿、瘸子王宽发现的。据王宽说，祁小元能跟县医院的女护士吴月文结婚，是他最先看出"桥"的，也是他把两人撮合在一起的。两人最后能走到一起，他应是头功。究竟是不是呢？没有人知道。不过，王宽眼皮活，对两人的事很上心，这倒是真的。祁小元住医院时，王宽曾多次去看望，进门就说：哥，我是咱傅夏祁的门婿，跟保兰是一家……而后，隔三岔五地去送点什么。他也是第一个见了吴月文就喊"嫂"的。

当事僵到这里的时候，妹夫王宽从院里进来说：婶，你别愁，这也不算个啥事。我看这样吧，我替我哥把这事办了。

祁婶说：你咋办？

王宽说：元儿哥不愿摆酒儿，这酒儿咱不摆。但这个意思咱还得表示。

祁婶摊着两手，说：咋，咋个表示？

王宽说：叫我说，一家送一袋奶糖，是喜糖。就城里那大白兔奶糖，不丑气。大白兔奶糖小店里卖三块钱一斤，我找人弄个批发价，才两块多。顶多几百块，不上一千，就把事办了。这事我去办。喜糖我替我哥去送，可哥得给我句话。

祁小元说：啥话？

王宽说：你现今是县局的车管所所长。往后村里人有啥事，你肯定会帮忙的。只要有这句话就行。

祁小元很决绝地说：这话我不能应承。

王宽说：不就是句话吗，咋不能应承？

祁婶也说：应。咋不能应？

祁小元急了，说：娘，我只是个副所长……再说了，犯法的事，违反原则的事，咱不能干。

王宽说：哥，看你这话说的。谁让你干犯法的事了？不就是个情面嘛。以后遇上啥事，你能办，则办。不能办，也不会勉强你。婶，你说是不是？

祁婶说：是啊，谁还没个三亲六故的。

事情到了这一步，祁小元无话可说。

王宽说：有哥这句话，事儿我去办。

王宽果然很会办事。他在城里搞到了一麻袋批发来的上边印有"红双喜"字的大白兔奶糖，又搞了不少一斤装的塑料袋，分包装了，说是元儿哥的喜糖，一家家给人送去。而后再声明元儿哥是旅行结婚。而后再递上那句话……村人们自然不好说什么，他毕竟是村里的门婿。等王宽走后，也只是撇撇嘴，相互咬咬耳朵罢了。

过了半个月，等祁小元找王瘸子算账的时候，说：宽，那糖，花了多少钱，算算，我给你。

王宽说：哥，啥钱？我还得给你钱呢。

王宽是个能人。经与祁婶商量，家里收的那些贺礼也经王宽的手，送到城里的商店代卖了一部分。结果，他不但没收祁小元一分钱，还拿出了一千八百元，说是卖那贺礼变现后余下的钱。祁小元皱了皱眉头，不接，说：你给我娘吧。到时，好给人家随礼。

按说，账平了，面子大小不说，也算有了。可那句话，烙在祁小元心里了。

19

我们在慢慢长大。

不再偷杏的日子里,我们曾结伙种下了七个杏仁。我们有七个杏仁,这七个杏仁是我们的希望。杏仁是苦的,我们期望着能长出甜意。

七个杏仁,却只长出了一棵芽儿。很小的芽儿,只有两个芽叶。

我们很失望。但我们也算是有了希望。我们每天去看这棵芽,我们希望它快快长。

我们天天给它浇水……我们也很想给它施点肥。

有人建议用尿浇。可我们不敢,怕烧死了。

那棵小芽终于长出苗了。

一棵很小的苗。

等树苗长到半人高时,慢慢,我们发现,那叶儿不是圆的。

后来,听大人说,那不是树,那是杂棵子,也叫燕屎,是燕儿吃草籽拉下的。

那么,我们种下的"十里香"呢?

我们还记得,祁小元当兵临走的那天夜里,场院里的麦秸后有两个黑影,两人在那里站了半夜……我们不知道,另一个黑影是谁?我们猜是夏保兰。

此后,两人就成了路人。

20

夏保生回来了。

夏保生是开着轿车回来的。不是出租,是他自己买的车。人们说,还是"四个圈"的。

这一次，夏保生回村象征性地转了一圈，给村里爷们一一敬烟问好，一点也不"傲造"了。人们望着他，只见他不但脸色润展了，也不是"四眼"了。

据说，夏保生不但在杭城扎住了脚，而且在姑爷的帮助下先后承包了二十辆出租车，成了一个小老板了。夏保生这次回来，本来是要带人的，可因为驾照的事，一下被卡住了。村里有五个年轻人，都愿意跟他去开出租，可路考的时候，有四个没有通过。那边急着用人，驾照却没有拿到。夏保生急了，时间不等人，说干脆花钱买吧。谁知黑照又涨价了，原来托托人，三千就可以办下来，现在得五千，村里这几个年轻人一时都拿不出这么多钱。急得夏保生一头火！

大舅哥的事情，王宽不能不管。他说：老胡不能再找了，老胡太黑。再说，他也只是个中间人，托了他，还得挨门磕头……这回，咱换个主儿。夏保生说：那你说找谁？我这是急茬儿。有人抢着承包呢，不能等。王宽说：手头倒是有个人，咱村的，还是个车管所的副所长。夏保生说：谁呀？王宽说：祁小元。夏保生说：不当兵去了吗？王宽说：早复员回来了。夏保生说：所长都当上了。咋弄的？我找他去。我跟他是同学！王宽说：那，你试试？夏保生说：他当家不当家？王宽说：虽说是副的，可他毕竟是所长呀。夏保生说：那好，我找他去。王宽说：哥，拿点啥？夏保生说：老同学，我要给他掂东西，不等于打他的脸吗？

夏保生在车管所的办公室里见到了祁小元。两人初一见面，都怔住了。好久，夏保生叫了一声：元儿，还认识我吗？祁小元说：是保生啊，回来了。夏保生说：回来了。听说你当所长了，来看看你。祁小元说：副的。是副职。两人就那么相互看着，都曾是很骄傲的人。都曾经"傲造"过。

也曾经失落过。再次见面，只剩下了那一点点矜持。祁小元问：眼镜呢，咋不戴眼镜了？夏保生说：我戴的是隐形眼镜，看不出来。祁小元说：噢，隐形。怪不道。你胖了。夏保生说：胖了么？祁小元说：胖了。夏保生没话找话说：听说，中央又有新精神下来了？祁小元看了他一眼，说：精神？啥精神？这本就是没话找话说，却把两个人都伤着了……夏保生说完就后悔了，恨不得扇自己一耳光。往下，两人沉默了片刻，竟没话说了。过了一会儿，祁小元说：我还有个会。你，有事吗？夏保生一时语塞，竟不知该怎么说了。在外流浪时，他求过很多人，可见了老同学祁小元，却不知道如何开口了。脸丢在外边没人知道，可这是家门口呀。他说：也、也，没啥事。祁小元站起身，说：那好。保生，我这会儿忙。过两天，咱再聚。夏保生说：你忙。你忙。

出了车管所，王宽迎上去问：咋样？

夏保生没头没脑地说：一戴上大盖帽，咋就不是他了。

王宽说：看看？你不知道，这人臭屎。不愿给村里人办事。

夏保生问：他抽烟吗？

王宽说：不抽。

夏保生问：喝酒吗？

王宽说：一滴不沾。

夏保生恼羞成怒，说：我那儿等不及了。那就用钱砸，撂翻他。

王宽想了想说：哥，这样，我脸皮厚，叫我再试试。有门儿，咱就砸。没门儿，咱再想别的办法。

这两年，祁小元一直是躲着村里人的，他已经有很长时间没回村了。王宽这次来，手里提了两桶五斤装的小磨香油，进门来叫一声：哥，不简单哪，坐上办公室了。祁小元抬头看了他一眼，倒还是很客气地说：宽哪，坐,快坐。王宽说:哥呀,也没啥拿,给你掂壶油。祁小元说:有事么?王宽说:也不是个啥事。我哥保生,保兰他哥,回来了。喝酒时,不小心把驾照丢了。他急着走,想补办一个。外边排队太长……祁小元说:就这事呀。我见过保生了。你看,他咋不说呢?王宽说:他脸皮薄,怕你磨不开脸儿。其实,就这事……祁小元很想拔了烙在心里的那根刺儿,这算是有机会了。他说:行。这事不违反规定。我交代一下。给他补个照。可有一样,油掂走。你要不掂,这个忙我就不帮了。王宽说:哥,一壶油?祁小元沉下脸来,说了两个字:掂走。

出了车管所的大门,夏保生正在门外等着呢。他见王宽又提着油一瘸一拐地出来了,很失望地问:没门儿?

王宽却说:有门儿。

当天夜里,王宽骑着他的摩的把祁婶给接来了。一路上,他给祁婶交代了些话,让祁婶照着他的话说。祁婶觉得欠下了他天大一个人情,也很想把人情给还了,就说:姑爷,放心吧,就按你的说。

儿子住的是亲家的房子。祁婶虽是当娘的,却是第一次进儿子的家门,心里还是有些忐忑。王宽在门外等了一个多小时,见里边仍然没有动静,心里急,于是就推门进去了。他进屋后,没话找话说:嫂子没在家?

祁小元闷闷地坐在那里,一声不吭。祁婶呢,半坐在沙发上,正在抹眼泪。见此情景,王宽说:婶,你也别难为我哥了。都是村里爷们儿的事情,办不成就算了。这时,祁小元沉着脸说:宽,是你给我娘出么蛾子吧?王宽说:哥,这可不是我出的主意。如今找个活路不容易。好不容易有个门道,能帮就帮,不能帮就算了。祁小元解释说:我不是不帮。考驾照的事能是小事吗?出了问题怎么办?王宽说:是。理儿是这个理儿。其实,村里的几个年轻人,也都不是笨人。考试科目大部分都过了,就是个"搬库"。

一不小心，压线了。说起来也没多大个事。在城里开个出租，路边走路边停，也……祁小元生硬地说：没过就是没过。哪个科目不过都不行，不管你压线不压线。王宽说：是。论说是。哥，可你是说过话的呀。你说能帮就帮。祁小元气呼呼地说：我咋帮？你叫我咋帮？他一急，竟忘了说普通话了。王宽说：哥，这是个急茬儿。你看这样行不行？不让你出面。你写个条儿，就说，这几个人是我的亲戚，在不违反规定的情况下，请给以关照。下边的事，我去办。办成了，是哥的脸气。办不成，也不丢哥的人。祁小元说：那也不行！这个条儿我不能写。这时候，祁婶抬头望着他，满脸是泪……王宽这时又加了一句：哥，你要是这样说，那就是哥不愿帮了？我怕这话捎回去，祁婶……

此时，屋子里的空气十分沉闷。祁小元望着祁婶，她的嘴瘪着，想说句什么，却没有说，就像是被人踩了一脚的烂柿子，眼里的泪正一滴一滴地往下掉。爹走得早，娘一个人养他兄妹两个……不容易。

终于，祁小元说：下不为例。就这一次。说完他看了看祁婶，祁婶还是不说话。她的头发白了，一张泪脸上布满了皱纹。祁婶是从地里直接赶来的，衣襟上还挂着一小节狗狗秧儿，看上去可怜兮兮的，让人心疼。

祁小元愁着个脸，很勉强地站起身，从抽屉里找出一张信纸，拿出笔来，没好气地问：都谁呀？王宽依次报上名字：祁国定，二婶家的孩子；傅二毛，前院罗锅叔家的；夏清才，四姑家老大；吴运祥，六舅家的；姜玉海，姨家的。都是亲戚。

祁小元在提笔前在心里斟酌了一下，特别注明了那句"在不违反规定的情况下，给以办理"。他没写"关照"。他觉得不写"关照"好。

这张条儿在交给王宽之前，他又迟疑了一会儿，从桌子的抽屉里拿出手章，在嘴上哈了一下，郑重地盖上了他的章。而后，再次叮嘱说：只此一次。

王宽说：放一百个心。不给你找麻烦。

谁也没想到，王宽就是凭着这张写有"不违反规定"的条子，一下子办成了五本驾照。当然，他是给经办人送了礼的。

21

五月，又是五月了。

每当我们从夏家院前走过时，我们能看到的，是"杏的眼"。它高高地挂在树梢上，看着我们走过。

不知从什么时候开始，也不知从谁开始。在一个早晨之后，除了祭拜，村子里还有了一个传言，说"十里香"冒烟了。那烟一直冒了三天，有人亲眼看见，它显灵了。

于是，当我们离开村子的时候，家人会用红丝线串上一个"十里香"的杏核，让我们挂在脖子里，它成了我们的"护身佛"。

后来，凡傅夏祁人外出时，脖子里都会挂上这样一个"护身佛"。

22

一万……还多呀！

当那个消息传回来的时候，傅夏祁的村人们一下子炸窝了。在村里种地，背着老日头，春秋两季，种种收收，一年忙到头，一亩地顶多能挣一两千块钱，扣下买种子和化肥、浇地用电，再加上收割机械的费用，剩下的就不多了。可在杭城开个出租车，好的时候一个月竟然能挣一万多！差一点的也能挣七八千。我的天哪，一个月就能挣一万多呀。这是想也不敢想的。差距怎么就这么大呢？还让人活不？

据说，夏家的夏保生，原也是开出租车，如今不仅当上了老板，且已经在杭城买下了房子，办了户口，成了生活在天堂里的人了。这都是千真万确的。于是，傅夏祁人就有了目标和方向。

我们傅夏祁的人还知道，要吃这碗饭，咱得天独厚。因为我们有一个好"连手"。在傅夏祁，"连手"不仅仅是指亲戚，也有关系、攀附、合谋的意味。这当然指的是祁小元了。我们傅夏祁的祁小元，是车管所的所长啊。有了这层关系，还怕什么呢？于是，人们提着礼物蜂拥而来……结果却很失望，他们全都被黑着脸的祁小元怼回去了。

不过，没有不透风的墙。我们傅夏祁的人都是很透的。东方不亮，西方亮。摸清门道后，转头去找村里的门婿王宽。王宽可以说是一手托两家。一个是杭城的大舅哥夏保生，夏总。一个是车管所的祁小元，祁所长。就此，这条路才算走通了。

夏家的门婿，王瘸子，王宽，如今也是个"人物"了。他已经不开摩的了，如今在县郊租了一片场地，在场地上画了几条白线，买了几辆破桑塔纳，雇了两个退休司机，成了驾校的王经理了。王宽对村人们说：爷们儿，不是元哥不帮忙。这个忙他肯定帮。但你们这样不行。一家伙都拥到他家去，拿个仨瓜俩枣，立马三刻要他办，这怎么可能呢？车管所是县公安局的，上有法律，下有规定……不是给咱村开的。你们说是不是？论说，元哥给办个驾照不是问题，得有路径。

王宽自当了驾校经理之后就开始发福了，肚子也挺起来了，脸上汪着一层油。王经理所说的"路径"，其实很简单：就是上他的相生驾校。相生驾校对本村人有优惠。外人四千。本村人三千。至亲只要两千。而且不管考试能不能过，保证能拿到驾照。这么一来，报名上相生驾校的人自然就多了。

上了"相生驾校"，仍没有考过关的，王宽自有办法。这个办法对外是不说的。只说是祁小元祁所长帮忙办的。王宽是个明白人，他知道不能次次都去找祁所长……他只是遇上了特殊情况，一年半载或是三五个月才去找一回。其余的，都是他自己处理的。自从拿到了祁小元写的那张条子后，王宽就有办法了。他早年患上小儿麻痹后，曾跟一个瘫子学过一段刻章技术。后来开摩的就用不上了。现在他又拾起来了。他先是学着模仿祁小元的字体，又仿着章印刻了一个祁小元的章。需要的时候，他就盖上。有一次来不及，他就现用生萝卜刻了一个，居然也蒙过去了。再加上已买通了具体的经办人，办一个"照"给一个"照"的钱。先是一百二百，后来涨到了五百。拿到驾照的人自然高兴，他们都知道，这是祁所长给帮忙办的。虽然他黑着个脸，但傅夏祁的人知道，他那是做给外人看的，心里近。

这个时候，我们傅夏祁又出了一个能人，他叫傅二毛。傅二毛原也是跟着夏保生在杭城开出租的。只因送一个客商去机场，后来到深圳落了脚。听说，那天傅二毛拉的是一个香港的客商。客户下车忘车上一个包，傅二毛一直在原地候着，直到那人心急火燎地找回来，拿到皮包，等打开查验后，那人感动得从皮夹里拿出一沓子港币，递到了他手里，一再说：谢啦！谢谢啦！可他不要。于是，那人问他：你看过包包里东西啦？他说：没有。那人说：这样，小兄弟，你愿意跟我去深圳吗？他说：去深圳？那人说：我看你是个实诚人。我在深圳的出租车行业也是有股份的。你去我那儿干吧，咱们交个朋友。于是，傅二毛回去交了车，直奔深圳。傅二毛到深圳后，成了这家出租车公司的二老板，管着一个车队。就此，他给我们傅夏祁人又开辟了一条活路……村里人说，在深圳开出租比杭城的收入还要高。多年之后，在杭城和深圳，仅我们傅夏祁一个村，连亲戚带朋友，开出租的就有五百七十多人。加上各自的家小，出去的足有一两千人之多。

我们傅夏祁外出打工的人走了一批又一批。每批要走的人，大多都要通过相生驾校买上一个"照"。这个驾照不一定都用得上，那是备选的。如果一时找不到更合适的活路，还可以开出租，就像是平白多了一份手艺。所以我们傅夏祁是感恩的。我们的恩人就是祁家的祁小元，祁所长。是他帮助我们在外边站住了脚。各自挣多挣少都有碗饭吃。

这年，入冬的时候，祁小元突然想起，他妹妹，在县高中上学的小珍，自夏天以来，就没找他要过学杂费和生活费。假期里，小珍原说要上英语补习班，后来也不再听她吭声了。是生自己的气了？这么一想，祁小元有点慌。他怪自己忙昏了头，竟然忘记给妹妹送生活费和补课费了。他开车去了城南的县一高。等找到宿舍，他却怔住了。妹妹小珍的床头边，挂着一件很新潮的衣服，标签还没去掉，很醒目。更让他吃惊的是，妹妹竟捧着手机在玩！

祁小元问：珍，谁的手机？

祁小珍头都没抬，说：买的。

祁小元说：你一个学生，买手机干啥？

祁小珍说：哥，人家都有。

祁小元吃了一惊：谁给你的钱？

这时，祁小珍才抬起头说：不是你给的吗？

祁小元一怔，说：我啥时给你钱了？

祁小珍说：是宽哥。他说你忙。你让他送来的……后来他给我办了张卡，月月往卡里打钱。

祁小元慌了，问：打了多少？

祁小珍说：我没查，大概有一两万吧。

祁小元说：卡呢？

祁小珍很不情愿地把那张银行卡拿了出来，说：哥，咋啦？

祁小元把卡抓在手里，反身就要去找王宽。临走对小珍说：手机给人家退回去。

祁小元是在县城东郊相生驾校找到王宽的。说是"驾校"，也就是个两三亩大的院子，院子里画了几条白线格子，有两辆破旧的桑塔纳在白线格子里缓缓开动。

多日不见，王宽如今也有自己的办公室了。一个里外套间的房子。外间摆着一圈人造革沙发，沙发边沿处绽开了破口，露出发黄的海绵。里间有办公桌，办公桌上有两部电话，摊开的塑料袋有油炸花生米、开了瓶的"劲酒"。王宽穿一身西装，挽着袖子，喝口酒，再丢一粒油炸花生，很滋润的样子。看见祁小元，忙起身说：哥，我的哥，哟嗨，哪阵风把你刮来了？坐，快坐。说着，连拉带拽地把祁小元按坐在他的椅子上。

祁小元十分感慨地说：宽，日子不错嘛。

王宽说：沾哥的光，这都是沾哥的光。哥，我是委员哪，政协委员，县里的。要不是哥，我能当上委员？

祁小元说：噢，是委员了。你胡说啥，沾我啥光？说着，他把那张银行卡从兜里掏了出来，放在了桌上。而后说：这是怎么回事？

王宽说：哥，还没顾上给你说呢。咱办这相生驾校，你是有股份的。这事我跟保生哥商量过。保生出钱多，拿大头，百分之五十。我出力、跑腿儿，出钱少，占百分之四十。哥，你拿干股，百分之十。不多。

祁小元愣了一下，说：我又没出钱，凭啥拿你百分之十？

王宽说：哥，你没少出力呀。有你在那儿站着，咱相生驾校，就有生源了呀。怕你不要，这不，我给咱妹子拿去了。妹子上学，正是花钱的时候。

祁小元说：小珍一共拿了你多少钱？

王宽说：不多。一月五千。年底再算账……

祁小元说：这钱你收回去，我不能要。

王宽说：哥，能听我说句掏心窝子的话吗？

祁小元说：你说。

王宽说：哥，我给你找过麻烦吗？没有吧。咱这驾校，是堂堂正正的，各种手续一样不缺。违法的事咱也不干。哥呀，你说，要是局长给你打个招呼，让你给谁办个"照"，你能不办吗？你不办有人办。你要是真不办，恐怕就得挪挪地方了。你说是不是？再说了，你一直在嫂子家住着，这是常事吗？你得有自己的窝了。叫我说，买套房吧，我去过家里两回，咋都觉得窝憋。你说呢？实话给你说吧，哥，这钱就是你不拿，有人拿。就你车管所那经办人老崔，崔国定，是局长他亲侄儿，办一个我给他三百。他可都收了呀！哥呀，我知道，你想当个干净人。可这就是一池子浑水，你干净得了吗？

祁小元一怔：你是说，他手里有我写的条儿？

王宽说：可不。不过，你放心，有是有，没几张。

祁小元一拍桌子：王宽！

王宽说：哥，放心吧。你拿的是股金，是驾校的合法收入。你没拿过一分驾照的钱。我再说一句，咱傅夏祁的人都知道你是咱村的恩人！你回去打听打听，没人说一句二话。祁婶在咱村，那是没人敢不敬的……

祁小元站在那里，再一次无话可说。这些年，有些事情，他是知道的。比如局里领导打个电话，那是不能不办的。就像王宽说的，你不办，有人办。而且，在月文家住着，丈母娘的脸色很难看。很多小事，一件件堆着，让人头疼。况且……是啊，连王宽这样的人，都人五人六地坐在办公室里了，小酒儿喝着，桌上还摆着两部电话。

这一刹那间，他有些恍惚。

23

在外打工的人，每一次往家里打电话，都要问一问："十里香"还在吗？

家里人说：在。

问：开花吗？

家里人说：开。

打电话的人说：又梦见它了。树像伞一样，下边是一个一个的粗瓷大碗，它在一个个大碗里盛着……

家里人说：那是庇佑你哪。

24

那天晚上的事情，对于祁小元来说，是一次轰毁。

他喝醉了。是平生第一次醉酒。

进入腊月，祁小元去杭城开了个会，是有关车辆安全方面的会议。按会议规定，他是坐火车去的。会开了三天，可回来时，却买不到火车票了。城市大，会上人多，祁小元不好再麻烦人家。无奈之际，他给夏保生打了个电话。谁知，这一个电话打过去，夏保生不再叫"小元"了，也不再以老同学的口气说话了。开口称"哥"。他说：哥，在哪儿呢？祁小元说：在杭城，开个会。夏保生说：哥，你等着。没等祁小元说完话，甚至连地址都没问，夏保生就把手机挂了。

一小时之后，祁小元的手机响了。夏保生在电话里说：元哥，我在酒店门口，下来吧。

祁小元来到酒店门口时，见夏保生站在门口的一辆奥迪车前，仍拿着手机在打电话……等祁小元走到跟前，夏保生合上手机，说：元哥，你是请都请不到啊。上车，上车吧。

当晚，祁小元就这么稀里糊涂地被夏保生拉到了杭城西湖边上，一家名为"西湖春天"的酒楼里。祁小元也是后来才知道，夏保生把整个"西湖春天"二楼所有的包间都包下来了。真是腰里有钱胆子壮啊。

进了包间后，夏保生说：哥，你既然来杭城了，有三道菜你一定要尝尝。一个是西湖醋鱼，一个是水晶虾仁，一个是东坡肉。其余说得上的，也就是汤类了，都尝尝……祁小元说：不用这么麻烦吧？我也就是……夏保生说：元哥，车票的事不说了，包在我身上。你既然来了，就听我的吧。他朝外吩咐说：上菜！

不一会儿，就有一拨一拨的出租车司机拥进来，叫道：哥呢？元哥呢？哪屋？而后，人们一个个进来跟他握手，那情形很像是朝拜。人们进了雅间，一个个自我介绍说：哥，傅夏祁的……叔，傅夏祁的……舅，傅夏祁的……爷们儿，傅夏祁的……在这样的情形下，谁都会晕的。酒还没喝，祁小元的头就有些蒙了。到了后来，见雅间里进人太多，乱哄哄的，夏保生说：都回去。各自归位。待会儿再过来给元哥敬酒吧。

等十二桌人全部到齐了。夏保生端着酒，站起身来，说：各位爷们儿，听我说。元哥，也就是咱县车管所的祁所长，可以说是咱傅夏祁全村人的恩人！没有祁所长，就没有咱们的今天。可这么多年来，祁所长从未喝过咱一口酒，吃过咱一顿饭。我知道各位心里都过意不去。这样吧，我代大伙先敬上一杯！先喝为敬，我先干三杯。说着，满满地倒了三杯，一杯杯喝下，而后当众亮底。祁小元赶忙制止说：保生，我不沾酒。夏保生说：哥哥，你听我再说一句。你知道，我夏保生差三分没考上大学，死的心都有了……哥，如今，活到现在，我才觉得我是个人了。不管怎么说，不说有房有车吧，下一辈人，再也不用差三分考不上学了。这边分低呀……说到这里，夏保生眼里湿湿的。他接着说：哥哥，大伙能有今天，乡亲们自然都念你的好。你在别的地方可以不喝。一、你这是来杭城了。不上班了。二、在座的全是老乡。老乡见老乡，今天你必须得喝。你要不喝，大伙过意不去。我看这样吧，你不喝白的，可以喝红的，不喝红的，可以喝啤的。哥，这么多人都是冲你来的，你得喝呀。

祁小元看实在难以推托，只好说：那，我喝点啤酒吧。

夏保生立即吩咐说：上啤酒！

酒至半酣，坐在各个雅间里的老乡，纷纷前来敬酒。这个说：哥，要不是你批的条子，兄弟拿不住"照"呀。你不知道，练车时候，鳖孙教练把我熊得跟三孙子样儿，头都是蒙的。考一次不过，再考，还不过……现在，哼，闭着眼我都能"搬库"。哥，你得喝一个。知道你不喝酒，喝一口也行……那个说：叔，我是雁来家的老二，栓柱呀。你不记得我了？咱可是至亲，我敬叔一杯。叔啊，我儿子也过来了。在这儿上学呢，三年级，都会说那外国话了。别的就不说了，都在酒里……还有的已是半醉，说：老舅，我娘说了，啥时都不能忘了老舅。他的嘴贴在祁小元的耳朵上说：你外甥媳妇也来了，一家都来了。都不少挣啊。不诓你，郊区的房也订下了，都快拿到本了。不说了，喝！你要不喝，这样行不行？我三杯，你一口。这总行吧……祁小元开始还是一口一口地喝，啤酒凉凉的，很舒服。

酒喝到八九分的时候，栓柱又一次从隔壁雅间里端着酒来到了祁小元身边。他喷着满嘴的酒气说：叔，我想再表示一下心情。夏保生接过话头说：那你敬酒啊。再敬。栓柱说：我、我不让叔喝、喝了。我给叔唱、唱个歌！栓柱一拍胸脯：叔，这是我自己写的歌！我，我还想上那个啥，中央电视台呢。你听听。祁小元说：哟，真看不出，栓柱还会写歌呢？栓柱说：夜、夜里睡不着的时候，瞎哼哼的。叔，你别笑话。

这时，众人跟着拍手起哄：唱。唱一个！唱一个！

栓柱就洼着腰，扬着个脖儿，一手托着后脊梁，哑着个喉咙，唱起来：

我们是钉。我们是钉。

水泥钉！水泥钉！（众人齐和）

只要一个缝儿，只要一个缝儿——就楔下一条命。

生儿育女！生儿育女！（众人齐和）

我们是虫。我们是虫。

毛毛虫！毛毛虫！（众人齐和）

只要一个缝儿，只要一个缝儿——就楔下一条命。

生儿育女！生儿育女！

……

栓柱的歌声哑哑的，有些许苍凉，忧伤。行走的艰难，城市生活的不易，都含在里边了。一时众人都跟着吼唱。吼着吼着，人们全都泪流满面。带几分酒意，不知怎的，连祁小元都被感染了，也跟着掉了泪。爷们儿都不容易呀！

往下，受情绪的感染，敬酒的人越来越多，话也多了，祁小元就半杯半杯地喝……到了最后,他觉得人都飘起来了。真舒服呀!

喝到午夜,祁小元喝趴下了。蒙蒙眬眬地,他觉得有人搀扶着他往外走。这时,他听见夏保生在耳旁说:哥,明天能早点走吗?他醉得眼都睁不开了,"嗯"了一声,说:听你的。

第二天一早,五点钟的时候,祁小元醒了。他先是听到了"咚咚"的敲门声,等他开了门,夏保生说:哥,你要是不舒服,就多待几天?玩玩。祁小元说:走。走。现在就走。

匆匆收拾了东西,下楼坐上夏保生的奥迪。等车开出酒店,上了林荫道,就见马路两旁停满了出租车。出租车一辆接一辆,整整齐齐排成两行长蛇阵,司机们都戴着白手套,各自站在自己的车前,向祁小元行注目礼。当奥迪缓缓开过时,一街两行出租车一齐鸣笛!

这时,坐在前排的夏保生回过头,说:哥,听见了吗?这是向你致敬,给你送行呢。

祁小元望着路两边一字排开的出租车,大约有一百多辆。这些开出租的都是他的乡亲。五点钟,他们一早爬起来,赶到这里,就是为了给他送行。祁小元心里一热,不知道说什么好了。他说:这,这,不合适吧?

夏保生说:这有啥?都是自家爷们儿!

祁小元自己知道,其实,他并没做什么。可他心里湿湿的。昨天晚上,一个乡亲的话,至今还在他耳边回响。他说:爷们儿,你这是积德呀!这是积德吗?他还真说不清楚。现在想起来,他还是有些恐慌。他记得,没写过几张条子呀?怎么有这么多人都说是他批了条子呢?不管怎么说,此时此刻,除了惶惑和不安,也还是有些感动。

祁小元说:保生,是你让他们来的吗?这不好。

夏保生说:不是。哥,都是自愿的。

祁小元说：自愿的？

夏保生说：你是咱傅夏祁的恩人哪。

恩人？他是恩人吗？祁小元又一次无话可说。

祁小元回到县城的第二天，刚上班在办公室里坐下，王宽来了。王宽一进他的办公室，就咋咋呼呼地说：哥，元儿哥，听说你去了杭城？咋样啊，这回开眼界了吧？我早就说，洗了吧，按了吧？那杭城的姑娘……

可是，没等他把话说完，不知怎的，祁小元一股无名火蹿上心头，他一拍桌子，厉声喝道：出去！

王宽立时傻眼了。他站在那里，进退不是……过了片刻，他突然脸上堆满笑容，说：明白了。打嘴！祁所，祁所，对不起，祁所……

这时，祁小元也觉得有些过火，就此缓下脸色，说：这大小也是个单位！一进门就咋咋呼呼的，像话吗？

王宽说：祁所，我以后注意。

可奇怪的是，自王宽挨了"熊"之后，他再找祁小元办事，就畅通无阻了。他们谁也没再提银行卡的事。当然，王宽仍然每月往卡里打钱。

25

慢慢，关于"十里香"，又有了新的传说。

那又是老人们在时间里筛漏出来的一句闲言。

他们说，夏家祖上有一位三姑奶，就是葬在这棵杏树下。她原是想离家出走的，跟一个男人……可最后又回来了。为什么呢？没有人知道。这是夏家的秘密。

但我们傅夏祁的人都知道，那位三姑奶是全村最美丽的姑娘。老人们说,她曾是我们傅夏祁的一张画。据说,当年,她是坐船走的。她走后,"十里香"三年没有开花。

那么,葬在杏树下的,究竟是哪一代的三姑奶呢?没人知道。人们说,在刮风的日子里,细听,摇摇曳曳的老杏树在说一个字:走走走。

26

这年的大年三十,祁小元开着所里的车回家了一趟。

以前,为了躲避村人的纠缠,他已很久没回村了。现在,说不清为什么,他觉得,他终于有资格回家了。

马上就过年了,村子里开始热闹起来。在外打工的村人大多是开车回来的。村街的路边上已停了许多车辆。特别让祁小元惊讶的是,在村街里停放的各种车辆中,竟然还有奔驰、宝马这样的豪华轿车……当祁小元开车缓慢经过时,却被一辆车挡住了路。倒车的是在杭城开出租的祁栓柱,栓柱说:叔回来了。我这就给你让路。祁小元说:栓柱,真行啊,开上宝马了。栓柱贴近些,小声说:叔,你可别给别人说。车是我借人家的。不瞒你说,咱自己的是辆夏利。一家人都回来了,坐着挤。还要个脸气不是?

祁小元没再说什么,只"噢噢"了两声。

进了家。见小元回来,祁婶自然高兴。忙让小珍给哥打洗脸水。祁婶问:月文呢?她娘俩怎么没回来?祁小元说:月文值班呢。我明天也要值班……祁婶说:没跟你生气吧?祁小元说:没有。生啥气呢。祁婶说:那就好。听小珍说,你那丈母娘,说话死难听……就等你回来下饺子呢。

到了晚上十点,鞭炮声响起来了。一个村街,从东到西,炮声不断。先还是断断续续的,一阵阵的,而后就连成片了。孩子们穿着新衣,提着各样花灯笼，在街里跑来跑去点炮玩。村街当中还有人放烟火，大礼花"咚、咚"响着，冲天而起，五彩缤纷。鞭炮的硝烟、炸年货的油烟弥漫开来，村街一扫平日的冷清，显得十分红火。小元感慨，到底是老家，年味、人情味都要比城里浓。

到了十一点之后，家人都已经睡下了。祁小元家门前，突然响起了鞭炮声，大约是一千头的，"噼噼啪啪"地响个不停。响过之后，就听有人高声喊：婶，祁所，金生给您拜年了！

过一会儿，又有鞭炮声响起了，大约是两千头的，炸声更响了……接着又有人喊：祁所，秋实给您拜年了！

再往下，三千头的，五千头的，还有冲天的礼花、二踢脚，"砰砰叭叭"地炸开去。往下，鞭炮声就一直响着……有人高喊：祁所，国有给您拜年了！

……拜年了！

……拜年了！

……拜年了！

那脚步声时时地在院子里响起……祁婶坐在床上，一一告诉祁小元，这是谁家的谁，那又是谁家的谁谁……祁婶是真高兴，说：这是咋回事？那运成家，早年生产队的时候有秧儿，多年都不来往了，今儿咋又上门了？

小珍从床上跳下来，趴在窗户上往外看，兴奋地说：哥，这炮仗可都是冲你来的。你咋恁大面子哪？

祁小元说：胡说。睡你的。

第二天一早，祁小元起床后，开了门，发现院子里铺了一层红红黄黄的炮仗纸屑儿，纸屑儿厚厚的铺满了整个院子，花花绿绿的，就像地毯一样。祁小元刚拿起扫帚，就听祁婶隔着窗户喊道：大初一的，可别扫。那是财！

祁小元在院子里怔怔地站着，忍不住笑了。

不一会儿，一辆豪华版的凯迪拉克停在了门口。从车上下来的是傅家老二，傅二毛。傅二毛披着一件呢子大衣，手里提着大包小包的礼物上门了。

傅二毛说：祁所，过年好！给您，给俺婶子拜年了！

祁小元应道：过年好。家人都好。

傅二毛说：祁所，爷们儿都感你的恩哪。一直想见见你。可你太忙。这回，我可是排第一吧？

祁小元说：二毛，都是乡亲，不用客气。你，咋还开车？

傅二毛说：我昨晚上才回来，是在县城宾馆里住的。那里有暖气不是？在南方待的时间长了。家里太冷，住家不习惯了。

祁小元"噢"了一声。

傅二毛说：祁所，我还没进家门呢。先来你这儿。哥，我知道咱村想请你吃饭的人多。今年，先说好，我排第一号。谁也别跟我争。谁争我也不认。初五之前，时间你定，咱就在县城"第一楼"如何？

祁小元说：心意我领了。饭就不吃了，我还值班呢。警察值班时不能喝酒，这你是知道的。

傅二毛说：知道。那就再定吧。反正初五之前。

祁小元说：好。电话联系。

送走了傅二毛，祁小元折身回来，在院子转了一圈，对祁婶说：娘，我不能在家待了。我得赶紧走。

祁婶看看他，明白他的意思。待会儿拜年的人会越来越多，他是不想欠那么多人情……就说：那你回吧。初五？

祁小元说：我知道。记着呢。

祁家初五是上坟的日子。

如今，祁小元也有手机了。两部手机。一部工作用，得二十四小时开机。另一部才是专门对外的。过年这几天，祁小元那部专门对外的手机一直关机。躲到初五，总算把能躲的饭局给躲掉了。可初五是必须得回的。

祁小元本该一早就回去上坟祭祖的。可初五这天下雪了。雪下得大，夜里高速路出了起大事故，整个交管部门全出动了。祁小元一直忙到中午，匆匆吃了碗面，开上车就往家赶。

路滑，不好走，祁小元到家已经是半下午了。祁家坟地在东坡，远一些。匆匆忙忙给先人上了坟，烧了些纸钱。这时候，祁婶说：知道你不愿见人。可人家都来了，还放了炮。别家不去，几家亲戚，你总得走走吧？

祁小元想，至亲也就三两家，那就走走吧。

串了几家亲戚后，天已擦黑了。走在村街里，祁小元发现，刚刚初五，整个村街就一下子静下来了。本是几千口人的大村子，几乎连个人影都看不见了，静得有些可怕。

这些年，村里的人也算是富了。村里盖了很多新房，都是两层或三层的，墙上贴着瓷片。站在空空荡荡的村街里，展眼望去，很多房子连灯都没有，黑乎乎的，外贴的瓷片发出冰冷的寒光，看上去瘆人。这初五刚过，呼啦啦，人都走完了。在通往村外的雪地上，印着一些杂乱的车辙和脚印，全都是朝东朝南……也许有一天，他们就不会回来了。那会是一种没有了脚印的人生。

祁小元踱到村口，忽见废弃不用的旧磨盘上立着一个桩子。等他走近时，才发现不是桩子，是个人。这人是王宽。他很惊讶地问：宽，你在这儿干啥呢？

王宽说：祁所，我堵你呢。

祁小元笑了：冷呵呵的，你堵我干啥？

王宽说：祁所，我的哥呀，你是真难找啊。打手机你手机不开。去家找，家里没人。我知道你初五上坟。我不在这儿堵你，我上哪儿找？赶快吧。"第一楼"，二毛、我哥，还有村里的老少爷们儿的代表都齐了，就等你了。都在那儿候着呢。

祁小元说：你知道，我不喝酒。

王宽说：不喝也得去。一圈子人等着呢。这回可不是我请，是二毛。二毛发达了，非要表示表示。你可是答应过人家了。

祁小元一想，也确实答应过。无奈地说：那，走吧。

在路上，王宽说：祁所，那姓崔的也太黑了。原来办一"照"二百三百，这都好说。后来涨到五百。五百就五百吧。这会儿他又想涨呢，你能不能侧面说说他，也不能太过分了。你说是不是？

祁小元一怔，说：崔国定？

王宽说：可不。

祁小元脸一沉，什么也没有说。

27

这一年闰三月。就是说，有两个三月。

在第一个三月里，杏花开得格外的妖艳。那杏花就像是开爆了似的，一树粉红色的灿烂！远远望去，就像是怒放的红云，一团一团地炸着……人们说：三姑奶显灵了！

先是村人们前去祭拜。而后，十里八乡的人都来祭拜。一时间，树上挂满了红色的布条……

在第二个三月里，刮起了大风。大风一连刮了三天三夜……这一年，"十里香"没有结果。

28

初五这天晚上，说是不喝，也还是醉了。

这晚人不多，都是如今村里的发了财的大户。客是傅家的傅二毛请的，酒喝的是茅台，还上了大龙虾……开初，在酒宴上，几位乡党说的大多是谁又挣了多少，谁买了什么好车……这些，祁小元没接话，也不太感兴趣。后来傅家老二的几句话，却一下子打动了他。傅二毛说：祁所，你知道我为啥一定要请到你吗？我告诉你，是你给了我长度和宽度，给了我自由。有了车，千里万里，都不在话下了。我再说一句，哥哥，你知道我媳妇是干啥的吗？在天上飞的，空姐！要不是开出租，一趟趟接送……我会找到这么漂亮的媳妇？可话说回来，我刚拿到"照"，初开车的时候，说句笑话，这车就是只老虎。我每日里就像是骑在虎背上，在路上，谁要叫我，我头都不敢扭啊！现如今，不客气地说，车的宽度，就是我的宽度，车的长度，就是我的长度，无论多窄的路，凭感觉，我就能开过去。这是我的经验一。我的经验二：油门、刹车，不是踩的，是"含"的，大多时间，我的脚不是"含"在刹车上，就是"含"在油门上。"含"是一种感觉……经验三，听声音，车一发动，我听一听声音，就知道车有没有问题，它就像自己的身体一样……我这三条经验，给谁说谁服气。祁小元听了这话，心里像是卸下了千斤重担似的，一下子也激动了。他主动说：二毛，就凭你这几句话，我喝一杯。怪不道你能当老板。傅二毛马上说：祁所，哥哥，其实，茅台不醉人。大过年的，今儿都是自家爷们儿，没有外人。我再敬你一杯。接下去，既然喝了这一杯，众人也都跟着敬起酒来……可什么时候醉的，怎么就喝醉了？祁小元记不清了。

第二天早上醒来，觉得头晕乎乎的，恍惚间就觉得身边有动静。开初他没多在意，意识还在一片混沌中。过一会儿，他扭过身来，忽然发现身边还真躺着个人，竟然是个女的！

他忽一下坐起身来，扭头再看，还真是个女的。看模样还是个姑娘，这姑娘下巴上有颗痣，被子只盖了一半，身上穿着透明的吊带裙，半裸着身子，头发散乱地铺在枕头上，正呼呼地睡着……祁小元四下看了看，这像是县城的一家新开的宾馆，据说还是四星级的。他赶忙找衣服。还好，警服在沙发上扔着……他一下子跳将起来，匆匆穿上衣服，匆匆去卫生间胡乱擦了一把脸，而后蹑手蹑脚地往外走。心里说：赶紧走。赶紧。

当祁小元刚要推门时，就听见身后有人燕声叫道：哥哥，这就走啊。

祁小元回过身来，见那吊带女子半裸着身子坐在床上，两只乳房像跳兔子一样动着……祁小元有些慌乱，垂下眼睑，说：我，我怎么在这儿呢？

那女子说：你不记得了？

祁小元说：不，不记得。谁、谁把我送来的？

那女子说：不是你要的吗？你打的电话，要的陪夜。

祁小元一惊：我、我要了陪、陪夜？

那女子说：是啊。我都没想到，还是个警察哥哥。

祁小元慌了，语无伦次地说：不是我要的。真不是我要的。我真没要……

那女子笑眯眯地望着他，说：哥，谁要的不一样吗？

祁小元深吸一口气，说：我我我，没那个、啥吧？

那女子直了直身子，说：你说呢？都一样。反正是包夜。你要是现在想，也行。来吧。

祁小元推门就走。那女子在他身后笑着喊道：看你吓的。喂喂，别跑啊。老板替你付过钱了。

进了电梯，祁小元的心还是"扑通、扑通"直跳……电梯到了一楼，祁小元正了正警服，从电梯里走出来。就见王宽在吧台边的沙发上坐着。见他下来了，慌慌地迎上来，说：祁所，睡得还好吧？

祁小元说：还行。

王宽又说：安排得，还行？

祁小元没好气地说：滚蛋。

这时候，王宽却一磨一磨地走上前，苦着脸说：祁所，出了点事。

祁小元心里一紧，说：出啥事了？

王宽说：是……栓柱。昨天夜里，他急着回杭城。在颍平那边高速上……出车祸了。

祁小元问：你怎么不早点叫我？严重吗？

王宽说：是怕你……我哥、二毛他们，都赶过去了。

祁小元急了：我问你严重不严重？现在人在哪儿？

王宽说：我哥刚打来电话，说是，在、在殡仪馆呢。

祁小元脑海里"轰"的一声，说：走。看看去！

上了车，王宽说：我哥在电话里说，交警勘查过了。说是天黑，栓柱错过了一个路口，正往后倒呢，撞了一辆大卡……还是全责。我哥的意思，看你能不能给那边的交警说说……

祁小元沉着脸，一声不吭。

到了颍平的火葬场，进了殡仪馆，只见哭声一片。栓柱两口子，还有他娘跟孩子，一家四口，走时活生生的，现在全进了冰柜了……车也毁了。那车，宝马车，还是借的。他在杭城郊区分期付款买的房，也才交工……老叔雁来，像傻了似的，木呆呆的，在殓房的门口蹲着。

是啊，人没了，还留下了一个天大的窟窿……

祁小元走过来，上前怯怯地叫了一声：叔。

没想到，老叔雁来忽一下蹿将起来，朝祁小元的脸上吐了一口：呸！

众人都围上来了。王宽赶忙上前拦住：雁叔，你疯了？这也不能怨祁所呀。

夏保生他们也都劝道：节哀。雁叔，节哀。咱先处理事……祁所是来帮咱处理后事的。

祁小元的脑海里嗡嗡的，一句话也说不出来了。此时此刻，他突然想起了栓柱自编自唱的歌：

我们是钉。我们是钉。

水泥钉！水泥钉！

只要一个缝儿，只要一个缝儿——就楔下一条命。

生儿育女！生儿育女！

我们是虫。我们是虫。

毛毛虫！毛毛虫！

只要一个缝儿，只要一个缝儿——就楔下一条命。

生儿育女！生儿育女！

祁小元手捂着脸，哭了。

就此祁家的墓地里，又添了四座新坟。

后来，有传言说，栓柱出车祸时，他身上没戴"护身佛"。

29

如今，村里人越来越少了。

那棵老杏树"十里香"却成了一株被人常年祭拜的神树。

老树的身子已经被烟火熏得越来越黑了。它身上挂满了红布条儿。在刮风的日子里，一树红布条儿随风摇曳……就像是招魂的幡。

30

大风起于青萍之末。

夏天的时候，车管所的老崔，崔国定，出事了。

崔国定出事是他老婆告发的。崔国定是车管所直接办理驾照业务的经办人。他这些年给人办"黑照"，手里有了不少钱。人一有钱，胆儿就肥了。他竟然在县城里包养了两个女人。可笑的是，两个女人还住得很近，东大街一个，西大街一个，离崔家只隔一条路，没多久就被他老婆发现了。他老婆是个很泼辣的女人，一天，她把两个人堵在了被窝里……而后，她揪着这个女子的头发，让人敲着锣，直接揪到了县委大门口。不久，崔国定被县纪委"双规"了。他被带走前懊丧地说：败家娘儿们！

崔国定"双规"不久，第二个被带走的是王宽。带王宽时，他说：爷们儿，弄错了吧？我是民营企业。是……残疾人，还是政协委员。你不能抓我。人家说：谁犯法也不行。老实点。还朝他屁股上踹了一脚，于是他老老实实地跟着走了。

没过多久,第三个被"请"去的,就是祁小元了。祁小元刚带进去的时候,纪委的人还比较客气,问:说说吧?祁小元有些茫然:说什么?人问:说什么你不知道?祁小元不语。

到了第二天,纪委的人把条子拿出来了。纪委的人把条子往桌上一拍:自己看!条子厚厚的一摞。大约六七年时间,一共是一千七百二十一张。祁小元一张张看了条子,没想到竟会有这么多?!他忽一下子跳起来了,大声吼道:这不是……立时,几个人上去按住他:坐下!

祁小元挣扎了几下,突然像泄了气的皮球一样,一屁股蹲儿坐在椅子上。

纪委的人问:不是什么?这些条子不是你签的?

祁小元闷了一会儿,他知道,那些"条子"有一半是村人的。突然间,他看见了那一百多辆同时鸣笛的出租车;听见了大年三十的鞭炮声;看见了白发苍苍的老母亲;是啊,都到了这一步了……他沉默了。

纪委的人说:我再问一遍,是你签的吗?

祁小元沉默了一会儿,说:算是吧。

纪委的人说:是就是,不是就不是。算是?你只需要回答:是,或不是。

祁小元说:是。

纪委的人说:章也是你盖的吧?

祁小元说:是。

纪委的人再问:再看看,是不是你的签名?

祁小元说:是。

纪委的人问:你有什么要解释的吗?

祁小元说：没有。

纪委的人觉得有些条子的字迹模糊，不像是祁小元签的，提示他说：再看看，是不是你签的。好好想想。想清楚了再回答。

祁小元沉默了一会儿，说：能让我再上一次岗亭吗？

这么一来，祁小元的下场很惨。那张银行卡，自然要上交，买房子交的首付，自然也得退回去交公。就这样，算来算去，仍然对不上数……从证据上说，他写了那么多条子，钱却没有那么多，这是怎么回事？再次审问祁小元，他只是不语。不回答就是默认。这就是态度问题了。所以，只能从严处理了。

此后，在半年的时间里，最先被抓进去的崔国定，他因为检举有功，退赔了受贿钱款后，被开除警籍，判二缓三，不久就放出来了。

王宽，王瘸子，因为积极检举揭发，再加上本身是个民营企业家，还是残疾人……也保外就医，给放出来了。

唯有祁小元，因知法犯法、滥用职权、索贿、受贿的罪名被判了七年。祁小元被判刑后，收到的第一份文件是《离婚协议书》。这份《离婚协议书》是律师送来的。祁小元什么也没有说，就在上边签了字。

律师问：你还有什么要求？

祁小元摇了摇头，说：没有。

祁小元被判刑后，没有人知道他被带到什么地方去了。这人就像是消失了一样。

王宽出来后，过年的时候，曾经回过傅夏祁。他瘸着腿，见人就说：元哥不是我揭发的。真不是我。我什么都没有说……可是，人们不信。

不过，他的相生驾校仍然在办。可从此，他再也没脸回傅夏祁了。

春去春来，时间过得很快。据说，有一天，夜半时分，在县城的中心岗亭上，有人站在岗亭上指挥交通。据过往的司机说：那个站在岗亭上指挥交通的人，虽没有穿警服，可指挥起交通来，他的手势比交警还要娴熟。那很像是一个人……他的每一个转身、回身，都踢踏有声，而后是敬礼。他向东西南北，四个方向行礼……那行礼的姿势标准极了！

如今，留在村里的人越来越少了。还据说，在我们傅夏祁，每年的五月，村里那棵老杏树下，会有人放上一个小草筐，筐里放着八个麦黄杏。那杏就一直在筐里放着……因为上边有眼。也许是鸟，鸟儿在杏上啄出眼睛来了？

于是，那杏就像凭空长出一双眼睛。长了眼的杏望着偶尔路过的村人……一直到那些长眼的杏慢慢烂掉，没人敢吃。

我说过，我们傅夏祁人是感恩的。祁小元被判刑后，由深、杭两地老板夏保生和傅二毛挑头，村人联合出资，把祁婶和小珍的生活包下来了。祁婶常常一个人在村街里走过，风吹着她的满头白发，嘴里念念有词，说：人物。人物。而后，一天晚上，下雪的时候，她悄无声息地走了。

听到消息后，在外地打工的人基本上全都回来了。在夏保生的主持下，傅夏祁三姓的亲戚们，抬棺的抬棺，打墓的打墓……出殡时，纸钱像雪片一样铺满了出村的路。在前边打幡的是小珍。这时候，祁小珍已大学毕业，据说是在北京找了工作，送走母亲后，她也走了。

夏保生如今已是杭城人了。有车有房有户口，还有钱。一家人都迁走了。过年也不再回来了。

只是，再没有了祁小元的消息。

有人说，他已经死了。还有人说，他还活着。在某个城市里，隐名埋姓，开出租车呢。

如今的傅夏祁，几乎家家户户的房子都翻盖过了。多是两层或三层的楼房，个别有四层的。且多数人家在墙上贴了白色或红色的瓷片，看上去亮堂堂的。家家户户也都有了卫生间……只是，大多是空着的。

最近两年，即使是年关，回来的人也越来越少了。

在下雪的日子里，连麻雀都很寂寞。

·作者简介·

李佩甫，男，1953年生，河南许昌人。中国作家协会全委会委员，河南省作家协会名誉主席。著有长篇小说《生命册》《羊的门》《城的灯》《平原客》等十一部，中篇小说集《黑蜻蜓》《无边无际的早晨》《钢婚》等七部，电视剧剧本《颍河故事》《平平常常的故事》等六部。作品获茅盾文学奖、庄重文文学奖、施耐庵文学奖、《人民文学》奖、中宣部五个一工程奖、飞天奖、华表奖、中国出版政府奖等。部分作品翻译到美国、日本、韩国等。

打造

□ 池莉

所有描绘悲伤的词语中，

最悲伤的莫过于"本来可以！"

——约翰·格林里夫·惠蒂埃

1

2015年到了！

2015年将是伟大的一年。伟大意义在乎人。在乎对谁。时间总是冷冰冰的。但在这个冷冰冰的时间里，你做了什么，你成就了什么，那就是你的好日子了。

钟俞两家家长，处心积虑，花了几年时间磨嘴皮子，软硬兼施，终于让子女统一了思想，统一了认识，统一了步调，决定在今年生第二胎，并且按照生男孩的秘方去实施这个计划。2015年对于钟俞两家家长，那就是绝不平凡的、充满人生新期待的一年，仅仅只是瞅一眼2015这四个阿拉伯数字，四个数字都热乎乎充满温度。

而对于钟鑫涛俞思语小两口，不用说，要做大事了。大事来临，压倒一切的大事，他们要生第二胎了，不仅二胎，还须是儿子。2015，意义非凡。

元旦，新年，节日，假日。江边金观澜公馆。

钟鑫涛俞思语小两口子，在这个不平凡的日子里，新年开启模式还是平凡的习惯：早上睁开眼睛就刷手机。边刷边去过早。过早就是电梯下楼，在楼下早点铺子吃一碗热干面，配一碗蛋酒。热干面4块钱一碗，蛋酒一块五毛钱，便宜极了。再有钱的人，得了便宜，还是舒服。最关键的是自豪感，国际国内五湖四海出差有得吹。过早能够既吃饱又吃好，还大清早就香香地打开你胃口，随便哪个过千万人口大城市，都不可能——而且这是从祖辈延续到父辈再延续到子辈三代人的自豪感，感觉有那种树大根深的传承性。钟鑫涛俞思语在吃货流行、舌尖流行的当下，一不小心就会冒出文化自豪和文化自信，一冒出就会令他们犯贱，他们就分别端一热干面，一次性纸杯的那种碗，骄奢倚靠着自己闪亮的豪车，作大肆贪吃状，拍图立即刷朋友圈，这图是不是屌爆？当然屌爆！这种自豪感相当于精神味精，热干面就越吃越香。然后小两口子边刷朋友圈边上电梯回家。回家开始收拾打扮，边刷手机边收拾打扮。俞思语贴个面膜，都贴了好久，每一次都被朋友圈的羡慕嫉妒恨笑得花枝乱颤，面膜总贴不服帖。真好玩。笑死人。小伙伴们新年快乐！

钟鑫涛俞思语的午饭，回父母家吃，父母家是大本营。全家老少欢聚一堂，当然小孩子本来就在那边带。午饭将会是真正的节日盛宴，以此庆贺钟家绝不平凡的2015年的到来。盛宴结束后，钟鑫涛俞思语开始封山育林，尤其是钟鑫涛，必须禁烟禁酒禁垃圾食品禁大油大荤。总之管住嘴，迈开腿，钟鑫涛太不爱运动了。

在这个不平凡的节日里，钟家决定不吃餐馆。餐馆真是吃厌了。餐馆那种物流配送的大棚菜吃够了。大家要求老阿姨李雨青下厨，做传统家常菜。家常菜还是传统的好吃。启用砂锅大铫子。煨汤。经典的排骨藕汤——排骨是野猪的，莲藕是野生的。菜市场满世界谋，也还是谋得到，只要舍得花钱。老阿姨李雨青还是有点名堂的，又还是忠心耿耿的。红烧鲷子鱼——长江野生鲷或者梁子湖红尾鲷，总有一样谋得到。现在都要吃野生的！到处谋求野生的！不惜高价买野生的！随便什么，还是野的好。

在这个不平凡的元旦里，计划是吃好了，午睡一觉。睡饱了，下午带钟宇涵小朋友出去游玩、拍照、买礼物。2015年第一天，钟永胜高红夫妇要求儿女们：带自己小孩子出去玩玩，做一次模范父母。平时都是老人给带小孩，四时八节那还是要强化一下年轻父母在孩子心目中的良好形象。为紧接着的第二胎，进行一次慈父慈母的演习。习惯成自然。2015年，说不定很快，钟鑫涛俞思语将会是一对儿女的父母了。

带小孩出去玩，钟鑫涛的妹妹钟欣婷也不例外，只是父母不对女儿强求。钟欣婷是离婚的单亲妈妈，碰到邻居熟人，还是有点不体面。钟欣婷大大咧咧不要脸，钟永胜高红还是要脸的。

钟家的香火、钟家的传承，当然在钟鑫涛身上。

突然，门外有人砍门。砍的是防盗门。使用的是斧头之类利器，砍得哐哐乱响，这可不是一般普通的声音。紧急危险状况发生了！钟鑫涛俞思语一听就变了脸色，面面相觑，好怕，这是出啥事了呢？

情急之中，刻不容缓，二人同时动作——钟鑫涛第一个动作就是往后一缩,飞快躲进卫生间,躲开之前只来得及小嗓子对俞思语说一声"别说真话!"俞思语莫名其妙。但俞思语的第一个动作是往前冲。她还穿着睡袍、还敷着面膜、还趿着拖鞋。家庭女主人俞思语,一个箭步,冲出卧室,奔向客厅大门。这一瞬间,俞思语啥都没想。本能就有主人翁精神:这是她的家啊!

俞思语把大门一打开,门外二男生倒吓了一大跳,不禁往后一退,原来是俞思语面膜太白,又披下来一头丰厚的黑色长发。

俞思语赶紧解释:面膜。面膜。

俞思语首先这么一解释,门外二男生就说哦!愣了。

隔着一道防盗门,俞思语与外面二男生大眼瞪小眼。二男生戴着夹克连兜帽,鼻梁上架着黑眼镜,手提一只小提斧头,还有撬棍从双肩挎的拉链处露出来。二男生一看,感觉不对。赶紧掏手机出来,核对照片,果然不对。他们追债的女生,是个白骨精,瘦小个子,彩染短发。

"喂,你谁?"二男问。

"喂,你们谁?"俞思语反问。

"我们找这家住的女生。"

"我就是这家住的女生。"

俞思语嫌这个防盗门太土了,过新年发勤快,昨天把以前结婚剩下的红双喜,又贴了一张。这一次她倒是随机应变挺快。她瞅了一眼红双喜,说:"这是我的婚房看到没?"

"哦。是的呀——婚房——你新娘子?"

"是的呀。吃喜糖不?"

"结婚买的二手房?"

"是的呀。二手房。"

"前面那家人呢？"

"这还用问，搬走了唦。"

几个回合问答，俞思语已经听出了对方的夹生半吊子普通话，是武汉人。俞思语立即改说武汉话。说武汉话就可以像是与街坊邻居说话那样亲切随意了："你们等哈子，我去给你们找点喜糖。"

俞思语武汉话一出口，地地道道。二男一听，立刻也就换了满口武汉腔，说普通话蛮累人。武汉的舌头武汉的嘴，没有卷舌音没有后鼻音，普通话完全说不准确，只是讨债业务要求说普通话，要使外地欠债人听得懂嘛。武汉人之间，一换成武汉话，关系随和得就像街坊邻居了。

"糖就不吃了不吃了。现在都不喜欢吃糖了。哎呀，肯定是他们资料没来得及更新，搞错了，好咧把你红双喜砍坏了咧。"

俞思语说："这有么关系咧，纸的唦，家里还剩很多。"

"不好意思，门也砍坏了一点，莫见怪啊，这一行必须要给下马威。"

俞思语说："冇事冇事，砍了好，免得花钱拆。这种鬼防盗门，土死了。人家高尚社区根本不让装。"

二男一见俞思语好脾气，容易说上话，就与她打了个商量拜了个托，把欠债人的手机照片在俞思语面前晃了一下，说："看哈子啊，你们办过户什么的说不定还会碰到以前的人家，方便给传一句话过去，告诉他们'跑得了和尚跑不了庙！出来混早晚总要还！'"

俞思语很负责地问："传哪一句？你说了两句。"

二男就笑喷了。俞思语也笑喷了。然后双方说再见。二男忍不住多嘴，说哪个男的好有福气，娶到这好性格的新姑娘。还不免好奇，电梯都按了，回头又问了一句："你家新郎呢？"

俞思语还是实话实说："唉，斧头一响，躲卫生间了。"

二男再次笑喷。俞思语也笑喷。

俞思语笑着笑着，突然，笑不出来了：哦真的啊！万一真是歹徒呢？万一真是开门就是一斧头呢？钟鑫涛危急时刻，居然闪人。

欠债人照片，当然，是钟欣婷，钟鑫涛的亲妹妹。他自己亲妹妹他还闪人？

见人走了，钟鑫涛嘻嘻哈哈跑出来，笑得直捂肚子。搂住俞思语倒在沙发上，又亲又夸：啊！我老婆太好了！了不起啊了不起！临危不惧，啊！大智大勇，啊！真没有想到我福气这么大，原来娶了个巾帼英雄！最精彩的是喜感——哇。老婆你好有喜感，一下子就把两个男感染得喜气洋洋稀里糊涂。哎吃不吃喜糖？这一幕实在太精彩了。完胜央视春晚喜剧小品！

钟鑫涛甜言蜜语、油嘴滑舌又欢天喜地。俞思语看着老公模样，只是目瞪口呆。俞思语两条腿都在抽筋，她越想越后怕，瘫倒在沙发上。

一场讨债的惊险剧情，变成了说说笑笑的喜剧，完美大逆转，全凭俞思语这个人。

回家吃饭。钟鑫涛一进门就迫不及待了。一边脱皮鞋换拖鞋，一边兴高采烈嚷嚷他有一个特大新闻要播报，就当给全家的新年献礼。钟永胜高红都赶紧问儿子媳妇是什么是什么？俞思语笑而不答。钟欣婷不屑，懒得问。

钟欣婷总归是走自己的冷艳路线。离婚了带宝宝跑回娘家的女儿，不冷艳还能咋的？

今天新年元旦，钟欣婷已经暗中备好送给这个重男轻女家庭的大礼包。为此钟欣婷今天刻意打扮了一番：深紫色口红、同色系指甲油、同色挑染头发。宽松超长带兜黑色T恤、黑色紧身裤、黑色牛皮长筒靴。

黑色T恤前胸后背都印有白色大字：有情欠揍无情不老。

如果有得选，钟欣婷肯定还是要鲁迅的诗句，"月光如水照缁衣"，可惜网上制售 T 恤的好像都不懂鲁迅，和她的家人一样。所有没文化的人啊，咱们走着瞧！

全家人坐上餐桌。保姆小张带钟宇涵董超博两个小孩子在一边单独喂饭。李雨青上菜。俞思语帮忙。大碗排骨藕汤！大盘红烧鲷子鱼！还有红烧猪蹄、还有、还有……李雨青做了一大桌子菜。端出一道菜，喝彩一道菜。热气腾腾，喜气洋洋。这是李雨青承诺送给全家的新年礼物，她一张老脸，兴奋得红扑扑油光满面红。

稍等，钟鑫涛要新年献礼了。钟鑫涛把筷子当惊堂木一拍，开始播报今天俞思语勇退斧头帮的惊险故事。

高红只听到第一句"哐哐哐，斧头砍门声突然爆响"，就惊叫一声，两只大巴掌吃惊地捂住了嘴巴，眼睛直勾勾望着儿子。钟鑫涛是一个极其善于互动的互动性型人格。只要有听众一惊一乍，钟鑫涛口才就会更加出色。钟鑫涛连编带演，手舞足蹈。故事情节也大大渲染一番，噱头也大大卖弄一番，最后对俞思语的夸赞也大大升级一番。"善行无疆，舍己为人，恪尽职守，大爱无声"——钟鑫涛对央视主持人用词与口吻的模仿，以假乱真，乐得家人不停地鼓掌。

钟永胜高红对媳妇俞思语立刻刮目相看，说：啊呀，想不到你这么温和文静女生，原来还是一个巾帼英雄啊！

俞思语呢，哪里有想到钟鑫涛这么会夸人啊！他完全像是全国道德模范表彰大会的央视播报人。俞思语顿时就被吹捧得轻飘飘的，于是不知不觉的，她的坐姿神情，也就随之挺拔庄重起来，令她重温曾经被选为街道道德模范的荣光，大词加身这感觉还是很好的。

唯有钟欣婷双臂交叉，冷眼旁观，那神态就像看马戏。高红狠狠盯女儿几眼，钟欣婷也洋洋不睬。高红就要发恼：毕竟，全家心里都有数，俞思语这是当了钟欣婷的替死鬼,在外面社会上拉债扯债的都是钟欣婷。

　　李雨青见势不妙,赶紧扯开话题,拿过两杯白开水,一杯递给俞思语,一杯递给钟鑫涛,笑嘻嘻说:来来来,今天就启动封山育苗啦。话题一下子就给扯开了。钟鑫涛蛮不乐意地嚷嚷起来:这也太突然了嘛,元旦是节日啊,这大过节的,不让喝酒,还不让喝点可乐、雪碧或红牛饮料?俞思语也正在兴头上,就帮腔老公,说:是啊是啊,今天还是可以放开喝一次吧,以后就不喝了。新年元旦嘛。好吧,难得元旦!俞思语一边说一边笑盈盈的眼睛求公公婆婆。

　　钟永胜就同意了:好吧好吧,元旦嘛。

　　高红也就同意了:好吧好吧,也不差这一天。

　　来上酒!上饮料!李雨青又给俞思语递过一杯可乐,给钟鑫涛递过白酒、啤酒、红牛,钟鑫涛习惯喝"三中全会"。来来来,全家举杯——"婷婷,举杯呀!"高红还是忍不住要管教一下女儿钟欣婷。一个人再任性,也得分个时候。钟欣婷再年轻任性90后,也是结过婚离过婚生过孩子的成年人了。"婷婷还不赶快举杯感谢一下你嫂子,要不是她,你今天就被斧头砍了!"

　　好的,老妈。钟欣婷忽然甩甩头发,郑重地站起身来,大家少安毋躁,她这里还有新年献礼呢。

　　钟欣婷神秘兮兮地开腔了:大家不急,让我先感谢一下嫂嫂今天的救命之恩。我同意老妈说的,要不是嫂子,钟欣婷我今天就被斧头帮砍了。俞思语同学真不简单,庄重起来硬是像倪萍,年轻时候的倪萍啊。哥哥钟鑫涛呢,我就一并感谢了。2015年,我祝你们备孕成功、早生贵子——只是压力不要太大了,生男生女是老天爷安排,人算不如天算,这一点老爸老妈应该是有深切体会的——本人不就是一个不准出生的二胎吗?不也是想生男结果生女了吗？所以大家都不要着急，安心等候命运的给予。

这不，钟欣婷话中有话，扎人尖刺从话里到处冒出来。高红脸一沉，就要打断女儿。"等等！"钟欣婷说，我的献礼这才是刚刚开始，马上大礼物来了！

高红看钟永胜一眼，只好再次忍耐。

钟欣婷桌子一敲：李雨青，给我一杯白酒！全家就都"哦"了一声，都拉直了脖子看着钟欣婷。从来不喝白酒的小女子今天居然端白酒了，女中豪杰嘛！钟欣婷端起一杯白酒，身板子站得笔直，吭吭两声，说我算是搞个新年献词吧。

高红只是催促：献吧献吧快献吧。

钟永胜生怕高红惹恼了女儿这位小姑奶奶，赶紧往回找，说：新年献词好！高大上！反正如今都不饿，不急吃，在这不平凡一年开始的第一天，婷婷献个词也蛮好的。

谢谢！钟欣婷向她老爸致了个意。话题被钟欣婷成功转移到自己身上了。

钟欣婷说：首先要感谢的，是老爸老妈。过去的2014年，是我人生大起大落大喜大悲的一年，最后抱着儿子回到家里居住，全靠老爸老妈的大力支持、切实帮助、无私奉献、不计前嫌和宽容厚爱。以前钟欣婷不懂事，火暴急躁，对老爸老妈多有得罪，对不起你们的养育之恩。2015年了，新的一年开始了，也是孩子他妈的钟欣婷，将会知恩图报，老爸老妈对钟欣婷母子，该教育教育，该打打，该骂骂，该说说，钟欣婷不会有任何意见。请老爸老妈哥哥嫂嫂理解和原谅以前的钟欣婷，我的确嘴巴比较翻，大小姐脾气，但是毕竟血浓于水，钟欣婷从2015年开始保证懂事！

钟欣婷一席话，讲得怪正式的，突破了钟家多年来嘻嘻哈哈就吃论吃的吃饭习惯，全家人个个都听得有点不好意思起来。没有料到，钟欣婷还没完：

再必须感谢的，是两个小宝宝——过去的一年，给钟家增添了无穷的幸福和快乐。没有他们就没有钟家的香火传人。2015年希望两个宝宝健康成长。

再等哈子：还要感谢李雨青。

再等哈子：还要感谢一下小张。

再等哈子：还要感谢一下过去的苦难——高红已经在频频皱眉，女儿的话太多了，这就蛮无聊了。钟永胜也要维护一下老婆，他插话打断了女儿，说：婷婷你献词也太长了吧？菜要凉了。钟欣婷笑了，笑得阴险。她得过渡一下，让全家有点心理准备。

钟欣婷说：正是为了感谢全家所有人，下面报告两个重大喜讯——2015年新年第一号喜讯，这是我们家的户口本。钟欣婷好不容易在派出所办妥了所有事宜，她的儿子，小宝宝董超博，改名换姓，增补到钟家户口簿上了。请大家都传递看一看瞧一瞧，董超博姓名改为：钟宇博！

2015年新年伊始，钟家已经有自己的嫡亲孙子了！他叫钟宇博。和姐姐钟宇涵，姓名辈分都顺排着，是不是特大喜讯啊！钟欣婷不声不响，为钟家成功打造了一个孙子。老爸老妈可以不要太急逼哥哥嫂嫂生儿子，万一他们不成你们也不用崩溃，现在钟宇博就是你们亲孙子，不是外孙了，这可是法律都认定的呢！

大家的神都还没有回过来。2015年新年第二号喜讯接踵而至：钟欣婷找到工作了！钟欣婷被武汉市女子监狱正式聘为警察，当然，是辅警。不过，现在的辅警与警察一样，待遇各方面都不错。钟欣婷在多次自主创业失败以后，终于进入社会主流工作了。而且还算是接了老妈的班。

今后女狱警钟欣婷会很忙，请大家多多担待。好在钟欣婷今后不会在家发火了。她有的是地方发火、训人、耍脾气、耍威风——监狱嘛——那正好就是工作需要。钟欣婷在家里，有望做一个贤妻良母了。

哦，对了，以后再遇到放高利贷的上门逼债，请转告他们：直接去宝丰路监狱。

钟欣婷说完，自己举杯，说我敬全家了啊。一杯茅台酒，仰起脖子就一饮而尽了。

钟永胜高红老两口，钟鑫涛俞思语小两口，站在厨房门口的老用人李雨青，那边喂小孩子吃饭的保姆小张，一时间，全都变成木头人了。好像钟欣婷并不是在作新年献词，而是和家人在做"木头人"游戏："我们都是木头人，拿起枪来打敌人。"她是这个"木头人"的主持人，只要她把这句咒语一念，大家都得僵化在各自的姿态上，变成木头人。即便大家心里想要互相看一眼，都转动不了眼珠子。都木头人了嘛。钟欣婷太狠了，两件事情都做得挺狠的。小小年纪钟欣婷，连改户口这种天大的难事，都被她做到了！天哪！简直是后生可畏，可怕！

父亲钟永胜，作为一家之主，关键时刻，挺身而出，率先打破僵局。哈哈！钟永胜干笑哈哈哈哈，有趣有趣！还是婷婷有趣啊！顽皮啊！这个新年礼物挺好！挺好挺好！来来来，婷婷都先喝了，大家碰个杯，喝喝喝——新年快乐！

——新年快乐！附和声仅仅只是嗡嗡了一下。

来来来，动筷子，吃饭吃饭吃饭！

排骨藕汤——野猪、野藕。红烧鲷子鱼——长江野生鲷子鱼。好吃，还是野生的好吃。

可是，怎么就没有想象的那么好吃呢？钟鑫涛俞思语低下头闷吃，再也没有抬起头。钟鑫涛也讲不出笑话了。

唯有钟欣婷，吃得最香，还连连夸李雨青："李雨青，香！"

李雨青不时瞅瞅高红，替她揪心和犯愁，有口无心地应付钟欣婷：香就好香就好。

2

2015年新年第一天，元旦，钟家没有过好。钟永胜高红夫妇彻夜难眠。女儿钟欣婷太有心机了。高红知道女儿鬼心眼多，但是实在想不到她鬼心眼这么多，鬼心眼还这么大。钟永胜高红被女儿的咄咄逼人搞到有点害怕了。

钟家的万贯家财，来之不易，钟永胜高红夫妇半辈子艰苦奋斗，流血流汗甚至差点丢掉性命。本来钟永胜高红夫妇的如意算盘是：由儿子钟鑫涛继承和接管家族企业。钟鑫涛呢，将负责父母的养老送终，也将负责妹妹一辈子有吃有喝温饱不愁。这不是一个蛮好的钟家未来。亲朋好友无论谁，都十分认可，都说合情合理。没有想到女儿钟欣婷，居然不认可。不认可且不说，还当仁不让，一副抢班夺权的姿态。这么老早，她就把她儿子董超博改叫了钟宇博，这明摆着叫板父母兄长，明摆着要求家产平分。至少是平分的意思，鬼晓得她还有什么花脚乌龟？

午饭后高红就进房间躺了，血压高，人很不舒服。是夜，高红焦躁不安，血压也下不来，就擅自改户口的事情，翻来覆去问钟永胜：钟欣婷有没有搞错？钟欣婷没有搞错？钟永胜再三分析给高红：钟欣婷没有搞错。户口簿就是可以增删的，只要手续到堂，理由充足，符合法律规定。法律就是一视同仁的，不分儿子女儿，继承权平等。高红就恼火得要死。女儿真是一盏不省油的灯啊！指不定她连平分都是不满足的，指不定是想将来让她儿子执掌家族公司的。高红又急又愁，又咒又骂，不住气抹眼泪。高红这么一乱，把钟永胜也搞乱了。两口子都睡不着，就在床上声讨女儿：当初在乡下偷生这个孩子时候，随农户家取的第一个姓名陶再桂，真是有灵，谐音就是讨债鬼！一直和父母唱反调，一直在让父母破财，婚前给她找的工作她不做，热衷于什么自主创业，社会上高利贷都敢借，扯一屁股债，都是父母还的。突然就闪婚。闪婚就闪婚吧，嫁妆给出去一大堆，她又闪离，背一小宝宝哭回娘家。钟欣婷这女孩子真是不知好歹臭不懂事！她这一辈子，钟家肯定是养了，保证她吃喝不愁，她还要什么呢？还早早就开始排挤兄长！钟鑫涛俞思语这一对人，枉大钟欣婷好几岁，好像还没有睡醒。俞思语更是一个迟钝又厚道的，被钟欣婷欺负到头上来，也不知道吭气。父母会让钟欣婷为所欲为吗？简直太气人了！早晓得有这一天，当初生下来就丢茅坑淹死算了，还避免了后来因违反计划生育法遭受处分。一旦想到当年为生育，钟欣婷夫妻所承受双开严重处分，高红就抑制不住号啕了。钟永胜赶紧捂住高红嘴巴：钟欣婷就住在家里呢，别让她听见了！理智一点理智一点！

　　到底是男人，钟永胜有泪不轻弹。不过他也没有泪。这算什么事情就有泪吗？别看高红平日再厉害，遇到这种事，还是心乱如麻，感情用事，还是得靠着钟永胜。钟永胜的理性也就凸显了，当家做主的感觉也上来了，平日被高红修理时候的窝囊气，也就趁机发泄出来了。钟永胜强势地发表了他的意见：别哭了！现在哭个屁呀！根本还不到着急的时候！咱们夫妻还没有老到做不动，公司都还是咱们自己执掌，钟欣婷还翻得了天？涛涛是儿子，当之无愧的钟家男嗣，又快到而立之年，让他在外面磨炼最多还有年把两年，就回家接手公司，先让咱俩带着涛涛玩熟生意。做生意是容易的事情？就婷婷那种小打小闹自主创业开个小门面都屡屡失败，还能够驾驭大公司？好了！够了！现在完全可以不把婷婷当回事！改户口簿就改呗，姓钟就姓钟呗，咱们钟家多一个男丁，怎么看，都是好事。2015年的头等大事，根本不变，就还是钟鑫涛俞思语得赶紧生养！这次只要生了男孩，以后就好办，老祖宗的规矩，顺理成章，中国的社会习惯，女孩子连名字都不上家谱的，何谈继承祖业？抓紧当下！钟永胜叮嘱高红：你要赶紧做的不是哭，是抓紧当下啊！全力以赴去办鑫涛的生养二胎的事，别的什么都不要多想！清楚没有？高红乖乖回答：清楚了。钟永胜心里那个爽啊。他紧接着又吩咐：不等了，不排队了，明天你就去拿方子，加急给钱，社会不都有加急费这一说嘛。知道不？高红少有的温顺，说：知道了。钟永胜是公公，儿媳生养的事情，说话不方便，具体就不参与了，但是过程中出现任何问题，高红随时告诉，两人随时商量。高红继续是少有的顺服：嗯嗯。钟永胜更是豪迈起来：要银子花银子，要金子花金子。总之，咱们这个儿子，就是必须给咱们生个孙子！有了嫡亲孙子，改名换姓的孙子，自然就靠后排了，要金子花金子，秘方一定得是真的！高红已经从泼妇退化成应声虫了，不住气地跟在钟永胜后面嗯嗯。最后钟永胜用命令口吻说：睡吧！天都亮了，人总是应该睡觉的！钟永胜说完自己一摊，放松了身体，呼噜随之而起。高红也闭上了眼睛，努力睡觉，心里的眼睛却闭不上。

2015年新年第一天，元旦，钟鑫涛俞思语也没有睡好。夜晚两人回到自己小家金观澜公馆这边，进门也都没有说话。带孩子玩了一个下午，两人都蛮累，都歪在沙发上，刷手机上网玩游戏，就这样休息了一会儿。又打开电视，瞎看，看了一会儿，电视节目越来越没有意思了：不是广告就是卖东西就是唱歌选秀，电视剧吧都太雷人了，他俩智商似乎没那么低吧，就洗澡上床。两人躺床上，都睁着眼。今天午饭，钟欣婷上演一出"我们都是木头人"，现在还在脑海里翻滚。但小两口子都不知道说什么才好。本来嘛，钟鑫涛头男长子，进步快，学历高，大公司做到中层，一直都是家里主角。2015年，钟鑫涛两口子更是主角。钟欣婷今天特意发难，是想要翻天的样子，真是蛮气人的。但是，钟欣婷是钟鑫涛亲妹妹，俞思语不能在老公面前妄议。做嫂子的在老公面前妄议小姑子，此乃大忌——俞奶奶再三再四告诫过俞思语的。钟鑫涛么，在老婆面前更不能说自己亲妹妹不好，钟欣婷再不好，做哥哥的也不能够在老婆面前贬低她——这是公司那些知心姐姐再三再四教他的。于是，钟鑫涛俞思语各怀心思，久久不说话。可是实在睡不着，又忽然说上几句话，都是不咸不淡的网上八卦。很晚很晚了，睡眠它就是不肯来，这也是钟鑫涛俞思语极其少有的情况，从来都是睡不够睡不醒的一对年轻人啊！偶尔夜店喝了咖啡才会这样。今夜无人喝咖啡。长江上早班渡轮的汽笛都响了，窗帘也开始发白了。钟鑫涛俞思语小两口子不知怎么就突然激动地做出了决定：生吧生吧！抓紧生！坚决生个儿子！不就是儿子吗？不就是有了儿子就比别人气粗吗？咱们生！

一块石头落地。一块怎么样的石头？哪里来的石头？就不用说穿了。反正就是钟鑫涛俞思语同时心照不宣地，感觉一块石头落了地。可以睡觉了。俞思语本来还是蛮反感什么生子秘方的。钟鑫涛也半信半疑，更是嫌烦，据说秘方名堂很多。这一刻，都放下了，不管了，秘方就秘方，再烦琐也忍着。钟鑫涛说：太好了老婆！真是我的好老婆！钟鑫涛伸出胳膊，把俞思语揽入怀中，两人亲了个嘴，闭上了疲倦的眼皮。进入钟鑫涛怀中之前，俞思语把自己长发一再地理了理顺，免得刺人。晚安。睡了。2015年元旦，已经悄然过去。

次日晚上，高红就来到了江边金观澜公馆。本来是都在花桥小区大家庭一起吃的晚饭，还假装各走各的，生怕钟欣婷多心。钟鑫涛俞思语先回到金观澜，一会儿高红也来到了金观澜。母亲、儿子、媳妇，三个人，点个头，明知道要说什么，可是面对面一时间又说不出口，三个人的眼睛就都东张西望乱看。一会儿，俞思语开口了，说的是：妈喝点什么？高红不喝。吃点网红饼干？高红不吃。高红说：哎呀，你们坐下坐下行不行？行。俞思语带头立刻坐在沙发上。高红就是中意这个媳妇，不仅是自己挑选的自己喜欢，还真是因为俞思语老实厚道性格面，昨天被小姑子大抢风头不说，还被小姑子锋芒所伤，今天一句抱怨没有，伤在哪里也不投诉给婆婆，不就是只会生女儿不会生儿子嘛，人家就是不说钟欣婷一个字。高红前后左右怎么看，就怎么中意这个憨媳妇，替她出头的心劲，自然就出来了。再把钟永胜昨夜的叮嘱吩咐一想，她的脸皮就厚实了：不就是一桩生育的事吗？高红就开门见山了。

　　世上无难事只怕有心人。幸福不会从天降。如今什么不靠打造？高红做事情一向雷厉风行高效率，警察出身的人嘛。今天该找的人，高红都找了。该拿的东西，明天就拿得到。这位中医大师的祖传生子秘方，是已经被千千万万夫妻证明了十拿九稳的，所以很贵很贵的啊！贵没有关系！还是要再一次警告你们的是：必须严格按方子实施，不要怕琐碎，不得偷懒将就。对你们年轻人来说，改变生活习惯，难度肯定是有的，但是！有人一个月就见效了。钟鑫涛俞思语你们就不要畏惧艰难了！备孕开始了啊！不要瞎吃瞎喝了啊！网红饼干什么的都给我丢出去！思思例假几号来？俞思语脸一红，头低下了。涛涛？钟鑫涛也一脸蒙：我怎么会记得她的事？高红严训儿子：什么叫作她的事？是你们的事！从今天开始你就得记得！俞思语赶紧插嘴解救老公：22号。高红知道了。22号！每月22号！准吗？俞思语蚊子一样细声嗡嗡：基本准。高红很高兴，准就好！中医大师说了，只要女方月经准时，没有月经不调，那就是很好的受孕条件了。高红再次要儿子记住：思思22号月经啊！千万不要忘记！事情如果顺利，老天爷保佑，说不定这个月就能怀上。钟鑫涛俞思语态度明显比以前积极了许多，也不再有抵触情绪，不再回嘴质疑这个那个的。只是与长辈说这些，还是不好意思，还是面无表情。手指抠沙发，眼睛盯地上。高红够了。儿子媳妇态度由消极变积极了，高红就够了。高红眼睛也看别处，也错开儿子、媳妇的眼神。事情说完了，走了啊。拜拜！拜拜！

钟鑫涛俞思语心里也踏实了。元旦次日，2号夜晚睡得很好。

2015年1月3号，钟鑫涛俞思语开始正式实施中医大师的祖传秘方：钟鑫涛的男药，24小时这样子服药——第一次在晚上，夜里十点钟，入睡前服用；次日清晨8点，再服用一次，晚早各一次。

俞思语的女药正好相反：第一次是早8点服用，晚10点再服用一次，早晚各一次。

夫妻夜晚睡觉：头东脚西。夫妻床上位置：男左女右。饮食禁忌：烟酒茶，辛辣食物，油腻食品。不宜在服药期间同时服用其他滋补性中成药以及膏方。

行房时间与时辰，见表格。秘方又叫作送子包。送子包里配有一只自制的轮盘表格，得按月盈月亏时间和女方月经时间具体操作。

高红取来送子包，与儿子、媳妇躲在金观澜，进行了认真地学习与研究。经过高红一再确认儿子媳妇弄懂弄通了，她才不很放心地离去。钟鑫涛对高红说：哎呀。你就放心吧放心吧。我们都是重点大学毕业的，未必这都弄不懂？俞思语在一旁只是点头。

拜拜！拜拜！

1月22号，俞思语准时见红，第一个月，没有怀上。

3

1月份行动才开始,没怀上,不意外。凡事总有过程、有磨合期。

2月份继续。

遗憾的是,2月份太难了。2月份过年。春节,总是中国最大节日。过大年,放长假。铁定的,大年三十,除夕夜,必须全家团聚吃年饭。

钟鑫涛俞思语在这一天得两边吃。俞家把团年饭提前到中午,俞思语钟鑫涛带着女儿钟宇涵,回到俞家吃一顿团年饭。晚饭一家三口再赶回钟家。钟家是儿子媳妇孙女,是自家人,得回家一起吃更加正规的团年饭。入夜,钟鑫涛俞思语还得赶出去参加格瑞丝的派对。

保罗格瑞丝在他们的保罗木梳品酒屋举办的新春派对。格瑞丝保罗他们每年除夕夜,邀请的中国人并不多,基本都是在汉国际友人,隆重热烈,一起守岁,通宵达旦,演唱歌手都是老外他们自己,十分地放松和狂欢。格瑞丝这么好的闺蜜,保罗国际友人也是钟家的好朋友了,俞思语钟鑫涛不可以不参加。而且档次很高啊,连续举办了几年,现在口碑在外,很多年轻人高价求购邀请函啊。

参加派对就不可能不喝点有酒精的饮料。派对不可能按时服用中医大师的药。过年就是过年,没有什么理由搪塞亲朋好友。

大年初一,各处拜年。武汉的过年,风俗习惯总还是保留着。钟宇涵小朋友,早上起床,穿得簇新,打扮漂漂亮亮,由她的父母带着,首先在家里给爷爷钟永胜拜年,给奶奶高红拜年,给姑姑钟欣婷拜年,各位长辈就一一给红包,这叫"开门大发财,元宝滚进来"。钟鑫涛俞思语带着女儿,驱车前往俞家拜年。俞家又是更为隆重的事情,尽管被称为外孙,但却是四世同堂,更加喜气。钟宇涵小朋友一进门,按老礼数,是要给俞爷爷俞奶奶下拜磕头，现在就是新风气，只口头说说就行了。两老就给红包了。

今年的新鲜事，是俞思语的父母，大变样。用钟鑫涛偷偷笑话俞思语说的：这是我的岳父岳母吗？三观刷新哎！俞思语说，去！心里却是特别高兴。此前俞思语担心的就是爷爷奶奶，生怕今年过年缺了伯伯伯母俞洋一家三口，老人心里会难受。哪里知道，俞思语父母这个春节的表现，让她不敢相信自己的眼睛。以前每年春节，都是伯伯俞非洲主持。由他预订餐馆的年夜饭、大年初一拜年、初五迎财神，等等。俞非洲去年移民美国了，春节他自己全家在美国团聚，回不来中国。

今年俞亚洲出面主办了。厅级官员俞亚洲，放下身段，作为俞家二儿子，有史以来第一次，主持操办全家的团年过春节。俞亚洲妻子任菲菲，也挺身而出，不顾病体，临时出院，协助丈夫操持油盐酱醋茶。他俩今年主办得蛮有亮点，办出了新意，也更加符合老人的心愿。俞亚洲请了一个厨子，来家里做团年饭。虽说现在的厨艺学校毕业的年轻人，学的都是大路菜、套路菜、模式化菜，满足不了俞爷爷的传统口味，做不出沔阳年饭的菜肴，但毕竟是厨师，会做手工鱼圆。更毕竟是俞亚洲俞厅长亲自伺候副处级退休才得到正处级待遇的老爹啊！俞爷爷俞奶奶老两口子那个高兴、那个惊喜、那个自豪、那个受宠若惊，都让他们喜笑颜开，容光焕发，笑眯眯看什么都满意，哪道菜都好吃。特别是俞爷爷，还生怕儿子受累，一会儿过来递杯茶，一会儿过来要儿子歇一会儿，那神情，完全就像一个忠实和敬爱自己上司的勤务兵。俞家呈现出从来不曾有的父慈子孝图景，身在其中人人都开心。

除夕的团年饭，俞家全家十几口人，围着厨子，观看鱼圆子的制作过程：一条新鲜大青鱼，剖背打开，去鱼骨，刮鱼茸，剁成鱼参；手打，打着打着就上劲了——上劲是一个神秘奇妙的手势——上劲了就有鱼参从手的虎口，轻轻一挤，就挤出一枚圆润光滑的雪白鱼圆。紧接着，一枚一枚地、飞快地，鱼圆挤出来，漂浮在一大盆清水水面上，一只只，轻轻荡漾，像是魔术一般——好看好看好看——钟宇涵小朋友喜欢得不行，蹦蹦跳跳，老想把她小手也伸进去挤鱼圆。俞思语也倍感新鲜和神奇，钟鑫涛也是。他俩都还没有见过这般场景呢。手工鱼圆就是特别好吃！他俩带着钟宇涵小朋友，这就很像一堂亲子教育课了。这感觉真是特别好、特别有意思，也特别有意义。钟宇涵小朋友吃了很多鱼圆。俞爷爷也吃了不少。一老一少，吃得最多、最开心。全家十几口人，频频举杯，钟鑫涛不喝酒肯定是不行的了，更加上俞思语和她父母关系有所改善，这是更要喝酒祝贺的，喝！

　　大年三十的这顿团年饭，俞亚洲主持任菲菲协助，前所未有的成功。俞爷爷俞奶奶脾气好得出奇，俞美洲平日的那一副苦相也换成了笑脸。俞家很多年没有这样和谐热闹了。大年初一的拜年，钟宇涵小朋友心不在焉急急匆匆地拜了自己的爷爷奶奶，就很积极地要求去太爷爷太奶奶家。俞家有许多红包。除了太爷爷太奶奶的红包之外，外公俞亚洲给了红包，外婆任菲菲也给了红包。以前他俩都是两人共同给一只红包。以前俞亚洲认为这种旧风俗不可取，太刺激孩子的金钱物质感，红包一般也就两百块钱，两张红钞票，图个好事成双的吉利。而今年红包的厚度，俞思语一看，就忍不住瞟了钟鑫涛一眼。钟鑫涛没回应，但他俩心里都有数。果然后来打开一看，俞思语父母两个人各封了两千元整红包。都还是崭新的连号的红钞票，还有收藏价值。很显然，俞亚洲任菲菲夫妇是大费心思了。2015年，这画风真是完全变了。

　　俞思语拍着胸口说：妈呀，吓坏宝宝了！

　　钟宇涵也跟着妈妈动作学，憨态可掬。钟鑫涛开玩笑：原来你父母才是真土豪啊！

皆大欢喜。皆大欢喜。俞思语终于与父母和解了。奇怪，这么快，和解的感觉突然就被大家感觉到了。原来子女与父母，还是心连心的。俞亚洲任菲菲看在眼里，喜在心头：以往俞思语在家吃年饭，就是应个景，板凳都坐不热就要离开，刷手机，写信息，打电话，玩游戏，看电视，就是爱理不睬的。今年好啊，除夕的团年饭吃得不愿意离开。大年初一的拜年，又一起吃午饭了，钟鑫涛主动给岳父岳母敬酒，俞思语教钟宇涵小朋友给太爷爷太奶奶夹菜。看来俞思语现在才是真长大了，女儿长大了，还是懂得体恤父母的。俞亚洲看任菲菲。任菲菲看俞亚洲。两人交换了多少眼神，都是亮亮的，都是从来没有的惊喜。

前所未有。前所未有。俞家在俞亚洲主持下，2015年春节，迎来了一个新的春天。

俞家都知道俞思语今年要生二胎。钟俞两家要添丁加口了。俞家吃年饭也都纷纷举杯祝福钟鑫涛俞思语了，祝福他们小两口今年得个健康壮实的小宝宝。俞亚洲亲自发话：年轻人事业前途为重，不要担心你们工作被耽误，俞家现在带孩子的人多着呢！最重要的是，俞亚洲任菲菲他们省委那边的家附近，开办美国幼儿园和学校了，步行可达。这么好的教育资源，俞家肯定要为自家小宝宝努力提供。名额有限，得提前预约。任菲菲也很贤惠，说她已经在联系学校的董事长。管它呢，先预约，先拿到名额再说。钟鑫涛一感激，就只得频频举杯敬酒，并且年轻一辈要先干为敬。俞思语也喝了不少。人在这种场合这种语境，就顾不了那么许多了。秘方说不定没有那么严格呢。钟鑫涛俞思语交换的眼神里，都是同样的想法。

接下来几天，春节长假，到处玩、聚会，亲朋好友之间互相拜年。聚会拜年必有饭局，饭局必得大吃大喝。喝酒抽烟吃饭打麻将必不可少。钟鑫涛公司上有领导下有同事，中间还有很多朋友，朋友的朋友，同学的同学。俞思语朋友同学也不算少。春节一年一次的大节日，都不可以得罪的。那就春节例外吧，春节就是吃喝玩乐。不然，别人还以为你们犯了什么毛病呢。

在春节长假的情况下，钟鑫涛俞思语不可能严格执行送子包医嘱。所以，2月21号：俞思语来了月经。2月份没有怀上。

4

新春来了。长江一江春水变黄，两岸植物现蕾吐绿。金观澜公馆小区院子里的小鸟，大清早就钻出窝来，振奋精神，整理羽毛，唧唧啾啾，纵情歌唱。一件不寻常的事，悄然发生。此前谁都没有料到，钟鑫涛俞思语两人也都是浑然不觉。

这一天是3月5号：农历惊蛰。两千多年前中国古代先贤研究并标注出来的物候现象，直至2015年，依然精准。2015年3月5号深夜，当室内日历上的5号转换成6号的刹那间，户外高空平地一声雷，这是惊蛰的第一声初雷，紧接着，惊蛰神力显现：云层骤起风波，闪电道道密集发射，一声声雷鸣犹如野马奔腾，大地随之抖动，地热随之发生，暖意随之灌注，冬眠动物都被唤醒，干枯植物悄然复苏，所有有性繁殖的动植物生殖器，无一例外开始蠢蠢欲动，各种各样的荷尔蒙激素开始分泌，发情交配期到来，一部恢宏无比的性爱交响曲，开篇就是排山倒海的激昂快板，以人脑难以想象的磅礴气势，奏响了新春旋律。

相形之下，人间城郭不过是苍穹之下的微缩景观。武汉这个拥有两条大江无数湖泊高楼林立千万人口的庞然大物，当然也不例外。惊蛰之雷在苍穹来回驰骋，阵阵翻滚，轻而易举冲击着满城酣睡的人。

而在表面形式上，人们依然是在酣睡，一如拥挤密集蚁穴的蚂蚁。最多有人翻了个身，最多有人似乎听到雷声，也只当是飘然而逝的梦的碎片，对于自己肉体深处的苏醒，人们早已与自己隔膜得浑然不觉。

浑然不觉是浑然不觉，内在苏醒的万钧之力，还是会突破重重隔膜，来到人间。大树小虫齐齐被震撼，惊蛰之时，俞思语醒了。

惊蛰来临，俞思语醒了。这或许是一个巧合，或许不是巧合。这就无法猜测和揣度了。事实就是，俞思语醒了。与所有深度熟睡的人一样，俞思语的醒，不能够算是真醒，是迷迷糊糊的那种醒。是俞思语的尿液满了，她身体的排尿机能率先醒来，起夜撒尿。3月的夜，乍暖还寒，被窝里好温和。俞思语就有点赖床，一直赖到再也赖不过去了。俞思语这才起床去卫生间，自然还是迷迷糊糊的。

撒尿的时候，更加直接的异乎寻常的事情发生了：坐在卫生间马桶上撒尿的俞思语，依然还是迷迷糊糊状态，眼睛依然没有完全睁开，全靠日常生活的习惯使然。这是一泡长长的热尿，由于故意被憋，最初瞬间尿道口有点紧，接着，就撒得酣畅淋漓了。尿到最后，一个愉悦的尿噤袭来，类似于肉体的欢呼，让俞思语浑身打了个愉快的哆嗦。就在这个哆嗦的末梢，俞思语用一团手纸去擦干尿液，触碰到了阴蒂。这次的触碰与往常不一样，她忽然觉得，体内有一种兴奋，怦然而动。俞思语根本来不及过脑子，便迅速地对自己阴蒂，进行了再次触碰。这次下手更重，是手，不是手纸了。是手指，是亲手抚摸。是俞思语的身体要求她自己的手指，爱抚她自己！是俞思语的身体要求她自己的手指，与自己最隐秘的私处，谈谈爱情！俞思语根本还是迷迷糊糊状态，只是她身体里头的另一个自己、没有社会姓名的另一个女人、一个纯粹的女人，和自己闹恋爱了！俞思语的生殖之根，就如户外新春的大树小虫一样，爆发出强烈的生命力——很快，变得肿胀肥沃，温暖湿润，生机勃勃。

异乎寻常的事情，就这样发生了。生命中从来不曾发生的事，就这样发生了。从来不曾见过的旗帜鲜明，斗志昂扬，欲罢不能。俞思语的灵魂，被她自己的肉体，彻底惊呆！

现实意识唰唰唰地疾驰而来，让俞思语刹那间清醒了许多。社会教育灌输的道德感是非观身心健康观等等种种观念，一起涌上来，叫停俞思语的手指。而手指，似乎偏要我行我素，俞思语再次惊呆了。心惊肉跳，血往上涌。幸亏光线暗淡，幸亏全世界都是黑暗，幸亏钟鑫涛睡得死沉死沉，幸亏女儿住在她爷爷奶奶家。天啦！幸亏没有被任何人发现。

俞思语返回床上，黑暗中脸也羞得赤红。轻手轻脚，钻进被窝，背对老公钟鑫涛，尽量挂在床的边缘。然而，钟鑫涛身体的热气，阵阵袭来。两个微胖小夫妻睡在才一米五宽的床上——金观澜建筑商为了方便看江景，主卧室就放不下一米八的床。其实尺寸都是废话，女人一想要，宇宙都变小。床在发抖，被子在发烫，四肢扭动。身体实在躺不住睡不着，一个翻身，俞思语与钟鑫涛面对面了。男人，此时此刻，是一个多么亲密无间的归属。这是俞思语的男人。平时老公老公叫习惯了，想都没有想到老公就是一个公的、雄性、雌性的一体二面，她会需要他，突然，是如此如此迫切地需要。

钟鑫涛即便睡梦中，也无时无刻不在与老婆互动。婚后的睡眠是两个人的习惯与自觉。俞思语身体扭扭的，钟鑫涛也就搂搂的了。但是！钟鑫涛的手，男人的手，也有自己的独立意志，它不会与身体一起沉睡，当它一摸到俞思语的私处水肥草美，突然，触电了！触电了！发抖了！并且立即，男人的武器，立刻亮剑，毫不犹豫，冲锋陷阵——社会姓名叫作钟鑫涛的男人，也是连眼睛都还不曾完全睁开。

085

可见男女都有另外一个自己，躲藏在本人身体深处，从来不睡觉，只按季节过：有情与无情两个季节。

有情季节一到，男女都很自觉。钟鑫涛扬鞭跃马，俞思语积极迎合，床铺活色生香，小两口一句语言无需，一个眼神没有，无见无想，彻底关闭视线，灵魂冲出九霄，进入忘我境界，在想象中尽情遨游，劲往一处使，汗往一处流，如有神助，冲进天堂。

所有关于性高潮的表述文字，都因为词不达意而作废。唯有性高潮本身，闪闪发光、通体透亮、光焰夺目、灿烂辉煌，成功光临了钟鑫涛俞思语的肉体一次。发射成功之后，肉体才像彗星那样，拖着一只渐渐完成了使命的尾巴，自然而然地，进入尘埃，归入它的宿命。

男女重返人间，寂静美不可言。

翌日醒来，时间已经上午十点，睡过头了。大师的药也没按时吃呢！钟鑫涛俞思语都吓一大跳。看看钟，看看手机，都不敢相信自己的眼睛。当然，不相信不行。俗世就是有时间的规定。

男女都不好意思地笑了。俞思语把长发披下来，用手捧一大把，遮住脸。

男问：夜里怎么回事啊？

女答：不知道。

男问：那你好不好呢？

女答：好。你呢？

钟鑫涛忽然想要飞翔，他振臂高呼：太好了！太好了！老天爷啊！太好了！

小两口子猛然又一个拥抱，亲嘴到很久很久很久。

春天啊春天，亲爱的三月。钟鑫涛俞思语都以为这个月肯定会受孕的，他俩都有预感，这是如此绝妙的一次情爱啊。仅仅只是没有按送子包医嘱来做。

他俩这个月做早了，他俩这个月也做多了——多次想要重温绝妙美梦，多次想要3月5号凌晨的美景，再现一次、哪怕半次、哪怕一点点——没有。最美好的东西总归是转瞬即逝，仙踪难觅。

3月20号，俞思语月经来了。没怀上。

5

从头说起，头发的头。

俞思语拥有一头完美的长发，完美到各项指数都超标，的确是举世瞩目与实属罕见。钟鑫涛对少女的长发，也是情有独钟。两人在汉口西北湖边一见钟情，也多亏了俞思语那天的飘飘美发。"待我长发及腰，少年娶我可好"——就这一句诗，其实算是一句网络顺口溜，迷死人了。钟鑫涛俞思语一见钟情的前几天，正好开始在网络流行。他们俩都看到了，也都有心醉情迷之感。待到钟鑫涛一见俞思语，好一位长发及腰的美眉！

好了！够了！就想谈恋爱了！少男少女谈恋爱，还需要更多吗？

婚后。一到夜晚，清纯女神秒变贞子女鬼——这是俞思语所在的网聊长发部落的互相调侃。但，人人都以为调侃的是别人。俞思语自己从来、从来、从来都不曾意识到她自己的头发会变鬼。从来不可能意识到她的头发会有什么问题。会每到夜晚，当她入睡，头发就不再听她使唤，就是一堆乱发。乱发就是满床流窜。

钟鑫涛既然享受了美发之美，也得忍受发丝之乱了。世界上没有什么东西，只有优点，没有缺点。成也萧何，败也萧何。

入夜。上床。关灯。睡觉。俞思语往枕头上一倒，再熟睡以后忘形地翻几个身，那一头长发乱是乱，却好生了得。乱发的发梢，翻翻翘翘，钻钻营营，脱落的发丝似小蛇那样活的，四处游走，无孔不入。它们会粘上和刺痒钟鑫涛的嘴角、眼皮、鼻孔、下巴、耳洞、耳根以及任意一处，甚至大腿窝、蛋蛋、鸡鸡，等等，任意一处，无一幸免。

有时候钟鑫涛半夜下身忽然瘙痒，搔着搔着，会从自己阴毛里拉出长长、长长的一根粗壮发丝。钟鑫涛的理智告诉他，把手伸到床沿，悄悄丢到地上就是了，继续睡觉。而钟鑫涛的本能，就是睡到迷糊了的脾气，奋起反抗，手会去拨开俞思语的头发，动作很不客气、很果断。不停地弄开、拨开、抓开、甩开。一再地、一再地，身体也会往床沿挪，一点点、一点点地，尽量拉开与俞思语的距离，单单只恨床不够宽，被子也不够宽。钟鑫涛俞思语结婚了，是夫妻了，必须睡一起。人也得每天必须睡觉。这就是一个无法回避的严峻事实。

同时另一个严峻事实是，俞思语睡觉时候头发总是乱七八糟、自由散漫，每根发丝长达 70 厘米左右，总数达 12 万根左右；还每根都又粗又硬又油又韧，直径达 90 微米，超过白种人的一倍还不止。自然，每一根发梢刺痒皮肤的能力，理论上说，的确不容小觑。钟鑫涛又习惯只穿男士背心和短裤头睡觉，遮住的地方少，赤裸的地方多。

钟鑫涛俞思语小两口，正是能睡的年纪，一旦睡死，就稀里糊涂。两个人，四只胳膊四只手，在他们婚床上空打架。舞动、相遇、撞到、躲开。睡熟忘形，再次舞动、撞到、躲开。可是，躲不开。

这几天钟鑫涛上火，嘴唇上下有几颗青春痘正欲爆出脓头，牙龈红肿，嘴角烂了。

这一夜，睡到深处，俞思语的一丝头发或者两丝，总是拧成一股，先是夹在钟鑫涛嘴角，钟鑫涛一个转身，勒紧了，有点针刺痛感，他睡梦中偏偏头，迁就了一下，肉体自己知道怎样缓解疼痛，继续睡。忽然，熟睡的俞思语一个大翻身。是那种突然的、果断又勇猛的，一个熟睡中无知无畏的大翻身。猛然一下子，绞紧了钟鑫涛嘴角的头发。钟鑫涛嘴角又是烂的，溃疡有渗出液，渗出液还是稠的，已经粘住头发，这样一个出其不意的不知轻重地一拽，割肉一般，钟鑫涛发出了一声惨叫。俞思语没有被钟鑫涛的惨叫惊醒。钟鑫涛以为很大声的惨叫其实没有发出声，就跟梦中的许多惊叫一样，只是一种精神呐喊。懵懂的钟鑫涛手指头按住嘴角，还不知道发生了什么情况。感觉一下，嘴里竟有咸腥的鲜血味。出血了！钟鑫涛大吃一惊，警觉地坐起来，专注做了一个吞咽动作，鲜血味更浓了。是的，钟鑫涛在出血！是更大的吃惊了，顾不上熟睡的俞思语了。钟鑫涛打开床头灯，一看手指头，真有血，还不算少，哎哟哎哟就真叫唤起来了。台灯一亮，光线刺醒了俞思语，她眼皮颤颤抖抖，眨眨地不肯睁开，模模糊糊看见钟鑫涛坐着，口齿不清地吱吱呀呀，意思是，你在搞什么搞？

　　我出血了。

　　俞思语惊醒了一点，也坐起来，到处看。

　　什么？哪里？

　　嘴巴！

　　嘴巴？嘴巴里头外头？

　　不知道啊！

　　俞思语赶紧查看，原来是嘴角。

　　钟鑫涛吃东西还是太重口味了！看看，还是上火的原因嘛！钟鑫涛说：是你头发！俞思语从钟鑫涛嘴角抽出自己的发丝。笑起来：对不起啊！俞思语忍不住笑。钟鑫涛的嘴角也太脆弱了吧。俞思语的发丝割裂了钟鑫涛的嘴角，说出去谁信？笑死人了！钟鑫涛不觉得好笑。烦了，就像弄开意外撞上脸的蜘蛛网那样，一把一把摸脸，将俞思语缠在他身上的头发丝，捋到俞思语那边，有点嫌烦和赌气的意思了。

俞思语也只是笑。不笑能够咋的？

好吧。睡觉吧，半夜三更的。两人重新睡下，一会儿也就重新进入梦乡。钟鑫涛溃疡的嘴角，凝聚起一粒粉色的滴状痂皮，是淡淡的血与浓浓的渗出液以及部分口水，封闭了毛细血管创口。

哪里料到，正睡到烂熟，俞思语的发丝，发生了再一次的割裂。刺痛惊醒，钟鑫涛大叫，再次开灯。一线血流，沿着钟鑫涛侧睡的嘴角，一直流到耳根，就像一只血盆大口。俞思语一看，也慌乱了。怎么可能？

钟鑫涛俞思语两人的胳膊，一通慌乱。睡梦初醒的不精准，导致钟鑫涛的胳膊肘子，不慎一拐，撞到俞思语鼻子。俞思语顿时鼻血涌流出来，十分澎湃。

啊啊啊——太多血了。弄床上了，赶紧起床。怎么弄？手纸塞住。塞不住，手纸已经又红了。往后仰。不行不行，鼻血咕噜咕噜都吞进去了。一吐一大口鲜血，一吐一大口鲜血。钟鑫涛慌死了。赶紧手机百度，百一百流鼻血怎么处理。却乱七八糟说法一大堆，都是网友胡乱写的：有的说仰头。有的说不可以仰头。有的说直接送医院。有的说主要得看流血程度。

钟鑫涛干脆拨通了父母电话。钟永胜一听，你这小子！现在几点？凌晨四点哎！也太没生活经验了吧？自己老婆流鼻血，把父母叫醒。高红倒是心疼儿子：别听你爸的！我来告诉你怎么办——

天亮了。这个清晨，是有使命的清晨。原本计划，一是6：10响闹钟，测基础体温。然后做那事，一两分钟足够，射精完毕，俞思语继续平躺半个小时一个小时，或者又睡着了，都很好。钟鑫涛自己出去吃热干面蛋酒，很幸运热干面是中医大师送子包秘方上的食物。再记住：8点，吃药。

由于头发引发了一场血案，钟鑫涛俞思语都很困、很困、很困，都对闹钟置之不理，都没有做该做的事情。没在吃药的钟点吃那必须吃的药，都不顾使命在身了。

随后几天，小两口子发生了几次口角，为俞思语的头发。钟鑫涛建议俞思语换个发型。俞思语的疑问是：为什么？不喜欢了？看腻了？钟鑫涛断然否定。钟鑫涛当然还是认为俞思语头发是世界上最美头发。

那为什么？就因为偶尔，把你嘴角扯流血了一次？

本来嘛，就是扯破了嘛。

那是你爱吃重口味，嘴角本来就烂了。你自觉点，不吃重口味不就OK了？

那还是你头发太厉害了吧。

那你胳膊还把我鼻子碰了一大盆血，你是否应该换个胳膊？

你这个人，完全不讲道理！

你才完全不讲道理！

4月22号，俞思语月经又来了。4月份，没怀上。那就下个月努力呗。

6

5月气候好，出差增多。钟鑫涛是公司业务骨干，升职也不算慢，被重用是大好的事情。也是没办法的事情，你得多干活。公司老总开会讲话总是说："你们年轻人打得死老虎，要多多出差多跑跑，搞矿的，不跑怎么行！"

钟鑫涛打得死老虎吗？就他这开始脂肪淤积的小胖子？但他就是公司

的年轻人,他就是得出差。

钟鑫涛出差多,也没有关系。俞思语闲着。那就计划一下,去北京怀孕吧。想想也是很浪漫的事。天安门广场清晨看升旗,回酒店实施造人计划,在首都植树造林,养育祖国花朵。挺有趣的,将来还有纪念意义。而且,也算弥补了一下蜜月没有旅行、没有玩北京。

钟鑫涛俞思语查对了一下大师表格上的日子以及排卵期,这样安排:钟鑫涛头一天先到北京,第二天有整天的重要的不得请假的会议,动不了。第二天,俞思语可以前往北京。第二天晚上,小两口聚会北京,吃点全聚德烤鸭什么的,因为正在服药备孕期间不能够泡吧,到北京不能够夜里出去泡吧,那就吃烤鸭算了。吃了烤鸭,当晚静养、修整、不做、以逸待劳。第三天清晨,实施造人计划。天安门广场看升旗,那是说笑的了,还真看不成?他们这一代年轻人,不会那么老土。

在去北京之前的两个星期,小两口子按兵不动,不得同房,养精蓄锐,以免精子量不够,影响受孕几率。

就这样,计划不错。说好了,两边父母,也都放心,别多问了。钟鑫涛出差是出差,但是俞思语灵活机动。神州大地,哪里受孕都一样。

到了那日,钟鑫涛出差了。

武汉去北京,现在都坐高铁。高铁准时、方便、舒适、快捷,一个下午就到。车上玩玩手机,打打盹,就到了,挺好的。钟鑫涛是G518,武汉站至北京西,992公里,近5小时。

钟鑫涛上车就是老一套,和每次一样。坐定之后,玩电脑,玩手机,上厕所,打瞌睡,吃一次盒饭,再加一点零食小吃——刷手机时候习惯性往口里塞,咀嚼和吞咽,喝瓶装水。火车上的睡眠,和车厢一样,是一节一节的。在驻马店昏昏睡去,到漯河突然醒了;在郑州又昏昏睡去,到石家庄突然醒了。

怪异发生在石家庄，石家庄至北京这一段。火车在石家庄站停靠，上下乘客以后，开足马力奔向北京西站。这个停站，有人上下，钟鑫涛在睡没醒。倒是突然开车，一个启动，钟鑫涛醒了。火车的突然启动，不知道从哪个通道进入钟鑫涛身体，给钟鑫涛造成了一个悸动。

钟鑫涛醒来，嘴角挂着半干的唾沫渣子，眼睛视而不见地瞪着其他乘客。满车厢乘客，在钟鑫涛视线里等同于无物。可是可是可是，就在这些无物的背景里，却凉飕飕地浮现出来一幅超级高清的画面，有情有景有人物：这是一个半明半暗的夜晚，钟鑫涛被俞思语头发刺痒、抓挠、醒来、努力再睡、怎么都睡不着。钟鑫涛爬了起来，是慢动作。只见钟鑫涛，慢慢地，从床上，爬起来，一步一步，蹑手蹑脚，走出卧室，来到客厅——钟鑫涛本来没有觉察到自己昨夜有梦。今天毫不经意。今天就是正常出差的一天。

可是，却在火车睡眠的初醒之中，朦朦胧胧又清清晰晰，夜梦复活，钟鑫涛可以看见自己昨夜的一举一动：钟鑫涛来到客厅，俞思语在客厅墙壁上的巨幅婚纱照里，朝他发出蒙娜丽莎的微笑。奇怪的是俞思语的长发，只有半边，另外半边，已经被剃掉，头皮泛着青光。钟鑫涛大吃一惊，正待细看，俞思语又变成了秃子，嘴唇发紫，笑容变形。哦。原来是户外的激光灯，武汉的城市亮化工程正在升级，居民公寓高楼也都开始披挂花花绿绿的景观灯了，客厅落地玻璃门的帘子又忘了拉上，喜剧效果就这样产生了。喜剧效果中的秃头女子俞思语，让钟鑫涛既好笑又深受启发。秃头有秃头的明朗，长发有长发的阴森。钟鑫涛转转悠悠进入厨房，东看看西摸摸，碰到刀架，抽出一把厨房料理剪刀，又蹑手蹑脚，转回卧室，俯身细看俞思语。俞思语侧身睡着，只剩半侧脸，搁枕头上，相貌也是一种死相，眼睛紧闭，没表情，没活力，只是头发还是很多，一大堆，需要理发才好，是时候应该修剪修剪了——就在钟鑫涛动剪刀的关键时刻——和所有梦一样，具体行动总是一事无成——俞思语忽然翻身了。

俞思语翻了个身，发出一声重重的呼吸，又发出一声嘘嘘的呼吸，好像远处起风了，也好像远处有提醒——钟鑫涛一个吃惊，发现了自己提着一把剪刀。这一下子，钟鑫涛真把自己吓着了，赶紧溜出卧室，还了厨房的剪刀。记得好像，还打开冰箱，喝了几口水——这是他妈高红送来的水。说是一种碱性养生水，浸泡过能量石的。高红已经四方奔走，听过了很多备孕的专家讲座，深信"酸生女碱生男"理论，购买了专卖的饮水机和能量石。高红为监督儿子媳妇坚持应用碱性能量水，就会亲自把水制好，过几天就送一提过来。可怜天下父母心。钟鑫涛俞思语都很领情，表示他们会尽量饮用高红妈妈制作的水——这是题外话，总之钟鑫涛做梦，也都知道喝冰箱的碱性能量水。

剧情结束。好比突然停电，画面突然变黑。后面就是迷迷糊糊的记忆碎片了，好像是钟鑫涛回到床上，躺下，睡着了。

然后就是天亮了，太阳出来了。太阳底下，真相大白，没有黑暗梦境，连残片都没有。俞思语赶紧按时测量自己的基础体温。钟鑫涛一骨碌起床，忙碌清晨的洗漱、穿衣、排泄与进食，都必须一一完成。再驾车上路，还要祈祷不塞车。一切就如昨天，正常工作日到来。今天出差，收拾行李箱、资料、电脑、手机、充电器。掐着时间，赶火车。拥挤的候车室。候车室怎么会有这么多人？都出差吗？不像啊！都要东奔西忙地干吗？搞得候车室很拥挤，人撞人，看到人脸就腻味。心情都无喜悦。上车，坐下，各就各位，终于有了一点秩序，人与人之间，终于有了一点被强行规定的距离。谢天谢地！高铁开了。

出差老一套开始——没有梦。完全、丝毫、根本，就没有昨夜的梦。

然而！然而！然而！好像是为了佐证钟鑫涛在高铁石家庄段的重访梦境，俞思语微信来了：冰箱怎么是开的呀？

发来图片：敞开的冰箱门。

冰箱怎么是开的？

没有别的解释，肯定是昨夜钟鑫涛做梦了，梦游了，喝过冰箱的水，梦游人不知道关门——这也太恐怖了！好可怕！钟鑫涛梦游？他从来没有的呀！女人的完美长发太压抑男人了？笑话！

钟鑫涛回复微信：冰箱门开了有什么奇怪的，关上就是。

好在现在的火车乘客都只顾自己。身边人都在玩手机或者睡觉，对钟鑫涛蛮有催眠效果，很快就打断了钟鑫涛关于梦游的噩梦，重新进入一个昏昏沉沉的打盹。

幸喜石家庄是最后一站，北京西就要到了。有几个小孩子憋不住了，开始在走廊乱跑，吵闹哭叫，年轻妈妈紧追其后，以文明礼貌的腔调，大声呵斥教训自己小孩子，要注意文明低声。也有年轻妈妈不管不顾的。乘客就大声责问：这是谁家小孩子在走廊撒尿啊？太不文明了！钟鑫涛打盹结束。乘务员过来了，有节奏地对乘客说：来垃圾谢谢。来垃圾谢谢。垃圾谢谢。谢谢垃圾。垃圾吗来腿抬抬。漫长的4小时55分，终于过去了。再快的交通工具，人们的适应能力比它更快，一旦适应就不觉得它快了，总还是嫌它慢。其实快慢是个心情。都只注意建设高速列车，就是没谁注意到建设良好心态，肯定心态更重要，花再多钱火车也不可能建成火箭。再说还有副作用，比如电磁波的强辐射之类，啊呀呀，不管那么多了。坐得好累，漫长的4小时55分，终于过去了。

车厢立刻人声鼎沸，人们纷纷提前拿行李，乘客们好像被催眠以后都又重新回到现实中，前后左右都有人拥挤和碰撞到钟鑫涛，令钟鑫涛视线聚焦，不再目中无物了。把火车上的怪异残梦留在火车上吧，就跟垃圾一样，丢给收垃圾的乘务员。

冷不丁地，一个清亮甜美女声响起，就在钟鑫涛脑后，明确就是对他在说话，"帅哥，帮我拿下箱子好不好？"

钟鑫涛听到就动手了，就帮脑后那个清亮甜美女声，从行李架上拿下一只旅行箱。小巧新颖的旅行箱，肯定是她的。就在转身交行李箱的时刻，怪异再次发生，钟鑫涛顷刻之间，咕咚一声，又跌入梦境。是的，这是大白天，钟鑫涛睁着眼睛，信不信他就是大有恍然若梦之感：就在他背后，几乎贴着他身，站着那位清亮甜美女声。由于人多拥挤，他俩面对面的距离，最多只有18厘米左右，钟鑫涛还得稍微后仰一点，视线才能够聚焦：她一头俏丽的短发，簇拥着一张光滑小脸蛋，头发染成时髦的酒红色，刘海齐眉，这一头俏皮的短发，显得眼睛格外黑亮有神，脖子也格外直挺优美。钟鑫涛恨不得架子上所有旅行箱都是她的。

"嗨，嗨嗨，那不是我的，我就这一只！"清亮甜美女赶紧提醒钟鑫涛。

钟鑫涛脸一红，赶紧放开了别人的行李。别人也就对钟鑫涛嗤之以鼻。清亮甜美女也就对钟鑫涛的心思洞若观火。钟鑫涛也就发现了清亮甜美女对自己的心思洞若观火。

就这一瞬间，这对素不相识的男女青年，在洞若观火这一点上，完全知根知底贴心贴肺，眼神精准对接眼神了，火花啪啪直冒，钟鑫涛都听见了啪啪的声音。清亮甜美女对钟鑫涛抿嘴一笑，眼波送了一个流盼，用唇语对他说：Thank you! 便兀自飘然出门。天啦，还是一个飙英语的，好配她那一头时尚酒红色短发！

钟鑫涛一个错愕，面红耳赤了。他这一羞涩与迟钝，就被其他乘客排挤到了一边，人人都在奋力抢先出门。待钟鑫涛终于从狭窄的火车门争抢出来，举目四顾，站台已是红尘滚滚人头涌涌，哪里还有什么酒红色短发的清亮甜美女？钟鑫涛不由自主紧追几步，又明知徒劳，就停下，落寞地呆到站台边缘去了。

钟鑫涛呆呆立在站台边缘，让急躁的乘客走完。钟鑫涛在想象中，用他娴熟的电脑技术，把刚才摄入魂魄的图片，作了一个处理：将其他闲杂人等都排除开去，框住钟鑫涛与清亮甜美女合影的局部，剪裁、放大、亮化、旋转90度、人物横放等于是人物躺下了、保存。那么他们两人，相当于就是睡在一起了。钟鑫涛细细端详睡在他眼前的清亮甜美女，短发，哦，如此俏丽的一头短发，谁规定的一定是黑头发好看？酒红色——上好的法国干红葡萄酒的颜色——多谢格瑞丝的"保罗木梳品酒屋"，多谢保罗的言传身教让钟鑫涛学会鉴赏法国干红——何等醉人的宝石红啊——从四周，簇拥一张光滑小脸蛋，刘海齐眉，眼睛被衬托得这么亮，脖子也被衬托得这么修长，脖子优美扭动——相比之下，长发是那么芜杂，埋没了优美的颈子，看上去好像是一个没有脖子的人。

怎么钟鑫涛的心窝窝里头，还有小鹿乱撞呢？怎么猝不及防地，忽然冲出一只健壮小鹿，在他胸口撞啊撞啊，猛烈地，都隐隐作痛了。这是钟鑫涛从未出现过的症状啊，就连与俞思语一见钟情，那时刻也没有这种症状啊。

关键恨死人的是，这份奇遇，竟然发生在4小时55分的最后几秒。什么都来不及！真是揪心！真是揪心！真是揪心！

人生真他妈的真是揪心！

钟鑫涛在站台边缘静静站立，心里却波浪翻卷，呼天抢地，这都算怎么回事啊？直至铁路工作人员都生疑了，十分谨慎，与钟鑫涛保持一定距离，大声喝叫：喂，你干吗的？干吗不出站？

哦，忘了！钟鑫涛赶紧出站。

钟鑫涛彻底蒙圈，魂不守舍。他哪一回出差，快到目的地，都是火车还没有停稳就迫不及待打电话。约三朋，邀四友，还拖着旅行箱就直接奔餐馆。哪一次的饭局，不都是人叫人，不停地加椅子，滚雪球一般十几人了又二十人了，许多新面孔，坐下就吃，举杯就干，名片撒满桌子，兄弟们一回生二回熟，都是朋友了，有去过非洲的没有？讲讲刚果金的矿业！讲讲刚果金的矿业！钟鑫涛正处于渴望交朋交友的年纪和状态，在外面做事情，特别需要人缘人脉，多个朋友多条路，朋友越多越好，况且善于交际、天南海北都玩得开、无疑是男人特有面子的一桩事，算大本事啊！这是人生头一回，钟鑫涛人还在北京西站的站台上，就已经丧魂失魄。一个电话没打出去，打进来的，一个也不接。郁闷地来到酒店，进门，一脚踢开旅行箱，把身体单单只往大床上一倒，双手枕着后脑勺，两眼发直，直瞪天花板，嘴巴松弛，呈半开状，唾沫星子干枯在嘴角，泛白，脏兮兮，钟鑫涛自己一点没觉察。钟鑫涛有心思了。

钟鑫涛有心思了：

"嗨，嗨嗨，那不是我的，我就这一只！"

"嗨，嗨嗨，那不是我的，我就这一只！"

"嗨，嗨嗨，那不是我的，我就这一只！"

就这主旋律，发自清亮甜美女声，唱歌一样在钟鑫涛耳边余音袅袅，挥之不去。酒红色短发，就是特别俏皮，眼波流转，就是这么电闪雷鸣。钟鑫涛仰望星空——他感觉他发直的目光锐利地穿透了酒店房间多层天花板，在仰望星空，若不是星空不足以舒展他浓烈的郁闷与他浓烈的人生质问，北京的星空啊，请你告诉钟鑫涛：世界上究竟发生了什么事情？

于是北京的这个夜晚，钟鑫涛做了一件前所未有的事情。钟鑫涛冲澡很久，把自己身体洗得干干净净，溜进了酒店的大被子。大尺寸的洁白的被子，盖住了钟鑫涛的全身、钟鑫涛的想象、钟鑫涛虚构的电脑。钟鑫涛闭上眼睛，流利地操作了想象力，把那一头俏皮短发的清亮甜美女生，轻轻抱到床上，亲密躺进他怀里。钟鑫涛抚摸她的短发，爱不释手；抚摸她那修长优美的脖子，爱不释手。虚拟变成真实：火花点燃，焰火冲天而起，射出，怒放，五彩缤纷。

钟鑫涛情不自禁，纵情欢呼——钟鑫涛做了三次。

一夜三次，又爽又嗨又野之感受，前所未有，史无前例，登峰造极，无以复加，无论质还是量，都首创他雄性生理功能的最高纪录。钟鑫涛想起了在哪里看到过的一句名言，是伍迪·艾伦或者别的谁？似乎是那次出差香港，站在街边，一本杂志上翻到的。名言这么说："不要谴责手淫，那是我和我爱人之间的性。"以前没有看懂这句话，以为自己忽略过去了。上帝啊！没有忽略，今夜钟鑫涛发现这句话一直在心里。

至少有一个名人，试图帮助钟鑫涛卸下道德重负。

第二天晚上，俞思语到了。俞思语也是乘坐高铁G518，一切按计划进行。晚饭钟鑫涛带俞思语去吃了烤鸭，他昨天已经预订了。夜里，两人各自休息，很快入睡。俞思语喜欢酒店的大床，够宽，随便滚。她的发丝，扯破钟鑫涛嘴角的小概率意外事件，在酒店阔大的双人床上，几乎可以被杜绝。真好。

第三天清晨，天刚蒙蒙亮，钟鑫涛叫醒俞思语：赶紧赶紧，我们去看天安门广场升旗仪式。俞思语愣了：还真看？

真看！为什么不真看？好不容易来一次北京，天气又不错，全国人民哪个不想看？好有国威好自豪啊！

俞思语莫名其妙。她来北京，不是来怀孕的吗？今天原定计划，是按照大师秘方，早上八点之前得做那事啊。钟鑫涛竭力鼓动怂恿俞思语，说：嗨，先玩北京了再说！正好我可以挤出一天时间，咱们看完升旗再玩故宫。人生在世，吃喝玩乐。管它三七二十一。将在外君令有所不受，只要你不告诉家里就行了。咱们还年轻得很，时间大把，不在乎这一次。

俞思语很快就被鼓动起来了，放下了受孕包袱。在大床上弹跳，欢呼雀跃：咱们玩北京来了——耶——！

因为钟鑫涛已经囊中空空，他没法做那事了。做了也没用，心情也不在。

三天后，小两口一起乘坐高铁回武汉，一路相安无事。只是钟鑫涛突然无聊地放出了一个承诺，他也不知道自己为什么要放出这种无聊的承诺。

钟鑫涛："你要是为我生个儿子，我送你一个大礼物。"

俞思语："生得先怀。怀就不送？先送后怀。"

钟鑫涛："好吧。我买你选，免得买了不满意白浪费。"

俞思语："那我选了啊？"

钟鑫涛："你只管选！"

俞思语："要送就送削骨瘦脸。"

"噢麦尬！"钟鑫涛悔恨不已，只能自打嘴巴。

5月25号，俞思语月经来了。只是推迟了几天，让钟俞两家的家长们空欢喜一场。

7

5月没怀上。5月还是生活不规律，钟鑫涛出差太多。那就把握好6月的时间。俞思语要按时地严谨地作好基础体温测量，并在图表上标出曲线，让排卵期清晰可见。贴在他们卧室的墙上，一目了然，准时在排卵期同房。其他时间严格不做，确保养精蓄锐。俞思语太马虎了，走进药铺，随便买早孕试纸。高红还是特意去卖了"大卫"和"秀儿"，这两种牌子的早孕试纸口碑最好，精确度高。俞思语随便买，容易出现意念水印。误导。误事。害得婆家娘家全家跟着瞎忙。喂喂，年轻人，莫稀里糊涂的啊！拜托你们好好做事啊！

高红嘴皮子都磨破了。钟鑫涛嗯嗯嗯。俞思语也嗯嗯嗯。钟欣婷哈哈大笑，或者阴阳怪气地嘿嘿笑。

其实钟鑫涛俞思语是有苦说不出，也有话不好说，毕竟是那事。实际上他们已经认真起来了，平时基本都不敢随意同房了。很想同，也不同，尽量克制自发激情，尽量遵守大师秘方的时间和时辰。还主动增加了许多科技知识的支持，什么基础体温、排卵试纸、早孕试纸、排卵曲线。然后结合两者，在排卵期前后每隔一天同房一次，然后再保持两个星期乃至三个星期不同房，建立有规律的同房节奏。

高红送的碱性能量水，他俩也喝。小两口从网上看到的女方吃黑豆偏方，他俩也采纳了，俞思语也吃。在月经走了以后第一天开始，每天吃47颗黑豆，连续吃6天。难道这样吃黑豆不辛苦吗？俞思语还是很能吃苦的。

钟鑫涛俞思语已经做得很好了。家长就喜欢瞎操心。

5月31号这一天，就算5月份已经过去了。六一儿童节即将来临。钟鑫涛俞思语还互相预祝了六一儿童节快乐！这是有深意的祝福。

只是，生活还是生活，还有更多别的内容，也都在按部就班环环相扣地进行，钟鑫涛还是得做一些他应该做的其他事情。钟鑫涛总公司副老总来武汉了。该老总马上接管非洲刚果金矿产开发这一块，是现阶段钟鑫涛最渴望巴结的人。该老总，四川人，酷爱吃四川老油火锅。武汉就有很地道的四川老油火锅，说实话钟鑫涛也酷爱这一口。当然，肯定，钟鑫涛必须请老总吃火锅去。事先给火锅店老板打过招呼了：加料！必须得加料！价钱好说！

钟鑫涛的这种工作应酬，违反了封山育苗原则，他在家里是绝对不会说的。下午下班，还是回家点个卯，随便吃了两口东西，说晚上有资料要看，就赶紧回金观澜了。没有料到，俞思语也说一起回去，她今晚也要看点资料。

钟鑫涛无奈了。

刚刚入夜，交通高峰过去，大街上不再塞车。钟鑫涛俞思语一前一后，缓缓行驶，一如往常——往常这个时段，他们回自己小家，都会缓缓行驶。只因他俩的小车，都属于高档豪华车，摇下车窗，缓缓行驶，让车载音响摇滚轰鸣，一路博人眼球，真是好感觉。尤其钟鑫涛，一手夹香烟，一只胳膊肘架车窗窗框上，无忧无虑，满不在乎，哼哼唱唱，这画面只能是美国娱乐大片中才有的酷。俞思语亦然，画面也很不错的，年轻女子开豪车，妆容艳丽，美瞳天真，乌黑油亮的一头及腰长发，无忧无虑，满不在乎，哼哼唱唱，讲真这就是幸福。讲真俞思语还是不张扬的，她完全可以随时随地，随手自拍，随时晒出去，那些画面还不得亮瞎小伙伴们的眼睛。俞思语还算低调，只偶尔晒晒。

在现代生活中，画面真是一个好东西。

钟鑫涛俞思语的美满生活，在手机自拍功能的辅助下，得以大面积延伸。

金观澜公馆地库入口已在眼前，画风突变。眼皮子上头的美好与幸福，眨个眼睛，就变了。眼皮子的确太浅。

开车在前的钟鑫涛，没有进入金观澜地库，直接开过去了。钟鑫涛打开手机语音，在车载音乐的混响中大声告诉俞思语：你先回家，兄弟们喊我吃火锅！

俞思语大惊："还去吃火锅？"

不用说的！俞思语就知道还是那种四川老油火锅！

传统大铁锅子的那种，麻辣重口味，十几个人围着开涮。涮一涮，酒一喝，兴头就上来了，热血沸腾，敞胸露怀，推杯换盏，割头换颈：哥俩好啊，六六六啊！涮涮就吃鸭舌、黄喉、毛肚、牛鞭、猪脑花、猪大肠、猪血、雄鸡睾丸、雄鸭睾丸、猪血鸭血、鸡肠鸭肠。所有猪下水，所有鸡零狗碎，五花八门乱七八糟东西，都吃，都好吃，都好吃极了！因为吃出了东道，因为长期熟客，老板还会给他们加料。加料是暗语，就是罂粟壳。罂粟壳是违禁品，说穿了是毒品，越煮越香，越吃越上瘾。

钟鑫涛就酷爱这一口，谈恋爱时候一点没有表现出来。婚后也偷偷去吃，使劲遮掩，但是猛撮一顿这种老油火锅，遮掩不住。钟鑫涛只要吃了老油火锅，哪怕嚼掉一盒绿箭口香糖，都不管用。半夜人回家，一进门活像直接进来一口大锅子，每个毛孔都散发出浓烈的麻辣气味，充满房间。然后整夜床上不停地打嗝放屁，臭气熏天。然后隔一两天，钟鑫涛一准上火，嘴角烂了、牙龈肿胀、风火牙痛、扁桃腺发炎、口腔黏膜溃疡。武汉人很容易上火，武汉人也很怕上火。武汉人烧鹅都不敢吃，只敢吃鸭。历来武汉人都知道，千万不要碰"发物"。可是，武汉人当中又有一支流派：好口味重。钟鑫涛不幸就属于这种人。

俞思语属于武汉人的清流一派，吃东西喜欢原味，喜欢原味的不加糖的那种甜津津。两派冲突很严重。婚后这方面一直有争吵。只不过俞思语性格温，语言少，吵不厉害。更主要原因是小两口都回家吃饭。家里李雨青烧菜，总归兼顾两种流派。如果餐桌上有一道麻辣红烧臭鳜鱼，就会另外有一道清蒸鳜鱼。这样的一国两制，和谐社会还是比较容易得到保证。

但是现在是 2015 年 6 月了，一年过半了，本年度头等大事是备孕怀孕。早就开始了封山育苗了，钟鑫涛俞思语都在禁口忌嘴，过于辛辣油腻，一概不食，只吃健康食品。全家都在为此辛勤劳动，包括李雨青烧菜的菜谱，都得提前一个星期拿出构思，由高红钟永胜审定。钟鑫涛怎么能够这么没心没肺？就为自己酷爱一口老油火锅？5 月份没怀上，6 月份了还打算虚度吗？新一轮努力和新一轮期盼，已经一次又一次了，两家家长都眼巴巴瞅着，钟鑫涛就不觉得有压力吗？反正俞思语压力很大。

可是钟鑫涛北京来的老总，四川人，就是酷爱四川老油火锅。武汉就是有很地道的四川老油火锅，比北京地道得多，只因食料和花椒原料海椒之类的来源，比较顺路顺水。所以该老总早就风闻，才特别乐意来武汉的。而该老总，现在正是钟鑫涛的命中贵人。难道钟鑫涛能够不请命中贵人老总吃一顿老油火锅？对老总说我在备孕？这顿老油火锅就等于是挖金矿的工作机会啊！就是前途和命运啊！难道你不想我在刚果金一铲子挖个金矿？

俞思语不管，俞思语就不信。钟鑫涛就编吧，钟鑫涛就装吧。

俞思语一踩油门，超车，别住了钟鑫涛。

钟鑫涛差点撞到一辆飞驰而过的电动车，亏得他技术娴熟，刹车及时。急得钟鑫涛大喊一声："你疯了！干什么啊？"

俞思语说："其实就是你自己憋不住了！其实禁嘴禁得太寡淡了！其实你根本不把什么备孕放在心上！其实你肯定是上瘾了！"

四个"其实"一连串说出来，在俞思语，也是很少有的犀利了。因为，俞思语备孕有多辛苦，钟鑫涛知道吗？每天早晨测体温，标图表，每个月连续 6 天每天都必须吃他妈的黑豆 47 颗。晚饭后一个小时跳绳 300 下，据说能够防止宫外孕。木瓜炖雪蛤这道俞思语最爱的菜，都坚决不能吃。据说木瓜转基因,雪蛤是发物。就因为无数的据说,全家都宁可信其有,不肯信其无,害得俞思语好辛苦,还几个月都没有怀上。哦,钟鑫涛倒一点禁不住嘴。还扯什么工作应酬?怎么会有这样的老公?!就好意思吗?

什么叫作"一只大火锅,充满中国梦",俞思语,你老公有梦想你懂不懂?

俞思语不懂!也不想懂!只想发狠和威胁!俞思语声音也大起来:"钟鑫涛,我告诉你,罂粟壳就是毒品!当心被警察捂住了啊!"

钟鑫涛叫喊起来:"你妈逼够了!"

再加一句:"你妈逼少管闲事好不好?"

钟鑫涛恼了!他时间到了,要来不及了!只要领导必须提前迎候!俞思语他妈逼的哪里懂江湖规矩!未必就他妈的吃一口老油火锅就怀不上孕?四川人酷爱吃火锅,却是全国人口最多,多到过亿的省份之一,你他妈的知道不知道啊!钟鑫涛急速倒车。猛打方向盘。拐弯了。钟鑫涛大街小巷熟悉得很,单车道走了逆行,钟欣婷有本事消掉罚单,亲妹妹是警察了,哈哈。

"你妈逼够了"——这句粗话,一剑封喉,俞思语噎住了。

钟鑫涛急眼了。这是婚后第一次,钟鑫涛这么下流地骂俞思语。俞思语目瞪口呆。就这被噎的一下子,漫漫长街都已经是别人的车,钟鑫涛已拐入街道不见踪影。请老总吃老油火锅去了,扯什么老总不老总,就是自己嘴巴图那一口快活。俞思语把驾驶室里的所有小装饰,统统扯了、打了、撕了、摔了,拳打脚踢一番。特别是钟鑫涛送的那些纯金小坠子"一路顺风"小玩意儿,丢大街上,最好让穷人捡去:去你妈的!

好吧。俞思语也不是好惹的,咱们走着瞧!晚上就把金观澜房门关死了,就是不开门。任凭钟鑫涛怎么求饶和赔礼道歉,就是不开门,也不说话。俞思语本来就是一个不多话的人，没有什么好说的了。小两口子吵架了，俞思语不吵的这种吵架，反而更容易陷入死局。钟鑫涛只得回到他父母家。车进花桥小区了，钟鑫涛一想不对，父母定会问个究竟。高红什么人？火眼金睛啊！我的妈啊！这次准是俞思语有理，钟鑫涛麻烦就大了。又要惹出父亲钟永胜的雄才大略战略思考了：什么接手家族生意的事，要提上议事日程了！家族生意再大，有多大？是父亲钟永胜自我感觉良好而已！钟鑫涛要去非洲刚果金开发矿产好不好！

钟鑫涛就掉转车头，找酒店住去了。

次日，六一儿童节。晚上，俞思语家里出了大事。

俞思语的外婆外公，参加上海协和旅行社的夕阳红旅行团游三峡。本意说是老两口辛苦了一辈子，这次一起出去，轻松轻松，好好玩玩。就是他们乘坐的这艘游轮"东方之星"，哪里会想到"东方之星"在湖北监利水域，遭遇狂风暴雨，忽然就翻船了，倾覆了。全团都是50岁以上七老八十的老人们，四百多人，都没了。出事就短短几分钟。船上应急措施都来不及施展，根本无法抢救。

俞思语的妈妈任菲菲，此时人在上海住院治病。也正是她和她的哥哥姐姐，三个子女一起买的单，热情张罗，送给父母一个礼物：游三峡。当晚九点，任菲菲还和自己父母通了一个电话。母亲问：上海热吗？

任菲菲说：上海热，今天31度。你们呢？

母亲最后一句话是："我们到监利了，这里狂风暴雨，船在风雨中行驶呢。"

随后，手机突然没有声音了。再拨打，就不通了。母亲从此，此生，就再也不会与子女们说话了！老天爷啊！任菲菲一听到消息就昏过去了。

船一倾覆，下沉很快，全船456人，全部落水，半个小时不到，江面就没有人声了——这是事后了解到的情况。

六一晚上9点多,俞思语讲电话讲得哇哇大哭,泪流满面。钟家。俞家。所有人,都慌乱了。这可怎么得了啊!怎么会出这样的事情啊!大家都赶紧打开电视机,守在跟前,看现场救援新闻。

结果是:俞思语的外婆外公双双罹难。

任菲菲和她的哥哥姐姐,三个人在上海,捶胸顿足,死去活来,悔恨不该大力支持父母出去旅游,他们的良心备受煎熬。这怎么说得出去啊,子女亲手把父母送上了黄泉路啊!受不了啊!俞爷爷俞奶奶也深情回忆亲家,血防专家,人都是很好的人,很有涵养的学者,也很风趣,他们四个人曾经一起唱过《红灯记》,亲家公亲家母在中国消灭血吸虫的伟大战役中,那是立下了丰功伟绩的,这个应该写进追悼词。思思要记住啊!到上海以后,注意看看追悼词,不要漏掉外公外婆的丰功伟绩,做人最重要的是盖棺论定!俞思语连连点头。也不与钟鑫涛说话和商量,就跟随她父亲俞亚洲,飞上海了。

也许,俞思语可以不去上海。因为其实,俞思语和母亲那边的亲戚,一直都不亲,平时少有走动,路上碰到都不会认识。外公外婆的记忆,也都停留在儿时。俞思语主要生气钟鑫涛,还是倍感自己的爸爸妈妈亲。很生气武汉老油火锅,就倍感上海那边亲。

假如钟鑫涛昨夜没有骂她"你妈逼"。

假如钟鑫涛主动陪俞思语一块儿去上海。

情况很可能不一样。

但俞思语就是这样,是个闷人,倔脾气。死活就是不睬钟鑫涛。电话也不接,一点消息都不漏。在这种非常时刻,钟鑫涛能够说什么呢?钟家哪能责怪俞思语呢?人家里发生了这种天大不幸。尽孝老人,最后一刻,去送一程，怎么都是应该的。

俞思语一去上海，就是十好几天。

6月份，没怀上。这就不用说了。

8

夏天到了。夏天在武汉人口语中，不说夏天，都说热天。

热天了，主题是热。一下子，气温冲上去，暴热、酷热、持续热。又是两条大江千湖之省，水面湿气被毒辣的太阳蒸腾起来，上面又有一道叫作副热带高压的气流，铁板一块，偏偏压在武汉的云空。所以武汉人口语中说的武汉，其实就是读作"捂汗"。

人是多么脆弱的动物啊，只是自己不知。

自己健康的时候无知，一旦生病，就慌乱了。看病、吃药、打针，总归是这样的一套老三篇。不这样，又能怎么样？人真的是脆弱，无知还愚昧：还是可劲儿建筑那些高楼大厦啊！水泥钢筋玻璃幕墙啊！景观灯密密麻麻，热爆了居民阳台都不关啊！俞思语城市人，居住最好地段，汉口市中心，高楼林立的热带森林之中，热死了，又潮又闷，呼吸困难，跑到长江边深呼吸。俞思语哪里懂得发洪季节的江水，上游溺水淹死的动物，就漂浮在江面上，长江沿岸无数排污口的污水，污染气体都被高温蒸发出来，滚滚流动着的，是满江的瘴气。俞思语深呼吸了几次，人就不舒服了，不敢去江边了。只能关在家里吹空调。

一天到晚吹空调，俞思语很怕自己感冒。问题就是怕什么来什么：俞思语感冒了。

开始挺住，不吃药。备孕期间，特别不能够使用抗生素。大师早就有言在先，假如备孕期间吃抗生素，后果自负。一感冒，就咳嗽，咳嗽得无法睡觉、无法躺下，眼睛都爆血丝了，吐出一泡泡粉红色痰。

　　李雨青照顾两天，效果不佳。高红亲自上阵，照顾备孕的儿媳妇，熬姜汤，煮金银花，熬薏米粥。俞思语有了好转，高红自己却感冒了。症状一上来，就很重，本来又是高血压，人就倒下了。隔一天，又把钟永胜传染了。再隔一天，家里两个小宝宝都开始咳嗽流涕。俞思语只得赶紧撤离大家，躲到金观澜公馆他们自己的小家。小家还是热，前后左右都是几十层高楼，玻璃幕墙，白天太阳一出，反射到家里有几个太阳。夜晚景观灯居民楼都挂满了，就像挂满通红的火炉，都不敢去阳台纳凉。热死了，还是得龟缩在室内吹空调。吃饭就只好随便，多是叫外卖算了。结果，俞思语病情一个大反复。

　　俞思语感冒急转直下，突然发高烧，咳嗽变得肺部有啸声，痰里头血丝增多：有肺炎危险了——还是先救命吧，只好住院了。

　　住院当然就是挂水，挂水当然是吊抗生素，不然肺部炎症消除不了。

　　俞思语住院一周。钟鑫涛开始感冒。

　　生病就不谈了。同房绝对停止。生病的好处也不是完全没有：日常生活恢复了。为吃老油火锅的吵架生气，自动过去了。钟鑫涛俞思语小两口有一搭没一搭说话了，互相端茶递水了。互相查看图标商量下个月的备孕事宜了。都8月份了，时间有点促急起来。他俩得一起时刻关注女儿钟宇涵感冒好了没有。一起叫外卖，一起吃外卖。外卖不好吃，还是得吃李雨青做的饭吧。两口子哪个身体感觉好一点，哪个驾车回家，拿点饭菜过来吃。

　　七月流火，感冒发烧挂水抗生素灌得满血管都是，不怀了不怀了简直烦死人了。

　　自然，结果就是：2015年7月，没怀上。

9

中医大师使用的日历,是两套:农历辅佐公历。公历的7月,是农历的小暑,这才真正进入三伏。热在三伏,冷在三九,老话说就是一年之中最热和最冷的那么几十天。中医大师的观念是:三伏天最适合治疗三九的痼疾。比如阴虚体寒啦,脊椎发凉酸痛啦,颈椎病啦,老寒腿啦,三伏天就贴三伏贴,拔火罐。中医大师家里,也有祖传秘方,能够用得上他们真正的秘方三伏贴,那还是真有效果,贴几天身体就会感觉通泰舒服。但是!但是!三伏天不能够服用某些中药。用中药,禁忌多。比如送子秘方的中成药,就不得继续服用。

进入8月份,中医大师主动打来电话,指挥高红停药。大师讲:三伏天吃药也没有用,都被汗水流走了。就算不流汗,40多度的气温,皮肤也会主动散热,养分都会跑掉,养分一跑掉,坐胎就很不容易。

既然大师发话了,那有什么可说的,停药呗。

8月23号,俞思语月经来临。没怀上。

其实钟鑫涛俞思语小两口心里还真有点不服,觉得怀孕没有大师说的这么一是一二是二,有时候,一个兴之所至做一做,说不定就意外怀孕了。这个月,小两口还是擅自同过房。在停药之前,在感冒好转之后。大热天俞思语衣衫单薄,几乎就是比基尼,腰间只挂一只超短裙,里头内裤也不穿。俞思语进门换鞋,稍微一弯腰,就向身后的钟鑫涛,撅起了半个大肥屁股。女人露肉太多了,怪不得男人冲动。钟鑫涛就没有克制住,把眼前的大肥屁股一搂,就做了一回。这样做,别有意趣,怪不得小两口子,又做了几回。他俩私下议论,感觉无须大师,说不定自己就怀上了。结果俞思语生理期如期而至,小两口也未免有点不自信了。不谈。下个月还是严格遵守大师要求吧。

10

　　炎热的日子，熬过去了。立秋一到，知了嗓子就嘶哑了。藏在地缝里头，树根底下的小虫虫、蛐蛐儿，后半夜里，就开口叫了。尽管大白天天气还热着，夜里的虫叫，还是带来了凉丝丝的秋意。气候适宜了，备孕须知，再一次提上议事日程。钟俞两家家长，都有点怀疑小两口没有严格遵守纪律。年纪太轻，就是容易把事不当事。其实如果当初不是钟俞两家家长心照不宣，密切配合，精心打造，加上格瑞丝穿针引线，钟鑫涛俞思语哪里还有一见钟情的可能？当今中国14亿人口，婚配的优质资源简直大海捞针，难道真的就凭你们瞎猫碰死老鼠碰得上？恰好正当婚龄，正当风和日丽好气候，正当好气候那一天，正好打扮入时的一对男女青年，就在浪漫的湖边，面对面碰上了，且还双方家庭条件也都匹配，钱权相宜。这怎么可能呢？哪里有这么凑巧的事？打造的呗！说穿了，现如今打造一桩优质资源的婚配，好比打造原子弹，这么说都不为过。不过这个秘密，是祖辈父辈的秘密，是绝对不可以对钟鑫涛俞思语说破的。为了儿女一辈子幸福，钟俞两家矛盾再多，关系再差，也将守口如瓶，让永远的秘密化成自然而然的年轻人一见钟情的事实。因此，还真没有办法讲清楚现如今打造的重要性，以便钟鑫涛俞思语高度提高备孕认识。怀孕这事呢，当面也还不好意思多说。毕竟怀孕涉及的是男女床笫之事，就靠电话了。

　　电话会议。钟俞两家家长不停地电话查问和监督。

　　钟家打电话，都是说这事。俞家打电话，也都是说这事。说来说去，家里其他事情都往后靠了，就是这件事最重要。

不同阶段，一个家庭里总有最重要的事。现在就是钟鑫涛俞思语的受孕，是头等大事。电话打多了，钟鑫涛俞思语应该感觉到了全家的高度重视和紧迫感。

恢复体力的季节，终于盼到。不过当心啊，还有秋老虎，等在后面，要吞噬舒服的日子。人这个东西，就没有几天舒服日子的。俞思语每天穿衣吃饭都小心翼翼，加倍当心秋老虎扑倒自己。

高红最忙。恢复身体靠吃啊！高红得张罗吃的。俞思语身体太虚了，得滋补，得喝汤——武汉人的滋补，一定是喝汤。得是那种土陶的砂铫子，文火煨几小时的汤。高红问了中医大师。中医大师认为俞思语肺虚，食疗嘛，喝心肺汤最好——吃什么补什么。现在大城市，都是物流配送，动物都是按部位分割，买鸡腿都是鸡腿，买排骨都是排骨。

怎么办啊？得找人！设法弄到整副猪心肺，那样的一挂心肺，还要新鲜的，还要健康猪，高红我的姐姐，你饶了我吧，哪里谋得到？不急嘛，秋凉以后。别说秋凉，到冬至也难搞到啊！冬至杀猪的多，因为大家开始要腌腊肉了。那就冬至，冬至喝汤最好了。兄弟别叫苦，再托人，人托人吵，只要有了人，什么人间奇迹都可以做出来——钱我一点不含糊，多贵我都信你。

那么，俞思语就先喝雪梨川贝老鸭汤了，就仔鸡炖红枣了。

那么，送子包的中成药，就可以重新开始服用了。

好在俞思语性子温，也还算有耐性的年轻人，基础体温一直坚持每天测量，所以排卵期也就一直有监控。

9月份还得办一件大事。这事吧，一直就搁在心里。所有家长们的心里，钟鑫涛俞思语心里没有。以前没有，办过了，倒心里有了。那就是驱邪祈福仪式。

俞思语这种咳嗽，还有3岁之前不长头发，都有点邪门。钟俞两家家长私下一轮研究，估计还是有邪气跟着俞思语。头发的事，多亏俞奶奶拥有惊人的毅力，艰苦奋斗，战胜了邪气。这肺虚、咳嗽，可能根子上还是要找到源头：沔阳那幢老宅子，据说一直都还在。居住进去的人，都不利，前前后后都生病，没人再敢买。正好现在政府需要明清老建筑，修旧还旧，恢复老街文化。这老宅子，就等着政府收购了。沔阳老人都知道当年彭厨子被杀的事，都传说就在老宅子附近。那大屋本来就是彭家的，彭厨子当然一直就在他们自己家了，当然就是冤魂鬼不散了。俞思语小时候，俞奶奶多次带她回到沔阳，都是居住在那幢老宅子里。因为那时候食品匮乏，看守老宅子的彭家亲戚，在屋后的院子里养了鸡种了菜，每天都有吃不完的新鲜鸡蛋和新鲜蔬菜。是彭家的一个寡妇带一个生白化病儿子，住在那里，门面开一个小超市，母子俩倒是过得不错，贫贱人嘛，彭厨子肯定是护佑的。当地人都说，显然是彭厨子在护佑他们自己家的孤儿寡母。彭厨子本来就是彭菩萨嘛。

现在回想一下，历史上发生的事情，一定还是冤有头债有主的，俞爷爷于彭厨子的死，还是脱不了干系的。

两家家长就商量好了，决定去沔阳老宅子做一场法事，为俞思语辟邪消灾。这种事情，信则有，不信则无。总之，把礼数做到堂了，对俞思语只有好处没有坏处。

再不济，就当旅游一趟呗。

去沔阳的路上，钟鑫涛俞思语都笑笑嘻嘻的，钟欣婷更是兴高采烈，尖酸刻薄话，说个不停，不住手地与高红嬉闹，总想用指尖戳她妈的发型。因为高红这天十分隆重，特意去美发店，做出了一个古典发型。前额斜斜梳了一弯刘海，刘海上面一个陡坡上去，是耸立高高的髻发，倒是高红发福的大脸、双层的下巴还挺压得住。为了匹配发型，高红穿了一件丝绸旗袍，旗袍绣一只飞天凤凰。高红这身，与包括俞爷爷俞奶奶在内的全车休闲衫，完全是不同时代。钟欣婷沿路取笑，说：我的妈，你好像旧社会的姨太太啊。高红嗤之以鼻，教训女儿：说你这90后小屁孩，无知无识的，你几时见过旧社会？又几时见过姨太太？钟欣婷回敬道：电影啊！看电影就好啊！下江那边的姨太太都时兴髽发的。高红讲：现在电影是放屁，历史是胡乱编造。哪里是什么下江时兴？那边都是楚国属地，当年穷得扎头发都用草绳子。是咱们楚国大将军一路横扫过去，大将军夫人的这发型就带了过去，人人看到人人羡慕，就流行开了，一直流行到如今，只要是正式场合，贵妇还就是合适梳这头——发胖的特别合适，咱这发型，真正咱楚国原创！

俞思语忍不住说：妈好厉害啊！好懂历史啊！

钟欣婷立刻转向俞思语：你更厉害，好懂拍马屁啊！

车上男的都笑。男的就是俞爷爷、钟永胜和钟鑫涛。俞亚洲任菲菲没有到场，任菲菲还在上海住院治病。俞亚洲身为党的领导干部，信仰的是唯物主义，他肯定不可以参加。偷偷参加万一被人举报，就彻底完蛋。就当俞亚洲完全不知道家人们在搞这回事。他完全不知道，不就是了？

一旦俞思语受到攻击，俞奶奶就开腔了。她也用闲聊口气，说：这发型的确是你们年轻人不懂的，从前只有官太太才梳髽头的，还要带许多金银玉的首饰，金金闪闪，威仪肃然，你妈很配这发型，还亏她想得周到，这才是最堂皇的穿着打扮，为的是敬重鬼神，这是给你们后辈人积福积德啊！钟永胜哈哈笑，朝俞奶奶直伸出大拇指：说得好！老将出马！老将出马啊！

就这么说说笑笑，一个多小时，就到了沔阳。老宅子就在老街的市中心。

原本年轻人都没有把破旧老宅子当回事。可是当他们亲眼看到了这幢老宅子，还是大有新鲜感。尽管老宅子陈旧颓败，依然可见磅礴大气，三进三板十一柱、雕龙画凤琉璃瓦，前厅屋梁上还有燕子窝，据说现在每年春天，燕子依然都回来衔泥做窝。钟鑫涛俞思语还有钟欣婷，他们万万没有想到，从前俞奶奶家族，居然还有这么高级、这么扎实、这么有艺术性的老宅子。他们来了兴趣，前前后后，跑来跑去看了个够，玩了个够。

家长率领子女们进行了种种仪式。高红主持并示范了上香、进贡、磕头。法师作法。道士驱鬼。和尚念经。灵姑招魂。一场一场的，都来过一遍。都诚心实意地，都来过了一遍。请各路神仙都高抬贵手，保佑钟俞两家后代子嗣旺盛，孕产顺利。

经由据说已经一百多岁的灵姑，俞奶奶与彭厨子，进行了低声细语的交谈。俞奶奶把俞思语这个孩子的由来以及前因后果，都报告了一遍，包括思思的外公外婆，也因此付出了生命代价，彭厨子您就高抬贵手，息怒吧，保佑俞思语这个好孩子，让他们小夫妻顺利怀孕。灵姑说彭厨子也想和俞爷爷说几句话。俞爷爷也就主动告知了他多年一直在为彭厨子跑平反昭雪的事。彭厨子放心，只要俞爷爷还有一口气，他就会把平反昭雪的事，坚持到底的。彭厨子自己也应该知道，俞爷爷没有杀他，俞爷爷没有开枪。彭厨子是俞爷爷的恩人啊，他怎么会开枪呢！这是他们俩心里都知道的，这是一个历史事实，铁的事实。彭厨子也一声叹息，表示理解，随即时间到了，顿时被阴间收走——灵姑说没办法，时间到了，他走了，我也看不见他了。俞爷爷一说就激动起来，他还有许多话没说完。阴阳相隔，没有办法了。

事毕，钟永胜十分严肃地，再一次要求大家对外严格保密。害人之心不可有，防人之心不可无。假如被人们举报出来，毕竟还算是封建迷信活动吧。人家不想整你还罢，想要整你，分分钟可以拿这事当把柄。不开玩笑啊！

车内气氛低沉，与来的路上气氛两样。功德是做到堂了，结果咋样呢？不敢瞎猜，不敢乱说，生怕说破了什么，就沉默了。钟鑫涛和公司的司机换了一下座位，他来开车，他想练练高速公路。方向盘前面一坐，钟鑫涛就完全可以一句话都不说了。看到这幢老宅子，钟欣婷的创业野心，又不可遏制地冒出来了。唯有她在那里自说自话，极力怂恿父母投资，让她在这里打造一个博物馆或者画廊或者书店，或者几者兼而有之的那种现代综合体。她感觉这地方对她有利，像她这种不准出生的人，又婚姻失败的人，又瘦弱又髋关节有问题的人，来这儿创业，一定会是没娘的孩子天照应。而且万一将来她儿子不好好读书呢？跟他妈一样考不上重点大学呢？让他来这儿历练，当馆长，不是挺好的嘛。她儿子这还不到一岁就这么顽皮，多动症，就不是一个课堂上坐得住的人。她儿子。她儿子。哦，忘了昨天的好消息：钟宇博小朋友能够站稳了，昨天自己站立了5分钟没扶东西！

世界上就是有这种人：哪壶不开提哪壶，净说自己有别人无的。

高红抱胳膊肘打盹。钟永胜对钟欣婷嗯嗯啊啊的，眼睛也半闭半睁地应付。

俞思语伏在奶奶怀里，装睡。俞爷爷俞奶奶都闭眼养神。

司机乖乖蜷缩在商务车的最后排，睡觉，司机是真睡，间或还飙出一两声鼾来。

现在钟俞两家的头等大事是钟鑫涛俞思语受孕生子，今天奔了大老远，也就是这么一个目的，其他人，请闲话少说。钟欣婷不懂。

该做的，都做了。心里疑惑的事，口里该进的食，中医大师的药。但是9月22号，俞思语月经还是照样准时光临。还是没怀上。

11

"金秋十月，丹桂飘香，在这美丽的收获季节，我们迎来了新的学期"——俞思语纯属无聊，想起了她在小学写的作文。

这篇作文的开头很奇怪，总是能够得到老师高度评价，总是被运用在各种秋季举办的活动上、会议中，总是各色主持人的开场白，总是每年一进入秋季武汉满城的桂花飘香，馥郁的香气上总是附着这句由文字组成的语言——俞思语可以发誓，这的确是俞思语写的作文，是俞思语的原创，此前她真的没有在哪里读到过。

作文有没有知识产权呢？俞思语极度无聊了。俞思语备孕期间无所事事但又暗自焦急。这种日常里，她有一份闲散的纯属无聊，还有一份不着边际的可爱的乱想。

金秋十月，丹桂飘香的这一天，俞思语把该做的事情，都一一做了：该标记的图表，标记好了。该喝的碱性能量水，也喝了。该吃的"益生碱"小食，也吃了。益生碱是一种保健品，权当点心吃吃，高红买来了一大堆，俞思语不好意思不吃。

为生这个孙子，高红是两家家长中最上心、最投入、最不辞辛苦的。高红首先是被这产品的广告打动了，微信发给俞思语看："亲，听到你家小王子的呼唤了吗？13年专注女性碱性体质备孕，科学条例祝你梦想成真！"俞思语还是暗中百度了产品商。应该没有什么问题吧，反正人家也没有说是药品。开宗明义是保健品，说是有助于改善酸性体质。广告也是擦边球，又没有保证你吃了就怀小王子，只说你听到了你家小王子的呼唤没有。唉，现在做生意，都越来越聪明，都玩概念，都玩文字，都似琉璃球，四面八方滚动，就是不坐实。开始还有新鲜感，慢慢现在也觉得肉麻和无聊，只能哄骗高红那一辈的中老年人了。

俞思语不忍心说高红。高红毕竟是上辈毕竟是婆婆毕竟是关心媳妇。当点心吃吃，就当点心吃吃呗。希望这个月，金秋十月，丹桂飘香，在这美丽的收获季节，让我们迎来了美丽的收获吧——怀了就好了。怀了家长们都安心了，怀了全家就清静了。赶紧怀吧怀吧！

俞思语坐在阳台上，江边金观澜小家。桂花的香气，一阵阵飘进阳台，飘进家里。武汉就是桂花好。俞思语喜欢武汉的感情里包括这一点，或许她自己并不明确知道。俞思语上班的时候出差去过别的城市，别的城市桂花就是没有武汉香。金观澜公馆对面就是江滩公园，十里江滩，桂树成片，秋季一到，真真香煞人。植物香气也是有巨大能量的，不由得让俞思语脑子里，想入非非，自动开始写作文，写的是老天爷啊桂花仙子嫦娥姐姐啊，请助我一臂之力！不好意思真写出来，就在脑子里，一遍又一遍虚拟地写。

手机突然响了。一看来电显示，是高红妈。俞思语立刻接听。一听，声音就不对。高红语气格外冷硬和急促，问俞思语在哪儿？

在金观澜。

你有事没有？

没事啊，妈怎么啦？

没怎么！

高红说是没什么，语气却是有什么。高红吩咐俞思语做的事情，也是有什么的感觉。

高红让俞思语赶紧驾车，到一医院来接她。不用找停车位，不停车，就在靠近天主教堂的那个后门口，马路边，高红上车。关键的关键的关键，高红严肃认真一点不开玩笑地叮嘱，你谁都别告诉啊！任何人！思思，你得确保做到这一点，才不枉我疼你一场！听清楚了？

俞思语赶紧回答听清楚了！其实她没有听清楚。高红突然说出这种与日常迥异的话，又是劈头盖脑的，俞思语不仅不清楚，简直完全蒙圈。

高红在医院。俞思语想当然地就问：妈你生病了？

俞思语一边穿外衣，一边接着问：妈你血压出问题了？

妈你还需要我带上一点什么吗？吃的？喝的？

高红的警察脾气就出来了：我没病！这么多废话？！要你来，你来就是！废话少说！

俞思语看了看手机。不敢相信这个手机如此气势汹汹，也不敢相信自己眼睛和耳朵。俞思语嫁到钟家几年，基本一团和气。这还是头一次领教婆婆高红的警察脾气。高红一般是不对俞思语发脾气的，媳妇嘛，婆媳关系嘛，能够忍让都忍让了。再说高红俞思语婆媳二人，也还是比较投缘。主要是俞思语话少，心机少，没是非，脑子慢，人单纯，高红看中这个媳妇的，就是这些优点。现在这一下子，倒是把俞思语给惊到了。俞思语脑子再慢，也能够想到肯定发生了什么重大事情。高红又没病，怎么在医院？高红自己有车，有专职司机，自己也开车。钟永胜有车，也有司机，也自己会开车。他们儿子钟鑫涛有车，自己也随时可以驾车。为什么一家人当中高红偏偏要俞思语去接她？还严厉要求俞思语谁都不要告诉呢？

肯定发生了什么！金秋十月，不光是丹桂飘香，肯定还有许多糗事。俞思语的小心眼怦怦直跳，赶紧驾车去一医院。

一医院很近，从金观澜公馆驾车，踩一脚油门就到了。到了俞思语就打高红电话。果然在靠近天主教堂的那个后门口，无须停车，靠近路边就上人。

人却不止高红一个，是三个人。高红和李雨青，她俩还左右搀扶一人，看得出是一个女的，只是看不清脸。此女戴了一只大口罩，夹克衫的兜头帽子也戴得紧紧，拉得低低。俞思语看李雨青，想看出一点什么。李雨青神情凝重，只是和俞思语对了一下眼睛，任何暗示都不给她，显然李雨青只是听命于高红的。

三人默默上车，都不出声。车门一关，高红吩咐俞思语，过二桥，去武昌，东湖附近，"鸟语花香—英伦香墅"。

"鸟语花香—英伦香墅"，好像是一生活小区？

高红道：是的！怎么走会告诉你！哪来这么多废话！

俞思语只得嗯嗯，遵嘱开车。车上二桥，开始塞车，慢慢动着，俞思语脑子开始转快，转着转着就异想天开了：我的妈！这可别是在搞绑架吧？犯法的事情，俞思语可不干！大是大非面前，俞思语还是很有主见，这种事情，不仅俞思语自己不想卷进去，她也不想高红做傻事。悬崖勒马回头是岸——警方通缉令上常见的词语，就浮现在俞思语眼前。

于是！

于是俞思语咬咬牙，就不顾高红保持沉默的要求，开口说话了。俞思语直接就说：妈你不要做傻事啊！你别吓唬我啊！这女的谁呀？我认识吗？你把她带哪儿去呀？带去干吗呀？妈妈妈，到底怎么回事啊？

高红气得噗了一口气，眼睛往车窗外一扭，懒得理睬俞思语。李雨青当然也不吭气。被她们俩夹在中间那女的，显然口罩里头被塞住了嘴巴，无法说话，只能喉咙里头咳咳，但也还算老实，并没有激烈反抗。

这不是一个事啊！俞思语一急，就急中生智了。俞思语威胁高红：她要停车了。假如俞思语就这样把车停在二桥中间，立马就会有警察赶来。

啧啧啧！高红又嫌憨人有憨的烦！俞思语只要绝对信任高红就好啊！这种架势还没有心领神会吗？笨死了！高红一把拉开了那女的口罩和帽子。

俞思语一看，乐了，原来是韦漪。

韦漪是格瑞丝的妹妹，丑丑的胖嘟嘟的小丫头，估计也才十五六岁，打从广西跑来武汉以后，成天在保罗木梳品酒屋进进出出，见人走过路过，都喊欢迎光临！乡野里喊人喊惯了的大喉咙，又说说笑笑，顽皮个不停，一下子大家都认识了她，倒是觉得她蛮村野可爱的。韦漪看到俞思语也乐了，一边大口喘气，一边喊：思思姐姐你也会驾车啊，我也好想学车呢！一边又用胳膊肘拐李雨青和高红。对高红嚷嚷：阿姨你这是干吗呀？有没有搞错！是我主动找你告诉的消息呀？不是说好大家一起谈谈嘛。不就是一个生意吗？好说好商量啊！干吗搞得吓死人！我知道"鸟语花香—英伦香墅"，这不就是你们自己家金屋藏娇的一处房子吗？我也来过的哦——恨得李雨青又把一团袜子，塞进了韦漪嘴巴。高红只给了李雨青一个眼色。李雨青在高红调教下，好像也很有警察素质了。李雨青脸色严肃地训斥韦漪：你这小东西！就会乱说，话又多，嘴贱得很！

韦漪的话，俞思语不懂。不仅不懂，还越听越糊涂。又在驾车，还是心无旁骛比较好。反正俞思语只要清楚一点就行了：这不是绑架。

俞思语还清楚了一点，有点小小吃惊和略带不满：以前钟家谁都没有告诉过她，在东湖这边还购置了房产，"鸟语花香—英伦香墅"可是很有名的高档楼盘。俞思语还以为自己是钟家的人了呢！还以为钟家什么都不瞒她呢！

算了，不计较。只要生个男孩子，将来都是他的。

车到"鸟语花香—英伦香墅",的确是很漂亮的高档生活小区,比汉口江边的房子,又有不同风韵,湖水有湖水的秀美和绮丽。

高红有门禁卡,一行四人,顺利上电梯,到达八楼。高红却没有钥匙,低低吼韦漪,要她老老实实,正常敲门,说有急事找姐姐。姐姐?那不就是格瑞丝吗?这又是俞思语搞不懂的了。

韦漪敲了敲门。韦漪老老实实喊:姐姐开门,有点急事!里头有开门的动静,韦漪突然就不老实了,大喊大叫起来:高红来了!她们来了三个人!

乱事、破事、臭事、荒诞事、糟糕透顶事——无论怎么描述都不过分的一桩故事,在这间房子里头,发生了——这是在俞思语眼里。

事实上,故事不稀奇,就是人间的一桩偷情公案。这种故事以前有过,以后、将来、未来的未来,人间还是会发生。

这套公寓,是钟永胜为格瑞丝购买的一处房产。几年来,这里就算是钟永胜格瑞丝的香巢了。最初一两年,情热意浓,他俩过来的还比较多,后来渐渐来得就少了。格瑞丝在汉口也另有自己的公寓。钟永胜以为这事办得十分绝密。哪里料到,终于还是被高红侦探到了。这处房子,当初格瑞丝精心布置,很有法国式文化氛围,窗帘布幔桌布,到处是大红香烛。客厅墙壁上挂满相框,大多数都是钟永胜格瑞丝相依相偎的合影照片,还有格瑞丝仿油画的那种半卧裸体艺术照。一进屋来,只看一眼,啥都不言而喻了。

所以高红一行四人进屋以后,钟永胜也没话可说了。钟永胜也并不慌乱,只是最初有一点尴尬,然后就对高红摊了摊手,破罐子破摔的样子,意思是终于被高红发现了。高红本来就是警察出身,还是家里老婆,老婆的嗅觉又是远远超过警察的——钟永胜知道迟早会有这么一天的。

钟永胜厚着脸皮说：坐吧。

高红说：把那个婊子叫出来！

格瑞丝不在这里。

高红飞快在各个房间搜查一圈。主卧床铺没有凌乱或者香艳。捉奸在床的情节，当然也就没有发生。但是，恶心的事实，就已经是摆在面上的了。高红想要不难受，那也还是做不到。高红对钟永胜表态了："你今天必须把那婊子交出来！不交出来后果自负！"

高红明明知道媳妇俞思语就在当面，明明知道格瑞丝是俞思语最亲密的闺蜜，明明知道俞思语家教良好平常一句粗话都没有的。但是高红不能不一口一个婊子，否则高红这口恶气就出不来。

钟永胜回答："这里没有格瑞丝。"

那婊子在哪里？要她赶过来！

钟永胜交不出格瑞丝。钟永胜指天发誓：格瑞丝今天是来过的，但临时接到一个紧急电话就走了。现在人家手机也不接，不信你自己打她手机。

高红暴跳如雷。高红才不会打格瑞丝手机！她从此再也不会打格瑞丝手机了！格瑞丝简直就不是个人，就在高红眼皮子底下，就在一声声高红姐姐高红姐姐叫得亲亲热热的时候，却上了她丈夫的床！真正婊子都比格瑞丝道德品质高尚，人家婊子就是婊子，开宗明义，不像格瑞丝，又当婊子又立牌坊。

高红已经暗中侦探好久了，就等这么一天，乌龟王八一起抓。今天高红的情报十分肯定，朋友报告说是亲眼看见格瑞丝进屋的。

高红今天是要算总账的。她特意把韦漪也带过来了，高红就是要让格瑞丝自己的亲妹妹打她自己脸的，看看她受不受得了自己亲人的欺骗。屋里没有找到格瑞丝，高红不无遗憾地骂骂咧咧，从墙上拽下格瑞丝那幅半裸体画,把画像扯了出来,吐了唾沫,用脚踹了,然后专审钟永胜。

钟永胜你不觉得你欺人太甚吗?钟永胜就在老婆眼皮子底下搞三妻四妾,完全把老婆当个傻子!现在你老实告诉我,你为什么不离婚呢?几年来你为什么从来就不提离婚呢?你有外遇你离呀!你尊重我一点,你和我离呀!为什么不离?

钟永胜不说话。

为钱!是不是?你生怕破财是不是?你肯定私下还欺骗那婊子说你想离是我不同意,是不是?你妈个老逼姓钟的,你烧成灰我都能够看透你!是不是啊——你给我坦白交代——高红尖的吼叫,已经是非人的音调了。

钟永胜这才艰难地点了点头。

钟永胜又低声补充了一句:不管怎样我是一个最顾家的人。

高红回敬:呸!呸呸!顾家还欺骗我?简直大言不惭!

高红一边说一边以迅雷不及掩耳之势,朝钟永胜脸上甩了一记耳光,动作之稳准狠,钟永胜完全来不及躲闪,足以见得高红当年女警察的好功夫。

俞思语在一旁,愣呆了,目瞪口呆,眼睛睁得特别大。她既不敢相信自己的眼睛,也不敢相信自己的耳朵。她看看李雨青。李雨青倒是一点不愣,她凶神恶煞地紧紧抓住韦漪,一双眼睛爱憎分明,对钟永胜的充满鄙视和对高红的充满怜悯。日常里形象光辉的公公,居然被婆婆当着媳妇和用人的面公然扇了耳光。公公钟永胜公司总裁的形象,顷刻间在反复教诲子女:全家团结一条心黄土变成金。说好的家丑不可外扬呢?说好的岁月静好呢?

这场激烈战斗,才刚刚开头。

紧接着高红要求钟永胜坦白和韦漪的事。

俞思语的脸忽然发烧了，她现在不敢相信的，是整个自己了。她后退了好几步，恨不能躲到落地窗帘后面去。这还是自己平日那德高望重的公公和婆婆吗？

钟永胜一脸无辜，一脸茫然。

高红叫喊：你还无辜吗？你还茫然吗？我冤枉你了吗？我冤枉你了你申诉啊！

钟永胜咳咳两声，试图否定，说：别听这孩子胡说！都知道这小孩子喜欢胡说八道，满口谎话，就算她胡诌些什么，也无非是要讹钱而已。

高红就抓起一只水晶烟缸，一只相框一只相框地砸。玻璃砸得碴子飞溅，把自己脸上手上都刺出了血，殷红的血，呈颗粒状的。俞思语叫了一声"妈——"她用了自己最大的力气，声音出来却像蚊子的嗡嗡，完全没有谁理会她。

高红过去一把扯掉韦漪嘴巴里头的袜子。果然韦漪不是一个好惹的，马上哇啦哇啦叫嚷开来：喂喂大叔，这我就不懂了，我们不是说好做生意的吗？我差钱，我得筹钱为我爸治腿病。我是卖处，你是买处，这是事先讲好的，不错，钱也付过了。

钟永胜拍茶几喝止韦漪：小孩子怎么乱讲话呢！

不错，韦漪说，我一直瞒着我姐姐，你封口费也付过了。

钟永胜大摇其头，他简直无比悲伤了。

高红说：姓钟的！你就别演戏了！把这小婊子的话听完再说。

韦漪说：我还要讲出来是因为我怀孕了。现在，怎么办？我们得重新谈谈赔偿吧？

高红就把今天带韦漪在医院验血的妊娠阳性化验单，往钟永胜脸上一丢。韦漪甚至还帮腔高红，说：阿姨我这里还有证据的，只要你要。韦漪人小心眼不小，每一次钟永胜做她，她都有偷拍并存档了。

俞思语的眼珠子都要爆出眼眶了，她手指也捂住了嘴巴，这是什么事啊！信息太纷乱太意外太没有条理，她脑子轰轰响一片混乱。

今天韦漪是大赢家，她看上去是鼻梁塌陷、蝌蚪小眼、眼距过宽的弱智面容，但却是最有智慧，简直都不像小孩子做的事情，阴谋实在太成熟了，其实她承认就是网上攻略，打游戏的套路——韦漪可以把孩子生下来。也可以不生，人流掉。但是，价格都一样：一房一车一笔现款。因为，韦漪还有撒手锏：她是未成年人！她可以告强奸罪的！比起钟永胜坐牢身败名裂，一房一车一笔现款对于钟家，应该不算什么吧？

钟永胜惨了。他跌坐在沙发上，下意识不停地抖腿。他脑袋也彻底垂了下来，不住地摇头、惨笑。

韦漪照样还是大口大嘴说话，叫嚷说：喂喂，你们不要杀人灭口啊，那样太傻了，我敢跟你们来这里，我肯定有准备的。我可不像我姐姐那么蠢，白给他玩，还自己辛辛苦苦做生意养活自己，被玩这么多年就这一套房子！——高红忍无可忍，左右开弓，扇了韦漪几个大嘴巴子，接着李雨青再一次愤怒地塞住了韦漪的嘴巴。

高红怒吼着，像发狂的母狮子，扑上去手撕钟永胜。为什么啊？你为什么这么不要脸啊！为什么这种小猪女孩，你都要去搞啊？你是公猪啊！高红怒吼、哭喊、撕打。钟永胜满脸仓皇，面无人色，唯有抵挡，两手护住脸，老着脸皮，死不出声。韦漪的招供，已经彻底摧毁了钟永胜。

高红要求钟永胜回答她最后一个问题！就这么一个：钟永胜既然已经有情人，为什么还要搞情人的亲妹妹？还是这种未成年的又丑得像猪的小女孩。

钟永胜死活不肯回答，只是垂着脑袋看地面。高红逼不出钟永胜的回答，突然，她自己转身冲向阳台，说："好！好好！那我来了断！"说着就翻越栏杆，她要跳楼！紧急之间，俞思语忽然难得机敏了一回，她一个箭步上前，拦腰抱住高红。婆媳俩脚下不稳，一起滚到地上。高红终于放声痛哭。俞思语也终于放声痛哭，泣不成声道：妈啊妈啊，你可别这样啊！千万别这样啊！高红哭喊道，思思啊思思啊，我哪里还有脸活啊！我这辈子是多骄傲多纯洁多高贵的一个人啊！怎么就落到这步田地啊！俞思语紧紧抱住高红不松胳膊，朝钟永胜哭喊：爸你就回答妈啊，都这样了，还有什么不好说的，你回答啊，你知道妈这脾气的啊。你不能够让她跳楼啊！李雨青也呜呜哭出声了，手里还是没有忘记抓紧韦漪。

　　在女人们汹涌澎湃的痛心疾首的一片号啕中，钟永胜终于开了腔。他承认他就是想睡一次处女。作为男人，一辈子，没有破个处，总是不甘心，总得尝个鲜吧？

　　可是高红就是处女嫁给钟永胜的呀。仅仅只是高红做警察训练，强度太大了，处女膜自然破裂了。这不是职业关系吗？钟永胜悲伤地说：职业关系不职业关系有什么关系，那也总是一个破的呀！

　　钟永胜天生一张能说会道的油嘴，只要开了口，似乎就得着了理由，还更厚颜无耻了，抱屈地辩解：男人就想破个处，中国男人哪个不想？千百年来，哪个？不想？男人就这点隐秘心愿，又不是做什么天大的坏事。就算钟永胜犯了错，也是犯了全中国男人都会犯的错啊，难道就这么不好理解吗？

　　突然，剧情巨变：格瑞丝推开一扇暗门，跑出来了。

　　格瑞丝眼睛瞪得血红，显然已经疯掉了。她手里握着一把水果刀，直接扑上去刺杀钟永胜。毫不犹豫，一刀就往腹部插进去——可是，那是电影、电视和游戏，以格瑞丝那细细的手腕之力，水果刀根本插不进一个壮实高胖男人的厚厚衣服和厚厚脂肪。水果刀歪斜了，当啷一声掉地上。行刺失败的格瑞丝，转身夺门而跑。在场所有人，面对这突发状况，都还没有反应过来，格瑞丝已经消失得无影无踪。

女人们的哭声，骤然停止。眼泪它们自己主动干涸了。几个女人面面相觑，张口结舌，除了韦漪。韦漪小眼睛骨碌骨碌转动，或许还在想着网上攻略，还有那些出奇制胜的高招。高红俞思语婆媳俩互相搀扶着，从地上站了起来。忽然间，世界如此空旷、如此寂静。

真的，这一天，俞思语简直不敢相信自己的耳朵，当然也简直不敢相信自己的眼睛，当然简直不敢相信整个她自己。

世界上的温馨美满家庭，要啥有啥的家庭，还会有这样龌龊的事情吗？为什么？

其实事实证明，高红还是一个很有克制能力的女人。当韦漪找她索赔，把证据都提供给高红的时候，高红震惊和愤怒的程度，怎么想象都不过分。高红却还是保留了一定理智，考虑也还算周全。还是给钟永胜和家庭，留了后路的。要说真正顾家的，还是高红，还是做母亲的人。这种事情，她一个人肯定搞不定。助手不可以叫儿子钟鑫涛，不可以叫女儿钟欣婷，以后子子孙孙还是要过下去的，钟永胜还是孙子辈的爷爷。也不可以叫公司任何人，司机、秘书、好朋友，都不可以，家丑不可外扬。当然，只能叫上这个憨厚的单纯的媳妇俞思语了。李雨青，是必须的，只有她对高红忠心耿耿，多年的时间已经证明了这一点。

过了几天，高红还是忍不住，跑回母亲家，在自己老妈那儿，痛哭了一场，心里才好受了一点点。高红的妈，詹鄂湘，默默听完了女儿的哭诉。临走，詹鄂湘对女儿说："记得我当年的话吧？你会有哭回来的那一天。"

高红认输，点头了。眼睛又红了。

已经是耄耋之年的詹鄂湘，以她年迈的智慧，对高红说了一句智慧的话，也算是最能够宽慰人的劝慰了。老妪詹鄂湘岿然不动地说：你就当男人是条狗吧，你在家里备了世界上最好的狗粮，它出去还是要吃屎。

高红居然扑哧笑出来了。

詹鄂湘接着说：你也总不能因此就不养这条狗了吧？

高红就看着她妈，笑不出来了。

高红思谋着，哪一天要不要告诉俞思语呢，俞思语这个媳妇真不错。关键时刻坚定不移站她一边。一贯动作迟缓的人，在救高红命的时候，反应箭一般快。俞思语这次救了高红的命，她俩的感情程度，她俩心里有数了。无论是高红，还是俞思语，她们都还不曾与自己家人紧紧拥抱。可她俩这一次、这一刻，拥抱得紧紧的，贴心贴肺。只是老妈这句至理名言，说男人真的很准啊。不过，恐怕这种至理名言俞思语知道了对钟鑫涛没有什么好处吧。钟鑫涛可是高红的儿子啊，高红总是会更心疼自己儿子。不过高红也非常相信自己儿子：钟鑫涛受了那么高的高等教育，小两口又是一见钟情郎才女貌，他是绝对不会做出任何破坏夫妻关系蠢事的。那一刻，俞思语是真的生怕高红跳楼了。高红也是真的要跳楼。那一刻，命已经无所谓。高红死的心，真有。特别是死在钟永胜面前，真有。当年高红跳二楼，是要嫁给钟永胜。现在高红跳八楼，是要摆脱钟永胜。高红其实应该早和钟永胜离婚的。她嫁到钟家，亲眼看到钟永胜他爸，把李雨青弄在家里当办公室干事，李雨青递杯茶，老头子连茶杯带手，一起握住不放。那时候，高红就应该毅然决然离婚离开钟家。钟永胜遗传了他父亲的下流基因，男人真他妈逼的不是个东西。

129

俞思语还年轻，不可能懂。最好不懂，最好钟鑫涛此生此世都能够忠实自己的婚姻和家庭，因为来之不易啊，是多少人的合力打造啊！尽管有些部分是绝对的秘密，公开的部分也显而易见，还是比一般人来之不易啊。一般人都是瞎猫碰死老鼠的婚配，钟鑫涛俞思语不是，他们的小家庭，两家的大家庭，都是多么般配啊。思思啊，好媳妇，争口气吧，赶快怀孕吧，生个男孩吧。让你家男人日后半点出轨的理由和借口都没有。从年轻开始就注意打造好自己的婚姻家庭，让羞辱远远离开自己。

至于钟欣婷，高红不担心她，她不会受男人欺负。她这个女儿，当儿子生的，还真是女生男相。刺棱子一个，只有她羞辱男人，没有男人羞辱她的。她的前夫，清华大学博士，还不是她的手下败将。家里防火防盗防钟欣婷，一切都必须死死瞒着她。这女孩子，野心太大，口头禅是一个都不饶恕，连自家父母兄长，都要抢班夺权的。但是小小年纪女孩子，就一心图谋家产，也是万万要不得的。

事后，钟鑫涛自然是知道了一些情况的。只是故事版本都是节本，也都有所变动，大事化小，小事化了。总之他父亲钟永胜好像有点受骗了，在外面被女人讹了。钟鑫涛再三询问俞思语，俞思语就是不肯透露现场真相。总说没有什么可说的。不管钟鑫涛怎么问，俞思语好像对这件事情有点漫不经心。俞思语担心钟鑫涛觉得丢脸，可是钟鑫涛在俞思语面前，还是感觉非常丢脸，垂头丧气了很长时间。按中医大师的时间和排卵期的时间，到了该同房的时刻。钟鑫涛不知道为什么，突然十分紧张，下面硬不起来了。

俞思语也非常理解，也不过多劝慰。家里父母辈，出了这种事，钟鑫涛情绪肯定还是大受影响的。俞思语只有哑口无言最好。

当然，俞思语亲历了现场。她内心混乱到久久理不清头绪，也没有搞懂许多矛盾情节,更不理解其中某些逻辑。所以,还需要时间消化。也还是久久地,久久地,心情都无法平静。漫不经心,是装。就是怕钟鑫涛过分在意这件事。但也不是装,俞思语还能够怎么样?

每天全家还是一桌子吃饭,都当没有发生任何事情。照样李雨青烧饭。照样全家围桌吃饭说好吃好吃。照样钟宇涵钟宇博娇声娇气地赶着叫爷爷奶奶。钟永胜和高红也都甜甜蜜蜜地答应,抱着孙子和外孙亲个不停。格瑞丝就像空气一样,存在过,又不存在了,没人理会,再也没有人理会。

格瑞丝不知去向。随后的寻找,发现格瑞丝其实已经打点好了一切,是要离去的结局。她的两处房子,已经分别过户给弟弟韦千禧和妹妹韦漪。店铺也盘出去了。而保罗,早在9月份,就彻底离开中国,返回法国了。用钟永胜过后对高红的解释:那一天,的确是他和格瑞丝约好要谈彻底分手的。

亲爱的格瑞丝啊!

影响了俞思语人生和婚姻的格瑞丝啊!格瑞丝人走了,涟漪却在俞思语这里久久荡漾,久久荡漾。俞思语也不知道会荡漾到什么时候。

金秋十月,转眼就是月底,俞思语月经照常来临。2015年10月,没怀上。

12

俞爷爷病了。

一病,就很重。老年痴呆症,病情发展很快。住院没几天,俞思语一去,俞爷爷就喊她,小王同志是你吗?你是来看望我的吗?

爷爷！是我呀！思思呀！

俞爷爷十分迷惘：思思是谁？又问隔壁病床的老头：谁是思思？

隔壁病床也是一个更老的老年痴呆患者，耳朵还聋了，就那样面无表情瞪着俞爷爷。两个人就像两只衰老又无知也无感的动物，看着就让人心难受。

俞思语当场就撑不住了，转身跑出病房。跑到楼梯间就查百度。俞亚洲赶过来，俞思语就在楼梯间对她爸爸发急，很不客气地说：你什么儿子？怎么早不带他看病？老年痴呆是慢慢发展的呀！

俞奶奶也赶了过来，讲了一下情况。早先俞亚洲带他父亲看过病了。由于俞爷爷记忆力明显减退、偏执和暴躁，俞奶奶就怀疑是不是老年痴呆症。俞亚洲带父亲先后看过两家三甲大医院，只是没有告诉俞思语。家里都知道钟鑫涛俞思语小两口在忙备孕啊！

每次看病，医生都是让俞爷爷画钟。据说画时钟测试，是英国首先使用的，医学界实践证实，诊断率相当准确。因为画时钟需要三种能力支持：一种是记忆，一种是执行力，一种是视觉空间能力。老年痴呆的额叶受损，正是这一块的退化，因此如果是老年痴呆，哪怕是早期，也是无法画好完整的数字指针的。

而俞爷爷，每次都完整画出了医生给予指令的时钟和指针时间。几乎比一般人，画得速度更快，更为熟练。所有医生，都忽略了一点，也都没有问诊到一点，那就是俞爷爷的职业特点：俞爷爷曾经是铁路上管调度的。时间的精准，是俞爷爷的使命。那一只圆形的钟表盘，是融化在俞爷爷血液中，铭刻在他灵魂里了。他什么都可以忘记，估计就是不会忘记钟表盘。于是，就这样，误诊了。

一直等到发现俞爷爷在卫生间抓自己的大便吃，俞奶奶才知道大事不好。

发现迟了。事情总是在发现之后，才知道发现迟了。明白误诊了，也总是在被误诊之后，才明白误诊了。这有什么办法？人生就是遗憾的艺术——俞奶奶还保持着相当的幽默感。俞思语还不是很懂幽默，就那么眨巴眨巴眼睛，毫无主意地，看着俞奶奶。

钟鑫涛知道俞思语是爷爷奶奶一手抚养大的。俞爷爷一生病，备孕的事情，俞思语肯定有点分心。因此每天测量基础体温等等种种琐事，钟鑫涛也就不再盯着俞思语做了。但是，也不能停顿懈怠呀，老人生病很正常呀，钟鑫涛有点暗暗着急，一方面自己还在偷偷看男科，他不知道上个月自己为什么有两次无法勃起。钟鑫涛还年轻，他不想戴"阳痿"这顶帽子。可是俞思语很直接，她习惯使用简单便利的词语，说："你去看一下阳痿，我正好多去照顾爷爷。"如果不是俞思语的神态那么天真无邪，钟鑫涛劈面揍她一拳的心都有。钟鑫涛陪俞思语看过爷爷几次了。钟鑫涛言下之意，还是说俞思语不要太过，老人生病很正常的。真的很正常，老病老病嘛，老了就会病嘛。

俞思语眼睛一瞪，瞪牛卵子大，生气了，斥责钟鑫涛：什么话！我爷爷一直很健康！

俞思语不太在意钟鑫涛的意思。自己驾车，三头两头跑医院陪爷爷。俞思语就是不服。不服她的爷爷，会认不出他的小思思来！俞思语的倔劲又上来了，她就是不服！她就是要多跑几趟，来亲近爷爷，来照顾爷爷，给他剪指甲，说小时候爷爷给她讲过的故事，唤起爷爷的记忆和感觉。俞思语不服！俞思语不信她唤不回。

俞思语唤不回了。

有时候，俞爷爷偶尔会清醒，认出了俞思语。这不是思思吗？俞思语一听,就泪流满面。俞爷爷说,还是好哭。哈哈,你从小就好哭。羞羞脸,羞羞脸。爷孙俩就谈笑风生,一起唱革命歌曲《没有共产党就没有新中国》,爷爷却记得歌词。

然而,过一会儿,俞爷爷又糊涂了。顿时不认人了,什么歌都不唱了。身体里头有什么地方非常非常难受,只能哎呀哎呀叫唤。医生护士赶紧来。面对面,却千呼万唤回不来,这种感觉很恐怖。

俞思语好恐怖。

俞爷爷消瘦得很快,整个人明显缩小了一圈。两只手,就是两挂干枯的老藤。其他病和并发症也都发作了。有时候一连好几天,得挂氧气,只能躺着,最多摇起来病床,坐坐,人不能站立,一站起来,血氧饱和度就会往下掉,从90%一下子掉到80%,脑子顿时就不清楚了,说话就不能够维持字句。

爷爷清醒的时候,还是能够像干部一样讲话作报告,他也知道抓紧机会,说一些他最想说的话:我这个人,一不怕死,二不想死。现在才过上好日子,改革开放经济腾飞,祖国形势一片大好,高楼大厦电灯电话,小康社会了我真舍不得死。我有工资有存款,你们要舍得给我用进口的好药。我级别不够公费使用进口胸腺素,你们给我用我自己的钱买,三天打一针。政治待遇方面,离休工资待遇是最满意的,没意见,丧葬费也不少。关键是追悼词怎么写?提法怎么提?忠诚的无产阶级革命战士,党的优秀干部,这是一定要的。亚洲美洲特别是亚洲啊,你们要给我保证,与组织上好好谈谈,组织要给我盖棺论定:我是从来没有背叛过革命,背叛过党,背叛过祖国的,我亲戚都在台湾美国,我和他们素无交往,就怕被人抓住小辫子说通敌叛国,我这人毅力非凡,坚决不交往,信都撕掉不看。现在俞非洲移民去了美国,我在考虑这算不算投敌叛国——这已经又算不上是清醒的话了。

俞亚洲俞美洲姐弟俩，都向父亲保证会与组织谈要求。但是父亲只是暂时生病而已，才85岁，坚持配合治疗就会恢复健康的。

才85岁！俞思语听得迷惘。年轻人无法理解85岁这是一个什么概念。她只知道她要多多来陪爷爷。她只知道是爷爷把她从小带大的，她不能够让别人说她没良心。她在大学入党那天，爷爷参加她的入党宣誓大会，打了领带，那是爷爷生平第一次，也是唯一一次打领带，俞思语牢牢记得那一次。因为有不少同学居然嘲笑俞思语入党或者是嫉妒，她要报答爷爷对自己的大力支持。

住院治疗效果并不佳，恢复健康似乎遥不可及。俞爷爷病情很快发展到白天睡觉，天黑醒来。刚刚入夜，病房需要安静下来了，俞爷爷开始大喊大叫起来。

妈妈！妈妈！妈妈啊——

兔子。俞兔子。爷爷使劲拨弄他自己的鼻唇沟。

彭厨子！血盆大口！大嘴巴。割割割到这里——都是血啊！彭厨子嘴巴都是血啊！

是他们用刀子割的，不是我，我不知道。我进去就是血盆大口了。

我吓死了。彭厨子，我对不起你！我向你请罪！磕头！我给你平反昭雪！朝鲜战争解密了。彭厨子没有造谣。我没有杀彭厨子啊——我没有开枪啊——我放的空枪啊！

俞爷爷不知道什么时候，拿到了女护工的口红，对着病房的电视机屏幕，把自己嘴巴涂得血红，沿着两侧嘴角，一直画到耳根——自己又惊恐得大哭大叫喊救命，这是彭厨子的嘴、嘴、嘴啊！

护士长就急忙跑过来了。麻利且无情地指挥护士执行医嘱。医嘱是早就写好了。不得让俞爷爷彻夜叫喊！全病房都听够了彭厨子叫喊"血盆大口"！女护工负责把俞爷爷捆绑在病床上，防止深夜俞爷爷闹，溜下床。女护工也有打盹的时候啊，女护工也是人啊，不能彻夜不睡啊！对不起，俞爷爷裤子必须脱掉，只戴尿不湿，免得女护工夜里替他换裤子。

俞奶奶静静站立一边，就这样看着老伴。静静地，站立一边。没有表情。

俞爷爷也并不总是认识老伴。有时候还会问俞奶奶是不是女特务。女护工就大声强调：这是你老伴！

女护工是俞奶奶特意挑选的。一个特别壮实的乡下进城务工妇女，有一双格外肥硕的大腿，裤子总是绷紧到爆。女护工有时候忙完，坐在病床边嗑瓜子，俞爷爷就会公然地，把手搁在女护工大腿上。谁都说不清做这个举动的俞爷爷，是清醒是糊涂还是本能。

女护工厌恶，想拨开。俞奶奶不许，说：他都快死的人了，你还不让他舒服一点？

女护工笑说：奶奶啊，这可是额外服务啊。

俞奶奶说：我知道。加钱就是。

俞奶奶没有丝毫表情。

这都是一些什么事啊？这就是人有病吗？这就是在治疗疾病吗？俞思语更不理解奶奶何以如此淡定。奶奶怎么不伤心？怎么不着急？怎么还允许自己丈夫摸护工大腿？难道爱情不是最自私的、也被双方要求最专一的感情吗？俞思语简直有点无法面对，总是眼睛睁老大，她不敢相信自己的耳朵，也不敢相信自己的眼睛。

俞奶奶不要俞思语来医院了，年轻人少看这些阴暗面。俞思语不听。

俞奶奶就背地里给高红打了电话，要高红想个办法让思思少来医院，爷爷这边情况看多不好。思思这孩子真孝顺，是太好了。只是老人总是要走的，自然规律。思思得抓紧备孕。思思再生一个孩子，就是对他们老人最大的孝敬。高红完全同意。钟鑫涛也很感谢奶奶。高红钟鑫涛母子马上商量，密谋了一些似乎又比较重要的事情，让俞思语来料理。

高红钟鑫涛母子一个设法，俞思语即刻就中了圈套。高红高血压发了，审计的又来要求公司赶快做一份财务报表，俞思语去公司监督一下财务方面，好不好？这事不要告诉钟欣婷！俞思语说：好的！还是一副任重道远的样子。公司方面，高红也有吩咐，大家都对俞思语很好，又言听计从，唯唯诺诺，俞思语一下子就自信心倍增，每天跑公司。俞思语就这样，被成功牵扯住了。

俞思语也没感觉，不知道是设计。但是，没有时间了，总归没有办法老跑医院。俞思语就给爷爷做了这样一件事情：把俞爷爷一天到晚吵着要吃的菜，写了出来，配上手绘的菜肴图片，贴在病房墙上，让女护工指给爷爷看。当俞爷爷不肯吃饭的时候，女护工就对照菜单，哄俞爷爷说，你看，这个菜，就是彭厨子做的什么什么，这个菜，也是彭厨子做的什么什么，不信尝一口。

彭厨子的菜单，据说是沔阳1950年冬季，俞爷爷娶俞奶奶那天的婚宴酒席，因为当时状况特殊又急迫，菜单是因地制宜了，但菜肴是非常美味。菜品如是：小尖元、笋衣炒肉、红烧牛脯、黄花菜炒肉、扣酥（鱼肚档过油，再码进瓷碗，上蒸笼，蒸透，出笼就打卤浇汁，浇汁主要是香醋酱油小麻油，趁热吃）、鱼圆子（酸汤）、黑木耳笋片炒肉、红烧鸡块、甜汤（米酒桂花小汤圆）、大肉丸子、油炸枯鱼（刮过了鱼茸的大青鱼中段与头尾）。

结果病房人们都来看，还有手机拍照，发到网上。大家纷纷喝彩，说这个孙女真孝顺。俞爷爷清醒时候也很开心，又很自豪，还请医护也过来参观学习，蛮炫耀的。

俞思语知道了，更是开心。钟鑫涛当然也很开心。高红钟永胜俞亚洲任菲菲，双亲父母，都纷纷地很开心。都说看到就想吃。也都没人搭腔，说真去做菜试试。唯有俞奶奶声色不动，淡然站立一边，仿佛局外人。俞奶奶就是局外人，老年痴呆的局外人，他们这一场婚姻的局外人。她知道，她这一辈子，终于要熬出头了，俞奶奶安静地等待着。她能够做的就是最后的人道主义：尽量让自己丈夫少受罪。

金观澜公馆这边，钟鑫涛俞思语，也就还是在继续努力造人。钟鑫涛经过男科治疗，也恢复了勃起，只是还没有什么硬度，像一根弹簧。但是应该不妨碍受孕。但11月20号，俞思语月经就来了。这个月，又没怀上。

13

时间进入12月，一夜寒风，树叶纷纷黄了。再一夜寒风，黄叶纷纷掉落。

钟家俞家家长们，走在路上，踩上枯叶，嚓嚓作响，大家突然觉得，好快呀，时间都快一整年了！

不成。有问题。不对劲。这么年轻的小夫妻，哪有一整年积极努力，都还不怀孕的？如此精心尽力、如此时时刻刻，严格按照大师规定的时辰与排卵期同房，有一年都不怀孕的可能吗？大师的回答是：万事皆有可能。只要继续服药。据他观察，2015年，小夫妻的服药状态，并不理想。

钟俞两家家长，私下里，来来回回商议几次，决定还是要撇开中医大师，不告诉他，去看看西医，还是得看看西医。

去医院一检查：钟鑫涛有问题。

钟家不信。再去一家医院，不信。再去一家医院。三家。事不过三，算了，只能信了。

钟鑫涛的问题出在精液方面。钟鑫涛精液分析的结果是：前向精子15%，精子密度1000万。而总精子数至少得有3900万，其中前向精子至少得达到总数的32%以上，才能够正常受孕。

西医专家不愿意尴尬病人，很客气地开玩笑说：这位钟先生啦，你那些能够向前冲锋陷阵的小蝌蚪，太少了太少了。

钟鑫涛俞思语高红都没有笑，都瞪眼看专家，专家倒尴尬了。

回家四处翻找，找出了四年前，钟鑫涛怀女儿钟宇涵之前的检查单，结果写的是：前向精子70%，精子密度4000万。

大跌眼镜！

才四年，钟鑫涛就暴跌了。还是父亲钟永胜比较懂得安慰儿子以及大家。不久拿回一张晚报，故意丢在茶几上让大家看。大标题写着：40年来全球男子精子数量暴跌6成，武汉男子精子质量6年降低15%。

现在媒体真是贴心，展示的数据也真是能够安慰老百姓，如此说来，全球都有问题，钟鑫涛也就不是个体了。再说，都有问题，或许也就不是什么问题了。至少钟鑫涛个人无须担责了。

没有受孕的真相大白。

好在，现在的人们生活在高科技时代，生育的问题，有N多办法，不难解决。钟家俞家肯定还是要孙子的，人丁兴旺总归是最重要的事情。中央也已经全面放开二胎了，一点政策风险都没有了，可以理直气壮生二胎了。不急，慢慢来，钟鑫涛俞思语小两口先调理身体，建立健康生活方式。

钟鑫涛坚决戒烟戒酒、杜绝垃圾食品、尽量少吃外卖、加班不熬夜、打麻将不搞成整天不动窝、手机不放裤兜、穿宽松内裤。俞思语生活方式还比较健康，保持就好，只是可能要稍微减点肥。2015年的备孕，好吃懒做的，让她胖了不少。

开始运动——动起来：慢跑、打球、游泳，都不错哦。

2015年圣诞节就要到了。商城、广场到处都是圣诞老人。钟鑫涛俞思语带女儿钟宇涵出去玩，钟宇涵特别喜欢气氛浓浓的圣诞节。自然了，与很多小孩子一样，钟宇涵也会问父母：真的有圣诞老人吗？

俞思语不假思索回答：有啊。

结果钟鑫涛同时回答：编的。

"为了过节，就要编一些故事啊"——钟鑫涛认为自己的回答更加负责。

俞思语目瞪口呆了，一会儿，噗的一声，算了算了，说不清，不说了。

2015年最后一天，俞爷爷在医院病逝。

久病床前无孝子。大家认为俞爷爷走了，对他自己是最大的解脱。对大家也是解脱，就互相说了节哀、也好、解脱之类的话。丧事该怎么办怎么办，现在社会上都有丧葬公司，一条龙服务。追悼会追悼词，俞亚洲负责与有关方面交涉，他一位厅长，交涉到哪里哪里都还挺买账，就照网上革命老干部的悼词复制下来就成。一点都轮不到俞思语这孙子辈的人操心。只是听到"丧葬公司一条龙服务"这些话，俞思语心头一抽一抽的好生难受。以前在外面文化公司上班的情景重现。人再年轻，也有不堪往事在心头。俞奶奶却很知音，主动安慰俞思语，要她放心，别想多，他们会挑选公司的。俞思语好哭，闻声流出一行眼泪，随即自己擦掉了，花了眼妆，大熊猫一样，冲奶奶笑笑。

转眼就是 2016 年元旦了。俞思语想想都怕，又是任重道远的一年，谁知道将会发生什么，岁月可不管钟鑫涛俞思语压力山大，新年钟声一响，人类齐刷刷地，将他们的日历，翻开了新的一年、新的一页。

· 作者简介 ·

池莉，女，1957 年生，湖北仙桃人，作家，中国作协主席团委员、武汉市文联主席。主要中短长篇小说见《池莉经典文集》（九卷）。主要散文集有《熬至滴水成珠》《来吧孩子》《立》《石头书》。诗集有《池莉诗集·69》。最新长篇《大树小虫》。作品获首届鲁迅文学奖以及各种奖项。有多部小说改编为影视剧话剧。小说被翻译为多种外语出版。

暗自颤抖

□ 杨少衡

1

午夜一点十分，电话铃响，詹一骥惊醒。

他心知不好。这个时段的电话绝无好事，要不是哪里起火了，就是谁死了。

打电话的是赵光储，从省城打来。赵光储的话音里透着紧张，有丝丝气喘。这人一紧张便口吃，他报告的情况果然具有爆炸性：陈克"跑、跑路"了。

"你不是下午还见过他？"詹一骥诧异。

几小时前，傍晚时分，赵光储曾来过一个电话，报称已经与陈克见面，陈答应明日一早与赵一起前来本县。该报告属实，并未弄虚作假，电话是赵在陈克的公司里打的。当时赵光储前去登门拜访，陈在开会，会中抽空跑出来，到了他的总裁办公室，与赵光储匆匆一见。赵光储代表詹一骥向陈克致意，邀请陈光临本县，参加第三届"兰花博览会"开幕式暨相关招商活动。陈克爽快应允，称感谢詹书记盛情，前些时詹已经通过电话相邀，他本人非常愿意借此之机跟詹见一面。詹一骥走马上任，他自当前去拜会，日后项目上的事情，还要仰仗詹多关照。只因为近期公司遇到一些事，他一时脱不开身。现在事情基本料理清楚了，明天恰好有个空当，那就兵贵神速，先去跟詹见个面，后天参加博览会开幕式，把几个意向书一并签下。赵光储闻之大喜，与他商定了动身时间，相约届时到陈的公司会合出发，而后即打电话报告了詹一骥。晚饭后，赵光储从自己所居宾馆给陈克再打电话，想商量一下日程安排的几个细节，不料电话怎么也挂不通，总是"你所呼叫的用户已关机"。赵光储打电话到陈公司里问，一位自称总裁办公室的人员称，他们总裁在开会，命不许干扰，只能待会儿联络。赵光储从晚八时一直等到晚十一时，陈克一直在开会，电话始终挂不通。十一点过后，公司总办的电话也没人接了。赵光储感觉不对，赶紧四处打听，通过各个途径追问陈克下落，一直追到午夜才得到一条消息：陈克已经离开省城，搭乘晚七点航班前往香港。赵光储大惊，即通过内部关系查对了机场相关信息，确认陈克果真已经匆匆而去。从陈克所乘航班时间看，他几乎是在与赵光储见面之后即动身前往机场。难得陈总裁在准备拎个包启程跑路的仓促之际还装得一脸无辜，煞有介事作欣然应邀前来姿态，撒个大谎把赵光储稳住。

"情况比较紧急，这么晚了还是得赶紧向您报、报告。"赵光储说。

詹一骥叹气道："你是只夜半乌鸦。"

赵光储没听明白："詹书记什么意见？"

詹一骥说："我说咱们运气好。"

他命赵光储继续核对情况，务必搞清楚。陈克真的跑路了，或者只是临时出游？以现有情况看，后者的可能性不大，却也需要准确确定。所谓跑得了和尚跑不了庙，陈总裁跑了，他那些人呢？那个总裁办公室呢？难道那张大办公桌和他的总裁椅也都打包搬上飞机，跟他跑了吗？无论如何得找到一个谁来说说怎么回事。总会有人知道陈克去了哪里，怎么联系，必须把那个人找到。

当晚再也无法入睡。詹一骥早早起床，早早来到办公室，那时天还是黑的，整个县委大楼只有值班室亮着灯。詹一骥进办公室后一直坐在办公桌后边那张椅子上，两手搭在椅子扶手上。他看着自己的手指头，能感觉到它们在打战、发抖，止都止不住。

这是恐惧。藏得很深，说到就到。

第二天上午九时，赵光储发来一条短信，确认无误，陈克已经失踪且无从联络。

当时詹一骥在市宾馆会议中心参加会议，坐在大会场台下第一排。当天上午市里召开大会传达上级会议精神，詹一骥奉命前来参加。他在会场给赵光储回了一条短信，命赵立刻返回县城，下午两点半到县委小会议室开碰头会。短信发走后，詹一骥特意再加发一句："最新动态暂不外传，目前保密。"

赵光储回称："明白。"

会议结束已是中午，詹一骥在宾馆餐厅草草吃点东西，赶紧上车返回县城。轿车驶上高速后，他靠在轿车后座上睡着了。醒来时轿车已经下了高速，沿县道急奔县城。詹一骥伸手往口袋里掏，并非拿手机什么的，是下意识动作。他一边看车窗外闪过的山岭、林木，一边情不自禁掏身上口袋，夹克口袋、裤子口袋，逐一掏，左掏右掏都是无用功，什么都没掏出来。

下午碰头会参加者为县里几个主要人物，书记、县长、副书记，加上县委办主任赵光储。赵向大家报告了陈克"跑路"的情况，众人面面相觑，无不表情沉重。

詹一骥说："咱们得赶紧研究，不要弄出大事。"

县里事务千头万绪，风平浪静还好，最怕发生大的意外。陈克虽是从省城"跑路"，却一定会牵动本县，引发诸多麻烦，必须作为本县一个突发事件重点关注，加强风险防范。会上即商量了几条，比较急迫的是明日博览会与陈克有关的几个项目合作意向书签约先撤下来，同时紧急修订会议材料，把涉及陈克的文字全部删除，不要在任何地方体现，以免引起不必要的注意。

詹一骥说："强调一条，目前严格保密。"

陈克失踪消息未经证实，情况还可能生变。万一这边沸沸扬扬到处传说陈克"跑路"，人家忽然又飞回来，挂着个降落伞自天而下，欣然光临本县兰博会，那怎么办？这种可能性微乎其微，却也不能完全排除。现在格外需要防范的是恐慌。在情况明朗之前，人为扩散陈克失联消息，可能会造成不必要的恐慌，导致人心崩溃。

大家认识完全一致，此刻该消息非常敏感，必须谨防失控。

"有什么妙计？"詹一骥问，"谁来给点阳光？"

阳光可以扫除阴霾，但是此刻却苦无妙计，并非大家没主意，是应对办法确实很有限。不能指望完全封锁消息，眼下是信息时代，如果陈克真是跑了，过几天肯定众所周知，暂时封锁消息只为了争取时间作防范准备，不是根本办法。讨论中定的一二三四几条，都算暂时应急而已。事情会如何发展很难全部预知，可以料想的只是很麻烦，甚至惊心。最坏的情况就好比多米诺骨牌，推倒第一块，砸倒第二块，接二连三，顷刻间全盘倒。

陈克"跑路",第一块已经倒了,谁是第二块?然后还有谁要被砸倒?有什么办法阻止其连锁反应,避免一地狼藉?

詹一骥说:"咱们得有个办法。"

碰头会匆匆结束。詹一骥离开小会议室,沿着楼道走廊回自己的办公室。途经电梯间边的值班室,忽见一位客人在值班室的沙发上正襟危坐。此人个头不高,一头白发,看上去非常醒目。一见詹一骥露面,那人晃着头站起身叫唤:"詹书记!詹书记!"

"本家老师啊。"詹一骥打招呼。

"不敢当。"对方说,"小姓张。"

詹一骥嘿嘿。不管是张是詹,总之读音差不多,一笔写不出两个。

"找我有事?"他问。

对方称有特别重要的事情要报告。

詹一骥打趣:"咱们本家老师没有哪件事情不重要。"

他没让对方去办公室,自己抬腿走进值班室听对方报告。詹一骥特地说明,此刻有急事要处理,请张老师讲得扼要一点。

此人叫张胜,六十四五模样,已退休,此前曾任县博物馆负责人,在本地小有名气。这个人长相有特点,一头白发根根雪白,乱蓬蓬顶在头上,像一个巨大的白鸟窝。据说他是少白头,从三十来岁起就白发苍苍了。他很瘦,一张脸皮包骨头,两个眼睛陷在大眼窝里,猛一看好比骷髅回魂,像是刚从墓地里走出来。这位张老师曾经拿若干件"特别重要"的事情叨扰过詹一骥,每一件都与其退休前的供职单位相关,其中最别致的一项是县博物馆围墙上的玻璃刺。据他说,当年那些玻璃刺是他亲手种植于墙头,以防小偷越墙而入。数十年后,玻璃刺已破损大半,不再能有效吓阻盗贼,成为重大隐患。他请求詹一骥重视此事,免得博物馆珍贵馆藏文物被洗劫一空。这个人特别能说，几根玻璃刺的来龙去脉能说个半天，詹一骥耐心听了许久，不得不打断他，当场拿手机给县文化局局长打电话，把事情交代给该局长。送客时他开玩笑称对方为"本家老师"，一笔写不出两个。事后他悄悄交代办公室工作人员，日后这位白发先生来访，要先挡驾，把他的重要问题先问明白，记录下来。如果又是保护玻璃刺什么的，别让他守株待兔，可以让他先回去，事情直接交代有关部门处理并报知詹一骥。

今天他没给劝回，或许果然特别重要？

张胜一张嘴，竟说出詹一骥此刻最担心的事情："听说陈克'跑路'了。"

詹一骥吃惊道："谁说的？"

"外边都在传。"

外界确实早有猜测，张胜听到的应该是那些猜测。问题是此刻猜测却已成真。

詹一骥问："他为什么跑？莫非张老师知道？"

"听说资金链断了。"

"张老师对资金链也有研究？"

"不敢。略知一二而已。"

詹一骥了解张胜为什么对陈克如此关心。难道张胜除了馆藏文物，也还鼓捣店面炒卖？张胜顿时眼睛大睁，一头白鸟窝晃动不止。

"詹书记忘记我们那个事了？"他诘问。

"珍品馆？"

他放心了："噢，记得呢。"

张胜称，他对炒卖店面没有兴趣，他关注陈克，只是因为他们那件事才弄个开头。本来陈克已经答应来签个意向书，现在却突然跑路了，可怎么办呢？詹一骥答应过的，这事只能指望詹一骥了。

"本家老师是块双面胶，强力牌。"詹一骥调侃。

他感谢张胜，称张反映的情况非常重要。如果张所听属实，那么情况很严重。开发商答应捐献一大笔钱，转眼一跑了之，怎么可以这么糊弄人？如果陈克真的跑了，牵涉的可不光是若干张书画藏品，还会伤害很多人。眼下詹一骥得赶紧去把情况核实清楚，因此不能听张胜多谈。

"请詹书记务必继续关心我们这件事。"张胜道。

"行。"詹一骥干脆回答。

他让值班员立刻送张胜下楼，自己也起身，把客人送到电梯边。进电梯前张胜伸出手想跟詹一骥握别，詹一骥笑笑，举手摆摆，避开了。

他知道自己的手心里全是汗，手指发抖，情不自禁，或可称"暗自颤抖"。

几分钟后告急电话到达：陈克"跑路"消息已经不胫而走，县城北部"中央商业圈"售楼处开始有人聚集吵闹，还有更多人正在从县城各角落赶往该处。

所谓"天要下雨，娘要嫁人"，类似消息确实无法封锁，非人力所能为。试图通过控制消息争取一点处置时间已属徒劳，第二块骨牌已经给砸倒。

詹一骥说："咱们运气就是这么好。"

他命立刻行动，按刚才碰头会布置，迅速调兵遣将，把局面控制住。

2

在成为所谓"中央商务圈"之前，那地方被称之为"大石坑"，它确实就是一大片乱石坑。那里原本有几座石头山，满山都是坚硬的花岗岩，早年间有打石匠在那里打石头，用的是传统工艺，在巨石上找出纹理，拿铁凿子顺纹理在岩石表面凿出一排石眼，再用大铁锤把铁楔子硬砸进石眼，让巨石顺石眼排列位置开裂，一段段剥离下来，再打出所需的条石、块石。这种采石法沿用了不知多少个世纪，直到近几十年才被机器采石取代。大规模机器采石促成几座石头山迅速采空消失，在那一带制造出高高低低一串大石坑。后来由于环保要求日渐严格，采石场渐渐被废弃，大石坑成为被遗弃的工地，满目疮痍躺在那里晒太阳，等待时来运转。

数年前，有一条新高铁线路规划在媒体披露，本县赫然为该线途经地，且规划有一个火车站，站址就选在大石坑附近。采石场遗址隆重入选，原因除了考虑高铁线路走向和地理因素，也考虑了未来的县城变化。本县已经规划将行政中心北迁，带动县城北部开发与发展，高铁站建在大石坑附近，可以助推新县城中心的形成。时下高铁是交通大动脉，行政中心是权力集中处，双双相逢于城北，于那个方向是重大利好，人员、设施、产业、服务、机会都会向那边汇聚，好比摇钱树掉下的钱噼里啪啦全都掉到一个聚宝盆里。因此高铁规划在媒体披露后，有众多开发商和资金拥向大石坑，汹涌澎湃迅速将那些坑坑洼洼淹没，有如台风登陆暴雨成灾。陈克的"中央商务圈"为其中一大手笔。

陈克是省城开发商，有一份民间排行榜将其公司列进本省前五，其开发印迹遍布省内外，所开发住宅兼商务区域多以"中央商务圈"命名。这一名称倒不是陈克图谋不轨，企图另立中央，只是一个商业符号、广告语汇。据他自己解释，凡城市必有商业区，而商业区亦有中心与边缘之分，他建设的各"中央商务圈"都将成为所在城市的新商业中心，类似于北京的王府井，象征着繁华与财富。在一次招商活动中，陈克被请到本县考察，他看中了大石坑，认为极具前景。经过一系列运作，陈克拿下了与拟议中的高铁火车站相邻的大片土地，正式宣布兴建本县"中央商务圈"。陈克公司以规划和营销见长，其规划方案想象力丰富，画出的效果图堪比日本东京银座。其产品宣传铺天盖地，到处有声音，名满省内外。得益于地方领导的支持，准其"特事特办"，陈克这个项目一路绿灯，动工不久就开始预售，卖楼花，"中央商务圈"还只见一圈围墙之际，图纸上的门面和住宅已经预售一空。满世界的人"扑通扑通"一群一群往大石坑里跳，连省城那边的人也组织炒房团跑来买房买店面。本县倚仗地利、人和之便，组成了陈克的最大客户群体，有人开玩笑称，那段日子里无论城乡，口袋里有几个钱的都去填坑了，趋之若鹜。那几年恰好环境宽松，用专家的说法叫"流动性"充裕，银行里有钱，各家银行鼓励大家贷款，开发商从银行拿钱盖房，业主从银行拿钱买房，大家都缺项目，唯独不差钱。拿来的钱除了买房买车，还可以高消费，可以加杠杆炒股，暗中还可以豪赌，搞那些可疑的快速赚钱金融把戏。

然后有一天突然起风了，环境开始变化，银根收紧，大家忽然发现转瞬间那些钱都消失得无影无踪，需要偿还的巨额债务却都在那里，一个都不能少。借新还旧已经不再那么容易，资金链说断就断。这时能怎么办？实在不行就"跑路"吧，该商务脱身运动早已不是什么新鲜勾当，陈克老板不是第一个跑的，更不是最后一个。但是别的老板"跑路"，或许只因为短期资金周转不了，暂避以求缓解，陈克不一样，他的事情要麻烦得多。陈克长于抢抓商机，其项目大都有热门概念依托，这些依托同样也会因情况变化生变，例如途经本县的那条新高铁线路，在热热闹闹谈论了若干年之后，因形势变化审批转严未能最终获准，被列为暂缓。大石坑"中央商务圈"经极力放大并提前消费的来日商机顿时疑问丛生。

早年间有一首流行歌曲唱得很无奈："把我的悲伤留给自己，你的美丽让你带走。"詹一骥大约相当于那个悲伤者。本县"中央商务圈"热浪滚滚那些日子里，詹一骥还不是地方官，他在市直单位任职，贵为市发改委主任，不掌握大权，责任亦没有那么大，不需要挖空心思去填哪个大石坑，也不担心时候一到把自己填进坑里。不料事情顷刻生变，本县前任书记被提拔到省直部门任职，詹一骥被挑选为继任者派到本县。两人果然运气有别：前任领导在时，"流动性"充裕，遍地黄金，新高铁线路新鲜出炉，大手笔招商气势如虹。陈克来来去去，前呼后拥，会见、宴请，高朋满座，场面灿烂，采石场遗址都给做成了"中央商务圈"。骄人政绩五光十色，一朝提拔华丽转身，带走无尽美丽。轮到詹一骥就不行了，新高铁线建设说缓就缓，资金链说断就断，请陈克来见一面，人家嘴上应承，转身一拍屁股"跑路"，"中央商务圈"又成了大石坑，所有问题和悲伤一并丢给了詹一骥。

几个月前，詹一骥初到任时，远处天边隐隐约约已经有雷声滚过，有传闻称陈克战线拉得太长，快撑不住了，靠几张图纸从本县大石坑捞走的大批资金已消失得无影无踪。这一传闻让相关业主颇受惊。眼见得"中央商务圈"工程并未按计划如期进行，大石坑周边，除了抢建起来、装修豪华有如西洋皇宫的售楼处，并没有哪一幢商厦拔地而起。已经缴纳不菲预售金，甚至以诱人优惠价交足全部房款的业主们感觉不安，一些业主找开发方交涉，要一个说法。开发方一再表示尽管放心，中央商务圈还是中央商务圈，前途依旧美好。工程拖延只是因为设计方案调整，新方案肯定要比旧方案更加高大上，新方案一旦确定就会抓紧开建，保证按合同规定交房。表态很好听，毕竟都是口水，业主们的忐忑之心无处安放，他们找来找去，找到新任县委书记詹一骥。詹书记原本与他们跳坑无涉，但是现在是他来本县管事，当然就要找他，要求他把他们从坑里打捞上岸。

詹一骥表态："这个事我会重视。"

那时候他就情不自禁暗自颤抖，心里隐隐约约有一种感觉，他管那叫作"恐惧"。

当时有个人真名实姓写了一封信，分别向省委和市委主要领导告了本县领导一状。告状者为退休干部张胜，所告事项很寻常：本县博物馆设施欠账多，馆藏文物有重大隐患，其本人写信反映、上门求见，多方努力，始终未得县领导过问，事情无从解决，因此冒昧上书。这封信从上头层层下转，到了詹一骥手里。察看一下告状信写作时间，是在詹到任之前。这封信并未指名道姓告哪位具体领导，詹一骥本人刚到任，与所涉及事项还扯不上，上级领导也未在信上批示，因而不算重大信访件，"阅处阅处"而已。时下一个县里，并非只是博物馆设施不足，学校、医院、图书馆、道路、桥梁、供电、供水等，哪个设施充足了，不需要重视了？因此这件事詹一骥不管也罢，最多转批给分管领导去处理就可以了。詹一骥却命办公室给张胜打了个电话，约他到办公室来谈了一次话，两位"本家"由此结识。

张胜说："詹书记一看就跟前边那位书记不一样。"

詹一骥笑："张老师这头白发跟人最不一样。"

双方第一次见面，张胜除了给詹一骥带来一头白发，还带来一个小玻璃盒，里边装着一只小虫子，那是什么虫子？书蛀虫，亦称蠹鱼，已经死亡。张胜告诉詹一骥，这只书虫是他本人亲手从本县博物馆所藏一幅清代画作的蛀眼下捕获，关进玻璃盒里。他曾把它提供给各级若干位领导考察，以证明自己所言不虚，本馆重要藏品正在遭难。想要制止这类虫子破坏，樟脑丸解决不了问题，必须修一个珍品收藏馆，采购安装相关设备，让该馆处于恒温恒湿状态，那么虫子就没有了，藏品就安全了。

詹一骥打听张胜都给哪些人展览过这只虫子。张胜介绍了其过程：他先是找了博物馆现任馆长，要馆长向上级反映问题。馆长说盖个珍品馆得多少钱？恒温恒湿一年得耗多少电？经费哪里来？馆里根本没法解决。如果可以解决,张胜自己当博物馆负责人为什么没弄成?不要没事找事,算了吧。张胜得不到馆长支持,只能自己折腾,带着那只虫子逐级投诉,到处展示给领导们,先后找了文化局分管副局长、局长、分管副县长、县长,却没有人能够解决问题。他曾千方百计找前任书记反映,请求一见,人家根本不理睬,只是让人通知他去找有关部门反映,甚至让他到信访局去,似乎他是在为自己讨要什么。无奈之下,他才给省、市领导去了信。

詹一骥说:"张老师还真是屡败屡战。"

他问张胜为什么如此执着,不是已经退休几年了吗?张胜回答是因为心里放不下。本馆藏有一批明清字画,是市里一位民间收藏家捐献的。这位收藏家痴迷收藏多年,手中有不少东西,他的两个儿子不长进,总是惦记老爹那些宝贝。收藏家心知自己一死,辛辛苦苦收藏的物品转眼会被两个儿子瓜分、甩卖,一辈子心血将付之东流,为此感觉烦恼。由于一些收藏品鉴定,收藏家找过张胜,彼此相识。收藏家向张胜讲了自己的烦恼,张即建议他把藏品捐献给博物馆,博物馆可以保管这些藏品,可以定期展出,收藏家的名字会因此被人们记住。收藏家同意了,但是其家人反对,两个儿子曾跑到博物馆暴打过张胜,为此上过法院。几经周折,最终收藏家在去世之前把部分字画藏品捐献给了县博物馆。由于本馆设施简陋,好不容易征集来的藏品现在正在被书虫啃食,如果不及时采取措施,不要多少年就将蛀成一堆碎片。那样的话,张胜来日何以去面对九泉下那位收藏家?张胜本人几年前就办了退休手续,事实上他退而未休,至今还在上班。县博物馆人员编制少,专业人员不足,因此到龄后还继续留用他,没多给钱,领的还就是那几个养老金。为什么他愿意白干?因为他学考古,一辈子干的就是这个。他是老单身,没有老婆孩子,不上班还能干些啥?只想活到老干到老。近些时他不断找上边领导反映问题,弄得像个老上访户,上上下下领导都烦了。博物馆头头已经找过他，拉下脸让他收手，别再多管闲事，还通知他把自己的东西收拾清楚，以后不要上班了，安心养老去。

"看起来你没收手。"詹一骥说，"让张老师收手也难。"

在找张胜谈话之前，詹一骥已经向分管县领导了解过情况，知道这个张胜是个地方专家，喜欢在山野孤坟间打转，眼光独到，县博物馆馆藏文物多为他收集。但是为人执着，近乎偏执，按照其业务能力和资历，早该让他当博物馆馆长，却因为个性让人不放心，因此只给他安一个"负责人"，没给他真正的名分。结果负责了六七年，始终没当上馆长，直到退休。博物馆设施确实不足，问题是周边县级博物馆情况都差不多，目前还没有哪一家建起什么珍品馆，也没有哪一家搞什么恒温恒湿收藏室，哪怕建得起也供不起。相比起若干字画，眼下民生方面的一些问题还更突出，更迫切需要解决，张胜这件事只能待日后再说。

詹一骥说："张老师，我要给你一点阳光。"

他允诺重视张胜反映的这件事，一旦条件具备，即想办法予以解决。但是目前还不是时候，只能留待日后。

张胜即显失望，话也直："詹书记就是给个气泡。"

詹一骥称自己给的是阳光，阳光与气泡不是一回事。气泡终究要破，而阳光戳不破，它是希望。张胜可以相信，珍品馆、恒温恒湿终究会有的，只是不在现在而已。

"等到终于有了，藏品只怕已经让书虫啃光了。"张胜道。

詹一骥让他想一想办法，千方百计尽人事吧。樟脑丸不行，除虫剂怎么样？总有对付的办法。另外，所谓"给点阳光"也不意味只是空等，如果能够有其他办法，例如通过社会公益捐助方式筹集资金，那也不失为一条路子。

当着他的面，詹一骥给县文化局局长打了个电话，称张胜老师是个专家，虽然已经退休，其专业作用还可以发挥。请文化局局长通知博物馆要重视，不许拉脸赶人。

张胜道谢，还说了一句："詹书记确实跟以前那位不大一样。"

詹一骥问："哪里不一样？"

张胜称詹一骥真是有点阳光，不像原来那位领导牛烘烘，一脸冰霜。

詹一骥自嘲道："那个我也会，只是没到季节。"

虽然问题没有解决，詹一骥一番谈话竟让张胜有所开窍。后来有一天，他兴冲冲前来报喜，称珍品馆有望大功告成。

詹一骥吃惊："张老师得天助了？"

其实竟还是"詹助"。上一次交谈，詹一骥提到可以争取公益捐赠，那其实只是一种安慰性说法，力求不让张胜太失落，号称阳光，其实跟气泡差不多。没料到人家当真了。张胜跟詹一骥谈过话后，明白靠县里立项出资目前无望，于是就琢磨其他路径。时下什么人有一掷千金捐建珍品馆的能力？当然只有大老板。张胜恰好认识一位大老板，他就是陈克。张胜怎么会跟陈克有涉呢？时下有不少大老板除了能赚钱，亦附庸风雅，玩点古董字画。但是老板们会忽悠业主，自己也容易被假古董冒牌书画大师忽悠，因为于此行非专业。他们便需要一些可靠的专业人员提供意见。陈克在本县拿大石坑聚宝，打听到这里有一位张老师是专业人员，于是欣然结识，一起吃过几次饭，张胜亦为陈克鉴定过几个古董，彼此便有了联系渠道。张胜跟詹一骥谈过话后找个机会自费旅行，乘大巴前往省城，直接去陈克公司叩门。陈克一听张老师来了，很高兴，拨冗共进晚餐。席间张胜提出珍品馆这件事，陈克竟丝毫没有推托，一口应允，答应支持此项公益事业，一掷三百万元。

"回去告诉你们县领导,请他们出面谈,可以先签一个意向。"陈克说。

张胜喜出望外,即找詹一骥报喜。詹一骥心里虽有疑问,却也表示重视,马上安排分管副县长与陈克联络,落实此事。双方很快谈妥。恰本县筹备举办第三届"兰花博览会",推销本县花农种植的花卉产品,并借以组织招商,陈克答应前来参加活动,届时与本县签署若干项目合作意向,把这项捐助也列进去。

那个时点距陈克后来的"跑路"已相距不远。从各种迹象分析,当时陈克的资金链已经扯得非常之紧,"咯嘣咯嘣"的断裂之声开始响。难得陈总裁在如此非常时刻,还能煞有介事开出如此大的一个价码,给了张胜和本县一个大气泡。或许陈克如此热心当地公益,其实只是他的又一策略。高调大手笔支持本地公益事业,表明于他来说几百万不算什么,实力依旧强劲。或许陈克打算以此暂充一粒安心丸,供此间"中央商务圈"的众多业主服用,有助于稳定他们的情绪。

然后他就"跑路"了。

3

局面暂时控制下来。

陈克拔腿开溜的消息一传开,众多业主非常紧张,都怕血本无归,但是心里也都怀有侥幸,希望不是真的,或属猜测或谣传,有如寒流突袭,刮风下雨,几天后自当阳光再现。此刻他们需要证实情况,从开发商那里讨个说法。如果让业主们没头苍蝇般四处乱窜,无处讨需要的说法,他们很快就会陷于真正的恐慌。而陈克失踪,他的公司已经乱成一团,他的售楼部没有谁能回答业主的任何问题,如果听任他们一问三不知,局面很快便会失控。必须有人给个说法，陈克给不了，那么就得詹一骥给。

幸亏詹一骥防范及时，安排到位，当业主们纷纷拥到大石坑售楼部时，詹一骥派去的人员已经提前赶到，楼外有警察维持秩序，楼内有工作人员指挥应对。陈克的雇员们被临时接管，奉命必须按照规定的口径回答业主的质询。关于陈克的去向，必须称还在联系之中，很快当有消息。关于大石坑"中央商务圈"，必须称目前并没有接到公司总部的变更通知，一切应该都按原计划进行。关于不能如期交房怎么办？必须斩钉截铁，保证按照合同规定执行，延期交房将给业主所承诺的补偿。如果企业违背承诺将如何处置？政府将加强监督，直至问题得到合理解决，不相信企业，也应该相信政府。谁说政府会来擦这个屁股？人家已经来了，此刻建设局、执法局等部门人员已经在大厅里实施监督。心乱如麻的业主们抬眼四望，发现果然政府人员这里一个那里一个已经介入，于是多少松了口气。

实际上，除了前台那些工作人员，还有人位于后台做现场调度指挥，是相关部门的负责官员，由县政府一位分管副县长统一指挥，驻守于售楼部二层办公室，密切关注楼下前台动态，并同詹一骥保持热线联系，随时准备应急处置。

由于乱流初起，暂时只是微风小雨，属于可控范围。业主们虽感觉不安，却因有政府官员的介入与安抚，感觉有所依靠。大石坑没有发生骚乱，聚集者渐次散去。詹一骥的及时应对，让这块骨牌在经历最初震撼之后没有即刻倾倒。

这时不敢掉以轻心，事情刚刚开始，冲击还会一波波接踵而来。

几天后各种信息纷纷传来。陈克失踪后，他在各地开发的"中央商务圈"都陷入困境。他的公司总部已经大门紧闭，没有谁出来收拾残局。其公司的账面只剩下一堆债务。所有迹象都表明陈克彻底丢弃一切，在可以预见的将来，别指望他能回来重整烂摊子。业主们交付的大笔资金填进大石坑，如果没有被他挥霍一尽，就是被他席卷而去。欺瞒与洗劫已成事实，钱无处讨，房连个影子都没有，众业主已血本无归。

接下来事态将如何发展？业主与开发商之间原有买卖合同，业主们可以依法对违约开发商提起诉讼，寻求法律保护。问题是陈克跑了，如果从此人间蒸发，再也找不到，即便业主们提出诉讼，法院做出判决也无法执行，这笔账有可能永远搁置。但是没有谁会心甘情愿自认倒霉，业主们不可能坐视自己的利益蒙受重大损失，必定要千方百计挽回。他们会这里找那里找，极力扩大影响，寻求同情与帮助，事情有可能演变成一个社会事件，一个群体性事件，这就是下一个可能倒下的骨牌。

由于牵涉的人员如此之多，利益损失如此之大，"中央商务圈"迅速成为本地当下最突出的不稳定因素，一旦失控必造成混乱，足以令詹一骥万分担心，因此才需要他迅速派员前去处置。作为地方领导，此刻除了设法控制局面，不要造成混乱外，似乎很难更多介入干预，因为究其根本，事情毕竟是开发商陈克与业主间的买卖，其纠纷得由他们自己解决或者诉诸法律，地方领导无法替代。

詹一骥却断言不行："咱们不能让自己总坐在火山口上。"

他认为应急控制只能维持一时，事情得到根本解决之前，随时还可能出乱子，因此还必须有一个根本之策，把屁股底下的火山口移除。人哪里移得走火山？要是真的碰上某个山口喷火，唯一办法就是赶紧拔腿开溜，逃之夭夭，跑得快或还有救，绝无其他生存之道。别指望往火山口浇水，或者画符念咒可以劝说岩浆止步。这是常识。

詹一骥却坚持必须主动出击，找到一个解决办法，这让人感觉有些错位。所谓"冤有主债有头"，"中央商务圈"里的冤主是把钱填进大石坑的业主们，债头则是那位特别擅长忽悠的陈克总裁。哪怕"跑路"了，债头还是陈克，不是地方领导，詹一骥有什么必要把陈克欠的债视同自己所欠，把不可能解决的问题揽到自己身上？

詹一骥说："要是弄出乱子，我们承受不起。"

如果处置不力酿成群体性事件，地方官员是要承担责任的。如果事情闹大了，其后果地方官员确实很难承受。对相关官员来说，这关乎自身，最具痛感，他们其实也是一块骨牌，弄不好会给砸倒，因而自当格外重视。深入解读一下，詹一骥说的"我们"其实只是对各位领导表示客气，实际上他该说的是"我"，出乱子是他所不能承受的。之所以需要如此深刻认识，除了他是县委书记，第一责任人，本县刮风下雨无不与他有涉外，显然也还有其个人原因。该原因不是秘密，众所周知。詹一骥竭尽全力要控制住事态，奋不顾身似乎要拿自己去填火山口，那是可以理解的。

张胜给詹一骥打来一个电话，就县博物馆的蠹鱼继续请求帮助。

詹一骥答复："看起来咱们都被陈老板忽悠了，你那个事还得另想办法。"

张胜锲而不舍，称每进博物馆，想起好不容易征集来的珍贵藏品正在成为书虫的美味，胸中就阵阵发紧，像是书虫也把心啃出破洞。陈克的捐赠已经无望，他只能再转求詹一骥。领导曾经表态要给他一点阳光，现在只能指望领导了。

詹一骥还是那句话："我答应过，一定重视。"

詹一骥把张胜的请求拿到会议上说，表示对自己启发很大。启发什么呢？陈克跑了，所谓公益捐赠成为泡沫，人家张老师没有放弃，继续想办法努力推进事业。张老师想到什么高招呢？就是找个接盘手。陈总裁指靠不了了，能不能请詹书记接走这个盘？咱们为什么不能学习张老师，想办法找一个人接走大石坑这个盘子？

詹一骥其实只是拿张胜的电话做个话题而已，所谓"接盘"并不是什么新花样，早都屡见不鲜。陈克的"中央商务圈"因资金链断裂难以为继，如果地方政府能够辅以更多利益与优惠条件，吸引另一位开发商接管这个项目，注入资金重新启动，那么项目还可以继续推进，业主们的利益还可以得到保障，乱子便不会出，问题便从根本处得到解决。但是这件事说起来很容易，做起来很不容易，涉及方方面面，其中最关键的是有谁愿意来接一个烂摊子。这种事怎么说怎么可疑，表面看是请君救场，弄不好其实就是把人拉来做冤大头。

詹一骥说："无论如何，咱们得先有一些人选。"

很快地便有一份名单提交到詹一骥手上。其中有当年对大石坑感兴趣，或者参加过招标，却败在陈克手下的企业。近年间曾参与本县其他地段开发的企业，历年招商活动中到本县考察过但最终没有落地的企业，以及各个渠道可以联系上的开发商，只要具有足够实力，都被列于名单之中。这份名单被分解成若干组，交相关部门人员分头落实，县领导们亦分别联络其中重点客商，从中寻找可进一步接触的合适对象。

有三个重点客商在几轮筛选中出线。三位客商与本县或深或浅都有关系，其中两位在省城，一位在深圳，他们的企业实力都强，发展均较稳健，企业主目前均在岗，没有如陈克般跑得不知去向。从若干迹象上分析，他们都有争取的可能。

詹一骥带着几位得力干部和大包相关资料，分别走访了三位客商。根据客商各自方便的时间，先跑省城，再飞深圳，然后再杀回省城，马不停蹄，穿梭来去，闪电出击，跑得汗如雨下，手指颤抖，脸色发白。结果令人遗憾：三位客商无一例外，同样婉言谢绝，有如事前串通。

应当说这样的结果并不出人意料。人家凭什么要来当接盘手？这件事涉及两个开发商之间的转让，还涉及众多业主和当地政府的利益，需要面对的问题多如牛毛，麻烦无尽，更主要的还要考虑大石坑目前的地位。如果说这个坑依然如当初那样引人注目，炙手可热，好比香喷喷刚出炉的一块蛋糕，或者还会有人不计较陈克那家伙曾在蛋糕上啃过几口，愿意接过去继续往下啃，只要滋味尚可。问题是情况已经变了，大石坑已经退热还寒，高铁线路暂缓，高铁站不知在哪儿，陈克自己混不下去了，拍拍屁股走人。此刻谁去接手，岂不是自己去跳坑找死？

詹一骥却不感觉沮丧，锲而不舍，屡败屡战，如他表扬过的张老师。头一轮三个客商没拿下来，那么就再筛选出三个，不行再三个，直到拿下其中一个为止。詹一骥强调，不要认为屡败屡战没有意义，事情做成，便是解决了根本问题，即使一时没有做成，只要继续坚持，对陷于焦灼中的众多业主来说，依然是给了他们一点阳光。

于是大家心领神会。领导果然有见地，进退都有所得。詹一骥所称的阳光其实就是信心，对陷于困境的众多业主而言，此刻信心最重要，人失去信心便会崩溃，有信心就有希望，就不会铤而走险冒失作乱。詹一骥率本县领导们千方百计寻找接盘手，节奏很快，动作很大，外界自有传闻，该消息对大石坑的业主们相当于一颗定心丸，于稳定他们的信心大有作用。如果接盘手找到了，众业主便有救了。即使一时找不到，只要领导们还在努力，那就尚可期待，信心还可维持。詹一骥给一点阳光，从增强信心谨防崩溃入手，果然精到。理论上说，哪怕一直没有找到接盘手，只要持续不断地寻找下去，业主们就没有理由完全丧失信心。这是不是说事情因此便可无限期拖延，永远"在路上"，不用真正去解决？恐怕也不行，那样的话，所谓阳光真的就成了气泡。

在大家持续的努力中，一个意外情报由县人大主任传递到詹一骥耳朵里。

"听说涂志强明天回来。"主任说。

詹一骥问："准确吗？"

"应当不错。"

詹一骥情不自禁，抬起手掌在办公桌上用力一拍道："抓住他！"

涂志强是什么人？开发商，上市公司老板，第一轮三个接盘候选人之一，詹一骥专程前往深圳拜访过的那一位。迄今为止，此人从未在本县投资搞项目，之所以被挑选出来，因为他是本县人，出生、成长在本县，考上大学才远走高飞。近十年来其企业发展迅速，已成为本县籍在外商人中实力最强的几位之一。此人其实才四十来岁，属年轻有为一类，以往他曾数次应邀返乡参加本县招商活动，似有兴趣在家乡做点事，对项目却颇挑剔，不见兔子不撒鹰。前些时詹一骥亲自去求贤招募，邀请其前来接盘跳坑，他对父母官客气有加，但是拒绝得非常干脆。提到他认识陈克，两人不对路，陈克目中无人，夸夸其谈，浑身冒泡，他早说过，尿都不跟那家伙尿在一起。眼下他更不会去替那家伙擦屁股。詹一骥反复争取无效。没料不过几天，忽报这位涂志强返乡。涂的父母早被涂接到深圳生活，亲朋中走得近的大多也跑去投奔了，他在本县没有太多牵挂。詹一骥刚去招募未果，他即突然归来，无疑意味深长，于跑得浑身是汗依然在隧道中的詹书记，有如见到一道阳光。事实上人都需要阳光，业主们需要，开发商需要，詹一骥同样也需要。

县人大主任是本地人，曾任县委副书记，与涂志强是同乡同宗，辈分还要高一点，因此被詹一骥指定为联络人，负责联系涂志强，一起做工作。他传递的情报非常及时，詹一骥即作紧急调整，推掉原有的一切日程安排，全力对付涂志强。

第二天上午，涂志强带着两个随员悄然光临。

他也不绕弯，承认自己就是要来看看大石坑。他老家村子距大石坑不远，他光屁股的时候就常跑到那边玩，对那里的一个大水塘印象很深。但是离开家乡之后他再也没去过大石坑，直到詹一骥来深圳谈起，他才突然记起，便非常想回来看一看。

詹一骥说："来得好。"

詹一骥不记得工地里有什么大水塘，却坚持亲自陪同，与人大常委会主任一起，带着涂志强一行考察大石坑工地。这是第一步，非常重要。没有谁会闭着眼睛就去跳坑，无论那里有没有水塘，现场考察都是必需的。

他们走进公路边的"中央商务圈"售楼部。此刻该售楼部门可罗雀，楼边空地杂草丛生，周边非常安静有如一片墓地。尽管早已不能卖房，不能退房，无法回答问询，完全无事可干，该售楼部内依然有人值班。值班人员基本都是陈克的原雇员，但是他们已经无法从前老板处领取薪水，目前其工资由本县建设局以临时项目安排发放。建设局奉詹一骥之命接管该售楼部后，留用了若干原雇员，让他们维持售楼部日常运转，搞卫生，接电话，接访客，按照规定的口径回答问题，并报告情况。这种安排同样意在稳定人心，如果吝惜几个临时工工资，任售楼部自然关张，肯定会造成业主们更大的心理压力，酿造出更大的恐慌。

涂志强对售楼部当前运转状态不感兴趣，不闻不问。詹一骥也不作解释。一行人穿过空空荡荡的售楼大厅，走进办公区，再到后门。工地就在眼前，被一圈一眼望不到边的长长围墙圈起来，这就是所谓的"中央商务圈"。涂志强没再往前，他站在门边，抬头张望了好一会儿，摇头称不对，即转身离开。

詹一骥说:"这里就是大石坑。"

涂志强说:"水塘不在这里。"

他们上车继续前进,转来转去,一路打电话询问。好一会儿问清楚了,原来果然有一个大水塘,位于山边,离工地直线距离其实也就几百米。但是水塘已经没有了,早些年机械采石时,磨石污水排入水塘,石粉沉淀塘底,渐渐就把整个塘填满。眼下那里没有水,只剩下一塘石粉和碎石渣。

涂志强在一个破损的石砌堤岸处找到了感觉。他记得这个堤岸,当年就是这个样子。当年水塘里好大一片水面,他就站在这个位置,"扑通"往塘里跳了下去。

"下去就上不来了。"詹一骥打趣。

涂志强很吃惊:"詹书记哪里听说的?"

无须提前打听。涂老板这么在乎一个水塘,一定有过深刻记忆,肯定是历过险。

涂志强承认,当年他跟着几个大孩子从堤岸跳入水塘,人家眨眼间从水里冒出来,他却被塘底的水草缠住,甩也甩不脱,当场就吓昏了。还好岸上有一个大人发觉不对劲,跳下塘把他拖出水,他已经不省人事,大家都以为他死了。等一肚子水给挤出来,他才"哇"一下起死回生。从此他再也不敢下水,直到现在。

"我知道这种感觉。"詹一骥调侃,"我管它叫'暗自颤抖'。"

他宣布要给涂志强一点阳光,保证涂此生不再恐水。那是什么呢?詹一骥把陈克的大石坑项目作为"阳光"奉送给涂志强,外加附送这一塘石渣。他说,可以考虑在昔日水塘处建一座水立方,不妨命名为"涂志强游泳馆",可以在游泳馆旁立个纪念碑,找个著名书法家写八个字刻上去:"大难不死,必有后福。"或者只刻"必有后福"四个字,前四字省略,那就更加含蓄，意味深长。

涂志强嘿嘿着，说了一句："我还需要一个天大的理由。"

话题悄然从水塘转向接盘。无论是谁，要接手一个烂摊子都需要足够的理由，仅凭思念一个当年的水塘不足以成事。詹一骥早已准备了若干重要理由，双方在深圳时已经交流过，此刻继续宣讲。詹一骥强调大石坑的发展前景并未根本改变，本县行政中心北移规划已经在步步实施，而新高铁线建设只是暂缓，并非取消，随着经济形势变化和各方努力争取，可能很快又被提上建设日程，届时大石坑炙手可热程度或许会比前几年更甚十倍。等大家蜂拥而至时再跟着来，只怕已经无处立足，难以分一杯羹。现在恰逢低潮，在陈克倒台之际接手，有如炒股票逢低买进，这是最有利的。涂志强是成功开发商，对此自然非常有数。

涂志强道："我感觉詹书记厉害，陈克碰上了也得甘拜下风。"

詹一骥称跟陈克仅通过一次电话，无缘相见，尚未比画过，不知高下。以他自己认识，陈克这种不负责任的跑路老板，跟他这个坚守岗位的县委书记没有可比性。陈克本质上是忽悠，他本质上是务实。陈克吹的都是气泡，他给的是阳光。

"感觉还是有点像。"涂志强笑。

"本质上不一样。"詹一骥坚持。

涂志强一行来去匆匆，在大石坑走一圈，中午在县宾馆吃顿饭，下午即启程赶班机回深圳。詹一骥全程陪，与县人大主任一起，亲自送涂志强去省城机场，三人坐一辆车，一路深谈，探讨合作条件与各种问题如何解决。涂志强显然有所动心，否则他不会专程前来看点，与詹一骥的进一步接触和深入了解情况显然有助于他下决心。类似事情当然不可能一蹴而就，涂志强提出还要考虑考虑，詹一骥表示认可。

他提议："涂老板再考虑一下，可以先签一个意向。"

"需要吗？"

"我们很需要。"

意向不像协议有约束力，未必签了就是，但是有一个意向，有利于进一步往下谈，用一个意向书显示取得进展，于外有安定人心的作用，对詹一骥本人也大有意义。所谓"我们很需要"所言不虚。

涂志强答应考虑。

事情至此似逢转机，曙光隐约浮现。不料恰在其时出了事，一出就是大事。

詹一骥在机场接到县委办主任赵光储的告急电话。

"售、售楼部，"赵光储一急便口吃，"骚乱。火、火。"

那时涂志强还在贵宾室等候登机，詹一骥带着县人大主任送客。当着客人的面，詹一骥不能在电话里多问，以防惊动客商，节外生枝。

"回头我给你电话。"詹一骥只跟赵光储说一句，即挂了手机。

十几分钟后，涂志强及其随员登机离开。

那时县里已经乱成一团。

说来可叹。仅仅数小时前，当天上午，詹一骥领着涂志强到大石坑看点时曾亲自走进原"中央商务圈"售楼部，当时那里门可罗雀。哪里知道下午三点来钟时，忽然有十来部车辆汇集到该售楼部前，哗哗哗下来四五十号不速之客。当时该售楼部大门紧闭，值班人员脱岗，不知去向。不速之客不得其门而入，大家情绪冲动，拼命打门、喊叫，四处打电话。恰好天下小雨，不速之客们不愿上车离开，加之有人急着要进厕所方便，乱哄哄中有人性起，拿砖头打碎一面窗玻璃，从窗子进入大厅，从里边把大门打开，大家蜂拥而入。二十几分钟后，警察闻讯赶来维持秩序，那时售楼部上上下下有许多房间已经如同被洗劫过，房门被撞开，桌椅被推倒，一片狼藉。警察命不速之客离开，对方却要警察把能解决问题的人叫来，售楼的人、公司老板、政府负责官员，统统叫来，不解决问题他们不走。双方对峙中，忽有浓烟腾起，然后火光熊熊，竟是楼房着火。这时不用劝说了，不速之客们慌不择路，或夺门，或越窗，争相从大厅逃出。逃命过程中发生推搡踩踏，有数人倒在大门边，头破血流惨不忍睹。而后消防车、救护车鸣笛赶来，场面恐怖如末世灾难。

詹一骥马不停蹄，从省城飞车赶回县城。

他一路手抖，恐惧如乌云笼罩，心知大事不好。

4

"骥"是个啥呢？其意为马。不是一般的马，是良马。"詹一骥"这三字的通俗解释就是这位姓詹的是一匹好马。

此话为詹一骥自嘲。詹一骥不是新手，是所谓的"二进宫"，也就是当过两回县委书记了。詹一骥到本县任职前是市发改委主任，其实他在那个位子上才待了一年多，此前已经在本市另外一个县当过一年县长、两年县委书记。詹一骥在早先那块地盘上干得风生水起，颇有影响，俨然确乎"一骥"。那年恰逢市级班子换届，詹一骥是众人眼中的热门人选，都说这回轮到他了，马上就会闪耀上升。不料他忽然碰上了一件意外事情，用他私下里的话，叫作："一棵树绊了马脚。"

有一天詹一骥下乡，路过一段县道时遇到堵车，他的轿车被拦在路中，动弹不得。眼见前边都给车堵上了，还有一团团人影晃动，陪同詹一骥下乡的县委办主任着急，下车跑到前边察看情况，打电话急令县交警大队立刻通知人员赶来处置。主任回车向詹一骥报告，称前边并非交通事故，是发生一起民间纠纷，有一辆卡车被两辆皮卡堵在路中，卡车上载着一棵树。据称堵车双方纠纷是因为车上那棵树。

詹一骥听罢，决定下车去亲自处置。主任紧张地将他一把拉住。

"詹书记可不能去！"

詹一骥张嘴批："詹书记只会在车上干等，不作为？"

"情况复杂，还是……"

"县委书记连一棵树都对付不了？"

于是无话可说，一行人下车奔前边而去。

办公室主任的考虑有其道理。詹一骥是县委书记，需要管的事多，一棵树的纠纷不需要他亲自过问。前头两伙人相争，情况不明，弄不好陷入群体性事件出不来，岂不非常被动？问题是詹一骥身份意识很强，自认为是县委书记，所谓第一责任人，管着一个县的事，群众纠纷交通阻塞这种事平时不需要他亲自过问，一旦亲自碰上，什么都不做也不可以。如果只知道静悄悄蛰伏于车，等着交警前来疏导解困，岂不显得太无能太不敢担当了？当时詹一骥还比较不知恐惧，敢往事里凑，说起来他是本地老大，在自己地盘上一言九鼎，什么事他不能管？因此就一头撞了上去。

那件事也不算太复杂：车上拉的是棵铁树，原长在附近村庄边一个山坳里，据称已经有几百年，是该村的风水树。这棵树已经被挖起来，连根带土包扎好，用吊车放到卡车拖斗上拉出现场。当地村民开着皮卡追上来，把卡车拦阻于半道，不让卡车把铁树拉走。一起追出来的还有上百村民，所以道路给围得水泄不通。卡车上有一个人表示这棵树已经不属于那些村民，因为村主任把它出售给他们了。这个人颇目中无人，口气很大，声称来自省城一家大公司，他们有来头，谁敢找麻烦，让谁吃不了兜着走。詹一骥在一旁听了恼火，在这里谁算老几？他也不跟对方说话，只命办公室主任给乡书记打电话，命乡书记立刻了解情况。几分钟后乡书记的电话来了，称已经紧急查问村主任，村主任承认铁树确实是卖掉了。前些时候对方找到村主任，称看中了这棵树，要买。上边还有人给村主任打电话交代，因此村主任就个人做主同意卖，事前没跟村委会其他人商量，也没有向上报告。

詹一骥问："卖了多少钱？"

"一千块。"

詹一骥说："这棵树不需要钱，它需要一点阳光。"

那时交警来了，派出所民警也到了。詹一骥即下令警察把卡车押回村里，把那棵树拉回去，栽进原来的树坑里，哪里来回哪里去。一千块钱退还，买卖作废。就这样。

车上那个人大叫："我都告诉你了！"

詹一骥没有理会，掉头走回自己的车。

当天晚间他接到报告，铁树已经重新栽回山坳。

事情却没有到此结束。第二天下午，市里一位领导给詹一骥打来电话，查问那棵树怎么回事？詹一骥一问，原来省城那家公司果然有来头，曾经承接省城几大绿化工程，目前在做省城湿地公园绿化。该公园为新建，是省政府今年为民办实事的一大项目，省长亲自挂钩，要求做成美化环境的一个样板。该公司在全省各地寻找树木移栽，是落实省长的要求，本县的铁树是其中一株。

"让你那山沟里的树到省城去美化环境，也不错。"领导说。

"还是自然环境好。人家在山沟里长几百年了。"詹一骥回答。

领导让他眼睛里不要只看着一棵树。对方那家公司很有分量。

"也不能就欺负人。百年铁树，弄那么一点钱强买。"詹一骥说。

"价钱可以跟他们再谈。"

詹一骥提出当地那么多村民反对，这棵树不动为好。公司有钱，上别处去买吧。

"人家就要那一棵。"领导说，"你做做工作。"

詹一骥没吭声。树是他下令栽回去的，转眼又去说服村民卖掉，他这个县委书记算什么了？但是上级领导亲自过问了，硬顶也不行，怎么办呢？也不难，拖就是了。詹一骥答应让双方自己去谈，谈得拢是他们的事，谈不拢就知难而退吧。不料这事始终谈不拢，而对方则始终不退，志在必得，事情越发显得棘手。闹到末了，市委书记贺新亲自给詹一骥打电话，问他："你那棵树是金子打的吗？"

詹一骥说："主要不是钱的问题。"

"不管什么问题，把它解决掉。"

贺新命詹一骥必须做通村民工作，把树交出去。

"非得交出去？"

"必须。"

贺新直截了当，斩钉截铁，没有提及为什么必须这么做，原因不言而喻。如果没有上级重要领导过问，人家无须这么干预。詹一骥没有退路了，他得知道利害，不能因小失大。对基层官员来说，一棵树并不见得比一座坟墓、一间屋子或者一片土地更难对付，多大的征地拆迁都做过，何况一棵树。事情总是有办法，关键是愿意不愿意去做。此刻不愿意不行了，只能服从。

詹一骥给乡书记打了个电话。几天后那棵铁树第二次出土，随即运往省城。

不久省里考核组来到本市，出乎预料，公示的考核名单里没有詹一骥。几个月后詹一骥离开县委书记岗位，平调到市直机关任职。外界风言风语，说他"可能有点事"，省领导那里有关于他的"不良反映"和举报。究竟是什么事，反映些什么不得而知。人们记起前些时候的那棵树，觉得问题可能出在那里。尽管属于猜测，无从证实，大家却都那么传。无论是不是给一棵树绊倒，詹一骥颇受伤，也很无奈。说到底他是自找的，如果那天他"不作为"，待在车上不下来管闲事，那就什么事都不会有。人家办公室主任提醒他"情况复杂"，他根本没当回事，以为自己地盘上的事自己就能掌控，实际上哪里是啊。毕竟天外有天，领导上边有领导，"自然环境"之上有"美化环境"。身处如此环境，很多情况难以料想。

一年多后，詹一骥时来运转，再给派到县里任职。这次机会有一点偶然：原本准备用的是另一个人，程序还在走时，突然有举报信，情况比较复杂，必须立刻更换人选，于是提名了詹一骥。于詹一骥而言，这也算一次补偿，给一个新的机会。通常情况下，县级主官日后提升的机会比较大。

履新前，市委书记贺新亲自找詹一骥谈话，称决定詹一骥下去任职是几经斟酌，充分考虑了詹本人情况以及工作需要。强调新任用表明信任，要求詹"放下包袱，轻装上阵"。詹一骥表示感谢，保证一定接受经验教训，认真履职，决不辜负，等等，都是该场合应当讲的话。这些话初一看寻常，其实颇可深入解读。所谓"几经斟酌"，显然詹一骥"二进宫"并不是那么顺畅，需要领导们反复斟酌才下决心。所谓"考虑了詹本人的情况"，当然不是指考虑他颜值不错，而是他曾经的际遇。当初他没给提起来，原因究竟是"有点事"还是"不良反映"或者其他？不需要多做解释，没有就是没有了。但是显然那时候确实有点委屈，难得詹一骥本人不吭声，没有捶胸顿足喊冤叫屈，到处申诉辩解讨公道，调到市直部门后尚能认真工作，这就让人家领导认为可取，感觉同情，于是时候到了又想起这匹马。同情当然是需要的，但是并非最重要，贺新整个谈话里，最含蓄的应当是"考虑到工作需要"，那是什么意思呢？某个县缺一位书记，当然需要派一个人去接手工作，问题是有的地方好接手，有的地方未必。本县情况比较特殊，前任会折腾，搞得表面灿烂辉煌，暗中留下不少潜在问题，后任接手不那么容易。外界对此有议论，领导也清楚。因而需要找一位稳健一点，比较有经验，对付得了复杂情况的人上阵，于是才有了詹一骥的"二进宫"。詹一骥本人意外得获新机会，自会格外珍惜、格外努力，他曾经的起落亦成为经验教训，有助于他认真履新。

谈话期间，詹一骥拿个本子记录，他的笔不时发抖，被贺新注意到了。

"那手怎么啦？"贺新问。

詹一骥放下笔，伸出手掌让贺新看，他的十个手指头都在发抖，情不自禁。

"这么紧张？"

詹一骥自嘲："平时暗自颤抖，今天明目张胆。"

他做了解释，称自己不是紧张，是很激动，也感觉有压力，此刻想起很多。

贺新看着他，好一会儿："记住那棵树。"

"我知道。"

詹一骥表示那棵树一直都在他心里。据他所知，几百岁的铁树没有经受住几番折腾，移种到省城湿地公园后不久就死掉了。得知情况后他心里很不是滋味，情不自禁总是尽量绕开当年遇到那棵树的路段，不往那边走，一直到现在都这样。这一次下去履新，既感觉振奋，也有担心，想起那棵树，自知要非常努力，也要非常小心。

贺新说:"必须这样。"

詹一骥只讲担心,没有提到恐惧。那个感觉不能公开,只属自知。人为什么会恐惧?因为把握不住,不知道会遇到些什么。环境这么复杂,到处都是树,上一回是一棵铁树,这一回莫非是一棵杧果树?或者是其他什么?无从料想,只能走着瞧。

人们都认为詹一骥"二进宫"的时间不会太长,作为资深县委书记,干个一年半载,机会一到,顺理成章就上去了,前提是一切顺利,不要出事,特别是别出乱子。詹一骥果然运气好,没绊到一棵树,却陷进一个坑,上任不久就遇上陈克跑路,"中央商务圈"溃败。詹一骥竭尽全力,一边维稳一边给阳光,千方百计防止出乱子,如他所说:"我们承受不起。"偏偏怕什么来什么,乱子说出就出。

大石坑事件属于突发性群体事件,詹一骥全力防控之下居然还出这种事,有其特殊原因:那一天聚集冲击"中央商务圈"售楼部的人员非本土,都是外来者,大部分来自省城。当年陈克开发大石坑时忽悠力度强劲,广告铺天盖地,优惠折扣活动一波接一波,除本县被他搅得人心浮动外,全省各地特别是省城亦有不少人动心,组成炒房团前来扔钱跳坑,订购店面,视这笔投资为一本万利,包赚不赔。陈克消失后,本县业主们为受骗上当焦虑不已,本县外的业主们也好不到哪里去。省城有一批业主找到陈克的公司总部,该总部已经大门紧闭,粘上封条,里边空无一人,没有谁来理会各位受害者。义愤填膺之际,受害者们联络聚集,以"秋游"为名,驱车从省城冲到了本县大石坑"中央商务圈"售楼部,因为此处依然有人值班,尽管也清楚该售楼部已经被地方当局接管,不再代表陈克,毕竟也是个出气口。大家冲到这个坑人之地闹一闹,在力争引起外界注意和政府重视以助解决问题之余,也表示一点愤慨,出一口恶气。岂料一闹腾就收不住,搞出了乱子。当天事件造成售楼部焚毁,六人受伤,其中两人重伤。两个重伤员均有一点年纪,身体本就不好,反应比较迟钝,逃离售楼大厅过程中手脚错乱摔倒于地,惨遭踩踏,抬上救护车时已经不省人事,命悬一线。县医院奉命不惜一切代价抢救,最终都保住性命,也算不幸中的万幸。

事件发生后,现场起火原因成为调查焦点。起初曾怀疑是人为纵火,故意焚楼以泄愤。经调查该怀疑被排除,调查人员倾向于是意外失火。根据调查,最先烧起来的是售楼部一楼大厅西侧,那里是值班人员的生活区,有电热水壶、电茶盘等家用电器,其中若干电器常接入电源。出事当时,值班人员因拉肚子,骑自行车到附近村庄药铺买药,离开售楼部,导致聚集人员到达时大门紧锁,无人接待。聚集人员强行进入大厅后,有人推开值班人员所居房间,掀翻床铺,推倒桌椅以宣泄愤怒,可能是该行为造成了某个电器摔坏破损,电线短路引燃屋里纸张、衣物等易燃物,继而烧及家具,导致火灾发生。该售楼部装修豪华,外观堪比西洋皇宫,实则只是一幢临时建筑,大量使用轻质材料,引火柴般非常好烧,一旦着火即发展迅速,难以控制。

陈克"跑路"后,詹一骥千方百计防止事端,占比为绝大多数的本县业主基本稳住,没有生事。詹一骥对来自县外的袭扰并非完全没有防备,却鞭长莫及,难以像本县人员那样有效掌握情况并及时管控。事件发生前,由于情况持续平稳,相关部门与具体值班人员有所懈怠,詹一骥本人的注意力集中于寻找接盘手,对发生乱子的警惕亦有所放松。出事当天上午,詹一骥陪同客商涂志强到大石坑看点,曾亲自在售楼部转了一圈,那里安静得像一片墓地,丝毫没有骚动迹象,岂料几小时后就成了火场。

那天詹一骥从省城机场奔回,直接去了火灾现场。他到达的时候,现场已经作了初步清理,除了维持秩序人员,没有其他无关者。詹一骥站在变成遗址废墟的原售楼部一地灰烬旁看了好一会儿，一声不吭。他把双手插在夹克口袋里，任那十个指头在衣袋里不停地颤抖。

赵光储赶来汇报情况，一二三四，这个那个，情况紧张，他又显得口吃。

詹一骥问："谁来给点阳光？"

赵光储张口结舌。

"没用了。准备后事吧。"詹一骥说。

赵光储大吃一惊。

他不知道詹一骥其实是自说自话。

比较而言，本次事件参与人数不是特别多且尽是外来人员，矛头焦点是无良企业家，不是地方政府，本不至于对地方负责官员造成太大伤害。问题是该事件中的烧楼、踩踏伤人以及远距离飞车聚集袭击等情节极其吸引眼球，影响必定成倍放大。且它发生的时间非常不凑巧，恰如老天爷特意安排前来绊马：两天之后，中央巡视组将莅临本市。本市市委书记贺新在年初省两会期间升任省人大常委会副主任，由于接任人选尚未确定，目前他暂以省领导身份继续兼任市委书记。作为省级班子成员，他是本次被巡视对象。在中央巡视组隆重到达前夕，本县以如此亮眼的一起突发性群体事件，为该领导献上一份大礼，反应可想而知。这一原本只具地方影响的事件，必然也会因发生时机引起中央巡视组注意，本省形象将受到伤害，省主要领导的反应同样可想而知。

上一次詹一骥让一棵铁树绊了，这回他是陷进了大石坑。什么"中央商务圈"啊，那分明就是个套马圈、陷马坑。在乱子发生之后，下一块骨牌倒地已经没有疑问，剩下的悬念只是詹一骥将在哪个时间点上被如何放倒。

5

下午三时，詹一骥在办公室按到紧急报告，打电话的是县公安局副局长。所报情况为突发：又有不速之客冲到大石坑，开来两部车，省城的车牌，停在路边。该副局长接到前方人员急报，感觉情况重大，赶紧打电话向詹一骥报告。

詹一骥问："有什么异常？"

目前所知是车牌令人担心。两辆车与前些时跑来烧楼的那些车辆一样来自省城，但是所挂车牌有别，是省直机关车牌。根据前方人员报告，为首一辆是奥迪，牌号非常靠前，是"002"也就是二号车。

詹一骥不觉一惊："确切吗？"

确切无误，他们拍了照片通过手机传给副局长，绝对不会搞错。据报告，有四个人从车上下来，越过缺口走进大石坑工地。副局长已经指示前方人员跟上去，保证安全。有什么新情况要及时报告。

"好。"詹一骥回答。

副局长请示是否需要他本人或者加派干警到现场察看一下。詹一骥没有马上回答，停了片刻才说："做好准备。等我通知。"

"明白。"

放下手机，詹一骥一声不吭坐在椅子上思忖。一屋子的人看着他，谁都没敢出声。

在本省，没有哪个县委书记不知道二号车是什么，那其实就是一号，省委书记范世杰用车。范世杰任省长时开始用二号车，接任书记后还用那部车，车号不变。在本省范围内，不可能有谁胆敢冒用这个车牌，如果停在大石坑边的果然是二号车，那么就是范世杰驾到。大石坑有什么特殊之处，足以吸引范世杰前来视察？昔日五光十色的"中央商务圈"，日后突然发生的陈克跑路，在县里可称大事，在省里就不算什么了，唯一值得一提的可能只有那一把火，在中央巡视组到来的敏感时候它烧了起来，让领导很不高兴，因此便记住了。无论范世杰有多恼火，他也不太可能专程前来视察一个无足轻重的大石坑售楼部废墟，很大可能是他恰巧路过或者从附近经过，突然注意到了，记起前些时候那把火，感觉不痛快，特意停下来看一看。情况是这样吗？或者还有其他原因？不得而知。只有一点可以肯定：那个坑不是什么好地方，那把火不是什么好事情，范世杰出现在那里，对詹一骥不是什么好消息。

那时候会议刚开个头，詹一骥看着办公室一屋子人，拍了一下桌子。

"咱们暂停。"他说，"先散会。"

大家面面相觑，詹一骥也不解释，拿手一指赵光储，命赵跟随自己前往大石坑。

赵光储诧异："这么急？发生什么了？"

詹一骥没吭声。

他们匆匆下楼，上了车。轿车开出机关大院，詹一骥才把情况告诉赵光储。赵一听是省委书记驾到，一时大张嘴巴。

"怎么……连个电话都没有？"

他的意思是领导应当事前给个通知。问题是从来没有哪条规定要求大领导不得微服私访，对下属小领导实施突然袭击。人家有权想来就来，无须客气。

詹一骥伸手往口袋里掏，并非拿手机什么的，是下意识动作。他一边看车窗外闪过的街道、楼房，一边情不自禁掏身上的口袋，夹克口袋、裤子口袋，逐一掏，左掏右掏都是无用功，什么都没掏出来。

如赵光储所说，范世杰驾到，事前连个电话都没有，表明至少到目前为止，他没打算召见当地领导。人家或许只是下车瞄一眼，看看这个影响恶劣的大石坑长得怎么倾国倾城，转身就离开了。詹一骥冒冒失失赶去大石坑，别说很大可能是根本够不着，只能扑个空，万一居然碰上了，可能反而坏事。领导不见也就算了，一见这个玩忽职守的下属不请自来，没准更觉反感，倍觉恼火，那岂不是詹一骥自己找死，往枪口上撞？以安全计，此刻詹一骥远远躲开最好，他完全可以权当不知，留在办公室继续开他的会，至少等现场传来新消息再做定夺。

但是他决意追过去，哪怕白忙活。

大石坑售楼部被一把火烧毁那时，事件几乎在发生的同时就被传到网络上，有微信视频到处转发、传播。由于牵涉房地产开发、群体性事件和安全事故，三位一体，几方面都来过问，领导批示接连传递下来，措辞一个比一个严厉，一时雷声隆隆。几乎在那把火刚刚熄灭的时候，省里相关部门领导就到达现场，事故调查迅速展开。陈克的"中央商务圈"在各种媒体中被描绘成骗局，詹一骥到本县任职不久，骗局与他无关，但是售楼部事件是在他到任后发生的，他必须承担责任。事故调查人员对他未能有效防止事件发生，以及处置上的一些细节问题提出了质疑。例如为什么人员车辆突然聚集之际，现场没人值班？所谓"拉肚子买药"是允许出现的吗？为什么聚集人员闹腾了好长一段时间，警察才赶来维持秩序？意外发生时，为什么詹一骥不在自己的岗位上，要跑到省城机场去给一个开发商送行，以致未能及时处置突发事件？类似调查最后都要处分一批负责官员，事情越大，处分的官员就越多、处分也越重。大石坑这件事就规模和后果而言不算太大，但是情节新，影响坏，以上级领导的重视程度，人们都知道詹一骥插翅难逃。身为第一责任人，必首当其冲，不抓起来就好，撤职还算客气。事关自身安危，詹一骥当然不会轻易放弃，他多方说明情况，找上级领导申诉，希望念及基层工作之复杂与不易，不至于弄得太糟糕。但是他心知肚明，事情好不到哪里去，这时还能有什么妙计？"谁来给点阳光"？

范世杰恰在这个时候光临，如天上一颗巨大陨石"扑通"砸在大石坑边。无论人家是有意微服私访，或者偶然路过，于詹一骥而言都属非常突然、非常意外。目前在本省，说话分量最重的无疑就是范世杰，他的态度和意见将决定詹一骥的命运。他对大石坑事件以及对詹一骥的恼火可想而知，对事件的前因后果以及詹一骥这个人却未必了解充分，如果能有机会当面申诉、解释，会不会让他的看法有所改变？那样的话，结果可能就很不一样。这当然是从美好的方向设想，事情真的会那么美好吗？范世杰个性极强，精明强悍，喜怒难以捉摸，大家很怕他，詹一骥虽暂无直接领教，却早有耳闻。细论起来，詹一骥与范世杰也不是毫无瓜葛，其实早有前科。当年詹一骥被一棵树绊了脚时，范世杰刚刚调来本省当省长，省城湿地公园建设是他亲自抓，要走那棵树很可能是他直接下的命令。据说该领导记性超强，弄不好人家还耿耿于怀呢。詹一骥不知深浅跑过去，别说申诉辩解，说不定突然人家就发作了，让詹一骥像是一脚踏在地雷上。他能不害怕，或称能不恐惧吗？为什么还要一头撞上去？所谓"是福不是祸，是祸躲不过"，无论是福是祸，省委书记光临本县的机会不常有，詹一骥这样的基层官员面见省委书记的机会也不常有。对詹一骥而言，这也是一次意外机会。

从县委大院到大石坑车程大约二十分钟，詹一骥命司机加快速度，像救护车送急诊，不要耽误了。司机听命，握着方向盘，全神贯注，车子开得飞快。

途中赵光储请示："是不是该给市里报告一下？"

詹一骥道："确定了再说。"

范世杰光临本县，市里肯定不知道，否则事前会通知本县做好安排。范世杰到来属重大事项，按规定县里必须主动向市里汇报情况，赵光储是县委办主任，他不能不注意这个。问题是还没见到范世杰真身，仅凭一个电话消息，詹一骥不敢贸然行事。也可能范世杰真的来了，只是下车晃一晃又走了，詹一骥必须到现场确定情况再向市领导报告。与范世杰有关的事项可不敢马虎。

也就十六七分钟，他们赶到大石坑。售楼部烧毁后的残缺部分已经清理干净，只是地面上依然存有大片黑迹，遗址只存遗迹。有一个集装箱放置在一旁，那是火灾后詹一骥命人紧急安放的，略加改造，充当临时值班所。远远地，只见两辆轿车一前一后停靠在集装箱边，空荡荡静悄悄两部车，车边未见人影。

他们尚未离开。詹一骥放心了，额头上的汗也冒将出来。

詹一骥命司机靠上前。果然不错，是省直车牌，打头的为二号车。

司机在车里，见詹一骥的车到，他从里边摇下玻璃，问了句："干什么？"

赵光储忙介绍："这是我们县委詹书记。"

司机伸手指着那片黑迹："领导从那里进去了。"

詹一骥带着赵光储匆匆踩过售楼部遗址进入工地。工地空空荡荡，一眼望去满地狼藉，布满破石烂土，到处坑坑洼洼，泥塘一个连着一个。远远只见几个人站在前方一排塌毁殆尽的简易工棚边，对着满圈泥坑。一共有五人，站在中间者个不高，略胖，正是范世杰，正在跟一旁一个着协警制服者交谈。

售楼部出事后，詹一骥命亡羊补牢，加强防范，县公安局特安排若干名协警加强本处值班，虽然值班人员在此早已无事可干。现在看来弄几个人在这里值班也不是毫无作用，今天范世杰等四人到来，便是值班协警发现并报告的。事后得知，如果不是他，范世杰一行可能已经离开了：协警奉命保证安全，因此他跟着客人进了工地。客人在工地上看了看，抬腿要走，范世杰忽然对跟过来的协警感兴趣，询问该年轻人身上的制服是谁给的。在一个人都没有的大坑边晃来晃去究竟是干什么？捉鬼吗？而后两人攀谈。范打听协警是哪里人，文化程度如何，干了几年，拿多少工资，家里几个老小，收入如何，等等。于是便意外拖了点时间，供詹一骥飞车赶到。

詹一骥凑上前时，范世杰已经伸出手跟年轻协警握别，说是要走了，不打扰年轻人捉鬼。他看到了匆匆赶到的詹一骥二人，却视而不见，只管自己掉头，带着身边随员往回走。在此之前，詹一骥仅仅在电视新闻里和大会场上远远见过范世杰，范世杰身边的几个随员则一个也不认识，对方当然就更不认识突然冒出来的这位詹书记。

不料赵光储认出了其中一位，即低声招呼："纪主任！"范世杰身后一个人停下脚步，扭头看一眼："你是？"

赵光储赶紧介绍："这位是我们县詹一骥书记。"

詹一骥赶紧上前与那位握手。

"好像在哪里见过。"对方说。

詹一骥回答："纪主任多关心。"

这个人叫纪明，省委办公厅副主任，曾任省政府办公厅处长，是范世杰省长的秘书。范世杰当书记后他依然跟随，人称"大秘"。赵光储在省里参加办公室系统会议时跟纪明接触过，所以认出来了。詹一骥不记得以前见过纪明。数年前詹一骥当县长时，经常因跑项目叨扰省政府办公厅，或许与他亦曾有一面之缘。难得纪主任跟所跟随的范世杰一样记性好。

纪明有意放慢步伐，与前边的范世杰拉开一段距离，既听詹一骥说，又替范世杰挡驾。两人交谈几句，詹一骥明白了，原来不是微服私访，也不是突然袭击，是出于意外。范世杰到下边调研，今天返回省城，在高速公路上遇到阻塞，一了解是前方发生严重车祸影响了交通，所以下高速改道从这边走。途经本县时，范世杰注意到路边那个集装箱，问那是怎么回事，结果又发现地上焚烧的痕迹，知道就是那个搞得沸沸扬扬被烧掉的售楼部，因此下车来看一看。

詹一骥提议："范书记难得光临，可不可以到县宾馆喝一杯茶？"

"不要。"

"或者就到前边集装箱，在值班室喝点水？哪怕停留几分钟。"詹一骥请求。

纪明问："你有什么事？"

詹一骥称自己一听说范世杰到达，没有丝毫耽搁，丢下所有事情立刻就赶了过来。因为机会实在难得，基层干部见省领导很不容易，特别希望领导关怀。

纪明说："如果有什么个人诉求，你还是通过正常途径反映好。"

詹一骥称自己确实有很多个人诉求想要反映，特别是刚刚发生这起火灾事件，很想让领导深入了解一些情况。但是那不是最重要的。他保证不拿个人事项麻烦领导，只想就本县眼下最急迫的工作请求支持。

"那是个什么事？"

詹一骥指着身边的工地说，这里刚刚发生过一起火烧事件，造成不良影响。如果不把问题从根本上解决掉，不知道还会闹出些什么，影响到哪里去。一段时间以来，县里已经做了很多工作，至今还在不懈努力。近日县里重提一个交通建设项目，提供了一个比较圆满的解决方案，不仅能解决当前急迫问题，又有促进经济发展的长远效应，可以提振各方面信心。

由于涉及修筑一条隧道，需要省领导的重视支持。

"项目的事情你按照程序报送吧。"纪明说。

"我担心自己没有时间了。"詹一骥说。

纪明不问为什么没有时间，显然他心里很有数。他只是说，如果事情非常急迫，可以马上寄一份报告给他，他先看看，合适的话他会转交给范世杰，或者直接交办给有关部门。詹一骥表示非常感谢，回头他马上寄。但是恰好范世杰光临，还是非常希望能够直接跟领导报告，哪怕只提一句。

"纪主任，你看我。"

詹一骥向纪明展示他的额头，那里汗津津湿成一片。詹一骥说，小领导追大领导，心里七上八下很恐惧，紧张之至，真是没有办法。

纪明不吭声，好一会儿，他摆摆手示意詹一骥不急，自己抬腿快步趋前，几步到了范世杰身边与之低语。那时候范世杰等几人已经踏过售楼部遗迹走出工地，前方就是充当临时值班室的集装箱，旁边停着他们那两部车。

纪明显然是在向范世杰报告情况。看来范世杰不感兴趣，没打算停下来喝一口水，也没打算听詹一骥哪怕汇报一句。他径直走到轿车边，身旁另有个年轻人身手敏捷拉开后排右侧车门，范世杰坐进车里。

那时詹一骥也快步赶到车边。纪明朝他举手摆了摆，示意他不要多嘴了，到此为止。詹一骥无奈，止步不前。

从头到尾，范世杰没跟詹一骥说一句话。比较起来，他在工地上对那位年轻协警要亲切得多，见面问制服，告别讲捉鬼，真是区别大了。大领导不认识小领导，见面之初不理会无可厚非，待到纪明向他报告，知道这个跑得满头大汗的下属原来是此方土地，那时他不吭声就是有意给脸色了，表示强烈不满。考虑到前些时候这个地方突然有一把火热烈燃烧，制造出好多动静。此刻身临其境，他没劈头盖脸把詹一骥狠狠训斥一顿，已经算是亲切关怀了。

就在这个时候,突然传来一声高叫:"范世杰!你是范世杰!"

众人大惊。詹一骥扭头去看,不觉心里一紧。

竟是张胜,骑着一辆自行车,晃着一头白鸟窝,一头撞了进来。张老师一如既往地不修边幅,今天的衣着格外奇怪,没穿外衣,内衣外套着一件毛背心,就这么骑自行车招摇过市。他一眼认出范世杰,情不自禁跳下车,大声叫唤,非常兴奋。本省范围内,当面直呼范世杰名字的人恐怕不多,即便是省领导们,不称"范书记",也得称"范世杰同志",尊敬有加。张胜应当不是有意不敬,只是高兴加上意外,这么大的领导,居然让他给见着了、认出了。作为一个老在古坟旧宅转来转去的退休专业人员,他对机关那一套确实也比较不在行,换上别个,打死了也不会这么当面大叫。

不料如此直呼竟让领导有感觉。范世杰按下车窗回答:"我是那个人,你是谁?"

"我是张胜。我在电视上见过你。"张胜大声道。

詹一骥赶紧向赵光储摆手,示意赵把张胜挡开,只怕张不懂轻重,说出什么让范世杰不高兴的。不料赵光储刚凑上前,范世杰就把眼睛一瞪,命赵走开。

人家有兴趣跟张胜聊聊。

张胜身上背着一个大挎包,跟他矮小的个头不成比例。范世杰称那个包为"大麻袋",问张胜有啥好东西装了一麻袋?张胜也不多说,即把挎包放在地上,蹲下身子打开,从里边掏出了一个旧锡罐,不算大,表面看去灰不溜秋。

"这是什么宝贝?"范世杰打听。

张胜称算不上宝贝,不过也有一点价值。这个锡罐是旧日大户人家装茶叶用的，应当是民国初年的东西。这东西从哪儿来的呢？前些时候山边村有一个大墓被人挖了，张胜听到消息，知道有些东西流散在附近村庄里，特意前去寻访。今天在一户村民家访到这个锡罐，便买了过来。钱没带够，他把身上穿的上衣脱下来给了人家。

范世杰大笑："我说怎么穿得不三不四。"

张胜向范世杰自我介绍，称自己住在县博物馆宿舍，他的屋子里头，包括床铺底下堆满了四乡里访来的东西，旧石碑破陶壶什么的，其中很多比这个锡罐年代更久，更有收藏和研究价值。他们博物馆公开展出的展品中，至少有八成是他征集到的，包括一批明清字画，那是他争取一位民间收藏家捐赠的。

"有好东西吗？"范世杰问。

张胜称尽管良莠不齐，其中确实有几个精品，不输省博物馆藏品。

"我可以偷看一眼吗？"

"求之不得啊。"

范世杰即打开门命张胜上车，带上他的大麻袋和小宝贝，以及不三不四全副行头。

"你那个豪车就不要了。我这个车太小，装不下。"范世杰说。

张胜果真把自行车一丢，拎着他的大挎包喜滋滋上了轿车，就坐在范世杰身旁。一直守候在轿车旁的纪明对詹一骥指了指那辆自行车。

詹一骥会意："我处理。"

省里来的两部车发动，一前一后驶离。詹一骥命一旁的协警把张胜那辆自行车骑到县博物馆，自己与赵光储匆匆上车，追赶前边的轿车，直奔县城。

那时詹一骥心里有一种奇异感，几乎不敢相信范世杰真的就这么留下来了。"谁来给点阳光？"想不到竟是这位张老师。

他的手却还在暗自颤抖。

6

他们看了县博物馆的展品，那些明清字画，最后进了张胜的宿舍。

张胜无家无室，一辈子只干一件事，可称以馆为家。他住在博物馆内一个偏房里，其宿舍紧挨着本馆库房。据他自称，从他大学毕业分配到馆起，他就住在那个房间里，他当了博物馆负责人后依然不变，退休后还是原地不动。新领导曾打算赶人，要他另找地方安身，让他很发愁，因为人好动，一屋子破烂不好搬，在他看都是宝贝，在别人看都是垃圾。还好后来不赶人了，相安无事。他愿意在本屋子终老，一生只待这么屁大一块地方，眼睛一闭去住骨灰盒，全部身后之物上交本馆收藏，也算各得其所。

范世杰板起脸道："你还得多活几年，你这个床铺底下还没填满。"

本馆前负责人的居所被范世杰称之为"充满历史空气"，其实就是堆满了各种破烂。房间不大，约有二十来平方米，有床有桌有橱有沙发，所有物件上无不堆满东西，包括床铺底下。当着众人的面，张胜从床铺下拉出一个竹筐，筐里叮叮当当是半筐子旧陶器。他拿出筐里一个物件请范世杰欣赏，据称那是一个明代茶壶。赵光储赶紧清理沙发，让范世杰有个地方坐。

范世杰说："你们都出去。站在这里影响呼吸。"

屋里空间小，破烂多，大家只能站着，影响呼吸倒不至于，连个坐的地方都没有却是不虚。范世杰发话当然得听从，詹一骥即遵命，带着本县所有人员退出屋子，来到外边的小天井。范世杰的随员也都出来，仅留下纪明坚守岗位，陪同领导身陷陋室，深入调研，呼吸历史空气。里边堆积太多，空间狭小，容三个人就座已经显得拥挤。

詹一骥一出门就抓住时机紧急部署，命赵光储通知办公室火速送材料。刚才在路上，赵光储已经按詹一骥要求打过电话，让办公室紧急准备那个交通项目的材料。当时还不清楚范世杰会在县博物馆待多久，不知道是否来得及，此刻看来领导对张胜的破烂有兴趣，估计再待个十来分钟半小时没有问题，送材料应当有时间。因此詹一骥急催，要求尽快送两份来，一份拟直接送给范世杰。

"一定要在范书记离开前送到。"他下令。

赵光储问："是不是让宾馆也作点准备？"

詹一骥点头："也对。"

此刻已经是下午四点半，如果范世杰有兴趣，与张胜再多聊一会儿，差不多就到了晚餐时间。如果能把范世杰留下来吃一顿饭，那当然更好。

詹一骥命赵光储赶紧准备，他自己则跑到一旁，亲自给贺新去了个电话。贺新一听说范世杰突然视察大石坑，顿时警觉。

"他有什么指示？"贺新问。

詹一骥报称还未能与范直接交谈。

得知范世杰意外邂逅县博物馆前负责人，目前到馆做考古发现方面的调研，待在一间满是破烂的小屋子里，贺新沉吟许久。

"没听说他喜欢收藏啊。"贺新道。

詹一骥说，看起来范世杰像是兴趣很广泛。

"大概还可能待多久？"贺新问。

无法推测。范世杰从大石坑工地出来后，已经上车准备离开，想不到被一头白鸟窝缠住，一直待到这个时候，也不知道他还会再跟张胜聊多久。詹一骥已经让县宾馆做了准备，一旦需要，请领导留下来用工作晚餐。

"好。"贺新指示,"有情况随时报告。"

"我知道。"

打完电话,詹一骥回到小天井,博物馆人员已经搬来几张折叠椅,供领导们就近于天井小坐,稍事休息,等待范世杰调研结束。还有人在一旁沏茶接待。詹一骥坐下来,看了前方屋子一眼。天色还不晚,那屋里却已经亮了灯,从窗户透过来的灯光很强。或许这是必需的,看清破烂需要借助强光。

十几分钟后,材料送到博物馆。送材料的是小林,县委办一个科长,平时跟随詹一骥下乡,配合工作,此刻留守于詹一骥办公室。

小林请示:"还有什么需要处理吗?"

詹一骥下意识地伸手往口袋里掏了掏,问道:"我那个包在桌上吧?"

小林点头:"需要送过来吗?"

詹一骥想了想:"算了。"

然后等待,一等居然一个多小时,范世杰始终待在那屋子里呼吸,没有离开迹象。这期间纪明曾走出房间接电话,詹一骥看到纪明便站起身,抓着那份材料打算借机送交。纪明一边听电话一边朝詹一骥摆手,表示不急,接完电话转身又走回房间里。

晚间六点一刻,贺新到达县博物馆,范世杰还没有离开迹象。

贺新说:"没关系,咱们等。"

詹一骥没估计到贺新会专程赶来。市区到本县县城有一个小时的车程,贺新驱车前来的每一分钟,范世杰都可能上车走人,让贺新只追到一个影子。得到詹一骥报告后,贺新本可给纪明打个电话了解情况,甚至也可以提出赶来面见范世杰,纪明必定让他不要来,那就顺水推舟,问一问领导有何指示就可以了。但是贺新放下电话就上了车,与詹一骥如出一辙。大石坑那起风波发生在本县，本县归本市管辖，查了县委书记的责任，是不是也要查一查市委书记？大家都知道不会，特别是贺新本人已经提任省领导，那场风波实在不足以卷走那么大的官。因此听说范世杰光临大石坑，詹一骥顿时一头汗，贺新则无须，不必专程跑来负荆请罪，不想他还是迅速到达。

已经到了晚餐时间，不说守候在外头小天井里的市、县两级领导肚子饿了，屋子里的范世杰本人应当也会有感觉。此时有必要稍事提醒，请示下一步安排，可视为下属关心上级领导身体健康，该任务当然必须由詹一骥承担。

詹一骥得到贺新认可，起身前去请示。推开房门时，他看到范世杰与张胜两人并排坐在沙发上，低着脑袋看茶几，那里摆着一个破陶片。两人都戴上眼镜，范世杰手持放大镜，正看得津津有味。詹一骥注意到茶几下边乱七八糟胡乱堆着些东西，大约便是这一个来小时里范世杰看过的古旧物品，只有一样不是：一个玻璃盒子。詹一骥记得这个东西，里边装有一只当代书虫。张胜没忘记抓住机会向省委书记展示它。

詹一骥开口道："范书记，我们贺新书记……"

他本想先报告贺新来了，然后再请范世杰离开。不料没待说完，范世杰即发声制止，不容置喙："安静。"

詹一骥只得住嘴。一旁纪明把他一拉，低声道："不急，再等会儿。"

詹一骥悄悄抽身，返回小天井。

贺新听罢情况，一耸肩道："领导不急，咱们当然不能急。"

他盼咐詹一骥跟他来。两人走到一旁，贺新问一个情况："你好像要送什么材料？"

估计他是听赵光储提起。詹一骥承认确有打算，他也刚想向贺新汇报。

189

七八年前，本省山海高速通道建设中，本县曾经建议配套一条高速公路连接线，从县城北部延伸出去，穿过一条隧道，用一个互通与主通道连接。这条连接线当年曾经立过项，因为资金原因没有弄下来，终未能实施。后来有了新高铁线路规划，这个项目就被搁置。现在县里准备旧案重提，作为新举措来提振信心。这个旧案如果能成，所建连接线会成为一条便捷通道，确立城北一带未来交通枢纽地位，对解决相关问题大有好处。就眼下让人头痛的"中央商务圈"，目前拟接盘开发商还在犹豫，信心不足，既纠结于新高铁线建设的暂缓，又担心火烧售楼部的后续影响。此刻提出连接线项目，无论对开发商还是业主都是利好，有助于问题根本解决。如果考虑到未来形势发展，新高铁线还能恢复开建，那就锦上添花。

贺新质疑："项目现实可能性如何？"

詹一骥承认实现有难度，如果好办当年也就办成了。目前形势相对较紧，实现的难度无疑更大，但是与高铁线相比，可能性又会大一些，主要问题在省内就能解决，所以值得努力。最近一段时间他为此全力以赴，今天下午还在开会讨论。原来打算准备充分再向市里报，一级一级走程序。不想范世杰突然光临，他觉得机会难得，打算提前直接报送范世杰，如果能得到重视、支持，那就事半功倍。

贺新看着詹一骥，好一会儿不说话，末了问："除了这份材料，没有别的吗？"

"没有了。"

"确实？"

詹一骥告诉贺新，他已经向纪明保证过，只报告工作，不谈个人。说心里话，到本县任职之后，感受很复杂，不作为心里过不去，想作为又感觉恐惧，内心深处一直有一种担忧，怕出事，怕自己有麻烦。待到那把火一烧，果然出事了，感觉反而放了下来，现在只担心时间不够，想做的事做不了。

"有个情况我先告诉你，你得有个思想准备。"贺新说。

他把詹一骥叫到一旁，实际上是因为这个情况不容旁听。什么情况呢？竟是对詹一骥的处理。鉴于火烧风波的恶劣影响，以及詹一骥应负的责任，市委领导已经研究，提议免掉詹一骥县委书记一职，按规定报请省委决定。此刻处分程序已经启动。贺新原本打算近日召见詹一骥个别谈话交底，今天就在这里先通气。贺新说，詹一骥应当清楚，所谓"壮士断腕"虽属不得已，却是必需的，以免发生更严重的情况。詹一骥亦曾经历过波折，当知道如何正确对待。

当着贺新的面，詹一骥身子开始发抖，嗦嗦嗦抖个不停，贺新察觉到了。

"怎么啦？"

詹一骥丝丝抽气，回答："没事。"

现在清楚了。为什么贺新需要从市里赶来面见范世杰。实际上牵扯到对詹一骥的处置。范世杰视察大石坑，不论有意无意都会让贺新有压力，提醒他这件事还在关注中。贺新需要向范世杰表明本市并未懈怠，绝不姑息，他匆匆赶来当是出于这一意识，要报告相关处理意见，包括如何处分责任人。他提到的"壮士断腕"有多重含义，一方面为詹一骥可惜，一方面也表示，此刻当机立断主动给詹一骥一个处理，对他可能更好。通常情况下，有这么一个处分，看起来也够重，上级便不会再多加追究。如果迟迟不办，或者过于轻描淡写，上级不满意，决定严肃查办，后果就会严重得多。

"来日方长，挺过去，还有机会。"贺新说。

他声音很低，听起来像是连他自己都不相信。

詹一骥还是发抖不止，丝丝抽气。

贺新低喝："别这样！"

詹一骥咬着牙表示只是情不自禁，实际上他心中有数。发抖中他还调侃了一句："感谢领导关心，给我一点阳光。"

这话听起来更像是自嘲。

贺新没弄明白："说什么？"

詹一骥平静下来，称自己会正确对待。记得他向贺新报告过，自从出了铁树那件事，每次经过那条路他都设法让自己绕道走。现在他只担心日后自己得怎么绕开大石坑。他父亲两年前去世时，骨灰葬在南山墓园，从市区到南山墓园必经大石坑这条路，日后每年清明他得怎么办？难道弄个直升机？

"说怪话了？"

詹一骥又发起抖："贺书记别见怪。"

贺新一声不吭，好一阵才说："材料什么的，你不必给他了。"

"我知道。"

他们一前一后从角落里走出来，回到小天井，坐回各自的座位上，继续等待。

那以后他们没再说话，在小天井等待的所有人都没说话。偶尔似有"咕"一响，声音比较可疑，那当是肠鸣，有人饥肠辘辘了。难得范世杰有定力，不计较这边众多下属等得焦虑不已，也不在乎自己饿肚子，始终坚持在那间堆积着无数破烂，或称充满了历史空气的陋室里呼吸。詹一骥坐在他的折叠椅上，表面看已经基本恢复正常，实际上还时而暗自颤抖。他还曾下意识去掏口袋，自然什么都没掏出来。考虑到他刚刚得知的处理消息，尽管所谓"心里有数"，毕竟还是一个重大打击，这个时候他还能坚持坐在那里等待，已属很不容易。

漫长等待终有结束之时。待那间屋子忽然传出动静，范世杰与张胜走出门时，大家终于松了口气。感觉上似乎等待了足足一个世纪之久，实际上也不算太长，不外也就是熬到晚七点一刻。

贺新立刻迎上前去："范书记，我来了。"

范世杰跟他握手，批评："是哪一个多事的叫你来？"

詹一骥在一旁自认："是我。"

范世杰看了他一眼。詹一骥忽然伸出手，手上抓着一份材料。

"范书记，我们这个交通项目非常需要领导关心。"他说。

贺新明确要求詹一骥不要送材料，作为一个已经出局的人，詹一骥送这份材料确实已经没有意义。日后谁来接手，人家自有人家的考虑，未必认为有必要去推进什么连接线。詹一骥自己非常明白，却不愿放弃最后的机会，硬是当着贺新的面把材料递上去。贺新试图制止已经来不及。一旁纪明不动声色，一伸手当即把材料接走。

这时范世杰一瞪詹一骥，指着他的脸问："怎么回事？"

詹一骥说："没事。谢谢。"

范世杰抬腿往前走。刚走出几步，忽然听到身后传出奇怪的杂乱声响。他扭头回看，却见那里有个人整个儿摔倒在地上。

竟是詹一骥，骤然昏迷，人事不省。

7

詹一骥血糖低，时有发作。通常情况下多于下午时段发作，那时他会出汗、发抖，脸色苍白。低血糖综合征又称晚期倾倒综合征，这种毛病只要心里有数，不难对付，未必就要倾倒，发作时赶紧补充糖分即可。因此詹一骥的包里总是装有若干甜食，巧克力、奶糖或者夹心饼干什么的。有时候夹克口袋里也塞上几块。对他来说，那些甜食好比心脏病患者随身包里的救心丹。身为领导，当众吃零食有损形象，詹一骥服用詹氏救心丹从来都很隐蔽，悄悄自我独用，谢绝分享，有如其暗自颤抖，不太为人所知。据称低血糖往往比高血糖危险，高血糖不外就是糖尿病，那是一种慢性病，可通过服药、打胰岛素等等控制。低血糖不一样，那玩意儿来得急，一旦发作且处理不及，会导致思维与语言迟钝、行为怪异，严重者出现惊厥、昏迷甚至死亡。

那一天也是运气不好，詹一骥在办公室接到电话，得知范世杰光临，即紧急前去迎接，急切中没把他的包带上，身上口袋里恰好也弹尽粮绝，因此便处于不设防状态。这种状态并不意味着就有麻烦，通常情况下，哪怕发几个抖出几身汗，只要坚持到晚饭时间，几口米饭也就解决问题了。因此在县博物馆小天井等待之际，小林曾请示是否把詹一骥那个包带过来，詹一骥没要求。他怎么也没估计到范世杰时间到了不吃饭，如此有耐力。等待中詹一骥的血糖便一点一点地低下去，超过了临界点。难得他也很有耐力，居然一边经受严厉处分打击，一边颤抖，一边恐惧，一边坚守岗位，一直坚持到把那份与他实已无关的材料送到范世杰眼前，然后才倒地不起。他那一摔吓坏了不少人，包括贺新，唯有范世杰泰山压顶不弯腰，没有丝毫慌乱。此前他已经发现詹一骥神色不对，追问他"怎么回事？"出事后他喝了一声："给他叫救护车！"

詹一骥给送到医院抢救。万幸，他没有死，没有半身不遂，也没有就此痴呆。半小时后他给弄醒过来，第二天一早他就自己走出了医院。

半个月后他得到一次严重警告，作为工作失职的处分，但是却给继续留在县委书记岗位上去解决各种棘手问题,继续想方设法"给点阳光"。有人调侃这一结果要归功于他的血糖。如果他没有倒在那个地方,估计已经跟那个地方"拜拜"了。重要之处在于血糖必须低得足以让上级领导留下印象,结果便很不一样。詹一骥昏倒于地,却让那块已经摇摇欲坠的骨牌奇迹般没有倒下。

他依然颤抖、出汗。现在知道那是低血糖。当然也不全是。

· 作者简介 ·

　　杨少衡,男,1953年生于福建省漳州市。1969年上山下乡当知青,1977年起,分别在乡镇、县、市和省直部门工作。西北大学中文系毕业。现为福建省文联副主席、作家协会名誉主席。出版有长篇小说《海峡之痛》《党校同学》《地下党》《风口浪尖》《铿然有声》《新世界》,中篇小说集《秘书长》《林老板的枪》《县长故事》《你没事吧》等。

朱砂

□ 老藤

1

艾瑞克梦到自己刺中了父亲。

梦境真实如恐怖电影，画刀闪过，鲜血像干研的朱砂扬出满目红尘。艾瑞克惊醒后发现右手果真握着一把画刀。这是一把购自巴黎的油画刮刀，木柄，白钢刀片虽无刃，看上去却凛然锋利。

刚才，艾瑞克在车库改造的工作室里作画，感到颈椎有些僵硬，便靠在沙发上小憩，一仰，便睡着了。睡梦中他听到父亲严厉的声音从身后传来：画的什么鬼东西？父亲对印象派、后现代派、超现实主义向来不与置评，但艾瑞克从神情中能感觉到父亲对这类作品的不屑。他转身想和父亲说点什么，只听"哎哟"一声，眼中便出现了那面血雾，画刀冷不防割中了父亲咽喉。父亲以一种慢镜头的姿态缓缓倒下，嘴唇嗫嚅，颈下是一摊正在白色复合地板上漫延的血。他触电一般蹦起，握着那柄画刀一时不知所措。父亲睁着眼，瞳孔在慢慢扩散、变淡，最终化成两抹缥缈的蓝。人在濒临死亡时瞳孔会变蓝！这是一个全新的发现，但艾瑞克马上回过神来，自己杀死了父亲！自己成了一个杀人犯！他撕心裂肺地叫了一声：爸！

这一声把自己叫醒了，原来是个噩梦。

这栋叫辰溪斋的独栋别墅地处城郊，共三层，一层车库，被艾瑞克改造成了油画工作室，二楼是父亲艾成子的书房兼画室，三楼则是餐厅和两间起居室。车库改成的工作室杂乱无章，像邋遢女人的化妆间，但艾瑞克宁可在这里画画，也不愿意到二楼父亲宽绰的画室凑热闹。艾瑞克对别人说，在无秩序环境作画能放得开，油彩任意放，垃圾随手扔，信马由缰，无所顾忌。常态下，艾瑞克总是穿一件沾满各种油彩的白汗衫，肥大的牛仔短裤，趿拉着塑料拖鞋，在这个属于他的王国里任性涂抹，也经常和小伙伴聊天，喝啤酒，放爵士乐。好在这里的别墅容积率低，艾瑞克的爵士乐并不扰民。

艾瑞克的油画不愁买家，这要得益于经纪人燕子。燕子是个喜欢穿波西米亚长裙的姑娘，在京城书画圈里很吃得开。燕子不仅经纪艾瑞克的现代派作品，也经纪艾成子的传统朱砂画。艾成子对儿子有一种无法改变的挑剔心理，艾瑞克做的每一件事在他看来都有些另类。偶尔，艾成子会到车库里巡视一番，然后很严肃地质问艾瑞克：一匹马，为什么要画个人头？骷髅，可以放在餐盘里当食物吗？画枯萎的葵花就比盛开的葵花美？……

对于这些质问，艾瑞克一般不正面作答，往往会用几个舶来词加以搪塞，说这是野兽派，那是达达派，这是超现实主义，那是波普艺术等等。作为美院教授，艾成子对这些概念并不陌生，但缺少研究的兴趣。艾成子国字脸，象眼狮眉，鼻梁高耸，五官极富雕塑感。艾成子喜欢穿中式绸衫，麻质肥大的裤子，白底黑帮老北京千层底布鞋，模样和装束都让人联想到博大精深的国学。

艾成子越来越能感觉到父子间存在着一道无形的海沟，不仅深，而且还灌满了冰冷的海水。他把这种感觉告诉了同学凌四平。见多识广的凌四平说这是代沟，是社会学家乐此不疲的一大课题。凌四平是艾瑞克的老师，在艾成子看来弟子出了问题，老师难辞其咎。但凌四平不认为艾瑞克有问题，他劝艾成子接受艾瑞克。凌四平是艾成子所在美院的院长，原本和艾成子都是学国画的，当了院长后弃画从书，几十年如一日写些横不平、竖不直的繁体汉字，竟意外成了书法名家。别人都恭维凌四平书法好，艾成子却不随帮唱影，说老同学呵，字就不能好好写吗？干吗写出来的字个个有残疾？凌四平道：你不懂，好好写的字不叫书法。一句话把艾成子顶了回去。的确，凌四平的字虽然丑，但求购者趋之若鹜，许多有头有脸的人物甚至奉为至宝收藏。成了书法家的凌四平名利双收，而痴迷于朱砂画的艾成子却像只北美布鲁德蝉，似乎要等上十几年才能破土羽化。艾成子固执、寡言，像块多棱多角的辰砂原石。他不善交际，好友寥寥无几，除了给学生上课，平时就在辰溪斋画画。二楼画室里有个储藏室，藏满了他的朱砂画，他对凌四平说这些心血之作要藏之密室，传之后人。为此，他给储藏室装了防盗门，安了密码锁，开门密码他暗记在心里。储藏室不许别人涉足，瑞克上中学时曾想进去看看，被他一口拒绝。他对瑞克说，还不到你进去的时候，等你学有所成密室就会属于你。瑞克是个自尊心很强的孩子，说等我学有所成，就不会稀罕这间连窗户都没有的小黑屋了。后来艾成子有些后悔，学养在于熏陶，屏蔽容易产生逆反心理，储藏室里的画应该给瑞克看。没想到上了大学之后的瑞克不但对储藏室没了兴趣，而且对朱砂画也缺少了敬意。尤其是留学归来，瑞克对他的国画理论明显心不在焉，他在讲解品评画作时，瑞克小仓鼠一样的眼睛总是不安分地转来转去。艾成子很难过，朱砂画是他的最爱，也是他的绝技，儿子却不感兴趣，这让他内心无比失落。朱砂作画一般只用两色，墨和朱砂，山石用墨，草木、云霞、流水皆用朱砂，钤印自然也是朱砂印泥，一张丈二山水大画，满目红彤彤的气象，喜庆吉祥。但这样的色彩感动不了艾瑞克，艾瑞克不接受父亲用朱砂作画，认为红乎乎一大片毫无审美可言，何况朱砂这种矿物质有毒，做颜料不合适。为此他向父亲提过建议，尽量少用或不用朱砂，没想到执拗的父亲不但不接受他的建议，还给他下了一个十分武断的结论：一派胡言！

这次，一个白日梦让他额头冷汗直流，尽管与父亲艺术见解相左，但失手杀死父亲这还了得？刚才在沙发上睡过去有点奇怪，自己没有午睡的习惯，怎么就睡过去了呢？睡前，他先是听到车库外法桐上有蝉鸣，叫声一拨接一拨，干扰注意力，他便找了根竹竿到外面驱蝉。屋外日头足，他赶走了几只蝉后已经大汗淋漓，回到车库，调低空调，用画刀刚刚抹平一个人物的肩膀，退到沙发上打量了几眼便昏沉沉睡着了，一睡便睡出了这个噩梦。他有些忐忑，已经多日没有踏入父亲的画室了，父亲画室挂了一块老船木制作的牌匾，上面阴刻三个隶书绿字：辰溪斋。他对父亲说每次进入辰溪斋都会周身发痒，怀疑是朱砂的毒性刺激所致。父亲说朱砂辟邪防腐，如果身上痒，说明你身有淫邪，让朱砂杀杀邪气未尝不好。不仅对朱砂，瑞克对辰溪斋书柜里那些线装书也感觉不到有多好，觉得那些蓝色书函像出土文物一样，看久了心里仿佛要长青苔。他对父亲说把这些书捐给美院图书馆吧，想查阅什么平板电脑上戳几下就完了。艾成子气便不打一处来：你不喜欢就在车库眯着，没人请你来这里指手画脚。

二楼画室的门开着。艾成子正凝神聚气在作画。因为过于专注，没察

199

觉到艾瑞克已经走进屋来。艾成子在画一个红衣罗汉，面目已经画完，极狰狞，红色袈裟十分抢眼。这罗汉少一点灵动，艾瑞克评价了一句。尽管他知道父亲不会同意自己的评价，但他还是忍不住说了一句，另外，他也想通过自己的评价找回一点平衡，因为父亲每次到车库都会对他的作品说上几句，而且总是用疑问句。

艾成子回过头瞥了儿子一眼：这是临赵孟頫的《红衣罗汉图》！

作为美院本科毕业生，赵孟頫的名字艾瑞克还是知道的。他争辩了一句：不管出自谁手，这个红衣罗汉真的灵性不足，似一尊蹩脚的泥塑。

艾成子的眉心聚起一个圆葱头，把画笔放在笔架上，转身问：有事？艾成子知道，儿子没事不会来二楼。瑞克说，刚做了个吓人的梦，上来看看您。艾瑞克不能说噩梦中发生的事，父亲没事，他也不想久留，转身欲走，却看到了画案上一盘待调和的朱砂干粉，便停下来对父亲说：还是少用朱砂作画，这东西有毒。

艾成子瞪了儿子一眼：古人用朱砂作画上千年，也没见哪个中毒。

艾瑞克说：有很多新颜料可以替代朱砂。

替代？艾成子冷笑一声，你知道马王堆墓吧？辛追夫人在墓中沉睡了两千多年出土时皮肤仍有弹性，血管还能注射，是什么在起作用？是朱砂，辛追夫人下葬时用了三层朱砂！

这又能说明什么呢？艾瑞克说，难道一具女尸就决定了你终生用朱砂作画？

艾成子无语了，与瑞克交谈常常会遇到频道不一致的问题，你说东他说西，找不到公切线。他拂拂手示意瑞克出去。瑞克走到画室门口，忽然回头说：我有女朋友了。

他以为儿子在信口开河，就没好气地回了一句：你好像有过女朋友吧？艾成子话中流露出不满，因为艾瑞克经常带一些奇装异服的女孩子回来，将音响开到顶格，在车库里大呼小叫，二楼的地板仿佛要鼓起来。

艾瑞克说：爸，那是过去时，现在是进行时。

或许是受父母影响，艾瑞克在婚恋问题上不讲套路。艾瑞克的母亲十几年前就和艾成子离婚去了温哥华，嫁给了一个爱尔兰人。辰溪斋只有瑞克和父亲两人，艾成子没有续弦，专心作画，过着类似苦修的日子。瑞克对父亲的婚事不感兴趣，他觉得那是父亲自己的事。

哦，南方人还是北方人？

艾成子对这件事有种本能的警觉，他看出儿子态度是认真的，因为儿子很庄重地叫了一声爸。艾成子之所以问南方还是北方，是因为自己出走的妻子是南方人，他私下对凌四平说过，将来瑞克找对象最好找个北方姑娘。凌四平并不赞同，因为从遗传学的角度看两人相隔越远越好。

是个南非来的黑人留学生，叫卡姆贝。艾瑞克平静地回答说。

天呐！艾成子感到眼前一黑，大脑像没有信号的电视屏幕，全是嘈杂的雪花。好一会儿，他才大声说：这怎么行？距离远是好事，但也不能一下子远到非洲呵！

没有听到艾瑞克的回答，他睁开眼，画室门虚掩着，艾瑞克已经不见了。再次闭上眼，眼前忽然浮现出一群混血孩子围着他喊爷爷。

2

拉开二楼窗帘，每次看到豆芽菜体型的瑞克在车库门前懒洋洋打电话，艾成子就会觉得肋下隐隐作痛。肋下是肝区，骨头疼，好像哪根肋骨受伤给腹腔开了一个豁口。他不知道自己为什么会产生这种感觉。

燕子来访，他问燕子：人的最后一根肋骨代表什么？

燕子回答说，最后一根肋骨叫浮肋，又叫软肋。

燕子是个善解人意的姑娘，喜欢戴一副极大的白框太阳镜，几乎遮住三分之一的脸面，梳着短发，喜欢抽一种很细的女士烟，纤细的香烟、宽大的太阳镜和一身藕色波西米亚长裙成了燕子的标志性符号。圈内在惊诧燕子经纪能力的同时，自然会关注她的背景，燕子出生在单亲家庭，母亲是一家著名国际文创公司总裁，常年在国外。燕子从不讳言自己对母亲的崇拜，在她眼里，母亲不仅是成功女士，而且有极深厚的艺术素养。当年，国内一个专门画雪域高原景物的画家作品难寻知音，母亲在宣传册上看到了这个画家的作品，断言此人日后必成气候，让燕子大量购入。母亲料事如神，十年过去，这个画家果然成了一画难求的名家。燕子能经纪艾成子的朱砂画，也是因为母亲的一句话。母亲在看到燕子带回家的一本画册后，盯着上面的一幅朱砂山水看了许久，然后说了五个字：独有之气象！母亲人到中年，依然风姿绰约，有一种令人无法抗拒的成熟美。令燕子感到缺憾的是母亲一直单身，母亲说她和父亲在燕子还没出生时就分手了，两人有约定，彼此解放对方。燕子问：是父亲辜负了您？母亲回答说不是，是我选择了离开。母亲工作特忙，也就无暇顾及这个问题。燕子对母亲的单身表示理解，什么样的男人能配得上母亲呢？母亲冷峻的眼神凌厉如电，是油腻男闻风丧胆的天敌。燕子经纪艾氏父子画后，很快艾瑞克的作品就打开了市场，京城五星级宾馆的走廊客房，经常会看到艾瑞克的小油画。艾成子的朱砂画虽然不能热卖，但也常有交易。

艾成子心想，瑞克不就是自己的一根软肋吗？人有弱点不奇怪，但瑞克成为自己的软肋却有些滑稽，瑞克是自己一手带大的儿子，应该孺子可教，衣钵传承才对，谁想到留学归来却成了自己的一根软肋。

他问：有什么办法让软肋不软？

不能，燕子笑着回答，软肋有软肋的作用，这是进化的安排。

我怎么觉得瑞克就是我的软肋呢，吃不上力，他在马身上画人头，将人体的两条腿嫁接在牛身上，让葡萄藤结出南瓜，把餐盘里的刺身画上一只血淋淋的人眼，这种所谓的艺术我无法接受。

说实话您的观点有失偏颇，美术流派不同，表现方式迥异，不能厚此薄彼。燕子和艾成子之间说话无须客套，这是艾成子对燕子提出的要求，艾成子希望有燕子这样一个忘年诤友，无论是对画还是对事，都可以敞开批判，就这样，燕子在辰溪斋拥有了比艾瑞克还要多的话语权。

艾成子点点头，突然发问道：你能比较一下我和瑞克的作品吗？

这是一个难题，很显然艾成子是在敲钟问响。但这难不倒燕子，怎么说呢？打个比方吧，瑞克作品有点像三明治或者肯德基，而您的大作则是蟹黄包、大闸蟹、水晶虾仁，你俩的作品在我心里难分伯仲，当然，抛开作品而言，我更欣赏您的气质，您身上仿佛有一种从唐宋穿越而来的文人气，当下这种文人气已经难得一遇。

他听出了话中有安慰的成分，自己身上何来文人气？有时自己都看不惯自己，一身毛病不说，还认死理。凌四平曾说他就是块朱砂，不磨成粉不好用，这是在批评他的固执，江山易改，禀性难移，他对自己的脾气改变毫无信心。从燕子委婉的话语中他已经猜出，燕子更喜欢瑞克的油画。

送走燕子，他泡了一杯太平猴魁坐在藤椅上休息，他喜欢喝猴魁，觉得这种大叶绿茶能醒脑安神又不会过于兴奋，进入这个年龄需要的往往是宁静。他靠在藤椅上假寐，大脑自觉进入一种回放模式。自从艾瑞克告诉他有了女朋友，他脑海中总会浮现出一幅图景：瑞克挽着一个黑姑娘在院子里走来走去。艾成子认为瑞克这个选择是非理性的。他心里清楚，毁掉一场恋爱不是件光明正大的事，自己不能去过分干预，更何况艾瑞克也未必能听进他的劝告，但他也不能眼看着瑞克徒手走进危机四伏的南非大草原而又不施以援手，内疚和无奈像一把剪刀，正剪碎他未来的愿景，他想到用朱砂画来对瑞克进行隐喻和暗示。

他起身在画案铺了张宣纸，提笔饱蘸丹朱，开始画钟馗。一连几天，他创作了多幅钟馗打鬼的朱砂人物画，张张悬挂于墙，他希望瑞克能看到，并看出画中的情绪。

意外的是，后来的卡姆贝很喜欢他画的钟馗。

3

698是一个废弃的铸造厂，被一个商人开发成文化产业创意区，对外以原工厂街牌号命名。698有几个美术展区，其中临街的油画展区是一个翻砂车间改成的，叫698D座。艾瑞克和卡姆贝的相识就在这里，用艾瑞克的话说，他感觉卡姆贝身上有一种女巫般的神秘，让他亢奋不已。

艾瑞克向燕子谈及卡姆贝时，眼中布满了小星星，在艾瑞克眼里燕子的性别已被淡化，他和燕子之间是一种单纯的友谊，燕子对于他，也是一种姐姐姿态，这种姿态甚至让艾瑞克找到了类似母爱的依赖感，因此，他的创作灵感、鉴赏心得，包括与卡姆贝的结识相恋经过，都愿意和燕子分享。

燕子认真倾听着艾瑞克绘声绘色地讲述另一个女人。

卡姆贝来自南非，在京城一所大学读建筑设计专业。因为专业关系，她对绘画颇有兴趣，只要698有画展她都不会缺席。燕子对这个留学生印象不坏，但觉得艾瑞克与卡姆贝的恋爱就像一个奇怪的设计，偶然、突兀、高调。

艾瑞克在698D座展出自己的作品仅仅是个态度，和大多数年轻同行举办画展一样，除了开幕式组织几个亲朋好友来捧场外，其他时间参观者寥若晨星。布展时，有一个角落没有合适的作品可挂，但这个角落上方安装了一盏射灯，灯光很足，闲置太可惜，艾瑞克忽然想到画室里有一幅坏画。这幅被艾瑞克称为坏画的作品是用脚创作的，一次他不小心把落在画布上的油彩盒踩破了，几管油彩都挤出在画布上，他本想将画布揉成一团扔掉，当看到不同的油彩掺杂在一起，构成了一个菜花形的图案时，他灵机一动，便把这幅意外踩成的油画装裱了起来，取名《意外》放在车库角落里。如果把《意外》挂到这里，说不定会有意外的效果呢。他兴冲冲开车回去取来《意外》挂在那个墙角，左看右看，觉得这填空的效果不错，便特意在微信里晒了晒。认识卡姆贝那天中午，窗外蝉声聒噪，整个698都昏昏欲睡，D座空寂的展厅里只有卡姆贝一个观众，正站在角落里十分专注地欣赏这幅《意外》。当时，艾瑞克叫了肯德基套餐外卖，在门口签到桌前想吃午饭，看到卡姆贝在《意外》前一副认真的样子，便起身走过去用英语搭讪道：已是午饭时间，该吃午餐了，小姐。卡姆贝身材丰腴，她瞪着一双大眼睛问：怎么，先生想请我吃午餐？艾瑞克愣了一下，很绅士地道：当然。他把卡姆贝领到签到桌前，将肯德基套餐让给了这位美丽的女子。套餐量不大，这顿午餐艾瑞克只是喝了一杯加冰可乐，其他被卡姆贝吃了个精光。后来提起这顿午餐，艾瑞克常常在朋友面前炫耀，谁能用区区一个肯德基套餐换来一个女友？艾瑞克和卡姆贝由此相识，并以一种加速度确立了爱情关系。

在燕子看来，瑞克的画与人是两码事，画创意十足，意象诡谲，人却像个巨婴，天真、固执、随心所欲。艾瑞克和艾成子站在一起时，父亲有一种成熟的魅力，而儿子还没有长成一个男人，所以，艾瑞克向她讲述恋爱经过时她并不感到惊讶，对于一个大男孩来说，做些出格的事不足为奇。

燕子建议：选择女友这样的事该听听父亲的意见，至少是一个姿态。

我的事我做主，艾瑞克说，当然我也和父亲提过，他不答应，恋爱，是儿子的自由，父亲没有反对儿子的权利，何况我已经过了被监护的年龄，父亲总想在改变儿子的过程中享受某种成就感，可他不知道，被改变者要经受多少痛苦。

燕子道：艾先生是个讲道理的人，而且绘画方面也卓有成就。

艾瑞克浅笑一声：道理都是相对的，我知道你说的成就是朱砂画，我认为决定一幅画价值的不是颜料。

你的观点不无道理，燕子说，但朱砂画本身是一大特色，欣赏者还是有的，一家国企驻外机构委托我向艾先生约一幅丈二朱砂山水。

艾瑞克说：也好，能卖出几张朱砂画对他是个安慰。

燕子走后，艾瑞克打电话让卡姆贝来一趟。他想，有人买画，父亲肯定喜出望外，这个时候卡姆贝来见面正合时宜。尽管艾瑞克不在乎父亲的态度，但也不想和父亲把关系弄得很僵。母亲出国后，身为美院教授的父亲续弦不难，但父亲没有这么做，说明父亲并不是更多考虑自己。当然，他从来没有领过父亲这个情，甚至认为父亲这么做没有必要，靠压抑自己来抚慰儿子有违人性。

卡姆贝来了，一身白衣，背着白色双肩包，皮肤亮可鉴人。艾瑞克领着卡姆贝直接来到二楼画室。

门开着，艾成子正在伏案作画，画纸上红彤彤一片。他叫了一声爸，艾成子转过身，看到了又黑又亮的卡姆贝，两道眉毛弹了弹，转身放下画笔，对这位女孩子道：请坐吧。画室里只有两张藤椅，卡姆贝坐下后，艾瑞克只能站着，他不能坐父亲常坐的那把藤椅，这把藤椅上有块小形八卦图案的真丝方毯,是父亲的专用座椅。

　　刚坐下的卡姆贝忽然又站起身,径直走到画案前,仔细端详案上的朱砂画。这是一幅钟馗捉妖图,雏形已现,神态灵动。艾成子让瑞克泡茶,茶几上有新鲜的猴魁。艾瑞克不喝茶,泡茶动作便有些笨,艾成子只好亲自泡。卡姆贝毕竟是客人,辰溪斋总该讲待客之道。

　　请问先生,您画的是宣传画吧?卡姆贝问。

　　宣传画一词让艾成子打了个激灵。他在那个特殊年代画过宣传画,那是一段机械的创作期。一次,有家拍卖行发广告说要拍卖艾成子一幅宣传画《柿子红透梯田》,起拍价定得很高,有意举牌的买家担心是赝品,特来向他求证,他说这是当年他与别人合作的作品,主要是另一位作者的创意,结果此画流拍。这位来自非洲的女学生无意戳中了他的膻中穴,他放稳水壶道:这不是宣传画,正确的说法叫朱砂画。

　　卡姆贝点点头,接着问:那么,画这样一幅画需要多长时间?

　　可快可慢,对于生手来说也许需要几天,但对于我来说一两个小时就能画成。艾成子显得很自信,他所言不虚,程式化的《钟馗捉妖图》可以流水作业,短时间内就能搞定多幅。

　　卡姆贝把头转向艾瑞克:你呢瑞克,你要是画这么大一张油画,需要多长时间?

　　艾瑞克道:最快也要两周。

　　卡姆贝眼睛望着天棚,脑子在算计什么,忽然拍了拍脑门道:我懂得瑞克的作品为什么售价高了。

　　为什么?没待儿子说话,艾成子先开口发问。

　　因为瑞克创作消耗的必要劳动时间比您多,而且多很多。您想想,您一幅画几乎一挥而就,而瑞克一幅画则要花去两周甚至更长时间,价值自然不同。

我要纠正你的说法，艾成子显然有些生气，这种算法明显是外行所为。他在藤椅上坐下，端起茶杯平息了一下呼吸说：如果说工业产品，你这样算也许有道理，但是，你面对的是艺术品，艺术品有艺术品的价值估算，两个不能简单类比。

卡姆贝疑惑地问：难道说，您的一个小时和瑞克的两周可以画等号？

艾成子放下茶杯，吐出一截茶梗，心里纳闷，猴魁少有茶梗，今天这杯茶奇怪，竟然喝出了一截硬硬的茶梗。他示意卡姆贝坐下，像老师在课堂上讲课一样道：中国有句老话，台上一分钟，台下十年功，你可以好好体悟这句话的含义。

您能举例解释一下吗？卡姆贝很好学。

艾成子思忖片刻，道：唐朝有个皇帝叫唐玄宗，对嘉陵江的风光印象极佳，但他居住在长安，那个时候没有高铁，不像现在说走就走，那时长安去南方要走一两个月，怎么办呢？他就想到了绘画，便召来吴道子和李思训两位大画家，让他们分别画嘉陵江风光。吴道子作画快，洋洋洒洒，一天画就；李思训则画了几个月，才完成画作。两幅画拿到唐玄宗面前，唐玄宗给的结论是：吴道子一日之迹，李思训数月之功，皆为佳品。

卡姆贝似乎明白了一些，不再发问。艾成子做了个请喝茶的手势，卡姆贝端起茶杯看了看，好奇地问：这是特大号的龙井吗？

艾成子有些哭笑不得，纠正道：这是太平猴魁。

卡姆贝哦了一声，道：中国人讲究喝茶，若是红茶可以理解，毕竟是发酵精制，可是我不理解为什么要喝这种树叶泡水的饮料呢？工艺太简单了，随便采一把无毒树叶，揉搓一下晾干，用开水一泡就成了茶。卡姆贝这句话让身边的艾瑞克脸色变得难看起来，他知道看重茶道的父亲一定会发火，父亲不会允许有人这样蔑视他奉为信仰的茶文化，但艾瑞克没有打圆场，他知道此刻如果自己说话，无异于火上浇油。

奇怪的是这一回艾成子没有发火，而是心平气和地给卡姆贝讲起茶的发现和演变，从神农讲到陆羽，从日本茶道讲到英国王室盛极一时的红茶，然后讲到茶的分类，讲了绿茶的杀青、揉捻、干燥工艺。卡姆贝听得入迷，星星一样的目光渐渐融化在手中那杯猴魁里。艾成子在讲过绿茶的种种益处之后抛出了自己的结论：少饮咖啡多喝茶。

为什么？卡姆贝说，喜爱咖啡的人并不比喝茶的少，瑞克就喜爱喝咖啡。

艾成子用凌厉的目光扫了瑞克一眼：咖啡可以提神，饮茶却能清心，心不清而神发必为乱神，乱神足以智昏，而饮茶却能克此短处，使人内心澄清神明自得。

这是一番富有哲理的高论，卡姆贝抬头看了看艾瑞克。艾瑞克嘀咕了一句：无非饮品而已，喜欢喝啥就喝啥呗。

艾成子的眉头仿佛钤上了一方朱印，没有理会儿子的话，他不想与儿子争执，儿子再不肖也属于家丑，外人面前总该给儿子留一点颜面。

艾成子起身在挂满钟馗画像的墙壁前来回走了两趟，最后取下一张六尺的钟馗捉鬼递给卡姆贝。卡姆贝第一次来辰溪斋，见面礼还是要有的。画中人物是钟馗，怒目圆睁，须发横生。卡姆贝连声叫好，一再鞠躬致谢。艾瑞克拉了拉她的衣袖，说不要打扰父亲作画了，卡姆贝这才恋恋不舍跟着艾瑞克离开了画室。

回到车库，艾瑞克告诉卡姆贝把这张钟馗捉鬼画放档案袋里收藏，不要经常触碰。卡姆贝问为什么，艾瑞克说画中这个红胡子人物厉害，小心跳出来伤了你。卡姆贝笑了，知道艾瑞克在开玩笑，拥吻了艾瑞克后，带着那幅画高高兴兴回学校去了。送走卡姆贝,双手插兜站在车库门口溜达的艾瑞克,忽然听到楼上传来一声茶杯破碎的声音,声音很大,像手雷爆炸。

他知道,父亲生气了,而且是生大气!

4

艾成子觉得劝说瑞克还得请凌四平出山,凌四平不仅是院长,还是瑞克的老师,老师的话瑞克总该听吧。他在电话里说:老同学你来辰溪斋一趟,我给你画了幅丈二山水。凌四平是个聪明人,说艾兄一定有事找我,我去就是了,别拿丈二山水钓我。

艾成子的朋友圈如同一个流浪女人头上枯萎的花环,没有任何蓬勃气象,常联系的人除了燕子就是凌四平。身为领导的凌四平对老同学很关照,艾成子的国画鉴赏选修课能在美院开下去,凌四平功不可没。凌四平有次问他,说你反感瑞克的油画,为什么却能包容我的书法?艾成子回答说,同类和异类,两者岂能相提并论。

西装革履的凌四平如约来到辰溪斋。凌四平与艾成子的交往中,多数时候是艾成子去凌家,到凌家可以混一顿吃喝,凌四平来辰溪斋很少,他认为艾成子家缺少烟火气,素得有些过头。因为院长身份所系,凌四平十分注重仪表,长发背头纹丝不乱,永远不变的白衬衣、红领带,显得精神抖擞。艾瑞克留学归来在 698D 座举办个人画展时,作为瑞克老师的凌四平还去站台并致辞,可见凌四平与这对父子关系都不错。凌四平见艾成子一副愁容蜷缩在藤椅上,知道又生瑞克气了,便笑着问:我的丈二山水呢?艾成子指了指画案。凌四平走过去欣赏了一番,道:好画!《千山红遍》名字也好,大气磅礴!

艾成子叹了口气说，天上有参商二星，此出彼没不能共悬于苍穹，地上有艾氏父子，相互抵牾无法共识于朱砂，对此我百思不得其解，我没做错什么呀，为什么会这样？

凌四平是个幽默的人，听到艾成子的抱怨微笑着说：我以为你为艾瑞克的恋爱问题而纠结，没想到还是父子关系这个老问题。

艾成子道：恋爱问题不是小事，你若能劝瑞克回心转意，我给你画十张丈二山水。

凌四平道：未来的事就交给未来吧，你不用杞人忧天。

那么，你劝劝瑞克，让他正确看待朱砂画。

凌四平摇摇头：你为什么非要改变瑞克呢？瑞克有瑞克的思想。

他是我的儿子，子不改父之志这是古训呀！艾成子提高了声调，很显然，他对凌四平的疑问不理解，瑞克要不是自己的儿子，何至于如此纠结。

所有的叛逆都是从撕裂父子关系开始，凌四平抬手理了理原本整齐的头发颇有感慨地说，我理解弗洛伊德说的话了，父子斗争是人类历史的一种恒长现象，这句名言在你和瑞克身上再次得到验证。

艾成子说：我就不明白，出国留学前瑞克还不是这样，三年归来就碾子不是碾子、缸也不是缸了。

这不奇怪，凌四平说，瑞克这代人不像我们满肚子豆汁油条，他们吃的是奶酪面包，对传统缺少认同。我家凌琳也是这样，读了中医药大学，却对中医不感兴趣，我问她为什么会这样，凌琳告诉我，他们大学的教授有七成是学西医的，中医药只是留在名字上而已，其实早就该更名为医科大学。凌琳是凌四平的独生女，在中医药大学读博，搞生物制药研究，她对中医的观点曾发布在个人微博上，尖锐的观点使她成了拥有众多粉丝的网红。

凌四平说到凌琳，让艾成子松了一口气，看来遇到此类问题的不止自己一人。他说：我总觉得和瑞克之间存在着一道看不见的海沟，一道马里亚纳海沟。

我理解你的感受，凌四平说，要我说原因在你身上，种下西葫芦却梦想着收获大豆，这才是症结所在。

你是说我不该送他出去留学？

送孩子出国留学是潮流，尤其搞油画的不出去怎么行？问题是你的期望定位存在问题。

艾成子道：对油画我不排斥，欧洲古典主义那些经典作品我超喜欢，但我实在看不上那些胡乱涂抹几下就是油画的所谓艺术，那不是正路。

凌四平又摇了摇头，摇头似乎成了这位资深院长的经典动作。艾兄你可不能这样说，艺术的正路与歧路谁有资格鉴定？美术流派各有所长，对于自己无法接受的东西，沉默是最佳选择。凌四平说话办事从来都是保持一种中和态度，不轻易肯定什么，也不盲目批判什么，他认为艺术这种东西没有唯一评价标准，褒贬须谨慎。

艾成子喘着粗气道：艺术堕落就堕落在你这样的人身上，揣着明白当糊涂一概和稀泥，缺少最基本的批判精神，你可知道你当院长的态度暧昧，就是对艺术异端的默许纵容！

凌四平并不生气：你看看，火气朝我身上喷了不是，我可是你请来的消防队，你把我喷跑了谁给你灭火？

艾成子拱拱手。凌四平的话没错，请人家来不是当出气筒。他叹了口气道：这些牢骚不和你发还能和谁发？谁让你是我的领导呢？

凌四平仰面望着天花板想了想：想让瑞克接受你的朱砂画，你需要过一道火焰山。

什么火焰山？艾成子问。

市场。凌四平道，朱砂画行情如果比瑞克的油画好，问题就迎刃而解了，很可惜现实不是这样，一个打不开市场的前辈给一个如日中天的年轻人讲大道理，就像一个炒股赔得一塌糊涂的人给别人讲股市谋略，这不是很滑稽吗？

你在侮辱我？艾成子说。

这是现实，美术标准的话语权被另一只手把持，他们说烂泥巴大雅，你的泥人张就是俗套，业内人谁都懂，但谁也不把皇帝的新装说破。要知道，当大家都为马戏团小丑喝彩时，主角已经贬值。

艾成子搓着两只手道：瑞克认准一个理儿说朱砂有毒，还说红色的东西与血有关，看着发怵。他不明白，朱砂火煅之后才有小量毒性，作画没什么伤害。艾成子在说到瑞克时流露出一种复杂的情感，一张棱角分明的脸阴晴交汇在一起，肌肉有些扭曲。他盯着自己的圆口布鞋道：如果时光倒流五载，我绝不会送他出去，是我把他送上了一艘不该上的船。

凌四平不同意他的看法：你该面对现实，艾兄，在市场的风浪里博弈，年轻人比我们更有优势，他们更会炒作。

炒作？艾成子心里一紧，他一向鄙视炒作，凌四平抬高炒作激起他内心一种根深蒂固的反感，他爆出一句粗话：对于艺术来说，炒作就是荡妇的子宫！

凌四平被艾成子这个比喻逗笑了，指了指艾成子的脑门说：发牢骚没用，识时务者为俊杰。

你知道，这不是我想要的，瑞克纵使赚一家银行回来又有什么意义？失了根本只能是一片漂筏。艾成子几乎要落下泪来，瑞克寻找各种理由排斥他引以为豪的朱砂，老同学凌四平对瑞克艺术态度上的迁就，让他感到一种挥之不去的孤独感。

你和瑞克谁都没有错，你有你的合理性，瑞克有瑞克的合理性，但两个无法重合的合理性碰到一起，就产生了冲突，除非一方做出妥协。凌四平说话充满理性。

艾成子咀嚼着凌四平刚才的话，半天没吭声，应该说，凌四平的话不无道理。

见艾成子不说话，凌四平起身再次来到画案前，端详着那幅画好的《千山红遍》说：这幅画气势非凡，色彩极具冲击力，你给苍茫群山赋予了灵魂，给江河注入了血液，这不是一幅山水，更像一个久违的梦境。

艾成子心里很是激动，还是凌四平了解自己，这幅画在心里至少勾勒过三遍草图，胸有成竹之后才开笔。

凌四平看到落款有"成子写于辰溪"六字，好奇地问：以往落款都带个斋字，这次为什么要省略？辰溪不带斋字易生歧义，还以为你作于湖南怀化。

艾成子道：辰溪囿于斋内，无法恣肆山野，去了这斋字，朱砂红就能在天地间自由流淌。

凌四平转过身看着艾成子眼露惊喜之色：好呀，老古董开窍了。

你怎么也这样看我，我不是古董。艾成子马上辩解，他对别人称自己是老古董特别抵触。

古董未必就是贬义，凌四平说，这画我不能拿，你留在辰溪斋当镇宅之宝吧。

留在辰溪斋很可能也会属于学院，我想过，如果瑞克执迷不悟，百年之后储藏室这些画我都捐给美院。

那是未来的事，现在去想还为时过早。凌四平说，不要勉强瑞克了，实在不行的话，就带个研究生来传授你的朱砂画，院里给你调剂指标就是。

艾成子摇摇头：你说的调剂有施舍的味道，没人报考算了，强扭的瓜不甜。

凌四平告辞，艾成子送他到楼下，迎头碰见了从车库出来的艾瑞克。穿着脏兮兮背心短裤的艾瑞克笑嘻嘻地说：凌老师好，我先向您预约，到时候请您做我和卡姆贝的证婚人。

凌四平很绅士地点点头，上车离开了。

艾成子没有和儿子说话，回到辰溪斋坐在藤椅里假寐。他觉得眼前出现了一座大山，山上光秃秃的没有草木，没有雪，像个硕大无朋的坟丘。他睁开眼，心里纳闷儿，自己并没有睡着，假寐中怎么会有这样一座秃山？秃山代表什么呢？他忽然就想起了王安石那首《秃山》诗，诗中写两只猴子繁衍子孙，生生把一座草木繁盛的海上小山糟蹋成了不见绿色的秃山，诗的最后是这样四句：

嗟此海山中，

四顾无所投；

生生未云已，

岁晚将安谋？

他觉得自己就像诗中那只老猴，在为不可预知的未来发愁。

5

燕子来辰溪斋催画。

一提到朱砂画，燕子就觉得母亲比自己更欣赏这门独特的画艺。

有一次去国外看望母亲，燕子说到朱砂画行情一直没上来，弄得老画家在儿子面前挺没面子。母亲要过她的手机，一张张浏览朱砂画图片。母亲看得很认真，每一张都放大来看。看过后母亲评论说，这些画多像泣血而画。当时燕子吓了一跳，母亲为什么会有这种感觉？难怪瑞克不接受这些画，一幅画让人联想到血，审美过于残酷。燕子知道母亲的美术学养，便请母亲预料一下朱砂画前景，母亲沉思片刻说了四个字：否极泰来。母亲还问了作者的情况，对艾氏父子紧张关系表示了深深的担忧，在仔细看过艾成子的照片后，母亲引用了一句古诗：青青子佩，悠悠我思；纵我不往，子宁不来？这几句诗让燕子莫名其妙。

燕子走进辰溪斋的时候，拉着窗帘的画室显得幽暗不明，因为门敞开着，站在门口的燕子看到了藤椅上的艾成子，艾成子正盯着地上一盆绿植发呆，没有看见已经站在门口的燕子。燕子很好奇，地上的绿植是常见的一品红，有什么好端详的。燕子不知道艾成子在想什么，又不便打扰，就站在门口静静地望着这位心事重重的画家。燕子忽然觉得艾成子很慈祥，思考的神态极有韵味，国字脸清癯端庄，头发梳理有致，亚麻唐装熨烫得体，给人感觉家里一定有个精心侍弄他的好妻子，但实际上艾成子多年鳏居，家务全靠家政钟点工打理。

燕子手机发出一声短信提示音，艾成子这才发现站在门口的燕子。他招招手：对不起，刚才走神了，快请进。

燕子进来坐到另一张藤椅上，看着那盆一品红问：这盆绿植对您有什么特殊意义吗？

当然，艾成子道，这是卡姆贝送的，我在想她为什么要送盆一品红？原来艾成子在思考送花者的用意。

燕子觉得艾成子过于敏感，就是一盆随处可见的绿植嘛，也许在卡姆贝的国家一品红代表着吉祥和敬意，便说，卡姆贝也许没有多想。您也不必为此劳神。

画室很久没有添置新东西了，忽然多了一盆一品红，脑子就不自觉转起来，就像小猫会对家里陌生的东西嗅来嗅去一样，人也不能免俗。艾成子自我解嘲道。

对了，您认识一个叫左黎的女人吗？燕子问。

艾成子愣了一下，道：左黎是谁？

一个比您小几岁的女人。

艾成子想了想后摇摇头：不认识，记忆里没有过这个名字。

燕子松了口气，艾成子不认识母亲。在国外当她说艾成子父子关系不融洽时，她看到母亲原本明亮的脸上突然布满忧虑的浮云，加之母亲引用的那首古诗，她觉得母亲似乎认识艾成子，现在来看是自己多虑了。燕子换了话题问：我求的朱砂山水画完了吗？

艾成子拍了一下脑门：还没画呢，这几天老是走神。

燕子扶了扶眼镜框：朱砂是安神妙品，一个用朱砂作画的人应该凝神聚气、心无旁骛才是。

艾成子点点头：话是这么讲，可是一想到瑞克要娶个外国媳妇回家，我无法平静呵。

燕子把挎着的大布包放在膝盖上，并拢双腿转向艾成子，很认真地说：我想和您讨论一下这个问题，您对瑞克有意见是因为他找了个黑人女朋友吗？

艾成子很诚实，他没有必要对燕子说假话，叹了口气道：有这个因素，但不全是。

您大可不必这样，尊重瑞克的选择，放下某些执念，您会轻松一些。

燕子望着艾成子，她希望艾成子能听进自己的话，因为艾成子纠结的心情已经影响到创作。

艾成子盯着那盆一品红，好一会儿，声音低沉地说：我是真心好意。

如果瑞克不需要，您的好意就会成为他的负担。燕子柔声细语，说出的话像毛毛雨。

我也反思自己，但我没发现自己哪里错了，子不教父之过，艾成子道，我专攻的朱砂画是国粹传承，又不是旁门左道。

没人说朱砂画是旁门左道，我来催画就证明朱砂画有生命力。燕子安慰他。

艾成子瞭了一眼画案说，你若是着急，就把那幅《千山红遍》拿走吧。

艾成子告诉燕子，这幅画本来是为凌四平所作，凌四平是好朋友，关于朱砂画的评论写了六七篇，却从来没有张口求过画，这让他有些过意不去，便用心为凌四平画了这幅丈二山水，谁知画成后凌四平却不肯收。凌四平甚至这样说，我是院长，收你的画岂不是接受雅贿吗？就这样，这幅花三天三夜创作的丈二朱砂画，还原封不动地铺在画案上。

燕子起身到画案前一看。果然是一幅难得的好画，画面上红色的山峦气势雄伟，红色的云霓气象万千，红色的江水滔滔恣肆，红色的草木如火如荼，整个江山万里一片红。燕子道：都说墨分五色，没想到朱砂红能分七色，不，简直是变化万千！

你是能真正读懂朱砂画的人！艾成子颇为动情地说，我专攻朱砂画几十载，能看出朱分七色的你是第一人，凭这一点，这幅《千山红遍》就该属于你！

真的？燕子喜出望外。

红粉赠佳人嘛！艾成子把画折好，装进专用纸袋，提起毛笔在纸袋上写了燕子方家惠存六字，然后很有仪式感地双手递给燕子。

这一刻，燕子被感动了。接过画后，她向艾成子深深鞠了一躬，郑重地说：我不会像守财奴一样把画锁在卷柜里，我会让这幅画焕发出应有的祥瑞之光！

既然它已经属于你，就由你决定它的未来吧。艾成子泡了两杯猴魁，示意燕子坐下：我知道你本科是我们美院毕业，你的专业好像不是绘画吧？

我是学工艺美术的，燕子说，与绘画算近亲。

我总觉得我教过你，看来是一种幻觉了，幻觉这个东西很神奇。艾成子说的是实话，他有时会把燕子当成自己教过的学生，第一次见到燕子就有种似曾相识的感觉。

这是我们能成为忘年交的重要因素呵，燕子把那幅朱砂画抱在怀里，俏皮地说，有一种说法，今生的好友是前世缘分的延续。

艾成子笑了，是呵，我要是有你这样一个学生多好，我会教你朱砂画，然后把储藏室密码传给你。

他忽然想起了什么，问燕子：瑞克很在意你，他的油画也都是你经纪，你可不可以劝他接受传统绘画的理念和技法？

燕子摇摇头：这个很难，我不想改变任何艺术家的追求，包括您和瑞克，虽然我有自己的评价标准，但我反对强加于人。燕子实话直说。

可是，瑞克的艺术追求是条歧路呀，谁都看得出，但谁也不去阻止。

相对于现成的路而言，最初走的路都是歧路，但是不去走怎么能走出路来呢？燕子说，你想想，瑞克来到这个世界是自己想来的吗？不是，是您和阿姨强加于他的，当监护责任尽到后，您应该像放飞雏鹰一样赋予他自由，包括审美自由，他喜欢吃什么就自己去觅食，不要再强行把捉来的虫子塞到他嘴里，尽管您觉得那虫子是美食，但美食一旦走向填鸭就没有了滋味,甚至让人产生某种逆反心理。燕子语出惊人。

艾成子喉结上下动了几下,有话却没说出来,燕子的话像焰火,十分烫人,让他生出想用冷水洗一把脸的念头。是呵,瑞克无法选择自己的出生,也不能拒绝出国留学,主导这一切的都是自己,谁知主导来主导去,竟然主导出一个叛逆者。他又想到了秃山上那只老猴子,自己比那只猴子强不了多少。停顿了好一会儿,他才接着说:瑞克说朱砂有毒,以此否定朱砂画,那只不过是借口。

燕子点了点头:这一点我同意,朱砂只是瑞克发表观点的一个借口,借口背后是你们父子之间存在短路,缺乏沟通。

辰溪斋的光线过于暗淡,燕子又戴着太阳镜,便问为什么白天窗户还要拉着窗帘,窗帘不拉开,室内只能借助灯光照明。艾成子过去拉开窗帘,但没有全开,只是拉开了一半。他说:灯光是黑暗的修饰者,灯光下作画会隐去某些本质缺欠。一句话让燕子茅塞顿开,她明白了为什么许多会议都要拉严窗帘在灯光下开,原来灯光会美化人的形象,而自然光却会暴露人的缺点。

艾成子说,我拉上窗帘还有个目的,是我不想看到瑞克那些朋友,眼不见心不烦。

为什么不愿意见瑞克的朋友?据我所知,他们都是美术圈里的人呀,燕子不解地问。

也没有大不了的原因,就是看不惯,女孩子把头发染成蓝色,男孩子戴着耳环,有一个瘦高的小伙子还文了身,文身只适合体态稍胖的人,瘦子不要文身,这点常识都没有还搞什么艺术?我不是思想保守,我觉得靠扮酷来吸引眼球走不远。

艾成子能说出扮酷一词说明接受能力很强,燕子想,这个年龄的教授看不惯年轻人某些装扮也在情理之中。艾成子这个身怀绝技的大画家像一个行走的谜，给人一种独来独往的神秘感，她忽然生出一种钻进艾成子内心世界窥视一番的想法，任何刻意屏蔽自己的人内心一定有故事。

燕子说，搞艺术的注重彰显形象符号不奇怪，有人说艺术家要么长头发，要么没头发，瑞克朋友圈里有这类人很正常。

标新立异是空虚的体现，绘画最终比的是功力而不是形象符号，艾成子说。

总之，您应该留意年轻人对您的评价，朱砂画最终要由年轻人来欣赏。

燕子的话启发了艾成子，他两臂交叉抱在胸前问：你怎么评价我？

这又是一个难题，燕子脱口道，我还在体会，将来再回答您。

燕子点燃一支烟，很优雅地吸了几口，吐出一串蓝色的烟圈。艾成子不吸烟，但他觉得燕子的烟非但不呛人，甚至很好闻，有一种清凉的薄荷香。

6

艾瑞克告诉父亲要结婚，是在父亲发现了他和卡姆贝同居之后。

他是早餐前来车库的，儿子一日三餐叫外卖，不用他忙碌早餐。敲了敲门，没想到开门的是卡姆贝。卡姆贝穿着比基尼，身材如同巧克力塑成的一样。他愣住了，卡姆贝却没有丝毫羞怯，揉着眼睛问：有事吗？爸爸。

这声爸爸让艾成子如同遭到雷击，差点仰面躺回去。他注意到车库里不知何时摆了一张双人床，艾瑞克的头正埋在枕下酣睡。艾瑞克从小睡觉喜欢把头埋起来，这是一个无法纠正的坏习惯，问他为什么要埋起来，瑞克说是保护自己。艾成子不想和穿着比基尼的卡姆贝多说话，他对卡姆贝称呼自己爸爸也很不适应，这个称呼似乎带着芒刺。等瑞克睡醒了让他上楼找我，我有事找他，他说。

卡姆贝说：瑞克太缠人，昨夜又睡得晚，恐怕一时叫不醒。

艾成子没有再说什么，他感到有座火焰山开始热浪滚滚，扭头快步回到楼上。

他没有吃早饭，烤红薯放进微波炉却忘记了加热。他走进画室，铺上宣纸，饱蘸朱砂憋住气画了一个人物，是红须红脸红袍的钟馗，与满纸朱砂红不太协调的是，这一次，钟馗手中提着一个小妖，小妖用淡墨勾勒，一眼便可辨出是个女妖。

艾成子把那盆一品红搬到走廊，然后坐在藤椅上呼呼喘粗气。他忽然想，要是燕子在这里就好了，他很想抽一支烟，一支燕子的烟。

很久，尚未洗漱、戗毛戗刺的艾瑞克抻着懒腰走上楼来。

艾成子压着心头的火气质问：你们同居了？

艾瑞克揉着眼睛点点头。

可是你们还没有登记呀！艾成子提高了声音。

艾瑞克扑哧一声笑了：您这是旧观念。

艾成子眼睛一瞪：新观念就可以胡搞吗？！

爸，同居不是胡搞，同居是当下许多年轻人选择的一种生活方式，口头契约，双方遵守，您诋毁它只能说明您已经疏离这个时代了。

胡说！艾成子拍了一下画案，你们要是想在一起住，就正大光明去登记做合法夫妻，这是文明社会的体现！

爸，我们已经在南非注册了，不过我认为这是我俩的私事，没有必要公之于众。

在南非注册？艾成子张大了嘴，一时无话可说。

这时，卡姆贝上楼了，站在门口看着那盆一品红道：这是我送您的植物模特，您怎么放到这里了？爸爸。

植物模特？你想让我画一品红？艾成子问。

是呵，同样的叶子却有红有绿，很入您的画。卡姆贝把那盆一品红又抱回了画室。

瑞克说：既然爸爸不喜欢，你就别往室内搬了。卡姆贝却说：爸爸没有说不喜欢，这盆绿植一直是摆在画室中央的。艾成子道：搬进来吧，我喜欢它的红叶，有朱砂红的味道。艾瑞克抓住机会马上跟进道：一品红和朱砂有相似之处，这也是卡姆贝的一点心意。对了，叫我有事吗？

当然有事，艾成子说。但艾成子没有马上切入正题，当着卡姆贝的面他不能信口开河，他沉吟再三，觉得还是把话说开好：我建议你们改变当前的生活方式，车库虽说改成工作室，但终归不能当洞房，你们现在这样生活，会给人一种十分随意的感觉，我、同事，还有邻居们都不会接受这种生活方式。

艾瑞克抱着肩膀说：自己的生活方式为什么要别人接受？不过既然您提到了这个问题，我要正式向您禀告，我和卡姆贝准备下个月结婚。

什么？艾成子几乎不相信自己的耳朵。瑞克做的每一件事都出其不意。下个月结婚，家里一点准备没有，礼仪公司，婚宴酒店，需要请的宾客，还有房间装修，等等，这些都不是小事。他惊讶地说：一点准备没有，太突然了吧。

我们已经准备好了，瑞克若无其事地说，我们准备在698D座举办一次画展，在画展开幕式上宣布我们结婚的消息，画展开幕式结束，请嘉宾到饭店参加自助冷餐会，第二天，画展委托给燕子姐，我俩启程飞巴黎度蜜月，巴黎的旅馆已在网上搞定。对了，我们婚礼策划人是燕子。

这真是别开生面的婚礼。艾成子觉得大脑里一片狼藉，当父亲的竟然成了儿子婚礼局外人，这叫他情何以堪。

去巴黎度蜜月我不反对，可是，婚礼必要的仪式不能少，办喜事要有喜事的规程，规程就是礼仪，是不可或缺的仪式感。与艾瑞克语言的简练相比，艾成子显得有些啰唆。

卡姆贝插话说：我们去巴黎还有一个目的，将参加那里一场大型艺术品拍卖会，瑞克有一幅新作计划参与此次拍卖。

艾成子并不关心哪一幅新作参拍，在他看来，瑞克穿着短裤在车库里创作的那些作品大都一个面孔，严格来说那种布面丙烯与传统意义油画是有区别的。他看过瑞克一幅叫《葵花》的油画，画面上是一片成熟的、朝向不一的葵花，花盘上花已经脱落过半，露出黑黑的葵花子，整个画面给人一种蔫头耷脑的感觉。当时他问瑞克，画葵花应该画出葵花的趋阳性，葵花朵朵向阳开嘛。瑞克不这么看，说葵花成熟后就不会跟着太阳转了，会低头感恩大地，只有那些渴望成熟的花盘才挺直了脖颈跟着太阳转。他觉得瑞克做的一切、包括这次画展婚礼，都像一个玩笑。

那么，需要我这个做父亲的做点什么？他问。如果瑞克提出需要一笔钱，他会加倍满足儿子的要求，他不是个吝啬之人，近些年他似乎明白了一个道理，改变一个人步伐的，往往是腰包。

您出面邀请一下四平叔吧，请他当证婚人，这件事对于您来说应该不是难事，瑞克说。瑞克知道父亲和凌四平的关系，其实自己已经邀请过了，既然父亲表达了这种意愿，他想给父亲一个顺水人情。

这不是问题，艾成子说，还有其他吗？艾成子几乎是在提示了。

没有了，瑞克说，其他一切我们自己都能搞定。

艾成子感到一种突然降临的失落，像从高处忽然坠下，这是年轻时在梦里常有的感觉，进入中年后这种坠落之梦就不再做了，不想今日会在大白天重现这一感觉。他觉得儿子像脱离藤蔓的瓜，和自己挂碍不再，儿子有了自己的世界，一个他感到陌生而又离奇的世界。

作为父亲，我总该有所表示吧？艾成子望着卡姆贝道：你说，需要我做点什么？

卡姆贝笑了笑，露出亮晶晶一排白牙。她看到了画案上那幅人物画，走过去端详了一会儿说：我想要这幅画，可以吗？

艾成子心里一阵狂跳，卡姆贝想要的这幅画是自己刚才赌气之作，其中有反感卡姆贝的意味，即或卡姆贝没看出来，瑞克也会心知肚明。果然，瑞克瞥了一眼画中的钟馗，对卡姆贝说：这是一幅捉妖图，过去当门神贴的，你若是想要，可以让爸爸再画一幅，比如画一幅一品红。

卡姆贝摇摇头：适合，我喜欢这个人物，他的红胡须像帝王花一样美丽。

艾成子点点头，将画折叠好，装入辰溪斋专用大信封递给卡姆贝，同时用戏谑的目光瞄了瑞克一眼。

卡姆贝很高兴，举起信封吻了吻，道：谢谢爸爸的礼物，它属于我，也属于每一个欣赏它的人。

艾成子愣了一下，不知道卡姆贝为什么会这样说。

7

艾瑞克的婚礼像过山车一样呼啸而至。车库同居已经没有劝说的必要，因为在南非注册同样意味着婚姻的合法。对瑞克这场突如其来的爱情，艾成子如同面对一个陌生的电饭煲，不小心揭开盖子时一锅生米已经成了熟饭。瑞克全力忙碌布展，他把画展看得比婚礼重要。自从定下了婚期，艾瑞克和卡姆贝不再睡懒觉，一大早就会去 698D 座。艾成子办过画展，知道那是一件很辛苦的工作。

清晨，草草吃过早餐的艾成子在楼下院子里踱步，看到瑞克和卡姆贝驾车离开，便鬼使神差地走进车库察看。车库里那张简易木床过窄，他想为瑞克定制一张欧式铁艺席梦思大床，算作结婚的礼物，瑞克没有购买婚房，也没有装修楼上的卧室，买一张新床还是有必要的。车库里太乱，地上满是乱堆乱放的杂物，床上被子也没有叠，垃圾桶中揉成团的废纸已经成山，一管橘色的油彩掉在乳白色复合地板上，不小心被谁踩了一脚，如同一只被踩烂的橘子。在支起的画板上，艾成子看到了一幅没有完成的作品，画面上是一个穿白色唐装倒背着手的老人，头发花白稀疏，赭黄色的方形脸上还没有画五官，老者身后是一群穿同样衣服的人，一样的方脸，都没有画五官。艾成子摇摇头，不知道瑞克为什么会这么画，因为尚没画五官，看不出画的是谁。车库里除了杂乱无章之外，还充斥着一种陌生的不知名的香水味，这应该是卡姆贝用的香水。他轻叹一口气扭头离开了。铁艺席梦思床没有买的必要了，他觉得这两个年轻人不会喜欢，事情往往就是这样，习惯了肮脏，就会仇视清洁，视所有的卫生为洁癖。

回到辰溪斋，他挥笔又画了一张钟馗，与上次画钟馗不同，这次下笔总是犹豫，画出的线条怎么看都觉得不如意，便将画作揉成一团扔进纸篓，重新铺上一张生宣。艾成子人物画一般用熟宣，熟宣经过特殊处理，能保持线条和色彩的原形，之所以换成生宣，是因为生宣在浸透上有意料不到的效果，他把生宣作画的效果称为窑变。在生宣上画完第二张钟馗，他觉得胸口有一口气呼了出来，便放下笔，坐在藤椅上休息。想起瑞克说过，他们去巴黎度蜜月期间画展交由燕子打理，而且婚礼的策划人就是燕子，看来燕子不仅是瑞克婚礼的策划者，而且很可能是画展所有作品的买断者。他觉得燕子不应该守口如瓶，他视燕子为忘年交，燕子至少应该知会他一声。

他拨通了燕子的电话，请燕子来辰溪斋一趟。电话里燕子很高兴，说艾先生呀，和您交往这么久，您主动约我还是第一次，我好兴奋！

很快，燕子开车来了，还抱着一个大花束，清一色的百合。艾成子一开门，燕子便把花束送到他怀里，微笑着说：向您道喜了，百年好合！燕子戴着太阳镜，艾成子看不到镜片后的目光，但从燕子的声音判断，镜片后一定是双楚楚动人的明眸。

艾成子知道鲜花是因瑞克大婚而献，便接过花，把燕子让到屋内：您带花来，我好意外。

燕子说：总算找到一个送花的理由，今天早上我耳朵发热，第六感告诉我，您会给我打电话。

艾成子道：好聪明的丫头，知道我有解不开的难题问你。

燕子走到窗前，一把拉开窗帘，望着窗外的街景，背对着艾成子道：说吧，想问什么？

其实，问题也不难，我想不明白，为什么瑞克能将婚姻大事和你商议，却不肯告诉我？

燕子没有转身，对着窗子道：因为瑞克信任我，他的作品、他的婚姻策划交给我经纪，他和卡姆贝放心。

你和我也很熟，就不能透露一点消息给我？我是瑞克的父亲。

不能。燕子态度很肯定，我对瑞克承诺要保密，包括对您。

艾成子躬坐在画案前，双手托着下巴，他忽然感到自己好可怜，在此之前，他曾因有燕子这样一位好朋友而感到心有慰藉，和瑞克产生隔阂后，至少有个可以敞开心扉说说话的人，现在来看，燕子和瑞克走得更近。宣纸上的钟馗怒焰燃烧，胡须几乎是奓开的，刚才他在作画时，几乎把所有的力气都用在了画胡须上，而且是浓墨枯笔，力道十足，他知道，想表现一个男人的雄性特征，非胡须莫属。

不得不说，你策划的婚礼前无古人。艾成子还是肯定了燕子，燕子的创意符合瑞克的性格和追求，试想，如果瑞克举办一个中规中矩的传统婚礼，一定会有那道东北名菜——乱炖的味道。

说实话，这么策划也考虑了您的因素，对你们父子间那道无形的海沟我心里清楚，我想做一个架桥者，为您做点事情，你们父子这种关系需要一种双方都不感到尴尬的婚礼，在婚礼上您不必致辞，也不需要接受鞠躬礼。

不得不说燕子想问题很周到，艾成子想，这种不落俗套的婚礼形式是为他们父子量身定制，如果真让自己在瑞克这种跨国婚礼上致辞，他不知道说什么，事实上自己现在还不知道卡姆贝的父母姓甚名谁，也不知道卡姆贝有几个兄弟姐妹。他觉得自己是个旁观者，瑞克的事似乎与自己无关。

还有一个问题我想不明白，瑞克和卡姆贝为什么宁可喜欢挤在脏兮兮的车库里，也不愿意到楼上卧室里住，车库那张旧木床大概是旧物市场淘来的，躺上去吱扭扭乱响。艾成子问了第二个问题，他想，与瑞克是同代人的燕子或许能解释这个问题。

为了一种境界。燕子转过身望着艾成子说，年轻人喜欢追求一种全新境界。

全新境界？艾成子一头雾水。

对了，就是刺激，如同年轻人喜欢吃麻辣烫，而你们不喜欢，这就是口味。想想看，一张吱吱乱响的木床，对你来说是噪音，可对于他们来说，就是男欢女爱的美妙伴奏。燕子说话直白，艾成子的脸颊瞬间变成了朱砂。

燕子并不显得羞涩，她接着说，很多条件优渥的人去丛林探险，去荒漠远足，为什么？就是追求一种体验，这是当下很流行的生活方式，有点像古代的竹林七贤，他们的做法看似古怪，却是一种人性的张扬与恣肆，目的是活得更加自我。

艾成子看着案头的钟馗肖像，眉头越皱越紧，突然一把扯起来，揉成一团，用力摔进废纸篓，然后道：不画人物了，人太复杂，还是画山水，唯有山水知我心！

知你者并非唯有山水，这个世界上没有谁注定孑然一身，量子理论已经证明了这一点。燕子安慰他道，就像您的朱砂画，虽然有人不喜欢，但我却十分看好，在我眼里您是一位必须仰视的大师。

艾成子苦笑了一下：虽然你这是安慰我，但我还是很愿意听，赞美是否廉价，要看听者是谁，对于喜欢听的人来说廉价的赞美也是难得的金句。

我说的是真话，因为我没有恭维您的必要。燕子说。

能告诉我你为什么看好朱砂画吗？艾成子问到了关键问题。

没有为什么，燕子说，就是喜欢，因为爱不应该设置前提，也不能有任何搭售，它是一种纯洁如甘泉的情感。燕子故意回避了母亲对朱砂画的预测。

艾成子想，要是瑞克也能像燕子这样该多好。当年一个叫曼莉的实习生，一个留学归来的女孩子，热情、开朗，浑身充满青春活力，也和燕子一样善解人意，那时他在画朱砂画的同时兼画粉画，在粉画圈小有名气。两人熟悉后，曼莉对朱砂画产生了浓厚兴趣，还主动为他做了一回人体模特。那是他第一次画女性人体，羞涩局促得像个大男孩儿，坐在画架前大汗淋漓，曼莉劝他放松，否则画出的曲线不会流畅。很可惜，曼莉后来离开了这座城市，像记忆中一道霞光，闪耀之后便不再浮现。他一直忘不了曼莉,那是他平生第一次画女性人体,那张粉画的复制品至今还挂在储藏室里,被他视为最宝贵的财富。这段经历他没有告诉任何人,是属于曼莉和他共同的秘密。

我也有不喜欢的东西,比如湖蓝色,人的情感变化往往会因为某个契机。燕子说。

湖蓝色?艾成子很惊奇。

我小时候去一家水族馆参观水下长廊,隔着玻璃观看各种大大小小的鱼,我看到一只美丽的水母向我游过来,水母像挂满流苏的花伞,忽上忽下,很是好看,我兴奋极了,想隔着玻璃摸摸浮动的水母,结果冷不丁碰在拱形的玻璃上,将额头碰起一个大包,此后,再看到湖蓝色就会产生一种脑震荡的感觉。燕子停顿了一下接着说,我和瑞克谈过,他对朱砂的反感似乎没有确切理由,如果有的话是在巴黎看过一部电影,电影很血腥,是反映东欧某国的故事片,观看这部电影之后他不再吃番茄酱。

瑞克从来没有说过这个原因。艾成子睁大了眼睛,在想那是一部什么影片,为什么会颠覆瑞克对朱砂的印象,瑞克小时候可不是这样?

您提的两个问题我都回答了,也许您不满意,但我还想说,接纳瑞克,将瑞克像雏鹰一样放飞,任他去自由翱翔。燕子从窗前回到藤椅处坐下,扶了扶太阳镜说,再说了,干预只能徒生烦恼。

那我岂不是失败者?艾成子像个解不开方程的小学生,显得心有不甘。

开始新的生活呀,您独身一人生活了十几年,这本身就是一个错误,生命毕竟只有一次。燕子劝人的话开诚布公。

不能这样下结论,艾成子说,你刚才说了,凡事都有个契机。

和瑞克好好谈谈吧,那是您的儿子。燕子说。

8

在瑞克举办婚礼之前,艾成子决定和儿子正式谈一次,这是凌四平和燕子都提出的建议。凌四平说父子之间还是要沟通,有障碍不怕,怕的是不能好好说话。燕子也说,放下老子身架,像朋友一样坐下聊聊天,低调并不理亏,观念这道墙虽然顽固,但也不是坚不可摧。这话打动了艾成子,他决定和瑞克正式谈一次话,为此他准备降低身段主动示弱。环境左右情绪,艾成子决定谈话地点不在辰溪斋,而是选在了一家高档商场内的咖啡店里。艾成子打电话给瑞克,说在某家品牌店为他定制了一套西装,希望来量一下尺码。瑞克说自己正要买套西装,定做会更合体。瑞克很少答应他什么,在定制西服方面能同意,这让艾成子心里很温暖。

艾成子提前赶到,在西装店做了安排后,来到约好的咖啡店坐下等候。他对咖啡不感兴趣,但这次却点了两杯咖啡。桌上有一本宣传册,是介绍美容整形的,他忽然就想到了瑞克的油画,那些画似乎可以和整形联系起来。正在有谱没谱地瞎想,瑞克来了,走路轻飘飘的,他竟然毫无察觉。

瑞克说:您怎么喝起咖啡了?瑞克对父亲的印象已经化石一样成形。父亲在喝茶上十分讲究,春夏喝绿茶,秋冬饮红茶,晚餐如果有肉,还要餐后喝一杯普洱。

我当年也迷恋过蓝山咖啡。艾成子回了一句,但马上就有些后悔,如果这么对战,聊天会无法继续,便缓了语气道,当年大学刚毕业,因为好奇就迷上了咖啡,但受条件所限,咖啡毕竟是奢侈品,后来就改喝茶了。

艾瑞克问:咖啡还是奢侈品?

当然。艾成子道,嗜好从来都受制于经济,当时工资不满百,没有讲究的条件。

艾瑞克眼睛忽然一亮：用朱砂做颜料也是这个原因吧？油画和粉画颜料大都进口，价格不菲，而朱砂却像煤矿一样可以开采。艾瑞克主动提到了朱砂，他似乎从父亲刚才的话里找到了困扰的原因，父亲用朱砂做颜料，是当初条件制约的结果。

朱砂可不便宜，比进口油画颜料还贵，艾成子说，之所以用朱砂，是为了画面不氧化，今天有些大师绘制唐卡还用朱砂，画面几百年不变色。

艾瑞克说：朱砂不变色的优点和缺点比起来，比重显得很小，用朱砂作画至少有三个坏处，一是含汞有毒，二是画面伤眼，三是联想暴力，这样的画被淘汰的命运不可逆转。

艾成子一股火在心底里被点燃，让胸腔变成了一个炉灶，脑子里沸水翻滚，仿佛能把所有的脑细胞煮熟。他努力控制住情绪，以免谈话不欢而散。他用僵硬的笑容掩饰住阴沉的脸色，指指桌上的酒单道：你看这上面有种朗姆酒，海明威的最爱，我呢，就像一个酿了一辈子朗姆酒的酿酒师，不可能再去改酿啤酒。朱砂这种古老的颜料，对于国人来说代表镇定、吉祥而非暴力与血腥，我觉得你的感受被一种惯性所误导。

艾瑞克摇摇头，这是我自己的认识，没有任何人误导我。

艾成子深吸一口气，想想来这之前打好的腹稿，平缓一下语气对艾瑞克说：爸爸以往对你关心不够，比如二楼储藏室不该禁止你进入，这一点我做得不对，喜爱一种艺术往往因为习惯，不让你接触这些优秀的国画，怎么会养成习惯呢？

艾瑞克的记忆跳回到中学时代，那时那间总是上锁的储藏室对他来说是个阿里巴巴山洞，里面一定藏着好看、好玩，甚至好吃的东西。当他向父亲提出想进去看看的时候，父亲那张国字脸瞬间变成了黑板让他心悸不已。他当时就想，一个没有窗户的黑屋子能装什么呢？在他对母亲有限的记忆里，不会忘记母亲对他说过的一句话，这句话是针对储藏室说的：那是一间见不得人的屋子。母亲走后，他常常想起这句话，他不理解母亲为什么会这样说，他知道储藏室里装满了画，画有什么见不得人的呢？一个画家画了画，不就是为了给人看吗？现在父亲提起这件事，瑞克觉得已经没有了谈论的必要，就冷冷地道：是的，我上中学时曾对那间屋子产生过好奇，后来很快就没兴趣了，因为我发现了更能吸引我的东西，这就是超现实主义油画。当然，我知道您对我的作品不能正视，那又能怎样？我是个不背行囊的旅行家，无拘无束，信马由缰，我的画作有一双上帝之手在牵引，这就足够了，所以我不会在意一个小小的、封闭的储藏室。

上帝之手？艾成子问。

是的，说得通俗一点就是市场。艾瑞克毫不隐晦，他喜欢用超现实主义的语言来表达自己的独到见解。艺术，失去了市场的牵引会成为弃子，只有与市场相拥抱才会成为时代的宠儿。

艾成子不同意瑞克的观点，但他没有反驳，他知道自己为了求同存异而来，一旦争论起来，此次见面将会不欢而散，自己所有的准备也就付诸东流。燕子的提醒就在耳边，要忍住性子，放低身段，低调并不理亏。

上帝之手在哪里我没有看到，艾成子说，但我从不排斥你所学习的西方艺术，很多人认为我守旧、排斥外来的东西，是个老古董，事实绝非如此，我年轻时画过粉画，而粉画不是我们传统的画法，它与水墨写意、工笔不同，是纯粹的西方画技，我的粉画作品参加过国展，而且还获得过金奖。艾成子努力寻找与瑞克的共振点，他希望这次谈话能成为父子关系的转折点。他接着说，对西方古典主义油画我敬佩有加，冬宫里的油画让我流连忘返，从中我感悟到很多心得。艾成子停顿了一下，话语出现转折：我主攻的朱砂画并不是传统画中的木乃伊，当时它是一种创新，今天它仍需要创新，一个不断创新的画法是有生命的，不会死掉，作为朱砂画的领军人物，我不想让这门独特画法因后继无人而消亡，希望它能成为美术界万绿丛中一点红。

艾成子讲得很动情，艾瑞克的眼神却像一只出来觅食的仓鼠不停地窜来窜去，忽然，这一对儿小仓鼠被粘在对面墙壁上，直勾勾地不再转动。艾成子顺着他的目光扭头一看，发现墙壁上挂着一幅小油画，画面上是一张女人夸张的红唇和一杯红酒。艾成子明白了，这是瑞克的作品。

作品的生命力是上帝赋予的，艾瑞克说，爸，我真希望你的粉画也能挂在咖啡店的墙上。

艾成子感到有一面墙倾倒过来，胸腔受到挤压。他索性闭目定神，担心一睁眼会有火舌从眼眶喷出来。艺术难道可以这样判断吗？一个受过高等教育的画家，竟然视市场为上帝，这是进步还是堕落？

我的画即使挂在咖啡店里，也不会以此为荣。艾成子还是回了一句。

当然，艾瑞克说，您更看重作品被挂在美术馆里。可我不一样，我看重的是实际，空想解决不了蜜月商务舱的机票问题。

看来，在艺术上瑞克的思路和自己很难找到交叉点，无论怎样扳道岔都徒劳无益，讨论这个问题已经没有意义。艾成子道：关于你和卡姆贝的事，既然事已至此，我也无话可说，只能祝愿你们恪守婚礼上彼此发出的誓言，恩爱一生，白头偕老。

让艾成子没有想到的是这样一句祝福话语竟然没有赢得瑞克的共鸣，瑞克摇摇头道：白头偕老是一句美好的祝福而已，谁也无法预料明天会发生什么，就像区区一个肯德基套餐就让卡姆贝走进了我的生活一样。偶然是生活的必然，变革是现实的常态，生活中越是信誓旦旦之人，越容易违背誓言，轻诺必然寡信，你的誓言超出了你的支付能力，誓言就成了一张无法兑现的空头支票。

艾成子心里的火势在减弱，面前的瑞克既是火上浇油者，又好似釜底抽薪人，刚才这句话深深刺痛了他。是呵，自己和妻子在婚礼上也许下过诺言，要执子之手与子偕老，但一个意外就令妻子毅然移民去了温哥华，和一个不懂汉语的爱尔兰人共筑爱巢。誓言自古就是软约束，孔圣人并不看重誓言的约束力，认为"要盟也，神不听"。但艾成子不是一个轻易被改变的人，尽管瑞克有些话不无道理，他想，瑞克观点的大前提是错误的，在错误前提下得出的结论哪怕有合理成分，在逻辑上也无法成立。他心生遗憾，一个本来可以互燃的话题却像落入泥水的引信，被生生浸灭了。

艾成子不再王顾左右，直接切入今天谈话的核心：瑞克你说实话，为什么不能接受朱砂画？

既然您要我说实话，那我就实话实说，我觉得朱砂画没有未来。

请告诉我一个理由。艾成子问。

艾瑞克道：古代城乡曾经流行一种皮影戏，那是一种老少咸宜的戏曲，宫廷里唱，大户人家办堂会唱，黎民百姓红白喜事也会唱。但二十世纪下半叶，皮影戏开始式微，进入信息时代后皮影戏几乎没人看了，影班也消失殆尽，那些曾经粉墨登场的驴皮影只能作为非遗项目保留在博物馆里，朱砂画就像皮影戏，其未来属于博物馆，其价值就是供后人研究。

艾成子叹了口气，看来，有一头头怪兽正在无情吞噬一切，有的东西被吞噬掉，就像洪流卷走落叶，逝者如斯。他在浙江有个姓冷的好友，是个鬶匠，细瓷牛眼钧瓷盏，样样做得精湛，几年前两人通电话，冷师傅在电话里感慨，作为全县最后一个鬶匠，他将来只能去给阎王殿锔盆锔碗了。艾成子为此伤感了好几天，专门用朱砂画了一幅鬶匠图快递给冷师傅。这门手艺的消失就像被一头怪兽吞噬一样，碎骨头都没能剩下。

我对朱砂画不像你那么悲观，我身边的凌院长、燕子都看好朱砂画，其实，你若能仔细嗅嗅朱砂的气味，认真看看朱砂在生宣上浸染出的不同层次，用心感悟一下朱砂蕴含的意象信息，你也许会重新认识朱砂画。当然，我也知道市场对艺术的巨大影响力，艺术有时需要去适应，但适应不应该以损害自身本质为代价。艾成子说出这番话的时候，知道瑞克会强烈反驳，但他还是要说，瑞克现在听不进去，也许将来会明白，艺术的魅力最终来自艺术家的创造而不是那头虚拟存在的怪兽。

令艾成子感到意外的是瑞克没有反驳这句话。瑞克说：您能认识市场的作用我有点意外，凌老师说市场是火焰山，我觉得市场是上帝，我们都清楚，上帝在毁灭一些东西，也在催生一些东西，有灭就有生，这是自然规律。

那么，什么力量可以改变你？

上帝，艾瑞克说，能主宰我的只有上帝。

艾成子对瑞克将市场比喻成上帝的表述很不舒服，但他已经没有反驳的兴致。他感到右肋下在隐隐作痛，那是软肋的部位。他忽发奇想，如果在疼痛的皮肤上涂抹一些守宫砂会不会止痛？

瑞克起身道：去量尺码吧，我没猜错的话，这是您送我的新婚大礼。

艾成子点点头。

瑞克说，我接受这件礼物，尽管我可能不习惯穿这种正式西装，但我还是谢谢您，爸。

艾成子感到鼻子有点酸，起身和瑞克穿过一排琳琅满目的化妆品柜台，去了那间品牌西装店。西装店有个不伦不类的店名：蒙特卡丹。

9

还有三天就是瑞克的婚期。燕子开车来辰溪斋接艾成子,说瑞克和卡姆贝不在,正好利用这个空闲去检查一下布展情况。燕子说,您来至少是个态度,不一定非要提建议,权当老干部视察。

艾成子苦笑道:老子视察还要躲着儿子,这叫什么事?

燕子偷笑一声:没见过老子嫉妒儿子的。

我哪里是嫉妒,艾成子脸有些红,长叹一口气说,我是恨铁不成钢。

轿车马达声很轻,车内交谈不必放大声音,她用很小的声音说:有时候,铁不一定非要成钢,各有各的用处。

艾成子没有接话,他在想铁哪种用途比钢有用呢。直到燕子将车开到698D座门前,他也没想出来。

698D座这个废弃翻砂车间空阔通透,是办展的好场所,在裸露的红砖墙上挂起高雅的油画,会产生一种巨大的反差,如同泥淖里盛开的白莲,更有利观赏者聚焦。艾成子在燕子的引导下缓步观看着,在他眼里,墙上每一幅作品的主题都混淆杂糅,完全是油彩的任性涂抹。他问燕子:这些画真的好卖?

燕子点点头。

给我一个欣赏的理由。他说。

欣赏是不需要理由的,就像女人欣赏男人,说白了就是顺眼而已,只要是顺眼,年龄、相貌、才华、财富等等都无关紧要。

请举例说明。他觉得燕子的话有些夸大了顺眼的成分。

燕子想了想,突然望着他问:真让我举例?

当然,他说,任何观点都需要论证,这是做学问的方法。

那好，燕子说，比方我喜欢你，其实没有理由，就是因为顺眼。后来我分析过自己为什么会喜欢你，怎么分析也没有找到根据，除了顺眼再无其他，我总觉得自己在您的眸子里。

艾成子石桩般戳在那里，双眼望着燕子，燕子的话让他有一种大脑断片的感觉。哪里想到这个时尚文雅的女孩子会坦言喜欢自己。燕子虽然喜欢开玩笑，但这番话没有丝毫调侃的成分。

我们在谈瑞克的油画，怎么说到了我？他搪塞了一句，目光又投向墙上的油画。

燕子道：不介意我给您讲讲这些画吧？

他笑了：那当然好，说实话我对这些超现实主义作品了解不多。

在每一幅画作前，燕子都侃侃而谈，把画面上虚无的图案描绘成大千世界。此时，艾成子的大脑不是在接纳，而是在警惕和辨析，虚无中体现大千世界，这倒符合老子虚便是实的思想。老子在《道德经》中说"惚兮恍兮，其中有象；恍兮惚兮，其中有物；窈兮冥兮，其中有情"，如此看来，这些西画有什么理论上的建树呢？它突破的仅仅是画的色差和线条而已。但他没有打断燕子的解说，平心而论，燕子的讲解十分专业，像美院那些受过专业训练的讲师，三句话之内便会引用一句西方学者的名言，这种讲解往往会让年轻人目瞪口呆，但对于他来说，套路已经不新鲜了。

在墙的拐角处，燕子面对一幅油画停止了讲解，道：这是瑞克精心创作的一幅画，准备参加巴黎一个大型拍卖会，瑞克说在构思这幅画时连续两个夜晚失眠。这正是艾成子在车库看到的那幅油画，当时画还没完成，现在来看依然没有完成，画面上这个人一张方方正正的国字脸上没有五官，只是平塌塌一个轮廓，其他发型、衣着和自己的习惯很相似。这人身后是一群国字脸形人，同样没画五官，油画下端用汉字写着"我的父辈"。

艾成子顿时火冒三丈，很想一把将画扯下来。但他觉得又没有扯画的理由，自己为什么要和这张没有五官的脸对号入座呢？他不再往下看，也没有顾忌燕子，一甩手大步走出展厅。燕子第一次看到艾成子如此发火，紧跟着出来，拉着他来到对面一家咖啡屋小坐。燕子自己要了一杯咖啡，也没有征求意见便为他点了一杯绿茶。然后摘下太阳镜，双手托着下巴问：干吗发火？

艾成子虽然和燕子很熟，但近距离面对面看到燕子摘下太阳镜还是第一次，燕子明亮的双眸清澈灵动，让他的火气弱了下来。要是瑞克或者卡姆贝也有这样一双明眸会多好，他想，这双明眸会让一个暴躁的人在瞬间安静下来。燕子嘴角向上翘了翘。他忽然觉着这样凝视一个女性有些不礼貌，便把目光投向桌上的茶杯，叹了口气说：你知道人的五官代表什么吗？

燕子摇摇头，她确实知道得有限。

五官不仅仅是脸上器官，它还代表五行五神，五行五神则是灵魂和思想的体现，画一个人没有五官，说明这个人像僵尸一般没有灵魂和思想，很显然这是对人的高级黑。艾成子眼睛变得暗红，如同涂抹了朱砂。

现代派油画经常这样画，是一种抽象表达，有的还是变形和扭曲，不会是您想的那样吧。燕子也不敢确定，也许瑞克真的想表达某种不满。

在肖像画中，人的思想感情都体现在五官上，抹掉五官，就说明被描绘的人物没有思想感情。他有些激动，隔着桌面一把握住燕子的手：你说实话燕子，我像个没有五官的人吗？！

不是这个样子的，燕子说，您五官棱角分明，相信瑞克和卡姆贝也和我一样喜欢你，瑞克那幅画不是画您。

艾成子收回手，无奈地摇摇头，道："我的父辈"隐喻哪一个？

239

燕子劝他：那只是一幅画，是瑞克精心画的一幅画，瑞克想探索一种新的表达。

他双手捧着茶杯，却没有喝，目光有些散，喃喃地说：人的感觉从来不会欺骗自己，我不傻。

燕子觉得艾成子的样子好可怜，自和艾成子认识开始，艾成子在她的印象里是一个坚定的智者，无论相貌还是学识，燕子都觉得艾成子像座大山一样几乎完美，没想到，一座大山也会因为一条溪流而伤心，可见瑞克的叛逆已经成了艾成子的不治之症。燕子记得两人相识是在一次国学讲座上，当时艾成子在讲苏轼和瞿子冶，一位是宋代用朱砂画竹的大家，一位是清代用朱砂画竹的高手。艾成子把朱砂作画讲得出神入化，让她深深爱上了朱砂画。燕子曾对母亲说过，自己心头似乎被艾教授点上了一枚无法擦去的朱砂痣，没办法抹去。燕子一直经纪艾成子的朱砂画，尽管朱砂画行情不佳，但她不放弃，这其中当然包含着一份对艾成子的崇敬。

您太过于敏感，燕子说，您在欣赏瑞克作品的时候，不要以一个父亲的视角，要把瑞克当成一个画家，这样，您的感受会有所改变。

三天后就要举办婚礼了，来宾面对这幅画会怎么看？艾成子揉了揉眼睛：我成了一具空皮囊。雨果说过，人的内心世界反映在他的面孔上，我面孔一片酱色，内心世界也就成了柏杨说的酱缸，谁想到儿子会以这种方式来批判老子呢。

您不能这样揣摩瑞克，燕子说，你们之间虽然存在海沟，但水应该是清澈的。

清澈？他说，要看海沟里的水是怎么来的。

10

瑞克与卡姆贝的婚礼如期举行。开幕式兼婚礼的主持人是燕子。

这是一个独特的婚礼仪式,每个参加仪式的嘉宾脸上都显露出怪异的神情,相互窃窃私语。瑞克没有穿艾成子为他定制的那套藏蓝色西装,而是穿了一套纯白色的紧紧巴巴的新郎装,让他看上去更像一棵缺少光合作用的豆芽菜。卡姆贝也穿了一件白色连衣裙,衣服的乳白与肤色的黧黑形成鲜明的对比。婚礼上,凌四平的致辞很精彩。凌四平在任何场合的讲话都能左右逢源、滴水不漏。这是一大本事,艾成子想,这种不伦不类的婚礼最难讲话,艾成子甚至担心这话该如何讲,要是换了自己上去,会有种无从开口的感觉。但凌四平讲得很好,讲到巴黎,讲到约翰内斯堡,再讲到北京,还讲到了辰溪斋,艾成子几乎挑不出任何瑕疵。领导就是领导,领导的水平更多体现在讲话上。但在祝福瑞克和卡姆贝时,他对凌四平引用的一句诗却不敢苟同,凌四平说:两姓联姻,一堂缔约,良缘永结,匹配同称。艾成子知道这是民国时期结婚证书上的几句话,按理说凌四平引用于此也说得通,可是瑞克和卡姆贝能称得上匹配同称吗?

燕子的主持很有文艺范儿,艾成子第一次发现燕子还有主持人的天赋。燕子在主持时讲了一个艾成子十分赞同的观点:爱情的最高境界是成为一幅画,一幅名画。

燕子对凌四平致辞给了很高的评价,说凌四平能带出瑞克这样的学生是美院的骄傲。她还耗时三分钟介绍了艾成子,说艾成子对举办这次别开生面的画展十分关心,前天还专门来现场视察。艾成子知道,三分钟对于电视新闻意味着什么,在许多摄像头前介绍自己三分钟,这是把自己当大人物看待。

依程序，瑞克自己要讲几句话。瑞克的讲话和他的油画一样有点不伦不类，讲话中不时夹杂着英语和法语，艾成子不知道瑞克想表达什么，他只记住瑞克讲话时用了一句不知什么人的名言：我欠你的绘画真理，我将在画中告诉你。艾成子由此就想到了那张没有五官的《我的父辈》，这就是瑞克想告诉自己的真理吗？因为纠结于这句所谓名言的含义，艾成子无法集中注意力，接下来燕子和瑞克的对话，都成了耳旁风。

仪式结束，来宾开始欣赏画作。艾成子走过去拉起凌四平先去酒店。路上，凌四平错愕地问：这么早去酒店干吗？欣赏一下瑞克的作品多好。艾成子道：站了一上午够累的，再说看也看不出个门道。

午餐是自助冷餐会，还没有开，两人便在大堂茶座休息。凌四平道：瑞克大婚，按理你该讲几句，听燕子说你拒绝讲话，为什么？

我不知道该讲些什么。

婚礼嘛，无非是讲讲吉祥的好话，你不讲，瑞克没面子。

艾成子冷笑一声：瑞克还在乎面子？

凌四平摇摇头，父子俩犯得上这么死磕吗？怎么说瑞克也是新锐画家，未来的路很长，你可不能当绊脚石呵，我当院长多年，在教育年轻人方面最大的体会就是接受他们、鼓励他们、引导他们。

艾成子说：我看到了你的接受和鼓励，没看到你说的引导。

凌四平点点头：你说得对，不得不承认很多时候不是我们在引导年轻人，而是年轻人在引导我们，所以我也就顺其自然。

艾成子没有想到凌四平会接受自己的批评，顿时觉得这位当领导的老同学内心里也有些许不甘，改变不了现实只好随波逐流。他知道凌四平其实是有美术天赋的，上大学时天天捧着一本《芥子园画谱》苦读，发誓要成为开一代新风的大画家。但令艾成子奇怪的是，凌四平当了领导后开始迷恋书法，而且越写越往歪了写，在众人的一片叫好声里他的字越写越扭曲，几乎没有一个字是正的。艾成子问他为什么如此追求变异，汉字毕竟以规范为美。凌四平狡黠地笑笑说，我也不想往歪了写，可是不这么写业内不接受，我有啥办法？

临近中午，嘉宾们乘车来到酒店。瑞克挽着卡姆贝的手臂走过来说，他们已经买了机票，明天就去巴黎度假。艾成子说出国度假是大事，当父亲的不能没有表示，便从衣兜里掏出一张早已准备好的信用卡递给瑞克，说密码是瑞克的生日。瑞克没有接，说自己有钱，燕子将画展的画全部预售了，收入足够三次旅行结婚。凌四平笑了，道：瑞克呀，你这么炫耀让你家老爷子情何以堪？

爸爸的钱来之不易，我不能花，再说我的收入完全可以支持我们俩的新婚旅行。瑞克挺直了胸脯，收臀并腿，让艾成子忽然感到一棵豆芽菜被抻直的感觉。

这时，燕子过来叫大家过去用餐，艾成子收起信用卡，对凌四平说：走吧，去喝杯啤酒。

吃饭时，有个年轻人端着酒杯过来敬酒，夸瑞克的油画多么前卫，给人一种石破天惊的震撼。这个穿旧牛仔装戴近视镜的年轻人是个话痨，端着半杯红酒站在餐桌旁足足说了十多分钟。他尤其说到了《我的父辈》，说在他们这一代人眼里，五六十年代出生的父辈们都是扁平化的国字脸；说他的父亲是个退休干部，即使在家里也喜欢把衬衣风纪扣系上，什么事都搞得一本正经；说瑞克观察力相当敏锐，一张面庞反映了一个时代，给人一种一叶知秋、一石知山的睿智。艾成子有些听不下去，这样的场合又不好发作，便打断他的话问：您很专业，是美院老师？年轻人摇摇头，说自己是晚报专门跑文化口的记者，对油画并不是很内行，还说准备给这次画展出个专版，想请凌院长写个短评。凌四平指指艾成子说：找他呀，他是瑞克的父亲，还是朱砂画大师，父为子彰，再合适不过了。

记者望着艾成子问：可以吗？艾老师。

艾成子道：我也是一张国字脸，恐怕写出来也是扁平的。

记者一脸尴尬地站在那里。

11

瑞克和卡姆贝周日一早去了机场。两人除了行囊外，特意带上了那幅要参与拍卖的《我的父辈》，卡姆贝带上了那幅裱成画轴的《钟馗捉妖图》。

一连几天，艾成子都处于一种心绪杂乱的状态。他足不出户，长时间呆坐在画室阅读线装本的《芥子园画谱》。这本画谱是凌四平的，凌四平专攻书法后，这本民国版的线装画谱就送给了他。他很喜欢这本书，这本初级教材般的画谱似乎对注意力有一种黏合力，往往翻上几页，心绪便会理顺。但这几天他却有点心烦意乱翻不下去，瑞克这桩婚姻总给他不靠谱的感觉，他甚至担心从巴黎归来小两口就会各奔东西。

他忍不住就给凌四平打电话，说中午我去你家小酌几杯吧。

凌四平喜欢小酌，每每买到好酒就会给艾成子打电话约到家里对酌。凌家保姆是个很会做菜的湖南阿婆，擅长烹饪鱼头，艾成子到凌家赴宴，会顺路买一只新鲜花鲢鱼头，今天他没心思买鱼头，而是从酒柜里找出一瓶轩尼诗带上，为什么要带一瓶洋酒他也说不清，他想在今天向老同学诉说一件久储于心的旧事。

本来，他不想向任何人提起这件旧事，但在看到了儿子画的那张《我的父辈》后，内心无法平静，他知道，这五官只能靠自己画上去，而且要画得真实、不扭曲。

凌四平正在家中品茗恭候。艾成子一进门就说，咱俩今天开洋荤。凌四平指指餐桌道：艾兄有福气，凌琳送来一盒大闸蟹，正可佐酒。艾成子讪讪道：凌琳还有大闸蟹孝敬你，瑞克连个蟹腿都没买过，这就是差别。凌四平说，人家瑞克这次出国没要你的信用卡，省下的钱能买多少大闸蟹，你还不知足？两人坐定，凌四平看看酒标，打开酒往两个高脚杯中各倒了半杯，好奇地问：怎么想起喝洋酒，这酒你服？

喝一回试试，不服下次还喝老白汾就是。艾成子端起杯，在鼻子下嗅了嗅，轩尼诗有些艳香，没有老白汾那种清纯。

儿子儿媳一走，是不是觉得孤单啦？凌四平抱着肩膀，像赏画一样看着艾成子。

孤单这种东西是无聊的表现，我会无聊吗？我有朱砂可作画。艾成子放下酒杯，忽然变得神秘起来，小声道：这次来你家不光是为了喝酒，是有一件重要的旧事想告诉你。

凌四平差点被他逗笑，一件旧事，还重要，便装作认真的样子道：说吧，我洗耳恭听。

不行！艾成子端起杯，咱俩先喝酒。

凌四平也不催他，老同学加上老同事，交往几十载，彼此肠子有几道弯都清楚。他知道艾成子这个痴迷于国画的人制造不出什么秘密来，如果有，也一定与朱砂有关，因为每次喝酒，艾成子都会大讲特讲朱砂的故事，这些故事亦真亦幻，搞得他看到朱砂总觉着脑门冒仙气。

轩尼诗入口要比老白汾柔一些，不知不觉，一瓶750毫升的洋酒已经下去大半。艾成子的舌头有点打卷，目光开始迷离，他问凌四平：我知道你认可朱砂画是为了安慰我，其实心里并不喜欢，对吗？凌四平摇摇头：

我是真喜欢，不骗你。艾成子说：真喜欢的话，我给你画的《千山红遍》为啥不要？凌四平笑了笑：君子不掠人之美，那幅《千山红遍》你是下了功夫的，是朱砂画中的极品，我怎么能说拿就拿。

艾成子舒了口气说：给你你不要，现在想要也没有啦，此画我已送人。

凌四平也有了醉意：画送谁是你的权利，对了，你不是有件重要的旧事要告诉我吗？

艾成子喝了一大口酒，扭头看看厨房，厨房里阿婆正在包抄手，对外面的谈话毫不在意。艾成子转过脸，压低了声音说：你们觉得我就是块顽固不化的朱砂石，我说起多年前的一件事会吓死你！

凌四平睁大了双眼：啥意思？

我当年做的事，你无法想象。

你能做什么事，一根筋都在画上。凌四平觉得艾成子有点故弄玄虚。

艾成子的目光弥漫开来，是一种无法聚焦的散光。你知道我五音不全，但有一年同学聚会我却唱了一首歌，那是一首流行歌曲，你还记得吗？

凌四平摇摇头，他哪里会记得艾成子唱过歌，艾成子五音不全他有印象，因为四年大学生活没听艾成子唱过歌，他给艾成子下的结论是：这是一个从少年直接进入成年的人，根本不知青春为何物。

那首歌叫《曼莉》，我虽然唱得不好，但同学还是给我掌声了，因为我唱歌时流泪了，谁也没有权利讥笑一个自我感动的人，因为那是情感的真诚投入。

凌四平还是没有想起来，歉意地摇摇头，他知道，生活就是如此无情，在有些人心中视为圭臬的东西，在无关之人那里很可能分文不值。

知道我为什么唱《曼莉》吗？因为这首歌使我想起了自己作画的第一个模特，这个借调的模特也叫曼莉，当时，曼莉愿意给我免费做人体模特，让我画出一幅参加国展并获金奖的粉画，这对于我来说意义非同一般。这个容貌、体态都无可挑剔的曼莉后来出国了，她离开美院那天来找我，说她不留恋美院，只是舍不得离开我，因为她爱上了我，她说知道我已经结婚成家，为了不影响我的家庭，只能选择离开。

我们系没有借调过模特呀。凌四平觉得艾成子肯定搞错了，美院模特都是聘，不存在借调问题。

曼莉不是职业模特，是助教，她喜欢听我讲朱砂画，对朱砂画很入迷，劝我舍弃粉画，专攻朱砂。我们相熟后，她对我开玩笑，说如果我能专攻朱砂画，她愿意为我最后一张粉画做人体模特。

天下有这样劝人的？这是舍己劝人。凌四平将信将疑。

我敢对朱砂发誓，所言绝对不虚。艾成子信誓旦旦。

凌四平怎么也想不起美院有过这么一个助教，他不相信艾成子这个看上去油盐不进的士大夫竟有如此艳遇，一个漂亮女同事主动给他当人体模特。

那是我第一次近距离画女性人体，第一次，而且还是一个有血有肉、白璧无瑕的姑娘，能忘吗？艾成子声音有点高，厨房里包抄手的阿婆轻轻咳了一声，像是在提示，是呵，两个大学教授在饭桌上大谈女人人体，哪怕说者无心，听者也会难为情。

我实在想不起有这么一个助教。凌四平无论如何打捞记忆，结果还是一无所获。

想不起很正常。艾成子说，曼莉在美院只待了三个月，更确切地说是来美院实习，但我在心里从不把她当实习生对待，一个老师如果和实习生关系亲密，就逾越了道德底线，所以我说她是助教，曼莉是朱砂画的铁粉，我俩很谈得来。

她怎么会喜欢你的朱砂画？凌四平感到好奇。

曼莉没有说，可能与她的家庭有关，尽管她对自己的家庭从不多说，但一次聊天时她无意中说想回红安看看，说父亲是红安出来的，她还没有回去过。我说去红安又不是登月球，分分秒秒的事呵。她说回去找谁呢？家族的人当年都遇害了。说到这里她不再多说，由此我分析曼莉的父亲应该是从红安走出来的老干部，曼莉是化名，很多领导人的孩子都喜欢用化名。

她果真做了你的模特？

是的。艾成子脸色泛红，像涂了薄薄一层砂粉。我以她为模特的粉画参加国展并获了金奖。你知道这幅画，后来被美术馆收藏了。凌四平大脑在快速回放，想起艾成子有一幅水粉肖像画获奖，依稀记得画面上是一个裸体少女。忽然，他看到艾成子的眼睛在一点点变红，像两片一品红的叶子，泪水从发红的眼眶溢出，缓缓滑落下来。他知道艾成子动了真情，泪水证明这个故事绝非虚构。艾成子是个很轴的人，他的情感就像吝啬鬼的钱袋子，一向深藏不露，当年和夫人分手时都显得彬彬有礼，甚至亲自去机场送离异的夫人出国。如此看来，这个叫曼莉的姑娘肯定与他有一段刻骨铭心的往事，如果没有猜错的话，应该是一段婚外情。

看来艾兄对这个曼莉感情很深，是她的美打动了你？凌四平问。

确切地说是她的眼睛，我从没有见过那么摄人魂魄的眼睛，那双眼睛发出的目光能突破任何防线，哪怕你是一个牧师或僧侣，我当时感觉自己是被这种目光融化了，好像我成了她的模特，在她的目光里我几乎一丝不挂。凌四平听呆了，他一直以为艾成子是个对女人缺乏兴致的人，原来这家伙的内心有个无法比拟的榜样。他想象不出能把人融化掉的目光是什么样子，他也从来没有遇见过。

你和她发展到了什么程度，能说吗？凌四平觉得这个问题不该问，但又抑制不住，结果还是问了。

应该发生的都发生了。艾成子说完便陷入了回忆，抬起脸望着天花板上的水晶吊灯，往事像幻灯片一样在脑海里一张张映放着。那是一个周末，我们约好在我的画室创作，画室窗帘是三层遮光布，门也很严实，没有吊灯，有两盏落地灯，曼莉的胴体侧坐在折叠椅上，那是一个能烙进心坎的镜头，我很紧张，有一种做坏事的感觉，曼莉安慰了我几句，我才平静下来专心作画。画作完成的时候已经是凌晨，曼莉说这个时候她不能走了，因为一楼值班的老大爷可能起疑心。但画室里只有一张单人床，我们没有别的办法，只好挤在小床上睡上几个小时。当然你想象得到，我们根本无法入睡，你可能会鄙视我，但你无法理解，在某种环境下面对自己心仪的女人，我做不成柳下惠。

难以置信。凌四平摇摇头说，我承认艾兄形象不错，可是仅仅凭喜欢朱砂画，一个女孩子就献身于你，于理不通，于理不通呀。

这里有个插曲，是我让曼莉找到了自尊。艾成子的表情有一丝自豪。

什么插曲？凌四平的好奇心被调动起来，脖颈向前伸过来。

是这样，曼莉在大四假期里跟一位女画家学画，这位女画家是个特开放的女性，私生活一团糟。当时法律还有流氓罪，男女关系混乱是犯法行为，又碰上"严打"，这个女画家就出事了。老师出事，跟着学画的曼莉便来了麻烦，各种流言蜚语纠缠着她，她又无法自证清白，便格外苦恼。我们成为朋友后，她向我诉苦，我说这有何难？我有守宫砂，可证明你的清白，为你正名呀。她说怎么正名，我说我给你胳臂上点个守宫痣试试，守宫痣是处女的试金石。她便伸出嫩藕一样的胳臂让我点，我点了之后，守宫痣没有变化，我说你是清白的，那些不实之词可以休矣，因为至今你还守身如玉。她当时就流泪了，说她视贞洁如明月，可惜明月遭众污，既然已经没有人相信她守身如月，还不如把这明月馈赠给赏月之人。

所谓守宫痣是骗人的把戏，没有科学依据。凌四平将信将疑。

我也不信，那盒守宫砂是一个搞金石的老先生赠我的印泥，我想通过这个古方让曼莉卸下包袱，当我俩有了一夜缱绻后我用生命证明，那晚的确是曼莉的初夜。

凌四平身体前倾，右手托着下颌问：为什么要告诉我这些，这是属于你们俩的秘密？

我想告诉你，我尽管长着一张国字脸，但我也有血有肉，也有过青春，也活过激情四溢的日子！我的五官一直长在脸上，是立体的存在！艾成子声音变得大起来，话语中带着亢奋。当然，我也因此受到了生活的惩罚。妻子因为这事跟我分手了。

我理解，凌四平停顿了一下接着问，那么，后来你们还有联系吗？她现在怎么样？

分手了，就不要藕断丝连，我们一别两宽，各自开始新的生活。

她对你不会没有交代吧？凌四平想，感情如此之深，不可能一句交代的话不说就分手，这不符合常理。

她说了，说如果我心中有她，就把以她为模特的粉画作为收官之作，专攻朱砂画，她希望我成为朱砂画一代宗师。艾成子的眼圈再次泛红，喃喃地说，可惜我辜负了她，我的朱砂画备受冷落。

凌四平被感动了，把瓶中余酒倒出两个满杯，举杯对艾成子说：我好羡慕你，艾兄！

12

瑞克走后的辰溪斋像古刹一样寂寥。

午前的阳光正足，窗外几只灰喜鹊在法桐树上叽叽喳喳叫着。早晨艾成子洗漱时，发现洗脸池里有一只蟋蟀，因为池壁光滑，蟋蟀爬不上来，在洗脸池里转圈蹦跳。艾成子盯着洗脸池看了好一会儿，他想，如果再有一只蟋蟀就好了，他可以在盥洗室里观看蟋蟀角斗。最后，他把那只已经跳不动的蟋蟀捧出洗脸池，将它放生在画室里。他经常夜里听到画室里有蟋蟀叫，应该来自这个黑得发蓝的雄性蟋蟀。

上午，他想作画，却发现朱砂没有了，几天前他托燕子去买辰砂，一直没有回音，便拿起电话给燕子发了一条微信：朱砂没了。

他等燕子回信，没想到不大一会儿，楼下有汽车声，他拉开窗帘一看，是燕子。燕子一袭藕色波西米亚长裙，手里拎着一个鼓囊囊的大白布袋子。一上楼就问：闷了吧？

是朱砂没了，他说，当然，画不成画会有些闷。

燕子将白布袋放到画案上，画案上铺着毛毡，没有宣纸，燕子转身道：瑞克在家的时候看着不顺眼，心里烦；瑞克一走又觉得家里空，心里想。这不是自相矛盾吗？

我怎会想他？艾成子嘟囔了一句，声音却很小，像个出嘴即破的烟圈儿。

不要言不由衷，燕子说，我买了些卤菜，陪你喝点酒解解闷儿。

燕子把盛着卤鹅掌、鹅翅和鹅头的餐盒打开，才发现忘了买酒，想下楼去买，被艾成子拦着了。艾成子起身走到储藏室前，快速按下密码打开门，片刻，拎出一瓶红酒，微微笑了笑：08年木桐正牌。

您还藏酒？燕子如同发现了新大陆。

我只藏木桐酒庄的葡萄酒，主要是为了酒标，这些酒标都是大艺术家设计的。艾成子将红酒递给燕子。

燕子接过酒瓶，上面的酒标果然很有艺术美感，酒标如同一轮挂满葡萄的明月，从中间一分为二，亮出一只肥硕的绵羊。燕子感到奇怪，问：这种现代派的画面设计，按理说不是您的菜。

艾成子拿过酒瓶一边起酒一边说：你们怎么都这样看我，我不是一个守旧的人，我年轻时也开放过。话一出口，就意识到自己说多了，马上改口道：是解放不是开放，用词不当。

燕子没有在意，像艾成子这样的画家有资格炫耀一下过去，毕竟是自创一派的朱砂画大师。她记得母亲说过，宗师不能以收入来衡量，为此母亲还举了阿炳的例子，无锡的阿炳是公认的二胡演奏大师，可是离世前连买药的钱都成问题。艾成子斟上酒，凝视着杯中的酒，目光虔诚而柔和，一副思考重大问题的样子。艾成子的神态引起了燕子的注意，一杯红酒有什么观察的？虽然是名庄，不过也是一杯酒而已。燕子心里好笑，却感觉亲切，艾成子面庞有点希腊人的轮廓，尽管年近六旬，面部有了皱纹，但这些皱纹在别人脸上是沧桑，在艾成子脸上却是艺术，就像雕刻家刻刀精心雕刻出的一样，每一道皱纹都呈现出娴熟的铁线刀技。

艾成子发现了燕子在审视他，好奇地问：为什么这样看我？

燕子莞尔一笑：我发现人在思考的时候最可爱。

有什么可爱的，他轻轻摇了摇头，连亲生儿子都讨厌我，可爱在哪里？

燕子说：我是来陪你解闷儿的，我们说点开心话，来，我敬您一杯！

两人边喝边聊，聊到朱砂画的历史，聊到书画市场的无序，也聊到燕子为什么对婚姻不急不躁。在这些话题上，两人你唱我和，没有什么分歧。不过半个钟头，两人竟然喝光了一瓶木桐。燕子忽然道：坏了，我不能开车了。

那就酒醒后再走嘛。艾成子脸色潮红，目光明亮，木桐不愧是名庄佳酿，能怡情提神。

楼上有一间卧室，本来是给瑞克准备的新房，但瑞克不愿意住，你可以在那里休息，艾成子说，被褥都是新的。

我可不想住别人的新房，燕子开玩笑说，对于一个待字闺中的女性来说，新房是个值得期待的梦，须好好呵护才是。

艾成子点点头，这话他爱听。

燕子的目光在红酒的驱动下沿着画室白墙缓缓地游弋，最后定格在储藏室那扇防盗门上。

那间密室里都藏着什么秘密呢？燕子问。

他愣了一下，道：那里面确实有秘密，我不希望别人知晓，秘密公开示人或许会带来伤害。

为什么这么说？有些秘密可以和亲近的人共享。燕子的目光一直在储藏室防盗门上。

对此，我是有教训的。他说，你知道我前妻为什么要去国外吗？那时瑞克还小，需要母亲照顾，但她还是选择了离开，就因为她无意间走进了这间储藏室。当时储藏室的钥匙我放在抽屉里，她要找一样东西，无意间打开了储藏室的门，结果导致她离开了我。后来，我就换了一个密码锁。

燕子双手拄着下颌问：到底是怎么回事？

那里面有一幅粉画，那是我给一位姑娘画的人体画，是那幅获奖人体画的复制品，我前妻看到了这幅画后很平静地跟我说，我们分手吧。我问为什么，她说从画中姑娘的眼神里看出了画中人和作者存在暧昧关系。对此我无话可说，只能接受她的选择。当然，我们很体面地分手，她去了温哥华，后来嫁给了一个爱尔兰人，而我则选择了带着瑞克独自生活。

燕子更加疑惑不解：仅仅从画中人物的眼神就能得出这样的结论，让人怎么相信呢？

女人的感觉有一种神奇的力量，我承认她感觉是对的，我无法辩解，因为我和这个姑娘的确有过肌肤之亲，直到现在我每次进入储藏室，都会感觉她就站在我面前，我会情不自禁地屏住呼吸，感到心跳加速，血压上升。

您现在还爱着她？燕子被他的述说感染了，这是一个带有凄婉色彩的故事。

是忘不了，他说，储藏室密码锁的密码就是她的生日。当然，她现在何处我也不知道，相信她一定有了自己美满的生活，我无论如何不会去打扰她，我专攻朱砂画，就是对她最好的交代。

燕子的眼里盈上了泪水，艾成子真是太苦了，内心充满了煎熬。她说：我可不可以欣赏一下这幅画，想见识一下它怎么会有如此神奇的力量，一道目光就能解构一个家庭。

这个嘛，还是别看了。他说，如果说瑞克是我的一根软肋，这幅画就是我的一块心病，心病，只能等待自愈。

我是您的经纪人。燕子很执拗。

那也不行，原则不能破，再说，我已经失去了妻子，不能再失去你这个经纪人。艾成子的态度就像一块铁板。

这时，燕子手机响了，燕子拿起电话一看，自言自语说：境外打来的。

接通电话刚说了几句，燕子腾地站起来，大声让对方再说一遍，她拿电话的手开始抖动，手腕上一串战国红手链发出簌簌声响。艾成子看到燕子紧张的样子知道有大事发生，屏紧呼吸看着燕子，电话里在讲什么他听不清，但燕子的神态像一根橡皮筋把他的心系紧了。

电话打完。燕子一扬手将电话扔到画案上，脸红得像秋天的柿子，快步转到艾成子一侧，张开双臂冷不防一把抱住了他，将头扎进艾成子怀里。燕子的举动把艾成子吓傻了，一时两手不知放到何处，他感受到了燕子在轻轻抽泣。

出什么大事了？别怕，有我呢。他忽然间生出一种男人的责任感，女人的软弱是激发男人刚强的良药，没有哪一个真正的男人会对女人的哭泣无动于衷。

燕子松开手昂起头：我是为您高兴呀，您要火了，不，已经火了。

艾成子疑惑地问：我火了？

是呵。您还记得送我的《千山红遍》吗？我让瑞克带到巴黎参加拍卖，你想不到，这幅画拍出了本场拍卖最高价！

真的？艾成子不敢相信，不是愚人节的玩笑？

千真万确，刚才电话是瑞克打来的，卡姆贝带的那幅《钟馗捉妖图》也拍出去了，没想到瑞克那幅得意之作《我的父辈》却流拍了，瑞克心情很矛盾，电话里说，他需要重新认识您，重新认识朱砂画。

我想知道买家是谁？艾成子对于天价成交太感意外，怀疑这是微信时代流行的假消息。

国际上许多大宗买家身份都是保密的，这是隐私，不会高调宣示，对此您要理解，不管是谁买了去，都说明这幅画的价值，因为这样一个价格不会是起拍价，肯定是现场参与拍卖者举牌抬高的。

好一个神秘的买家！艾成子在回想那幅《千山红遍》，这张画原本要送给凌四平，凌四平是朱砂画忠实的拥趸，知音不能辜负，因此在创作这幅画时他暗藏玄机，将一座山峰画成了一个女性侧身剪影，这个剪影正是他记忆深处的曼莉，不过，他相信没人能发现这个伏笔。

拍卖这一行，成交才是硬道理。燕子说。

艾成子点点头，心里像闯进一只蜜獾，怂恿着他起身打转转儿。燕子问：您找什么？

酒，艾成子说，我们总该庆祝一下吧。

燕子笑着说，酒应该在您的储藏室里吧。艾成子拍了一下脑门儿，快步走向储藏室的防盗门。他没想到，燕子竟然跟了过来。他回过头，发现燕子恳切的目光正望着自己，他知道燕子想进去看看，他有些犹豫，燕子的目光有一种似曾相识的融化感，让他不得不缴械投降，他狠狠心说：在这个特殊的日子里，我索性破一回例吧。

燕子笑了，笑成一朵葵花。

门打开了，一股檀香飘出来，像幽暗中藏着美人。艾成子打开日光灯，侧一下身子道：请参观吧。

储藏室铺着浅色真丝地毯，踩上去十分柔软，室内无窗，三面墙壁用酸枝木打成精美的储物架，架子上摆放着一轴轴装裱好的画作，不用问，都是艾成子心爱的朱砂画。唯一一面没有打储物架的墙壁上，悬挂着一幅镶在玻璃框里的人体粉画，画的下面摆放着酸枝木半月台，上面是个波斯风格的黄铜花瓶，花瓶里插着一大束干花，清一色脱水的红玫瑰。燕子在环视了室内的摆设之后，站在半月台前欣赏那张人体粉画，藕色的衣裙碰落了几片干玫瑰花瓣。忽然，她啊了一声：天哪！猛地捂住了嘴，肩膀像触电一般抖动不止。

怎么了？艾成子吓了一跳，急切地问。

燕子捂着嘴跑出储藏室，接着又推门跑出画室，噔噔噔一直跑到楼下室外一株粗壮的法桐前，扶着树干抽泣不止。

艾成子匆匆跟出来，站在燕子身后问她到底怎么了。燕子转过身，眼中汩汩流着泪水，哽咽着说：如果我没看错的话，您就是我的父亲！

艾成子呆住了，好一会儿才问：你妈妈叫曼莉？

妈妈叫左黎，曼莉是学生时代用过的化名。

·作者简介·

老藤，本名滕贞甫，男，1963年生于山东即墨，中国作协全委会委员，辽宁省作家协会党组书记、主席。主要作品有长篇小说《腊头驿》《鼓掌》《刀兵过》《战国红》《樱花之旅》，小说集《熬鹰》《没有乌鸦的城市》《会殇》等。曾获中宣部五个一工程奖等奖项。

开绷直立

□ 林那北

一 窗户

窗户朝南面开了两扇，下方横着两道不锈钢条防止有人跌下，但这对陈清没有意义。

从春节起高干病房往来的人就一下子少了，消毒水的味道却比平日浓几倍。以前在医院里靠戴不戴口罩，就可以分辨出是否医护人员，现在已经不行，每个人都用白色或者淡蓝色的口罩把脸捂掉一半，剩两只眼警觉地留在外面，一听到有人咳嗽，马上就往旁退去几步。疫情虽然在这座城病例不多，但紧张度是一样的。

陈清躺在病床上，瘦得像根木棍，肉没了，皮直接贴住骨头，二者面积相差太大，如同一面大旗蒙在一枚小硬币上，皮只能皱巴巴地蜷起，无序地挤来挤去，挤出很多长短不一的纵横线条。其实身上那些皮怎么皱法并不能一眼看清，他罩着宽大的蓝白条子病号服，长裤长袖。但不是还有手掌吗？胳膊一东一西被拉成一条直线，手腕被两只长丝袜绑在床左右侧栏上，手掌便像两个展品，赫然摆在床的两边，朝天张开。左手背上还插着留置针，营养液和药液每天从早到晚都是从留置针缓缓输入体内的，吊在半空中的药瓶仿佛是陈清的心脏，输液管则是血管。

这一年他八十九岁，已经在一八〇三病房躺了三年多。

三年前的七月十八日，一场台风刚走，太阳报复性地变得格外烈。南方夏季的太阳烈不算新鲜事，但小区恰好停电，就让人气都没法喘了，汗从肉里使劲往外钻，亮晶晶地在皮外蒙着，像涂了一层胶似的又潮又黏。说起来陈清并不是个怕热的人，怕热怎么吃得了摄影这碗饭？抱着几架大机子，太阳底下一站半天，在他根本不在话下。但那都是以前，以前可以，不等于现在也行。通知早上八点停电，俞小静草草吃点东西，七点半就出门去陈珊家了。她没空调不行，喊陈清一起去，陈清说一会儿他要去工作室。

工作室在城南的码头附近。近一百年前这座城围绕着码头建起很多厂房，造船公司、货运公司、搬运公司以及茶、米、布等各种商行，算是繁荣过。后来汽车火车飞机取代船运，码头就荒了，房子不断易主，瓦破墙塌，路面的青石板也被人撬光，雨一下到处淤泥，每一脚踩下都吱吱响。陈清的工作室就在这里，是货运公司一间破败的房子，不大，七十平方米左右。五十年代初，他来这里租下房子时，被很多人嘲笑，但他租房不是为了房子，除了俞小静外，真实原因他从未对人说过。其实连俞小静都未必了解具体，他没详说，没必要说。九十年代恰好市里兴起旧城保护，政府投资进行修复，弄成吸引游客的文创街区，以低租金邀很多名家挂牌入驻，这间房子就顺势继续租给陈清，门外挂起一块木牌，写着"陈清摄影工作室"。里面其实只存些以前拍的老底片,得空时陈清会过去整一整。

但最终他却没有去成。

在床上躺到十点多,起来后他觉得浑身哪里都不对头,每一根骨头都有说不出的酸软,一点劲都没有,他不想动了。

事实上到那天为止陈清还是正常人,至少是正常的老人,虽然膝关节不太好,那也仅是退行性的问题,最多不那么利索,却并不影响行走。至于饮食,他真是胃口太好了,什么都不挑,任何东西入口都津津有味。所以八十六岁对于一个享受离休待遇的人而言,还不一定看得到生命的尽头。

中午他想再去床上躺躺。早上俞小静走时已经把家里所有窗户都打开了,这会儿他再去把每一扇窗都推到最大。其实再大也没用,太缺风了,风好像一下子缩到哪里睡大觉去了。

他住的新闻小区是单位福利房。二十世纪八十年代末,省新闻出版部门把一片都只有二三层高的苏式旧办公楼拆了,先临街建起上班用的二十层大楼,楼后面余出来的那片空地,就建起五幢品字形职工住宅楼,每幢十层高。陈清是画报社创社者之一,职称正高,拿到的房子在七楼,三房两厅两卫。原先没有安电梯,走楼梯吃力,前几年在楼梯位加装了电梯,哧溜一下就上来,虽然楼房外观变难看,人却活得一下子顺当了。往往就是这样,中看的大多违人性,总之未必中用。

他折起身子,把头探出窗户,像狗伸舌头一样试图散个热,马上烫了似的猛地缩回。刚才嗡的一下,声音轻而迅捷,电流般从脚底蹿向后脑勺,整个人仿佛被重重甩向空中,眼前一白,一下子模糊不清了。这座楼每层两米八高,加上一楼下面的架空层,从窗户到地面不过二十米多一点,这么点距离都让抱着相机爬高钻低一辈子的人这样?

他手扶住窗框,闭上眼静立一会儿——究竟立多久心里并没数,楼好像在晃，地震了？这一带地动不动就震一震玩，不算稀奇事了，他没多想，当然也想不了。脑子似乎开了小差，壳还在他脖子上原地安着，魂却已经溜到半空中，过一会儿似乎慢慢又钻进体内，眼皮终于可以微微睁开。他吸口气，吸得仍然不畅，鼻孔塞着什么异物。这种感觉以前有没有过？想不起来，应该没有，肯定没有。他又呆立一会儿，然后提起两臂，缓缓向前伸出，像两根竹竿直直地戳在肚子前，然后慢慢提起腿，他以为提得非常有力了，事实上腿根本没离地，塑料拖鞋整个底都压在木地板上，一下一下地摩擦，噗噗噗响，响了很久，他才终于站到餐桌后面的备餐台前。

药，这是他唯一的反应。他有很多药，药盒子在桌面垒出一个高高低低的小型群山。他勾着头看它们，好半天一直看着，他忘了为什么要过来，自己跟它们之间又有什么关系。

后来他终于想起来了，原来是过来吃它们的，他得吃药。

吃什么？他的手松松地横向拉过，它们马上像被强拆的房子，哗啦往下掉，一点都看不出重量，砸在桌子上，却发出奇怪的尖厉声响，好像非常委屈。他觉得这不对，一直以来他都很少吃药，能不吃就不吃，整张嘴没有一处不竭力排斥着药，哪怕是补药，那些白色、蓝色、朱红色的药片从牙齿到舌头到喉咙，像孙猴子师徒取经路过火焰山、女儿国、通天河，总得遭些难，翻滚好几次，头仰得跟天空平行，仿佛吃的是天花板和白云，然后左右甩几下，让药震荡入喉，再一口口灌水，反复几次，才能把它们冲进胃里。凡药三分毒，这话他是认可的，身体也争气，除了血压血脂偏高，其他也没什么大毛病。平时去医院，医生会给他开出一些补钙、降脂降糖、安神镇定以及 B 族 C 族之类的维生素，还有降血压的氯沙坦钾片，拿回来大部分都撂到桌子上。可是现在他找不到哪盒是氯沙坦钾了。

应该问问阿贵，阿贵是家里的保姆，平时都是阿贵帮他拿药，他接过，转身就悄悄丢掉。

　　电话机就在备餐台上，跟药盒们并排站在一起。他拿起话筒，之前阿贵设了一键拨号，说好有急事可以叫他。他当时觉得多余，能有什么急事？不料就用上了。按下，通了，但没人接。再拨，还是没有接。他喘着气，仿佛站在悬崖上，脚打着战，使不上力，胳膊更不听使唤，柳枝般摇过来摇过去。俞小静也许知道？可他却想不起俞小静的手机号了。正想再给阿贵拨一个，手却突然一松，话筒滑出掌心，往下坠去，没坠透，吊在一半，一圈圈像冷烫过的电线顿时爆发出惊人的弹性，跳起、荡开、咚咚咚撞到桌子的前挡板上。

　　他伸长手向下探，想把话筒抓起，整个人却斜斜地向后歪去。眨眨眼，视线是虚的。再眨，看到卧室里的床。从备餐台去卧室，不过三四米远。

　　他要好好睡一觉了。他想躺上床，歇一会儿也许就会好。

　　所有的力气都集中到两条腿上，挪一步，再一步，挪到第三步或第五步之间时，脚尖竟钩到另一只脚的后脚跟上了。他趔趄几步，向前扑倒，两个巴掌拍到地板上，发出一道又长又响的咕噜噜声——这提醒陈清是人，人有腹部，腹部里那些"月"字偏旁的器官即使塞满屎尿残渣废料，也无法把他变成一个实心物体。

　　应该躺了很久，具体多久不知道。他动动胳膊，再动肚子、胸、腿，都很沉，但还是慢慢欠起身子。这一摔好像还帮了他，一抬头，原来已经到了床旁。他伸出手抓牢床单，然后像从井中吊水般，把自己整个人缓缓往上提，终于上半身高过床铺一截了，他把这一截猛地向前一折，脚再蹬几下，就横到两米宽的大床上了。铺着棕垫的床微微荡了荡，又很快安静。俞小静对床没要求，能睡就行，陈清却有。刚搬进新房时，买的是弹簧床，俗称席梦思，太软，腰腿都不舒服。换，一次，两次，最后换成弹簧外正反面都铺一层硬棕的，既有弹性，又有硬度，整个人扑下去，床荡几下，马上就稳住了。

床跟陈清已经很熟，躺上去，他心里安定了很多。以前他曾在床上弄出过很多故事，其实别人也一样，人间绝大部分故事都跟床有关。他出生在一张嵌着象牙雕花的楠木拔步床上，是母亲从娘家带来的，精致得全城没有第二张。后来那张床哪去了？不知道，那年从上海回到这座城，家空了，人走光了，床也不见了。这么多年他好像已经把那床忘了，现在它忽然清晰地立在那里，围栏和垂柱上的雕花都伸手可触，连横楣上麒麟、凤凰、牡丹的镂刻透雕，都电影镜头般缓缓拉过去。

手机就在枕头边，昨晚忘了充电，电将耗尽的提示音不时嘀地响一声。他瞥过一眼，觉得需要做点事，这事跟手机有关，但他想不起究竟是什么，脑子里填满雾一样的东西，竟一点缝隙都没有。不知过了多久，手机响了，响了好几次。他睁大眼看着亮起来的屏幕，都像从街头外走过，看到商店里正播放广告的电视，很热闹，但跟自己无关。终于有几秒钟，他突然觉得有关了，于是伸出手，伸了很久，却够不着，就算了，不伸了。接下去手机好像又响了几次，然后仿佛生气，再也不响，只是门响了，进来的是妻子俞小静和女儿陈珊，她们推开门，尖叫了一声。

接下去120来了，他进了医院。

二 俞小静

俞小静有捉奸在床的天赋。

陈清跟别的女人眉来眼去或长或短的微妙过程，似乎都没有入俞小静的法眼，这客观上形成一种鼓励与支持的姿势。故事于是在暧昧中稳健向前推进，终于推到床上，俞小静就神仙般十次会出现七八次。

十次和七八次只是虚数，细算起来一共三次。对于一场婚姻来说，三次也已经太多，但很奇怪，俞小静却一次都没提出过离婚。每次站在横有两具裸体的床前，俞小静多数仍能保持优雅的身段。她头很小，颈很长，背极薄，这是吃舞蹈饭的人所必备的，但因为离虎背熊腰太远，明显不适合动武。她也很少流眼泪，越是这时候越不知道泪去哪里了，她抿着嘴，像在抵挡谁把吃着的东西突然强行塞给她。虽然名字叫"静"，也不可能总是这么静态。如果她把双臂团在腹前，胯往旁一歪，背和颈仍然是挺直的，如同舞台上某个瞬间的造型，往往意味着后面会立即跟来一串大动作。她说："哼。"她又说："哼哼。"声音是从鼻腔深处轻轻推出来的。然后她把一条腿往上一抬，抬向天空，另一条腿仍直直戳在地面，整个人宛若一把直立的剑，接下去她的脚后跟很可能猛地向下砸，砸向任何一处都只在眨眼之间。至于手臂，既可能蛇一般灵活扭动，也可以如鞭子远远抽过来。

每次陈清都一哧溜从被窝里翻出来，立在她一米之内，双臂伸直，腿张开，形成一个白花花的"大"字。按习惯，在"哼"过之后，俞小静眼珠子会微微一转，视线在空中划出一个抛物线，然后落在附近某个物体上，有碗是碗，有锅是锅，甚至有刀是刀，总之它们会迅速由静止转成剧烈的动态——先是到俞小静手中，再向床上扑去。

这是她的床，她一点都不喜欢床。

从五岁那年母亲把她送进俄罗斯人索考尔斯开在上海茂名路上的舞蹈学校学芭蕾起，她就习惯了动，每天围绕把杆，一遍遍和着音乐"开、绷、直"，押着自己身体往柔软轻盈的方向奔跑。她不喜欢睡眠，也不太需要，入夜后身体好像只是勉强借给床用一用，然后就匆匆讨回来。她记得母亲以前就是这样。睡眠不多在别人精神乏力，终日苍白着脸阴郁得快死过去，她们却正相反，似乎少睡就赚到了，长时间撑着的双眼皮又快活又精神地吧嗒吧嗒颤动，与嘻嘻哈哈的笑声配合在一起，手脚动得像跳上岸的鱼。总之睡眠她们都不稀罕，连床也没兴趣，这应该是潜伏在血液里的基因。每天拿出三分之一的时间躺在床上人事不知，到底是谁发明和推广的？原始人如果每天也得睡八小时，根本来不及进化，早就在梦乡中被野兽吞进肚子了。

所以她一开始就无法理解为什么陈清需要那么多睡眠。在睡与非睡之间，陈清好像安装着一条流畅的拉链，呼的一下关上，就闪电般坠到梦里去了，可以睡十小时，也可以睡十五小时。但他离休前入睡的时间并不多，一个勤快的摄影记者是不可有太多时间把自己放在床上的。最好的光线都出现在清晨和傍晚，而那些眨眼即逝的瞬间，都需要他提前背着相机、镜头、三脚架翻山越岭去长时间蹲守。

只要不外出，他就会一下子成为床的一部分，醒了也舍不得离开，靠在上面看书，或者一张张翻来覆去查看新冲洗出来的照片。老说电影是遗憾艺术，其实所有的艺术都是，在陈清看来，每张照片在快门按下的瞬间，命运就决定了。如果速度、光圈以及取景的角度是那样而不是这样呢？他琢磨的就是这个。

很多动物不是动起来才可爱，狗或猫懒洋洋横卧时，反而更招人怜爱。但床上多出一个女人，什么都变了。

并不是所有女人都能在同一张床上，看到同一个男人跟不同女人的胴体。除了直接摊在床上的，另有一些难辨是非的传闻起伏，报社的，电视台的，甚至地县文化馆爱好摄影的女青年。陈清胃口太好了，不挑不拣，似乎吞得下所有桃花杏花李花莫名其妙的花。巅峰的是珠子那次，珠子黑得像在炭堆里滚过的身体从被窝里翻出来时，俞小静惊愕得张大嘴，久久回不过神来。

纵观俞小静的捉奸史，甚至在结婚初期，其震惊与暴怒的程度都远没有超过珠子这次。珠子那年二十二岁，比陈清小十三岁，比俞小静小十岁。年纪是次要的，站在那里珠子比俞小静矮一个头——当然身高也是次要的，甚至五官都不重要。那重要的是什么？是横贯在肢体甚至眼神间的气韵。五官、脸形、身高都是娘胎带来的，属于每个人后，既可以点石成金，也可能把好牌打烂，就好比提前备好的食材，拿到手后怎么盘活它们才是考验人的。好厨子会把再普通的东西弄得色香味俱全，普通的厨子会把好东西炖成一锅烂菜。落实到俞小静和珠子身上，就是前者与后者的差距。也就是说珠子其实五官并不差，虽然黑，鼻子也短，额头凸，眼窝内凹，但凹的深处，眼睛像沉在两个水洼里，眼皮褶子显得格外深，仿佛特地用刀子划上去的。她初来时，俞小静眼睛定定地落在她脸上，说："你怎么有点像东南亚那边的人？"

珠子脸一下子红了，说："我奶奶是菲律宾人。"

俞小静第一次看到脸红居然会使黑皮肤像烤红薯似的，一点点油亮起来。红只是一个概念，正被黑更浓重地淹没，肉眼看不出来，却能清晰分辨。

"咦，"坐一边的陈清也好奇上了，问，"你不是明明北溪那边的人吗？"

珠子点点头，她娘家婆家都是北溪的。北溪是城郊北面半山上一个不大的村子，还没通公路，出来得走两个多小时山路。她爷爷那一辈要走更久，爷爷离开家，去了南洋，落脚菲律宾宿务，娶了当地土著女孩。二十世纪三十年代中期她父亲回国上学，后来兵荒马乱，就逃回北溪，只打算暂时避一避，最终却早早病逝，再也没去成菲律宾。在北溪长大的珠子十八岁就嫁给本村人，结婚四年，一直没怀孕，她是被丈夫打得逃出来的。

俞小静不能理解自己这样柔软修长的身体，活脱脱摆在床上可以无限循环享用，可是陈清却把珠子这样的身体也摆到同一张床上跟她并列了。胸口那里有一百面铜锣连天敲响，她细嚼一下，嚼出屈辱。对男人她一直了解不多，父亲是谁？不知道。上海百乐门当红舞女，就是她母亲，母亲混迹于男人中，家中却没有男人。以前母亲说过："一世太短了，骚气在女人身上停留的时间更短，脸上多一根皱纹，就会让男人减一分兴致。"她当时还小，没听明白，等到跟陈清结婚了，才一下子回过神来。

捉奸在床像生活花絮一样到来，她必须像常人一样生过气之后，又迅速不像常人那样持续生气。她太忙了，每天的练功和排成品舞，已经把自己练成一摊水。即使歇下来，脑子里也是音乐和舞谱交错叠起。肢体上的每一块肉时时都想以松弛、倦怠和肥厚来强调自己的存在，她宛若守疆将士，必须专注地与之抗衡，其他事大多都风一样转眼过去了。

但珠子那么黑，黑得她眼前一黑，就忘不掉了。

即使再不喜欢的床，她也不愿意被其他女人躺上去呀。

陈清个子一米七四，不算高，但作为这座南方城市长大的人，又不算矮，并且因为长期背着相机四处行走，他的胳膊大腿比常人更坚硬几分。每次他赤裸着这样挺括的胳膊和大腿从被窝里冲出来，直接挡在俞小静面前，其实是为床上的另一个人挡住可能到来的袭击。他对迎面而来的任何东西都不躲不闪，头挺起，胸口向前，脸上连羞愧之色都来不及泛起。

"小静，错在我，是我……"话出口后，他会及时把脸向后一侧，说，"快走！"这话则是对床上已瑟瑟发抖的那个人说的，声音短促，像是命令，却分明带着保护的意味。

俞小静的怒气往往会因此急速往上跳一级。她眼珠子转一圈，如果周围仅剩桌子、电视这些她拿不动的东西，就会吸一口气，把脚向后一勾，一只黑皮鞋霎时就蝙蝠似的拔地而起,飞过她的后脑勺和头顶,然后顺着额头到胸前。她伸手一接,鞋托在了掌心,垂下眼皮,仿佛打算看一看鞋的模样,却突然一个后甩,臂和鞋都到了半空,然后一侧身,扭动腰,跨出腿,鞋迅速就到了陈清脸上或者腹上、腿上,不是一下,而是噼噼啪啪左无数下又右无数下,时长依她当天体力而定。

打人都打得像表演,这真是舞蹈演员最致命的硬伤。

陈清嘴咧起,仿佛在笑,表示出应有的讨好。他眼不大,但细长,有着弧线很好的半月形,下方两道卧蚕清晰浮起,就是不笑时其实也已经像在笑了,再认真笑起,露出两排整齐的大白牙,脸上马上呈现一种犹如他乡遇故知的喜庆。如果床上那人已经顺利离开,他就长吁一口气,用手拨了拨变得蓬乱的长发,整个人一松,身子挺起,站得更直了,好像在享受这场体罚。等到脸肿了,皮破了,东一个西一个红印子上下密布,俞小静也累得双手乏力了。抓奸在床原来也是体力活,她长年累月地练功并不是为了对付这样的场面。

接下去俞小静总会消失几天,也不需要陈清找或者求,不超过一周,她又没事人一样回来。就是在这样反反复复中,陈尹、陈萼、陈珊三个女儿接连出生。如果不是因为珠子,说不定还会再生出一长串的陈是、陈伍、陈溜、陈柒。

陈珊出生时,陈清托人雇来保姆,就是珠子。

珠子之后,俞小静的肚子再也没有大起来过。她的肚子本来也不是用来装胎儿的,那里得紧致、柔软、有弹性,充满力量。被撑大三次,已经是极限,每次她都得费很大力气,加倍,加三四倍苦练,才能让它重新回到最初的状态。

珠子一来整个家一下子就显得宽大了一圈,她从早到晚手都不停,走路带着小跑，洗完擦，擦完煮，煮完缝，仿佛掘开一个井，事情水一样没完没了地往外冒，但都只冒向她，俞小静和陈清都很清闲，什么事都不用管。俞小静曾经对珠子非常好，是那种感激多于喜欢的好。一个外人来家里，不仅把陈珊照顾得白胖健康，做家务也这么尽心，同样的菜每天不一样的煮法，毛衣破了怎么用同色毛线补得毫无痕迹，诸如此类。俞小静带珠子看妇科医生，查过，没问题。俞小静说，让你丈夫来看病吧。珠子摇头，眼泪就出来了。俞小静那时想，挺可怜的，就多留她几年吧。

结果却把珠子留到陈清床上。

珠子在时，俞小静以为自己马上就会重新登台，她穿起塑料薄膜缝制的带勒口的衣裤练功，已经把怀孕坐月子肥起来的肉都化成汗流走了。重新瘦下来，她仍然背极薄，腹扁平，可以像燕子那么轻盈地舞动。那年她还不大，才三十出头，这是专业舞者在舞台上的最后时光，她必须抓牢，再绽放一次。可是珠子一走，她却突然不能再登台。不是珠子害的，但她后来心里一直相信，冥冥中二者必定存在什么说不清的因果。

功继续练，她用十余年的时光等待。但她没有等到，就像一台突然静止的演出，金丝绒幕布闭合得紧紧的，永远不再开启。在过完四十五岁生日那天，她把所有的练功服装全部打包收起，她不会再练，不需要练了。但仅仅一个月，她又站到把杆前，是陈清把她拉回的。陈清把自己的腿也架上去，装模作样压几下。这一个月她每天丢魂似的坐立不安，是不是让陈清看着烦呢？跳舞以外，她确实不知能做什么。

陈清说："练吧练吧，为什么一定要上台呢？当锻炼身体，每天稍微动一动，不是也挺好？"

陈清又说："以前练那么狠，一下子歇下，身体不适应，容易病倒的啊。"

269

哪想到最终陈清却比她先倒下。那天陈清被送进医院，从救护车上抬下来时，已经没有知觉。这家医院离新闻小区不过三五百米，走几分钟就可以抵达。之前陈清很少来，他讨厌医院，不料在浓密的夜色中，却像只进屠宰场的牲口一样，被一辆闪着红光一路尖叫的120车送了进来。

医生拉开他眼皮时，他的眼珠子已经缩得小小的，眼眶里只剩下白，白得像团炸裂的棉花。

三　陈珊

陈珊出生还不满一个月，晚上就跟珠子睡了，她对吸到嘴里的乳头有时有奶水有时没奶水、有时是黑有时是白，非常无法理解。珠子把她抱在怀里时，常常把脸埋在她头发里长久吸着，或者像检查机器零件，用嘴唇在她的手、脚、脸上一遍遍地蹭。她的唇不是红的，偏紫，接近于酱色，而且饱满丰厚，上下两片合在一起，就像把一个黑黑的小屁股横过来，举在那里。

陈珊长得跟陈清一模一样，大额头，高颧骨，腮帮外鼓，鼻子长而挺，整个脸形有一种粗犷的坚硬，但半月眼也跟陈清类似，看上去永远处于笑的状态，连哭都像笑，又一下子让脸柔化了下来。女儿像父亲天经地义，但上面的两个姐姐陈尹和陈萼五官却更多与俞小静类似，小脸，尖下巴，眼梢上吊，眼皮略肿厚，嘴偏大，唇却很薄，唇形起伏有致，唇角上翘。原先一直以为演员在舞台上需要做表情，不知不觉俞小静就把嘴笑大了，直到陈尹、陈萼一模一样的嘴摆在那儿，才知道其实是天生的。仨姐妹唯一相同的是头发，每一根都是卷曲的，一圈圈打着旋，如果不用皮筋紧紧扎住，就满头参开，蓬得像顶着一堆木刨花。

陈萼比陈尹小两岁，陈珊比陈萼小三岁。陈萼之后俞小静本来根本没打算再生了，但又怀孕了，一天拖一天没去成医院人流科，索性就生下来。

如果不是陈珊，珠子就不会来。

珠子的事发生时，陈珊还懵懂，不清楚发生在床上的这一切意味着什么。那天她一大早就跟俞小静去剧团，团里已不再排练演出，人都不知去向，四面墙上安着大镜子和把杆的排练厅空旷得像飞机场。陈珊那时三岁零五个月，按俞小静的想法，陈珊的第一个目标是上海舞蹈学校，然后是上海芭蕾舞团。陈尹和陈萼脸像她，身材却复制了陈清，上下半身接近均等，腿肚子圆滚滚地鼓起，屁股早早就开始挂肉。只有陈珊除了脸外，身材比例基本复制了俞小静，长颈长臂长腿，而且脚弓高，臂肘关节小。用尺子量了一下，上半身从臀线到第三颈椎骨比臀线到脚底短十三厘米——不要小瞧这个细节，四肢短是亚洲人的死穴，不纤不细，不修不长，基本功再好，在台上仍然是蛤蟆跳。

俞小静要自己带，她相信陈珊可以练出来。陈珊每天哭着不想动，俞小静还是每天把她拉到练功房。音乐、把杆和优质的地板，这里全是现成的。她自己先练两套基训动作，陈珊则站到把杆前，提踵或压腿、下腰，总之把身体活动开。

那天刚练一阵，陈珊就喊肚子痛。俞小静瞪她一眼，让她继续。陈珊继续不下去，蹲到地上，又一屁股坐下。噗的一声响，地板上很快就有黄色的水渍漾开，臭味也荡起。肚子痛，很痛啊。练功房旁边有盥洗室，四月初，天还是微凉，没有热水，也管不了那么多，只能脱下裤子，潦草擦洗一下，然后回家吧。

结果回家就捉奸在床了。

俞小静吼叫着往床上扔东西时，陈珊就站在门旁。她当时还没有美丑的判断，只是觉得眼面的一切很陌生。俞小静逼她训练时也常动手，但从来不是这样，整个人像只炸药包，轰的一下炸开。每次俞小静手刚举起，她总是先竭尽全力尖叫起来，能躲就躲，能跑就跑，可是这次陈清却站着一动不动，只有俞小静动作向下时，他才把胳膊往下猛地一伸，双掌交叉遮在两腿根中央。刚才陈珊已经看到，那里奇怪地多出一团皱巴巴的肉，随着身子晃来晃去。

当时陈珊正被裤裆里没有清洗干净的秽物弄得很不舒服，鼻子一吸一吸，吸进去的都是屎的气味。一个人居然把这么臭的东西藏在肚子里，这真是令三岁多的陈珊非常震惊的一件事。路上她本来想到家后问一问珠子这究竟是什么道理，但一进门，家里就成这样了。三个大人都没把她纳入视线，她肚子又开始痛，咕噜咕噜叫着，屁股眼里不时啪啪排出不同声响的屁，臭气在屋里飘动。

珠子从被窝里蜷着身子爬下床，腿抖得像两条猫尾巴。她跟陈清一样也光溜溜的，身子从上到下的黑，如果咧开嘴，牙会闪出一道白光，但这时她抿紧嘴，用双臂护着鼓得像两只小篮球的乳房，低着头，齐耳短发盖住半边脸。

陈珊嘴巴动了动，似乎想喊她一声。在剧团练功房盥洗室里，俞小静并没帮她洗充分，这不是俞小静擅长的事。她本能地觉得应该让珠子帮她重新洗一洗，然后换上干净的裤子。

珠子从旁边跑过时，陈珊扭头看着那两瓣晃来晃去的真屁股。没有错，这时候它们的形状确实像竖起来再放大的嘴唇。

他们住的这间房子，是画报社的宿舍，原本只是长条形的一个大开间，用木板隔出前后两间，后面摆着一张大床是陈清和俞小静的，前面摆张一米二宽的高低学生床，底下归陈珊和珠子，顶上的留给了陈尹和陈萼。她俩在乡下那个叫芬姐的保姆家里，偶尔才回来住一两晚。

珠子那天穿好衣服，就急急往外走，陈珊以为她只是出门倒垃圾或者买菜。她看到掩上门那一瞬，珠子眼睛里有一道光重重地扑到她脸上。她向前几步，想跟珠子一起出去，珠子却触电似的猛地拉上门，然后就消失在门后，再也没有回来。

当天床空空的，夜里陈珊小小的身子第一次独自放在上面，跟躺在望不到边的野地里一样，冷飕飕的风四面八方灌来。后来身体慢慢长大，床才渐渐变满起来，但床上再也没有那么结实热乎的皮肉了。家里不再请保姆，不会请了，家务顿时成为问题。懒得做家务，这一点俞小静和陈清是一致的，有了珠子之后，他们就更懒得做了。如今，家里一下子纷乱起来，地面是灰，脏衣服堆成一团，饭不是煮焦就是没煮熟，菜不是太咸就是忘了放盐。

这些问题最后是陈珊解决的。仿佛珠子附了体，陈珊不觉得跳舞有意思，却整天津津有味洗衣做饭擦地板，连炒菜都迅速展示出独特的天赋。俞小静很愿意这些事都被陈珊做掉，她自己反正不想动手。但陈珊家务做得太投入了，却一直不能以同样的投入来练舞。

一进入小学，陈珊就被校宣传队招去，三天两头脸蛋化着红扑扑的彩妆上台，都占据C位，独舞跳过《北风吹》，群舞跳过《我编斗笠送红军》《洗衣歌》《草原英雄小姐妹》之类，从芭蕾到各族人民都演示一遍，掌声噼里啪啦响。但考上海舞蹈学校，每次她都过了初试，后面的二试、三试、总复试都没有下文。按俞小静的意思，必须再去上海，一直去，但陈珊不去了。她自己报考了省艺校，录取通知书接到后，她递给俞小静看。俞小静整个人往下一伛，顿时矮了一截，然后用尽力气，双掌重重扭到一起，把通知书捏成一团，摔向窗外。

陈珊没说什么,她只是出门捡回通知书,自己去艺校,成为舞蹈班的一员,之后留校,当了三十多年教师。艺校分她一套房,搬出去住后每周回来一次,就是做卫生,彻底地清洁一次,再多煮几样菜放冰箱里。

那天她开车来新闻小区,刚到大门口,保安队长就拦下她,说:"陈老师,你妈让我找的保姆,过两天就来,以后你就不用这么辛苦了。"

陈珊一怔。这么多年,"保姆"是家里的大忌,俞小静居然要找了?她有点不信,进门就问了俞小静,俞小静说:"你总有一天做不动的,还是找个吧。队长说可以帮忙在他村里找个男的。"

第三天傍晚俞小静打电话让陈珊过去,一起看看保姆怎样。陈珊到达小区门口时,保安队长正站在铁闸门旁,已经等得有点不耐烦。"怎么才来?人家已经到很久了。"说着他转过身,往保安室门口指了指,"就是他,阿贵。"

天已经黑了,保安室精亮的 LED 灯光打出来。他个子不高,黝黑,几乎见不到一根头发,都贴着头皮剃掉了,看上去脑袋光溜溜的,倒显得格外干净。停好车,陈珊就把阿贵带上楼了,四个人在长条形餐桌的两边坐定。

"一直做这个职业吗?"俞小静问。

阿贵有点紧张,头勾着,眼闪来闪去不知该看谁。"呃……不是,以前做其他。"

"其他什么?"

"在工地打墙挑砖扛水泥,还有刷油漆、跑长途货运……"

"会开车?"俞小静很意外。

阿贵点点头。

"早成家了吧?"

阿贵点点头，说："儿子十五岁，读初中了。"

"为什么要转行做保姆？"这是陈珊问的，她的意思是，阿贵年纪虽然偏大，但看着还有一大把劲，挣钱应该不难。

阿贵动了动唇，眼睛转向陈清，好一阵才开口："陈老师，我来，其实也是想向您学怎么拍照片。"

陈珊看了俞小静一眼，两人脸上都有愕然之色。

陈清也没想到，问："你怎么知道我是干摄影的？"

阿贵说："市里学摄影的人都知道您啊，您以前那么有名，网上有很多您的作品，还有生活照片，一搜，都有……"

陈珊问："你是来学拍照片的？"

阿贵怔一下，马上连连摆手说："噢，做卫生煮饭我都会。我只是想顺便向陈老师学习。我刚买了部相机，是尼康D5，店里还让我配了定焦、长焦和变焦镜头，可是我不会用……"

陈清很意外，问："D5？你买的？"

阿贵点点头。

陈清说："不会用买这么专业的机子干吗？"

阿贵羞涩地笑起，说："我想学……"

陈清慢慢坐直了，看着阿贵。陈清的态度显然鼓励了阿贵，他掏出身份证摆到桌上，陈珊瞄一眼，发现阿贵年纪比看上去要小，一九六七年初出生的，比她还小四岁。她看看俞小静，俞小静说："那就先来试试吧。"

陈珊重重吁一口气。吁完马上一惊，原来她骨子里并不喜欢做家务。谁会真正喜欢呢？从小到大，她孜孜地洗洗涮涮，没完没了地煮炒煎，即使搬出去住了，仍要每周买一堆菜回来，连轴转忙上一天，其实不过是努力把自己扮成珠子。珠子因她而来，那天又是因为她肚子疼弄脏裤子，俞小静带她提前回家，才闹出事来。

陈清和俞小静都盯着她，他们或许心里早就明白？

过了几天她打电话问阿贵的情况。俞小静说阿贵已经正式上班了，每天上午来。

陈珊问："为什么只来上午？"

俞小静说："他自己有房子，不住我们这儿。哎呀他居然还有小车，每天开车来上班，绝不绝？只上半天班，下午他要出去拍照。半天把一天的饭菜都煮好了，卫生也做过了，完全够了，这样最好。"

陈珊跟阿贵加了微信，朋友圈里他会不时晒出花鸟、山水的照片，有时晒的是他自己的照片，海边、江边、山地，他握着大相机，开着车，穿摄影马甲、大黄靴，戴墨镜和宽檐遮阳帽，乍一看，与专业人士并没有任何区别。偶尔也出现陈清，陈清在看书或者看镜头，显然是阿贵用手机拍的。"我师傅陈清老师。"他这么写。

那天小区停电，太热了，俞小静一大早就去了陈珊家。陈珊觉得陈清也应该一起来，俞小静说："他要去工作室。"

晚饭前，俞小静给陈清发微信问电来了没。没回。

吃过晚饭再发，还是没回，便拨了家里的电话，忙音。拨他手机，通了，一直没人接，接着就关机了。

陈珊忽然有点不安，问："阿贵今天在吗？"

俞小静说："不是停电嘛，今天我让阿贵别来了。他很高兴啊，说一大早要去湿地拍鸟了。"

这时手机响了，是阿贵。陈珊听见，阿贵说："你爸……"紧接着是一声古怪的巨响，然后就没有声音了。

陈珊马上下楼，开上车，和俞小静一起赶去新闻小区。开门，再开灯，看见陈清躺在床上，头歪一边。陈珊打了120，救护车来了，把陈清送进医院。一阵忙乱检查和抢救，陈清还是没有了意识。一转眼，病床上的他已经躺了三年多了。

四 陈尹和陈萼

陈尹和陈萼小时候的经历很相似，出生不久，就被送到郊区平田村芬姐家，先是陈尹，接着是陈萼。芬姐生有三个儿子，最小的那个三个多月大时正准备断奶，陈尹去了，接过奶头，又吸了四个月。陈萼再去时，奶水早没了，芬姐就用米糊喂，也喂得白白胖胖。从市区到平田村没有直达公交，得转两趟车、坐一次船，再走上半小时才能到。起先陈清骑自行车带俞小静去过几次，后来就不再去了，去了也没意思，陈尹陈萼已经不认他们了，根本不让抱，一抱就哭得死爹死妈似的，小脸涨得紫红，脚蹬手舞，身子扭得像泥鳅。什么都会习惯的，知道她们在芬姐家没问题，不看也就不看了，但工钱会如期通过邮局汇去，一般两个月汇一次。收到钱，芬姐会让大儿子写封信，说说陈尹陈萼的情况。陈尹五岁、陈萼三岁的那年春节，芬姐把她们送回城里，本来打算在城里住些天，过完寒假再回村里，但当天芬姐走时，陈尹陈萼也一起走了。那次陈清多少是震惊了，陈尹陈萼一看芬姐要离去，一人抱住一条腿，用的是那种鱼死网破的狠劲。芬姐一开始狠下心执意迈开腿，那两人就挂在她腿上死活不肯松手。走了几步，芬姐终于也哭了，蹲下，把两姐妹抱住，在她们脸上擦地板似的一寸寸吻过，本来是要吻掉泪，结果自己的泪也纷涌出来，一把沾到她们脸上。

陈清看看俞小静，俞小静也正皱眉看他。他明白了，如果芬姐真走掉，接下来他和俞小静都对付不了留下来的陈尹和陈萼。"要不，她们还是跟你回去吧……"他的话音还没落，就见地上的三张脸唰地同时仰向他，像溺水者捞着稻草，连芬姐也一下子就笑了。

当晚做完爱，陈清从俞小静身上下来，收拾好，叹了口气。黑暗中两人很久没说话，但都知道对方没睡着。最后是陈清先开口："看来得把她们接回来了。"他说得游移不定，自己都没多大把握。

俞小静问："为什么要接回？"

陈清说："你都看到了，不接回她们快不是我们女儿了。"

俞小静身子一侧，转一边去了，说："都已经生下来了还能不是？不是就不是吧，当初根本就不该生，劳民伤财，害得我两次中断上舞台。"

陈清说："以前我们没时间带，现在她们慢慢大了，好歹可以进幼儿园了……"

俞小静说："这就算大？上幼儿园了还是屁点大好吗？"

陈清就不知再说什么了。并非所有女人都有母性，有些人天生就没有。他自己父性多吗？也没多少，白天看到陈尹陈萼哭的样子，他也头皮一麻。另外他推测芬姐也不一定舍得两人被接回。第三个儿子在肚子里才五个月，芬姐的丈夫上山砍柴，被毒蛇咬，来不及治，死了。一个寡妇靠种地养三个儿子，日子可想而知。陈清给的工钱，虽然不多，好歹是现钱。这事就这样拖下去了，拖到陈尹要上高中、陈萼要上初中了，有天芬姐突然来了，沉着脸说："尹和萼，她们必须回来了！"

那时家已经搬到码头那边的工作室，俞小静去歌舞团图书馆上班了，只有陈清在家。芬姐站在门外，短发，黑长裤，白底蓝细花棉衬衫，看上去像一块刚洗过晒干的杉木板，清爽，舒适，有着可信赖的淡淡香气。当初介绍人说起芬姐时，"干净"这两个字被提了又提。陈清去她家看过，房子是那种老式的木板和三合土筑的大厝，已经破旧，但到处被洗刷得发白，所有东西都规矩有序,连门口的稻草,都一捆捆工整地垒着,随时会齐步走似的。

陈清招呼她进来,一肚子都是诧异。之前芬姐从来没到过工作室,她居然能找到,而且脸上的神情也不轻松,出事了?

果然,是陈尹出了事。

芬姐的第三个儿子小名叫安安,比陈尹大三四个月,却高一个头。上面两个哥哥个子比安安更高,但陈尹整天只跟在安安旁边,好吃的藏着给他,动不动就在他的肩、胳膊、脑袋推一下蹭一下,总之哪里都想推都想蹭。

"什么意思?"陈清一时没回过神。

芬姐叹口气,说:"我是舍不得她们回来的,但看来必须回了。这事也不是一天两天了,我一直防着,但已经防不住了。你还没明白吗?尹尹太早开窍了,她看上了安安……"

"看上了?"陈清一下子提高了声音。陈尹才多大?刚刚十五岁啊。

芬姐停下,眼睛躲闪几下,看到窗外,那里一棵白玉兰树正开着花,花不少,但大多被肥大的叶片掩藏在身后,只有风吹来时,花香才一阵阵跟进来,气味幽雅。"不怕你生气,"她伸出舌尖舔了舔唇,"你的传闻我也听到一些……"

"嗯?"陈清警觉地看着她。

芬姐说:"就是女人方面……尹尹和莺莺是你们女儿没错,但我也当是我自己的。对不起,之前我其实一直担心她们会被你带坏,所以一拖再拖,拖到现在是没法再拖下去了。尹尹一天天长大,她平时话少,但胆子挺大的,做事有狠劲。说实话,我这三个儿子中安安心性最不好……是不好,那狗脾气一上来就山崩地裂,他配不上尹尹的……你能明白这种心情吗?"

陈清沉吟了一会儿,慢慢点点头。

芬姐说:"那就好。你们在城里先帮她们找好学校,马上放假了,村里的中学差,回城里上学,用这个理由她们想得通——当然也是事实。我那三个儿子没办法,只能在村中学混下去,这是没办法的,但尹尹和䓖䓖不能混,她们得回来。"

陈清说:"城里的学校其实也乱……"

芬姐打断他:"再乱也有好教室和好老师。村里的老师自己都没弄明白该教什么哩。"

陈清抬起手腕看了看,他戴着一块钟山表,他把表脱下,往芬姐面前推去。

芬姐一下子坐直,紧着身子问:"这是干什么?"

陈清笑笑,有点难为情,说:"真不知怎么报答你……这个你留着,万一手头紧,卖了……"

芬姐马上站起,拿起表,上前一步,放到陈清面前。"你不能这样,这样不好。"

陈清说:"这些年,我们给你的工钱真是太少了……"

芬姐说:"够了,多两张嘴而已,但她们却带给我很多快乐。她们真的……也是我心头的肉啊。"

陈清猛地低下头。鼻子一酸,眼睛潮了,他很久没有这样过了。今天两件事都是他没有想到的,第一是陈尹,一直觉得她还是小孩,居然情窦已经开了;第二是芬姐,她哪像半个字都不认识的农妇啊。

十五岁的陈尹和十三岁的陈䓖终于从平田村回到城里,住进码头附近的工作室。两人各带了两套夏装和一套冬衣回来,都是芬姐亲手缝的。陈珊的床旁,加了一张床给陈尹陈䓖睡。开头一个多月工作室里天天都是哭声,过一阵渐渐转为夜里的低泣,两人躺在床上,抱一起,捂住被子呜咽。第二天起来眼睛都肿肿的,黑着脸既不跟陈清说话,也不跟俞小静说话。至于跟陈珊,那得看心情,有时说,有时不说。

三个姐妹就有一种分为两个国家的感觉,陈尹、陈萼为一方,独来独往的陈珊是另一方。有时陈珊主动讨好,压低嗓子柔弱地喊:"姐姐……"陈尹与陈萼对看一眼,食指互相指着对方,一个说:"她叫你。"另一个也说:"她叫你哩。"然后双手互相拍打着,咯咯咯一直笑到捧着肚子蹲在地上。有那么好笑吗?陈珊看着她们,手指头在腹前胡乱搓着,眼泪慢慢往上爬,爬到眼眶,她连忙转过身,走掉。

后面还在笑,仍然在笑。

陈清看出问题了,有天把陈尹、陈萼叫到工作室外的空地上。白玉兰树和树下的石桌石凳,都是当年货运公司留下的。三人坐下,陈清看着她们,有一瞬突然恍惚了一下。这不活脱脱两个年轻的俞小静吗?眼眉鼻唇都是直接复制粘贴啊。"我想跟你们谈谈你们的妈妈。"他是这么开口的。

陈尹陈萼对看一眼,接下去按正常逻辑,她们应该把视线转回来,看着他。她们却并没有,而是非常整齐地把头一低,定定地看着桌面。桌面是一块带花斑的秀石打磨出来的,淡淡的蟹青色,青中泛着隐约的灰,有几片白玉兰花瓣落在上面,新旧参差,有些还保持着水润的象牙色,有的已经枯得蜷起,变成焦糖色。

她们不看过来,陈清也要开口,他说:"你们的妈妈曾是一名非常出色的舞蹈演员……"

"厉害!"陈尹突然说,声音突兀得像从远处甩来的一块瓦片。

陈萼点点头,马上也脆亮地附和一句:"天下第一!"

陈清没有理会,保持住刚才的节奏,说:"一个跳舞的,当初肯生孩子就很不容易了……"

陈尹说:"孩子是你弄的,又不是我们。"

陈清说:"她要不生就没你们……"

陈萼说:"没有就没有,谁想有?"

陈尹说:"就是!"

静默了几秒,陈清用鼻孔重重吸进一口气,又蹑手蹑脚悄悄呼出。喉咙有点痒,像有几只蚂蚁正急速爬着,最终他还是连咽几下口水,忍住不咳,然后继续往下说。

"每个人都有短处的,她是真不会做家务带孩子。你们不知道当时是怎样一种情况,你们哭,她更哭,家里整天跟一锅粥似的,呼啦呼啦的不得安生。陈尹你生下来时她才多大?二十四岁。当然当时这也不算小了,但别人是别人,她饭经常煮不熟,菜炒得太咸太甜没个谱,奶水也没有,而且一练功,她整天不回家,也喂不了奶。不送到保姆家,你们怕都会被饿死。但她肯定是爱你们的,我也一样,怎么说你们都是我们的女儿……"

陈尹和陈萼对视一眼,齐声哼了一声,同时嘴角一歪,做出笑的样子。

陈清心头短促地紧了一下,其实是某种程度的惊悚。说到底他对这两个女儿了解都不多,陈萼泼辣些,脑快嘴更快,陈尹不吭不哼,唇大多时候是紧闭的,但突然来一两句,都直戳要害,利得可以杀人。

陈清一下子没了说话的欲望。陈尹、陈萼也不说,低着头,先是用指甲在桌面上没有目的地划来划去,又不约而同把花瓣抓在拇指与食指上,毫无目的地转着。她们的手跟陈珊不同,陈珊手指又细又长,她们的却偏肥厚了,因为肥显得更白,血管泛着青,一根根清晰地纵横。陈清盯着上面看,他觉得陌生,这种皮肉是从他身上蔓延出来的?

高中毕业后陈尹去一家国有农场插队,两年后陈萼也插队了,去的是一个山区小村，离农场十几里地。她们离去后，双方都松一口气。世上人这么多，阳关道和独木桥别交叉到一起搅来搅去就相安无事，彼此还能觉出对方的好，一旦拢到同一个屋檐下，抬头低头每天擦肩碰脸，该难受的，会无一例外全部难受一遍。相处舒服至关重要，不舒服了，就尽量隔得远一点，空间就是最好的篱笆。

一九七七年陈尹和陈萼同时参加高考，一个考上工艺美术学校，中专，一个考上清华大学，本科。接到录取通知书那天，也同时接到芬姐的死讯，肺癌。

陈清和俞小静很少为一件事一起出行过，这次倒是去了，把陈珊也叫上，而陈尹和陈萼在芬姐病危时就已经提前赶去。倒是熟门熟道了，从公共汽车上下来，然后坐船，再走一段路，进了村，离芬姐家还很远，就听到熟悉的号叫声。这么尖厉高亢的哭声，只有陈尹和陈萼加在一起才能制造得出来。女声二重哭？音质天衣无缝地糅合在一起。

芬姐的三个儿子只剩下两个在场，一询问才知道，最小的那个安安，在陈尹陈萼回城的那一年，把班上同学的一只眼睛打瞎，判了十一年，正在少管所里。陈清心里咯噔一下，马上条件反射地用眼角余光瞄陈尹。安安差点成了陈尹的丈夫、他的女婿啊。此时陈尹和陈萼都披着麻衣，头上戴着孝帽。芬姐两个亲生儿子穿这些很正常，陈尹、陈萼也穿，果然是把芬姐当亲妈了。尸体入棺时，陈尹和陈萼一起踉跄着扑过去，直接趴在芬姐身上，几乎将脸贴在那张苍白失色的死脸上，凄厉嘶哑地哭，脚不停地跺，青蛙般蹦跳。相比较，那两个只是眼眶啜泪的亲儿子反倒像外人。

印象中之前陈尹、陈萼两人也是跟着俞小静芬姐长芬姐短地喊着的，这时候，扑在棺材上喊的却是妈。"妈……妈醒来，妈你不能不管我们了啊……"

震惊总是说来就来。陈尹出生不到二十天就送到芬姐怀里，陈萼是满月后送去的，回到家时陈尹十五岁，陈萼十三岁，陈清和俞小静都知道这两人跟芬姐好，只是没想到好成这样。十多年中两人在芬姐家怎么过的，他们都忽略了。

俞小静的脸已经黑得像颗手雷。来吊唁当然不能有欢颜，但陈清还是伺机小心贴近，在她耳边轻声提醒："算了，别管她们。"

说过，他心里突然一动，想自己以后要是也得肺癌死了，或者其他什么病，比如心梗、脑梗之类的，陈尹、陈萼，还有陈珊，她们会是什么反应？

事实上最终谁也没见到陈尹和陈萼的反应，陈清中风送进医院一躺就是三年多，最后又死在医院时，陈尹和陈萼都在国外，她们没有回来。

五 珠子

珠子站在那里，像立着一个泛着油光的大油桶，这是陈清对她的第一印象。也就是说一开始陈清并没有把她当成女人，而是当成一件普通物体，直到她开口说话。"老爷。"她这么喊陈清。喊俞小静也很老式："大太太。"声音很低，是那种曲里拐弯的低，像在嗓子里跋涉过很长的路，才缓缓挤出来。俞小静对这个称呼很不满，都这时候了，怎么还"太太"长"太太"短的，而且是"大"，难道下面还有二太太、三太太、五太太、十太太？她让珠子改口叫"静姐"。至于对陈清，珠子一直没改，反正不会有机会在外人面前叫，就是在家里，也很少喊。她来是照顾刚出生的陈珊，兼做饭和打扫卫生，这些事都跟陈清没什么关系。吃饭时盛好饭菜端上，吃好了她收拾了碗筷就走，几天不说一句话是常有的事。

俞小静跟她接触的时间也不多，生下陈珊后，俞小静恨不得马上断奶，但奶水真是多得哗哗哗地横溢。她的乳房一直没发育起来，练舞的人哪个愿意胸前膨出两团大肉，挂在那里颤颤地动？其实身上所有的肉都是俞小静的大敌，胸、臀、腿、胳膊、肚子等地方哪怕长出一两，都跟喜马拉雅山隆高一厘米一样，是件大事。生陈尹、陈萼时，瘪瘪的小乳房不出意外地缺奶，很好，至少俞小静自己觉得好，所以两个女儿转身送往芬姐家喂养就理所当然。到了陈珊，乳房仍然瘪，却不知哪根管道突然接通奶库了，只要一个奶头被含住，另一个就立即进出奶水，不用毛巾堵住，前襟就湿得像刚泡过水。

家里顿时奶味十足，每一样东西都附着奶水的腥味。俞小静一喂奶，陈清就一路小跑凑近来看。如果他手里还提着相机，端起来就打算抓拍。俞小静马上脸一沉，骂道："滚，滚一边去！"边骂边掉转身，把衣襟往下狠狠一扯，霍地站起。

站一旁的珠子就笑笑，把陈珊接过。陈珊如果还没吃饱，就会在她胸前拱着，双手乱抓，她也仍然低头笑着，好像很享受这一刻。她跟俞小静最大的不同就是胸，那里很醒目地往外隆。她身高一米五出头，体重一百三十多斤，其中至少十来斤重量是来自乳房，另二十斤重量来自屁股。仿佛被谁从头顶重重拍打过，她身子顿时往下一矮，上上下下的肉都堆到这两个地方了，这使她前凸后撅，才能保持住身体的平衡。这么厚实的胸和屁股，看着就是生养的好材料，却生不了，偏偏俞小静这样瘪胸小屁股根本不想生，却一个接一个。

勉强哺乳了一个月，俞小静就找中医开了两剂回乳药喝下。坐月子坐胖了一大圈，她整天站在镜子前眼泪汪汪地左看右看，然后每天早早去团里练功，晚上很迟才回到家。即便在家里，她也动不动就把一条腿抬上墙，身子向前压，纸片似的紧贴住墙；或者把两条腿左一边右一边悬空劈开，挂到两张椅子上，裆下沉，往地面上贴，这时候就不是一字马，而是 V 字马。甚至正说着话，她突然手掌交叉，胳膊举过头顶，用力向后拉，再把腿向后猛然一踢，手钩住膝，整个人就像一把钻，定定地戳在那里。家中所有横向的硬物，桌子、床靠、窗台等都被她看上了，腿随时架上去，上身前俯或侧拉，或者手搭上，提踵、扬臂、甩腿。

陈清见怪不怪了，珠子却不一样，每次都被惊得瞪大眼睛，眼眶里露出很多精亮的白，嘴唇则不时噘成 O 形，张得很大，却是无声的。俞小静说："不行，我太胖了！"珠子摇摇头，笑起。俞小静又说："太糟了，我肌肉都硬了。"珠子还是笑着摇摇头。有一次珠子来了兴致，学着俞小静的样子叉开腿，结果人还没下去五分之一，脸就皱成一团，然后把身子往旁一歪，哎呀呀连喊几声倒地上了。俞小静说："珠子，你不是吃这碗饭的啊。"珠子很服气地点点头，一直笑，笑起来时，她厚厚的唇像被忽然撑开的洞口，咧得非常大，露出的两排异乎寻常整齐的牙齿，白光一闪，仿佛是掩埋在洞里的宝藏忽然探出头来。

陈清给珠子拍过很多照片，有时用 120 相机，有时用 135 相机。她在做饭，她在拖地，她在洗衣服，她抱着陈珊……全是抓拍，大多时候珠子并未发现，发现了也仅是咧嘴一笑，并不在意，也从不向陈清讨照片。用的全是黑白胶卷，珠子的唇齿成为构图的重点，胸腰臀则是另一个重点。冲洗放大也是陈清自己动手，工作室那边其实就是他的暗房，窗户挂着黑布帘，屋里吊一盏罩着红布的暗灯。拉紧帘子，他浸在幽幽红光中，一点点看着珠子从显影液中慢慢浮起来。

珠子劳动着的样子被定格下来，照片上过画报，也参加过省里的影展。有次画报要送展菲律宾，主题是中菲民间友谊，珠子的照片因此上了一个对开的通版，错落排了七张大小不一的黑白照。画报出刊后，陈清顺手带了两本回来，俞小静翻了翻，猛地哇了一声，转身就递给珠子。珠子习惯性地瞪大眼，张大嘴，半天才回过神来。俞小静说："啧啧啧，珠子，你都上画报了！"

陈清明显感觉到俞小静这句话说到后面，尾气黯淡了下来。果然，俞小静侧过头盯着陈清，说："我只上过三张照片。"

"三张吗？"陈清已经想不起来了。

俞小静说："剧团刚成立时排《红绸舞》，你拍了两张我领舞时的造型，一张是'大射燕'，这样……"她双手在胸前一抹，左臂拉直，右臂曲起，侧过身，右脚后跷，立住，"还有一个是'揪身探海'……"一边说着一边把上身往前一俯，两臂张大，右腿向后跷起。直起身子时她皱起眉看着陈清，问："记得吗？"

陈清眨几下眼皮，他不记得。

俞小静说："跳孔雀舞时，你拍了一张我三道弯的造型。"她把身体向下一曲，右脚踮起点地，左胯向外推出，两手拇指和其他四指张成直角，一个前推，一个压在左胯边，头侧仰。"这样！"她强调了一下。

陈清摇头，他是真记不起了。

"还忘了一张哩。"俞小静把右腿向后一踢，双臂向后抢，腿和臂在空中迅速触碰一下，然后还原，站直，摊了摊手说："你抓拍了《宝莲灯》里的这个动作，也忘了？"

这个陈清记得，舞剧《宝莲灯》是前几年的事，团里排新剧，把中央实验歌剧院的《宝莲灯》复制上演，俞小静没日没夜把自己练瘦，好不容易才争来三圣母 A 角。上演时全城轰动，画报要报道，让陈清特地去拍了一组剧照。画报社每个摄影记者有对口分工的，文化艺术这块原本不归陈清。何况剧照太假了，他一直喜欢拍纪录性的写实照片。

这事过去几天之后，珠子开口向陈清讨这本画报。陈清正坐着喝茶，顺手往桌上指了指，说可以，拿去吧。珠子小跑过去，拿起画报，看了看，贴到胸前，侧过脸瞥一眼陈清，笑起。陈清说："拍了三十四张哩，你喜欢的话，回头送你一套。"珠子说："喜欢，我喜欢……"声音突然像被什么噎住，她低下头，又一扭身小跑开了。

陈清后来一直没弄明白自己究竟是不是从这一刻开始把她当女人看了。

她没有节没有假，北溪不回，婆家没有一个人知道她在哪里，娘家的父母都去世了，上面本来有个哥哥，前几年考上大学却政审不过关没去成，想不开自杀了。她没有家了，就把这里当成家。三个主人，陈珊自然是最重要的，接下来，最初第二位是俞小静，慢慢陈清即将超越陈珊时，俞小静捉奸在床了。

"你狗转世的吧，是个母的都硬得起来……"

俞小静吼叫时，他一句话都没答，答不了。心里的疑问其实也正一波波地来。珠子有异样，他很早就知道。俞小静早起晚归，陈珊还小，他只要在家，珠子不时会站在灶旁、门边、脸盆前看他。他如果恰好也看过去，珠子就猛地头一低一侧闪开了。有一次珠子端上一碗面，再把筷子递过来，他接过筷子时，手背忽然一热，是珠子的小拇指快速从上面划过。无意吗？当然不可能。还有几次珠子洗着洗着衣服，就停下，双手揪着男衬衫的衣领或前襟，低着头久久地看。他一个老看镜头的人，不可能漏过这些，但他完全没有想到有一天真会跟她躺到被窝里。那天怎么发生的已经完全想不起了，反正不是做戏，上床前浑身都在燃烧，整个人热腾腾的宛若刚揭锅的蒸笼，光凌空照耀，从头顶直灌脚底。以前每一次跟其他女人都是如此，霎时一切都退远了，只剩下男人与女人、雄性与雌性。生命在这个瞬间真实而简单，跟酒喝醉了一样，不能自控，但俞小静出现了，俞小静一出现他就醒了过来。

他不辩解，不想说跟珠子就一次，唯一的一次。这种事一次跟多次只是数量的不同而已。他也不承诺以后不再犯，承诺也没用。以前哪次发生之后不悔断肠子？没有用，春风吹又生。

那天后他再也没看到珠子。从被窝光溜溜地出来，跑去自己房间穿好衣服，珠子就走了。她的东西都原封不动，消失的只有那本画报和那沓他冲洗送她的黑白照片。

躺在医院病床上，陈清脑中曾有一团黑色的影子闪过，闪过而已，还来不及看清，就消失了。他病了，中风了，就是珠子再那么肉滚滚地立在床前，他又能怎么样呢？

六　舞台

舞台的魔力在于，它置于现实里，被聚光灯一打，立即凌空凸到尘世外，所有的动作、表情甚至呼吸都被提炼或浓缩，刹那就是一世。俞小静平时总是心不在焉，三天两头丢东西，背包也是放哪儿转身就忘了。丢就丢了，她也不一定急着找，眨眼可能连丢东西这件事都丢脑后了。她也不太打扮，头发在头顶胡乱盘个髻，衣服皱巴巴的也穿得出去，但一化妆，从侧幕往台上跨出第一步，就像通了电，整个人霎时一变，每个毛孔都在发光。一直到生陈珊前，立圆快速转上二三十下她都不喘，最简单的一个撩步都能把下面人的魂勾出来。团里再年轻的女孩，都跳不出她那股从骨头里渗出来的滋味。

但珠子走后第三天，团里却招呼都不打，突然指定另一个人领舞。群舞行吗？也不行，连为了庆祝什么节日临时排的欢呼舞也没有她了。

她每天还是一大早就起来，然后搬把小凳子坐在一角，人蜷成一团，巴掌托腮，盯着挂在墙上的粉缎芭蕾舞鞋一直看。那是她以前穿过的，十五岁以前，后来脚大了，再也穿不进去，也没机会穿，就挂到墙上，长长的缎带打个蝴蝶结，两只弓形的鞋像两颗成熟的瓜果垂悬着。从五岁到十五岁，她一双脚被芭蕾舞鞋磨出一道道伤，脚指甲翻了，裂了，血渗出了，但每天还是把脚一次次往里塞。

来这座城后，芭蕾跳不成了，但秧歌也行啊，民族舞更没问题。她体态、软开度以及控制身体的能力是结结实实用汗水垒了十年，提、沉、冲、移、靠对她来说哪有什么难度？即使蒙古族舞、新疆舞以前从未碰过，但摊开舞谱看几眼，音乐一起，她就能把柔臂、硬肩、板腰做得像地道蒙古族人，把脖子扭得胜过真正新疆姑娘。舍不得芭蕾，毕竟还有舞台。可是舞台却突然拒绝了她。

珠子的事她还过不去，这次真的跟以往不同，以往那些女的她不认识或者不熟，珠子是摆在眼前的，是保姆。珠子不主动走，她也一定要赶。陈珊已经三岁多，原本早就应该不用保姆，芬姐那里还要付笔工钱，虽然钱的事芬姐从不开口，就是迟些寄，她也不催，给不给都无所谓似的，但毕竟得寄，家里开销虽还不是问题，陈清不时总能神秘地拿出一笔钱来，但毕竟也不宽裕了。留着珠子是她想偷懒，她三顿吃得少，从小就不敢放开吃，胃就一直没撑大，装不下多少东西，但陈清和陈珊毕竟有两张嘴。陈清不挑食，可多可少可清可淡，他心思也没在这上面，但陈珊需要。珠子在，家里俞小静就不用操任何心，哪知最终却必须操起床上的心。

陈珊一直喊珠子"珠珠"。珠子消失的这三天，陈珊早晨眼睛一睁开，头左右转转就眼泪汪汪地喊："珠珠，珠珠！"天黑下来后又哭着要出去找。"珠珠去哪里了？"她问俞小静，也问陈清。去哪里了？谁知道呢？俞小静相信珠子不可能再出现了。但珠子在这里三年多，每天不停地擦擦洗洗，每一个碗，每一件衣服，甚至木板墙上每一条纹路，都曾被她的手抚过。

那几天陈清很少在家，他突然复制了俞小静以前的作息，总是天还没亮就出门，大半夜才会回。是去见珠子？俞小静闪过这个念头，但她不拦也不问。那天站在床前拼尽全力地吼叫之后，家里一下子安静下来，非常静，除了陈珊的声音，再没有其他。陈清不说，俞小静更不说，包括剧团里发生的事，她也憋在肚子里。

一周后陈清从外面回来时，像进来一个陌生人，与脖子根齐的卷曲长发不见了，换成与所有人一样的规矩短发。以前长发是他命根子，头可断血可流，长发一根都不能剪，突然剪了，是怀念珠子还是因珠子之事警诫自己？俞小静眼皮抬了抬，又垂下。

陈清走到俞小静面前，仿佛什么都没发生，笑眯眯地说："我们搬家吧。搬码头那边，工作室已经整理好，买了几件简单的家具，够用了，这边把衣服带上就行，其他的都不用搬。"

工作室完全变了，不再是暗房，每个窗上的帘子都已撤掉，玻璃上贴了绵纸。地面原先就铺有上好的红色方砖，清洗过，粘在上面的污泥都刷掉，干净得宛若平放着的一块块年糕。做饭的灶子放在门外，屋里原先的杂物都不见了，左边的两个角落架起两张床，仅有的一张桌子和一个小柜子也都挤在左边，右边则空出一大半，是真正的空，没有置放任何东西，只是墙上多出一根两米左右长的木棍，做工极差，刨得凹凸不平，两头用铁条固定到墙上……把杆？俞小静扭头看着陈清，这是几天来她第一次正眼打量他。

陈清仍是笑，说："一米二高，行吗？我去你团里练功房量了一下，你们的把杆就是这么高。地面破了几个小窟窿，我也都补上了。弄了很久，手太笨了。以后你可以在这里练功，也可以当它是舞台……"

俞小静眼皮垂下，眼光落在他手上：左手食指裹着纱布，有血渍隐约透出。她一下子转掉头，就是这个瞬间一串泪溢了出来。

她后来真的在这里练功，不仅早晚，只要空下来，随时把猫爪软底鞋换上，让陈珊也一起练。地太硬了，一开始也涩，腾跳时她小心控制落地，旋转的节奏也稍稍放缓。聊胜于无吧，日子至少可以往下过。她以为这不过是一个短暂的过渡，真正的舞台和练功房仍然在前边等着，天黑几次再亮几次，就可以重返了。不料一家人从工作室搬出来，却是二十四年后的事，而舞台仍然在远处，越来越远。画报社按职称分福利房，在新建起的新闻小区拿到一套一百三十平方米的单元房，装修好，住进去。装修方案是陈清跟施工队谈的，三十多平方米的客厅没有沙发，也没有其他家具，它完全空着，只在墙上安上一根杏黄色的标准把杆。

搬进来那天，一切收拾妥后，俞小静慢慢走到把杆前。杆上方已经预留一个挂钩，她踮起脚伸长双臂把那双粉缎芭蕾舞鞋挂上，然后侧身站着，把右手搭在杆上，再搁上右腿，下巴上仰，左手上举，掌内兜，上身向右脚尖侧去，一下，两下，然后用左掌抓牢右脚尖，定住片刻。一会儿放下右腿，站直了，脸先是视八点，接着左腿后抬，左手打开，上身直立。从背后看，几乎看不出年龄，颈仍直而长，肩背臂都薄，腹部也扁平，连发型都未变，还是在后脑勺盘个髻。状态确实还在，至少身体的开度和柔软度都还好，但有用吗？团里一切正常了，没有人再对她不好，当然也没有好。领导已经换过几茬，演员更是，一张张新面孔没有一个是她认识的。这一年她五十七岁了，没有哪个舞台会留给五十七岁的舞者。

那天陈珊也在，她一只胳膊横在腹前，另一只手托在下巴上，脚习惯性八字打开，站一旁定定地看着，什么都没说。陈清则举着相机跑来跑去，从不同角度拍着照，快门的声响在屋内连成一片。

珠子之后，俞小静再也没抓过奸。工作室的床太小了，先是陈珊越来越大，床搬到屋子的右边角落，各自拉起布帘子，之后陈尹陈萼从芬姐家回来，在陈珊的床边又多摆了一张床。这样，中间练功的地方一下子缩小了。陈清就把他们的床换了一张，从一米五宽换成一米二宽的，每晚蜷着身子躺在上面，俞小静倒无所谓，但陈清肯定睡不好。

现在他们终于躺在大床上了，真大啊，像一艘新鲜的船。搬进新房当天晚上，没有开灯，一切都是模糊的。俞小静问："当时你全家去台湾，你为什么不一起走？"

陈清可能没想到俞小静突然这么问，静默片刻才说："我那时不正在上海读书嘛。"

俞小静说："他们不催你回来？"

陈清说："催了，电报一封接一封。"

俞小静说："如果你那时听他们的，从上海赶回来……"

陈清叹了口气，说："这事几十年来我也想过很多次。如果我回来，跟着父母和两个姐姐一个妹妹一起去台湾，就不会遇到你，你也不至于受牵连被赶下舞台。这个，太内疚了。你天赋那么好，那么喜欢跳舞，付出那么多汗水……真的很抱歉，这么多年，这句话一直在嘴边，我都说不出口……"

俞小静说："不是，也不全是因为你。其实还跟我母亲有关……都是命吧。我最心酸的就是这个，有天赋没用，多喜欢多努力也没用，平白无故

293

一个浪突然打过来，就被吞掉了，一点余地都没有。好在都过去了，终于都不是个事了。前几年海上走私来那么多台湾的东西，家里的三用机，我们戴的手表、做衣服的布、用的伞，说不定哪件就是你父母或者姐妹生产的。今年台湾那边还刚成立了海峡交流基金会，两岸反正已经跟以前不一样了。"

一道黑影在床上方闪过，是俞小静的腿，她把一条腿举起，在空中划出长长的弧线，脚尖就顶到枕头后面的床板上，膝盖贴紧脸，定住几秒，放下，换成另一条腿，这样反反复复几次。夜色之下，近三十年的时光仿佛一动不动。结婚的当晚她就这样，从未停止过，仿佛是睡前的必要仪式，做过了，就是宣布他们可以正式去睡了。

第二天起来俞小静说自己做了一个怪梦。

陈清问："是什么？"

俞小静说："不是太吉利，一定要说吗？"

陈清点点头。

俞小静眉头皱了皱，说："梦见在树林里走，树很多，到处都是，那种高得望不见顶的树。我低头找路，地上却铺着一张你的脸，好大好大的脸，眼还在动，眼慢慢裂开，裂成两个洞，一股股血从洞口涌出来……"

"然后呢？"陈清催她往下说。

俞小静说："然后我就醒了。"

陈清笑笑，抿抿嘴。他没说，自己昨晚其实也做了一个噩梦：他赤裸着躺在床上，对，就是这张床，像一艘新鲜的船，但他人却不新鲜，而是焦化了，变成一条烤干的鱼，而且越变越小，小成薄薄的丁香鱼，他想动，动不了；想喊，喊不出。

七 二十三年前

二十三年前陈尹在北京举办了第一场个人漆画展，规模不大，但影响不小。她给陈清、俞小静、陈珊买了机票，酒店房间也是她订的。

以前陈尹文化课一直不好，高考前拼命读了，也只考进工艺美术学校。在校时成绩平平，却干了件轰动的事：发狂倒追教历史的班主任姜和平。姜和平是北京人，后来辞职回北京办画廊，陈尹就跟去了。这次给陈尹办画展的就是姜和平。漆画是什么呢？就是在特制的木板上，以大漆为材料，把蛋壳、螺钿、瓦灰等东西镶嵌、涂抹出图案，然后再一层层打磨、推光、揩清。按姜和平的说法，漆画对温度、湿度要求高，其实并不适合北方。"陈尹的工作室放在你们家那边更好哩。"姜和平说到这里咳了一声，好像被什么噎住了，然后又笑起。他比陈尹大九岁，个子瘦小，看上去似乎比陈尹都矮。当年陈尹第一次带他回家时，陈清和俞小静脸都黑了。真的丑，五官没有一个是正常的，牙齿外暴，鼻头奇大，眼睛缝着，太阳穴内陷，一切都远远超出舞蹈和摄影的审美底线，但陈尹坚决要嫁，断绝父女母女关系也要，就嫁了。倒不是断绝关系能吓得住谁，本来这层关系就没多少，陈清考虑的是，十天可以不说一句话的陈尹，未必那么容易嫁得出去。长得虽然还行，但眼光不行，习惯性倒追的第一个男人是芬姐的儿子安安，相比较姜和平好歹大学毕业，长得是难看，也不是毫无优点，至少能说会道这点摆在那里，上下五千年随口就来，京片子又好听，说到激昂处，别人不论笑不笑，他自己先呵呵呵放声高笑。再丑的人笑起来时都顺眼了很多。

工作室放你们家……陈清暗暗琢磨着这句话。老实说，他知道陈尹在工艺美术学校学的是漆画，却根本不知道她怎么学，学到什么地步，陈尹自己也从来不说。首先她很少回家，到了北京后就更少回，即使回了也一直闭紧嘴。姜和平下海挣了钱。姜和平开了家文化公司帮名家卖字卖画。姜和平前年把儿子送去英国读中学。姜和平买了块地建起陈尹漆画工作室。这些断断续续来的消息都表明陈尹在北京日子过得不错，不必担心。

没有料到的是居然办起画展了，场面还挺大，画也好，比想象的好太多了。

画展上午十点开幕，展厅里挂着一百六十幅画，色调以红、黑、金为主，大的一人多高，小的长宽不过一尺左右，内容很参差，抽象的看不懂，但站在每一幅前面，都神经颤颤的，随时会被吸进去似的。具象的如民居、树木、山川、星夜、荒原、佛像，也都怪怪的，说不出来的怪，跟以前看多了的水墨、油画的感觉完全不一样。砖石、道路、树木居然可以用蛋壳贴出这么有立体感的纹理，陈清是第一次知道，他扭头看看站在旁边的俞小静，她脸上也是惊讶，那种想掩饰住，却还是从每个毛孔往外钻出来的吃惊。

陈珊能跳舞，陈萼考上清华，又去美国留学，三个女儿中他们一直以为最平庸的就是陈尹了，没想到陈尹艺术表现力这么好。

来宾很多，看上去都是姜和平请来的。陈尹和姜和平得陪客人，就派手下人带着陈清三个在展厅走走。是一个年轻女孩，个子不高，圆脸，娇小得像中学生，她说："我叫李莉，在公司做两年会计了。"

三人跟在李莉背后在展厅里慢慢走着，每幅画李莉都很熟悉，哪年做的，做了多久，用了什么材料，最终用几号砂纸打磨，又推光揩清了几遍等等，无论怎么问，都答得上。"你也做漆画吗？"陈清好奇了。李莉脸微微一红，头先往旁一歪，再摇起。"哪能呢？这个太难了，我一点都不懂，光是听来的。"

这时他们走到那幅至少两米高的大画前，停下，仰头看着。其实一进展厅，就看到它了，挂在展台最中央位置。画面很洁净，黑底，是那种泛着珠宝光泽般的墨黑，衬着一位中年女人的半身像，白衬衫黑长裤，利索的齐肩短发，肤色泛白，又隐隐有光，脸仰视前方，眼皮微垂，唇微启，仿佛在笑，五官与肢体却清晰地布满忧伤。

恰好此时姜和平陪着七八个胸前别着红绢花的人走来，都是请来的嘉宾。陈尹也在，今天本来她应该是主角，却一直后缩，开幕式时麦克风递过去，她也摆着手一句不说。姜和平嘻嘻哈哈地撑场面时，她站旁边抿着嘴小笑，眼始终盯着他，仿佛她不过是姜和平的小配角。

李莉往旁闪了闪，后退几步，顺势把胳膊举起，示意陈清他们三人也避开，把位置腾出来。

这群人也在这幅画前停下，他们显然对漆画也所知不多，左右问着。姜和平答得很细，指着画里的白衬衫，说是蛋壳贴出来的，脸是用日本999银箔捣碎后敷的，头发是螺钿切条粘贴再罩黑漆打磨，诸如此类。他胖了点，没有先前那种寒酸气，腰杆子像是已经被钱撑了起来。以前陈清老是怕自己变肥，一肥就会油腻，现在他从姜和平身上看到相反的效果。瘦并不见得都跟仙风道骨画等号，有些男人正是身上有点肉了，才能把猥琐气覆盖住。

有人用指尖在画面轻轻抚过，说："哇，这功夫下得真细啊。"又上前一步，俯身看了看贴在画旁的标签，立起，问："题目叫'芬姐'？噢，这幅怎么没标出一平尺多少钱？"

姜和平侧过头看着陈尹，陈尹静默片刻，笑起，轻声说："这幅是非卖品，它不卖。"

"为什么？芬姐——有什么深意吗？"

"她是我母亲。"

"噢！"那些人喊了一声。

姜和平说："不仅不卖，这次画展结束后，她还要挂到家里的客厅上哩。"

"噢！"那些人又喊了一声。

陈尹那句话声音不大，但站在旁边的陈清、俞小静和陈珊都听到了。三个人没有交流，眼珠子都不转动，陈清和陈珊也都不把眼瞟向俞小静，仿佛一瞟就会把尴尬放大了。李莉双手搭在小腹上，嘴咧着，笑得安静而喜气，这会儿才转过头，看着陈清，小声问："芬姐，你们认识吧？"

陈清一愣，没有答，头也没点。

刚才他已经觉得这幅画里的女人眼熟，只是没有往深处想。看画展总是这样，展厅里这么挤，人纵横走动，墙上则是花花绿绿这么多画。谁一口吞下成山的营养能一下子消化掉？似乎每幅都认真看了，最后却大多糊成一片。

陈尹居然为芬姐弄出这么大一幅画，她说芬姐是她母亲。

接下去继续在展厅里走来走去时，陈清情绪就散了，画仍看，但看的都是内容：是否也画了他、俞小静或者陈珊、陈萼？没有，都没有。

陈萼已经去美国十几年了，嫁给美国人，她的三个混血儿从未带回来过，陈清看到的只是照片。她也把芬姐当母亲吗？按小时候她与陈尹的关系，陈清以为这次陈萼会专程回国，居然没有，说太忙了，没时间，但她托人订购了一个花篮，这会儿就摆在展厅的门口。

重新转到芬姐的那幅画前时，远远看到陈尹仍在那里，正被两个中年男人一左一右围住拍照。一开始他们站着，扭头看看，怕挡住画，又蹲下拍几张。这时候的陈尹一点都不拘谨，手搭住两个男人，很亲昵地环住对方脖子,虽也不多说,但笑得很放松,甚至有几个蹦跳的动作。

陈清看看李莉,显然李莉也不明白那两个男人是谁,脸上微微有一层惊讶。

姜和平正拿着相机给他们拍照,突然看到陈清,扬起手大声喊:"哎呀,那才是专业摄影师哩。爸,过来过来,帮忙拍一下。"

陈清迟疑着,最终还是上前。姜和平递过的是佳能傻瓜机,整个画报社没有人用这种机器的,陈清也没用过。但也难不住他,他把眼睛贴近取景框,拍下一张,又拍了两张。就是在按下快门的瞬间,他突然捕捉到那两个男人与画里芬姐脸部特征的相似处。

姜和平凑近来说:"爸,妈,珊珊,来,介绍一下,这是陈尹的哥哥,对,就是芬姐的儿子。他们赶今天早上的第一趟航班来的。"

年长的那个中年男人合掌躬两下腰说:"抱歉抱歉,迟到了,太对不起我妹了。"

另一个也附和道:"是啊是啊,昨天来就好了,偏偏昨天有事走不开。"

陈尹马上说:"没事,你们能来就够了。"

两个男人都把巴掌伸给陈清,陈清握过,说:"以前我们见过。"

"啊,见过?什么时候?"

陈清说:"好多年前了,最后一次应该是……"

陈尹插上嘴:"就是我妈死的那次。"

兄弟俩都回过神来,夸张地点点头。那次他们没记住陈清和俞小静很正常,毕竟死妈,这么大一件事,到处乱哄哄的,哪记得住陌生面孔。其实更早以前陈清也去过他们家几次,但那时他们都还小,他也年轻,不过二十多岁,满头长长的乌发一圈圈卷曲,也没戴眼镜,骑一辆老旧的二十八吋飞鸽自行车。后来他就很少去,陈尹陈萼回城里读书后,更不会再去。

"咦，怎么只来两个，不是还有一个吗？"这是俞小静问的。一个上午她一直不怎么开口，突然一问，大家都愣住了，兄弟俩互相看一眼，笑了笑。

陈清注意到陈尹的脸色也涩了一下。她三十九岁了，穿一套紫红连衣裙，脖子粗大，背厚实，小腹那里也微微隆起，整个人已经处于发福的前夜，但还好，站在姜和平边上仍然称得上是一朵牛粪上的鲜花。有记者过来采访她，她连连摆手推托。姜和平说："去吧去吧，宣传一下是必要的。"边说着边捏住她胳膊往旁边屋子拉，同时招呼记者一起去。他的意思是大厅里太吵了。

他们离去后，芬姐大儿子靠过来，巴掌拢住嘴，解释了最小那个弟弟没来的原因。周围确实太吵了，把他断断续续的话拼接起来，大致还是听明白了：出狱了，没工作，到处打零工，很自卑，不敢来。"他们以前不是差一点……"

陈清瞥俞小静一眼，想起来了，陈尹恋上过芬姐小儿子安安。如果当年真嫁给他了，陈尹哪还会有今天的画展？陈清点点头，长吁了一口气。芬姐不自私，她没有护着儿子，这一点连很多学识渊博的女人都不一定做得到。陈尹画了她，她值得画啊。

当天晚上俞小静就执意要回，陈珊也说要走。她们在北京这两天心情都不顺，不顺得各不相同而已。"这次不该来。"这话俞小静小声重复说了三次。

陈尹没有挽留，叫人去民航售票处买了机票，姜和平开车送他们去机场。车子挤一挤坐得下的，但陈尹没有去挤。她送陈清几个出门，俞小静和陈珊一步就跨进车里，陈清迟一步，他看出陈尹有话要说。

"对不起，这次照顾不周。"

陈清摆摆手,他本来想拍拍陈尹的肩膀,手举起了,又猛然停住。所有亲昵的动作,他们之间从来没有发生过,都很不习惯。

陈尹说:"我的生活你都看到了。"

陈清嗯了一声。是啊,看得很清楚,挺好的。他转过脸时突然看到李莉正站在宾馆门口,双手还是交叉在小腹前,远远看着这边。发现陈清看她,她立即微微俯下腰行礼。陈清连忙摆摆手,算是道个别了。

陈尹说:"要说理想,我当年的理想很简单,就是要比我妈强,不能嫁个你这样的丈夫……噢,抱歉!我也做不了她那样的女人,丈夫一次次出轨,她能一次次无所谓。还有,我也不能生一个我这样的子女……真的,我都做到了,你就放心吧。"

陈清低头钻进副驾驶座,那个瞬间,他腹底有股酸水往上冒,很难受,想呕。

飞机上他就开始头晕,以为是劳累的缘故。回到家不怎么动,整天躺着,还是晕。只好去医院,查了血象,又反复测了血压,高压都超过了一百五十毫米汞柱,医生说得开始吃降压药了,而且不能停,得每天坚持吃。陈清摇头,他说做不到每天吃药,对他来说这太难了。医生显然生气了,说:"不吃你就等着中风吧。"

果然最后就中风了,躺进医院。

八 三十年前

三十年前陈珊最后一次相亲。她十几岁就有人追,但俞小静防得紧。女人一恋爱母态就出来了,具体的体现就是乳房和屁股开始囤肉。迟点吧,跳上该上的那个舞台后再说。"你不能重复我,"俞小静说,"你得跳出来,

301

往远处走。"

俞小静所说的远处指的是上海芭蕾舞团,事实上那地方已经离陈珊太远了。

陈珊对自己上的只是艺校并没有不满,以鸡头凤尾的理论而言,她甚至觉得挺幸运。在艺校她跟当年俞小静在歌舞团一样,位置没有其他人可以取代,除了独舞,就是领舞,不会有其他的待遇。然后留校,带学生上基训课,挺圆满的。

她毕业时俞小静曾打算找团里领导,陈珊一听就嚷起,她说:"那地方欠你的,而且去了也只能混在群舞里,我不去!"

俞小静说:"再怎么样,我们团是全省最顶尖的。艺校能有什么出息?"

陈珊说:"我不要出息,我要自在。"

不急着找对象也是为了自在,结婚有孩子的麻烦不是都摆在那里吗?一年一年拖下来,俞小静倒还好,陈清却坐不住了,开始打电话给老同事和老熟人,让他们帮忙物色。

那天在茶楼里见的人是中医院推拿科的医生。刚坐定,医生打量她,说:"你太瘦了。"陈珊笑笑,没有答。她一米六九,身高与俞小静一样,却重了三斤,俞小静一百〇二斤,她整一百〇五斤。长手长脚长颈,身体比例她从俞小静那里遗传得也很好,但小头小脸小骨架,俞小静却没有传给她。她头太大了,头围超出六十厘米,脸因此也大,所以俞小静在歌舞团跳主角,她只能在艺校跳。被上海舞蹈学校拒收应该也与此有关吧?练得再狠,脂肪全练干了,看上去仍是一颗肉肉的大脑袋。瘦吗?她不觉得。

医生把右手搁桌上,屈起四指,跷着大拇指,然后定定地看着陈珊。

陈珊也看他,再看他大拇指,不明白是什么意思。

医生笑起,似乎有点得意。他把大拇指左右摆动几下,说:"有没发现它特别粗大？"

陈珊眉短促地皱一下，她已经想站起走人了。这时候她感觉到口渴，端起茶杯喝掉。茶不错，是街面上正流行的茉莉花茶，顺口，唇齿留香。喝了人家的茶，出于礼貌，她点了点头。医生说："这是每天推拿掐穴位弄出来的。以后不管成不成，我都可以帮你推拿。跳舞的人关节损伤在所难免。"

陈珊又喝掉一杯茶，说了一句谢谢。

医生好像受到鼓舞，索性把五指都张开，并往她这边伸了伸，说："你再看看我无名指。"

巴掌真是厚实，红扑扑的，仿佛上过胭脂。他不仅大拇指粗大，每根指头都一样，肥厚得像用福尔马林泡过的，包括无名指。幸亏这不是我的手指，陈珊想。舞台其实是一个反人类的苛刻之地，跟地心引力斗，跟自身肌肉筋骨斗，甚至跟遗传基因斗，它不过是俞小静喜爱的，却不是她。她从小被俞小静逼着往上面走，一点点向前，内心却一步步后撤。

"哎，看出什么了吗？"医生又问。

陈珊摇头。这个靠手吃饭的人，在玩一个无聊的游戏，她一点都不想再应付下去。她把包揪过来，正要站起，医生腰间嘀嘀嘀响起。他低头，把 BP 机取下，仔细看着上面，嘴角浮着一层不明就里的窃喜。

陈珊连忙说："你有事？那我们先这样吧。"

医生说："啊没事没事，有个领导约我明天晚上去他家给他老婆推拿，我不一定去的。"说着他把 BP 机重新挂到皮带上，然后再把手伸过来，说："有没发现我的无名指超长？刚看到一篇文章里说，男人无名指越长，其睾丸相对体积就越大，雄性激素含量也越高，产生精子的可能性也就越多……"

陈珊拿包的手一下子停住，脑中空白了几秒钟。这个话题太突兀了，

303

用电闪雷鸣来形容都不为过。她迟疑了一下，还是开口："你读到的是学术论文？"

医生索性把十个手指屏风般竖到胸前，说："不是不是，是报纸上看到的一个小文摘。"

陈珊问："你的意思是？"

医生说："我无名指这么长，睾丸肯定很大，精子当然也多。精子越多，以后你受孕的可能性就越大。虽然计划生育了，只能生一个，但一个也是需要无数个精子做后盾，才能优中选优，你说是不是？"

陈珊扑哧笑起，同时也站起。哪来的一个奇葩啊，受教了。医生也站起，问："要走了？我们不合适吗？"陈珊说："当然。"然后就快步出门。回到家她马上让陈清把手掌伸出来，这是她路上想到的。文摘上说的就一定没道理吗？必须找一个男人证实一下。陈清的手指柔软纤长细白，无论如何陈珊更愿意把身体交给这样的手。无名指确实长，超过食指一截，仅比中指短一小截。

陈清问："你干什么？"

陈珊盯着他半晌，还是笑。看来有些人犯一些错是命中注定的。有点想把从陈清身上得到的印证告诉那个医生，一闪而过的念头罢了。医生的父亲也是画报社的，以前跟陈清是同事，也就是说介绍人某种程度上说就是陈清。一个无名指那么长的男人，给她介绍另一个无名指超长的男人，这事想想就有点滑稽。陈珊说："噢，你跟你同事回个话吧，他儿子我没兴趣。"那次珠子的事情发生后，她再没喊过陈清"爸爸"，一直以"噢"代替。不过一个称谓而已，看上去陈清也没介意。

顿一下陈珊又说："以后别给我介绍谁了，没用。今天是最后一次相亲，以后我不相了。"

"那你以后怎么办？"陈清腔调一下子难听起来。

陈珊说："不急，慢慢找，总会有合适的。"

他鼻孔重重吸吸，咽几下口水，说："合适二字，怎么下定义呢？只有天知道啊。不论男女，也许真的有最合适的那一个存在，可究竟在哪里？要同朝同代，同处于一个空间，还要有一个彼此看到对方的契机，可世界太大，一世太短，总是错位，其实很无奈的，不是想找就找得到。"

陈珊说："我等呗，遇得上就结，遇不上一个人过也没什么不好，总比两个不合适的凑在一起硬过好。万一嫁的是个三不着两的男人呢，不知得受多少委屈，比如……算了，我还是不比如了吧。"

陈清脸色一黯，心里扭了一下，他听出她话的意思了。三个女儿性情不一，嘴巴尖利却是一致的。

从那时起，十年过去，又十年过去，陈珊仍然老样子。她搬出去住了，艺校分给她一套六十平方米的福利房，她住了一阵又自己在码头附近买了一套一百二十平方米的，福利房出租了，租金刚好可以抵按揭款。年纪越大，课时越少，渐渐就进入半退休中，不需要每天赶去学校。她买了车，想吃想玩就自己带自己去。有天她一路按车载导航里林志玲的嗲声提示，把车开上北溪。虽然已经很多年家里从来不会有人提到这个地名，但这两个字不时在她脑中柳絮般飘来飘去。

有点意外，村子比她想象的像样，路已经修进去了，可以通车，房子也不差，到处是新建起来的钢筋水泥楼房，她甚至在一些人家门口看到拉布拉多犬和英国短毛猫。只是人不多，四处很安静。她下车在路边站一会儿，不知道自己来干吗。算一下珠子多大了？也近八十了，还活着吗？还那么黑吗？还有厚厚的唇和屁股吗？

她没有向人打听，站了一会儿，看了一阵子，又重新上车，把村子能通车的路都绕一遍，然后走了。

那天省文化厅的人给她两张票，上海芭蕾舞团来商演，《天鹅湖》。她开车接俞小静一起去。公主，王子，斗恶魔，获幸福，一个浪漫也陈旧的老故事。进场前陈珊去取了一份宣传册给俞小静，俞小静低头看了一会儿，突然说："以前，我跳这个位置。"

"以前？"陈珊没回过神。

俞小静点点头："小时候，在上海。"

"跳奥杰塔？"陈珊头凑过来。

俞小静手指在剧照上指了指，说："不是，跳白天鹅奥杰塔的是洋人，我只跳了群舞和插舞。这里，第二幕第三分曲中拱卫奥杰塔的众天鹅中的一个。"

陈珊嘴张了张，相当意外。俞小静小时候是什么时候？那么早上海居然就有《天鹅湖》了？俞小静看出她的疑问，说："我老师是俄罗斯的，夫妻俩三十年代来上海教芭蕾。"

陈珊噢了一声。接下来她就明白了俞小静整个看演出的过程中为什么会有那样的反应了：大幕一拉开，俞小静一直挺着背，双手抓牢前排靠背；中场休息时，灯一亮，陈珊就站起去厕所，顺便买两瓶水带回，递过去，俞小静摇头不接，眼珠子盯着闭拢的红丝绒幕布；全场结束，演员谢幕，大家都鼓掌站起，俞小静仍坐着，脸上全是泪，看得出她已经用力忍了，泪还是一串串滚下来。

陈珊无声长吁一口气，人的很多热爱，其实都是给自己套上枷锁，倾越多的情，套得就越沉重。陈珊要把俞小静送回家，车子开出剧院停车场，俞小静坐在副驾驶座上，一直车转脸看窗外。外面灯已经黯淡，一幢幢白天挺拔的楼房，这会儿都变得虚弱，黑乎乎地隐在晦暗中。"珊珊，"俞小静突然说，"上芭啊，我们的上芭啊……"

陈珊想，是你的上芭，不是我的上芭。但她闭紧唇，没有说出口。

俞小静说："我八九岁，就能连续做'挥鞭转'了，就是第三幕，黑天鹅奥吉莉娅单脚立地快速三十几下的那个旋转。那是芭蕾最炫技的动作啊，学芭蕾的每个人都会憋着劲狠练。但我那时太小，腿部力量不够，主力腿支撑不足，提踵速度总是不够，动力腿前踢侧踢虽然都没问题，吸体时髋部水平稳定却一直不好。那时多么想练到三十秒内完成三十二次旋转，三十秒……可是后来我离开芭蕾，鞋挂到了墙上……"

陈珊愣一下，点了点头。肩和胸打开，主力腿撑地，动力腿悬空甩向十二点和三点方向后，迅速吸回，提踵，留头甩头旋转，一次又一次。芭蕾鞋挂在墙上，但几十年里俞小静穿软底鞋，不也一直在练，并且让陈珊也一起练吗？一开始陈珊手臂侧平举时老是比动力腿的踢出慢半拍，很难，协调不了，整个动作形不成一个弧形。但学会了，就不难了。她第一次转起来是什么时候？想不起了，反正是在工作室的红砖地上，单足立地，双肩和动力腿同时打开，旋转，越来越快地旋转，仿佛小鸟长出了翅膀。如果不是俞小静太多的强迫，陈珊想，自己或者会对舞蹈生出正常的热爱。强迫过了，就逆反了。

俞小静说："真的不甘啊，如果能从头再来一次该多好。我……"

话断了，是被牙咬住的。陈珊把车往路边别了别，踩下刹车。不知该说什么，她就不说了。车没熄火，空调开着，轰鸣中细微的颤动从脚底缓缓蔓延到头顶。她抬起左臂，把手肘支在车窗上，巴掌托住脑袋，侧过脸看着俞小静，她已经很久没有这么近距离端详这个被称作母亲的女人了。

长颈，扁平的肩背，白发，白得发亮，仍始终如一地在脑后盘个髻，坦露出宽大的额头。陈珊吸一口气，又缓缓吐掉。到这把年纪，俞小静仍保持这样的美感，不正是舞蹈所给予的回报吗？不甘可以理解，但谁甘呢？都必须承受。如同她，她现在仍然单身，那就继续单吧，无奈之下，只能继续无奈。

她重新发动了车子，她得把俞小静送回去。这座城不大，所有马路白天的拥挤都已经散去，像一个裹太多衣服的身体，从冬天跨入夏日，卸掉累赘，一下子轻松了下来。她不会想到后来还会有一天，也是这样的夜色下，旁边也坐着俞小静，她同样开车向着新闻小区驰去，推开门，发现陈清已经瘫倒在床上。脑血管堵塞抢救的黄金时间是六小时以内，可是陈清被送抵医院时，整整八个小时已经过去，脑细胞已大面积坏死，肢体瘫痪，没有意识。

九 火车

火车从上海闸北火车站开出，是一九四九年七月十九日，离现在已经七十一年了。

那天是半夜集合去火车站的。迟睡或不睡对俞小静来说不是新鲜事，但坐火车是。她十五岁，第一次坐火车，第一次离开大上海。

身上土黄色军服肥大得可以塞进两个人，皮带也太长了。两天前发服装时，中队长特地帮她在皮带上多戳出两个洞，这样腰总算被勒住了，细细小小的像鸭脖子。一个多月前上海解放的第二天，路上一下子就冒出很多穿军装的人，甚至不时有打着腰鼓扭着秧歌的队伍，欢乐得整条路仿佛都跟着舞动起来。黄色顿时成为最时髦的颜色，没想到眨眼间，自己居然也穿上了。俞小静最麻烦的是帽子，头顶上盘个髻的长发要剪吗？试了试帽子，她头小，有髻也扣得下，只是顶上古怪地隆起一个包。她是不想剪的，五岁起她就一直留这个发型，所有头发都简单地束起，盘到头顶，让前额完整裸露。但其他女孩都剪了，齐刷刷的短发拢在耳后，戴上帽，马上就是一脸的英气。她犹豫了一阵，最终也剪了。头发是自己的，以后再留反正也不难。

五岁那年，她被母亲送到俄罗斯人索考尔斯基和他太太勃朗诺娃那里，跳芭蕾。母亲并不知道芭蕾是什么，勃朗诺娃正招学生，母亲就让俞小静去了，要是也能有勃朗诺娃一样的舞姿与体态，以后去百乐门肯定吃香。勃朗诺娃整天黑着脸训人，脖子要这样拉长，脚尖要这样绷直，但对她，勃朗诺娃却总是夸，从身材比例、舞台表现力到腿的力量、胯的软开度，甚至脚踝关节的柔韧灵活性，每一样都说好。"记住，你是天生吃这碗饭的，要一直跳下去！"这句话她说了很多次。

当然要跳，俞小静从来没想过不跳。

那天从兰心剧院出来，见路边很多人围住一圈，中间两张桌子，几个穿土黄军装的人正坐在桌边急急写字。她喜欢热闹，舞台就是一个热闹的地方，下面坐的人越多整个人就越兴奋。她凑过去，恰好旁边站着一个穿藏蓝色美式夹克装的高个男子，白净，戴副圆形黑框眼镜。

"这是干什么的呢？"俞小静问，那瞬间她就是觉得这个人可以信任。

男子低头看着她，笑起，嘴角清晰地现出两个小梨涡。男人有梨涡真是又奇怪又特别。"招文工团。"说着，他突然脸一红。

俞小静问："市里招吗？"

男子说："不是，是外地。"

"外地？哪一地？"俞小静越来越好奇。

男子说："跟着解放大军一起去南方。解放全中国，需要很多很多人才哩。我们要去南方，去支援那边。你也是来报名的？"

俞小静摇了摇头，说："不是，我哪儿都不去，我要在上海跳舞。"

男子说："文工团就是唱歌跳舞的。我也报名了，但我只会拉二胡，不知人家要不要。"

俞小静不解："为什么不要？"

男子说："这次想去的人太多了，不可能都去。"

"哎，你，来报名的吧？"是坐在桌子后面穿土黄色军服的中年女人在喊，见俞小静看她，马上举起手招着。

俞小静犹豫了一下，还是过去了。她站在桌子前，正回答着中年女人的问话，一扭头，看到旁边桌子前有个人正前倾着身子，双手撑在桌面。第一眼没弄清男女，脸全埋在袋子般垂落的齐脖子长发中，像是烫过，一绺绺地卷曲。听到声音，才知道是男的，是一口浓重的南方口音。看上去他有点着急，嗓子偏大了，手不停舞动。这次要去的地方就是他老家，他强调的就是这一点，他说虽然自己不会唱歌不会跳舞，但他会拍照。

俞小静从他胳肢窝上望去，挂在脖子上的一架相机正悬在前襟，随着他用力地说话微微荡着。又长又卷的头发、相机、南方口音，这是她对陈清的最初印象。后来陈清解释说，卷发是母亲遗传的，他两个姐姐一个妹妹也一样，全是一头刨花似的卷发；德国蔡司依康皮腔折叠相机是父亲送的生日礼物，父亲开一家货运公司；南方口音是因为他家乡人说的都是方言，他这次南下，回到老家，完全可以给大家当翻译。

几日后，文工团的录取名单在《解放日报》上刊出来，有俞小静，也有卷头发的陈清。那个高个子的嘴角有两个小梨涡的戴眼镜男子，俞小静上下找了几次，都不知道哪个是他。那天在报名现场，卷头发的人看到俞小静，马上就凑近来，报了自己姓名，又问了俞小静的名字，一点都不认生，仿佛已经认识一百年。俞小静反身，头转来转去在人群里找，却没有看到那个梨涡男孩。他不知去向了,她还不知道他的名字。

母亲不同意她离开上海。全中国哪里能跟上海比?居然去南蛮之地?一盏霓虹灯都没有不说,还蛇多蚊子老鼠多,怎么可能天天有舞跳?俞小静抿着嘴,她不相信母亲说的是真话。一直仿照美丽牌香烟上那个女人的发型和装扮的母亲,每天顶着一头大波浪头发,穿绸缎花旗袍,抹极艳的口红,看上去没有一丝乡下人的气息,但她确实是浙江乌镇那边的人,十岁才来上海,来了就进了百乐门,会唱歌,但不认得几个字,她去过最南的南方不过是自己的老家。

家里只有两人。母亲堵上门,把俞小静锁在屋里,但第三天凌晨俞小静还是从窗户爬出,随身带的东西中包括那双粉缎芭蕾舞鞋,然后去了黄浦江边的沪江大学。原来不仅有文工团,还有干部团、卫生队、警卫队,沪江装不下,复旦和大同中学还分走一些,合在一起两千多人。每个人都很高兴,笑声不断,俞小静很快也跟他们一样,开始用比平时大两倍的声音说话。出操或者开会学习时,她头常常不知不觉就转来转去,这样她就看到了一头卷曲的长头发了。

卷发和梨涡她更喜欢哪个?不知道,至少那时她没有想过。陈清出现时,那一刻她很欣喜。这么多人,她却一个都不认识,终于看到陈清,陈清不熟的脸,却是她在这里最熟的。

大学生很多,至少一半以上。陈清也是,他十八岁,在大夏大学读教育学,同时加入了校摄影社,跟书比起来,他更喜欢的是照相机。"你是哪所学校的?"陈清问。

俞小静摇头。几年前横浜桥那边建起上海市实验戏剧学院,分演员组、技术组和编导组招生,一起跳芭蕾的师姐好几个都去这里上学了,以后她可能也会去,但现在还没有,她哪所学校的都不是。陈清看着她,手在自己包里掏着,然后巴掌向前一伸,掌心里躺着一个东西,笔,黑色的派克笔。俞小静一怔,边后退边重重摆手。女人收男人东西,都会有代价的,这是母亲说的。笔的代价是什么她不知道,她只是不想要,也不需要,她平时消耗的是芭蕾舞鞋,三天两头磨破一双,而不是笔。

陈清没有一点勉强,收起笔,马上像笔是刚捡到的一样,嘴一咧,很高兴地笑起,把两排细白的牙齿充分露出来,牙缝间津津的口水泛出隐约的光。眼睛真特别啊,不大,但细长,弯出一道月牙儿,一笑就眯得更弯了。"到那里我就是东道主,那里有很多非常美味的小吃噢,我带你去。"他说。

俞小静点头,也把嘴尽量咧大笑起。以前的日子是方方正正的,每天几点起床,练几小时功,排多久的舞,都相差不多地循环,她没有厌倦,也非常喜欢。突然变化说来就来了,她在喜欢中,又加进了更多的兴奋。就要和这么多年纪相仿的人一起,坐上从未坐过的火车,去从来没去过的南方,见到更多陌生的人,吃到很多美味小吃,真好,所有一切就像一把折扇,正在眼前徐徐展开。

没想到火车一出上海就被炸了,两架从台湾飞来的飞机丢下炸药,砸中火车头和文工团前一节车厢。俞小静坐在陈清后面一排,坐下没几秒,到处还都是声音,陈清就一下子睡过去了,头左一下右一下地晃。俞小静后来一直没弄清自己究竟是怎么飞出去的,沉睡中的陈清又是如何把半空中的她给抓牢,在摔落过程中再把自己的身体及时垫在下面。她昏迷的时间很短,或者谈不上昏迷,只是吓得一时没了知觉。醒来时眼前是黑的,各种声响灌进耳中。她眨眨眼,慢慢回过神来,看清占据眼眶的是车厢顶。灯全灭了,车窗外其实已亮,但因为有雨,就亮得晦涩而隐约。她动一动身子,发现自己居然是仰面朝上,背上是软的,往下滑,滑到地板上,正好就与陈清打了个照面。他脸被头发遮掉大半，眼从发缝间露出来，还是弯弯的月牙儿，还有细细的白牙，额上却有一道清晰的血痕。"哈，你没事就好。"他说着，嘴猛一咧，露出更多的白牙。

那一刻俞小静想，自己这辈子肯定很难忘掉这个笑容了。

六年后在与陈清的简单婚礼上，她看到陈清脸上又布着一模一样的笑，柔软，善意，宠溺，它们像风中海浪撞向岩石，瞬间就能吞没女人——后来俞小静才知道，不仅仅她，其实还包括其他女人。

画报社腾出来给他们做新房的宿舍不到十五平方米，陈清却弄来一张大床，把房间占去大半。本来他是想弄一张拔步床，跟他出生时一模一样的床，有围栏，有垂柱，有床楣，有踏板。他说自己从小都是睡大床，越大越舒服。出去读书，他忍了，结婚了就不想再忍，但城里已经买不到那样的雕花床了。

那天晚上他们一直在说话，说了大半夜，其实主要是陈清说，俞小静的生活都摆在面上，三言两语就说光了。陈清的不一样，他让俞小静有很多意外。

他说："你记住，以后无论我跟别的女人怎么样，从见到你的那一天，这辈子我最爱的人肯定都是你了。"

他又说："我家里以前是开货运公司的，我在上海时，他们打电报让我速回，我没回。终于回来时，他们等不及，已经坐船去了台湾。"

停一会儿，他接着说："走之前他们留了一封密信让人交给我……因为怕我生活无着落，他们在公司一间废弃的办公室埋了些厂条，大黄鱼、小黄鱼都有……算了，你知道了没什么好处。今天告诉你，是想让你放心。"

厂条就是金条，大黄鱼、小黄鱼指金条的大小，这些俞小静都懂。货运公司，办公室，陈清租下那个工作室原来就是为了金条。"确实有金条吗？"她问。陈清在黑暗中默默点了点头。"挖出来了，也重新藏好了。不能铺张地用，免得招惹麻烦，但钱反正不会成问题，以后我不会让你吃苦，其他的都交给我，你什么都不用问。"

俞小静轻轻嗯了一声，突然记起那个梨涡男子，他叫什么？如今在哪里？结婚了吗？娶什么样的女子为妻？一闪而过罢了，但确实闪了。那天她冷不丁就报名了，有没有因为他，哪怕仅一点点？擦肩而过，就风一样散去了。如果他也被录取，也登上火车，一起到达这座城市，跟她结婚的人仍然是陈清吗？

她进了新成立的歌舞团，陈清去了新创刊的画报社，那么会拉二胡的梨涡男子要是来的话又会去哪里？

王子齐格弗里德选妃那天，差一点就娶了黑天鹅奥吉莉娅，最终幸福还是归白天鹅奥杰塔所有。奥吉莉娅也是年轻美貌的女子，得而复失，所以要设计出"挥鞭转"这样剧烈的动作来表达内心的疼痛？错一步，就是一世。

那时候觉得未来又远又长，长得怎么都不会有尽头，可是尽头却眨眼就来了，腰硬了，腿僵了，满脸是皱纹，头发已经白透。而陈清，中风后他在医院那张病床上已经躺了三年多，情况越来越糟，已经再也无法把眼睛一眯，笑出可以吞没女人的细长月牙状了。

十　现在

现在是晚上七点多，医生正在拆除绑在陈清身上的各种仪器。三年多来它们轮番跟陈清发生关系，但没有一次如此密集。几个医生都来了，护士也忙进忙出了两三个小时，最后心电监测仪还是发出嘀的长叫，心电图显示的是一条直线。

陈珊和俞小静一直站在病房外，脸上戴着淡蓝色的医用口罩。这时一个护士探出头，招了招手。陈珊一下子明白了，她伸手想扶住俞小静，俞小静一扭身，已经抢先一步跨入。

没有人说话，医生开始陆续往外走。穿一身蓝白条病号服的陈清安静地躺着，四肢整齐摆放出一个立正的姿势。太不真实了，陈珊站在床尾，努力不去看他的脸，仿佛不看，死亡的事实就可以不存在。她只是垂着眼皮盯着他的脚。真瘦啊，伸在宽大裤管外的小腿干枯得有一种坚硬感。这是她第一次见到父亲的脚指甲，居然这么厚，而且黄，四周浮着一层粉末状的白色，应该是死皮吧？之前她真的忽略了这个部位，她打量父亲的目光从来没有落到脚指甲上。

现在他要带着这些趾甲一起走了。

她抬起头看向俞小静，俞小静站在床头，扯下口罩，脸俯着，不认识似的一直盯着陈清看，又伸出手，轻轻落到陈清脸颊，指尖从耳郭到耳垂再到嘴角，一路缓缓拂过，唇嚅着，像颤动，又像在悄声说什么。跟陈珊一样，她没有哭，好像也忘记了需要哭。

在医院这个高干病房，陈清躺了三年零七个月，前面俞小静基本天天都来。春节后医院管控严了，俞小静年纪又大，不建议她来，有情况会及时通知。结果就是这样的情况了，陈清死了，再也没救回来。

几个穿着罩衫长裤的护士拉着一辆推车进来，其中一个对陈珊比画几下，意思是要送太平间了，让她们先离开。陈珊欠欠身子，对她微微鞠个躬致谢，然后过去，拉住俞小静的胳膊。"他解脱了，走吧。"俞小静很顺从地动了动身子，跟陈珊往门外走。突然咚的一声，俞小静的手碰到病床侧面挡板，她身子一震，双手猛地揪住挡板，整个身子软下去，趴在床沿上。她哭了，发出高分贝，声音从头顶灌到脚底，钻进水泥地面，又从脚底蹿上，冲出头面扑向天花板。

陈珊的泪也在这个瞬间猛然落下。护士对她使眼色，扬了扬手，她明白了，拉起俞小静往门外拖。很重，那么轻盈的俞小静其实拖起来，也是沉的。

在走廊上护工小赖小跑着过来，贴在陈珊旁边低声说："我今天一发现情况不对，马上就喊医生和通知你们了，一点都没耽误……"

陈珊对他点点头。小赖没问题，虽然吊儿郎当了一点，护理能力是够的。她对小赖交代了一些事，又跟值班护士说了说，就开车带着俞小静先回去了。现在一切都靠她了。这一阵陈清其实就不太好，躺太久了，并发症，肺部感染越来越严重，有一次高压降至六十毫米汞柱以下，都没有了自主呼吸，还有一次血氧饱和度完全测不到。医生提醒她好多次了，要做好心理准备。她给陈尹、陈萼都发了微信。春节前陈萼曾说要带孩子回来看看，因为疫情，她推迟了机票，接着就断航了，想回也回不了。陈珊感觉到陈萼其实并不真的想回，断航似乎是帮了她，在电话里，陈萼的语气是如释重负的。

而陈尹这时候正在墨尔本。十六年前就传出姜和平有外遇，陈尹不相信，直至有一天姜和平给她发了一张婴儿的照片，告诉她这是会计李莉替他生的儿子，就是那个圆脸，娇小得像中学生的李莉。接下去的日子陈尹不再画画，抗拒离婚和争夺财产成了她生活的全部内容。姜和平前些年已经在墨尔本也办了公司，还买了几幢大房子，派李莉在那边打理，然后李莉就在那里生下儿子。临春节时姜和平说是去上海出差，其实是飞去澳洲。陈尹一查手机定位，马上买了一张机票也飞过去了。她在电话里冲陈珊吼："你如果逼我回去，我也死给你看！"

陈珊不会逼她，逼也没用，航班同样没有了。人类已经可以去月球，还准备登陆火星，似乎无所不能，其实却脆弱得如此不堪一击。

那天晚上陈珊不是把俞小静送回新闻小区，而是回了她的家。她房子装修时只留一间卧室，其余全部打通，弄成大开间，床铺也只有一张，但厅里放着一张大沙发。她让俞小静睡床，自己睡沙发。俞小静孩子似的听从了。躺到沙发上陈珊没有睡，她拿出手机，在通讯录里拨找着，然后把一条信息发出去。

葬礼是在两天后举行的，其实也谈不上什么礼，一条龙做丧葬生意的公司跟医院是长期合作的，他们按民俗走固定的程序，不需要家属操心，一切就绪，吊唁厅就设在太平间旁边，布满了鲜花和纸花圈。以前的老同事老朋友戴着口罩来，画报社一个副社长也代表单位来了，围着冰棺转一圈，鞠三个躬。把他们送出去时，副社长顺口提起一件事：三年多前画报社为纪念创刊七十周年，曾策划为在世的几个老摄影师各出版一本画册。创刊七十周年是去年的事，其他几个老摄影家的画册都出了，陈清当时躺在医院，就漏了他。俞小静看看陈珊，她们显然都是第一次知道这件事。俞小静马上说："去年他还活着，应该补出吧？钱我们自己出也行，但他以前拍的很多照片都存在社里，出画册你们也专业，麻烦出一本。是的，必须出！"

三月初天还是凉的，俞小静这会儿没穿外套，黑毛衣裹紧身子，黑裤子也是修身的。她八十六岁了，小腹还是平平的，腰身也在，脖子梗得又直又长，但还是明显跟往常不一样了，是背驼，一下子松松地往下垮去，眼袋也浮肿。从小到大，陈珊从没见过这样的俞小静，以往即使生病，她也是把背挺得直直的，仿佛那里布满钢筋。

在等殡仪馆来车时，陈珊把六千块钱装进红包递给小赖。平时工钱都是通过手机转账的，这个红包是额外的答谢，按当地习俗，这是应该的。

小赖摆手推辞，陈珊把红包塞进他裤袋，正要转身走开，小赖突然问："你姐姐真不回了？"

陈珊站住，点了点头，她知道小赖问的是陈尹。

不住院，真不知道护工有多麻烦，总是不如意，太笨太懒或者对病床上的人太不好。在前面炒掉五个护工后，小赖是第六个，已经干了快一年。他是自己主动找来的，出示护工证，介绍自己在本院干了快二十年，哪个科的护理都很拿手。他不是吹牛，大部分医生护士跟他都熟，基本都认可他。另外，小赖没有结婚，护工没有家庭拖累算个大优点，可以二十四小时待在医院里。

他来后第三个月，陈珊又去了次北溪。在第一次去过之后，她其实后来又去过几次。珠子，她终于找到珠子了。那一年从床上下来，珠子就走了，回到丈夫家，很快发现怀孕又打闹一场后被赶出家门。毫无疑问，胎儿是从城里带回去的。孩子没有流掉，最后在娘家生下，是个儿子。这件事全村上了年纪的人都知道。一开始人家还戒备不说，陈珊多磨一磨，慢慢就吐出来了。

村里人不知道那儿子是珠子跟谁生的，但陈珊猜到了。

她找到城里一个相当高档的小区，敲开一户人家的门，来开门的就是珠子，她比以前更矮，但瘦了，就显得更黑。她一见陈珊，后退几步，用手捂住嘴，泪一下子流出。"珊啊……"她喊了一声。

阿贵坐在轮椅上，不再是光头，而是留起了长发，全部从耳两边垂下来，吊到肩膀上。他也是卷发，木刨花一样的卷发。胖了不少，两条腿像两坨肉棒子摆在椅子边沿，膝盖以下都没有踪影了。阿贵往珠子方向努了努嘴，说："她每年都去你上学工作的地方找你，小学、中学、艺校都去，偷偷站在大门外等着，看到了就回来，没看到第二天再去。"

陈珊走过去，把珠子抱住。瘦小的珠子已经不是当年那种皮肉了，但温度是一样的。"珠珠！"她在心里重重喊一声，声音被咽在舌尖底下。

北溪村里的人说，以前珠子一直住在娘家。前几年菲律宾那边的亲戚突然拿着一本登有珠子照片的画报找来，分给她一大笔属于她父亲的遗产，她儿子用这钱在城里买下房子和车子，算发大财了。但珠子不肯一起住，直到她儿子有一天开车，跟前面大卡车追尾，车头直接插进卡车的腹部，命是保住了，但两条小腿却没了。要照顾他，珠子才来城里。

车祸发生在从郊区回城里的路上，那天阿贵去湿地拍黑脸琵鹭，他把手机丢车上，穿着防水裤涉入水中，在芦苇丛中蹲了一上午，琵鹭没来，竟意外拍到两只大凤头燕鸥。他没急着回，在岸边守到太阳落下，又拍到在晚霞中觅食的勺嘴鹬。回到车上，天已经黑了，拿起手机，才看到陈清家的座机来过电话。他回拨过去，忙音。过一会儿再拨，还是不行。拨陈清手机，没接，再拨，关机了。他点上火，开车往城里赶，车速很快，踩油门时不知不觉下脚就重了。路上他给俞小静打了电话，占线。他马上又拨了陈珊的，通了。他刚说了句"你爸"，忽然一声巨响，仿佛雷在当头炸开，然后两眼一黑，就什么都不知道了。

阿贵一下子就消失了，陈珊怎么打他电话他都不接，微信也拉黑了。陈珊去门口找保安队长，队长说其实阿贵不是他同村的，是阿贵找上门来，让他这么说的。队长想给自己推卸点责任，提醒道："保姆不是都会把身份证交给你们复印吗？要不你报个警？"陈珊摇头。家里没丢失东西，责任不在阿贵。何况没有复印件，那天阿贵只把身份证摆桌上让他们看了看，接下去应该让他复印一份留着的，但忘了。

阿贵很早就知道陈清住在医院楼上的高干病房，是珠子打听到的。

当然阿贵更早知道自己和陈清的关系，所以让保安队长介绍当保姆。

阿贵住院时的护工就是小赖。阿贵出院时，珠子让小赖去高干病房找一八〇三的病人。按医院规定，刚来时他把一张自己的身份证复印件交给陈珊，一九五八年生，比陈珊大五岁，名字叫赖安。陈珊那时并不知道赖安就是芬姐的小儿子安安，赖安自己也不知道，但珠子知道。

陈清死后第二天，芬姐的大儿子和小儿子一起到医院来吊唁，一直在旁帮忙的小赖才大吃一惊。而陈珊和俞小静也张大嘴，半天没回过神来。

这世界真是又小又逼仄。

按当地风俗，只有晚辈才能把死者送去火葬场，长辈和平辈去都不吉利。陈珊自己开车，跟住灵车，正要出发，副驾驶室门开了，俞小静执意要跟去。

殡仪馆比平时空寂多了，似乎在突如其来的疫情中，人吓得都不敢死了。灵车直接开到三号悼念厅前，不再悼念，是要从这里通往炉子。下了车一抬眼，陈珊看到柱子后有一辆轮椅，坐在上面的是阿贵，推车的是珠子，他们旁边还站着一个高个子的男孩，一头卷发，眼细长，弯成月牙状。他们都黑衣黑裤，大半张脸藏在口罩内。陈珊一愣，看了俞小静一眼。俞小静应该没有注意到他们，一直低着头，脸上木然。陈珊走过去，她已经看到阿贵手里拿着一张纸，正对她招着。

是阿贵手写的保证书，很简单的两行字：陈清遗产分毫不要，完全放弃。署名是"陈小贵"，上面按了红手印。陈珊接过，刚要走，阿贵突然说："但我们……要求能否分一把骨灰，一小撮也行，我们想保存……"

陈珊眼睛一下子模糊了。她觉得这个不需要征求俞小静的意见，当然更不必等陈尹、陈萼同意，就点了点头。她看向那个男孩，又看阿贵，问："你儿子？"

阿贵点头。

陈珊把口罩扯下，又重新拉上。她原来有一个侄子，本来很想看看他长什么样，结果摘的却是自己的口罩。

工人正把陈清从冰棺里抬出，放到推车上。车子要走时，俞小静小跑几步，将一支笔放到陈清耳旁。黑色派克笔，是在沪江大学时陈清送给她，她没要的那支。结婚前陈清再送，她收下了，藏了几十年。陈珊用胳膊搀住俞小静，俞小静的整个身子都在微微颤着。她们一起盯着推车，推车很窄，刚容得下一个身子。它慢慢被推向后门，陈清安稳地躺着，平静地接受了。

"这个床太小了，"俞小静突然说，说得非常小声，"他喜欢大床……"

陈珊的心扭了一下，眼泪猛地出来。她转过头四下看，想找一找珠子、阿贵和那个男孩，但什么都没有，外面模糊一片，像罩着一层厚厚的磨砂玻璃。

作者简介

林那北，女，1961年生，现居福州。《中篇小说选刊》主编。已出版长篇小说《锦衣玉食》《我的唐山》等二十六部著作及九卷本《林那北文集》。部分作品入选多种选刊和年度选本。

养子如虎

□ 葛水平

1

呼延展和父亲很少说话，因为父子个性不同，期盼和理想也不同，这种不同——很早就知道了。

一个是养父，一个是养子。

有几个年头，因为父子关系僵硬，呼延展姑姑还偷偷摸摸买了乌龟，选择半夜去邻近的小水潭放生。那些乌龟个头不小，抛入潭水时，扑通一声，溅起不少水花。姑姑认为那是潭里的水笑了，为自己的行为得意。

父子俩的关系还是不好。天旱时水潭里的水干了，有小鱼小虾独没有乌龟的尸体。姑姑开始为父子俩的关系伤心落泪。

呼延展是姑姑的儿子。姑姑的弟弟一辈子打了光棍，姑姑把五岁的长子送给了自己的弟弟，人活一世怎么能没有自己的后代？姑姑一厢情愿认为。

呼延展的故乡在内蒙古伊金霍洛旗，属呼和浩特、包头、鄂尔多斯"金三角"腹地。从地图上寻找，在鄂尔多斯高原东南部，毛乌素沙地东北边缘，故乡东与准格尔旗相邻，西与乌审旗接壤，南与陕西省榆林市神木县交界，北与鄂尔多斯市府所在地康巴什新区隔河相连。地理上是亚洲中部干旱草原向荒漠草原过渡的半干旱、干旱地带。

水蚀沟壑和坡梁起伏的故乡，风沙肆虐。

纳林希里镇其根沟二社是呼延展居住的村庄名字。

养父呼得福出生在1948年，是柿子成熟的秋天，那时村子里的柿子树多，十月的柿子已经黄了，他的出生是家里的又一分收获，又是长子，父亲就给他起小名叫"得福子""如意子"。可惜，一次乡村车祸让呼得福父母早早离开了人世。他有一个姐姐，姐姐没有办法给呼得福成家立业，姐姐嫁人后，土屋子里的呼得福一个人活到三十五岁。

呼得福三十五岁上还没有女人愿意跟他，寡妇也不跟他。姐姐怀着怜爱相交的复杂心情决定把最疼爱的长子送给弟弟。拉着长子的手，姐姐历尽沧桑的肌肤下，深藏着怎样一颗沉着、缓慢而温暖的心跳，和拥有从容不变的力量。但是，姐姐不知道，从此，被各种各样的心理误区所阻隔，难以倾听到彼此真实想法，往来中的亲戚一下就变了味道。日常生活就多了一种防备、猜疑。呼延展作为两家命运的巨大伏笔存在，一下子就觉得生活像一口藏着月亮的水井，常常被梦和理想一类的抽象之物所累。

接收了姐姐的长子，改名儿呼延展，从此和儿子一起很不适应地生活在土屋里。

那时的呼得福看上去很显岁月，方圆就近的女人没有一个看得上他，原因很简单，日子过得寒酸。呼延展的到来也算是呼家人在世上留下了一粒种子。

呼得福既当妈又当爹，总体说来两个角色转换得不太好，互相换位得烦了就不怎么管这个儿子。一天做一顿饭，多添一瓢水，一顿饭吃新鲜，其余都是吃剩饭。

呼延展成长得不是太顺，饥饿陪伴着，嘴唇因倔强而坚硬，像啄木鸟，面对虫子致命的伤害，他说不出什么温情的话，却显得格外自尊。和邻居家的娃娃比较，热闹和呵护显少，总是觉得家里少了啥，自己不存在，也害怕自己被别人认为不存在，说话的嗓门大，众生喧哗中高调表态，笑声也响亮。清脆的童声响彻村庄的角角落落，并回荡在人们的睡梦里。其实当时的山村是很原始很本真很热闹的，他家在通往村庄的出口处，又在村庄的最显处，夜晚也是孩子们喜欢闹腾的热闹地方。

呼延展的大嗓门儿成了一种笑谈，甚至有人说他："人穷志短就喜欢穷咋呼。"

上初中时呼延展就很少说话了，什么样细小的幸福也不能抵消日子里那些沉默的灾难，没有呵护，有些呵护看上去又很生硬。习惯做一枚无花果，在自己的世界里酝酿，没有花朵凋谢时抒情化的凄凉，像哑巴一样，承担着宿命的倦怠和安静，常以低频的声音和自己说话，别人听不到。和自己交流的时刻是愉快的，从早晨到黄昏，然后只剩下一条朦胧依稀的小路，树木渐渐隐没，土屋门前暗淡得没有了色彩和轮廓，只剩下移动着的东西能被看到，比如一只鸡、一条狗，还有他十分厌恶的喝酒吃肉猜拳的声音。

土屋对面的坡地上长满了各种树木，最多的还是柿子树，树木的春夏秋冬都会缀饰得五彩斑斓，很惹眼。

入冬，柿子成熟时，呼延展摘下柿子装进口袋，搭车进伊金霍洛旗卖柿子，有时候遇见好运气了也能卖几个零花钱。柿子是呼延展童年的果腹口粮，常常因为吃多了食重得不排便。和正常人家的娃娃比较，同龄人中他就显得矮。

养父呼得福是懂手艺的人，那些年，别人家修房盖屋，套门窗的木工活计就由他来做。乡下人眼窝浅，他对呼延展的成长没有多少寄托，认为将来能种田糊口，能成家立业过成一家人就行了。

不期望，因此也就不大管这个养子。

冬天，大多的日子是被白雪包裹着，白天上学，夜晚回到土屋，黑灯瞎火，冷锅冷灶，点亮跳动的油灯，老鼠冲着亮，也出来找温暖，虽然是友善的，但是想到有限的口粮被它们盗走，心里还是很难过。呼延展抓起炕上的扫炕苔把打过去，有一会儿没有声音，一会儿那声儿就又响起来了。它们抢着灯光逗乐，在脚地上烧火准备的松柏枝、柴草、麻秆中，上蹿下跳，快乐得不亦乐乎。

有几次呼延展想去找妈，他知道姑姑是亲妈。姑姑嫁在村东头，针线学得挺巧的，还给呼延展补过衣裳。见了姑姑心里有说不出的喜欢，张口时想叫妈，姑姑说："该走了，姑姑送你回你家。"

一句"回你家"拉开了距离。

呼得福给人干木匠活计，吃得好，偶尔也喝几口散酒，慢慢地呼得福就有了酒瘾。夜里回到土屋时人腾云驾雾，觉得自己在飞。情感大概是耐不住幽寂和野性的，喜欢热闹，人见了恭维两句，想着手头赚下的几个钱，钱确实魅惑情绪，于是就去村里的小卖铺买了酒喊了人，在土屋里继续开始喝。

放学回家的呼延展看着土屋内乱糟糟的猜拳喝酒人，心里不是滋味，自己就走到院子里看星星，想着，为什么姑姑一定要把我送给她的弟弟呢？当舅舅也许是好舅舅，当爸爸未必是好爸爸。寒冷的空气中，脑袋十二分清醒，脚步不知道迈向哪边。一只猫从土墙上爬过去，似乎是有一只蝙蝠在墙头上夜宿，月亮的光照着猫侧身抬起的爪子，他实在是消受不起这份难过，想来想去最难过的是土屋里没有姑姑这样的女人。

盼着养父也找一个女人来，有女人的屋子里不必动手就可以吃到饭菜。五岁前的记忆明亮，姑姑的院子里，尤其是傍晚，情境和心境都不一样。越来越黑的夜，姑姑的笑声，如一朵灿烂而怒放的花朵，被夜的浩大的寂静烘托着，朵瓣清晰，让院子里的人沉浸在难以言明的欢喜里，生活是芬芳的。

他记得姑姑拉着他的手说："舅舅没有娃，你去给舅舅当娃，舅舅是妈妈活在世上的娘家人唯一的亲人，你是我的儿子，你得替妈妈去还债。从此你没有妈妈了，只有姑姑，你喊我一声姑姑。"

呼延展笑着喊："妈妈，你是妈妈！"

姑姑打他的头一下，不算重，"你喊一声姑姑我听听好听不？"

呼延展喊："姑姑！"

姑姑落泪了。眼珠子和筛子眼似的，泪水滴落下来，湿了衣襟。

门外院子里有两盆花，其中一盆花枝上打了苞，另一盆花枝上开放出花来，有红的、紫的，还有几朵是白色的，说是绣球花。折断后有一股臭味，和舅舅身上散发出来的味道一样。呼延展回头看着妈妈喊："妈妈！"

这一回姑姑狠狠打了他一个巴掌，很重，一阵剧痛，他心酸极了，开始哭，用眼的余光盯着外面的爸爸。院子里的爸爸不作声，嘲笑什么似的说了一句："黄姓的儿子就要姓呼了。"

呼延展由妈妈拉着手去见舅舅。村子中央的土路上有车轮轧出的辙子，走起来磕磕绊绊，路两边还残留着马粪，看起来很黑，路边上有一只小动物已经死去，看得出是一只猫，灰麻色的皮毛，腹部的毛色有些灰白，猫死去已经几日了，有一股臭味发出来。呼延展盯着猫说："像舅舅，臭。"

舅舅在土屋的院子里等待很久了，一张八仙桌，桌子上是父母的牌位，舅舅坐在椅子上，比平常日子打扮得干净，双手交叉在胸前，嘴角扯起笑纹，看见姐姐领着"外甥"进来了，紧着坐在椅子上。跟着进了院子的村干部是证人，他们站立一边。姑姑牵着呼延展走到八仙桌前面，要他跪下。呼延展跪下，磕头，算是认祖了。

姑姑说："喊爸爸。"

呼延展掉头想跑，身后两个后生拽住他，这阵势吓哭了他，他迫不得已喊了一声："爸爸。"

满院子人喜笑颜开。呼延展也笑了，太好笑了。因为大家都笑。

这一笑从此改变了他的命运。

彼时彼境，院子里除了屋子里的猜拳声，有的就是一些借着月光发亮的小昆虫，最绝望的时候，所能拥有的，是自己曲起腿来的安慰。姑姑总是出现在黑暗中，悄声说一些长辈对晚辈的教育，说话的声调也不高亢，眼神温和、微润，轻颤的眼睛盯着呼延展，眼睛里的拒绝和躲闪很让呼延展不舒服。

季节易逝，时间久了，呼延展又有点不太在乎了，也跟着土屋里的人吃肉猜拳，虽然不能喝酒，但是整个人很有意思，像喝酒人的兄弟一样，利索有劲地代替醉酒的养父猜拳。

醉眼蒙眬的呼得福觉得这个儿子这样下去会出问题。酒后的呼得福想慷慨陈词一番，结果却显得少气无力，但还是说了："有划拳的工夫去学习去，人家的爸爸有本事，你的爸爸没有本事，人家的爸爸是亲爸爸，你的爸爸是你的'舅舅'，我给不了你啥东西，跟着我喝酒吃肉行，我死了就不行了。你得好好念书,念书改变命运是中华民族的基本国策。你总得把我死了以后的生活过完吧?"

呼延展尝试着喝了一口酒,结果把自己像破罐子似的摔了出去,一下子喝了有三两酒。酒让他不省人事,十岁的娃娃昏沉沉瞌睡了七天。村子里有人告诉呼得福说:"你儿子酒精中毒了。"

七天后呼延展醒了的第一件事,认为自己死了。看土屋还是土屋,明白自己还活着,黄土搭起的房子,加上一些稻草,一个火炉,一个桌子,一个土炕,这就是摆设。养父熬好的草药汤摆放在桌子上,看着他醒来了,高兴地笑着说:"我就知道光棍屋里的人命大。"

这时的天色大约已近黄昏,而黄昏是一天里最宁静的时刻,土屋里的光线也渐渐暗淡下去,沉郁的颜色使土屋里的气氛有些凝重。偶尔,老鼠跳出来试探一下动静,它们停顿一下偷偷换口气,并尽量地伸展自己的腿脚,流动着的空气中有一股酒味道,这味道让老鼠们兴奋,它们开始跳着呼朋唤友,呼得福学着猫叫吓唬老鼠:"喵呜,喵呜。"

一切停止了。

养父的另一面让呼延展莫名其妙地欢喜。

2

呼延展小学毕业了,养父依旧出门去揽活。星期六呼延展去姑姑家,姑姑不在,姑父在屋子里坐着,姑父似乎是得过脑出血,头被医生开过洞,及时把压迫神经的血给抽了,算是救了一命。姑父见了呼延展很高兴。没有聊几句话,姑父便拽住呼延展的手,拉到一个立柜前,立柜的玻璃柜面上插着一张照片。姑父说:"你看,这个是你。你那时叫黄晓波。"

照片上黄晓波被妈妈抱着，头上戴着黄帽子，一大家子身后是三间低矮的土屋。

姑父笑着说："你妈妈抱着你，那时你三岁。"

呼延展看着三岁的自己，感到很尴尬，心里怪怪的，有一种说不出的感觉。他认为从来就没有被女人抱过，哪想这张照片上的自己被亲妈抱着。呼延展突然感觉到自己的身份很复杂，养父不想厘清，姑姑不想厘清，都有一个道理在里边，这种复杂的亲情关系恐怕自己也无法理清了。

呼得福路过姐姐的门前看到了这一幕，他认为姐夫是故意使坏，故意在一个孩子面前挑拨离间，有些生气，回家后就警告呼延展，以后别去你姑姑家了，你那姑父一肚子坏水。

呼延展心里被一种深深的悲伤所笼罩，掀不开的感伤愁绪。看着一家人向着两个相反方向走，面对烦恼的问题又无法排遣。

没有色彩的土屋内没有女人的影子，父子俩常常为一些小事左右。呼延展端着海碗吃一碗机器面，吃相不好，汤汤水水溅到了衣襟上，呼得福一巴掌上去了，"吃应该有吃相，看你，又浪费水又浪费布，将来会有什么出息！"

如此大的世界，如此小的人生。

那些阴雨和阳光的往日，姑姑永远不能再叫妈妈了。人生崎岖的循环及记忆，那些短暂的快乐，呼延展望着养父，并无疼爱或感触，他觉得力量不都站在他那边。默默想：等着我长大了有你好果子吃。

父子俩在秋日亮晃晃的草原上走着，白色花，一簇簇点缀在盈然绿丛中。已经长到养父肩膀处的呼延展，有意放慢了脚步。这些白色的花开罢草原就进入霜雪的季节了，草会枯掉，叶子败光，朔风吹卷，大地寒瑟，第一场雪总是不够绵密。雪下过，大地上一片彻骨的寒冷和泥泞，呼延展长了冻疮的手脚五岁之后就没有进过暖意丛生的怀窝。霜雪过后，生过冻疮的部位开始奇痒，接着就开始肿胀、开裂，周而复始。

呼得福送呼延展离开纳林希里镇其根沟二社，去伊金霍洛旗读高中。

暮色苍茫里父子俩并肩走着，他已经高过呼得福的肩膀，脑袋和呼得福一样平了。安顿好儿子，呼得福要离开伊金霍洛旗回纳林希里镇其根沟二社，临走前他请呼延展在镇上一家小饭馆吃一顿饭，他自己喝了四两烧酒。伊金霍洛旗到底比纳林希里镇大多了，夜幕下的街道上偶尔有几处灯光，还有打着手电从街道上走过的年轻人。

走起路来有点头重脚轻的呼得福，拍着儿子的头说："走，送爸爸到大路上。"

秋风掠过头发、树梢、屋顶，呼呼作响。呼延展想起很久没有这样走路说话了，心里有放不下的念头。偶尔有流星般的难过从心头流过，想说什么又似乎还有一种芥蒂存在，似乎父子俩在演戏，所有的话说过，侧过脸时眼睛里都闪着内容。走过老墙根儿，青砖道旁的黄花开着，静静摇曳。黄色显得饱满，光照下让人心动，让人忽然又高兴、又惆怅。带着腐烂气息的街道上，也许有养父的味道在里面，突然，呼延展开始留恋土屋子，土屋子的霉潮味道，养父的味道。从前，总想着离开土屋子，那样，心就会畅快起来。现在离开了，老墙上的藤，和周围行走的人群，此刻，也是摆脱了从前日子的自由，不知道为什么，又很怀念和养父在一起时的不自由。

吹过的风，透着一股凉气。

呼延展说："爸爸，天凉了，记得多加衣裳。"

呼得福说："你只管好好读书，读好书考上大学，运气一改变，你就摆脱了农门，就上了高速路了。那时候你就四通八达了。爸爸想办法赚钱，让你闯江湖去。"

呼延展突然感觉养父呼得福老是过着夏天似的，冬天对他从来都不觉得寒冷，因为酒，酒带着天真的微笑等着他，酒如春阳温暖着他，冬天不见他穿棉袄，有酒刺激的呼得福也不管呼延展穿不穿棉袄，认为男孩子冻一冻好，脑子容易清醒。

秋风虽然凉爽，空气中依旧有苍蝇在飞，呼得福跳着腾空抓苍蝇，左一下，右一下，完全忘记了身边的呼延展。呼延展停下不走了，想说什么话的欲望又没有了。

舞蹈着抓苍蝇的呼得福丢到身后一句话："等你考上大学了，我要买大缸大缸酒，排在纳林希里镇其根沟二社的土路旁，任由过路人随便痛饮。"

呼得福舞蹈着人就埋入了夜色中。

呼延展望着那个小黑点，突然有一柱手电光射回来，在空中画了两个圈，又射往前方，然后光柱又射回去，光柱跳跃着越来越远。

这就是自己的父亲。酒后的父亲似乎还可爱一些。

一个又一个长长短短的过程连接起来的日子走远了，细数有多少自己喜欢的时光在里面？有多少起起落落的复杂心情在里面？过程中，有时快乐到让人沉醉，有时孤独到无人分享，却都是生活。把过往的日子收藏起来吧，好好读书，争取考上大学。

黑夜中树的形状很美，如弯曲的手臂伸向天空，树梢是尖尖的，风扰乱树在天空的剪影，树叶沙沙作响，有小鸟起落。天空中有月亮升起，深蓝的天空慢慢变得墨黑。呼延展站在送别的路上看着空阔的远方，想起了姑姑。

姑姑是可以和他敞开心扉说话的，每一句话都带着暖意，带着牵肠挂肚。但是姑姑的牵肠挂肚最后都要落在养父身上。

姑姑在暖阳里绣花，向晚的脸上浮泛着一些暖意，呼延展站在姑姑院子的门前,看姑姑手中的线越来越短,呼延展喊一声:"姑。"

姑姑抬头看是呼延展,总是一拍大腿,喊:"啊呀,来,快进来,我娃子。"有多大的事都会起身回到灶台前烧火做饭,她知道呼延展的肚子如果不是饿了,娃不会轻易来姑家。

姑姑做下的饭永远好吃,永远有一种香缭绕在想象中。呼延展在姑姑家不想走,坐在姑姑身边,溽热的天气里,连汗都不会出,不去想外面的暑气,屋子里的香胰子味道缭绕在空气里,真是叫人熨帖如意。姑姑一定要在稍坐片刻后赶他走,姑姑心疼儿子也心疼弟弟,手心手背都是肉。姑姑簇拥呼延展的热情总是很短暂,洋洋春晖覆盖呼延展的情绪总是很短暂,浓得化不开的、让人踏实稳定的屋子总是停留得很短暂。姑姑把没有说出来的话,没有表达出来的疼爱,全都用在一顿饭里。

很快,寒假就到了。寒假里藏着年,过年就要长一岁了。知识让呼延展从更宽容的角度来理解苦难,理解那些忧伤到无声的心灵。从过年那一天起,呼延展决定不做任何过激之举。

但是,这个年过得很不愉快。

寒假时呼延展离开伊金霍洛旗回家,先是去姑姑家吃一顿好饭,磨叽半天才要回自己家的土屋。

打老远看见土屋大门口围着邻居,好像发生了啥事情,快速走近,看见是一个女人倚着大门要债。女人话锋犀利,道理讲到最后开始破口大骂,邻居们来看稀罕,养父坐在门墩上,不时地摊开大手说:"欠下了,现在还不了,你再骂也是这样的结果。"

呼延展问欠下多少?

女人竖起三根指头,呼延展说:"三百元?"

女人很不屑地说:"三百算钱吗?是三千,小子!"

三千元不是小数目，咋欠下的？

呼延展问呼得福。

呼得福说："你专心念书，不管你的事情，欠下了总归是要还，当下是没有钱，会有钱的，不害怕也不丢人。火台上有剩饭，去吃你的饭。人家来要钱不能不叫人家要，咱没有钱，就应该挨人家骂。"

女人越发得势了，指着呼延展说："小光棍，你家老光棍当初拿我的钱娶老婆，就因为怕你受委屈，不娶老婆了，结果钱也不还了。三千元，你记着，父债子还！"

呼延展从邻居们嘈杂的议论声中滤出一个眉目来，但是想不出是要娶这样一个女人，土屋里真是缺少一个女人，但是，不缺这样的女人。

看吵架的邻居们悄声议论说："当初要娶上这个女人还不掀翻了呼得福的土屋。"

"这女人带着两个男娃，一起来呼家，哪有呼延展的好活。"

"女人不要脸，过嘴欠下的债也敢来要。"

"人家说呼得福睡了她呢。咯咯咯咯咯。"

呼延展心算了一遍，明白是养父想娶眼前这个女人，借了女人三千元和女人的父母提亲，钱给女人父母放下了，亲事也定下了，不知道什么原因呼得福放弃了。女人记得三千元钱是从自己手里拿走的，拿走的钱不仅仅是口头承诺，是已经成为事实。女人来要钱也不能说没有理由，但也可以说没有理由，女人的钱给了她自己的父亲，钱还在她家里人手中。

呼延展说："这钱记在我头上，我还。"

女人斜睨着呼延展，她小瞧这个娃，屁大点的读书人敢口头承诺还钱，那得啥年月。

"想记在你头上哇，那好呀，啥时还？不能超过明年，你还钱得连本带利，少说也得还三千五。"

呼得福"呼"一声站起来，是想说什么，又什么也没有说，腾腾往院子中央走了两步，又腾腾走近女人。女人"呼"一下钻进了门里，胸脯挺得高高的，仰起脸正面看着呼得福，等呼得福再走近一步她就要发作了。

呼得福理短似的绕过女人，拉着呼延展的手说：

"不管你的事情，你是学生娃，只管念书考大学。"

女人突然"嘎嘎嘎"笑了，"还有命读大学？哪有大学生转生在这样的穷土屋。"

呼得福不搭话，拉着呼延展回到土屋关上门。

外面的声音慢慢就散了。空空的屋子里，桌子上、窗台上、脚地上蒙着的都是灰，屋子里寒酸的样子想掩饰都掩饰不了。

呼延展穿过村子，碰见一个下煤窑的长辈，长辈叫韩贵余，此前也是光棍一条，现在鸟枪换炮了，娶妻生子，大冬天穿西装走在纳林希里镇其根沟二社的村街上。见人发烟，一边发烟一边掏出一张湿巾纸跷起脚擦皮鞋上的土灰。大冬天，黑亮的皮鞋穿在脚上，湿纸一擦一层霜就蒙上，再一擦霜就厚了。

为什么自己不去下煤窑？呼延展想：如果可以赚很多钱，现在也是选择一条路的开始呀。

沉闷而阴郁的午后，太阳像一把冷光凛凛的匕首，太阳在该消失的西天角上停留，一朵厚云拦挡了它，它很不服气地斜逼出来，横亘在纳林希里镇其根沟二社的上空。这时已是迟暮时分，办年货的人络绎不绝走过，张家买啥啦李家买啥啦，过年的精气神儿，从人们一圈一圈展开的笑脸上荡漾开，跑来跑去的娃娃们脸上居然泛起了无数的小汗粒。

呼延展走往对面山坡上的树林里，他能感觉到自己的脸通红通红的，是被冷风冻得通红,想着女人在门口要钱的场景,从五岁长到十七岁,自己好像没有叫人好生尊重过。

空气凝滞,一个不可知的未来在什么地方?他已经好多年不大声说话了,那些有爸爸有妈妈的同学一旦出现在他面前想邀请他做一件事,他都是视而不见,但是,他的骨子里很害怕孤独并顽强地拒绝着孤独。这个孤独般涨潮的年里,他突然想逃离,想回到学校。可是学校已经放假了,回去怎么办?没有同学,没有老师,空荡荡的学校里依旧是回忆伴随。

呼得福割肉过年。买了红纸要呼延展写对子,对子的内容大都是福满门,福在哪里?苦难比欢乐给人的东西更多,这话在呼延展身上验证了。苦难是人生的底蕴,他把这个底蕴晕染得很厚。这个年和往常的年一样,丰富了他对世界认知的阅历,蓝天下演绎着没有结尾的故事,他把自己越发遮挡得严严实实。

正月十五过罢,学校就要开学了,还得回到学校,年龄不满十八岁,没有地方要童工。那个女人正月十五前一天又来过一次,是刚刚擦黑的黄昏。她站在土屋门口,呼得福叫她进来,呼延展不让。女人宣称不还钱不走人,眼珠子翻白倚着门,一股冷风飕飕往土屋钻。破天荒呼得福要呼延展去姑姑家躲躲,呼延展不走,似乎他已经是这个家一员了,虽不能独立撑持,但是遇见灾星来了他得在场。这一回是冷战,就等着女人没趣。没有哪个角色可以这般光明正大登堂入室,在呼得福讳莫如深的感情世界里,气是永远顺不起来。

月亮升高了,女人被冻得浑身打哆嗦,不得已掉转身骂着脏话离开了。

这一回合似乎是胜利了。看着静悄悄的院子,呼得福想喝酒庆贺一下,唯有酒可以送瘟神呢。

呼延展觉得养父是一堆提不起来的淤泥,有点太伤呼延展的自尊了。

贫穷带来的羞耻，连带养父搅和一锅难以下咽的感情杂烩，于一个青春年少的人来讲，远离的唯一方法是离家出走。

呼得福也不拦他，任由他走。因为呼得福知道他是拦不住这个儿子的。

呼延展深夜离开土屋去往学校，冰冷的世界，什么时候内心的阳光才能把过去的日子受到的委屈一点一点驱赶走呢？呼延展想把梗阻于胸的种种不适，尽量倾吐给一个人，这个人一定是姑姑。姑姑总是把这种生活现状当作是一种积极向上的人生态度，总是站在自家兄弟的立场上，似乎对父母的愧疚全部转换用来呵护这个弟弟了。

因为是凌晨，外面黑乎乎的，周围的房子有的窗户上有了些晕黄的光，窗户两边的门上一团团红色，看不清写了什么内容的对子给人一团温暖，可那是别人家的温暖啊。今天是正月十六，空气中弥漫着鞭炮燃烧后的焦味，十五的高潮已过去，有打麻将声传出来，谩骂声、甩牌声、埋怨声，所有的声音都是人间的声音啊。腊月天没有化了的雪在夜幕下很干净，他踩上去，咯吱咯吱响，空气真好，洗净了他身上的汗酸臭。

走到姑姑家的院子门前，睡眠中的门窗是黑的。此时的静夜，独自面对清白的月光，四野的雪华，假如命运在五岁时没有任何改变，在这个屋子里，会发生什么样的故事？此时的心里特别不是滋味。他觉得身后的村子，粗糙、愚昧、肮脏、落后，刚平复了的心情就突然风波袭来，动荡的生活几乎要颠簸得他要爆炸了。假如说用孤零零来形容此时的他，真是再贴切不过了。

通往学校的道路上，呼延展突然发现自己一点喜悦也没有，一点期盼也没有，对活着产生了根本性的质疑，甚至觉得人活着的意义，传宗接代的意义，许多问题在心里绞缠着、闹腾着，找不到头绪，看不清走向。这个寒假自己做了什么？自己像土坝上干枯的叶子，没有活力，没有水分，周围没有拦挡，只有风带着走，可是走到哪里才是头啊？

大步流星走着，甚至觉得只有走才不会被生活抛到身后。

呼延展发现身后有人也在大步流星走，微风里有一股酸臭味儿，静夜里还有人在赶路，他回了一下头，风声划过耳际，他看到是呼得福，他肩膀上扛着一个蛇皮口袋，咧着嘴笑。他说："爸爸给你拿着干粮和厚衣裳，你招呼不打走得急，不出正月天，冰天冻地的。往前走就到大路上了，就有班车了，爸爸送你上了班车就往回走，不耽搁你时间。"

正月天，呼延展感觉到了春意袭来，却是在黎明的黑暗中。

3

高中第二年，呼延展十八岁了，正是情窦初开的年龄，他在自己的想象里，如痴如醉地与刚分配到学校带语文课的女教师张小俏完成了一次初恋。

那个如抽穗的麦子般蓬勃生动又美丽的语文老师，无论如何也不会想到她在高中生呼延展的梦境中反反复复出现。

和呼延展一起读高中的好多村子里的孩子不读书了，各自寻找命运的去向，呼延展也开始心动，这样读下去会花很多钱，或者说真正的花钱还没有开始呢。人生的挫败感好像生锈的金属一样层层累积，到达顶点制造出硬的心，时时刻刻感觉想出逃，抛弃身后的一切。

村子里在煤矿工作的韩贵余捎话来，问呼延展愿意去煤矿不。如果愿意，煤矿现在招工，就某月某天在旗里集合往神木方向走。决定人生命运的时刻，从某种角度来说，其实是一种逃跑。

呼延展很心虚，对错两面的理由斗争了好久，读书也不用心了，成绩急剧下降。但是决定启程离开学校的那一刻，学校于他便不再有任何意义。

张老师从操场上走过，这是呼延展对初恋中的女友幻想的模样，是可以用微妙的形容词形容的名字。张小俏，近在眼前，远在天边。过早经历了人间磨难的呼延展很难过地打消了初恋的念头。在他曲折的人生道路尽头张小俏不会陪伴自己，她走的是笔直的道路，草原上的鲜花等待着她走近，她美丽、自信、善良，善良不是爱。自己在她面前就是一个贼，偷走她感情的贼。她对呼延展的诱惑是永远的，一定不能被诱惑缠住了脚。

犀利的透视感撕开了呼延展的清醒，他决定离开学校走向社会，赚钱，改变命运。虽然舍不得学校，舍不得读书改变命运的老传统。但是，他现在必须放弃读书，必须砍掉这个年龄任何滋生出的情感枝蔓。

呼延展迎着张老师走过来，面对值得崇拜和学习的老师，他不敢看那张脸，多么白净的一张脸啊。平日里在学校很活跃的同学中间呼延展属于那种有点拘谨的学生，笑容也是收敛的，而此时，说话声音更是如同攥紧的拳头不愿意展开。

张老师知道他有话说，主动问："呼延展，你有话要说吗？"

呼延展说："张老师，我不读书了，要参加工作了。"

张老师惊讶得张大了嘴说："怎么会不读书呢？你学习一直很好，不读书可惜了。是你家长不让读书了呢，还是你自己不想读书了？"

呼延展说："我自己不想读书了。"

张老师说："你先不急于下决定，明天你想好了再来见我，不读书很容易，再读书就难了。你爸妈同意吗？"

呼延展躲避着，"同意，老师。"

说谎，有生以来第一次说谎。

那是十分难决定的一夜，月亮还没有升起来，同学都去上晚自习了，宿舍里呼延展看着天空中闪烁的星星，人世间的欢乐为什么总是在别处呢？即使触手可及也总是往往和自己无关。

张老师来宿舍找他，坐在床前的他多么不像一个男子汉。张老师白净的脸上，笑容像月光一样明媚。

张老师说："我们出去走走好吗？"

走在校园的林荫小道上，张老师问："你一定要辍学吗？"

呼延展说："一定。"

夜色中月光出来了，他敏锐地捕捉到了张老师的惋惜。爱不应该有惋惜，长辈才有。他一厢情愿喜欢张老师，现在，他必须肯定他的决定，不念书了。

有男老师喊张老师的名字："张小俏，我找你呢！"

"就来。"张老师拍拍呼延展的肩膀说，"你回家后再想想，还想读书学校欢迎你。"

看着张老师急急远去的背影，他失望、沮丧、懊恼，他甚至觉得，缘分就该是这么浅吗？

第二天回到家，从难过中拔不出来的身子病了一场。

养父熬了几服汤药叫他喝，他很慎重也很认真地和养父说："我不想念书了，这样念下去不知道会有什么结果，还不如去煤矿，只要舍得下力气钱不愁赚。"

呼得福说："爸爸是想让你读书，你要是一定不读书爸爸也没有办法。咱们家祖坟上压根就没有考大学这样的风水树，不读就不读吧，读了大学离开土屋，你哪里还能回来？爸爸舍不得你走远，也许是爸爸不对。你自己决定吧。"

童年到少年，土屋里的气息，养父某个眼神，以至于肠胃的饥饿感，

339

在土屋中他甚至没有接受过一次长辈的抚摸,他渴望被父亲和母亲抚摸,渴望土屋里的笑声,渴望太多正常人家的东西,从眼前掠过的是与四季并无多大关联,与颤动不定的阳光也没有多大关联的孤独和寂寞。

此刻,他迫切想逃离,想去煤矿。

2002年夏天,呼延展由村子里的煤矿工人韩贵余引领,前往榆林榆家梁煤矿下井。

出门时养父送他到大路上,等班车的空余时间,养父说:"注意井下的突发事件,多长几个心眼,想着还有土屋呢。"然后没有话了。

呼得福底气虚得不敢说还有自己。

班车荡着一股尘开过来,呼延展上了车,在玻璃窗户上瞧见养父往班车上张望,车门合上了,他也合上了自己的眼。

心里说不清楚是什么滋味,他不想看见养父,甚至讨厌他,心里如打翻了五味瓶。

往榆林方向的山路,一拐接着一拐,他将脸扭向窗外,窗外的景色于他没有多大关系。现在就要和自己的此前告一段落了,说不上高兴还是难过。

韩贵余说起他的养父,笑话呼得福一辈子不干正事,人活得含糊、懒惰,一人吃饱全家不饥,到底没有亲生养过不懂得疼人。

呼延展第一次用"那人"说养父,对自己以往生活充满了语言上的抱怨。

呼延展说:"那人,就那样了。"

在车厢内嘈杂的环境中,呼延展希望韩贵余没有听明白他的话。他低下头看自己的背包,拉开拉链,看见有塑料袋子腾出一股热气,仔细看是煮熟的鸡蛋。在嘈杂声和簌簌作响的塑料袋面前他停顿了片刻,默不作声,想哭。

拿出鸡蛋剥好递给韩贵余一个，遮掩什么似的说："趁热乎吃。"

两个人吃鸡蛋，鸡蛋味道弥漫了车厢。有人喊："谁在吃鸡蛋？臭死了。"

韩贵余掏出湿纸巾擦擦手，看都不看说话的人，长脖子往前伸了伸，说："我十分厌恶说鸡蛋臭的人，能每天吃一颗鸡蛋的人恐怕也不多吧？放屁臭不臭？拉屎臭不臭？脚气臭不臭？自身的臭看不见闻不到，再瞅瞅自己的长相，叫鞭子抽了似的，一身穷酸还嫌鸡蛋臭。穷命富显摆，有能耐的坐小车去，坐班车还尼玛嫌弃鸡蛋臭。"

满车人不说话，说话的那个人红着脸脖子扭向车窗。

韩贵余又来了一句："苍蝇落在玻璃上了，小心有光明没前途噢。"

一车人又开始笑了。

车厢里的人群头挨着头说话，不说话的便睡觉，睡觉人身体向某一个地方倾斜，忘记了是在车上，头一歪人掉在了车厢地上。

车到矿区路边停车，下车的人就呼延展和带他的人韩贵余。心里空，但又一直骚动着、扑腾着、挣扎着。和矿区对接上后，做了简单的资料填写，呼延展就被分配到井下当打杂劳务工。

呼延展问人家一个月多少钱。

对方头都没有抬说："一天十七块四毛。"

简答在心里换算了一下，呼延展有点不高兴，日子像扔进了一个巨大的石子，来时路上他知道韩贵余一个月赚五千块，自己一天才十七块四毛，他的心几乎要爆炸了，发现自己一点喜悦的感觉也没有了，一点成功的期盼也没有了，是安于当下，安于现状呢？还是走，还是回去继续念书？

对方看他脸色不好，更加难堪地说："你没有高学历，在煤矿工作，

一、凭仗的是高学历；二、凭仗的是吃苦精神。既没有高学历又没有吃苦精神，你还想天上掉馅饼赚高工资？不想干就走嘛。"

呼延展知道自己不能走，正如对方所说，虽然没有高学历，但是有吃苦精神。

第一次下井，走了大约半个小时，黑咕隆咚的井下作业，一待就是大半天。黑，对呼延展的人生方向发生了根本性的质疑，甚至怀疑，自己所追求的那些东西是不是应该属于自己？所有追求是不是有意义？在黑暗中，他已经理不清自己的思路了，许多问题再一次来到心中绞缠着。中午十二点有班前餐送到井下，他的肚子饿得咕咕叫，他奇怪其他劳务工难道肚子不饿吗？为什么他们装着没有看见似的继续干活？

呼延展不管，上前拿起碗准备打饭，从一个地方伸出一只拳头，来不及反应的呼延展滚在了地上。

"这是正式工的班前餐，你们他妈的也配？"

呼延展想逃出这黑，但是，另一种黑，也许会永远伴随他。掘进队的机器嘈杂声、打骂声，所有黑暗中的事物都在行走，都是流动的，都是不可能停顿的。谁要想停下来，谁要想歇一会儿，谁就会被远远地抛到身后，再也跟不上。

如果你没有下过矿井便不知道井下事。黑笼罩了一切，黑煤的墙没有黑影，黑甚至可以淹没人们的羞涩，如果你愿意分享大自然的赐赏，将世间一切忧烦涤除荡尽，那么黑可以让你剥下身体上所有累赘，还原赤条条的自我。

井下八个小时，下午四点出井后他看到了阳光、蓝天，他开始哭，泣不成声。洗澡、吃饭后回到宿舍，他坐在床上想，要不要回去继续读书？考大学，将来上内蒙古大学一直是他的梦想。

呼延展蜷曲着身子，脑袋伏在膝头上，他睡着了。窗户上的一缕晚夕照在他身体上，有微风推开窗户给他一缕凉风，凉风轻轻撩动他的头发。微风里有一股清甜的野花香气，他梦见养父买了十只羊，有三两只羊羔，它们在野花香里抬起头，咩咩叫着。草原上的羊群、养父、绣花的姑姑、土屋前落下的马粪，睡梦中他的思维变得异常敏锐活跃，各种美好图景也纷至沓来，同时心里也产生了一种暖暖的感觉，幸福的滋味一瞬间填满了他的内心。

睡梦中故乡在他的心里占据着多么大的比重。虽然他从心里不断地厌恶它，为它的破陋而羞愧而烦躁，但是骨子里肺腑里的思念其实已经被攻陷被占领了。他醒来的瞬间，发现自己很绝望，又有一种摆脱故乡如释重负的感觉，先前思来想去不得要领的事，似乎一下子全解决了，既然选择了吃苦耐劳，心里就应该充满力量和自信。

他躺好开始认真睡，对待自己的生活和工作，认真才是他今后的方向。

4

一年后，呼延展调往榆林补连塔煤矿。

此时，身上依旧背着三千元债务，不，是三千五百元。这回去补连塔煤矿是到一线采掘队，工资相对提高了一些。

钱于他很重要，省着花，必须省着花。

可是，屋漏又遇连阴雨。他的养父酒后驾驶别人的三轮车翻到坡沟里了。

呼延展回到纳林希里镇，回到家，这是出门工作后第一次回到土屋。

摔坏的三轮车在自己家院子里放着，拐着腿的养父拄着拐杖，脸上结着紫红色的伤疤。看见进屋的呼延展，眼睛里躲闪着什么，却也是迎门咧开了嘴笑。

院子里有十只羊，和呼延展梦境中的一模一样，羊吃着割回来的青草，有人来协商买羊，似乎是卖了羊要赔人家的三轮车钱。

呼延展坐下来，院子里一股羊膻味儿，那是富裕的味道啊。

呼得福说："都是酒闹的，我以后不喝酒了。酒后人的胆子大，开着人家的三轮车跑，结果出事了。不过连累不到我娃，我在你工作后给人做木工活赚了俩钱，买了羊，繁殖养殖，木工活眼看就没有人需要了，都用塑钢窗，谁还稀罕我这半拉子手艺活。"

人能够忏悔真不容易，不但要心里有勇气承认自己错了，还真需要有羞耻才会思想进步。

呼延展让买羊的人明天再来，说我们父子俩得合计一下。买羊的人抽了几根呼延展递过来的烟，说了一些闲淡话，约定明天再来的时间，拍拍屁股上的灰土走了。

那时的夜晚，白天忙于生计的人们显得异常亲切。呼延展希望放下白天的不快，解开生活的枷锁，敞开心扉和养父来一次长谈。

他看到养父从黑暗中拐着腿走回来，手里吊着他的挚爱：酒。生活的奢侈品是养父从小卖铺赊来的，赊欠对养父来说，只要是为了嘴，一切赊欠都值。回来的路上呼得福一路喊了村里的几个酒友，今夜喝酒的由头足，因为儿子呼延展回来了。

喝酒吃肉，呼延展回来时路上就买了肉。养父大刀阔斧煮肉，煮的是儿子买回来的肉。土屋子一时弥漫出肉香、葱蒜、花椒、大料的香气。前后进屋的邻居寻找位置坐下，有人用嘴咬开酒瓶盖子，先喝了一口，说："好酒！"

呼得福用筷子夹着煮熟的一块肉搁碗里让呼延展吃:"来,第一次吃上了儿子孝顺的肉,这第一口香得儿子先尝。"

浓郁的肉香味儿冲鼻而来,呼延展口水泛起又咕噜咽下。

呼延展倔强地把端在手里的碗放到炕上,脸扭向门口,那一瞬间他忍着情绪,甚至想一辈子不吃肉。

屋子里的人把脑袋侧向呼延展,眼睛在黄昏的光晕里射出不理解甚至讨厌的光。呼延展打了一个寒噤,身体有些紧缩,有两个人坐在稍远的脚地上盯着他看,炕上侧卧着两个说闲话的人,还有一个靠窗户,双手压在胸口上,像是胃痛,看呼延展的眼光是不屑和疑惑的。

门开着,黑暗的远处有羊在走动,摔坏的三轮车显影出一个黑色的轮廓,呼延展没有打招呼坚决地没入黑暗中。独自一人走着,这时的夜不再恐惧,人不再孤独,他和夜较真,任由泪水跌落。哭着走到姑姑家门口,姑姑家门口停着豪车,他在夜色中听见了屋子里的欢声笑语,灯光是柔和的。

他停下脚步站在院边,夜晚是回忆往事的最佳时间,而此时的夜空,新月如钩,钩在一丛缀满情愫的相思树丛外,钩出夜色的无限委屈。

一个完美的富裕的充满欢声笑语的家,这个家不属于他,站在窗外的他走不进去,已经是无法改变的事实,他必须认命担当。

回到土屋,见酒没有命的酒徒们早已忘记了呼延展决然离开的样子,酒正酣,猜拳声此起彼伏。呼延展坐在他们面前,很认真地说:

"你们都是我爸爸的朋友对吗?"

几个人停下往嘴里运输肉的筷子,很天真地看着呼延展,很认真地点点头。

呼延展说:"是朋友可不能只是酒桌上的朋友,还应该是生活中的朋友。对不?"

"那是,当然了。"他们异口同声回答。

"既然是朋友,那我们就说说'朋友'这两个字吧。知道不,朋友里面有一半是'撇',是歪的,或者说是邪门歪道,也能说是歪门邪道。有一半是'竖',是正的,或者说是正人君子,也能说是光明坦荡。但是,最重要的是有一'撇',不敢小瞧了这一撇,有可能是遭难了,朋友撇下你就走,这就告诉了小心交友,不然最后只会落下一群酒肉朋友。'朋'的肚子里夹了那么多雨水,那就是交友不慎藏在肚子里没有办法说的泪水啊。"

几个人摇着头表态说:"不能只是酒肉朋友,遇难了当然要帮。"

呼延展说:"我也觉得我爸爸跟前的人都是遇难帮得上忙的朋友。好啊,今夜咱们朋友们商量个事儿。我爸爸摔坏了人家的三轮车,人家是新三轮车,要求赔偿。当然是应该赔偿。但是,因为我们家穷,拿不出这么多钱,一时赔不起。我爸爸想卖了羊赔三轮车,羊还小,何况羊也是长流水样的收入,因为羊能够繁殖。我就想和各位朋友说一下,烦请大家帮忙替我爸爸还上这个钱,多则一年,少则三个月,我就能还了大家。你们看看谁愿意出手帮我们家解决这个燃眉之急呢?"

正往嘴里夹肉的人快速夹了两筷子,不说话,倒是呼得福说话了:"不是大事,卖了羊也还得起。你们愿意借我这个钱,当然了,朋友一场,那是更好不过。"

一个朋友站起来突然"啊呀"喊了一声:"我忘记了,我家的猪圈还没有挡好,再说再说,我先去挡猪圈。"

一个朋友说:"怕是猪圈里的猪早跑了吧?你一个人哪里可以拦挡得了猪,黑灯瞎火的,我跟你去搭个伴。"

各种借口说出,一屋人就散了。

呼得福用难过甚至狐疑的复杂眼光看着呼延展,肠胃的难受和头的眩晕，使呼得福很难维护那点想笑的尊严，胸口的胃酸在不停往上冒，他蹲下去，蹲在地上很长时间。

呼延展收拾锅碗，蹲在地上的呼得福说："他们还要来，还要来喝酒。"

呼延展不动了，陪同养父在灰暗的灯光中等朋友回来。

凌晨，或者已经接近黎明了，土屋里孤独的父子依旧坐着。呼延展支撑不住和衣躺下睡了。

一觉睡到半上午，屋外来要三轮车钱的人和买羊的人，他们大声说话声惊扰了呼延展。

走出门外，看到买羊人赶着羊正要出门，呼得福手里握着卖羊的钱，正蘸着口水一张张数钱。毁坏三轮车的人等着，一脸愁容，嘴里嘟囔着这事让他耽搁了几天工夫少了多少收入，新三轮车又一下子买不回来，这事叫人恼火。

说话的这个人穿一双泛白的军用胶鞋，裤管用两只夹子捏着，显得又土气又别扭。呼延展很奇怪，问他为什么要这样打扮？

他说："这几天没有电动三轮车了，就用人力三轮车拉人，这样捏住裤脚一是防备快踩时裤管绞进链子里去，二是跑起来风不往裆里钻。当然了，夏天不怕风，主要是冬天。"

听他这一说呼延展就想到了冬季，凛冽的寒风，虽然许多人都裹着厚厚的冬衣，但是，那些蹬三轮车的人，裸露的脸却像被谁给抽了一顿鞭子，为了养家糊口的几个钱，手和脸紫皮萝卜似的，都是为了活下去，更好地活下去，想想都很难受。迟疑了一下，要赶羊人停下赶羊，他问了电动三轮车多少钱，也不二话，从口袋里掏出钱递给对方，然后不好意思地掏出两包烟给了赶羊人，叫他留下羊，羊不卖了。

蹬三轮的跳上车牵起衣襟，在脸上抹了一把灰，用力瞪着往坡上走。

半坡上有点陡，蹬着蹬着轮子就转不动了，他向前俯低了身子，高抬起屁股，往踏板上加力，这边的娃娃们喊着："退下来了，退下来了！"只见他往踏板上用劲加力，他的裤条小，因为用力，屁股轮廓分明地凸起来，尖尖的臂瓣，深深的凹槽。一番艰苦努力后，终于还是停下了。

他跳下车回头和呼延展招招手，手扶着龙头推上坡。一跳两跳，异常轻快地跳上车，打了一声呼哨，一下子就不见了人影。

5

呼延展安顿好家里事急急往矿上走，因为神东矿下达了一个文件，他们这一批劳务工要转正了。

说是转正，其实也就转二十五人，但是考试的有九百七十人参加。

这是第一次改变自己的身份。只有考好，机会才是平等的。机会一定会给那些努力的人，但是，就怕机会也有走神的时候。

呼延展心里对这次考试是下了赌注的，如果九百七十人的考试自己能考第一名，就一定能考上大学，从小，心里的梦想就是考上"内蒙古大学"。假如考不上第一名，他也认命。"祖宗的坟茔上没有那块风水"，养父说过的话。任何一个人对他说过的话都不在意，养父的话他在意。可能任何事情到最后，亲人的对抗最重。

考试下来等分数的阶段，第一个报告他消息的是，神东矿宾馆从伊金霍洛旗招聘来的服务员郭彩虹。

郭彩虹在宾馆听判卷人议论这次转正的劳务工，第一名考生其实超越了第二名三十多分。第一名考生是下了功夫的。郭彩虹就试探问第一名考生叫什么名字、是哪里人。矿上的中层领导也不避讳什么，告诉她是伊金霍洛旗人，叫呼延展。

郭彩虹惊讶得没有顾得上多说什么，赶紧给呼延展打电话告诉他这件天大的喜事。

电话里的呼延展很平静地说："我如果报考内蒙古大学，那一定是可以考上的。"

郭彩虹说："老乡，你是不是听到消息激动傻了？内蒙古大学关你屁事？"

呼延展说："充分可以证明我能够考上内蒙古大学啊。"

郭彩虹很失望地放下电话，她觉得这个老乡脑子有问题，榆木疙瘩，怎么可以老说内蒙古大学。钻牛角尖的人也许是天才，但是，这种天才不交往也罢。

神东矿的下井坑道正对着一棵柿子树，柿子树在整个冬天的严寒里枝柯蜷缩在一起，它们扭弯曲折的形状，似乎是在收缩保留生命的心力，等着来年春天。下井工人每一次下井时都要看它一眼，有些时候它的树枝上会挂着几十个柿子，树上的残叶子落光了，柿子火红如朝阳，似乎是每一个人都知道树上有几个柿子，跌落一个都躲不过他们的眼神。

柿子树是地面上的风景树，也是矿井工人的季节树。

神东矿的人都知道呼延展和自己拗着劲，尤其在那些真的大学生面前，鼻孔朝天看他们是他的特点。但是，他真的不是大学生。

没有人能够知道他为什么要这样对自己的身份认定如此认真。他是一个高中没有毕业就下煤矿的井下工人，每每对新来的井下工人说教时，就一定要肯定自己是大学生。

从转正那一天开始，呼延展就是"内蒙古大学"毕业的大学生了，谁都不能在他面前否定。

井下的所有机械设备,只要正式工会的呼延展都会,人心就怕长眼睛,多看多学是他超越他人的最后本事。"这世界上只有不学的,没有学不会的。"他在日记中写下这句话。

2006年2月份,呼延展拿到手的转正工资是六千元,此时他已经是采掘二队的副班长了。工资由一千元变成六千元,虽然说不是一个数能够让人高兴,但是,多一个数的工资绝对可以让人高兴。其实在2005年神东已经取消了两极化的工资待遇,但是正式工是一张贴了金箔的名片,绩效工资还是高过了劳务工,更何况,正式工有如高中考上大学,也很叫人扬眉吐气呢。

拿到工资的第一时间,呼延展请班里所有人吃了一次大餐,让班里的劳务工没有转正了的人点最贵的菜,他要奢侈一回,为自己的努力,也给他们一个动力。

贵菜当然是荤菜,开吃的那一瞬间他想到了养父。

也是用第一个月工资,呼延展请了在神东矿工作的老乡,老乡中有郭彩虹,本来她不想参加,好奇让她参加了这次聚餐。

郭彩虹因为这次聚餐,发现三十岁的呼延展还没有成家,自己也没有找到对象,聚餐中有人起哄,呼延展就要了郭彩虹的电话。其实,郭彩虹对呼延展第一次碰面并没有火花,一个小个子,大眼睛,说话快速,嗓门大,说话的中间突然就来了羞涩。

趁着没有人时郭彩虹还逗了他一句:"大学生,祝贺你又中了状元。"

呼延展涨了一个大红脸,说:"我的成绩就是大学生的成绩,我就是大学生。"

一时间,突然给他的表情打动了,一个爱红脸的男人,宽宽的额头发出一圈洁净的光芒。郭彩虹被呼延展这副自信、顽强的精神震呆了。郭彩虹屏住呼吸，不敢说话，周围显得非常安静。

为了打破这安静，呼延展像是和亲人倾诉一样，"我曾经想过，一个人一生的努力未必能行，农村娃进矿，和一个大学生的差距是必然的，他们付出过、努力过，因此，我不敢期盼我成功。在井下，我对我的目的产生了根本性的质疑，我在这个世界上找不到供我稍息的地儿，都在往前行走，我不敢懈怠。看到周围的同学一个个凭着各种关系纷纷逃出樊笼，看到过去的那些并不怎样的同学突然之间呼风唤雨，心里特别不是滋味。我只能一步一个脚印，不敢有丝毫误差往前走。你理解吗？"

分别时郭彩虹说："我理解你，也理解你为什么说自己是大学生。"

呼延展怀揣着正式工人的第一个月工资，回到内蒙古鄂尔多斯市伊金霍洛旗，纳林希里镇，其根沟二社。

站在自家的土屋门口，呼延展面带笑容，很真诚地和年老的养父说：

"爸爸，我转正了，拿了第一个月工资，我请你吃饭，我们喝酒吃肉，我要和爸爸醉一次。"

呼德福惊讶得张大嘴说："你转成正式工了？"

呼延展说："爸爸可以通知那女人了，叫她来拿钱，我是回来还她钱的，还了钱，从此咱们家就不欠外债了，爸爸也不用外出给人家上门做营生了。"

呼得福吃惊地站在土屋门口，看着笑容满面的儿子，平生第一次没有抵触情绪的邀请，让呼得福流下了两行老泪。

父子俩往伊金霍洛旗去吃饭，路过那个女人家决定进去放下钱。

呼得福说："这钱不该给她，坏女人，你不管这事，让她上门闹一辈子，看她丢人败兴不。"

呼延展停下脚步，很认真地说："我们也丢人败兴啊！我就想不让土屋里的人在这个世上叫人看笑话，还她，把她的丢人败兴还回她。"

父子俩不说话了。路过女人的村庄，父子一前一后走进去。女人看见是来还钱了，没有想过能得到这钱，她也就是打枣呢，有一竿子没有一竿子的打两下，这么说真是来还钱了？

呼延展递过钱说："三千五。"

那女人不相信是三千五，不让他们父子走，他们也不走，等女人蘸着口水数钱，连着三遍，女人抬起头来说："等下，我给你们父子倒口水喝。"

呼得福说："不喝了。两清了，咱以后井水不犯河水了。"

女人身上穿着一件新买的上衣，大了点，不太合身。裤子是瘦腿裤，显然是洗过多少遍了，还有许多线头长出来，有些泛白，裤腿还挽着，却又长短不齐。看他们父子要走，又忙不迭从桌子上拿烟，急急撕封条，却又找不到封口，翻来倒去寻，开了封又抠不出烟来，手颤着。

呼延展让她别拆了，向她摆摆手要走，女人两步三步赶到他们父子俩面前，非要把烟递到他们嘴里。呼延展躲避着，看见养父张开嘴由女人放进去，女人又找着打火机点燃靠近，两只大奶子故意扫了一下呼得福，呼得福嘻着，迅即伸手在呼延展不注意时抓了一下女人的奶子。

女人大声说："来呀，顾得上就来串门。"

呼延展脸上的表情已经很尴尬了，他很不高兴地把手里的烟重重放在桌子上，扭头走开，呼得福也跟着走开。

身后的女人用很含糊的话在挑逗呼得福，呼得福背转手，用一种手语和身后的女人说话，叼在嘴里的香烟熏得他的眼睛难受，想吐掉烟头，结果唾沫沾牢了嘴角，他缩回手用劲撕扯了一下，嘴角就破了。

这时候说什么话都很多余，呼延展甚至后悔回来请养父吃饭，或者说后悔来还钱，但是不还钱终究又是一个事情，他想，这事就这样快点结束吧。

父子俩搭车到了伊金霍洛旗。进了饭店，呼延展问养父："爸爸想吃什么？想吃就要，只要伊金霍洛旗有。"

呼得福也不是舍得花钱的人，他说想吃"油糕、羊肉，要一瓶蒙古王"。

呼延展按照呼得福所点，又要了一份牛肉。

菜很快就上来了。急不可耐的呼得福夹了一块肉送进嘴里，大口嚼，并没有咽下，等了半天说："这肉炖得难嚼，我吃块油糕。"

呼延展打开酒，倒了两杯，看了半天酒，想要说的话说不出口，想说养父抚养自己不容易，可就是说不出口。

递一杯给呼得福，父子俩碰了一下，一口干了。

呼得福说话了：

"我是会木匠的人，我没有给你打下一件家具，总想着有机会，可是现在没有机会了，一来人家都不时兴手工活了，二来我的眼睛坏了，看不清走线，身体也越来越糟糕。在纳林希里镇其根沟二社，我是会掐算好天气的人，婚丧嫁娶也有人来找我，可我儿子的任何日子都不敢算。爸爸觉得你该找对象了，爸爸要别人算了一下，人家说今年有成。"

呼延展说："八字还没有一撇呢，听他们瞎算。"

呼德福说："我也掐算了一下，爸爸不能说，就怕那个日子算坏了，会和爸爸一样。爸爸就想儿子有个家，家里有女人，一辈子，咱们父子的日子就是灰锅冷灶啊。不过，现在看来世上的日子都是好日子，我哪里能够想到有一天我儿子请我喝酒吃肉，这日子说到眼前就到了。"

呼延展看到养父已经不是当年意气风发的养父了，喝酒也少了，吃肉更少，似乎半天都不动筷子，酒和肉在眼前摆放着，也就是一个气氛。

呼延展说："爸爸，你从前可不是这样，酒肉放在眼前就没有命了。"

呼得福说:"人是活年轻,老了,器官也老了。就算是有几根花花肠子作怪,也只能耍个花架子。爸爸现在心里就想着抱孙子呢。"

一顿饭吃完天就黑实了,呼延展在伊金霍洛旗登记了一家不大的宾馆,宾馆有热水,呼得福一辈子没有洗过澡,洗洗身上多半辈子的泥,也让他舒服舒服。

洗澡出来,呼得福不好意思地说:"不怕你笑话,爸爸身上的泥也没有你想象的那样子厚,浅浅的一层。有钱了真是好,一天洗一次,唉,一辈子要浪费多少水呀。"

呼延展笑,呼得福也笑,两个人的笑都控制着,生怕一动便又要生出什么幺蛾子来。

6

回矿上的路途中,呼延展莫名其妙去了一趟郭彩虹家。

郭彩虹家在伊金霍洛旗新庙乡边家壕。事先没有想太多,就是脚步带着自己感觉找了一个方向。

边家壕是一个有些脏却令人亲切的地方,一路上有熟悉的三轮车在跑路。火柴盒一样连过去的房子,有见缝插针的小饭店。这里的土屋子少了,也许是因为煤炭,土屋子推掉起了砖屋。村子里的狗多。真是呀,满街满巷子的狗,狗不怕人,也不咬人,悠然自得地串门、逛街,俨然是边家壕的主人。因为是夏日的午后,一路上树荫下贴地睡着一些老人,一条巷道蛇行,由此走到路的尽头就是郭彩虹家。

提了水果、奶制品,在稀稀落落的众人目光中走往郭彩虹家,说不清为什么呼延展有点忐忑。远远发现郭彩虹家是红砖楼,刚盖起的红砖楼有点让呼延展羞于前行。不过还是鼓足勇气走进了郭彩虹的院子。她妈妈洗衣服，爸爸则坐在一边修理一个什么零件。

看见有陌生人进来了，放下手中的活计迎着笑脸紧着打招呼。这边，呼延展先自我介绍说，"叔叔、婶婶，我叫呼延展，和郭彩虹是一个矿上的老乡，回家路过来看看二老，没有啥事情要说，看一眼就走呀。顺便，都是顺便的事。"

郭彩虹父母对视了一下，觉得顺便来看看有点理由不充足，却语无伦次。可也不知道说啥好。就问了一些呼延展的情况，郭彩虹的情况，还有矿上的情况。问罢，一定要留呼延展吃饭，他执意不吃，说外面还有车等着呢，起身告辞走了。

哪里有车等着。

走到大路上，没有遇上班车，只有三轮客车走过来停下问搭车不？天气很热，顺道也不是不可以。三轮车上有厚帆布遮住顶篷，屁股后面敞开着，供人上下。一路上尘土飞扬，甚是颠簸，须仔细握紧横置的一条粗绳，才会不被抛出去。车行一个多小时，路上便想郭彩虹爸妈对自己的印象不知道好不？又回想自己不知道有没有留下啥好印象，假如留下了："这娃还是懂礼貌的。"也算是一个不错的结果呀。

呼延展回到矿上，第一件事是去找郭彩虹。

郭彩虹正在班上打扫房间，腰间的呼叫说有人找，一时想不起是谁找，收拾完房间才走往大堂。看见呼延展站在大堂，迎上去问："是你找我？"

呼延展说："我找你。"

郭彩虹说："啥事找我？"

呼延展说："我回家路过去看你爸妈了。"

郭彩虹说:"回你们家不会路过我们家呀?"

呼延展说:"是不会。不可以专门去看吗?"

郭彩虹笑,然后领着呼延展走到一间办公室,要他坐下来说话。

边倒水,郭彩虹边说:"你说,人要是想啥就是啥,那该多好。我也想我是大学生,可我不是。你真是一个有意思的人。"

呼延展羞涩地笑了,笑得很不自然,说:"你知道我转正考试超过第二名三十分,考试状元难道不是大学生?"

郭彩虹说:"两码事。"

呼延展说:"一码事。"

争下去没有多大意思,觉得拗不过呼延展,就算拗过了又能如何?两人约定,互相倒班碰巧了就去对面的土山上走走,那是煤矿采空区的回填山,据说绿化得好。

约定的时间里两个人往回填的土山上走,有一大片密密麻麻的树林,半山腰有一个两亩见方的湖,说是从井下抽出来过滤后的浇地水。湖水上面,强烈的阳光在此仿佛被反射回去,湖水抵御着暑气,也给他们带来了明亮和清凉。

两个人各自说自己的成长,都是从小被贫困耽搁了的人,郭彩虹也是高三时放弃了高考,现在条件好了,但是都过了读书的年龄。

郭彩虹看见水就不想走了,光了脚,踩在大大小小的人工圆形石头上。石头被太阳晒得滚烫,走起来费劲。石头上的温火从脚心逐渐传递上来,让她感觉一种真真实实的暖意。走了几步,便把双脚伸进湖水里,水很清凉,对面有巨大的平整的石块,积着薄薄的绿苔,他们走过去,试着踩上去,有些滑腻,郭彩虹打了一个趔趄。

不自觉地,呼延展就拉住了她的手。

就这样被扶着，郭彩虹踏着大石块，小心挪步到湖水激荡而起的地方，听凭水流对整双脚面的冲击。

呼延展说："你觉到世界就在脚下没有？你最能触摸到的地方，就是你的力量最能达到的地方。"

郭彩虹说："我此刻觉得我的力量在手里，而不是在脚下。"

呼延展说："山和水是自然界搭配好的。山是傍了水，水是依了山，山和水搭配便显得媚，只有水和山搭配才有一种大气让世人看到。你看，那山是刚的，但不猛，显然是掺杂了人工的柔，在这里看山看水，终还是难以分得清谁是谁，谁离得开谁。"

郭彩虹觉得呼延展说得很文学，闪念中觉得，假如考大学，他也许真是一定能考上。

一位坐在水边的中年女人看见走过来的他们俩说："瞧你们小两口多好。"

呼延展看了一眼郭彩虹，郭彩虹"嗨"了一声，意思是让呼延展别做梦了。

话虽然如此说，可两个人已经是在谈恋爱了。

进入冬天，呼延展和郭彩虹的恋爱关系上升到婚姻状态，意犹未尽的恋爱终究不是爱情的最后，爱情的最后是香火延续。

郭彩虹未婚先孕了。对呼延展来说这是一件喜悦的事。两个人都不小了，该建立自己的小家庭了。

怀孕的女人通体浅红，倾身而行，言语举动母性的光芒就出来了。时间真是够紧迫了，不知道结婚该准备什么，可是，结婚总得回一次家吧。家虽然贫穷，但那是一个人的成长地，那里有自己的养父呼得福。

第一次领着怀孕的女朋友回家，兴奋不可言表。

那时的乡村普遍修建了砖瓦房，呼延展家还是土屋。一村子红瓦屋就一座土屋，看过去很叫人不自在。呼延展有一种豁出去的感觉，就这样的家，就这样的人，接纳这个人就必须接纳所有的一切。

话是这样说，还是悄悄捎话给乡下的姑姑，要姑姑去收拾一下屋子。

家徒四壁的屋子里姑姑洒水扫尘，一边扫一边难过。儿子给了弟弟，泼出去的水，儿子是代替弟弟替娘家光宗耀祖来了，多大的委屈都不能生外心慢待弟弟，弟弟是爹娘在世时最放不下的呼家后人。还记得爸爸最后合眼的那一瞬间拉着她的手说："照顾好弟弟，帮他成家立业，千万不能让呼家断了香火绝了后，那是要叫人耻笑的。"

左转右转，弟弟就打了光棍，姐姐的一份责任重啊。儿子送弟弟，儿子受多大的委屈都不为过，年轻时受点委屈知道日子难，也就知道努力。儿子、孙子，子子孙孙受苦是正理，是没有穷尽的啊，这才是人世间的正理呢。

姑姑把土屋收拾得干干净净的，其实就干净二字来说，土屋收拾起来太容易了，因为屋子是隔开的两间，一间屋子里就一铺炕、一眼灶。

进屋门时，呼延展小心瞄了一眼郭彩虹，看她的情绪，不过，他内心是有数的，情绪不好也已生米做成熟饭了，何况自己是正式工，这个婆姨是跑不掉的。

土屋内，最扎眼的是炕上的花床单，这是姑姑的杰作，也是呼延展有生以来在土屋里唯一看见的春天。

面对一切，呼延展不想虚弱得躲避什么，很直率地和郭彩云说：

"土屋，我唯一的家。回来之前让我姑姑收拾了一下，有些装点我们走后，姑姑要拿回她自己的家。我家的土屋没有色彩。你爱我这个人就一定要接纳我的家、我的父亲。这个家里我没有母亲，你是这个家里唯一的女性，我不想欺骗你。我的家里缺少正常家里的其乐融融，我父亲喜欢喝酒，酒后的父亲对家没有牵挂，喝酒是他一天里最快乐的事情，你如果爱我就不能嫌弃我喝酒的父亲。"

即将成为呼延展妻子的郭彩虹说："每个人的家都不一样，但每个家庭都有说不得的苦。"

这时候呼得福进来了，呼延展在土屋内，对着爸爸轻轻拥抱了自己的女人，虽然是蜻蜓点水似的拥抱，虽然没有电视剧中那样煽情的拥抱，但是，这是他成长以来土屋中发生的最暧昧的场景。

暗影中的呼得福为了掩饰家徒四壁的羞愧，他说："农村人都这样开始，慢慢地，日子就会好起来。"

也许是清山秀水灵气所钟吧，郭彩虹虽长于荒僻乡野，而命运对她是公平的，她长了一副清纯秀美的容颜，还有一颗善良的心。双眼皮下一对黑亮的眸子，忽闪之下，总像在对人说话，而那白里透红的脸上，端直挺拔的鼻梁，又显得那么端庄俊俏。

郭彩虹环顾四周，浅浅一笑，敏慧而内秀，温厚而质朴的她出于自然本色，很轻松地对呼得福说："叔叔，好日子跟着呼延展呢，咱不怕土屋，土屋还冬暖夏凉呢。"

呼延展觉得怪不好意思，嘴上不说，心里却在埋怨养父对自己懒惰的轻松回避。又十分感激郭彩虹，她刚才讲的话感动得叫他想再一次拥抱郭彩虹。

往事如昨，细细数来，刻骨铭心，难以释怀，最难忘的还是从前。

从前的日子在此就要系一个疙瘩了，系死它。

开始新生活吧。

7

十一月，绵绵的雨雾终于在嘶嘶啦啦纠缠了几日中打住了。冷雨过后天空出奇干净，要结婚了，婚娶的礼金不能少，可礼金去哪里借呢？这几个月工资都叫置办一些婚娶该准备的东西花掉了。

郭彩虹此时因为肚子大了不能在矿上上班，住在她妈妈家。

呼延展在矿上给彩虹打电话。握着话筒，压抑住激动的心情，轻声说："我很愚蠢是不是？彩虹，我准备娶你了却没有彩礼，自尊不让我去到处借钱，我不知道该怎么好？我们的孩子好吧彩虹？"

郭彩虹在电话那头小声说："每天都要动无数次。你回来见我父母一下，他们很开明的。"

婚娶礼金在当时的农村还是很重的，男方娶妻没有万儿八千，根本办不成事，而且愈是穷家庭，愈是山里，女方要的礼钱愈重。另外，还有一个攀比心理，彩礼愈是要得多，更说明女方家有面子。

不少人家为给儿子娶媳妇，往往是倾家荡产。这形成了一种恶性循环。

呼得福的家底早就折腾光了，呼延展才把家里的债务还清，就按照其他人家来比照，一万八千元彩礼，对呼延展来说不算啥，但是，刚转正，因天旱缺水，呼延展刚和矿上借了钱让养父打机井，总得种田吧。没有钱已经是一个事实。

结婚的事情来得紧，钱是要摆在桌面上的。

呼延展第二次回到了郭彩虹家。

这回是和郭彩虹一起回去。当他推开彩虹家的门时，头发黑亮，衣履光鲜，丝毫不见长途旅行之后的凌乱。郭彩虹上前来，呼延展也不管那么多了，紧紧抱住自己的妻子，郭彩虹不避讳家人，几乎是以一种出格的欢迎的姿态接纳了他的侵犯。

郭彩虹爸爸和妈妈红着脸进了另一间屋子,屋子里两口子商量,这回是待姑爷,得叫上家族中的重要亲戚。掰指头数了半天,大大小小一桌子怕不够,得两桌。

待姑爷显示了女方家实力,给姑爷看,也给世人看。

请来的族人挤挤攘攘走进饭店。吃喝中间,郭家大伯作为长辈毫不含糊地和呼延展说:"我们这里的规矩是,喊了亲友待姑爷就等于是把婚事应允下了。接下来就等你拿彩礼娶亲了,我丑话说到头,别人家是一万八,我们家是两万,不是标高价,是因为你在煤矿上工资高是正式工。"

呼延展不敢说话,也不敢说自己刚转正,低着头不笑也不哭,一脸的无奈。

郭彩虹笑着说:"大伯,你哄抬价格,小心叫人家说你是郭剥皮。"

郭家大伯哈哈笑着,说:"郭家的女娃贵,是高贵,这数不能落。"

饭毕,走出饭店,冬天的寒风刺骨,村子里的小孩子脸冻得像青涩的柿子,伸出手来手上的红斑一块一块的,那是去年的冻疮啊。呼延展想起了自己的童年,冻疮大约要到五月份,随着新皮肤长出来,那些痂斑才会退去。对村庄里寒冷的认知,就是自己童年的冻疮。养父的刨锯、斧锤和墨线,因为上冻了,这些都闲置在屋子里,土屋中有闲人在喝酒,酒是赊欠的。没有钱买不来作业本,呼延展伸手要,呼德福说,去小卖部赊去,记到我的账上。呼延展走往小卖部,说是要赊欠一个写字本,小卖部里的女人狠狠盯着他看,罢了扔下一句话:"呼德福赊了一辈子,不赊你吧,乡里乡亲;赊你吧,猴年马月还得上?"

现在居然要赊欠彩礼了。

这是一种幸福的感受呢,还是痛苦?是经历的开始呢,还是结束?

巴掌大的村庄，住土屋的光棍儿子娶妻，生活的"里子"都成了问题，哪里顾得上这些"面子"？

回到岳父家，呼延展很真诚地和岳父说："叔，我没有钱，但是，我终究会有钱。我们家一辈子都被钱拦着过不上富裕生活，我不应该说这话，可是我不说，没有人代替我说。我不是一个反应迟钝的人，工作上我活络、用心，这些都是我的优点，我的优点还有，我有一颗知恩的心肠。我相信人生的事情都是老天约定好的，该怎么来了就会怎么来，惊悲和欢喜不经耐活，娶亲的日子我不能不在意，这一天的重要是我和彩虹要生死相依了。老人们常说，日子一天天过下去，能够受活住日子，才是幸福的。我求岳父在我娶亲的事情上拉我一把，多余的话说多了都是假话。"

郭斗昌没有办法，这事大哥已经做主了，私自决定不要彩礼怕是要惹得亲戚朋友生气，何况民间的规矩也不能坏呀。

郭斗昌看着郭彩虹问："你说呢？你不怕丢人，愿意贱嫁人家，也算是你的意思，现在是我们一家人说话，我当爹的只听闺女的话。"

郭彩虹说："爸爸，难道不能换一个方式解决这个问题？你先拿两万，算是我借下的，春天还你，当女儿的能和爸爸借钱吧？"

呼延展不知道该怎么感谢自己的"妻子"。他最讨厌的一句话是：春天就快要到了，冬天过后春天还远吗？此刻，他有多么喜欢这句话呀。

岳父顾忌自己的面子，女儿又是双身子，女婿的未来如何，现在还看不透，可小伙子现在看上去人很诚实，刚转正也是事实。罢罢罢，女儿既然问住了自己，那就按照结果来做吧。

岳父让岳母拿出两万元递给呼延展，岳母又拿出四百元悄悄递给呼延展，让他在人前宽裕一些。

接过钱，呼延展说："我不是少心没肺的人，我记得人对我的好。"

然后重重地跪下磕了仨头。

岳父喊大伯过来,在众人面前,呼延展把钱递给岳父岳母,大声喊了一嗓子:"爸爸,妈妈!"

喊"妈"时呼延展哭了,五岁以后他就没有妈了。这是成年后第一次喊妈,他喊得泪流满面。

住进土屋的女子带来了香胰子的味道,妻子让他要强的个性经住了命运的冲击。

回门走亲戚时他和岳父说:"知道爸爸家也不好,但是爸爸和妈妈,是一个完整的家,聚气也是聚财。我感谢你们大度量容纳了我,我知道好。"

春天提醒人们该做什么了,人要是错过春天,一年中什么事情都会迟缓半拍。

春天的早上,一只布谷鸟落在矿区的柿子树上,去年冬天最后一只柿子被布谷鸟摘下扔在地上,风干的柿子跌落在地上不仅没有破碎,反倒弹起来跳着走了几步。呼延展捡拾起柿子拿回矿区租赁的房子中,妻子郭彩虹的肚子大得和地锅似的,他把柿子摆放在窗台上,他告诉妻子,柿子树伴随着他进进出出井下无数个日子,看见柿子树就像是看见了自己的生命重生,看见了柿子就看见了"事事如意"。

郭彩虹说:"你娃在肚子里踢打得厉害,我怀疑是儿子。你猜呢?"

呼延展说:"我喜欢儿子。爸爸一定也想叫我们生个儿子。"

郭彩虹说:"我们好久没有回家了,也该回家还彩礼钱了。"

"生活中的普通人是一些知足者,在平凡简朴的日常中感受爱和关怀,并从中感恩生活和忘记苦难。能够领略世界赠予的人的确有福气,也许我们从来就不相信生活中还会有新奇的事情出现,但是,总有出其不意的事情等在要走的路上。"

呼延展在日记里写下这段话，他似乎已经明白了，在时间里守候那些恒常的规律，无论痛苦还是苦难，都是自己的福气呀。

夫妻二人择了一个公休日怀揣着彩礼回乡还钱。

时令已经是夏天，呼延展的儿子出生了，胖嘟嘟的儿子蜷缩在郭彩虹的怀中。

在夏天里回忆冬天，就像是在重新经历所经历过的经历一样。一路上夫妻二人聊起从前事情，呼延展想起赚十七块四时他和朋友借钱渡难关，朋友怕他还不了钱，只借给他二十元，一个人一个月花了二十元。

饥饿，没有人体会过饥饿到极致是一种什么状态。

那时，养父呼得福从家里给儿子捎来土豆和南瓜，破天荒捎来一小罐头羊肉。羊肉在罐头底子上铺了有大拇指厚一层，因为天热，长了一层青毛。对饥饿的人来讲，这些都不重要。呼延展打开罐头，迅速拿起热水瓶冲了一罐头瓶肉汤，那是有生以来最好吃的一顿饭。

郭彩虹奇怪呼得福，一个人怎么可以这样对自己的儿子，自己喝酒吃肉捎来的肉却只铺了一层罐头瓶底子。

郭彩虹说："你恨他不？"

呼延展说："我最恨贫穷带来的不信任、怀疑、小瞧、防备等等，挂在施舍人脸上，真是叫人难过到了极致，但是，你就得领人家的好。"

他在媳妇面前不说养父的坏话。

呼得福知道儿子儿媳孙子要回来了，高兴得早早就杀了一只羊。拾掇了院子，把屋子里也收拾得干干净净。羊肉也炖上了，自己不会做糕，特意去纳林希里镇买了油糕。

夫妻二人抱着娃走近土屋，黄昏，看见土屋前站着一个人，那个人是谁呢？人瘦得和干草似的，不见一点水色，领子里探出来一张老人脸，曾经的油水都从那张脸上跑了。

呼延展喊了一声:"爸爸,是你吗?"

瘦得和线条一样的人应答了一声:"就是爸爸。"

一团灰扑扑的颜色不起眼地站在土墙前,如果不知道是人站在那里,黄昏的光线下形同一捆草秆。

呼延展惊讶地说:"爸爸怎么瘦成这样了?"

呼得福笑着说:"有钱难买老来瘦。我没有啥病,好着呢。"

晚饭是羊肉和油糕,一家三口坐在院子里吃饭。院子里有一棵枣树,枣树下有石头桌凳。呼得福打开一瓶酒,郭彩虹拿着酒杯说看不清倒酒。呼延展准备从屋子里拉一根电线出来,突然的,天空中的月亮像开刃的镰刀,缓慢而迟钝地将黑幕的天空划开了一个角。

呼延展停下手中要拉的电线,看着月亮升起。

呼得福说:"我们就着月亮下菜,不拉电线了。"

收回电线,在映着月光的地上,两杯酒中盈盈泛出光亮。

呼延展说:"喝,爸爸。"

呼得福说:"喝。"

坐在月光下的呼得福不吃菜,一个馋肉的人不吃肉,一辈子喜欢酒肉的人,本来该是长一句短一句的吆喝,反倒变成了下意识的长吁短叹。总是说一些对不住呼延展的话,说人的一生太短,有些事情错过去了,错过了就让你一辈子活得孤独了。

父子俩还从来没有这样说过话呢。

月影下院子里东墙角啥时间种了一丛竹子,竹子长得不高,但长得青绿而秀丽。新竹的竹尾妩媚又可爱,挺招人的。郭彩虹去看竹子,走路的样子像一只母鹅一样,手里端着碗,一边吃羊肉,一边吐出羊肉的骨头。

竹子下有一丛花，粉白中略带淡紫，热闹中又不失一份素雅。弯下腰闻，花香也很浓郁。

呼延展觉得养父好久没有喝酒了，不喝酒了省下的时间种了花和竹子。这样也好，闹酒闹了一辈子，到老了，不说该是像陶渊明一样采菊东篱下，悠然见南山，咱普通人够不着，但也该享享清福了。

呼得福看见郭彩虹弯腰看竹子，说："咱们这地方干旱，土质不好，养这点竹子不容易，我捡了牛粪回来沤了淋，这竹子和下面的月季就长得绿，竹子长出来好似婴儿的手臂那般可爱，就是不知道能不能过冬，就怕和我一样过不了冬天了。"

月光下呼得福的脸色很难看，黄蜡蜡，指着墙角一摊搅和好的泥浆说："土屋山墙处有一块掉泥皮了，得抹抹。"

呼得福又指着院子里的石头桌凳说："还记得你小时候放学后在这里写作业不？每天晚上就坐在这张只有膝盖高的矮石头桌子旁，点一盏充了电的电灯复习功课。唉，怪爸爸没有让你读完高中，不然你是能考上大学的。爸爸是个坏爸爸，当时心里也有小九九，怕你考上大学脱离农门，哪里还会回来土屋子，爸爸就怕养你一场竹篮打水一场空啊！"

呼延展说："爸爸说哪里话，不读书是我自己的选择，你哪里能够管得了我不读书。方才爸爸说，过不了冬了，这话是什么意思？我见爸爸吃不进肉，酒也不馋了，是不是爸爸的身体有病了？"

呼得福的眼泪在眼眶里转，不敢冲着月光处看，哪里能控制得住，眼泪"啪嗒啪嗒"掉下来，害怕掉在盘子里的羊肉上，两只手捂着眼睛哭。

呼延展想：爸爸是得重病了，有多重，他不敢问。站起来走到月光下，又想起了什么，推开大门往姑姑家走。

姑姑告诉呼延展："你爸爸得了肝癌，不让和你说，怕你误工。说是你娶亲欠下饥荒还没有还。他真没有用处，帮不上忙，就几只羊，他舍不得卖，想多繁殖几只，等你娃一周岁他要给娃一个大礼。"

呼延展哭着说："啥时间检查出来是肝癌？"

姑姑抹着眼睛说："去年就查出来了。你要娶亲，他拿不出钱，我给他他也不要，他不让我添乱。现在都转移了。他说转移了好，早死早见你爷爷奶奶，他说他是没有出息的人，也是不孝的人，一辈子就贪酒，就怕孤独。他说他不怕死，人世间事啥都知道了，现在，就是不知道死，也许死是一件好事呢。"

呼延展不说话了，从四岁开始抚养他成人的养父说完就要完了，真是命不好啊，人生经不起富裕生活的开始，假如一定要拿一个人的生命来换取他现在的一切，他宁愿回到从前。

但是，人生永不会这么换算。

呼延展迟疑了一下问："姑姑，我一直想知道他为什么不成家？"

姑姑说："说来话长了。从前，最早吧，家里穷，本来想让我换亲，一直没有找上合适人家。你奶奶和爷爷出车祸了，好了，他成了没人管的娃，野天野地，结果年龄大了。等到想找合适人家时，周边哪里还有好女子，都是离婚带娃的。你爸爸怕人家来了对你不好，他对你不好可以，就是不能别人对你不好，前怕狼后怕虎就把日子过下来了。"

呼延展不说话了，从前在心里还有埋怨，还有不服气，还有恨，现在什么都没有了。人间事有道理的多，没道理的少，道理也是看站在哪边说话呢。

告别姑姑，借着月光回到土屋，他假装啥事也没有，坐在桌子前，大口吃肉，大口喝酒，他说："爸爸的羊肉真好吃，彩虹，你吃啊，大口吃啊，多好吃的羊肉啊。"

郭彩虹知道呼延展是去看姑姑了，一定是姑姑说了什么，说什么都与公公的病有关系，一定是很重。拿起羊肉往嘴里送，"好吃，真是好吃，爸爸做的羊肉没有羊膻味儿，我做的羊肉羊膻味儿重。爸爸，啥时间跟我们去矿上住，煮羊肉，我喜欢吃爸爸的羊肉。"

呼得福说："我这辈子最远就是伊金霍洛旗，哪里能去你们矿上，那是叫爸爸做梦呢。"

呼延展突然想领着养父去北京、上海转转，一来看病，二来见见世面。养父是一个比自己还苦的苦人儿啊。

夜里，呼延展做了一个梦，刮着狂风的街道上走着养父，黑色的云一下遮挡住了天空，路上没有行人，不知在什么地方有一个声音传过来：又有人被风吹过来了。

呼延展喊着："爸爸，你是个王八蛋，怎么能跟着风走？怎么能丢下我？爸爸——"

郭彩虹摇醒他说："你做梦了，你骂你爸爸是王八蛋，小心他在隔壁听见啊。"

呼延展瞪着眼睛看屋顶，土屋的屋顶是橡，火车道一样，会把一个人带走。

年少时心里确实骂过他王八蛋，那是恨他，现在还想骂他王八蛋，现在是不想让他走远哇。

8

一辈子没有离开过伊金霍洛旗，纳林希里镇的呼得福，在睁着眼睛时要去看世界了。

姑姑让她的儿子开车送他们去榆林坐飞机，姑姑的儿子做生意发了，赚了好多钱。呼延展还是第一次坐着这个表弟的车去机场。

有钱人的意气风发表现得足，但是，呼延展不喜欢他，一路上和他话很少，不是因为养父在，是真不想和他多说什么。到了机场匆匆告别，算是一件心事送走了。他拍着养父的肩膀说："舅舅，你们回来时我还来接你们，没钱了打个电话，我现在就穷得只剩下钱了。"

豪车打着喇叭一路扬长而去。

父子俩落地北京首都机场。联系好住处，决定先去协和医院看病，各种项目检查下来，医生说没有救了，好吃好喝吧，再治疗是让他受罪。

呼延展告诉养父说："医生说了，酒不能喝了肉还能吃，没有咱们那里检查的严重。"

呼得福很认真地看着呼延展，看了很久，想问话，张了张嘴咽下一口唾沫，说："不严重就好，这医院以后咱不来了，北京古物景点转转咱就回，该死一定，狼吃没命。"

父子俩的住地，呼延展特意选择了长安街一家高层宾馆，可以看到长安街上昼夜不停的车和人在流动。呼得福站在北京高层宾馆的阳台上，透明的落地窗，外面城市灯光流水一样，从高空看下去，黑夜只能涂抹城市的空白处，空白处也有人在行走。站在高处，人就悬浮在半空了。呼得福始终凝视着城市的灯光，受到什么东西莫名其妙推动似的，他回头和呼延展说："这么大的城市找一个人喝酒好难。"

呼得福还在想着喝酒。

小腹下边一直在疼，扶着墙，似乎是弓着背，看上去有着令人难以置信的老态龙钟。明天一早去天安门看升旗，呼延展想让养父早点睡，几次敦促，可养父的脚步总是黏黏的不想动。

对北京城，呼得福有太多的不知道，也有太多的传言。

"北京城好大。"看了半天准备睡觉了，他说了一句话。

一早去天安门看升旗，晨光微亮，街道上车来车往，广场上拥挤的人群，所有的目光都投向远处。

呼得福似乎在想什么，没有变化的神态，偶尔微笑着向同样微笑着的人群送去微笑。开始升国旗了，音乐响起，跳动的节奏，广场上的人群安静下来，呼得福的眼睛看着升起的国旗，随着鼓掌的人群他也拼命鼓掌。晨曦中呼延展看见爸爸的脸颊上挂着细长的泪水，满是皱褶的脸上，那些泪水纵横恣肆。

北京真是太大了。很近的路走起来如绕过一个山包。

父子俩坐在马路边的台阶上，旁边也有年轻人坐在台阶上。年轻人耳机塞在耳朵里，他们的头摇晃着，显然音乐跳动的节奏很让他们享受，年轻人伸出去的脚摇摆着，整个身体和脸部表情无视这个世界，他们是快乐的。

呼延展打开水杯要养父喝水，他想找一家早餐店让养父去休息一下，环顾四周都是干干净净的高楼。呼延展轻轻拍了拍挨得很近的年轻人，年轻人睁开眼睛，身体还在摇晃着。

呼延展说："我想找家早餐店，请问附近什么地方有？"

年轻人摇着头继续闭上眼睛。

呼得福笑着说了一句开心话："这地方的人怕是都不认乡下亲戚。"

一副老光棍的顽皮样子。

父子俩歇息了一会儿，决定去看故宫。呼得福此行最大的心愿就是在天安门前照张相。刚才在广场照了，还想走近照。他们穿过长安街去往天安门，天安门近了照不出全景，很遗憾地照了几张，这个心愿算是满足了。

呼得福说："故宫没有啥看头，不看也罢，乱花钱，看也是走马观花。"

呼延展说:"还是看看吧,钱赚下就是让乱花的。看看,开开眼界,也知道从前的皇帝过的是什么日子,和咱贫民比差距在哪儿。"

或许是儿子对他的孝顺让呼得福感动,他脸上始终都挂着笑容。

呼延展发现养父走路开始气喘了,喘气重了就坐下来歇息。来时就防备着北京太大了怕找不下坐地儿,郭彩虹随手塞进旅行箱一个海绵坐垫,当时还拒绝不要,现在用处大了。

坐在地上的呼得福有什么话要说的样子,似乎自制力又很强。从前说话很轻巧的嘴巴,现在也显得吃力了。陪着爸爸坐着,眼前走过的是熙熙攘攘的行人。眼前的故宫,从前贫民哪里能进得去,看他们生活的地方只能说是大,一点也看不出舒服来,真是不能和土屋比。

想到了自己的土屋,就想到了土屋里有灶,故宫里没有吃饭的地方,皇帝吃饭喝酒太麻烦了。

呼延展起身买了一本关于故宫的图书画册,上面有文字和图片对照,看见啥不懂就对照图书看。翻开让呼得福看,呼得福说:"故宫,中看不中用的地方,连一块种菜的地都没有。"

呼延展不由得笑出了声,这个老光棍爸爸到底还是个农民。

所有人从世界各地赶过来,看皇帝住过的地方,可是呼得福什么也看不懂,无论是从日常生活还是好看的角度,他都不得要领。故宫怎么能和乡下比呢。

呼得福实在是走不动了,停下来看着偌大的故宫,迎面走过来的行人让养父说了一句有趣的话:"北京人不如咱们那里的人穿戴得好看,说明他们也过过穷日子。"

隔天,去看长城。

感觉旅游和打仗一样,上车下车,等真看见长城时呼得福实在走不动了。

书本上说"不到长城非好汉",现在到了长城脚下,爬不动了,力气也有用尽的时候,哪里敢说自己是好汉。

望着高处的长城,长城像铁箍一样缠绕着山,任凭怎么想象也不为过。一道峁梁上,一位打扮得过火的陕北农民用粗粝的嗓子吼着什么,好像是在拍电视,那种表演的样子让呼得福周身战栗,仿佛觉得,虽然这老农打扮的样子很陕北,却感觉有点戏剧得煨糊了。来北京做啥来了?啥都不如安安稳稳待在家舒服。

回。只有回家是正理。

呼得福和呼延展说:"明天咱就回家,彩虹带着娃在家,咱父子在北京游山玩水,情理上说不过去,回家,好吃好喝,自己家自己说了算,没有心情看这看那了,哪有草原好。回,爸爸想回家了。"

呼延展也觉得北京太大了,这种完成任务似的看景搞得人很累,何况一个病人。既然养父想回,由着他,回就回。人到了熟悉的环境中也许才能压得住惊慌,才能找得到幸福。

回去的路上,丈母娘打来电话说,郭彩虹怕是又怀孕了。呼延展告诉养父郭彩虹又怀孕了。呼得福咧着嘴笑,笑着笑着泪出来了:

"爸爸真是没有白养活你,你真是在爸爸脸上左一下右一下贴金了。"

入冬,第一场雪下得早,天空是阴沉的铅灰,地上是天衣无缝的银白,似乎一切都已经冻结。汽车开过的声音显得黏稠和凝滞,雪花在空中纷飞乱舞,如千千万万格外活跃的精灵。

家乡很难见雪,即使落雪的时候,事先至少也需要两三天的酝酿,然后才见零零星星的雪花飘落。室外温度骤降到零下三十多摄氏度,几乎是从秋天直接走进了三九。这场雪下得好,干裂的土地可以饱饮一顿了。

呼延展从医院接回养父，人已经坐不起来了，回家也就是等着准备后事了。拉开车门的一刹那，风雪成了无数把锋利的小刀在脸上浅表处横割竖割。衣服突然变得又轻又薄，风像冰水一样轻易地浸过外套和毛衣直抵五脏六腑。

这时候你不得不对老天爷的变化无常陡生畏惧。

四个小伙子抬着呼得福回到土屋炕上，土屋内姑姑已经生了火，温暖的土屋，风雪给人的那种最初的激灵过去了。

呼得福挣扎着伸出手招呼脚地上忙碌的呼延展过来，他似乎要说什么。呼延展端着姑姑冲好的一碗糖水走过来，呼得福咽下一口糖水后抓住呼延展的手，仿佛抓住了温暖，儿子给自己带来了些许的生命延长和瞬间的坚定。他无力地大口喘气，眼睛漠然地停在某一处，似乎在等待合体的魂灵。

往昔再一次闪现，那些顽皮的小事和着话语间的顶撞一遍一遍闪回。

歇息之后呼得福断断续续说：

"爸爸要离开你了，这个世上没有爸爸了。没办法，爸爸知道你的办法想完了。爸爸要交代几件事给你。第一件事，别人家都修了新房，爸爸没有能耐修不起，土屋子显得寒酸，我死了，你别嫌弃它，从前的记忆都存放在里面，不要让土屋轻易塌落了；第二件事啊，我使唤过的农具就叫它们在，我和它们有感情。儿啊，人这一生还不如农具呐，人制造了许多长生不老的东西，人就是救不了自己的命，没办法；第三件事，家里喂养了二十多只羊，你卖了羊，换几个钱，爸爸没有给你留下一分钱，卖几个钱算几个钱吧，算是给我没有见面的孙子。你不要埋怨爸爸不让孙子来看我，我脱相了，人鬼不分，害怕吓着他。"

泣不成声的呼延展拉着爸爸的手，该死的病魔就要夺走这个老光棍的命了,努力是一个多么虚弱的词啊,他抓着的手慢慢没有了体温。

老天没有恻隐之心。

姑姑颓然瘫软在脚地上,倚着炕沿失声痛哭起来,其声凄楚,其状惨烈。浸泡在悲伤中的呼延展泪水哗哗流着,姑姑内心的痛不比他少,给了他生命的人,这一生永远不能喊"妈"。

老光棍呼得福带着一生的福气走了,同时也带走了自己的苦难,走到一个再也不会回转的地方。生活中呼得福的死亡,让呼延展少了一份牵挂。

出殡了呼得福,在分配他身后事情时,呼延展把二十多只羊送给了他的亲生父母,他们给了自己生命。姑姑不要,姑姑说,不缺钱,你弟弟赚钱赚得高楼都买下了。姑姑这一生稀里糊涂就欠下了许多债,你是姑姑的一个债,大债啊!姑姑怎么敢要?

呼延展赶着羊走到姑姑的大门口,跪在姑姑门前,一脸疲惫的他看着敞开的大门,门前立着惊慌失措的姑姑和姑父。呼延展说:"姑姑、姑父,羊赶到门前了,是我爸爸感谢你们给了他一个儿,我感谢你们给了我一个苦难的爸爸,羊是你们的了。"

说罢,起身头也不回走了。

那些干活的农具在墙角安稳地等待着自己的命运,因为长时间不用已经长了锈斑,农具有爸爸的手温,农具和泥土亲近才是它们的富贵命。呼延展在土墙上钉下一排钉子,用清油擦洗干净,挂上去的农具,像艺术品似的,和时间与意义无关,它们是养父在世的牵挂。

雪纷纷扬扬下着。

雪地上的土屋在积雪之下已经看不清眉目了。

钻天杨纵横交错地分割了连片的村庄,它们光裸的枝丫凝固在乌灰的空中,整体上保持着爆炸的姿势。一只乌鸦从土屋顶上飞起,将苍凉的鸪噪带向广阔的草原。

呼延展锁上门，对飘雪的天空充满敬畏，他第一次带着情感认真对视土屋，从前对他形成的那种苦寒的挤压突然消失了，那么温暖和不舍。

白雪填充了瓦楞瓦沟，模糊了屋脊上经年长出的枯草，相加相叠在一起土屋也不过六七米高，它的内里却装下了一代又一代苦命人的一生一世。

9

又一个春天走近了，时令也许是人世间的大规律，之后才能够想到在时令中做什么。

土地回春是一个标志，生长的开始生长，毁灭的开始毁灭，春天让大地又回到了很本真很原始的绿色。时令催促勤快的下苦人早早走出家门，他们走在春风里，并且和春风一道游走在大路上。

呼延展清明节回家上坟，打开久别的土屋，灰尘铺满了土屋的各个角落，扑面而来的尘土，令他再一次想起远走的养父，他竟然走得那么远。

农具还挂在墙上，很安静，本来它们该出门了，带它们出门的人已经不在人世。

土炕上摆放着刨锯、斧锤和墨线，吃百家饭的手艺被灰土遮挡了，旁边的一顶帽子，帽子内侧用一张报纸叠成的圆圈衬着，从远处看，帽棱子高挺而又齐整。养父就是戴着这顶帽子出门揽生活的。

不住人的土屋，墙面上干燥得开始往下掉墙皮。

跟着他进屋的姑姑说："不住人的屋子终究要塌，人留不住它，塌就让它塌吧，村子里砖房子都空出许多，人都往城里去了，村子空了。"

呼延展害怕土屋子塌落，想不出用一种什么方式可以阻挡四季对它的伤害。

呼延展问姑姑："姑姑，怎么能留住它？"

姑姑说："留不住，留不住人就留不住它。"

呼延展说："我爸爸活着时安顿我让留住它，爸爸还要回家来看。"

姑姑笑着说："哪里还能回得来？死了死了，皇帝都死了回不来，你爸爸算个啥嘛。"

呼延展说："我知道他回来过。"

这话吓了姑姑一跳，惊讶得环顾四周，"你从哪里知道他回来过？"

呼延展说："院子里的三轮车，喏，就那台三轮车，原本不在那个地方，它一定被人动过，一定是爸爸动过，一台废三轮车，他回来是想修好它。他活着时说过，一辈子就想不用脚走路，就想有一台三轮车，他开人家的三轮车也是想过过瘾，没想到出事了。他一直想让我帮助他修好，我那时恨他，姑姑不知道我有多恨他，我恨他故意不帮他修好。"

朴素厚道的姑姑站在院子中央，无声的眼泪落在衣襟上，粗糙的手捂在脸上，然后抹一下，姑姑开始笑，笑得大声，像似要用大声的笑赶走什么东西。姑姑笑着走到三轮车跟前，用穿着旅游鞋的胖脚狠狠踢了踢三轮车，高声说：

"一辈子没有出息的死鬼弟弟，一辈子游手好闲惯了，这一程路走长了啊，祖先让你来到世上是早就约定好的事，人死不能复生，老辈人在世上活过，走过一趟，留下了你，你是一个没有出息的人，你不敢回来，回来做啥？"

姑姑很张扬的笑，这让呼延展想起来自己的童年，想用声音盖过人世间的胆怯，多么相似啊。

呼延展说："姑姑，你说怎么才能不叫它塌落？"

姑姑笑着说:"姑姑冰箱里的剩饭剩菜都用塑料保鲜膜封着,你总不可以用塑料保鲜膜封住它吧?哈呀,你这良心不坏的娃,快快不想它了,世上好人死多少,两间土屋算啥!"

也许是塑料保鲜膜提醒了呼延展,他往纳林希里镇上去找最厚的塑料布。

在塑料专用商店他终于找到了一家。

卖家问做啥用?

呼延展说:"包裹屋子。"

卖家说:"我没有听明白,做啥子用?"

呼延展说:"用塑料布包裹住土屋,不让它早早坏掉。"

卖家很认真打量他,然后说:"你去别人家买吧。"

呼延展说:"为什么放着买卖不做?"

卖家说:"大白天见鬼了。"

呼延展说:"你在骂人?"

卖家说:"骂我自己。"

呼延展说:"我就买你家的塑料布。"

卖家说:"需要工人不?"

呼延展说:"当然需要工人。"

卖家说:"这么说,你是真要用塑料布包裹土屋?"

呼延展说:"就算我是鬼,大白天敢出来买东西?你白天见过鬼?"

卖家冷静下来,很认真问呼延展为什么要这么做?

呼延展说:"就是想保护它多存在几年,没有啥意思,有情感在里面,看见它就能够想起亲人。"

卖家说:"用塑料布把土屋子包裹住,大大的一个包裹,有水分在塑料布里面也许土屋子会活得长久一些。我只是说也许。"

包裹土屋成了纳林希里镇其根沟二社的一个笑谈。

村子里的人都来帮手,自上而下,条状的塑料布长发一样披下来,地上用长长的一排砖压实,然后用胶带把缝隙粘连住。

风来了也没有奈何了,雨来了也没有奈何了。

姑姑看着土屋笑着说:"你爸爸再回家只能在院子里走马观花眊几眼,进不去土屋了。"

有三年时间,伊金霍洛旗,纳林希里镇,其根沟二社,被包裹着的土屋子成为大地上的一种风景。

三年多时间里,每当呼延展回到故乡抬头看见它时,心中就有一种酸楚。它就像他健在的一位亲人时时刻刻在告诉他什么、启发他什么,可是他一直无法读懂它的深意,因此一直以来他都无法读懂养父。

三年后土屋子还是塌落了,先是屋顶塌落,接着墙就倒了。塑料布粉末一样随风而散落。一切,都是一夜之间的事,一切,都没有声息。

有人告诉姑姑时,姑姑急匆匆赶到土屋跟前,一堆土中埋藏的记忆唤醒了姑姑的疼痛,但是,和活着的人比较,姑姑觉得从此呼延展就不牵挂这土屋了,给娃减轻负担,娃,心累哇。这样想着,姑姑觉得土屋塌了好,谁都没有回天之力再建一座一样的土屋,走的走,来的来,生死相随,生命在一个人身上结束,在另一个人身上开始,既然惊喜和欢喜都不经耐活,因此也就不必在意。

但是,每次回乡,面对一堆土的土屋,呼延展一直有一种刀绞的感觉。

从前,很大的一个原因很可能与贫穷见识少有关,因为呼延展清楚,财富让他忽略了土屋子的好,再好的日子也回不去了。但是,当他再次独自一人痴望它时似乎越来越悟出了一个道理:世界上有很多东西远比一大箱

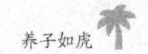

黄金珍贵，钱也许能买来奢华，但是绝对买不来亲情，买不来苦难和坚强。

继父不舍得它的原因也许让经了岁月的呼延展找到了答案。

2016年，呼延展已经成为神东矿采煤一队队长，年工资涨到三十多万。

一个春天的上午，呼延展领着两个还未成年的儿子回到故乡的土屋前。土屋已经成为一堆土，旧日的记忆全都埋在土中。土屋对面的柿子树，无力地耸立在沉默的春阳中，每片新生的叶子在光照中发出梦幻般的绿色。

呼延展和孩子们说："爸爸要建一座伊金霍洛旗，纳林希里镇，其根沟二社最好的房子。房子用来安放你们祖先的灵魂。"

岁月是世上唯一捉摸不到的东西，人世间本来的面貌也许就是这样，消亡是永恒的，生生不息也是永恒的。

· 作者简介 ·

葛水平，女，1966年生，山西省作协副主席。创作有长篇小说《裸地》《活水》；中短篇小说集《喊山》《地气》《甩鞭》《守望》《过光景》等；散文集《河水带走两岸》《繁华的街巷》《走过时间》等。曾获第四届鲁迅文学奖、人民文学奖、《小说选刊》年度奖等。电视剧《盘龙卧虎高山顶》《平凡的世界》编剧。

草青青，麦黄黄

□ 刘 汀

草色遥看近却无

苏途从来都没想过，自己一个南方人，竟然会跑到这么北的地方来生活。

他此时所在之处，是内蒙古北部的山区。据当地人说，翻过前面那道大坝，再向北走五百里，就到蒙古国了。童年时，他总是在中央电视台的天气预报图上看到这块地方，还由此知道，经常有一股来自西伯利亚的冷空气，从这里吹过，然后用不了一天的时间，北方就会下雪或下雨。

他并不像大多数南方人那样，对雪抱有很多美好的幻想，甚至把看一场鹅毛大雪作为自己的人生追求之一。对他来说，北方或者所有家乡之外的地方都是模糊的，他已经彻底稀释在南方的潮湿、炎热中，童年时满眼所见都是绿色，长大后又多了工厂的浓烟造成的灰色，打工的地方常年阴沉着天气，也是灰的，反正不是什么雪白。他曾经以为，自己的一生大概都会在南方或者比南方更南的地方生活，比如镇上很多人去打工的广州、汕头，或者泰国、菲律宾等，总之都是整年可以在夜晚喝冰镇啤酒的地方。

他有一个高中同学，大学考到了哈尔滨，开学不久就遇到了第一场雪，特意拍了照片发到同学群里。苏途看见那个平时瘦猴子一样的同学，穿着厚厚的棉服，站在一个憨态可掬的雪人旁边，脸颊红彤彤的，感到有点好笑。他大致了解，东北人或者整个北方人都有一种奇怪的乐观精神，像春晚小品里演的那样，同学到那里就被这种东西给浸染了。他几乎能从他发的语音信息里听出东北口音。

苏途只在群里回了一个微小的表情符号。他跟群里的大部分同学都不怎么联系了，但也下不了决心退群。有时候，特别是上工特别累游戏也打烦了的时候，他会翻翻同学群里的聊天记录，从零零碎碎的对话中拼凑出一些人的生活梗概，比如——乔薇。他高中时偷偷喜欢过的那个女孩，全国英语演讲比赛高中组冠军，保送北京外国语学院，当了系学生会主席，是世博会的志愿者……她到了大学仍然是风云人物，经常看见她分享跟很多外国人在一起或参加各种高大上活动的照片。他知道，乔薇已经成了和自己完全不一样的人了，他可能一生都不会再跟她相遇，再像高中时候那样挨得很近地聊天。在班里，他是她的定点帮扶对象，每天她都要用标准的美国发音教他学英语，而他嘴里蹦出来的单词总是听得她一愣一愣的。她会怔怔地看着他，眼神里是一种强压着烦躁的不解：世界上怎么会有这么笨的人？但她从来不会把这种想法表达出来，总是微笑着说：我们再来一遍。苏途肯定自己从未让任何人感觉到对乔薇的喜欢，他很清楚，这事一旦说出来，就会是一个笑话。他的自尊比精美的瓷器还要脆弱，他保护它的唯一方式就是不去触碰任何有危险的事。

　　冷空气的尾巴吹透略显单薄的夹克衫，让苏途感觉到，自己仿佛身处另一个国家。他站在一条春天的河边。因为地气上升，远处山峦冬雪化尽，小河里的水渐渐涨起来。偏低的河滩上，隐隐约约可以看见一层雾气样的嫩绿色，可走近了，脚下还只是黑褐色的土和去年干枯的草根，还有稀稀拉拉的牛羊粪便。他忽然间明白了小学时背诵的那句诗，"草色遥看近却无"。他成长的地方，常年都是绿树茵茵，即便有些草茎枯萎，但还没等干瘪，就被另一层更新鲜的绿覆盖了，哪里见到过这种朦胧淡薄的绿？

　　苏途不是来看风景的，他哆哆嗦嗦站在河边，是为了把憋了半天的一泡尿撒出去。他是一个司机，开着一辆两挂斗的东风大卡车，车斗里是从两百里外的铅锌矿拉来的矿石，要送到几十里外的选厂去。高中毕业，没有考上大学，他跟村里的其他年轻人一样出来打工。几年来，他流浪于南方的各类工厂——在电子厂里盯手机、电视机、电脑配件，在流水线上焊电路板、拧螺丝。每天工作十二个小时，下工后，眼睛和脑袋都是木的，但年轻的身体一呼吸到工厂外的空气，立刻会涌起莫名的冲动和活力。他通常都是跟工友们去夜市吃烧烤，喝廉价的扎啤，然后醉醺醺地哼着"命运就算颠沛流离，命运就算曲折离奇"回集体宿舍，倒在雨季发霉的床铺上睡去。第二天，刺耳的闹铃把他从乱梦中叫醒，洗脸刷牙，带着轻微的宿醉继续上工。日复一日，像车间墙壁上挂着的电子钟，毫无意外地旋转在自己的轮回里。

　　刚过去的那个春节，他们没有休班，一直在赶一批台湾老板的货。到了元宵节，任务完成，工厂才放假一天。他们无处可去，就叫了外卖，在宿舍里打游戏喝酒。夜幕降临后，有人嚷嚷着去街上看花灯，据说今年的烟花特别多，说不定还能碰见好看的姑娘。他们便合上已经发烫的笔记本，伸伸腰背，叫喊着走出寂静的宿舍楼。

街灯红红绿绿，姑娘们也红红绿绿，白日里显得乱糟糟的街面，在霓虹灯和女孩子的笑声里，充满异样的魅力。他们能很容易区分出哪些是本地女人，哪些是跟他们一样的打工妹，后者的衣服总是更夸张些，描眉画眼，而且大声地说笑。她们整日在机械声嘈杂的工厂里，已经习惯了大声讲话。苏途和几个工友互相搭着肩膀，踩浮船一样摇摇晃晃地走，向穿着暴露的女孩打口哨，心里充满一种说不清道不明的痛快感。

有人说，再喝点啤酒吧，他们又坐到了露天烧烤摊上。冰凉的冒着气泡的扎啤咕咚咕咚灌进胃里，打两个饱嗝，身体瞬间又松弛了不少。苏途发现旁边一桌里有个人一直在看他，他在逆光的位置，他看不太清是谁。等服务员过来送烤串，把头顶的灯光挡住，他心里咯噔一下。看他的那个人脸上的疤癞像条蚯蚓一样在他心里爬，他跟同伴说，走吧，咱们去看灯，别喝了。那几个人刚喝到兴头上，哪里肯走。苏途坐立不安，心跳加速。没错，就是这个疤癞脸。苏途刚出来打工时，跟他在一个厂子一个车间里，他有次看见疤癞脸偷偷地把手机电路板装在鞋底的夹层里。那时的苏途还保有少年时期的正义感，偷偷跟经理举报了，疤癞被当场抓获，罚款开除。疤癞脸被赶走那天，高声喊着要报仇。苏途心里害怕，也辞职换了个厂子。

这地方聚集了上百家各式各样的工厂，十几万打工仔和居民，苏途以为自己再也不会碰见疤癞脸。谁想到竟然在这里坐到了隔壁，他隐隐地感到要出事了。疤癞脸拎着一瓶啤酒站起来，向他们这方向走，苏途腿打哆嗦，他准备好了随时逃走。他用酒瓶子指着苏途说，小子，终于让我逮着你了。还没等疤癞脸的酒瓶子摔下来，苏途工友里脾气最火爆的邵阳仔已经把拳头挥了出去。然后就是两伙人厮打。疤癞脸冲向苏途，苏途情急之下，抄起桌上的烧烤扦子，直直刺入对方的胸口。眼看着那个人一点一点地瘫倒在地上，血殷殷流出，他吓得酒醒了大半。有人喊了一声杀人了，打架的人都停了手脚，然后就听见了刺耳的警笛声穿过斑斓的灯光而来。他们都慌忙逃走。上元节的月亮虽然大，好在灯多人更多，逃掉很容易。

这一晚，苏途翻来覆去在床上烙饼，他想跟大家道个歉，说一下缘由，但不知如何开口。邵阳仔鼻青脸肿，但却只有他睡着了，其他几个人都清醒而静默着。他们心里都想着一件事：死了人。一大早，他们刷网上的本地新闻，说疤瘌脸送到医院抢救，保住了性命，伤势也不算重。但是他们逃路的时候，扯断了某家店的电线，引发了一场中型火灾，损失不小。几个人商量着这个地方不能待了，反正春节的加班费已经拿到手，本来也要换地方的。大家于是分头跑路，其他人都向老家的方向去，只有他不想回整日阴雨的小镇，怕很容易被找到，他想自己应该反其道而行，一路向北，去这些人永远找不到的地方。

浅草才能没马蹄

苏途先是坐火车到徐州，然后坐汽车到大连，又坐火车到赤峰。之所以去赤峰，是因为打电话回家里，姐夫说他有个朋友在那儿的矿上，让他去投奔。姐夫说，矿都在山区，离城市远，才没有人查你干过什么呢。等过段时间事情平息了，你再回来。

他按照姐夫给的地址去找那座矿时，才发现赤峰大得超乎他想象，而且那时候天还冷着。北方天冷他知道，但等他看见整个大地都是一片灰褐色，没有一点绿，风把沙尘扬得漫天遍野，树木像野狗啃过的骨头，还是惊愕地张大了嘴。他那身在徐州火车站小摊买的棉夹克，瞬间就被冻透了。他不得不把包里所有的衣服都穿在身上，像一个肉粽子。花了两天时间，他才找到大山里的铅锌矿，跟姐夫的朋友韩大哥接上头。

无论如何，他暂时落了脚。韩大哥四十多岁，眉毛一条高一条低，看起来有种天生的喜感，再加上他的脸是那种猪肝色的鞋拔子脸，化化妆的话，还真有点像赵本山。只是，他的眼神要深沉得多，可能是常年下井的缘故，总是藏有心事的样子。韩大哥在矿上是个小班长，挣的是下井的搏命钱，三班倒。他陪苏途喝了两顿大酒，吃了两顿羊肉。

苏途跟韩大哥和他的几个工友在一个小饭馆里，桌上是几个大盆菜，小鸡炖蘑菇，氽羊肉，土豆炖牛肉。苏途从来没见过那么大的菜盘，简直跟洗脸盆差不多。酒是当地的小烧，装在一个足有二十升的塑料桶里，每个人面前一个大碗。第一碗酒下肚子，苏途觉得自己快着火了，那股热几秒钟就从腹部烧到了全身，特别是脑袋。他感到自己的头像气球一样，突然变大了好几倍，晃一晃甚至能听见里面脑浆浮动的声音。在这一刻，他有点后悔，开始想念南方的啤酒的温和，想念那种在湿答答的空气中把冰凉、冒着气泡的啤酒灌进胃里的感觉。

几大盆菜竟然被吃光了，一塑料桶酒也喝掉了五分之一，韩大哥他们好像除了脸黑里泛出一种紫红，手脚仍然利索。苏途不知道自己怎么回的韩大哥宿舍。第二天醒来时，发现宿舍就自己一个人，他们都正常下井去了。他简直无法想象这些看起来并不强壮的黑汉子，前一天晚上喝了那么多酒，竟然还有力气去挖矿。而他，头昏昏沉沉，身上酸软无力，像是重感冒高烧四十度一样。他挣扎着起床，看到地上一片狼藉，应该是自己吐的。苏途从公共卫生间里找到一把已经快掉光头的黢黑的拖把，把宿舍的地拖了一遍，又把每个人的被子整理了一下，然后走出宿舍。

宿舍楼对面，有一个篮球场，水泥地面已经凹凸不平，篮筐也像人的帽檐一样低低的。篮架子下面，摆着一只篮球，球是全新的。苏途捡起球，拍拍投投，随着血液运转，身体缓慢恢复。他的心思却陷入了挣扎，他想离开这儿，觉得自己根本适应不了这里，可是又没有地方去。他放下球，在宿舍周围的矿区瞎转。这里街道的两边都是低矮的平房，用木桩子围起来的院子里堆满了煤块，很多家的堂屋里伸出一根炉筒，浓黑的烟从里面滚滚而出。苏途找到一家小商店，里面都是些简单的日杂。他看见地上摆着四五桶昨天喝的那种酒，就问老板多少钱一桶。老板说三十，他掏钱，说要两桶。他又买了一盒泡面准备当午餐。

苏途把两桶酒拎回宿舍，竟然出了一身汗。泡了面吃掉后，困意袭来，他又倒在床上睡过去了。再醒时太阳偏西了，韩大哥他们下工回来。吃饭去，韩大哥说。苏途指了指酒，说我买了两桶酒给你。韩大哥鼻子扑哧了一下，瞎整，还用你买酒。

他们又去了昨天那家饭馆，还坐那张桌子。今天我来请客吧，苏途说。韩大哥说，怎么能让你请。苏途说，韩大哥你给我个机会。韩大哥说，喝你买的酒，菜还是算我们的。苏途只好同意，依然点了昨天的几样菜之后，他问老板娘：有什么青菜？老板娘被他问得一愣，青菜？旁边几个人都笑了，说小子我们这里可是内蒙古，你当是南方啊，大冬天的哪儿来的青菜。韩大哥说，老板娘你给他来个炖酸菜吧，在这就这道菜像青菜。他们又喝酒，他却不敢再喝了，他们也不劝他。他意外地喜欢猪肉酸菜炖粉条，特别是菜汤，他兑着开水，加了点辣椒，喝了好几碗，身上立时出了透汗。到这一刻，昨天的宿醉才彻底过去。

吃了一会儿，韩大哥说：这里的好处是，只要你肯下力气，总饿不死。又问他会干什么。他发现自己前两年在工厂的那点经验，完全派不上用场。韩大哥捏了捏他的胳膊，软绵绵，没一点肌肉，龇着紫红的牙花子说，你这小身板，下井没戏，开车会不会？车他会开，但只开过小车，没有大车驾照。韩大哥说，没事，能开就行。我们矿山的矿石都不出左旗，没人查。也好，他想，干几天再说。

来矿上的时候，他搭的就是一辆拉矿石的车。从大钟镇到百诺铅锌矿，走了四个多小时。进矿时，刚好赶上山上放炮。他正在汽车的颠簸中迷迷糊糊，一声巨响，吓得他腾一下站起来，头撞到了车顶棚。司机一阵大笑。怎么回事？他捂着脑袋，扭头看向窗外，山坳处烟尘滚滚。

矿井放炮，司机说，听一段时间你就习惯了。

他揉了揉脑袋，坐直了身子。周围的山和南方的山很不一样，跟他到北方后平常所见的山也不一样，一般的山都是不规则的，起起伏伏，而这里的小山都是挖出来的砂石堆起来的，看上去是规律的圆锥形。

百诺铅锌矿是一个露天矿。砂石山的旁边，常常是巨大的矿坑，路在矿坑边上蜿蜒向上，到了斜坡又开始螺旋着向下，一直延伸到矿坑底部。矿坑底部有几个足球场那么大，上面各种卡车、钩机、铲车挥舞着钢铁手臂在装卸矿石，机器轰鸣，空气中是浓重的柴油味。苏途被眼前的景象彻底震撼，这里简直是电影中的外星球。

司机停在一个岔路口，告诉他再往西走五百米，就能到居住区。他要找的韩大哥今天休班，正在那儿的一个叫"红火火饭馆"等他。他下了车，看着卡车屁股喷了股黑烟向矿坑进发。苏途四下望了望，到处都是被挖开的山体，到处都是卡车和各种机械，穿着橘黄色工作服的矿工像蚂蚁，在蠕动着。但是更远处，他又看见了那种嫩黄的绿，他以为自己看错了，揉揉眼睛再看，那些没有被挖掘的山坡，确实笼罩着一层嫩绿，像浓雾下的南方茶园。

绿雾下，有一片灰灰白白的房子，依地势散落，应该就是司机说的矿工生活区。他迈步向那里走去，心里有种奇怪的感觉，仿佛自己走在遥远的月亮上。他对即将面临的生活没有什么明确的期待，但陌生感本身还是让他有点激动。他心里暗暗想，在这里，外人绝对不可能找到自己。

苏途就这样半情愿半糊涂地开始了他的矿山司机生涯。他先是和之前搭车的司机跟了三天车，熟悉了从矿山到选矿厂的道路和工作流程，很快就自己出车了。两百多公里的路，算不上长途，司机不需要倒班，大家都是各自跑。有的人为了多赚点钱，早起晚归，每天能比其他人多跑一趟车。

第一次开大车，苏途坐在驾驶楼里，手死死攥着方向盘，因为路不平，汽车载重又大，每辆车都超载，方向盘不使劲，车轮就打滑。才开一个多小时，两个胳膊就酸痛，这活儿比他想象的更累人。这种累和流水线上的累不一样，它折腾的是身体。等晚上交了车，去小饭店吃一碗羊肉面或者炖酸菜，喝一瓶赤峰啤酒，往宿舍的床上一倒，几秒钟就能睡过去，一觉无梦到天亮。

一切还好，他只是不太适应北方气候的干燥，特别是矿区的暖气，一直烧到清明节。晚上入睡的时候，他把还滴水的衣服搭在暖气片上给空气加湿，但还是常常让干燥弄得半夜醒来，喝一大茶缸子凉茶也不行。他的鼻子开始隔三岔五流鼻血，每次用卫生纸把鼻孔塞住。不习惯地用嘴呼吸时，他总是想起南方潮湿的空气，想起吸进口腔和鼻腔里带着水珠的空气。

他很快对这份工作熟络起来，路上也放松了，透过车窗，他眼看着青草冒芽、长高，梨花也打了花苞。他初来时那一片灰突突的大地，几乎是一夜之间就变得青葱起来，初春的绿永远是嫩绿，像是婴儿。风吹在身上，有一种说不出来的舒服，苏途开爽了的时候，会把车楼两边的窗子都摇下，让暖洋洋的风吹他。在南方，他可从来没体验过这种感受。现在，他唯一需要提防的，就是村路上突然跑出来的一只鸡或一头驴。苏途前几天就轧死了一只鸡。他开车过一个村子，一群鸡从院子里叽叽喳喳跑出来，他猛打方向盘躲，还是有只鸡被后轮轧断了脖子。苏途停下车，看着车轮上的血迹、鸡毛，还有地上没有头的鸡，胃里一阵恶心。他愣愣地在那儿站了半天，直到院子里出来一个女人，叫嚷着让他赔钱。多少钱？他问。女人说，给五十块钱，鸡他可以拎走。苏途给了她钱，但是没有要那只鸡，它的血让他想起疤瘌脸胸口的血。

他回到矿上，跟韩大哥他们说起这事，他们都笑话他傻脑壳。韩大哥说，轧死只鸡鸭太正常了，你这孩子死脑筋，轧死了拎上车就走，回来炖一锅吃，竟然还站在那里等人来找，竟然还给人钱，给了钱竟然还不拿鸡。他讪讪地笑一下，说，我们那儿老人说，吃轧死的东西不吉利。韩大哥说，死就是死，有什么吉利不吉利。他不太懂韩大哥说的，但觉得他说这句的时候面色有些凝重。后来他才知道，韩大哥他们常年下井，总是会见到各种各样的事故。有时候看电视上播某处矿难的新闻，他们都会停下手里的事，静静地看，旱烟卷烧到手指才惊醒，赶紧放到嘴边吸最后一口。苏途不理解，他们满可以回避这些压抑的新闻的。后来有一次，韩大哥拎着几张花花绿绿的保险宣传单来，问他这上面的具体项目到底咋回事，他才略略明白他的心事。那几张宣传单已经沾满了泥垢，显然放了好久了，他凭着自己并不确信的理解，一条一条地给韩大哥解释。韩大哥听完，叹口气说，一只鸡死了，值五十，一个人死了，有时候并不比鸡更值钱。

独怜幽草涧边生

不久之后，春汛就来了，今年的雨水似乎比往年多，竟然还发了一次洪水。他们常跑的那条路被水冲坏，一时半会儿修不好，只能绕路。这一绕就一百多里地，平常一天能跑两个来回，这回紧赶慢赶也就一趟半。卸了车,他们就住在选矿厂旁的小旅店里,有时候甚至借住在半路的农民家。

他们绕的那条路,沿着木伦河的河岸,弯弯曲曲,经过一片半农半牧区。路上有一段,需要过木伦河,河两岸是浩尔吐村和海力图村。两个村子只隔着这条并不宽的河,但河西的浩尔吐村是牧民,属于红塔苏木,河东岸的海力图村是农区,属于大钟镇。海力图村虽然也养牛羊,但主要收入还是靠种田,小麦、黄豆、玉米。这里是木伦河整个河道最窄的地方,架着一座坚固的石桥,据说是多年前百诺铅锌矿修建的,那时还没有修公路,这是运送矿石的唯一路线。

前年的时候,内蒙古政府推行了村村通计划,就是村村通水泥路、通电、通有线电视。水泥路修到了每家每户的门口,人们出行方便了很多,苏途他们跑车也方便了。

有一天晚上,苏途在选矿厂卸了矿石,看着天色还早,就想尽早赶回去,住下的话就要耽误半天。因为天色渐晚,路上人车稀少,他开得很快。快到木伦河桥的时候,迎面过来一辆绿色的三轮车,会车时他的车轮越过了水泥路面,轧在了沙石路边上。哪知道这条路的沙石都不瓷实,瞬间碎裂,整个车一下子就翻到了路沟里。幸好回矿山是空车,如果拉满了矿石,后果不堪设想。

水泥路的规划是十米,但是这里的旗长在修路的时候,把一部分修路款挪用去盖政府办公楼了,路修好只剩下八米宽。两辆大车会车时,都得小心翼翼,以防剐蹭。苏途从驾驶室里爬出来,动动胳膊腿,好像除了一点擦伤,没什么大事。一转头,看见三轮车翻到了对面的路沟里,开车的也刚从车斗里爬出来,竟然是一个年轻女子。

女子也没受伤,冲过马路,指着苏途大声说:你怎么开车的啊?眼睛长到脚底板了?苏途一听,也火了,说:你好意思说我?路就这么宽,你看看车辙，我要不是为了躲你，能掉到沟里吗？对方愣了一下，可能是听见苏途的南方普通话有点吃惊。她说：你……你，你胡搅蛮缠。苏途说，咱俩谁也别埋怨谁，都怪这破路，太窄了。女孩突然冲上来，苏途吓一跳，以为她要打自己，赶紧躲。女孩说别动，用袖子在他脸颊上抹了一把，袖子成了红的。苏途蓦然感到脸一阵火辣辣，原来这里被碎玻璃划了一道口子。女孩没说话，匆匆跑到对面翻倒的三轮车那儿，扯出一卷卫生纸，递给苏途。苏途胡乱抽了一段，捂住了脸，卫生纸瞬间被血浸红了。

月亮升起来，他看清了那辆三轮车，车头栽倒，车斗侧翻。让他意外的是，车斗和路沟里竟然是牛羊粪。他不明白，一个年轻女孩拉这些干什么。

女孩看他的脸还是在流血，又到三轮车那里，拿出了一包卫生纸。脸色红红地递给苏途，说，血止不住，你用这……这个吧。苏途接过来，心里想，我的脸流血，你脸红什么。等他拆开包装，才看出来，这一包是卫生巾，他浑身都火烧起来，仿佛血液都涌到了受伤的脸上。女孩突然抢过卫生巾，打开一条，给他贴在了脸上，然后哈哈大笑起来。

女孩说，你这车太大了，你得叫人帮你才能拖出来。我的三轮车小，要不咱俩试试，看能不能翻过来？

苏途点点头，说试试吧。我这车得打电话喊矿上的人来弄了。

他俩用光了全身的劲儿，才把三轮车车头扶正，又从矿石车上扯下铁锨，垫了半天土。女孩摇响了三轮车，坐在驾驶室里，苏途在后面推，终于挪到了马路上。他们又一点一点把路沟里的牛羊粪装到车斗里。

女孩说：那我就先回去了。

苏途说，哦，好。他心里想，这人怎么这么不厚道，刚帮你把车弄出来，就丢下我一个人跑了。

他挥挥手。三轮车冒了一股烟，突突突开走，留给他一片夜的黑影，眼前的水泥路在月光的照耀下，像一条白色的蛇，蜿蜒伸向不远处灯火渐起的村庄。

苏途坐在翻倒的车旁，又累又饿，车楼里除了半玻璃瓶子凉开水，什么都没有。矿里刚才回了电话，说工程车都派出去了，在抢修被雨水冲坏的路，等着其他拉矿石的车明天路过，再帮他把车拖出来。苏途知道自己今天回不去了，这时候是四月初，在南方老家已经特别暖和了，北方的白日也暖洋洋的，可太阳一落山，冷意仍然很足。还有风，这些风像是某些胆小的人，躲着白天的太阳，天一黑，就跑出来撒欢。风不大，吹在身上却像是洗冷水澡，一点一点地往骨头里渗。

苏途牙齿打战，歪在驾驶室里，迷迷糊糊，半睡半醒。他脑海里是那次元宵灯会红红绿绿的街，还有熙熙攘攘的人。他记得自己逃走时回了一次头，看见了一家店铺腾起的火光。火光越来越耀眼，直到他眼前一片空白。他睁开眼，确实有一束亮光，又被晃得迅速闭上，谁？那人没说话，晃了晃手电，光影浮动里，黑色的夜趁机进入他的瞳孔。

苏途从驾驶室里钻出来，终于看清就是刚才开三轮的女孩。

你怎么来了？

女孩扬了扬手里的一件羊皮大衣，说，我不来，你不冻死也得饿死。

苏途哼了一声，小声嘟哝说，算你还有良心。

怎么，不想穿啊？不想穿我拿回去了。女孩说着转身就走，苏途赶紧拉住她，抢过大衣披在身上，立刻就感到暖和多了。女孩胳膊上还挎着一个柳条编的筐，筐里摆着两只大碗，碗上用一层塑料薄膜覆着。苏途闻到了羊肉的味道，忙问，有吃的？女孩让他坐下，她把筐放下，撕开塑料，是一碗白面条和一碗羊肉汤。女孩把羊肉汤浇在面条上，又拿出筷子搅拌了一下，端给苏途。

苏途捧起大碗，挑起一筷子面条塞到嘴里，只一口就把他眼泪吃出来了。掉眼泪，是因为感动，又冷又饿的时候有人给送来了羊肉面条，更是因为这面条太好吃了。他自小吃的都是南方的阳春面，细细的，汤汁也比较清淡。女孩端来的面条很粗，劲道，有一种纯粹的清香。羊肉汤更是大块的肉、鲜浓的汤，满嘴都是香味。

苏途几分钟就把一大碗面吃个精光，胃部温暖后，浑身热乎起来。谢谢，他打着嗝说，谢谢，太感谢了。

女孩说，我本来想喊你去我家将就一晚上，但你车在这里，也离不了人。只能做点饭给你送来。

苏途不知该说什么好，就抬手指了指天空说，看，今天的月亮真亮。北方的天空辽阔高远，深夜并不是纯粹的黑，而是一种特殊的蓝，尤其是有月亮的夜晚。月亮并不是满月，但因为空气好，特别明亮，几乎能看见里面的桂花树。

女孩说，你不是这里人吧？

嗯，南方，很南的南方。

女孩说，你叫什么？

我？苏途，江苏的苏，路途的途。你呢？

田晓，田地的田，春眠不觉晓的晓。

你赶紧回去吧，苏途说，很晚了，天又冷。

田晓没说话，突然捂住了肚子，龇牙咧嘴。

怎么了？苏途说，刚才翻车的时候伤着了？

田晓摇摇头，没事，浅表性胃炎，饮食一不规律就犯。有烟吗？

苏途摸了摸身上，摸出一个瘪烟盒，里面刚好还有两支烟。他递给田晓一支，自己也叼上一支，又掏出打火机，给她点着。

田晓深吸了一口,闭着眼沉默了几秒钟,像深呼吸那样吐出来。整个人瞬间精神了些,说,我得走了,家里的鸡还没喂。你一个人没问题吧?

没事,我一个大男人,怕什么。苏途心里竟然生出一点依恋感,希望她能再陪自己一会儿,但这话他可说不出来。

田晓把碗筷装到筐里,说,再见,你自己小心啊。

她是骑电动车来的。几分钟后,她的身影和微弱的车灯消失在那条窄小的水泥路尽头。在月光下,这条弯弯曲曲的水泥路,变成了一条银鱼,浮游在大地和天空之间。苏途裹紧羊皮大衣,想这个女孩真是有意思,看起来一点也不像农民,倒像一个城里坐办公室的。带着暖意和好奇,这一次,他踏踏实实地睡着了。

草木知春不久归

田晓对着手机镜头说:亲爱的朋友们早上好,今天又是新的一天,蓝天白云,太阳明亮。晓晓绿色农场在这里给您请安啦。今天给大家看一下我们农场的土肥灌溉,熟悉农场的朋友一定都知道,晓晓从来不用任何化肥和农药,所有的肥都是土肥。也就是猪狗牛羊鸡的各种粪便发酵之后的肥料,天然有机,没有一点化学污染。

她一边说着,一边举着手机向院子外走去。

在电脑另一端的人们会看到,镜头晃来晃去,拍到了一个土粪坑。粪坑里堆满了黑褐色的土肥。

看看,看看,亲爱的朋友们,这就是我的农场里用的土肥了。这可不是简单的牛羊鸡鸭粪,这些肥料要堆在这里,等天气再暖和些,温度升高,它们就会发酵,动物粪便里那些植物、草、谷物等会变成非常有营养的有机肥。当然，我还会用锄头把它们全部翻一遍，好让肥料蓬松透气，这样空气中的氮气才能进入肥料里。希望大家此刻没有在吃早餐哦，来，我给大家翻一下看看。

说着，田晓把手机放在支架上，戴上塑胶手套，开始翻昨天才拉回来的牛羊粪。

镜头突然聚焦到了一个黑色物体上，田晓拿起来，竟然是一个皮质的钱包，表面有明显的磨损痕迹，看来用了挺长时间了。她翻看了一下，里面掉出一张身份证，上面的名字是：苏途。苏途？田晓突然想起昨晚跟自己撞车的人，看来是他帮忙装车时，不小心把钱包掉在了粪堆里。

亲爱的，为了这点儿牛羊粪，晓晓我昨天差点出了车祸，跟一辆大卡车撞在了一起，惊险啊。不过一切都是为了咱们的绿色农场，好啦，今天的直播就到这里，请大家持续关注哦，我会让大家看见晓晓农场绿色农业的每一个环节。朋友们，再见。

晓晓关掉屏幕，正想着该怎么联系这个偶遇的陌生人，胃又疼起来。昨晚做的面，都让苏途吃了，她回来之后没再起火，只喝了杯热水，吃了几块饼干。早晨起来，又忙着今天的直播，还没吃早餐。她的胃时时刻刻提醒着她从北京回到老家的初衷。

就在一年多前，田晓还是中关村附近一家校外培训机构的金牌讲师。她们那个培训机构很大，但进入市场晚，所以主要项目不是最热的英语、奥数，而是这两年缓慢升温的作文教学。也是奇怪，之前语文是学生和家长最不重视的一个科目，这两年不但社会上各种公众号每天发文章，就连高校也是一个接着一个开创意写作课、作家班。一叶落而知天下秋，一草发而知春意发，嗅觉敏感的人总能从一点一滴的社会表征里闻到商机，闻到金钱的味道。

田晓从大学中文系毕业,先在昌平的一所区重点教学,还要当班主任,每天累得臭死。中学里最难干的两个活,一个是班主任,第二个就是语文老师,问题是校长们又总是觉得语文老师天生适合当班主任,年轻语文老师就更是责无旁贷了。语文老师们有一句自嘲的话,叫上辈子杀了人,这辈子教语文。

这个机构是比她高几届的一个师兄开的,师兄在校友群里发招聘信息,她那天被一个学生家长气到,去教务主任那里吐槽,教务主任却告诉她忍辱负重、息事宁人,这个家长是个什么什么局长,惹不起。她心里愤愤,撂下一句这活真不是人干的。然后就看到了师兄发的信息,就跟师兄联系了一下。师兄当然喜欢她这样的一线教师,不谈不知道,一谈吓一跳,去校外教课,她一个月能赚以前半年的钱。虽然跟学校签的服务期限还有两年,但她真心等不及也干不动了,就去校长那里辞职。校长先是劝说,老师是人类灵魂的工程师,是蜡烛,是园丁。但田晓态度坚决,说你见过我们这么悲摧的工程师吗?开学才三个月,我们语文组接到的各种乱七八糟和教学无关的任务、文件、表格就两百多个。我也不当蜡烛不当园丁,我就想干点物有所值的事,干吗老让我们奉献,你们咋不奉献呢。校长威胁她说,现在辞职,按协议她要赔偿学校五万块钱。她一咬牙,扔出一张银行卡,这两年攒下来的工资都在这里,赔。校长还说,你的档案可是在市教育局,没有学校同意,你拿不走。她被逼急了,说,那我也得走,我死了心了。你如果压着,我就去网上给你爆学校的料。任凭校长软硬兼施,她是纹丝不动,最后,她赔了两万块钱赎身。

跟校长辞别那天,她最后说:何校长,我当老师的时间不长,我给您提一个真心的建议,学校最重要的就是教学,不能让什么德育、教务各种行政部门整天使唤一线老师,你得让老师们把时间和精力花在备课和上课上。校长说，学校的大门始终向你敞开，欢迎你随时回来。田晓挥挥手说，人不能两次踏入同一条河流。

田晓只用了半年时间，就成了培训机构的金牌老师。每次看着家长从群里发来的孩子们作文进步的消息，还有新年之类的节日时，孩子们发来的自己写的祝福，当然更是银行卡里不断增长的存款，她都觉得自己这一步真是走对了。按她的规划，再干两年，她完全可以在北京五环外买一个小房子，那时候，眼看满三十岁，找个人嫁了，生儿育女，相夫教子。

只是，她的计划被一个狂欢的夜晚彻底改变。

学期末，一切工作结束，全公司的人去郊区团拜。老总比较大方，他们住的是一个庄园，伙食好，还有各种健身、游泳、打牌的地方，大家能狂欢三天两夜。第二天晚上，她们几个女同事吃腻了饭店里的自助和桌餐，竟然半夜躲在宾馆里就着辣鸭脖煮泡面。吃完不到十分钟，田晓的胃就疼得浑身直冒汗。本来很多同事开车来的，可都喝了酒，没法送她去医院。打120，赶过来也很久。情急之下，老总找到饭店协调，他们派了一个司机，又跟了人力资源的一个同事，把她送到了昌平医院。胃穿孔，住了半个月院，打了一周营养液，喝了一周的小米粥。

出院后，田晓发现自己似乎一夜之间变成婴儿了，吃东西得特别谨慎，凉一点，热一点，酸一点，辣一点，胃都会有反应。住院期间，她妈过来照顾了她一段时间，带了一些老家的小米。每天她就喝小米粥，连咸菜都不敢多吃。后来，她自己在超市里买了小米再煮，吃了胃还是会有反应，一阵阵抽搐。她知道这不科学，可能就是一种心理后遗症。住院那几天，同病房的一个姐姐，只比她大四五岁，胃癌，切除了三分之二的胃才活下来。姐姐跟她说，当你的身体提醒你的时候，就是你该做出改变的时候了，否则它就会用更猛烈的方式来报复你，我现在最后悔的就是没在两年前好好调整生活状态。

田晓看着病房雪白的天花板,心里想,自己是不是不能再这样生活下去了。只是要放弃眼下的一切,真的需要足够的决心才行。就在这种犹犹豫豫里,她学会了吸烟,她知道吸烟对自己的胃没有好处,但有根烟夹在手指间的感觉,让她多了种依靠感。她一边想象自己可以做什么改变,一边吞云吐雾。

有一天,在厨房里熬粥的时候,她看着锅里翻滚的金色的小米,忽然想自己也许可以回老家去,就种这种纯天然的粮食。她早就在生活里感觉到了,越来越多的人希望吃到绿色食物,超市货架上那些打了纯天然标签的蔬菜和粮食,都比其他同类贵一倍以上,但依然能卖出去。这就说明,市场巨大,前景可期。

想到这里,田晓有点小小的激动,她觉得自己终于知道该做什么了。田晓多年养成的利落劲,让她快速地在网上做了前期功课,网店怎么开,物流怎么走,人们最渴望买哪种粮食,心里都大致有了谱。她从北京回去的时候,带着一整份四五十页的项目计划书,几乎把自己能想到的所有情况,都做了预案。

晴日暖风生麦气

第二天一早,从选矿厂返回来的一辆车经过,帮苏途把卡车牵引到路面。幸好除了挡风玻璃碎了,别的地方都没坏,他在越来越暖的春风中,把车开回了矿里。

因为这次翻车事故,苏途被扣了半个月的工资。这倒没什么,他更担心的是自己的钱包丢了,而钱包里有身份证。这个很麻烦,如果被人捡到交给警察，警察随便上网核实一下，就可能发现自己是一个"逃犯"。他也没办法补办身份证，那得回老家，去派出所，等于是自投罗网。

他到小卖部的公用电话给之前的工友打了个电话，他们本来商量好，没有特殊情况，绝不联系。工友告诉他一个好消息，其实警察并没有通缉他们，疤瘌脸已经痊愈出院。而火灾后来被定性为意外事故，承担责任的是当地一家商店的负责人，他违规私拉电线，占用了公路。苏途心里放松下来，开始犹豫要不要回南方，他留在这里的理由似乎一下子消失了。

他去找韩大哥讨主意，韩大哥说我没啥主意，就是觉得北方的冬天你都熬过了，开春天暖和了却跑了，不合算。他想想也是，就说，我现在也不能开车了。韩大哥说，你没有别的技术，开不了车了，想在矿上混口饭，只能下井。一听下井，他头皮发麻，他有幽闭恐惧症，小时候玩捉迷藏，都不敢整个藏在被子里，下到几百米深的矿井里还不得要了他的命。他摇头，说自己下不了。韩大哥说，你试试。这里的矿工，一开始都不敢下井，可下了几次就习惯了。

苏途想了想，说，那试试吧。

下井那天，韩大哥亲自带着他，坐着摇摇晃晃的升降机，吱吱呀呀往地底下沉。苏途的两条腿像煮过头的面条一样，根本站不直，气喘得特别长。升降机那么吵，他都能听见自己的心跳，其实不是听见，是感觉得到胸膛里跳得怦怦怦的，好像一个巨人在那里拍皮球。等升降机终于在井道停下，苏途拽着韩大哥说，我……我不行了。韩大哥拿手电对着他照了照，发现他的脸白得像张纸，嘴唇却是紫茄子样，叹口气说，真是完犊子。挥了挥手，升降机又升了上去。

苏途在宿舍的床上躺了一天，他没想到自己真这么完蛋。还有更丢人的，韩大哥和工友不知道，在矿井里，他尿裤子了。当初把人捅了，他都没有这么害怕过。升降机嘎吱嘎吱的声音始终在耳畔回旋，幽深窄小的矿井坑没有尽头，几乎能直接走到地心去。整个过程中，他脑子里一直有一个画面，就是通向地面的道路被突然封堵住了，他再也回不去了。

晚上，韩大哥拎着一小桶散装白酒、两个猪蹄和一包花生米来找他，说给他压压惊。苏途说，真丢人。韩大哥说，没啥，你天生就不是吃这碗饭的料，不下井更好，跟我一样天天下井，说不定哪天就埋在里面了。韩大哥喝了一大口酒，眼神里有着他从未见过的伤感。他听说了，旁边一个矿井里，昨天塌方，埋了三个人，救出两个重伤，另一个根本没挖出来，永远躺在矿山下了。

死了屁朝上，不死又一年，天无绝人之路，别想这些了，喝酒。两个人就着猪蹄子花生米，喝了两斤白酒。才几个月的时间，他没想到自己已经适应了这种散装的高度白酒，他不再轻易醉掉了。最初，下班之后累了，他都是喝一两瓶啤酒，但很快就觉得啤酒不给劲儿了，慢慢跟周围的人一样，改喝白酒。他渐渐喜欢上了把一团火灌进肚子里，然后等着它把全身的血液都点燃的感觉。

韩大哥说，要不到镇子去看看有什么活儿？苏途说，没事，你忙你的，我在这转悠几天，看看能不能干点小买卖，我还不想这么灰头土脸地回南方。韩大哥说，行吧，天无绝人之路，你年轻，脑子活泛，说不定能琢磨出什么发财之道。

苏途在矿区转了两天，没发现什么可干的事。他蹲在一堆矿石上，随手捡起块石头扔到远处，那块矿石瞬间就消失在矿石山中。他突然想起田晓来。现在没事，不如去看看她，那件羊皮大氅还没还给人家。虽然不太清楚她具体在哪个村子，但肯定离撞车的地方不远。

他搭了一辆车到木伦河桥附近，打听来打听去，问出田晓就住在河东岸的海力图村。村人说，你要找那个女疯子？疯子？苏途不解。可不是疯子么，放着北京一年几十万的钱不挣，跑回农村来种地，还不是疯子？她爹都快被她气死了。

还真是个城里人，苏途心里想，放着大城市办公室的工作不干，跑回这里来种地，确实够奇怪的。她还是从北京来的，乔薇也在北京，不晓得她们会不会见过。苏途转瞬就被自己的想法逗笑了。

苏途找到田晓时，她正在给麦田浇水。这地方不像南方，水多，而且到处打了井。这里只有一条木伦河，从西北边的雪山上流下来，上游有个小水库，秋天蓄水，冬天冰冻三尺，开春时冰化了，河里的水才大起来。这条河前前后后路过七八个村子，每个村子都得浇地，水流到海力图这儿，量就小了。如果上游的村民心坏，悄悄把河道堵上一多半，这边就只能看见毛线细的一条溪水了。为了抢水浇地，田晓凌晨三点多就穿了水鞋雨衣去排队。天透亮的时候，眼看着排到自己了，胃又疼起来，她喝了点保温杯里的小米粥，吃了两片去痛片，扛着铁锹下了田。水量不大，水势又弱，她得随时跑着挖挖这儿、垒垒那儿，好让每一滴水都能蓄在自己的几亩地里，好让每一粒土都浸透春水。去年的麦田，就因为吃水不透，麦子涨势比旁边的矮半头，当然也是因为人家上了化肥，她上的土肥。去年的土肥也没沤透，肥力不足。看来什么东西都得透了才行。

尽管穿着水鞋，可踩在泥水里，还是觉得腿脚一片冰凉。麦田土的黏性大，站一会儿再往外拔脚，要费好大力气。田晓累得气喘吁吁。她浇得细致，排着下一家的人不干了，觉得她太耽误时间，跟她嚷起来。就这会儿，她感到脚底下一凉，水鞋被一块碎玻璃划破，进了水，整个右脚渐渐冰麻，一屁股坐到了泥水坑里。

她挣扎着站起时，看到了田埂上一脸惊诧的苏途。

你怎么来了?

我……苏途说不出自己为什么来,我……路过。

田晓笑一下说,路过你还带着我的羊皮大氅?不真诚。

苏途脸腾地红了。

田晓往前走,不想脚出来了水鞋没出来,又一屁股坐到地上。苏途赶忙过去扶她,田晓没扶起来,自己也摔倒了,两个人一脸泥水,看着彼此,哈哈大笑。他们终于搀扶着站起来,田晓说,快,那边跑水了。苏途拎了铁锨跑过去,堵住跑水的田埂。他的运动鞋浸透了水,脚丫子像两块冬天的铁砣,又麻又沉。可他心里却生出一种欢快感,自打逃亡以来,他还从未这么畅快过。在南方的时候,他经常跟伙伴们下河游水,但是从未有过在北方的浅水里这种感觉。可能不是水,是因为田晓。真奇怪,在她头发和脸上沾了泥点的时候,他才真正看清她的模样。田晓皮肤有点黑,像这个地方大多数人,但又比当地的妇女白些,也细腻些。她的眼睛好看,有一种倔强和凌厉,一看就是个很果断的人。

终于把五亩麦田浇透了,两个人裤子已经湿到了膝盖,脚几乎冰得全无知觉,凭着本能走回田晓家。

田晓给苏途打了一盆热水,让他洗洗脚,她自己则躲到了简易的卫生间里。苏途能听见里面哗哗的撩水声,猜测她可能在洗澡。这地方可没有热水器,也没有浴霸,她怎么洗的澡?

苏途趿拉着一双粉红的女士拖鞋,到院子里转转,看到了两个大园子。园子里一畦一畦的菜畦,有的已经冒出了细小的嫩芽,更多的是耙得细细的土,正等着播种。他又想起老家,在南方,人们总是随意在房前屋后撒一些菜籽,用不了一个月,那些蔬菜都会长得能掐来吃。菜畦旁立着小牌子,写着:茄子、青椒、黄瓜、小白菜,有十几种之多。

田晓在门口招呼他：苏途。

他回头，看到她换了一身衣服，头发还在滴水。她一边擦头发一边说，没时间做饭，我半夜出门的时候，电饭煲里熬了小米粥，喝点粥吧。

苏途点点头。

他们坐在堂屋的方桌旁，就着一碟咸菜喝粥。苏途喝了一口就惊呼：哇，这粥真香，能喝出粮食的味道。

田晓说，是吧？我就是要种出这种天然的粮食来，如果是你，你会买的吧？

我？苏途说，应该会吧。其实他心里想，自己现在连工作都没有了，即便有，能是去挑拣什么绿色食品不绿色食品的人吗？

一边吃，田晓一边告诉他，自己找朋友建了一个小网站，全程直播粮食和蔬菜的种植，等种子全部种下去，她就会开始在网上预售。他看了她的网站，很简单；还看了她在网上开的直播号，粉丝还不少，有几万人，很多人留言说，一定会买她的产品。

你真厉害，敢辞掉工作自己创业。苏途由衷地赞叹。

田晓说，其实不是勇敢，反而是害怕，害怕自己陷在无休无止的工作中，然后身体垮掉了。

苏途的粥见了底，田晓连忙又给他盛了一碗。

你呢？还拉矿石吗？田晓递给他，问。

苏途摇摇头，那次翻了车，矿里不让干了，现在没事，瞎转悠，不知道干点啥好。如果没什么可做的，我打算还回南方老家去找活。

田晓说，时兴啥干啥呗。像我这个绿色农产品，搁前几年肯定不行，现在物流发达了，大家都注重吃得营养健康了，才可能有市场。就是有一点麻烦，村子还是太偏，我网上买点东西，都只能送到镇子上，我过段时间再去取，或者找人给捎回来。将来我的产品如果往外寄，也是个麻烦。

快递只能到大钟镇？

嗯，还只有有限的几个公司。现在我最愁的就是这个，好多东西发不出去，我在网上买一些东西，也要不时地跑到镇子里去取，麻烦得要命。

苏途脑子里有道光闪过，他兴奋地说：你说我干快递咋样？

快递？那都是大公司，你一个人怎么干。

不是，我是说，我当个中转，我从镇上去拿快递，然后送到各个村子去，大包裹一个一块钱，小包裹五毛钱。

田晓愣了一下，想了想说，还真行，每天能挣一百块钱。可你拿啥跑？

苏途一下泄了气，他总不能走着去，要做快递中转，至少得有辆车。

田晓说，要不这样，你先开我的三轮车，等你筹到钱，自己买一辆二手皮卡，也就一万多。条件嘛，一是得免费给我送快递，二就是有啥重活你也得帮我搭个手。我爸妈年纪大了，他们也不赞成我干这个，不愿意帮我。

行行行，苏途赶忙答应，我一会儿就回去让韩大哥帮忙问问有没有二手车，他认识人多，我自己有点儿钱，再跟他借点，买辆二手车不难。哎呀，我突然觉得自己发现了一个大商机，不是，是你提醒了我一个大商机。我在广州打工的时候，光我们一个厂，每天就有上千个快递，最近我胡乱转，看到农村的快递也越来越多了。

你还在广州待过啊？

待过几年，也不是城里啦，就是城边的工厂里打工嘛。

我听你口音也不是北方人，咋跑到内蒙古来了？在我的印象里，来我们这边的南方人不是倒爷就是人贩子，真是很少有南方人来这儿打工。

苏途干咳了一声，说，读万卷书行万里路嘛，祖国大好河山，走走看看。

田晓笑了，没再追问下去。

喝完粥，苏途说，我不能白吃饭，我帮你刷碗吧。

田晓摁住他说，这活儿哪儿是男同志干的，我给你看样东西。

啥？

田晓掏出一个钱包，说：眼熟不？

苏途一看，正是自己的，说：怎么在你这儿？我还以为再也找不见了。

田晓说，我捡的，本来想今天还给你，不过你既然要借我的三轮车，身份证就押在这儿吧，银行卡给你。

苏途接过她递过来的银行卡，说，行，那我走了，你可得在村里帮我宣传宣传，就说以后这片的快递我都帮忙取了，然后寄的也是我送到镇上。

苏途到院子里，摇了半天，才把三轮车摇响。

田晓问，你会开吗？

他坐上去摆弄摆弄，说，没事，天下的车都一个样，摆弄几下就可以了。

田晓说，你等会儿，转身回了屋，拎了一瓶酒出来，递给苏途。

啥意思？苏途问。

我又不喝酒，我爸高血压也不喝，给你吧。

苏途拿着酒瓶看了看，呵，宁城老窖，好酒啊。

他给车加油，三轮车突突突开动，但这种车的方向全靠车把调整，不像汽车那样有方向盘。车把又跟后面的车厢之间形成张力，劲儿一大了，车就要翻。苏途开得左右乱晃，差一点撞到田晓院子的土墙。出了一身大汗，苏途终于把三轮车开出了院子，行驶在了村道上。他没敢回头，他知道田晓肯定一直在看着自己。

绿阴幽草胜花时

事情既比想象的顺利,又比想象的困难。

苏途的想法得到了韩大哥的支持,他愿意借给他钱,也帮他打听谁卖二手皮卡。韩大哥说,但凡有其他出路,就别下井挖矿,这不是人干的营生。在矿山这种地方,二手车还是挺多的,就看价格是否合适。很快就有了卖家,韩大哥领着他去看车,谈来谈去,价钱差五百没谈拢。韩大哥说别急,你先开着三轮跑,皮卡咱们慢慢挑。让苏途感到困难的是,咋让十里八乡的人都相信他。他毕竟是个外地人,要做的事又是没先例的。矿上倒没问题,他在这干过,海力图村也没问题,田晓能给他担保,但就在跟海力图村一河之隔的浩尔吐,他却遭到了阻碍。

这个村只有十几户牧民,其他人都好说,他们很少从网上买东西,也很少寄快递,要寄就骑马到乡里的邮局,觉得绿皮包裹才有保障。苏途来说代收代送快递的事,他们用半通不通的汉语嗯嗯哈哈点着头,心里没当回事。因为跟汉人挨着住,牧民们都会点汉语,但又都不太精通,只有老酒鬼巴塔说得溜,比汉人还汉人。他整天酒瓶子不离手,不过喝醉了不耍酒疯也不瞎闹,就是躺在自己的马槽里睡觉,要么就骑在墙头上唱曲子。

老巴塔稀罕马,觉得马比人亲,再生个子的马到他手里都能服服帖帖,所以牧民们也服他。有汉人和牧民进行牛羊交易,都找他做中间人。他能估出牛羊的好坏,说一个价,双方就都不还价了。好多大牤牛,看着膘肥体壮,巴塔说,这牛有病。果不其然,不到一个月,牛死了。原来是在草原上吃草的时候,误食了手机电池,电池里的矿物质把胃给腐蚀了,外面看不出来,等溃疡扩散成穿孔,已经回天无力。死了的牛剥皮剔肉,老巴塔拿了一挂牛下水,还有那块锈迹斑斑的手机电池,伤心地说:多好的一头牛啊，就让这么个小东西给害了。他再去草原上的时候，看见各种破电池、破手机、快递的塑料包装袋，就捡起来，可这些东西越捡反而越多。

老巴塔不愿意让苏途收寄东西，一是因为他是个南方人，汉语说得还没他这个蒙古人好，听着像骗子。他对南方人有意见，他儿媳妇就是南方人，结婚后跟着儿子回来一趟，嫌弃这里脏乱，跟他闹了别扭，后来儿子和孩子再没回来过。还有就是，整个牧民村，只有他经常收到包裹，据说是那个不敢回家的儿子定期寄来孝敬他的。他自己有马，用不着别人代取。

苏途被他养的那条狗追出了院子。他捡起几块石头打狗，有一块打在了狗头上，狗疼得打了几个转，龇着牙叫唤。见狗被打，老巴塔身上的袍子还没穿好，就从院子里蹿出来，手里握着马鞭。老巴塔手一挥，马鞭在空中打了一个响亮的鞭哨。苏途赶紧逃走。

他的代收代寄业务，磕磕绊绊地开展起来了。第一个星期免费，为的是跟人混个脸熟，摸清楚这几个村子的情况。算下来，东西最多的还是田晓家，她买了各种绿植和花。苏途开着三轮车给她送过去，有点不解。田晓说，我在网上全程直播绿色农业，人家每天上网来看，可整天看庄稼蔬菜，肯定会审美疲劳，我得把院子弄得漂亮点，种些花花草草。苏途说，你可真会整事。田晓说，你的南方口音都快没了，一嘴大碴子味。苏途说，我这都是为了事业。

田晓留苏途吃晚饭，苏途说来不及，他还得去西沟村送东西，镇上代收点的老板说，这个快递是救命药。西沟有一个老人马上要断药了，必须赶紧送过去。田晓就从碗橱子里找了两个剩包子，又给他的杯子灌满水，一并递给他。苏途接过来说，谢谢。田晓一笑，说，你是十里八乡唯一一个说谢谢的人。

她还保留着在北京养成的习惯，每天在朋友圈里转发各种新闻，哪儿又有非洲猪瘟啦，某地的幼儿园又虐待儿童啦，多少年前的案子是个冤案啦……这些跟她没半毛钱关系，可她得靠这些维持住自己和原来的世界的联系。这么说吧，她辞了城里的工作跑回来种田，是那次生病改变的，又不全是，也包含着某种反抗原来生活的冲动。她需要不断寻找各种理由来说服自己，来证明这个决定是对的，她得自我催眠。乡下比城市最好的地方就是安静，最让人难熬的也是安静，每当夜深，狗都睡了，她还醒着。过度的安静让她耳朵里生出一种嗡嗡声，这种感觉在城里从未有过。城里永远不缺少声音，哪怕是凌晨三点钟，你也能听见小区里醉酒的人在喊叫，夜归的刹车声。现在她只能听见嗡嗡的耳鸣和心脏怦怦跳动的声音，除此之外，就是黑色的寂静。

或许，这就是她莫名对苏途感到亲切的原因，她觉得他和自己某些地方有点像。他们都是善良的普通人，都想做点事，这事不是什么宏图大业，但也不是光吃饱了饭为算。她觉得世界上大多数都是这样的人，但大家从来不承认这一点，中国人都是走三步退一步，这样才安全。她不，她想走三步就三步，不到万不得已绝对不退。尽管，这么多年的摸爬滚打让她干任何事，都会给自己留一步退路。

他们加了微信之后，她想翻看一下他以前的生活，但他朋友圈里什么都没有。她想起他的身份证，找出来，对着名字和上面的地址在网上搜。还真让她搜到不少信息。

他比她小四岁，生于九十年代初，天蝎座，老家在南方的一个小镇。有一条河穿过镇子，河上是典型的南方石桥。她想，他小时候一定经常从这里跑过。她还找到一张他初中的照片，是一个网站里，他初中同学发的。那时候他还没发育，个头小，但脸形和现在没任何区别。她也偶尔会想，我是不是有点喜欢上他了？再想呢，又似乎不是，只是想找个朋友，而不是男朋友，更不是老公。那，他是不是有点喜欢我呢？也说不准。

她又看看手机屏幕自拍框里的自己，一个典型的三十多岁女人的模样，不难看，在老家这种地方甚至可以说是个美女。前两年，爸妈当然跟所有的爸妈一样，时不时地催婚，说人差不多就行，关键是能让你在北京站住脚。哪承想，田晓不但没扎根北京，还扔了工作跑回来种地。她跟父亲摊牌说这事那天，老爷子一口假牙，愣是把抽了几十年的烟袋嘴给咬断了，断口处是黑黄的烟袋油渍，涂了满嘴。他忍着没当场发火，差点憋出心脏病。等田晓出去，老人才把憋着的那口气吐出来，跟她妈说：这孩子，怕是脑子出问题了。她妈皱着鸡皮样的脸，说，那咋办呢？老头说，先让她折腾两天，不行，你得请孙大娘来给念叨念叨。

田晓照常吃喝拉撒，看不出有啥病，每天还挺忙，打电话、弄电脑。花了好几千块装上了网线，然后就开始收拾门前的两个园子，原来堆的乱七八糟的东西全都清理了，土翻了一遍，耙碎了，浇水。还有村子前头最好的几亩地，不让父亲种大豆，说她要留着种麦子。接着自学开三轮车，去镇里的改良站买种子，去牧民家里买牛羊粪沤肥。

折腾了半个月，她爸跟她妈说，去请孙大娘吧，我看不是脑子的问题，可能是碰着啥邪性物了。她妈说，要碰见也是在城里，孙大娘一个乡下的大神，能管得了城里的事？他爹说，管不管的先来一趟再说，哪儿的小鬼不怕神？她娘就去西沟村请方圆最有名的大神孙大娘。

孙大娘其实不是什么大娘，也才五十多岁，一辈子没嫁人。二十多岁时，据说有一天睡觉起来，就狐仙上身。她跟人说，她是个仙体，不能嫁凡人，嫁给谁就是害谁，她这辈子天生就是要帮助人的。人们都信她。有治不了的病，就找她去下仙。她下完仙，有的人死了，有的又活了好几年。死了的，自认命不好；活着的就说灵验。

409

孙大娘给田晓下仙的时候，田晓很配合，她琢磨着，一是得了了父母的心病，再者自己要在老家做这个，怎么也得入乡随俗，不能拿城里那套来办事。孙大娘一通念叨，又是公鸡血、又是手指头粗的香烧的灰撒了一屋地，完了悄悄跟田晓说，丫头，大娘知道你不信这个，但你爸妈信。你给我五百块钱，我一定让他们不再找你麻烦。田晓掏了掏衣服兜，找出两百多，孙大娘却把手机拿出来说，扫码也行。田晓给她微信又转了三百，说，你们仙界也用这个？大娘说，我们也得与时俱进嘛。

孙大娘跟爸妈说，田晓在城里确实碰见不该碰的东西了，但没大事，她回来得正好，只要在老家这里待上几年，不好的东西就会被地吸收干净了，再往后她就一帆风顺。老头老太太半信半疑，但既然孙大娘说了，也就认了，从此再不管她的事。

田晓的农场这才开起来。她的计划书修修改改，每天都会面临新问题，网速太慢，直播老是卡；想找没有经过改良的非转基因种子，可到处都买不到；种田的技术按说最简单了，但等她去跟村里的农民请教，他们却说不出所以然来，都只会讲：就是这样的嘛，凭经验就知道，可她没有这么多经验。她一样样克服，一样样解决，这种集中精神过关斩将的感觉让她获得了成就感。她想起自己在北京的课堂上跟孩子们讲的课文：不积跬步，无以至千里。她觉得自己就算用脚尖走，只要不停下来，也能走到目的地。

麦花雪白菜花稀

木伦河已经很多年没有这么大的水了，因为这里已经很多年没有这么大的雨了。

大雨下了四天四夜，常年干燥的北方大地和很能蓄水的草地，已经被浸透。许多山坡踩一脚，土坑就会汩汩往外冒水，好像整座山是一个灌满了水的气球。山杏树露出了树根，疤疤癞癞，倒是那些最细小的根须，仍紧紧地抓着小块的石头，才让整棵树不被水冲走。

河水漫过了河岸，继而漫过了人们连夜垒起来的防洪堤，附近的农田全都被淹，绿色的庄稼泡在浑黄的泥水里，看着让人心疼。田晓的五亩麦田虽然离木伦河有段距离，但地势比较低，现在也是半尺深的水，而麦苗只比水高了几厘米。好在这里的水是慢慢积蓄起来的，麦苗还勉强挺着身子没倒。她急得起了一嘴火泡，整天泡在地里疏导水，可她哪有天上的雨快啊？

节令刚进农历五月，她的菜园子里下来了黄瓜和青椒，黄瓜脆甜，青椒香辣，但在网上卖得一般，因为量小，也不太方便远途运输。就算有想要的网友，也犯不着从这么老远的地方买几根黄瓜，运费是菜价的好几倍。不过田晓找到了买主，就是镇上新开的一家西餐厅，他们主打的就是绿色有机招牌。不知道从哪一天开始，大钟镇上的饭馆悄悄地更新了。之前，这里大都是一些馅饼店、面馆、汤饺馆、羊肉馆，后来有了火锅、烧烤，再然后有了过桥米线和沙县小吃。也就是全国人民都用上智能手机，快递开始从城市向农村蔓延的这两年，大钟镇又开起了自助餐厅、海鲜餐厅，也就有了西餐厅。人们不但很少再喝散装白酒了，甚至开始喝红酒了。这些变化跟田里的麦子一样，春天种下去，一晃眼就冒了芽，再一晃眼就是两拃高的青苗了。

苏途的代收代寄业务开展得不错，一个月后就把三轮还给了田晓，自己开着二手皮卡跑活了。就连当初放狗咬他的老巴塔，也跟他成了好朋友，但凡杀羊炖肉，总招呼他去吃。有段时间，附近几个村的代收代寄都拿下，只剩下老巴塔时，他去找了一次田晓。他问田晓，怎么才能把老巴塔拿下。

田晓一边在院子里侍弄蔬菜，一边跟苏途说：他就是爱喝个酒，你去跟他喝，只要喝好了，肯定就成了。苏途说，这么简单？田晓说，蒙古人都是直性子、真性情，我听我爸说，老巴塔年轻的时候养马，爱惜马比爱惜自己还厉害。有一年，有匹马让狼掏了肚子，搁别人就不要这马了，但老巴塔竟然找了一辆车，把那匹血肉模糊的马拉回家里来，让它一定死在自己的马圈里。苏途一阵唏嘘，说，没想到。

傍晚的时候，太阳落下西山，可光芒仍在人间。苏途拎着两瓶六十度的老白干、一包花生米、几条风干牛肉去找他。老巴塔看在酒的份儿上，把狗拴起，让他进了屋。俩人就着花生米和风干牛肉，把两瓶酒喝见了底。这一天之后，老巴塔虽然还是不用他代收东西，但两个人成了酒友。

老巴塔跟苏途吐槽自己的儿子儿媳妇，他们已经好几年没回家了。他用智能手机，全都是被逼的，他想看孙子，又去不了城里，只能跟孩子视频。老巴塔说，我老婆死得早，儿子自小没妈，长大了就容易是个妻管严，我不怪他。他也经常给我寄这个寄那个，不信你可村里打听打听，我每个月都能收到儿子寄来的吃的用的。每个月总有几天，两个村的人们都会看见老巴塔穿上他那件蓝色的蒙古袍，骑上他那匹高头大马，嘚嘚嘚，嘚嘚嘚，马蹄急急地去镇子上。他的快递，从来都是自己拿，他炫耀般地带着大包小裹，骑着马慢悠悠地过木伦河桥。

但是没人知道，老巴塔的一切，都是在演戏。

苏途也是无意中撞破的。有一次，他在镇上快递点库房里找一个压了好几天的包裹，听见进来个人，跟快递员说事。再一细听，竟然是老巴塔，刚要出去打个招呼，就听见老巴塔说，这事千万不能让苏途知道。苏途赶紧停住脚。等老巴塔走了，他问快递员刚才是不是巴塔。快递员打哈哈说，不是，一个寄快递的。苏途说，我刚才翻出一个快递来，就是他老人家的，没必要让他再跑一趟,我给他捎回去。快递员犹豫了一下,答应了。

苏途载着东西走,最后回到牧民村。进老巴塔家的时候,他习惯性地瞅了一眼快递上的单子,忽然发现,发件人的手机号跟收件人是一样的。苏途进屋时,老巴塔正在捣鼓手机找信号。他把快递给老巴塔,老巴塔看了,惊了一下,说咋在你这?苏途说他翻积压的包裹偶然看见的,就帮他带回来了。老巴塔说了句受累了,就往外送苏途。苏途靠着门框不走,掂了掂中午买的一挂羊盘肠,说,老巴塔,我听说做这玩意儿,就你手艺最好,我这还有一瓶好酒,咱俩整点不?老巴塔看见盘肠和宁城老窖,吧嗒吧嗒嘴,他好这口,馋虫勾得他忘了快递的事。

一个小时后,老巴塔把盘肠端上桌,苏途给俩玻璃杯倒满了酒,端起一杯递给他。老巴塔说,不急,你先尝尝盘肠咋样。苏途夹了一筷子塞嘴里,吃得满嘴油,带着轻微的羊膻味儿,但不腻不冲,香。老巴塔也吃,边吃边说,羊身上都是宝,但这个是宝中宝。吃盘肠,喝烧酒,喝着喝着把老巴塔喝多了。

苏途问他,老巴塔,你就不想你儿子孙子?

老巴塔说,想啊,咋不想呢。

那你咋不去找他们?

远,太远了。

现在交通方便得很,我可以帮你在网上订票。

老巴塔仰脖干了一杯酒,就不说话了。沉默了好长时间,他突然呜呜哭起来。哭着哭着,用蒙古语唱起了歌。苏途听不懂什么意思,但老巴塔唱得沧桑极了,他感觉自己好像在一片阔大的草原上,百草衰落,牛羊离去,孤独一人对着萧瑟天地。

老巴塔唱完,又喝酒,然后告诉了苏途他从未向人透露的秘密。

老巴塔说，儿子大学毕业后，跟着单位外派到非洲去援建，一年能挣三年的钱。买了房子，结了婚，有了孩子。可就在即将回国三个月前，却在街头被人抢劫时开枪打了，没抢救回来。本来儿媳妇就不待见他，儿子死后，儿媳妇带着孙子又嫁人，他现在都不知道在哪个城市。

苏途听得目瞪口呆，他难受极了，想不到老巴塔心里藏着这么重的事。

可你不是说，你儿子总给你寄东西吗？而且，你也确实是经常收到包裹啊？

老巴塔叹口气，拿出自己的手机，打开给苏途看。网上所有订单都在那里。苏途终于明白了，原来这一年多来，老巴塔收到的所有东西，都是他自己买给自己的。他一直守着这个秘密，不想让人知道儿子没了，孙子找不见了。

从这天起，苏途一有空就去陪老巴塔喝酒，不过老巴塔再也不给自己买东西了。他说累了，也不想再骗自己了，反正他很快就会去另一个世界见到儿子。

大雨在第五天下午小了些，苏途冒着小雨给几户人家送了东西，正好晚饭时间，就到老巴塔家里。老巴塔煮了一锅奶茶，把昨天剩的羊骨热了热，两个人就围着茶炉喝了起来。

这塑料桶白酒，还是苏途前些天给老巴塔从镇上打回来的，有十多斤，他已经喝掉了一多半。他们俩对着一大盆羊骨，可谁都没怎么吃，虽然是夏天，但连续的阴雨让气温很低，油脂都凝固在粉红色的肉和白白的骨头上。他们喝酒时，只吃那种袋装的腌辣椒，辣椒就酒，越喝越辣，整个口腔都像着了火。然后再用奶茶去浇灭那火。如此循环往复，水深火热。

老巴塔说，你们南方人有那种说法不？苏途说，什么说法？老巴塔说，就是人死后还能见面。苏途想不起来老家是否有过这种讲法，但是说，对，活着走散见不着的人，死了肯定都会见着的。老巴塔说，我呀，就想着快点死，快点去见老太婆和儿子，可是怪呀，人越想死就越死不了。说完，他眯起眼睛，又开始哼唱蒙古歌。苏途还是听不懂，但老巴塔歌声里的悲伤却比酒还让他迷醉，他感到自己的心被浸泡在歌声里，那里面不是酒精，是咸涩的泪水和汗水。

屋子外的雨似乎更小了些，还是淅淅沥沥不停，像一个前列腺有问题的人永远也滴不完的尿。老巴塔喝醉了，脑袋耷在胸口，打起了呼噜。苏途没有扶他躺下，他知道他习惯这样睡，有时候，他坐在马背上都能睡着，任凭马儿慢悠悠地把他从牧场驮回家。苏途也有些醉，看了看手机，有好几个人问快递到了没，急着用。他看看外面的雨，穿上雨衣，冲了出去。

肚里的酒和辣椒烧着，还有几大碗热乎乎的奶茶，苏途觉得自己浑身充满力气。他发动了皮卡车，车轮甩起一阵泥点，车滑出了老巴塔家的院子。苏途想趁着热乎劲，把就近几家人的东西送过去，何况那其中还有田晓的一个箱子。

皮卡车在泥泞的路上扭秧歌一样行驶着，车的下半身被泥水糊住，苏途又醉了酒，开得更是歪歪斜斜。正在麦田里疏水的田晓，从蒙蒙雨雾里看见一辆车像个醉汉，先是往道路的下坡滑，然后司机打轮，车又猛地向高处冲去。冲到路基上突然停住了，过了半分钟，整个车滑向了车头的侧面，而且越滑越快。田晓眼瞅着那辆车滑到了低洼处的大水淀子，猛地扭头，撞在一块石头上，车身倾斜，车斗里的东西全部翻倒在水淀子里。就是这一刻，田晓看清了那辆车，也明白了车里的人是谁，她扔下手里的铁锨，磕磕绊绊地跑过去。

等田晓跑到那儿，苏途已经爬了出来，他正蹚进水淀子，往外捞那些落水的快递。很多没有塑料包装的纸盒箱，已经泡得软烂，里面的东西零零散散地漂浮在水面上，衣服、鞋子、书包、手机壳，等等。

一个粉色的箱子在微风中慢慢地向深水处漂去，苏途拼命去追，他认出了，那就是田晓的包裹。他越走越深，眼看水面要淹到脖子，他听到了田晓的喊声。

回来，苏途，快回来，你不要命了！

苏途回头，看见岸边田晓一边招手一边大喊。

他没听见一样，转过身继续往前走，他的手已经够到箱子边了，可是抓不牢，手指一碰，箱子反而更往前漂了一下。苏途又往前迈了一步，脚下一空，整个人向水底沉去。他开始挣扎，可是不管手脚都找不到任何凭靠，然后口鼻中涌进污浊的水，在一阵昏暗和闷而钝的水声里，他昏了过去。

小麦吐秀南风凉

小麦开始抽穗了，麦穗的绿里透着轻轻的白，好像在预示着若干日子后它会化成面粉，再变成雪一样的馒头。麦穗在烈日下微微摇动着稚嫩的脑袋，它们为自己挺过了那场大雨而得意。雨停后，没有被淹毁的庄稼都吃饱了水，迎着晴天大太阳疯长。

田晓蹲在田埂上，手机的摄像头对着麦田，屏幕那一端的网友在惊呼：哇，我还是第一次看见麦田，真漂亮啊。还有人说，田晓姐，我预订你家的面粉啊，你一定要给我留，我马上生宝宝了，赶明给宝宝做辅食就用你家的面粉。田晓说，好嘞，你在网上给我留好地址，等麦子黄了，我通知你。开镰收割的时候，我也会直播的，那才叫热闹呢。

还没等麦子泛黄，她这块麦田的面粉已经被全部预订出去了。第一年试验，种植面积小，总共也打不了多少麦子，磨不了多少面。她已经计划好，这一茬麦子割倒，就跟父亲去村里承包地，明年的麦田至少要增加到二十亩。按照原来的想法，她计划扩大菜园子，很多蔬菜能一年种几季，土地利用率高，只是长途运输成本也高，保鲜困难，而自己的产量又不够大，能保证跟镇上的西餐厅对接就可以了。还有就是，在乡下很多人都自己种菜，一入伏天，各家各户菜园里的黄瓜、茄子、角瓜、辣椒吃不完，笨黄瓜挂在藤蔓上，里面的瓜子都满仁儿了，只能摘下来腌咸菜，或者切丝晒干。还是粮食作物更有市场，明年扩大麦田，还要试验几亩谷子和大豆。她在北京的时候，经常去一家早餐店喝豆浆，超市里也有卖的。如今豆浆已经成了跟牛奶二分天下的早餐饮品了，据说还有降血压的效果，豆浆机几百块一台，便宜得很，哪家都买得起，所以有机大豆肯定有市场。

田晓把镜头转向远方，青山绿水，那条通往村外的公路，小汽车一辆过去不久，又来了一辆。她心里想，有些变化看着慢，但其实挺快。她前年回来的时候，公路上哪有这么多小汽车呢。可现在，每隔几分钟就能看见一辆，到过年的时候，木伦河桥上说不定得堵车。她也考虑买一辆车了。

再往远一点儿，修路的工人正在补修公路。这条水泥路之前因为前任领导挪用公款而窄了几米，去年年底上面来检查，有人举报，现在又开始在两边各补一米左右。那些刚补完的路，看起来像是一宽两窄拼起来的，颜色也不一样，新的泛青，旧的泛白。她忍不住想起自己第一次跟苏途碰见，就是因为路窄，两辆车互相躲，才翻了车的。

那次溺水，让苏途彻底戒酒。他不但差点死在水里，还因为毁了几十个包裹，赔了人家三四千块钱。只有田晓的没有赔。从医院出来，他第一个去找田晓，问她那个包裹是什么，多少钱，自己赔给她。但田晓死活不让，就说都是些不重要的东西。其实，那个箱子里是她最重要的东西，曾经。

大四的时候，她谈了一个男朋友，两个人在一起四五年，可一直没结婚。直到田晓回老家的前一年，他们才彻底分开。他爱她，她也一心要跟他过一辈子。分开的原因是男孩的家里不同意。男孩是一个妈宝，对家里人言听计从。男孩曾想着把家里的户口本偷出来，跟她去领证，先斩后奏。不想偷的时候刚好被母亲发现，母亲大怒，把他关在家里一个星期。等他再出来时，母亲已经私下跟田晓谈过了：她死也不会同意这门婚事，早断早好。尽管充满了委屈和不舍，田晓还是果断地分手了，大哭一场之后，成了学校的工作狂。

分开之后，他们再没有联系过。田晓回家种田，男孩从同学群里知道了，在网上给她发消息：好久不见，你还好吗？他还没结婚，只要他妈妈还活着，他估计结不成婚了。他又谈过两个女朋友，但最后都被母亲否决了。男孩说，他还想着田晓，可田晓发现自己对那段感情彻底释然了，尤其是在那场大病之后，很多以前觉得重如泰山的事，如今想来都轻如鸿毛。

那些年，她给他写过很多信，哪怕两个人都在一个学校，哪怕是他们同居，她也经常用写信来跟他沟通。这些信，都保留在男孩那里。青草泛绿的时候，她打电话给他，请他把所有信还给她。男孩一直拖着，直到前一段时间，他终于死心，才把东西寄回来。

那个箱子，就是她当年全部的感情和记忆，已经沉入水中。她觉得这种告别很好。

他们一起去了趟镇上，田晓联系自己的客户，苏途去拿快递。临近中午时，两个人事情都办完了，约好了一起吃饭。田晓找的地方，是一家西餐厅。

坐在餐桌旁，苏途对面前的刀叉有点不知所措，田晓就一样一样告诉他怎么用。她还点了一瓶红酒，喝起来酸酸的，不像啤酒更不像白酒。整顿饭苏途都恍恍惚惚，他真是不适应在这种地方吃东西，沙拉没有味道，牛排不够熟，红酒劲儿小。

饭终于吃完，苏途开车，田晓坐在副驾驶。田晓吐了吐舌头，说我真晕，忘了你开车了，还让你喝了酒。没事，苏途说，这个季节没人查车，而且红酒度数那么低，放心吧。田晓还是很担心，说，要不我们过几个小时再回去吧。苏途已经发动了车，发动机轰鸣起来，二手皮卡略带颠簸地驶上了路。苏途看出来，田晓有点醉了，始终是一种微笑的表情。

开到木伦河边的时候，田晓让他停车。

车停下，田晓下车，走到河边说：我好想下去洗个澡。

苏途吓一跳。她沿着河边走，摇摇晃晃，他怕她掉进河里，只好拉住她一只手。

你是不是喜欢我？她突然转脸说。他心里一惊，手松了一下又赶紧抓紧。

我……他不晓得该怎么回答。不用他回答，她已经继续说了起来。

我明天要去相亲了。

什么？

明天，我要去相亲了。

他心里有个特别轻薄的东西，啵的一声破掉了。恭喜你呀，苏途说，是什么人？你爸妈介绍的？

不是，她说。也许她并没有喝醉，只是想借着酒把这些话说出来。是一个网上认识的人，他在赤峰郊区，也是做绿色农业的。

哦。

他没什么可说的了，而她说完了想说的话，醉意才真正袭来，靠着他睡着了。他把她扶上车，系上安全带，往前开去。

压车麦穗黄云重

连绵的阴雨过后，是一段长长的晴朗天气，温度持续走高，水淀子里的水面持续下降。水终于降到薄薄的一层时，苏途身上拴着一根绳子，绳子那头绑住岸上的车轮，下水去找那个粉色的箱子。在一堆树枝杂草和淤泥之中，他找到了已经泡烂的箱子，箱子里几乎没剩下任何东西。他又在附近的淤泥杂物中翻找，找到了一张照片，尽管被浸泡很久，画面模糊，他还是能认出上面的人就是田晓。她站在颐和园的十七孔桥上，张着手，应该是在笑。

但苏途没有跟田晓提这件事，晾干后皱巴巴的照片一直存在他钱包的夹层里。

代收代寄快递，苏途其实没赚多少钱。前几日，他去镇上拉快递，看见快递站点正在装修，一打听，说是要扩大门面。汽车站附近，他还看到最大的那家快递公司顺丰的站点也开张了，他们打出的广告是：上门收货，送货上门。他们还给他发了个传单，单子上显示，顺丰不但能快递衣物，还能做牛羊肉的冷鲜速递，也就是说，你在这里买了新鲜的牛羊肉，他们能在几天之内送到全国各处了。

他早一个月前就隐约感觉到自己这事干不长了。首先是，他再去一些乡下人家收件代寄，人家说不用了，有快递员过来拿走了，代收的当然也一样。除了两个特别偏的、人口少的村子，他几乎没什么业务。只有田晓还是一如既往地把要寄的东西让他帮忙寄。

前天，田晓发微信说，苏途，眼瞅着麦子第一次灌浆了。

苏途说，我想去看看。

田晓说，那你明天来。

第二天，他的皮卡冒了一股浓浓的黑烟，停在田晓家的院子里。园子中各色蔬菜正长得疯，果实累累，他经常从这里拿走一兜黄瓜、一兜茄子什么的。两人对那次喝酒之后的谈话只字不提，但苏途从蛛丝马迹中感觉到了，田晓的相亲很顺利。她经常抱着手机回微信，或者跟人视频。更主要的是，她显现出了从未有过的活泼和积极。

田晓在浴室里洗头。端午节的时候，她找人用板子隔了一个小浴室。苏途坐在她的卧室里等她，看见她桌子上放着一本书，书上画了不少横线，空白处还有娟秀的笔记，知道是她平时认真读的。他翻看了几页，字倒是都认识，但一句话也没看懂。

田晓拧着头发上的水出来，看见他翻那本书，说：你也喜欢看吗？苏途悻悻地把书合上，说，没，我看不明白。田晓说，那你喜欢看什么书？苏途晃了晃手机，说，我就喜欢看网络小说，《盗墓笔记》《诛仙》什么的。田晓拧了拧鼻子，说，太没品位了，你应该看点有营养的书。苏途说，我就是营养过剩，消磨时间。田晓放下毛巾，开始往脸上敷面膜，面膜有点紧，她张不开嘴，就小声说，你看的书和我看的书，就是那些农药化肥种出来的粮食跟我的天然有机农作物的区别，不对，你那都不能叫粮食。苏途闻到她身上好闻的洗发水、沐浴液的味道。他有点疑惑，这一年他在这边接触过的人身上，很少闻到这么清香的味道，尽管他们也用洗发水、沐浴液。他能记起的上一个这么香的人，还是在广州打工时，理发店里的洗头小妹。他觉得那是一种城里人的味道，乡下人就算用同样的洗发水、沐浴液，出来的味道也是不同。

麦子黄了吗？他赶紧收了收心思。

一天深一层，这几天太阳毒得很。田晓揭开面膜。

两人相跟着走出院子，田晓又突然转身跑回去，把自己直播用的自拍杆和架子拿上。

他们步行到麦田。一路上，村子安静极了，鸡闲散着步子，寻找散落的粮食，狗懒趴趴地躲在阴凉处，猪躺在粪坑的灰堆里。田晓的高跟鞋走在水泥路上，发出轻轻的笃笃声，好像在敲击苏途的心。出了村口就是木伦河，河边的水草长到了一米高，车前子也已经开始泛黄了，再过一个月，孩子们就会把已经干燥的车前子撸下来，送到供销社收药材的人那里换钱，然后买几根奶油冰糕吃。

两个人沿着河岸慢慢走，田晓随手扯了一根水稗子草，叼在嘴上。苏途想起春天时河岸慢慢泛绿的样子，才过了几个月，大地就完全不同了，人们似乎也是。田野里，玉米正在抽穗，嫩嫩的苞谷已经成形，更嫩的玉米须长到一寸多长，少年老成。谷子还绿着，黄豆也绿着，它们离成熟都还早。然后眼前就是一片麦黄色，田晓的几亩地到了。

田晓把手机架在自拍杆上，开了上网。她每次来都会直播，网友们每次看见麦田的变化也都会惊叹，这些麦子，仿佛就是在他们家里渐渐黄起来的。

麦子垂着头，秸秆已经褪去了绿意，几乎全黄了，但仍能感觉到纤维里还含着水分。麦穗要更干爽些，麦芒尖利，麦粒圆鼓鼓的。田晓一边跟网友聊着天，一边掐了一穗麦子，递给苏途，示意他尝尝。苏途从麦穗里剥出一粒麦子，颜色是褐色，但还很饱满，带着一种温润感。他放进嘴里嚼了嚼，立刻满嘴都是麦香味。田晓突然把镜头对准了他，问：这位朋友，请跟大家说一下，新鲜的麦子什么味道？

苏途满脸通红，想躲避，可又怕匆忙间踩到麦子，只是愣在那里。

说呀。田晓的镜头又近了些。

特别香，是一种我从来没……没尝过的香味。苏途磕磕巴巴地说。

田晓大笑起来，转过镜头，跟网友说：只有亲自尝了才知道。我想过了，今年购买了我的面粉的顾客，我都会赠送一小包原粒麦子，大家收到了一定别忘了尝尝哦。

　　他们一起吃了晚饭。田晓烙了几张饼，凉拌了一个黄瓜，还用排骨炖了豆角。苏途吃得很饱，他几次想跟田晓说自己可能要走了，几次都没开得了口。饭后，苏途说了句谢谢，就离开了。离开时，趁田晓不注意，把那张照片偷偷夹在了她床头那本书里。

　　之前，苏途对自己的离开心存犹豫，但下午在麦田时，特别是尝到那粒麦子之后，他下定了决心。他终于清醒地认识到，自己和田晓之间的那层隔膜在哪儿了，那就是他们本是完全不同的人。对她来说，这儿是家，是回归，而他来到此地，则是一场逃亡。现如今，他已经没有了逃亡的理由，也没有了留下的借口。更何况，他还在她家看见了一大摞顺丰快递单子，她的面粉，只能走这家快递才能送到那些期盼了很久的买主手里。

　　麦子一天比一天成熟，田晓到了最忙的时候，她得统计之前要买面粉的人的信息，要找邻村的康拜因给麦子脱粒，要找靠谱的加工厂磨面粉，更要紧盯着天气。如果这时候来了阴雨天或一场大风，麦子就会"扑秧"，整片地倒伏在地上，不好收割不说，麦子的质量也会受损。所以，她根本无暇顾及苏途，更不会注意到他正准备离开这儿。

　　苏途是在一个月夜离开的。

　　他卖掉了皮卡，还了韩大哥的钱，买了一辆摩托，兜里是剩下的全部积蓄，一万多块钱。他准备一路骑行回到家乡去，从北方到南方，沿途走走看看。第一站，他想先到北京去，至少去天安门和北京外国语学院转转，至于是否去找乔薇，他还没想好。北京之后再去哪儿、干什么，他来不及思考，这漫漫几千里路，有足够的时间给他去想这件事。他这几十年的生活都差不多是这样，来不及细想或者想不明白便不去想。他凭着心里的冲动，去打工，去逃亡。如果没什么大的意外，他之后的生活应该也是这样。

他不具备改变自己性格的能力，那些看不懂的书，永远都不会看懂，他不强求自己去看。

矿山放晚炮时，他骑着摩托出发，路过木伦河时，月亮升到了天上。

田晓家的院子外，远远地，他看见屋子里坐满了人。他知道，田晓的麦子第二天开镰，那些都是她找来帮忙割麦子的人。她也告诉了他，没说帮忙，说是让他看看热闹。他答应了，说第二天一早来。

他看见她的身影，蛾子一样在玻璃窗里飘来飘去。他还看见一个穿着迷彩装的男子，像一盏灯，在吸引着那些趋光的蛾子们。

苏途的摩托，把他带到了那片麦田那儿。他停好车，用他早早准备好的、那把还没有开刃的镰刀，割了一把麦穗，装在兜里。

苏途的摩托沿着水泥路右侧窄窄的一条行驶，月亮上到了中天，大地如此安静。麦田在微风中波浪一样起伏，一波赶着一波，也像是在远行。苏途没有找田晓要回身份证，他想留给她，留给这个地方。迎着摩托带起的风他泪流满面，他永远地告别了北方。

他来的时候，草青青；他走的时候，麦黄黄。

·作者简介·

刘汀，男，1981生于内蒙古赤峰市，现供职于某杂志社。出版有长篇小说《布克村信札》，散文集《浮生》《老家》，小说集《中国奇谭》，诗集《我为这人间操碎了心》等。曾获新小说家大赛新锐奖、第三十九届香港文学奖小说组亚军、第二届华语青年作家奖非虚构提名奖、《诗刊》2017年度陈子昂诗歌奖青年诗人奖等。

双河

□ 班宇

1

半夜十一点,李闯给我打来电话,那边声音很吵,成分复杂,有说话声、碰杯的声音,还有隐约的歌声,彼此相距遥远,混成一片空荡的背景。他大概尚未意识到电话已经接通,还在与别人交谈,语气惊叹,但具体在讲什么却听不清,其间又夹着许多刻意的笑声。我接起来后,也没有说话,待到那边声音稍微降低一些,我听见李闯在喊,喂,喂,操,喂。我说,在呢。李闯说,没睡觉吧。我说,没。李闯说,我一合计你就没睡。我说,啥事儿。李闯问,你妈最近身体咋样。我说,在我妹家,其他方面还可以,就是腿脚不太方便,上下楼费劲。这时,那边的声音又小了一些,不再那么嘈杂,他好像从包间里走出来,但信号又变得很差,时断时续,我费了很大力气才听清楚，他是在问我周五有什么安排。我想了想说，继续改改小说，暂无其他事宜。李闯说，还写呢啊。我不知道该怎么回答。然后他马上又接一句，早上跟我去爬山，聚一聚，在山上住一宿。我本能地想要拒绝，说出一句不了吧，但接下来，由于还没想好借口，便卡在这里。李闯说，不啥啊不。我说，啊。李闯说，出去转一转，还有周亮，三人行。我说，周亮也去啊。李闯说，去啊，你也得去，那边我有客户安排。我说，啊。李闯说，到时我开车去接你。我说，我再想想。李闯说，不用想，定准了，我回去继续喝酒。我说，行吧，我需要带啥不。李闯说，啥也不用，你把自己带好就行。

放下电话后，我又继续写了一会儿小说。然后躺在椅子上回忆，我从北京回来之后，基本没上过班，与外界几无交集，所以这些年来，也很少有机会郊游。我之前在北京一家出版公司任职，干编辑，做过几本养生书，市场反响颇佳，但回沈阳就不太行，完全没有这个行业，也去保健品公司写过几天文案，给电台节目宣传用，属于低级行骗，夸大疗效，良心不安，另外报酬也可怜，索性就守在家里写小说，偶尔也接些媒体评论稿件，自己对付着过，好在母亲身体尚可，家里没太大负担。我能想起来的上一次郊游，还是在北京时，跟同事去的怀柔，好山好水，吊桥摇晃，虫鸣如波涛，在天地之间回荡，令人出神，夜间每家饭店都在烤鳟鱼，当地特色，将鱼剖成两半，再铺展开，吃的时候，我总能想起一部美国小说里的描述，说它们接近于一种珍贵而又聪明的金属。

想着想着，就又睡着了，睁开眼睛时，已是半夜两点，外面风声很大，我起身洗漱，准备回床上睡觉，随手翻看手机，发现十二点多的时候，赵昭给我发过信息，让我去看望女儿。我想了想，没有回，事实上，我始终不太愿意面对这个事情，负担较重，我跟女儿已经数年未见，必然有些生疏，再加上生活费最近也没有给过，赵昭虽然不提，但总归有些过意不去，多年以来，我认为自己没有尽到做父亲的责任。

我与前妻赵昭于2011年和平分手，当时女儿言言只有五岁，离婚之后，她带着女儿去上海生活，投奔其兄，寄人篱下，刚开始时，过得十分不易，艰辛尝遍，我那阵也竭力相助，内心焦急，掏出全部积蓄，甚至想过卖掉房子，但被赵昭拦住，说再忍一忍，离都离了，总这样也不合适。后来她逐渐步入正轨，工作认真、勤奋（其性格所致），不久后便可独当一面。她在一家外资公司任职，待遇尚可，几年前我去看过她们一次，当时是跟一家影视公司谈剧本改编，结果也没有成，赵昭那时十分忙碌，终日加班，跟我电话沟通，只闻其声，不见其人，但却工作生活两不耽误，开始筹划在苏州买房，以解决言言的上学问题。

如今，言言已经小学毕业，再开学就要读初中，样貌变化也很大，偶尔思索，便不得不慨叹时光流逝之迅疾。离婚后，我有段时间过得胆战心惊，三十几岁的单身生活，再加上旁人危言耸听，夜晚被孤寂重新包围之类，我的确有些恐惧，但几个月后，便放松一些，甚至十分适应，这种不以激情与责任作为向导的生活，仿佛更符合我的观念，不仅不觉时间漫长，反而相当紧促，每日行程安排得十分满（并非刻意，但确实每天都有事情要处理），写作事业谈不上突飞猛进，但也常有新作问世。这时，我逐渐确认，事实上，我是一个非常自律的人，对于许多事情都有规划，也沉得住气，能去推进，日拱一卒，不期速成。最开始发现这点时，我简直不敢相信，但许多年过去后，我真的就这样坚持下来，这让我有时不得不回忆起跟赵昭在一起生活的那段时间，到底是怎么回事呢，一切仿佛都搅在一起，生活混杂无序，几近无解，不可调和，问题出在哪里，是我的还是她的，但又都不像，因为在平日里，我们是朋友们公认的好人，遇事冷静，处理得当，谦卑而理智，所以就更令人费解。至于离婚后赵昭的个人生活，我很少询问，她也从不主动跟我讲，不过通过我们共同的朋友，也就是周亮，我得知她换过几任男友，目前这位相处稳定，是她从前公司的重要客户，上海本地人，比她大近十岁，风度翩翩，条件中上，有过婚史，子女在海外，两人相处已有一年多的时间。我衷心愿她幸福，生活美满，甚至默默许诺，在她得到幸福之前，我是不会先迈出那一步的。

2

没睡几个小时，我便醒来，随着年龄增长，睡眠越来越差，起床之后，我简单吃一口早饭，然后去楼下的市场买菜，这些年来，我逐渐养成自己做饭的习惯，今天准备多买一些，给我妹送去，我母亲退休之后，一直由她照顾，任劳任怨，我心存感激，帮不上太多忙，只能偶尔尽绵薄之力。在摊位前挑排骨的时候，有人碰我的胳膊，我转头一看，刘菲朝着我笑，我有点不好意思，说，也来买菜？刘菲说，嗯。我说，肋扇不错，颜色好，新鲜。刘菲说，现在挺会挑啊你。我说，没办法，与时俱进。刘菲说，你妈身体咋样。一时间我又有点恍惚，不知为何最近好像所有人都在关心我母亲的身体情况，只好又回答一遍，在我妹家，其他方面还可以，就是腿脚不太方便，上下楼费劲。刘菲说，那还行，把你解放出来了。我说，谈不上，一会儿准备过去看看。刘菲说，帮我向老太太问好。我说，行。买好排骨后，我跟着她一起出门，点了支烟，也给她递去一支，她问我，赵昭最近回来没有。我说，很久都没回来了，据说在上海过得不错。刘菲说，混上海滩，浪奔浪流，滔滔江水永不休，有出息。我说，比我肯定是强。刘菲说，这有啥可比的，你还没上班呢。我说，没有，十周年整，没上过班。刘菲笑着看我，说道，也是个劲儿啊。我说，实在没法出去，啥也不会。刘菲说，都说人不能待着，容易待废，但我看你还行啊。我说，是，我能待住，不然呢，没法出去又待不住，那就只有死路一条了。刘菲说，吓唬我呢。我说，没，你儿子回来了啊。刘菲说，没，还在他爸那里。我说，那你买这么多菜。刘菲说，今天请客，在商场上班的朋友都来聚会，我们轮着招待，你也过来呗。我说，不了，不了，你们好好喝。

与刘菲告别之后，我直奔我妹家。敲了几下门，我妈帮我开的，家里只有她一人在，我问妹妹去哪里了。我母亲说，也不知道，很早就出门了。我挽起袖子，将排骨剁好小块，菜也洗净分类，归放在冰箱里，眼看要到中午，我妹还没回来，我妈提议煮面条吃，我便又切菜炝锅，排油烟机不太好使，声音很大，嗡嗡直响，但又吸不走烟，屋内都是炸葱花的味道，很久不散。

吃饭时，我跟我妈说，刚才见到刘菲了，跟你问好呢。我妈说，她怎么样啊。我说，气色不错，还在商场里卖货。我妈说，见出息啊，咋没跳舞去呢。我说，妈，多大岁数了都，早就不跳了吧。我妈说，就看不上她，跟她爸一样，没正形儿。我说，他爸都没多少年了，你还老提啥。我妈说，1990年，他爸第一批，申请停薪留职，说要去开发海南岛，消失两年半，媳妇孩子扔家里，结果呢。我说，结果又咋的了。我妈说，去佳木斯跟人搞破鞋。我说，你别乱讲。我妈说，证据确凿，后来有段时间，还偷摸把刘菲带过去了，她妈急了，喊来俩哥哥，大王二王，配件六厂的，听说前因后果，提着刀连夜去佳木斯，吓得他尿一炕，扔下女儿跳窗户跑掉。听说后来追到三江口，江风浩荡，他纵身一跃，岸上的人都傻了，大王二王无可奈何，掉头返回，但不大一会儿，他又在远处冒出头来，游至对岸。老王八犊子，命还挺大，人品归人品，能力归能力，她爸水性是好，这没得说，家以前住大伙房水库附近。我说，你咋不说他是龙王三太子呢。我妈说，别他妈放屁。我说，都是传言，也没人亲见，提它有啥意思。我妈说，刘菲的命也不好，从小折腾到大，婚姻事业，都让人发愁。我说，你愁啥，跟你有啥关系。我妈说，说到点子上了，我就怕跟我有关系呢，听老院儿的邻居说，她离了之后，你俩还有过一段儿啊。我说，你可别听人胡扯，听啥就是啥，这毛病能不能改一改。我妈说，有则改之，无则加勉。我说，退休多少年了，在家别当干部，行不，再教育我，以后不过来了。我妈顿了一顿，又问，言言最近有消息吗？我低着头说，没有。我妈叹了口气。

饭后，我洗毕碗筷，我妈回屋午睡，我提着自己的菜，下楼往家里走。路上想着我妈说的话，我跟刘菲确实有过比较暧昧的时期，但也是很久之前，刚离婚不久时，有一段接触比较频繁，主要原因是住得比较近，都在变压器厂家属院里，年龄相仿，从小父母就认识，抬头不见低头见。那阵子有人要跟她合伙在学校门口开书店，向我咨询建议，我劝她说，一没经验二没渠道，很难做成，而且这行利薄，押款厉害，见不到钱。刘菲转而投资服装，从那之后，我们偶尔一起吃饭喝酒，她的酒量不错，比我要好，几次酒后我也有过一些冲动，但始终没有更进一步的接触，对于处理这种关系，我并不擅长，甚至还会觉得疲惫，无力应对那些情感纠缠。每每克制住欲望后，我都会暗自庆幸一番，好不容易维持住目前的状态，如非不得已，我是不太愿意打破的。刘菲有一阵子比较上心，还来家里给我做过饭，饭后谈心事，但看我态度冷淡，无意回应，便也作罢。

之后没过多久，我便看见刘菲跟另一位壮年男子出双入对。皮肤黑，比我高大，行动矫健，总骑着摩托车驮她，车身很旧，常年被泥水覆盖，噪声也大，突突突突，像机关枪。他们经常半夜回来，噪声响彻楼宇，邻居们有些非议。我对此倒没什么看法，刘菲有跟任何人交往的自由，我无权干涉，况且我们从未正式在一起，所以也谈不上失去。只是那辆摩托车，我在家里都能听出来，刚打着火时，排气管声音异常，随后发动机温度升高，声音也有不规律的变调，我很想提醒他们，一定要记得去检查气门间隙，这种情况一般是间隙过大，若时间一长，导致气门松动，造成缸顶变形，那就不太好处理了。我爸刚下岗那几年，在家开过摩托车维修店，这方面我还是有一些常识的。但还没来得及说，那位男子便又消失不见了，只剩刘菲独自一人，来来回回，行色匆匆。我知道她在东湖市场有个摊位，售卖童装，生意不错，有一次她还问我女儿多高，想送件衣服，我想了半天，横起手掌，在半空中切割出一个位置，对她说，也许这么高。她撇撇嘴，转身走掉，只剩我一人坐下来，目光平视，望着那个虚拟的高度，感觉过往时间忽至眼前，正在凝成一道未知的深渊。

3

回到家后，我烧水沏茶，躺在椅子上看书，没翻几页，便昏昏沉沉地睡过去。下午三点半，电话铃声将我吵醒，我闭着眼睛接起来，对面是赵昭的声音，干脆，坚定，不带任何情绪，她跟我说，给你发信息，你没回。我说，啊，没看见。赵昭说，明天十一点，去接言言。我说，啥。赵昭说，别装没听见，我要出国，我哥也没在上海，言言正好假期，回沈阳跟你待几天。我一下子精神了，翻身站到地上，说，咋不提前说呢。赵昭说，提前说了，你没回，你有事是咋的，协调一下。我想了想说，倒也没。赵昭说，那你陪好言言，一个多礼拜，到时给我送回来，原封不动。我说，好，好。挂掉电话，我愣在原地数分钟，内心紧张，想准备一下，却不知从何做起。

多年以来，我一直住在父母当年分的宿舍里，套间，五十多平方，一大一小两间屋子，我平时住在小屋里，大屋用来当书房，比较乱，报刊书籍越堆越多，全部整理一遍，肯定是来不及的。我在心中默默规划，先将小屋的床单、被罩和窗帘等放到洗衣机里，清洗一番，从柜底找到一套全新的，还是卡通图案，拆开铺好，准备给言言住。又在大屋里辟出一块地方，摆开折叠沙发，放好台灯，从今晚起，我便睡在这里。另外，衣物碗碟等也需整理，我本以为自己过得井井有条，收拾时才发现，到处都是一层灰，死角无数，我累得满头大汗。全部做好后，已经是晚上九点多，饭还没来得及吃，我便打算下楼喝瓶啤酒，另外顺路再去买些零食和生活用品。

刚在饭店坐稳，便听见隔壁包间动静很大，相互劝酒，还有争吵声，我本无意关注，只想赶紧吃完回去休息，但啤酒刚喝一半，忽然看见刘菲从包间里跑出来，一闪而过，进入洗手间，回来时脚步放慢，眯着眼睛向我这边看。我跟她打声招呼，她发现后，一屁股坐到我对面，又起开一瓶啤酒，然后跟我说，几个菜啊，自己喝。我说，随便吃一口，懒得做饭，你们又续一顿。刘菲说，是，家里没酒了，非得出来接着喝。我说，挺有量，第几瓶了。刘菲低着头，没有说话，眼神发直。我说，别喝太多，不好，物极必反。刘菲还是没说话。我接着说，你去劝劝他们，差不多就行了，都早点回去休息。刘菲凝望着我，眼神迷离，开口说道，在家喝了二两白的、四瓶啤的，出来之后，又买一瓶红的，分了半杯，刚才是第三瓶啤酒，现在还没喝完。我说，厉害，海量。刘菲笑着摆摆手，然后忽然抬眼，对我说道，你吃完没，走，不管他们，爱喝喝去吧，你送我先回家。

我将刘菲送到楼下，一路上，她的话很多，但毫无头绪，我听不懂，提到的人也都不认识，没想到，服装市场的人际关系还挺复杂。在楼门口，我咳嗽一声，感应灯亮起来，我看她迈步不成问题，便告别说，明天女儿要回来，得去再买点东西。刘菲很惊讶，说道，白天没听你说啊。我说，我也是下午得到的消息，措手不及。刘菲推了我一把，说，高兴坏了吧。我说，那谈不上，倒是挺紧张，很多年没当过爸了，怕当不好。刘菲又拍拍我说，那有啥当不好的，你看看我儿子他爸，或者我爸，那是咋当咋有理，我看你怎么也比他们强啊。

4

我提前很长时间来到机场，出出进进，心绪不宁，在外面抽去小半盒烟，心里总在推测接下来几天可能出现的种种状况，以及应对方式。言言拖着箱子出现在面前时，我手里的烟还没掐灭，风一吹，弹出去的烟灰又落回到衣服上，有点狼狈。她比我想象之中要高一些，背双肩包，梳着短发，衣服上有浪花的图案，下身则是一条棕色背带裤，脸上挂着一点生硬的笑容，但很快便又收回去。她没说话，静静地等我掸掉灰尘，然后问我，啥时候走。我说，再等一下，于是连忙又去窗口，买回两张机场大巴的车票。车很快就要开动，我替她提着背包，又将她的拉杆箱放到底下，跟她上车并排而坐，这一路上，她一直没说话，我更紧张，手心出汗，不知说啥好。大巴车从高速下来后，我的情绪稍微缓和，问她，早上几点出发，那边天气如何，家到机场多久，乘坐何种交通工具前往，是否吃过早饭，旅程共计几个小时，午饭想吃什么。她一一作答，但绝不多说一句。到后来，我又不知该说点什么，便问她，背包是在哪里买的，质量很结实。她转过头来看着我，不解地问，你真的关心这个么。

按照计划，我们先回家放一下东西，晚上去我妹家吃饭。言言到家之后，皱着眉头巡视一圈，指着小屋内的床，跟我说，我是睡这里吗？我不太明白她是什么意思，但还是点了点头。言言说，我今年多大，你还记得吧。我略有迟疑地说，记得。言言说，这床单上有只熊，你知道吧。我说，知道。言言说，那没事了。我退出房间，又倚在门口，说，实在不喜欢，我再给你买一套，或者也可以陪你住宾馆。言言说，我只想确认一下，你知道这件事，仅此而已，没有进一步要求，明白了吗？

我们之间遭遇的第一个问题是称呼，这点我事先有所考虑。让言言管我叫爸，估计很难说出口，我也听不惯，但也不能老以语气词称呼，显得没有礼貌。去我妈家的路上，我们主动提出并试图化解掉这个问题，我说，想来想去，觉得你可以管我叫老班。她听我陈述半天缘由，只回应了一个字，哦。

我妈见到言言非常高兴，她一直很想念孙女，但为了照顾我的情绪，平时也很少提。言言一改冷漠态度，与奶奶十分亲近，抱着脖子说话，家长里短，聊了半天，毫无生疏之感。我妈前几年旅游，行至上海时，她们曾见过一次，双方又谈起上次见面时的情景，以及之后的各种变化。我妹在厨房里做饭，我去打下手，煎炒烹炸，忙活半天。晚餐极为丰盛，满桌硬菜，但言言并未吃几口，只是不停地喝饮料，席间，她绘声绘色讲述在学校的一些经历，逗得大家都很开心。饭后，我们聚在一起看电视吃水果，大概八点左右，我觉得时间差不多了，便带着言言离开，刚一出门，她的脸色立马沉下来，变得很快，与我无话可讲。天气不错，我提议走路回家，言言嘴上没有反驳，但却在行动上体现出来，拒过马路，自己站在路旁打车，我走到路中央，只好又退回来，站在她身边，等待出租车的到来。我们默默站在路边，向前伸出手去，等了几分钟，远远有空车灯在闪，我松了口气，想起以前读过的一首诗的名字：出租车总在绝望时开来。这一次我的体会很深刻。

到家之后，言言没有直接回卧室，而是在书房转了几圈，上下浏览，然后指着沙发问我说,你睡这里啊。我说,对。言言撇撇嘴,没说话,又从书架上抽出两本书,向我举手示意,要带回房间去看,我没看清是什么书,但仍点点头,然后问她,这几天有什么想去的地方吗?言言说,没有。我说,那有什么想吃的吗?言言说,也没有。我还想继续问,言言却说,你就当我不存在,可以吗?不用这么麻烦,我待几天就走。

5

李闯第一遍给我打电话时,我没有接到,正在厨房里忙着给裹好淀粉的茄子过油,满头冒汗,很担心失手。菜端上桌后,言言尝了两口,好像还挺满意,我也放松下来,开了一罐啤酒,边喝边看电视,午间在放一部译制片,机器人当管家,会聊天,还会做家务,长得跟垃圾桶有点像。演到一半时,言言忽然跟我说,刚才好像有个你的电话。我打开手机一看,是李闯打来的,立即给他拨回去,李闯大概在办公室里,说话声音很小,跟我说,明天礼拜五了啊。我一头雾水,回复他说,对啊,今天礼拜四,明天礼拜五。李闯说,没忘吧,早上去接你。我这才想起来他说的事情,连忙说,我不去了,言言回来了。李闯说,谁。我说,我女儿回来了。李闯说,孩子又归你了啊。我说,没有,假期来玩几天。李闯说,那行,正好,明天一起去,欣赏风景。我说,那等我问问她的想法。李闯说,定了,明天早上,七点半到你家楼下,收拾好等我。

挂掉电话后,我问言言,明天一起去爬山,有兴趣吗?言言说,什么山?我说,不知道叫什么山。言言说,不太想去。我说,去吧,好不容易回来一次,不能成天在家待着。我本来没抱很大希望,觉得很难劝动,回来的这两天里,她始终不太愿意跟我沟通,每天不是玩手机,就是躲在屋里看书，除了跟我去过一次超市外，没再出过门。出乎意料的是，她想了想后，竟然答应了，说去也行，省得她妈回去问每天都做啥时，答不上来。我听后很高兴，放下筷子，立刻规划起来，定闹表，准备出行物品，问她都需要什么，下午我好去买。言言则毫无回应，目不转睛地看电影。我一边收拾东西，一边陪她看，别的印象没有，故事情节好像挺俗，机器人渴望拥有情感，进而成为人类的一员，这点我就十分不解，它到底有什么想不开的呢。

  言言起得比我还要早，行李收拾得也很快，动作麻利，我们提前下楼，等了十几分钟，李闯才驾车赶到，车里放着二十年前流行的老歌，他跟着哼唱，爱你越久我越被动，有点跑调，却很投入。周亮坐在副驾驶的位置，我和言言坐在后排，打过招呼后，周亮问我们是否吃过早饭，然后递来点心与牛奶，言言没接，我也不想吃，便放在座椅后面，伴着歌声，我们一行四人向着山峰进发。言言昨晚大概没睡好，在车上补觉，周亮则不住地回头看，边看边低声对我说，她跟赵昭，还是有几分相似啊，眉眼之间。我说，跟我不像么？周亮又回头看一眼，然后摇摇头，说，不太像，比你强。

  我们在服务区休整两次，到达山脚下时，已近中午，我们简单吃些快餐，便准备开始登山。虽然这里尚未开发完备，游客却也不少，李闯和周亮走在前面，背着大包，看着相当专业，精神抖擞，步伐有力，我和言言跟在后面，阳光刺眼，新铺的石阶似乎还留有粉末的印迹。在两侧的树荫之下，到处都是合影的人们，林中还有空白的石碑，倒伏在地上，像是要为此景题词。

  大概一个多小时后，我们停下来歇息，李闯开始打电话联系朋友，他之前提过，有位客户在山间造了一间庭院，吃喝玩乐，一应俱全，目前是试营业阶段，今天晚上我们将会住在那里。我和言言靠在栏杆上，向山下望，葱绿之间，有一道灰白的印迹，仿佛被雷电劈开的伤痕，那是我们行过的路径，如一段阶梯，开拓盘旋，不断向上，也像一道溪流，倾泻奔腾，不断向下。言言在我身边，我却想起彼时的赵昭，那时我们刚结婚不久，有一次同去海边，风吹万物，浪花北游，其余记忆却是混沌一片，旋绕于墨色的天空，但在这里，一切却十分清晰，山势平缓，如同空白之页，云是凝聚，人像大地或者植被，随风而去，向四方笔直伸展，淹没在所有事物的起点里。

言言拿出相机拍照片，我在她的背后，看着风景一点一点缩进屏幕里，变得不再真切。周亮走过来，搂住我的肩膀，跟言言说，来，给我俩合个影。我有点不自然，想推脱开，周亮却已经摆好姿势，笑容自信，言言转过身来，调整位置，按下快门，然后盯着屏幕，点了点头，像是在宣告这场游戏的终结。李闯挂掉电话，迎着山风，对我们喊，还以为还有多远呢，再往上爬，最多二十分钟，到达目的地。

李闯朋友的庭院相当别致，木质结构，仿古造型，整体格局较为接近古装影视剧里的后院，荷叶占据池塘，环境清幽，只是油漆味道有些重。我们被安排到各不相邻的三间屋内，我与言言住在南面的一间，我们进入室内，发现里面的装饰又很现代，各类电器一应俱全，十分便捷。言言忙着充电，整理照片，我放下东西后，走回院中，连抽两支烟，天空飘起小雨来，风很凉，我有点后悔没有提醒言言多带一件衣服来。

休息过后，已近黄昏，李闯朋友喊我们去吃饭，餐厅已经摆上一桌好菜，我们推门进入时，发现桌边除了李闯的朋友之外，还有三位陌生的女性，呈三角形分列，跟我们挥手打招呼，态度热情。我觉得这种场景很不合适，便拽了一下李闯的胳膊，李闯反应机敏，马上跑到朋友那边，一番耳语过后，两位女性借故离开，只剩一位。李闯的朋友介绍说，这位是苗苗，目前这边的负责人，今天来陪大家喝一杯，欢迎诸位来访，请多提宝贵意见。

李闯对周亮与我进行一番介绍，苗苗忽然对我的职业很感兴趣，我解释说自己没写过什么像样的作品，但她好像根本没听我的话，只是自顾自地说着，她自己也写过一些，诗歌和散文之类，登过校报，有一定反响。我不知道该说什么好，只好敷衍地说，不错，加油，继续努力。我能感受到言言在一边盯着我，但我不敢扭头去看她的表情。

那天的酒喝得很快，一杯又一杯，李闯朋友与苗苗都很会劝，场面话很足，我不太适应，总想借机溜走，却三番五次被拦下来，苗苗仍然就着文学话题不依不饶，不断地向我阐述她看过的某本书，以及对作者的一些主观感受。遗憾的是，她读过的那些书，我都没看过，也不了解，跟我完全不属于一个写作领域，但几杯酒下肚后，评判却是十分轻易的，我越坐越沉稳，精神亢奋，声音激动，开始逐一拆解那些改头换面的文字把戏，并无数次重申自己的文学观点，灯光半明半暗，我甚至觉得自己飞起来一点点，滞在半空，俯视着晚餐以及桌旁的人们。李闯不住地向他的朋友夸赞我，周亮也在一旁附和。苗苗的一句话，重新将我拉回地面，她说，班老师，谈了这么多，能给我们讲讲你的作品吗？

6

所有人都望向我，我定了定神，觉得诧异，不知大家从何时开始如此关注文学。我又喝下一杯酒说，那我就随便讲一讲，目前正在写的这个中篇小说，暂定名为《双河》。苗苗插嘴说，霜冷长河，是不是，余秋雨的一本书，我高中时看过。我说，不是，单双的双。苗苗说，那你直接说两条河不就完了。我不知道该怎么解释。周亮皱起眉头，在一旁说，你先听他讲完。

我说，故事大概分成三个章节，各自分部叙述。第一部分，主角是我自己，姓班，但要年轻一些，故事发生在九十年代末的冬天。开篇是我去接崔大勇出拘留所，崔大勇骑摩托车肇事被拘，此人无家无业，留的是我的联系方式，崔大勇比我大十几岁，是我父亲在工厂里的徒弟，我父亲走后，多年以来，对我家一直帮助很多，其条件并不富裕，也未成家，勉强维持生活，但为人热忱，坦率，实心实意，此前他去外地打工，消失过一段时间，被释后无处可去，我便说可暂住我家里。

次日，刘菲的姑姑忽然来找我，说侄女联系不上，报案只管登记，没有下文，央求我帮着去找一找。我与刘菲是多年同学，家住前后楼，平日关系较好，她对外宣称是在家具城卖货，其实主要靠跳舞为生，在亚洲宾馆的黑灯区，十元两曲。我与崔大勇去其工作场所等地寻找，皆无所获。我忽然想起上一次见到刘菲，是在菜市场里，她买完菜后，又要去旁边的教堂，还邀我一起，我并无兴趣，将其拒绝，刘菲看起来有些失望。圣诞节这天，我与崔大勇来到教堂里，此处正在举办会演，歌曲舞蹈，纷沓而至，我坐在后排，听得极为困倦，直到深夜里的最后一曲，有人弹起风琴，悠扬而伤感，我恍惚看见刘菲戴着毛线帽子，踮着脚尖，在人群里唱歌。演出结束之后，我和崔大勇出门去追刘菲，见她与弹风琴的中年人并行，打了个出租车离去，我跟崔大勇骑着摩托跟在后面，那天的雪很大，几乎看不清前路。

大概开了半个多小时，我发现他们的终点是火车站，两人下车后迅速进入，并消失在候车室里，我们没买票，进不去站台。我跟崔大勇说，我先去买两张最近的车次，混进去看看，问问刘菲到底什么情况。崔大勇同意。

我买票回来后，却没找到崔大勇。我只身进入站台，火车已经驶来，只有刘菲一人在此等候。我上前喊她，她转过头来，扫过一眼，便继续往车上走，火车开动，眼看着一节节车厢逐渐远去，消失在黑暗的前方。我有些失落，从车站走出来，发现崔大勇和摩托车都不在了，只好独自往家走。大雪掩埋掉我的足迹。

众人听得都很认真，屋内安静，我反而有些不适应。我缓了缓，继续讲道，这是第一章的大致内容，当然还会有一些细节，会交代一点背景之类，总体来说，故事线索大致就是这样。苗苗说，感觉其中有很多谜团。我说，对，往后会一点一点解开。苗苗问，刘菲去的是哪里呢？我说，佳木斯。苗苗说，佳木斯有什么故事呢。我说，那是第二章的内容。

我继续往下讲，这一部分，叙述人是刘菲，她不是沈阳人，老家是黑龙江鹤岗，读小学的时候，跟父亲搬来沈阳，投奔姑姑，她的母亲死于某次事故，刚来沈阳后的一段时间，她很不习惯，一切都不熟悉，也总被欺负，少有同学帮助，但我是其中之一，也就是第一章的主角，他们同读一所小学，初中之后，二人分道扬镳，但仍住在同一楼区，变压器厂宿舍。在刘菲姑姑的安排之下，他的父亲刘宁作为技术员，在变压器厂上班，勤劳规矩，为人热忱，口碑相当不错。小学毕业那年，出了一件事情，我的父亲在刘宁家中死去，这件事情对于我和刘菲的打击都很大，当时有一种传言，说是我的母亲与刘宁有情感纠葛，被父亲得知，上门讨问说法，结果被害，但当时警察的判定是自杀，刘宁从此消失。刘菲跟姑姑一起生活，初中毕业后，便进入社会工作，自力更生，不给姑姑增加负担，但又无其他技能，开始在家具城卖货，但性格又比较倔，不太顺利，后来去做舞女，两个月前，她在舞厅遇见消失数年的父亲刘宁，刘宁变化很大，他服刑数年，目前在教堂工作，想要弥补过失，请求刘菲随他离开此处，去往佳木斯，重新开始生活，刘菲犹豫很久，最终决意跟随父亲回归北方。圣诞会演结束后，二人来到车站，准备离开沈阳，期间刘宁说要去上厕所，但一去未归，火车驶来，刘菲独自离开，旅程空空荡荡。她在佳木斯过完整个冬天，不能说过得多好，但也不坏，唯一的遗憾是，佳木斯人不爱跳舞。

我越往后讲，越没有气力，故事往往就是这样，讲起来平淡，写出来反而会好一些，我看见李闯已经在打起哈欠，但又迅速地捂住嘴，起早开车，抵达后又爬山，疲劳程度可想而知。周亮的眉头仍未舒展，面容严峻，仿佛有所思。言言坐在我身边，无比安静，我叙述的某些时刻，甚至感觉不到她的存在。讲完这部分后，我说道，没什么意思，大概就是这么个情节，后面还没有想好。李闯说，挺好，佳木斯我去过两次，很快乐的城市。周亮提了一杯，说，我一听，感觉这故事的背后还有故事啊。我与其干杯，然后说，瞎设计的情节，还没动几笔。苗苗转向我，问道，班老师，讲了半天，你这篇小说也只有一条河啊，不够数，名字不好，前后不对应。我说，那你取个名字。她撩撩头发，然后对我说，可以叫，佳木斯，今夜请将我遗忘。

7

晚上九点，李闯洗了下脸，回来后精神重新振奋起来，话极多，我说时间不早了，先带言言回房休息，周亮也说今天比较疲惫，想早点睡。酒局行将结束，李闯朋友拉着我们去打牌，并让苗苗作陪，我与周亮先后拒绝，唯有李闯不好推托，跟着前往另一间房。我拎着两瓶水，跟言言往房间里走，从饭厅回到住处，需要经过一道长廊，下午到这里时，我并未多加留意，这里大多是人造景观，比较造作，没什么意趣，但夜间在此经过，

441

又是另一番感受，庭院两侧立着许多水缸，仿佛用以承接雨水，青苔掩映其间，沉潜而悠远。院内潮湿，步行经过，居然有身处水畔的感觉，风将雨的气息吹到半空里，四周幽深，空旷之处有回声荡漾，言言走在前面，我侧身在后，默默观察。这几天我一直在进行回忆与对比，看言言的哪些行为习惯跟我接近，哪些又比较像赵昭，但却一无所获，我几乎不能在她身上看见我们的痕迹，然后我又想将她与同龄者做比，却发现在我的近期生活经验里，与这个年龄层并未有过接触，不知其所思所想，更是无从对比。

言言说，像。我说，什么？言言说，好像左边有一条河，右边也有一条。我说，是吧。言言说，后来呢。我说，什么。言言说，你那个小说不是有三个章节吗。我说，第三部分还没想好。言言说，大概讲讲。我说，不讲了，到点儿了，回去睡觉。言言说，能睡着吗？我没有回答。言言说，你的小说都是这样吗，没有结局。我有点惊讶，如同反射一般，连忙说道，第一我不想跟你谈故事情节或者结尾，我知道的已经都写出来，没写明白的地方，那就是我也不清楚，第二我也不想跟你谈文学技法，那些术语都是写完再往上套的，生拉硬拽，没什么价值。言言站住，侧着脑袋跟我说，你紧张啥。我松了口气，也觉出自己反应过度，便不再说话。言言抬手指了一下长廊的台阶，跟我说，坐一会儿，好不容易。我虽然不明白她说的不容易确切指的是什么，但仍跟在她身边坐下来，吹着晚风，抬头凝望，我看见天空在向远处展开，仿佛有无尽的寂静呼之欲出，要将我们围拢。

言言说，讲个大概，第三部分。我想了想，问她，你说主角是谁呢。言言说，想不出来，也许是第一章里主角的父母，或者刘菲他爸，叫什么来着，刘宁。我说，你这么一说，我还要再想想，本来这部分的主角是崔大勇，他十八岁入厂，成为父亲的徒弟，车工，手也挺巧，不久便出徒，一九九七年，厂内提倡减员增效，领导说，你们师徒二人，只能留一个，另外一个必须下岗，自己看着办，父亲考虑到崔大勇的家庭条件，有生病卧床的母亲，便主动提出下岗，让厂里将崔大勇留下。

父亲下岗之后，在楼下开一间摩托车修理店，维持生计，也兼配钥匙，干点零活，没有电动机器，父亲便用锉刀一点一点磨，方法原始。崔大勇仍在变压器厂上班，感念恩情，时常来看望师傅。这几年里，父亲性格有所变化，与母亲的关系变得很差，并开始嗜酒，以罐头瓶子打来散白酒，下酒菜是螺丝钉，蘸着红梅酱油，一嚓一下午，醉酒成为常态，日日狼狈昏沉，睁不开眼，像在大雨之中。有一次，崔大勇前来看望，父亲从抽屉里拿出几张图纸，让崔大勇去车几个零件，崔大勇看了半天，展开几遍又再合上，吞吞吐吐。父亲见其犹豫，便直说，要做一把钢珠枪，用途不用你管，你不用怕，牵扯不到你，我没求过你什么事情，就这一件，最近务必做好，做不出来，以后也不用来了。崔大勇回家之后，辗转反侧，不能入眠，前思后想，下定决心，利用加班时间，在后半夜里车出数个零件，他将这些零件放在铝饭盒里，驮在自行车后座上带出工厂。几日之后，却传来师傅的死讯，他前来送丧，内心大恸。

崔大勇早先在教堂里，一眼便认出技术员刘宁，路上紧随其后，我去买票时，他缩紧身体，低头混入站台，不断向刘宁靠近。他们等待火车的到来，雪将光线遮蔽，黑夜降临，刘宁半眯着眼，觉出被东西毙住，半侧过身，扫去一眼，不见脸庞，只见一道道呼出的白气，急促而朦胧，又迅速消散。他低声说道，兄弟，不是地方。崔大勇说，跟我走，我有地方。刘宁上前几步，贴着刘菲的耳朵说，去个厕所，忽然想方便一下。刘菲转过身去，见他跟着崔大勇从站台往外走，雪花像帷幕一般，在刘菲的眼前缓缓下降。他们一直走到外面，摩托停在路边，崔大勇拉刘宁上车，在雪里行进半个小时，将他拉到浑河岸边。

几处浮冰在河上，落雪不化，有鸟夜行，一白一黑。二人站在河边，望向对岸。崔大勇说，认识我不。刘宁摇头。崔大勇说，再想想。刘宁说，想不起来，但能猜个大概，我在沈阳，总共就那么点事儿。崔大勇说，给你提个醒，我师傅是在你家死的。刘宁说，你是他徒弟。崔大勇说，对，枪你见过吧，我帮他做的，他要去崩你，本来我要去帮他，但那天慢了一步，这些年每次想起来，都挺后悔，枪当时做了两把，我的藏在修理部仓库，前天我又找出来，今天终于跟你见面，晚了十几年，这都是命，该认就得认。

刘宁说，照着脑袋来，要是瞄不准，我帮你指挥。崔大勇说，嘴挺硬。刘宁说，但话要说清楚，你师父当天喝醉，过来找我，说话前言不接后语，毫无逻辑，装的，想讹一笔钱，当时他病了，挺重，但家里谁也没有讲。崔大勇说，这我知道，我跟着去医院查的。刘宁说，我反复解释，你师傅后来说，本来也没想要我命，但是我运气好，他运气不好，我说，理解，要钱没有，但酒管够，我下楼买酒，上来跟他一起喝，俩人一斤半，一滴没剩。我说，哥，今天差不多了，回家睡觉，明天早上起来，你要是想不开，我还陪你。他扑通一跪，跟我讲，不愿意醒，就想死，不给任何人增加负担。然后扔过来一串钥匙，跟我说，今天你让我死，那是功德一件，我要是死不了，刘宁，你现在去我的修理部瞅一眼，进门左边角柜，最短的那把，开第二个抽屉，里面都是钥匙，各家各户的，你数数，一共多少把，我没说话。他继续说，谁来配钥匙，其实我都挫出来两把，手心暗藏一把，自己留着，几门几户，都标得清清楚楚，另外我还有别的东西，别忘了我是干啥的，刘宁，你是外来户，这个事情你来做，合适，我的这个病长在脑子里，恶化之后，怕控制不了自己。我跟他说，这忙我帮不了，算是犯罪，你也冷静一下，我出去换两瓶啤酒，咱们漱一漱口，你在这等我，

444

对了，哥，屋里有我自制的颈椎治疗仪，我脖子不好，以前落下的毛病，每天都得用一会儿，调节一下，但最近有时用，不太方便，时松时紧，你手巧，帮我看看，怎么改造为好。

　　崔大勇说，那你去修理部没有。刘宁说，我出门时，顺手把他扔过来的钥匙揣在兜里，连跑带颠，去了趟修理部，拉开抽屉，情况属实，钥匙一排一排串起来，规整有序，像部队，柄上绑着白胶带，几楼几号，是谁家，记得一清二楚。我推上抽屉，出了门。下午喝酒是真难受，风还大，我坐在道边，有点想吐，抽了几支烟缓缓，清醒一些，又拎着啤酒回家，打开门后，发现他吊死在里屋，治疗仪帮了点忙。我心里有准备，但还是怕，坐在地上，直冒冷汗，自己喝了半瓶酒，然后我翻了翻兜，发现了你做的东西，工艺挺糙，但粗中有细，拎着有点分量，不错，让人觉得可靠。我洗了把脸，清醒清醒，将它夹在一摞衣服里，收好行李揣上钱，连夜坐车回到鹤岗，办点我自己的事情，具体是什么，你不用多问，本来之前我也要回去，但有了这东西，仿佛帮我下了个决心，虽然后来没用上，但也挺好，不然今天还出不来。崔大勇说，故事编得挺好，我差点就要信了。刘宁说，信不信在于你，我不干涉，说多也没用，我就最后几句，后来我在凌源二监打的罪，刚开始受不了，处处委屈，也想过死，后来就不想了。有位同住的狱友，会背圣经，从早到晚，都能讲下来半本，头头是道，声若洪钟，开始我很反感，听不进去，后来有时听听，觉得也有几分道理。有一次，我问他，像我们这样的，神还能管吗，他说，一管到底，神自有选择，有些事情他让鸽子去做，有时他也差遣乌鸦去做，乌鸦贪婪，叼着食物不放，神就让它去叼回饼和肉，这说明神不仅使用洁净的人，也将使用我们这些不洁净的人。这话以前不懂，但总能梦见自己在河边，飞鸟行过，河水上涨，影子下沉，刚才你骑着摩托载我至此，我下来一看，心里就亮堂了，原来今天就是神使用我的日子。

8

我从卫生间出来后，发现言言仍未入睡，捧本旧书迎着台灯看，光线昏暗，读起来想必也很吃力，我缓缓将书从她的手里抽离，示意让她睡觉，她闭上眼睛，翻了个身背对着我，我将台灯关掉，躺在床上，酒精的作用正逐步衰减，头脑愈发清醒。山间无光，黑暗极为沉重，覆盖在我们的上方。

我的心绪颇为不宁。一方面是因为刚才叙述的这篇小说，其实我已经想了很久，但依照以往经验，我心中大致有数，既然故事讲述得如此清晰，那么往往也就不必再写了，几乎是不可能写好的，我从来都不是一位缜密规划再逐步实施类型的作者，将写作这种玄妙的智力活动当作项目施工进行分解，于我而言，多少会丧失一些趣味，所以整个故事到今晚为止，言言也许是唯一的读者，这没有什么了不起，我也能接受，并不觉遗憾，所有关于它的疑问可以告一段落。我也放松一些，不必为填补其中的一个缺陷，再去完善说辞、牵引线索、编造情节，而这些混搅在一起，盘根错节，相互浸没，又会构成新的缺陷，最终落入往复的黑洞之中。今夜的讲述使我避免了这样的遭遇。

另一方面，在这样一个普通的山中夜晚，我竟然非常想念刘菲，当然，并不是小说里的虚构角色，而是我的那位朋友，不可否认的是，二者的形象在某一时刻是重合的，交错之后，又逐渐分离，互为映像，在时间里游荡，在讲述的过程中，有时我竟也十分恍惚，将对于这位虚构角色的情感转移到我的那位朋友身上，这是十分隐秘的经验，难以启齿，也没办法解释，我极力想要将二者分开，但却无济于事。我睡着之后，这种情绪在梦中仍然缠绕着我，如同刚刚洗净的果实，不小心掉落在地上，无人再去拾起，唯有声声叹息，但尘土与水，却会将其抚养，它以光的速度重新生长，并再次来到我的面前。

第二天早上，外面的流水声将我唤醒，言言比我起来得要早，并且已经漱洗完毕，说要出去透口气，在院里等我。我躺在床上，抽了支烟，又将东西收拾好，出去与她会合。周亮正跟言言聊天，我打过招呼，然后问言言，睡得如何。言言说，不怎么好，打雷下雨，早上还有鸟儿叫。我说，我怎么没听见。周亮偷笑着说，你能听见啥啊，从来睡得都很死。我看看言言，言言朝着我点点头，证明情况属实，我更加困惑，不过地面上确实是湿的，缸里的水位仿佛也略有升高。

我与言言、周亮共同吃过早饭，李闯还未起床，他昨天应该睡得比较晚。我提议在山中随便走走，雨后空气清新，言言说没睡好，要继续回房休息，于是我跟周亮二人出门，从后面出去，走上一条小路，继续向上攀登。

不到半个小时，便走到尽头，虽然距山顶还有一段路程，但已无台阶，向上只有一条土路，曲折隐藏在树丛之间，愈发狭窄，一眼望不到深处，淡蓝色的雾气笼罩其间。周亮问我，还走吗。我说，去看一看，时间还早。周亮点点头，我们继续向前进发，但没走几步，便又被巨石拦住，我们推测，这些巨石应是后来搬运至此，要做成某个景观。周亮坐在石头上，对我说，时间太快了，很多年就这么过去了。我说，什么意思。周亮说，还记得吗？高中毕业之后，你、我和赵昭，也爬过一次山。我想了想，说，印象不深。周亮说，北镇附近的一座山，当时也没有完全开发好，但奇峰怪石无数，景色不错，山很难爬，相当陡峭，有的地方几乎是直上直下，必须相互携扶，手脚并用。我说，二十多年前的事情，完全记不得了，我们爬上去了吗？周亮停顿了一下，然后对我说，你只爬到一半，在瀑布对面等我们，看管行李，我和赵昭轻装上阵，最终爬到山顶。

这时，我的电话响了起来，是李闯打过来的，问过我们的情况后，他告诉我，自己已经醒来，并且马上要去吃早饭，让我们回去收拾一下，准备下山回家。挂掉电话后，我对周亮说，李闯起床了，喊我们回去呢。周亮站起身来，拍拍裤子，对我说，你真的什么都不记得了吗？

9

郊游归来后，我与言言的相处向前迈进一大步，彼此逐渐熟悉，交流愈发平顺。短暂的几天时间里，我们甚至结成一个小小的同盟，她偶尔会跟我抱怨赵昭对她的管理，从学习到生活，各个层面，无微不至，表面上开明，思想前卫，态度豁达，但也令她时有窒息之感。最开始只是简短几句，听不出情绪，仿佛是在对我进行试探，得知我也持相似态度，并曾深受其苦后，她虽然没有明确表示同情，但与我之间的隔阂却一点一点消失了。

每天饭后（基本是我做饭，她虽在南方长大，但好像更习惯于北方饮食），我们一起去附近散步。从院门出发，向东步行约十五分钟，会到达工人村之腹地，此处曾是一派欣欣向荣的景象，如今略显失色。我给她指着几个昔日的雕塑，两只梅花鹿，其中一只已经非常残破，我说，在你小的时候，我们曾在这里合影，照片我还留着，其中一张是我抱着你，另一张是你骑在鹿的背上，向我招手。言言没有说话，走过去仔细端详那两只鹿，我站在她的身后，看她踏上台阶，趁她不注意，想再拍几张照片。她抚着鹿角，猛然回望，我只好收起手机，若无其事地向旁边走去，买回两根雪糕，在天黑之前，我们迅速将其吃完，手里拎着雪糕棍儿走了很远。

向西步行约十五分钟,便是一道铁路,我跟言言说,从前它是作为分界线存在,每次经过火车,道口放下栏杆,两侧的车都要停下来,等待很久,有时是十几分钟,警报声一直在响,到后来却忽然停止,栏杆重新抬起,并没有火车过去,所有人便都很失望,有首歌里唱过类似情绪,长长的站台,漫长的等待,只有出发的爱,没有我归来的爱。此时,我们贴着侧面的护栏站立,等待火车的经过,已经驶过两趟,非常长,车厢难以计数,天色将晚,壮阔的深蓝光芒投向我们,不断迫近,我提议回家,言言说想要再等一趟。很快,警报声便又响起来。我贴过头去,小声问她,你有男朋友吗?她目视前方,反问我一句,你和我妈为啥离的婚呢,然后顿了一下,转过头来,又补充一句,你是不是也想说,情况很复杂,说来话长啊。我说,你妈是这么说的吧。她说,对。我说,那我不能这么说了。她说,也不是。我说,你想得到什么样的答案呢。她说,其实你也不是非得讲,这些事情我并没有那么关心,就好像刚才你问我的一样,你也没那么关心。我说,那好,就先不讲。她说,我之所以要问,就是怀疑你也根本不知道为啥离的,就像当年也不知道为啥要结婚。我一时语塞,不知如何解释。言言叹了口气,如同安慰一般,又对我说,唉,但是放心吧,我没有要怪你们的意思。

我不知道她或者同龄者,对类似问题到底有何种程度的思考(这几天的接触,将我固有概念完全打破,我发现自己远不能将她作为晚辈来相处,她对待部分事物的态度虽不能算是成熟,但却总在我的意料之外)。从我的角度来讲,我和赵昭之间,要说一点留恋都没有,厌恶透顶,那倒是真不至于,毕竟我们性格都没有那么强硬,但正是这种相互的妥协与软弱,造成这种无法挽回的局面。回想起共同生活那几年,我如身在泥河,污淖重重,四下无人,晦暗而孤独,外物不能使我有任何亲近之感,妻女也不行。赵昭想必也是如此，尤其是在女儿出生之后。我们很少发生争吵，但彼此冷漠，视若不见，这便更令人绝望，争吵意味着我们还在拼搏，奋力拯救彼此，但那时我们真是无话可说，这种分裂持续了很长时间。有段日子里，我脑子里始终盘旋着格雷厄姆·格林的那句名言，一个人出生以后唯一要考虑的问题就是如何比降临人世更干净、更利落地离开人世。我并非是要践行，而是单纯地对这句话进行推演，在不可知的内心深处沉思，循环往复。直至有天清晨，醒来之后，我们在床上又躺了很长时间，言言在一边哭得很凶，而我们谁都没有去管。我半闭着眼睛，在哭声里，却感受到窗外季节的行进，它掠过灰暗的天空侧翼，发出隆隆巨响，扑面袭来，仿佛要吞噬掉光线、房间与我；远处的河流在融化，浮冰被运至瀑布的尽头，从高处下落，激荡山谷。在噪声与回声之间，我听见赵昭说，我有点事情，想跟你商量。我说，什么都不用讲，什么都不用，不需要的，赵昭，我们不需要的。

10

有必要说一下我和刘菲的事情。我将言言送走之后，生活恢复常态。随后一段时间里，为了摆脱之前的某种想法，我开始与刘菲频繁联系，我认为她或许是突围的关键人物。我邀她共同饮酒，她起先觉得莫名其妙，后来也接纳了，其时，她也来过我家数次，我做几道不错的菜，吃得相当愉快，关系进展较为顺利。甚至在她去外地进货时，我还在商场帮她守过几天摊位，虽然并不太擅长，市场嘈杂，人流密集，令人厌烦，但我劝说自己，也要去逐渐适应，总要有所付出。

这一段的交往也使我发现，我对刘菲并不十分了解，在我从前的印象里，她颇有几分风情，来者不拒，开朗乐观，不拘小节。但实际接触时，我发现她的内在性格跟外表差别很大，经常会露出小动物一样的警惕眼神，其心思缜密，对他人情感的细枝末节也能照顾得到，反应迅速且得体，她在经营童装生意的同时，还有几项其他投资，对于未来很有规划，这些都令我感到意外。相比之下，我过得简直是浑浑噩噩，一塌糊涂。

我努力向她所期望看到的方向转变，振作精神，每日固定时间写作，颇有规律地进行阅读和锻炼身体，深秋时节，我还带着她去爬过一次山，经过我在夏天时曾住的院落，发现里面好像已经无人打理，山门紧闭，灰尘遍布，如同一座破败的寺庙，日落风起时，我们沿原路返回。

登山过后几日，我正式向刘菲提出，想要开始这段关系，她却将我拒绝，我很不解，追问原因，她也没有说清，大致意思是，要是放在几年之前，也许有机会，是可以在一起的，但现在不行了，那段时间过去了，既无法追回，也不能重现。我对此十分不解，到底是怎么过去的呢？过去的又是些什么呢？到底是什么主宰着我与刘菲之间的关系？想不明白。被拒之后，我非常失落，偶尔街上与刘菲碰见，她对我客气得不像话，像是对待那些来买衣服的顾客，仿佛在我们之间，从未有过那些亲密的时刻。无论是写作还是生活，有很长一段时间，我都处于停滞状态。

一次酒后，冲动之下，我给赵昭打去电话，告诉她说，我想去南方生活一段时间，准备多陪陪言言，以弥补逝去的时光。赵昭在电话那边笑了起来，说道，你是不是还想说，她走之后，你的心里仿佛像漏了一个大洞，呼呼灌着西北风啊。我没有说话。只一瞬间，赵昭便收起她的嘲讽语气，面庞严肃，语调冷淡，对我说，这些事情你没必要跟我讲，自己决定，如果当我是朋友，来咨询意见，那么我的建议是，你不要来。我还是没有说话。赵昭说，对了，言言对你的印象还不错，回来后提过你两次，如果我这么说，你能好过一些的话。

我仍准备动身前往南方，临走之前，约李闯和周亮来为我践行。我们在一家烧烤店吃到很晚，每个人都喝了十几瓶啤酒（不太寻常，通常是我和李闯喝得较多，周亮对酒极为克制）。酒后，李闯提议去洗浴中心，连洗带住宿，享受最后的好时光。于是我们打了一辆出租车，李闯坐在前面指路，我和周亮坐在后排。期间，周亮并没有说话，但将他那一侧的车窗完全摇了下来，风猛烈地灌入，噪声很大，我一下子精神起来，紧抱双臂，挺直身躯。周亮转头望向我，一字一句地对我说，我离婚了。

11

李闯与我是初中好友，他成绩一般，没读高中，毕业后去技校待了两年，然后买了个专科文凭，在社会上摸爬滚打，从事过许多行业，为人义气，能有今日小小成就，全凭昔日友人协助，此外，他也娶到一位家境不错的妻子。周亮则是我介绍给李闯认识的。我与周亮、赵昭是高中同学，他们二人同桌，我坐在后面，平日交谈较多，关系不错，时常一起出行，进而结成同盟。周亮在高中时，对赵昭颇有些好感，举止显著，心思外露。赵昭虽不接受，但也没有拒绝，态度暧昧，我当时对赵昭没有任何想法，但她却很依赖我，大概是由于我的存在是对二者关系的一种制衡。高考之后，周亮发挥失常，去南方读书，学习法律，进入另一片天地，而我和赵昭则考入北京院校，从此来往较为密切。

有一年寒假里，周亮来我爸的修理部找我，言辞激烈，如同拷问，想知道我与赵昭的关系进展到什么地步，我不是很愿意讲，因为其实还什么都没做，只是牵手吃饭而已，没有实质性接触。周亮打听出来之后，仿佛吃下一颗定心丸，大度地告诉我，不要着急，这种事情，或早或晚嘛。然后摇晃着离开，志得意满，与来时判若两人，我对这一幕印象很深。

这些年里，周亮总有机会出差去上海，并且常与赵昭见面。要是说我对他与赵昭之间的关系没产生过怀疑，对不起，那是不可能的。多年以来，周亮始终充当知心好友的角色，甚至可以说，他对我们二人的秘密了如指掌，而以我对他的了解，只要有乘虚而入的机会，他也一定是不会放过的。

每隔一段时间，周亮都会向我通报赵昭的境况，我既很想知道她的这些消息（必须要说明的是，我对赵昭已经没有任何感情了，这种关切完全出自一位普通朋友的友爱之心，以及作为小说作者天然的好奇），但同时并不想从周亮的口中听到，所以内心十分矛盾。这次出行后，我得到的信息是，周亮虽然经常与赵昭见面，但言言却不知道这个事情，他与言言也没见过面，从无接触，这仿佛也在印证着另一些事情的存在。

我对周亮的态度也很复杂，一方面来说，结识几十年来，他没有做过任何伤害过我的事情（至少我没有证据去证明），反而关爱有加，嘘寒问暖，在我最需要帮助的时候，也的确伸过手来；另一方面，在这几十年里，我却被他造成的这种温暖的阴影所笼罩，无论在读书时，还是在毕业之后，结婚又离婚，失业或者写作，这种阴影始终逼迫着我，有时我甚至会想要躲起来，却又无处藏身。这点说出来的话，许多人恐怕都不太能理解，但我也没法进一步解释了。

上面提到，我与言言回家之后，相处得比较愉快，在一起也探讨许多事情，彼此竟然产生一些父女之间的亲密感，这让我很意外。她要离开时，我竟十分不舍，决定买张机票，将她护送回去，以便能跟她多待一段时间。我回顾从前,对于她在幼年时的那次离别,我已毫无印象,完全不记得是在何种场景之下将她们送走的。

出发之前,我给言言和赵昭买了一些礼物,同时也有给赵昭男友的,按照我的预想,礼物会经由赵昭之手转交,说是言言帮忙带回来的,这样也许会留下一些好印象。言言盯着行李箱里面成堆的礼物,跟我说,老班,适可而止。我说,啥意思。她说,过犹不及。我说,我发现你这毛病好几天了,四个字儿的话能不能少说一些,显得特别装,不好。言言说,但你小说里的人物都是这么说话的,我是跟你学的啊。听到这里,我忽然鼻子一酸,险些落下眼泪,不知说什么好。恰好此时,飞机开始在跑道上滑行,巨大的轰鸣声代替我进行回应。在几万米的高空里,光芒刺眼,言言坐在靠窗的位置睡着了,我看着她熟睡的脸庞,真切地感受到了这些年里失去的那些时间。

在此时,我本来应该做一个小小的决定,但那个念头只是一闪,便立即被我打消了。取而代之,反复盘旋在我脑中的,则是另一个可怕的想法,刚才也提过一点。那便是,我忽然意识到,多年以来,我所了解的关于赵昭的私人生活,可能完全是周亮编造出来的(我在与言言偶尔聊天时,发现有些事件对不上,她毫不知情,并且也从未听说过母亲结交过男友)。换句话说,我怀疑周亮在我的世界里重新塑造出来一个远方的赵昭,而这个形象,与现实中的赵昭,并不完全相符。进而,我联想到的是,这些年来,我个人史上的许多重大时刻,诸如学业、工作或者婚姻等,在关键节点上,好像周亮都有参与,他的声音尖锐、激昂并且坚定,支持也好,反对也罢,总是有办法使我屈从于他的选择。也就是说,我仿佛一直在被周亮挟持着去生活,他或许才是我人生的隐秘驱力,想到这里,我有些不寒而栗,不敢再继续往下想了。

12

　　当天，我和赵昭从民政局办完离婚手续出来，共进一顿午餐，啤酒冰凉，我喝得畅快，一杯又一杯，看得出来，赵昭的心情也不坏，胃口不错。这顿饭我们吃了很久，仿佛只要不结账，就还不算是彻底分别。喝到后来，我有些醉，问她，当时是哪一个瞬间，让你决定要嫁给我。赵昭反问我，你觉得呢。我说，应该是有一次醉酒，你带我回到住处，半夜口渴，醒来喝水，然后你也一直没睡着，那间屋子没拉窗帘，映着外面的星星，我们做了一次。赵昭说，你说话小声一点。我说，做完之后，我半闭着眼睛，给你背了首我写的诗。赵昭说，事情记得，但不是这个瞬间。我说，那是哪个呢？赵昭想了想，说，记不起来了。我说，也许根本没有那样的一刻。赵昭说，那首诗，怎么说的来着，我还想再听一遍。我把烟掐灭，眼睛望向窗外，午后的阳光如漫溢出来的时间，缓缓流经我们两人，我忽然觉得自由无比，像从前的无数次那样，熟练地背诵出来。

不能失去我

海里的一粒谷

十二柄鲸在餐桌上轮流看守

不能失去我

冰里的一滴火

十二轮象在词典里巡回搜索

不能失去我

比针还细的钥匙

一枚针孔就能闯入一头飓风

不能失去我

有人念起名字

像念着所有语言里唯一的诗

而我不能写诗

心里填满干粮

生活是一场蝗灾

不能失去啊，不能失去我

轻轻勾住天空的

玻璃耳朵

· 作者简介 ·

班宇，男，1986年生，沈阳人。有作品见于《收获》《上海文学》《作家》《西湖》《鸭绿江》《芒种》等刊，曾被《小说选刊》《北京文学·中篇小说月报》《中华文学选刊》等转载。